Magister dixit

Sandro Galeazzi
& Guillaume Grâces

Magister dixit

L'intégrale

Thriller

NOUVEAUX AUTEURS

Éditions Les Nouveaux Auteurs

16, rue d'Orchampt 75018 Paris
www.lesnouveauxauteurs.com

ÉDITIONS PRISMA

13, rue Henri-Barbusse 92624 Gennevilliers Cedex
www.editions-prisma.com

ISBN: 978-2-8195-06171

Jean & Renzo,
Vous êtes partis beaucoup trop tôt. Vous auriez été fiers…
Vous l'étiez déjà.

Lisa, Aurélien, Thibaut, Valentin, ce livre est pour vous,
Papa.

Première partie

La thèse d'une vie

Chapitre 1
Le docteur

Invisible, le deuil tapi au fond de lui le troublait. Son travail devenait son mode de convalescence, sa thérapie. Chaque journée devenait une bataille, un prétexte pour éviter les moments creux et protéger son esprit des espaces interdits. Il gérait la situation, très bien, trop bien, malgré cette partie manquante de son être, de son âme, de ce qui le définissait. Tel un instrument mal accordé dans le grand orchestre humain, il détonnait. En tension constante, un rien aurait suffi, un simple toucher sur la corde sensible et elle aurait cédé. Continuer, travailler dur, jour et nuit, sa thèse, si importante, tellement importante…

Perdre un être cher était pour lui confondre photo et miroir. Il refusait de voir dans le reflet, l'absence. Éviter la réalité devenait le chemin facile, le seul. À chaque pas, sa tête s'enfonçait un peu plus dans le creux des épaules. Le regard résolument fixé vers le sol, il avançait.

Son père fort comme un arbre lui avait annoncé, à l'ombre d'une terrasse, une phrase aux allures anodines : « J'ai mal au dos. Ça fait un moment que ça dure, probablement de l'arthrose. » Il avait ensuite lissé ses moustaches de son revers de main légendaire. La météo était clémente pour le mois de septembre. Assis à profiter d'un moment de détente, le père et le fils étaient à mille lieues de penser à l'enfer qui les attendait. Ils avaient repris deux bières qu'ils avaient savourées autant que le moment qu'ils partageaient.

Les métastases grignotaient sa colonne depuis un long moment. Lors des premiers examens, un mois plus tard, le cancer primitif n'était plus identifiable. Il avait ensemencé tout son corps et les tumeurs cancéreuses s'attaquaient férocement à sa colonne, ses cervicales, son foie et son pancréas. On pense souvent qu'aux derniers instants, chaque moment compte beaucoup plus. Parfois, c'est juste l'inverse.

Nico mit tout entre parenthèses son couple, ses études et le reste. Il consulta les plus grands spécialistes, assura lui-même les soins à domicile, employa toutes ses connaissances médicales, épuisa toutes ses ressources pour soutenir son père et l'accompagner dans un chemin à sens unique.

Se jeter dans la bataille, c'est perdre. La seule vraie victoire, c'est d'éviter l'affrontement. Il commit l'erreur de combattre, il y mit tout son cœur, toutes ses forces, tout ce qu'il avait de bon en lui. Pendant ces trois mois, il jeta son être en pâture au destin, il déchaîna sa hargne pour forcer le cours des choses, comme s'il pouvait l'influencer. Le tocsin sonna trois mois plus tard et lui prouva le contraire.

Nico s'en remit trop rapidement, signe qu'il n'avait rien réglé. Deux semaines plus tard, il reprenait le cours de sa vie et se replongeait assidûment dans le travail. Parfois, quand l'hémorragie remontait à la surface, il se réconfortait en se disant qu'il avait accompagné son père au maximum pendant ce purgatoire aseptisé que l'on nomme soins palliatifs. Au fond de lui, il savait que les bons moments se saisissent à chaque saison, car à vouloir récolter en hiver, on finit par se retrouver aigri.

***

La sonnerie de son téléphone portable le sortit de sa léthargie. Il prononça d'une voix fatiguée :

— Nicolas Berger, bonjour.

La voix à l'autre bout de la ligne, vive et décidée, surprit Nico par son accent germanique.

— Monsieur Berger, bonjour. Je me présente, Éric Langlois, je suis le directeur des ressources humaines de l'Institut en recherche génétique privé de Genève.

Nico bredouilla quelques salutations, Éric enchaîna :

— Nous avons reçu votre *curriculum vitæ* et nous sommes assez impressionnés par vos résultats, compte tenu de votre jeune expérience. Vous avez obtenu très récemment votre grade de docteur en biologie, n'est-ce pas ?

— Euh, oui en effet, j'ai…

— C'est parfait ! Nous avons une place taillée pour vous, qui, j'en suis sûr, vous permettra de porter vos recherches à l'étape supérieure.

Nico resta un moment bouche bée, et balbutia :

— Euh, bien, c'est une très bonne nouvelle ! Merci beaucoup. Vous avez dit avoir reçu mon CV, mais je ne pense pas vous l'avoir envoyé…

— Monsieur, je dois vous signaler qu'il y aura d'abord une période d'essai de probablement six mois, rémunérée bien entendu. Si après cette période, nous obtenons satisfaction, un poste de titulaire vous sera proposé.

— Je vous avoue que je suis surpris, mais…

L'homme le coupa à nouveau.

— Monsieur Berger, si cela vous convient, je passerai vous voir personnellement à l'université lundi prochain. Nous en discuterons alors de vive voix.

Nico restait stupéfait par la tournure des événements. Dans la précipitation, il accepta l'invitation et raccrocha. Il marcha jusqu'au salon et se laissa tomber dans le canapé aux côtés de sa femme, l'air hébété.

— Qui était-ce ? lui demanda Anna d'un air lointain, sortant le nez de son livre.

— C'était le responsable des ressources humaines d'un institut de recherche, un Suisse d'après son accent. Il m'a proposé un poste à l'essai dans son unité de Genève.

Anna ferma son bouquin et le posa sur la table basse du salon. Intriguée, mais contente, elle faisait maintenant face à son mari.

— Mais c'est formidable !

Elle plissa ses yeux cristallins et demanda :

— Tu lui avais envoyé ta candidature ?

— Même pas ! Pourtant, il semblait avoir reçu mon CV. C'est d'ailleurs ce qui les a décidés à me sélectionner. Peut-être par le secrétariat de l'université, qui sait ?

Nico, toujours incrédule et sous le choc de la conversation, fixait le vide comme pour ordonner ces nouvelles informations dans son cerveau.

— Tant mieux ! C'est que tu as vraiment fait bonne impression lors de ta soutenance de thèse.

Nico hocha la tête, dubitatif.

— Oui, je suppose...

Les événements se déroulaient décidément trop vite.

— Et tu comptes faire quoi ? Tu vas accepter ?

— Je n'en sais trop rien pour le moment. C'est en Suisse...

Nico plongea sa nuque dans le coussin du canapé, pensif : partir en Suisse... Les yeux rivés au plafond, il n'avait pas vu les larmes d'Anna perler le long de ses joues. Il ferma les yeux pour mieux divaguer. Une caresse lui effleura tendrement le bras, comme un timide appel. Les yeux pleins d'émotion, Anna lui murmura aussi doucement que sa voix l'eut permis :

— J'aurais aimé un autre moment pour te l'annoncer, mais avec cette offre... si loin...

Interpellé, Nico saisit la main de sa femme, l'embrassa et sans autre mot, l'encouragea à continuer.

Il l'observa préparer ses mots, la révélation se voulait importante. Le regard rivé vers le sol, elle semblait empêtrée dans un combat intérieur. Inquiet, il s'approcha d'elle. Elle releva ses yeux humides et murmura :

— Mon amour, je suis enceinte…

Chapitre 2
Un gros minet

— Donc, si je comprends bien, votre voisin a tué votre chat ?

Philippe ponctua sa phrase d'un regard plongeant vers la minijupe vert pomme. Le galbe évoquait la vulgarité et l'excès de frites.

— Non ! Vous ne comprenez pas. Il kidnappe les chats du quartier. On raconte qu'il en séquestrerait une trentaine.

Fière de sa révélation, son interlocutrice décroisa les jambes sans retenue, le journaliste eut un haut-le-cœur. Il frotta son stylo-bille sur le cuir chevelu de sa tignasse ondulée. Il réajusta ses lunettes d'un geste expert et clôtura sa lamentable interview.

— Bien madame Hubin, j'ai ce qu'il me faut pour l'article.

Il rangea hâtivement son bloc-notes dans son porte-documents, cette madame Hubin appréciait un peu trop sa compagnie à son goût. Elle passa une main dans ses cheveux décolorés tout en le dévorant de ses jolis yeux marron.

— Je vous en prie, app'lez-moi « Djainifaire ».

La grâce naturelle a parfois tendance à s'évaporer sous l'âpreté des accents ruraux. Les avances flattent l'orgueil de ceux qui les reçoivent, celles-ci sonnèrent tel un « sauve-qui-peut » dans les oreilles de Philippe. Il afficha un sourire de circonstance et se leva en signe de départ. Avant qu'elle ne puisse tenter une autre approche, il prit congé de sa donzelle en manque de chat. Il quitta les lieux sans demander son reste.

— Mais quel job de merde !

Il grommelait tout en marchant vers son véhicule garé un peu plus haut dans la rue. Il ne pouvait s'en prendre qu'à lui-même.

Philippe avait décroché son diplôme de journaliste sur le tard. Il semblait vouer une véritable passion pour son parcours universitaire qu'il avait prolongé au maximum, doublant chaque année afin d'approfondir ses études et perfectionner son apprentissage. C'est du moins comme cela qu'il l'avait expliqué à sa mère, *Madame Lucia*.

La véritable explication trouvait sa source dans les pompes à bières qui abreuvaient les nombreux cercles estudiantins de Louvain. Philippe s'investit corps et âme dans les responsabilités extra-universitaires, n'hésitant pas à sacrifier huit ans de sa vie et par la même occasion ses chances de faire une belle carrière. Philippe s'en moquait, la vie est une question de priorités, répétait-il sans cesse à sa mère, et les siennes divergeaient simplement de la « norme ».

Il entra dans son véhicule, le souffle court. Un œil dans le rétroviseur lui révéla un front en sueur. Ces deux cents mètres l'avaient mis à rude épreuve. Il avait pris trente kilos en dix ans. À vingt-huit ans, il flirtait avec le quintal. La proportion avec son mètre septante donnait des frayeurs à son médecin et du fil à retordre à ses pantalons. Il tourna la clé dans le contact. Immédiatement, la lumière orange s'alluma, signe qu'il était sur la réserve d'essence. Il jura par principe et prit la route du retour.

***

— Ça a été ta journée, mon chéri ?

Pour toute réponse, Philippe balança bruyamment son porte-documents dans le hall d'entrée en grommelant. Il se délesta de sa veste, ôta ses chaussures et entra dans le logis. La maison n'était pas grande, mais respirait la convivialité. Une large pièce regroupait cuisine, salon et salle à manger en un endroit bien entretenu et chaleureux. Poussé par son réflexe conditionné, il se dirigea vers les casseroles. Le souper mijotait à feu doux. *Madame Lucia*, veuve depuis longtemps, préparait toujours avec le même amour de savoureux petits plats pour son unique fils. Consciente que son poussin quitterait un jour le nid, elle en profitait au maximum. Philippe quitta les casseroles et se dirigea vers le salon. Devant le miroir de la verrière, il bomba le torse et redressa les épaules pour tendre les bourrelets. Le constat était consternant, le poussin se muait en dindon.

— J'ai pris ta voiture pour mon interview, Maman, il faudra que tu remettes de l'essence…

Sa mère leva les yeux au ciel.

— Tu me prends pour Rock Stellaire ?

— Rockefeller, Maman, Rockefeller…

Sa mère fronça les sourcils.

— J'vais dans ma chambre, j'ai du travail. Tu m'appelles quand le repas est servi ?

Sans attendre de réponse, il se dirigea vers les escaliers qui menaient à l'étage, son antre.

Il avait pris possession des quatre pièces du haut tandis que sa mère vivait au rez-de-chaussée. Le hall de nuit servait de zone de transit aux vêtements sales qu'il empilait pour « aider » sa mère dans ses lessives. Son véritable objectif était de tenir la matriarche éloignée de sa chambre dont les odeurs de mâle abstinent menaçaient l'hygiène du quartier. La salle de bains, quant à elle, contrastait avec le reste de l'étage par son ordre et sa propreté relative.

La seconde chambre avait été aménagée en bureau pour les besoins du petit Philou. Sur la table, au centre de la pièce, trônait, tel un phare au milieu d'un océan de paperasse, la tour de l'ordinateur, veilleuse éternelle aux ronrons rassurants et aux reflets bleu électrique.

Il déverrouilla la porte, entra et referma aussitôt derrière lui ; elle ne pouvait pas entrer dans cette pièce ; elle ne comprendrait pas. Il alluma la lumière d'un mouvement machinal sur l'interrupteur, il avança vers son « mur » et l'observa attentivement. Le schéma prenait forme, peu à peu, il aurait bientôt identifié les connexions manquantes.

Il touchait au but, il le savait…

Chapitre 3
Aller-retour

Les rayons du soleil percèrent les nuages. La végétation, trempée par la pluie, reflétait la lumière tel un miroir verdoyant. La vallée composée de rizières en terrasses rendait une impression d'immensité et de beauté presque irréelle. Le petit village de Shangping, aux abords de la rivière Wujiang, ne payait pas de mine. Pourtant, la végétation et la beauté des paysages environnants auraient pu lui donner un air paradisiaque. Les boues dans les rues, les façades toutes décrépites et les toits en tôles traduisaient sans détour sa précarité et ramenaient ses habitants à la triste réalité.

Un bol de riz et un autre rempli d'un bouillon de légumes encore fumant au milieu de la table. C'était là le repas le plus copieux que le médecin allait pouvoir déguster cette semaine. Le vieux Cai Yiang et son épouse, Lin, heureux d'accueillir un si brillant invité avaient fait le maximum pour remercier le docteur pour sa consultation. Malgré leurs maigres ressources, ils voulaient montrer à leur bienfaiteur toute leur gratitude. Un morceau de viande mijotait encore sur le poêle, dans une légère odeur de citronnelle et de coriandre. Lin l'entretenait au mieux. Les propriétaires avaient fait de ce pauvre refuge un endroit chaleureux. Chu appréciait ces marques de respect et s'en montrait toujours reconnaissant.

Le repas touchait à sa fin, le médecin se leva et sortit de sa poche deux boîtes de compléments vitaminés. Il les offrit au fermier en les priant tous deux d'en prendre une fois par jour, le matin. Chu emprunta la route principale et rentra chez lui, au dispensaire. Les caisses de médicaments et les compléments alimentaires, déjà à moitié distribués, s'entassaient dans un coin. Près de trois quarts de la population locale avaient eu recours à ses services, et la plupart étaient repartis avec un échantillon en main. Loin de pallier tous les maux qui sévissaient dans le village et dans la région, le docteur tentait laborieusement d'en limiter les dégâts.

Le chef du village, *Maître* Tong, avait mis une habitation vide à sa disposition. La bâtisse s'apparentait d'ailleurs plus à une cabane qu'à un dispensaire, mais, après un grand nettoyage, Chu en fit un endroit sain et vivable. Seule la fille de *Maître* Tong, Lilli, venait régulièrement lui prêter main-forte. Elle prenait en charge la plupart du temps la préparation du repas ou le nettoyage du dispensaire. Le chef du village venait de temps en temps s'assurer du respect de « l'ordre des choses ».

Pour chacun de ses patients, Chu avait constitué un dossier médical. Il recensait leur poids, leurs antécédents et les traitements administrés. Récemment, il avait même opéré en urgence un homme qui souffrait d'une appendicite aiguë. L'homme risquait une péritonite, et dans cette région, une mort quasi certaine. Il s'accommoda d'un équipement des plus rudimentaires et de l'aide de son apprentie assistante Lilli, dévouée, mais dénuée de la moindre connaissance médicale. Il défia la mort avec pour seules armes ses compétences ; l'opération fut un succès. Il rédigea le protocole d'opération, et par la même occasion, établit son premier rapport d'activités destiné aux autorités de la Croix-Rouge.

Outtre les types de soins procurés et leurs fréquences, il y mentionnait également le nombre de médicaments et de compléments vitaminés distribués. Tout cet amas de pilules provenait de *Global Pharmaceutical*, leader incontesté de la pharmacologie.

Chapitre 4
La décision

Le large bâtiment circulaire présidait l'entrée du campus de l'université libre de Bruxelles. Les centaines de vitrages reflétaient les rayons ocre du soleil levant sur les bâtisses voisines. Le cadre apaisant et la brise matinale encore fraîche revigorèrent Nico. Machinalement, il redressa le col de sa veste et franchit la marche qui menait au sentier de pierres bleues.

Il avait quitté les bancs de l'université sept ans auparavant. Son diplôme de bio-ingénieur en poche, son directeur de thèse lui avait proposé un poste de chercheur au sein de l'établissement, et l'avait poussé à poursuivre vers un doctorat. Sans hésitation, Nico avait accepté. Ses six premiers mois de recherche s'étaient déroulés à Montpellier, à l'Institut de génétique humaine. Son mentor, le professeur Édouard de Mornet, lui avait trouvé une place temporaire. Ce stage l'avait passionné. L'essentiel de son étude concernait les pathologies cellulaires. Il en avait fait son domaine de prédilection.

Il poussa la porte du laboratoire universitaire où une odeur particulière envahissait les lieux. Il avait travaillé dans différents labos et tous étaient imprégnés de ce parfum typique. À force, on finissait par s'y habituer. Les portes automatiques se refermèrent, laissant la fraîcheur matinale prisonnière du sas d'entrée. Suspendu dans le couloir menant à son bureau, un grand cadre mettait en valeur une photo prise à leur arrivée au bord des pistes de ski. Tous les membres du labo étaient présents, et Anna se tenait là, au centre du groupe de chercheurs. Ils n'étaient pas encore ensemble, mais cette image lui rappelait combien le temps passait vite, trop vite parfois.

Édouard avait une petite cinquantaine d'années, mais gardait en lui un côté juvénile bien placé. Cette petite flamme dans le regard qui vous dit: «J'ai cinquante ans, et j'vous emmerde!» Avec cette énergie, ce mentor de la science, de la vie, forçait Nico à repousser ses limites, à voir plus loin, à en vouloir plus. Au moment où l'épaule de son père manquait, Édouard lui apporta soutien et rigueur.

Toujours habillé de manière décontractée, le professeur portait aujourd'hui de petites baskets bleu foncé, un jean et un polo clair qui mettait ses yeux gris en valeur. Il avait les cheveux poivre et sel, ondulés et légèrement coiffés vers l'arrière. Avec un peu de recul, il ressemblait plus à un «Al Pacino à la belge» qu'à un directeur de thèse. Son allure cool et ses traits de vieux beau le rendaient assez populaire auprès des jeunes étudiantes. Plutôt discret sur le sujet, Nico savait que son professeur en retirait une petite fierté.

— Bonjour Édouard, dit Nico en frappant à la porte du bureau laissée entrouverte.

Le professeur était au téléphone, plongé dans une conversation dont la tournure ne semblait pas lui plaire. Il lui fit signe d'entrer et de s'asseoir.

Les hebdomadaires soigneusement empilés sur un coin donnaient un air épuré et rigoureux à la pièce. Nico repéra à côté du clavier un «pin's» qui semblait représenter une branche d'arbre, un acacia. Nico suspectait depuis longtemps Édouard de jouer du compas et de l'équerre. Issu des riches et nobles «de Mornet», le professeur était très influent dans les strates de l'université ; son appartenance à la franc-maçonnerie ne l'étonna donc pas.

Son ancien directeur raccrocha. Ses traits se détendirent et les ridules contractées de son front s'estompèrent pour laisser place à un visage presque rayonnant.

— Que puis-je faire pour toi, Nicolas ?

Le jeune docteur répondit, embarrassé :

— Écoutez Édouard, je ne voulais pas vous déranger, vous avez l'air…

— Il n'y a pas de mal, que puis-je pour toi ?

L'ancien élève prit le temps d'inspirer avant de se lancer.

— À vrai dire, ce n'est pas un avis de chercheur que je suis venu demander, mais plutôt votre opinion personnelle.

Édouard se caressa la joue, signe que son poulain avait piqué son intérêt. Nico reprit :

— J'ai reçu une offre pour aller travailler dans un institut de recherche génétique localisé à Genève.

Il finit sa phrase, visiblement mal à l'aise. Il poursuivit d'un ton plus convaincant.

— C'est sans doute une opportunité. J'ai besoin de votre avis. Peut-être connaissez-vous un peu l'entreprise ? Et puis surtout…

Il hésita à nouveau avant de poser finalement la question qui importait.

— Que feriez-vous à ma place ?

La mine inquiète du professeur laissa place à un visage réellement réjoui.

Quelques semaines avant la présentation de thèse de Nico, Édouard avait reçu un courriel officieux *via* la loge maçonnique. Le culte du secret a le don de pénétrer les esprits les plus imperméables. La demande consistait à fournir le nom de son meilleur élève. Nicolas Berger s'imposa comme une évidence. Il répondit au courriel et en avait demandé la raison ainsi que son origine. Il n'avait reçu aucune réponse. Le professeur garda toutefois cette information pour lui.

— Nico, c'est une formidable nouvelle. Surtout maintenant, si jeune. Tu viens seulement d'obtenir ton doctorat et te voilà déjà intégré dans la sphère des chercheurs de haut vol !

— Oui, c'est vrai, rétorqua Nico amusé. Mais je n'ai pas encore accepté ! C'est un institut en recherche génétique à Genève financé par des fonds privés. Je n'en sais pas vraiment plus en fait.

— Je vois, il s'agit certainement du IMRHP, *the Institute of Molecular Research for Human Potential*. Je t'avoue qu'on ne parle pas souvent d'eux. Je sais qu'ils touchent un peu à tout. Ils ont déjà fait quelques recherches dans le domaine militaire, mais à ma connaissance, ça n'a pas abouti. Je pense que c'est une belle opportunité pour toi.

Il fit une pause, comme pour laisser le temps à Nico d'intégrer ses mots.

— Et puis, il faut penser aux barèmes salariaux que pratique ce genre de labo… À mon avis, leur quota de faux frais doit exploser, à côté du nôtre…

Édouard sourit malicieusement.

— Je suis convaincu qu'un tel labo peut t'apporter une réelle plus-value en matière de connaissance, d'expérience et surtout d'ouverture d'esprit.

— À vous entendre, il ne faudrait donc pas hésiter.

Édouard répondit par un silence éloquent, il semblait convaincu du bénéfice que Nico pourrait en retirer, mais la décision ne lui appartenait pas. Son ancien élève devait faire ses choix et surtout, les assumer.

Chapitre 5
La fierté du choix

Chu attendait patiemment assis sur une des chaises du centre de la Croix-Rouge. Le docteur Lei, médecin en chef du centre régional, le recevrait bientôt. La pièce carrée contenait plusieurs sièges permettant aux visiteurs du centre de patienter. Il faisait chaud et moite. Derrière un bureau, un homme dodu traitait des dossiers en pianotant sur son ordinateur. Satisfait, le secrétaire médical rangea son classeur.

Il repoussa ses grosses lunettes carrées sur le dessus de son nez, feignant ainsi une mine concentrée. Il prit son crayon et l'utilisa pour se gratter le cuir chevelu. Les reflets suspects de sa tignasse noire laissaient présager une hygiène plus que douteuse, il devait certainement y avoir matière à racler. Une fois l'opération terminée, il alluma son ventilateur et mit son crayon souillé et luisant en bouche.

Chu lui avait remis son rapport mensuel manuscrit une heure auparavant et attendait son entretien trimestriel avec le responsable du secteur, le docteur Lei. Le téléphone retentit et fit sursauter le secrétaire. D'un signe de menton dédaigneux, il indiqua à Chu la porte du bureau principal.

Le jeune médecin frappa.

— Entrez ! dit une voix puissante.

Le docteur Lei parut fort intéressé par son rapport, en particulier les bienfaits constatés à l'administration de compléments alimentaires. Chu n'en comprit pas la valeur, vu le caractère plutôt éphémère de ce type de cure, mais ne releva pas le point. Après tout, si le responsable du canton était satisfait, peut-être obtiendrait-il plus de moyens.

Après avoir pris quelques notes manuscrites que Chu ne parvint à déchiffrer, le petit médecin en chef le congédia assez sèchement. Il quitta l'endroit sans demander son reste, l'ambiance était lourde et moite, à tous les niveaux.

***

Au travers des interstices des volets en bois, Chu sentait les rayons du soleil lui caresser le visage.

Lilli vint frapper à la porte avec insistance. Un visiteur de marque semblait l'attendre chez *Maître* Tong. Rapidement, Chu enfila une chemise propre et sortit du dispensaire. Les deux gros 4×4 de luxe de marque allemande, garés devant la maison du chef du village, étaient presque aussi larges que la ruelle.

Vu le style, il savait déjà à qui il aurait affaire. Il prit une longue et profonde inspiration avant d'ouvrir la porte, sans accorder le moindre intérêt aux deux hommes en costume qui montaient la garde.

— Bonjour, dit le vieil homme d'un ton sentencieux.

Le père de Chu était debout, seul, au milieu du salon.

— Bonjour Père, que fais-tu ici ?

— Chu-Jung, reviens à Tianjin. Tu n'as rien à gagner ici.

— Père, nous en avons déjà discuté et je n'ai pas l'intention de changer d'avis.

Monsieur Chow Tiang continua comme s'il n'entendait pas son fils.

— Grâce à un ami du milieu, je t'ai trouvé un travail au Ho Tian Global Hospital, aux urgences puisque tu as l'air d'aimer ce qui bouge. Tu pourrais même rapidement y devenir chef de service.

— Père, je me fous complètement de tes soi-disant amis, et de cet hôpital de bourgeois !

Il n'eut pas le temps d'achever sa phrase que la gifle lui cingla le visage. Personne n'osait hausser le ton avec monsieur Tiang, encore moins son fils.

Chu ne supportait pas qu'on le mette au pied du mur et son père savait manier cet art à merveille. Il bouillonnait, Chow aboya furieusement :

— Chu-Jung !

— Et s'il te plaît, ne viens plus ici avec tes grosses bagnoles étaler ton fric à tous ces pauvres gens qui n'ont même pas de quoi se nourrir correctement.

Il lâcha ses mots tout en se retenant de masser sa joue douloureuse.

— Ce n'est pas mon problème. J'ai travaillé pour avoir ce que j'ai et toi, tu déshonores ta famille en rejetant ce qui te revient de droit. Tu es l'unique héritier des Tiang et tu te comportes en mendiant !

Il acheva ces mots en levant un poing serré à s'en faire éclater les jointures. Le père de Chu était taillé dans un bloc d'acier. Chaque partie de son corps semblait en tension constante, preuve vivante que la volonté dictait le corps et non l'inverse. Droit comme un sabre, il toisait son héritier.

Son père baissa lentement le poing, le brasier dans ses yeux s'atténua. Il prit une inspiration résignée avant de hurler un ordre à ses gardes. À l'extérieur, on entendit les portières claquer et les six cylindres démarrer. Avant de quitter les lieux, il regarda son fils une dernière fois. L'expression du vieil homme avait changé et trahissait à présent une profonde émotion. Il plongea sa main dans la poche intérieure de son veston. Chu savait exactement ce que son père s'apprêtait à faire.

— Non, Père, je te remercie pour ton geste, mais je n'ai pas besoin d'argent.

Monsieur Tiang ferma les yeux en désespoir de cause. Malgré la déception apparente sur son visage, Chu perçut dans les yeux de son père de la fierté et du respect.

Chapitre 6
Asservi d'ambition

Nico ouvrit la porte de son bureau, l'heure fatidique venait de frapper trois fois.

Face à lui, un homme en costume gris, trapu et légèrement bedonnant ; il devait avoir dans la quarantaine et dégageait un charisme élégant. Il gratifia Nico d'un sourire éclatant en lui tendant une main énergique.

— Éric Langlois, ravi de vous rencontrer !

Nico reconnut directement l'homme du téléphone au timbre de sa voix.

— Nicolas Berger, le plaisir est pour moi ! D'ailleurs, je vous remercie d'avoir fait le déplacement. Asseyez-vous, je vous en prie.

— Je représente l'IMRHP, *the Institute of Molecular Research for Human Potential*. Nous nous intéressons chaque année aux jeunes diplômés et docteurs qui montrent un certain potentiel. Nous avons lu votre CV et avons reçu les commentaires de vos collègues et professeurs. Je dois dire que sur le papier, vous êtes un jeune homme très prometteur…

La flatterie fonctionnait excessivement bien sur Nico qui sourit avant de répondre sur un ton conquis :

— Merci du compliment !

— Nous fonctionnons par projet, au sein de l'IMRHP,

et il se trouve que nous allons démarrer rapidement des recherches sur le traitement de certaines maladies par « introgression ». Je pense que vous connaissez bien le sujet.

— Le transfert de gènes d'une espèce à une autre était le fil conducteur de mon stage à Zurich, mais c'est également un très vaste sujet. Pourriez-vous être plus précis ?

— Tant que nous ne serons pas liés par un contrat, je ne peux malheureusement pas en dire davantage. Par contre, ce que je peux détailler, c'est notre offre.

Il ouvrit sa mallette, tira une enveloppe contenant un contrat et une feuille récapitulative qu'il tendit à Nico.

Salaire : mille cinq cents euros par jour.

Primes de déplacement : trois mille euros nets par mois pour compenser l'inconfort des voyages.

Séjour à l'hôtel Grand Plaza Genève payé en pension complète pour toute la durée du projet.

Voyages payés pour le contractant à raison d'un aller-retour par semaine Genève-Bruxelles/Bruxelles-Genève.

Nico convertit mentalement ses appointements journaliers en salaire mensuel. Trente mille euros par mois !

— C'est…

Nico fit une courte pause et se racla la gorge.

— C'est très intéressant, quel est le délai de réponse ?

Éric parut surpris.

— J'ai les formulaires avec moi. D'habitude, je conclus ce genre de contrat de suite tant ils sont attractifs. J'espérais la même réaction de votre part, monsieur Berger.

Il fit peser son regard sur Nico, ce dernier semblait mal à l'aise.

— Je ne remets pas l'offre en question, c'est juste que ma femme est… elle est… comment dire… c'est une décision qui se prend à deux.

Éric acquiesça, Nico hésita à nouveau. Devait-il mentionner que sa femme était enceinte ? En toute logique, il devait le faire, mais quelque chose au fond de lui le poussait à garder cela secret, pour le moment en tout cas.

— Je comprends, je comprends, surtout pas d'inquiétude. Je vous propose de vous laisser les documents et dès que vous aurez pris votre décision, contactez-moi. Ma carte se trouve à l'intérieur de l'enveloppe.

Les deux hommes se saluèrent.

— Bien, je reste en Belgique toute la semaine. J'attends votre appel avant vendredi ?

— Rassurez-vous, nous en parlerons dès ce soir avec mon épouse.

Éric se contenta de sourire avant de prendre congé.

Chapitre 7
Sous contrôle

Clic clic. Le docteur Lei verrouilla sa mallette. Il jeta un dernier coup d'œil dans son bureau dans l'espoir d'y trouver une bonne raison pour reporter son rendez-vous. Il le savait pourtant mieux que quiconque, on n'annulait pas ce genre de rencontre. L'homme, à l'allure de fouine, transpirait la peur.

Son bureau trop bien rangé ne lui offrait aucune échappatoire, il le rencontrerait bien ce soir, il le devait. Son dos se voûta un peu plus sous le poids de la lâcheté. L'homme frotta son crâne chauve et se résigna à sortir de la pièce. Malingres, ses épaules tombantes lui faisaient perdre quelques centimètres et accroissaient sa chétivité apparente. Il salua d'une voix nasillarde son secrétaire médical et déposa son chapeau sur sa tête ronde et lisse.

Livide, il sortit du bâtiment. La montre affichait cinq heures. Il lui restait une heure pour se rendre à la gare ; il valait mieux être ponctuel.

La gare ne payait vraiment pas de mine. Grises et sales, les quatre voies connectaient cette région pauvre et oubliée au reste de la Chine et, en fin de compte, au reste du monde.

Il longea les guichets ; l'homme au képi ne lui prêta aucune attention. Il poursuivit sa route en direction du lieu de rendez-vous. Le docteur, de plus en plus voûté, regardait impuissant ses chaussures piétiner sa morale et son amour-propre à chaque nouveau pas.

Il se rapprocha du vieil entrepôt délabré de la gare de Tongren. Le haut bâtiment peignait sur le sol une ombre sale et sordide. La vétusté de l'endroit rappela au docteur la précarité de sa situation. Il frissonna. Arrivé devant la porte d'entrée, rongée par la rouille, il frappa trois coups brefs. Un homme en combinaison de motard vint lui ouvrir. Il ne l'avait jamais vu auparavant, mais il portait sur le cou la marque des « Longs » ; le dragon argenté tristement célèbre. Le docteur Lei hocha timidement la tête en signe de salut. Sans doute un nouveau. Le précédent devait être affecté à une autre mission, ou gisait au fond de la rivière Wujiang.

À l'intérieur, la Jaguar noire ronronnait non loin des vieux wagons accidentés. Un second motard arborait lui aussi le dragon argenté et montait la garde devant le véhicule. Sur sa gauche, Lei aperçut les deux motos garées face à un amas de rails empilés les uns sur les autres. Il avançait à petits pas sur le sol poussiéreux suivi de près par son sbire. Devant la portière, il vit son reflet déformé sur la vitre teintée ; il transpirait de peur. Le second motard lui ouvrit la portière côté passager. Le docteur prit une longue inspiration et pénétra dans l'antre du *Bâton Rouge*.

Chapitre 8
La loi de Murphy

Le moteur de la voiture hoqueta deux fois avant de mourir dans un silence pesant, juste sous le feu rouge.

— PUTAIN DE MERDE !

Philippe tourna la clé furieusement, le démarreur agonisait en une complainte irrémédiable. Sans essence, la voiture ne redémarrerait pas.

— J'avais pourtant dit à maman de remettre de l'essence !

Il regarda sa montre ; neuf heures. La réunion allait commencer. Retardataire régulier, celle d'aujourd'hui figurerait à son palmarès. Résigné, il comprit qu'il faudrait poursuivre à pied. Il n'arriverait pas au journal avant au moins dix heures du matin. Antoine allait le tuer.

***

— Philippe, tes retards récurrents sont inadmissibles. Tu te diriges vers une mauvaise pente. La politique du journal est très_claire à ce sujet.

Philippe, stéréotype de la génération *Y*[1] plongea sur le dernier mot prononcé par son chef.

1. Génération des jeunes adultes nés entre le début des années quatre-vingt et le milieu des années quatre-vingt-dix.

— En parlant de sujet! J'ai justement un projet qui, j'en suis sûr, vous intéressera.

Antoine, décontenancé par tant d'insolence, ne répondit pas.

— Monsieur, le journal *Le Monde* a écrit un article sur la répartition des richesses ! Cela suscite le débat et mérite d'être approfondi.

Son *boss* lui lança un regard méprisant. Il se leva et s'approcha de la fenêtre. Il gérait la rédaction du journal *L'Aurore*, première sur le podium de presses wallonnes. Les mains enfouies dans les poches de son pantalon orange visiblement à la mode, il dominait la baie vitrée de son allure svelte, dégénérescence oblige, de jeune cadre dynamique. Il représentait tout ce que Philippe détestait : arrogance, suffisance, opportunisme et surtout, il était grand… beaucoup trop grand.

— Monsieur, les quatre-vingts personnes les plus riches détiennent la moitié de la planète ! Pire, 80 % de la population mondiale, soit 5,5 milliards de personnes doivent survivre en se partageant 5 % des richesses restantes!

Antoine prit un visage de circonstance.

— C'est triste, mais c'est comme ça et l'on ne peut rien y faire. Cette semaine, tu te chargeras de couvrir les accidents de la route.

Vaincu pour la seconde fois aujourd'hui, Philippe se traîna jusqu'à son bureau. Ses pieds lui faisaient mal, cette marche matinale laisserait certainement quelques ampoules. La mine déconfite, il déposa sa veste sur le dossier de sa chaise.

Les bureaux alignés en rangs d'oignons étaient disposés en binôme de manière à ce que chaque employé ait un vis-à-vis.

Philippe, le plus chanceux de cet étage, avait le privilège de travailler en face de Louise. Cette jeune diplômée avait conquis son cœur au premier regard. Intelligente et humble, elle se faisait un nom dans les rangs de la rédaction sans écraser ses collègues. Elle évoluerait vite, il le savait, et il était content pour elle. Elle fronça les sourcils en voyant sa mine soucieuse. Ce qu'elle prenait pour de la préoccupation était en réalité de la douleur, ses pieds le faisaient vraiment souffrir.

— Ça va?

— *Nan*... Journée de merde...

— Tu exagères, dit-elle en secouant sa petite frimousse rousse. Tu arrives en retard et tu trouves encore le moyen de te plaindre.

Elle acheva sa phrase d'un petit clin d'œil complice. Il ignora la douleur. Comment résister à ce rayon de soleil doté d'un regard azur et de magnifiques taches de rousseur?

— Quand tu parles comme ça, tu me rappelles ma mère.

Elle fit la grimace. Fier d'imposer une nouvelle fois son tact légendaire, il s'installa à son poste de travail.

— Alors, sur quoi bosses-tu?

Gênée de son succès, elle répondit timidement:

— Antoine m'a confié la couverture du G8 qui aura lieu le mois prochain à Bruxelles...

— C'est génial!

— Oui, je suis trop contente.

Elle hésita.

— Et toi?

— Ah! Je suis sur un dossier super-sensible...

— La circulation?

— La circulation...

Ils pouffèrent de rire.

— Tu veux un café, Louise?

— Avec plaisir.

Il se leva et fit quelques pas en direction de la cafétéria. De son siège, elle l'interpella.

— Dis Philippe, tu n'aurais pas mal aux pieds par hasard?

Il se retourna, rouge pivoine. Elle avait le don de percer son masque et de voir son vrai visage.

— Euh… oui, comment tu le sais?

Elle secoua la tête, un sourire au coin des lèvres.

— Reste assis, je m'en occupe.

***

La route du retour fut pénible. Un bidon d'essence à un prix prohibitif plus tard et il était de retour chez lui.

— Ça va? Tu n'es pas arrivé trop tard ce matin, mon chéri?

Il beugla, rustre et mécontent.

— J't'avais d'mandé de r'mettre de l'essence dans l'auto!

Il mit sa veste au portemanteau et fit mine d'ôter ses chaussures, et là, il comprit. Quelque chose clochait depuis ce matin, une gêne constante, cette pointe qui le dérangeait prenait enfin tout son sens à présent qu'il avait le nez dessus. Il avait passé la journée avec deux souliers de paires différentes.

Il serra les dents de colère, ensuite, il fit le lien avec l'étrange comportement de Louise. Elle s'était attelée toute la journée à lui apporter son café, à lui ramener ses photocopies. Elle lui acheta même un sandwich « spontanément ». À bien y penser, il ne quitta pratiquement pas sa chaise de la journée. Personne n'a dû le remarquer, à part elle. Elle était si attentionnée et lui…

— Je ne suis qu'un gros blaireau…

Il ôta ses chaussures, déplaçant la douleur de ses pieds vers son cœur. Sans un mot pour sa mère ni un regard pour la cuisine, il monta sans autre formalité dans son bureau. *Madame Lucia* comprit ; une rude journée de plus. Elle était triste pour son tout-petit.

À l'étage, il s'installa directement derrière son bureau

et lança un regard furieux en direction de son mur. Les épingles fichées sur les articles de journaux comme des piques sur des crânes maintenaient la structure aux allures de complot. Il avait recoupé les informations de toutes les sources possibles. Passant par les bilans d'entreprises aux articles gauchistes sur la redistribution des richesses. Il avait mis le doigt dessus, il le savait et il leur prouverait. Si on ne l'autorisait pas à écrire sur le sujet dans la presse, il écrirait ailleurs. Le jour où les Hommes se tairont, l'Humanité ne sera plus. D'un coup d'index rageur, il cliqua sur la souris pour démarrer l'*upload*. Ce soir, son blog serait enfin en ligne.

Chapitre 9
Les liens du temps

Anna avait la peau douce et satinée. Nue, elle s'était endormie lovée contre son corps. Il effleura doucement de ses doigts sa cuisse légèrement bronzée. Elle sourit dans son sommeil. Il plaqua ensuite sa main contre son ventre. Bientôt, il pourrait sentir les coups. Nico se mit à rêvasser de leur future vie à trois.

La réalité le rattrapa rapidement. Il s'apprêtait à laisser sa femme enceinte pour ce nouveau contrat, il ne put réprimer une terrible angoisse. Anna avait vraiment bien accueilli la nouvelle, presque sans surprise, à croire qu'elle s'y était préparée. Il lui avait expliqué la rencontre avant de lui tendre tout simplement la proposition de contrat. Il y eut un temps mort et comme escompté, les chiffres n'eurent aucun effet sur Anna. Il la connaissait mieux que quiconque.

Lorsqu'elle lui rendit la feuille, elle repéra quelque chose d'étrange dans le regard de son mari. Une lueur dont les scintillements rappelaient la douleur des moments passés. Ce n'était pas un contrat, c'était un devoir, un signe du destin, l'explication que Nico attendait. Anna comprit immédiatement ce que ressentait son mari. Elle se serra contre lui et ils se retrouvèrent de la plus belle des manières.

***

Il ne pouvait y avoir de départ sans célébration. Il avait donc organisé un repas avec son ami Nathan pour arroser son contrat et ce nouveau cap. Nico avait peu de famille et adoptait pour principe de consacrer son temps et son affection à ceux qui comptaient. Il accordait beaucoup d'importance aux petits gestes insignifiants, synonymes d'une profonde affection.

Nathan était policier. Inscrit à l'Académie à dix-huit ans, il s'y distingua brillamment par ses résultats. Après un mois passé sur le terrain, il avait directement été repéré par le commissaire divisionnaire. Son physique n'était guère impressionnant. Il était de corpulence mince et nerveuse, des muscles secs, fibreux, sans la moindre trace de graisse.

Ses connaissances des procédures, des lois et sa maîtrise dans des situations sensibles lui avaient valu un prix quelques mois seulement après son intégration. Il avait gagné quelque deux cents euros offerts par la Caisse régionale de solidarité policière et les avait entièrement dépensés le soir même dans un bar du coin, avec Nico.

Le commissaire l'avait personnellement proposé pour intégrer une équipe d'interventions spéciales, poste qu'il avait accepté sans hésiter. Ses fonctions comportaient des risques. Il couvrait les opérations infiltrées contre le grand banditisme. Lorsque les preuves rassemblées étaient suffisantes, on faisait appel à son équipe pour intervenir. Nathan ne s'étendait que peu sur ses fonctions. Nico savait juste que son ami était amené à voyager et qu'il faisait partie d'une unité d'élite.

Le barbecue traditionnel avait cette fois laissé sa place aux *spare-ribs* caramélisés et épicés comme il le fallait, passés au four. C'était leur menu favori lorsqu'ils se faisaient une soirée entre « mâles ». Anna était couchée depuis une paire d'heures et les deux amis achevaient la soirée comme de coutume.

— Tu sais, ma poule, je ne sais pas comment te le dire, mais ce nouveau job… je pense que c'est un tournant dans nos vies. Je sais que tu as déjà eu un stage de six mois à Zurich, mais, je ne sais pas… L'impression est vraiment différente, cette fois.

Il fixa silencieusement son verre. Nathan était plutôt du genre blagueur, affichant une attitude désinvolte, ce qui rendait ces moments de sincérité toujours plus intenses. Nico se contenta de sourire. Les secondes s'égrenèrent en silence. Si la distance et les choix professionnels les séparaient, ils cultivaient leur amitié comme on prend soin d'un jardin.

Nico leva son verre à l'attention de Nathan.

— Les choses évoluent, c'est normal. Ce qui le serait moins serait de laisser ces choses nous séparer. On s'est construit un lien et c'est tout ce qui compte pour moi.

À ces mots, Nathan approcha son verre de celui de Nico.

— D'ailleurs, je ne vois pas de meilleur moment pour te le dire.

Nathan regarda son ami, intrigué. Il était saoul, certes, mais pas au point de ne pas réaliser l'importance du moment.

— Anna est enceinte, et je veux que tu sois le parrain de notre enfant.

Les deux amis se serrèrent dans les bras comme ils l'avaient fait par le passé, tant de fois déjà, dans les moments de fête, mais aussi dans les grands moments de douleur. L'alcool amplifiait leurs émotions, ils se regardèrent et comprirent qu'il n'y avait plus qu'une seule chose à faire.

Ils descendirent à la cave sacrifier une énième bouteille pour fêter la nouvelle.

Chapitre 10
Le cours de la vie

L'enfant étendu gisait, immobile, dans l'herbe, le corps à moitié sur la route, à moitié dans le fossé. Un attroupement de badauds s'était rassemblé autour de la victime. Une femme, en larmes, penchée sur le corps de l'enfant lui frictionnait frénétiquement la poitrine. La réalité engloutie par son chagrin, elle pensait pouvoir encore le réveiller, le sortir de ce mauvais rêve. Cette femme, traumatisée par la brutalité de l'événement devait être sa mère.

Sous escorte de monsieur Tong et de son assistante, le médecin pénétra la troupe de paysans et découvrit le petit corps inerte. Le plus délicatement possible, tout en mettant en avant ses compétences de médecin, il écarta la mère et implora les curieux de le laisser travailler.

Le corps de l'enfant, âgé d'une petite dizaine d'années, ne semblait pas présenter de lésions externes apparentes. Des résidus de vomissures étaient visibles à la commissure de ses lèvres et quelques dizaines de centimètres plus loin, sur l'herbe. Par précaution, il contrôla les fonctions vitales de l'enfant. Sans aucun doute, Chu constata le décès. Il n'était médecin que depuis peu, mais avait déjà côtoyé la mort à plusieurs reprises. Ce n'était pas tant les défunts qui le touchaient, mais bien le chagrin des proches, un chagrin réel, qui venait du fond du cœur, du fond de l'âme. Ses doigts encore posés sur l'artère carotide, il se tourna lentement vers la maman.

Elle déchira la scène d'un long sanglot et s'effondra sur le bas-côté de la route. Un homme, resté à distance jusque-là, se précipita à ses côtés et la prenant par les épaules, la raccompagna vers le centre du village.

Les yeux étaient figés, les narines n'étaient pas obstruées. Chu ouvrit la bouche du cadavre et pinça la langue entre ses doigts pour l'analyser. À sa grande surprise, elle avait une teinte très foncée, presque noire et était anormalement dilatée.

Lilli comprit l'étrangeté de la découverte.

— Docteur, pourquoi sa langue est si foncée ?

La question le sortit subitement de sa bulle. Penché sur le corps, il avait bien quelques idées, mais la combinaison des deux symptômes ne collait pas aux maladies qu'il connaissait.

— Je n'en ai aucune idée, Lilli. Avez-vous obtenu des informations quant aux circonstances de la mort ? Que s'est-il passé avant qu'il ne tombe là ?

— J'ai entendu un passant parler de convulsions. Selon lui, l'enfant revenait de la rivière. Il semblait être pressé, mais il s'est arrêté net, comme paralysé. À peine une ou deux secondes après, toujours debout, il s'est mis à convulser et à vomir. Le témoin n'a rien pu faire et après deux minutes, le corps inerte s'est laissé tomber à terre.

Chu hocha la tête gravement, imprimant le récit dans sa mémoire.

— Je vais prendre un échantillon de sang et de salive. Pourrais-je vous demander de vous rendre en urgence avec le véhicule de votre père à la Croix-Rouge de Tongren pour y déposer les échantillons ? Il faut que je dispose de ces résultats avant de pouvoir tirer des conclusions fondées.

— Je me mets en route immédiatement, docteur !

— Une fois les échantillons déposés, n'attendez pas les résultats. Il leur faudra un certain temps pour les analyser.

***

Assis sur son lit, adossé au mur, Chu s'était enfermé dans sa chambre pour étudier ce cas particulier.

La mine soucieuse, il prenait des notes sur un bloc de feuilles posé sur ses genoux, jonglant entre les livres de médecine, une encyclopédie et des dossiers de patients éparpillés autour de lui. Ce cas était des plus étranges. Les éléments pris séparément s'expliquaient facilement au vu des conditions de vie des habitants. Mais pris ensemble, les convulsions et vomissements combinés à une langue brune étaient totalement atypiques.

Les convulsions, comme les vomissements, suggéreraient une intoxication à certains pesticides.

Dans la région, certaines grosses entreprises d'exploitation utilisaient intensivement des pesticides organophosphorés, très nocifs pour l'être humain, et ce, sans précautions particulières. Le cas était pour l'instant isolé ; or, une contamination aux pesticides engendrait en règle générale de nombreuses victimes. Cette hypothèse ne tenait pas la route. Sceptique, il poursuivit ses recherches.

Le symptôme de la langue noire, le *lingua villosa nigra*, était plutôt rare. L'explication la plus fréquente, certes peu probable dans ces circonstances, était l'abus de friandises colorées. Connaissant les habitudes alimentaires des adultes comme des plus jeunes dans le village, Chu écarta cette hypothèse. L'autre cause possible pour expliquer ce syndrome, beaucoup plus rare, mais la plus logique, était une agression bactérienne, souvent de type levure. Les deux symptômes dont l'enfant avait été victime étaient dissociables, et statistiquement difficilement combinables.

La seule voie qui lui restait était l'analyse de l'échantillon de sang. Il ne pourrait rien conclure sans ces résultats. Il referma son almanach des maladies infectieuses, repoussa son bloc de feuilles et ses autres livres et laissa tomber sa tête sur l'oreiller. La journée avait été éprouvante. Il ferma les yeux.

Chapitre 11
All in

Nico connaissait bien l'aéroport de Genève, il y avait transité régulièrement lors de son stage et n'eut aucun mal à trouver son chemin et récupérer ses bagages.

— Bon… on est donc supposé m'attendre… mais est-ce un chauffeur privé ? Un taxi ? Une navette de l'hôtel ?

Dans le couloir des arrivées, il balaya la foule d'un regard anxieux tout en serrant involontairement la poignée de sa valise.

Enfin ! Il sourit, soulagé. Un homme en costume cravate noir, impeccable, attendait, selon sa pancarte, un certain monsieur Berger.

Nico apprécia tout de suite le geste. Être attendu à l'aéroport par un chauffeur était très plaisant. Ce dernier fixa Nico, comme s'il l'avait reconnu. Le chauffeur semblait sortir à la fois de chez un tailleur stylé et d'une salle de *bodybuilding*.

***

Le long du lac Léman, le panorama était splendide, tout comme dans ses souvenirs, à un détail près, il ne voyageait plus en bus.

Ils arrivèrent en milieu d'après-midi. Du haut de ses

cinq étoiles, le *Grand Plaza* dominait fièrement les abords soigneusement entretenus du lac. Ils longèrent une drève verdoyante pour rejoindre la luxueuse entrée du palace dont le corps principal surplombait les portes de verre en un majestueux arc de cercle. Nico bomba le torse afin de se donner un peu de contenance et prit la direction de l'entrée, suivi de près par son chauffeur, le large Bastien.

Le hall était un concentré de luxe. De longues dalles de marbre noires veinées menaient à une réception moderne. Derrière le comptoir épuré, une dame d'une classe surprenante invita Nico à s'approcher.

— Monsieur Berger ?

— Oui, c'est moi…

— Monsieur Berger, nous sommes ravis de vous accueillir au sein du *Grand Plaza* Genève.

Elle parlait avec un léger accent germanique que Nico trouva très séduisant.

— Vous avez, pour toute la durée de votre séjour, accès à notre forfait *High standing*. L'accès aux spas, bars et restaurants est illimité et compris dans votre réservation. Vous pouvez également bénéficier de notre *room service* vingt-quatre heures sur vingt-quatre.

Elle s'humecta délicatement les lèvres.

— Vous résiderez dans la suite Sigma au sixième étage. La suite est non-fumeur, mais possède un balcon avec vue sur le lac.

Enivré par tant de luxe, Nico ne trouvait plus ses mots.

— Vos bagages vous attendent dans votre suite. Voici la carte qui vous permettra d'y entrer et d'activer les nombreux services de l'hôtel. Veillez à bien la garder avec vous.

— Je vous remercie.

Il lui sourit lorsqu'une voix derrière lui l'interpella.

— Monsieur Berger ?

— Oui, Bastien ?

— Votre premier jour au laboratoire est prévu pour demain. Vous avez le loisir de vous installer dans votre nouvel environnement. Si vous souhaitez vous rendre quelque part ce soir, il vous suffira d'appeler la réception.

C'était vraiment surréaliste. Il ne s'attendait pas à être reçu de cette manière. Cette journée s'était finalement beaucoup mieux déroulée qu'escompté. Il lui tardait d'appeler Anna pour tout lui raconter.

Chapitre 12
À force d'abnégation

Chu parlait lentement, sa voix était froide et dépourvue de sentiments.

— Nous avons apporté cinq échantillons de sang pour analyse au cours des quatre dernières semaines.

Le secrétaire médical du centre de la Croix-Rouge de Tongren transpirait derrière son bureau.

— Où sont mes résultats ?

— Je vous l'ai dit, il y a eu un problème et…

— MENSONGE !

Son poing s'abattit sur le bureau. Chu approcha sa tête de l'oreille de son interlocuteur et lui murmura :

— Des gens sont morts. Ils ont convulsé et vomi jusqu'à en mourir.

Chu parlait de moins en moins fort.

— La seule façon d'éviter d'autres cas, voire une épidémie, c'est d'obtenir…

Il se mit à hurler.

— CES PUTAINS DE RÉSULTATS !

L'homme pâlit et rétorqua d'une voix geignarde :

— Je ne sais pas, monsieur, je vous le jure. J'ai suivi la procédure. Étiquetés, empaquetés et envoyés au laboratoire de l'hôpital. Aucun n'est revenu. Quand vous avez envoyé votre collègue, la gentille dame Lilli, je lui ai promis de me renseigner. J'ai demandé au transport, ils m'ont dit que les échantillons n'étaient jamais arrivés. Il paraît que ça arrive souvent dans la région. Perte de référence, accident de camion, réquisition du véhicule pour urgence…

Chu balaya l'explication du revers de la main.

— Je veux parler au docteur Lei !

— Monsieur Tiang, le docteur Lei a dû s'absenter en urgence lundi, il ne sera pas au centre de toute la semaine.

Chu regarda le secrétaire avec mépris. Il sortit de sa veste une enveloppe brune.

— Mon rapport mensuel pour la Croix-Rouge.

Il jeta vers l'homme « flan » l'enveloppe avec dégoût, comme s'il lançait une poubelle dans une benne à ordures. Il mit ensuite la main dans sa poche et toucha du bout des doigts les échantillons de sang prélevés sur deux nouveaux cas de langues brunes. Il ne pouvait visiblement pas compter sur le centre médical, il se débrouillerait donc seul. Il fallait identifier cette maladie, il fallait le faire vite.

***

Il approchait du vieux 4×4 de *Maître* Tong. Lilli attendait à côté du véhicule et lorsqu'elle le vit, lui adressa un sourire sincère dont elle détenait le secret. Maigre et de taille moyenne, sa dentition hasardeuse n'enlevait rien à son charme. Pétillante et attentionnée, elle lui apportait un véritable réconfort dans ce drame humanitaire.

Elle allait bientôt fêter son vingtième anniversaire et respirait la joie de vivre. Pour elle et sa famille, rencontrer Chu fut une réelle aubaine, l'opportunité idéale pour apprendre les rudiments de la médecine. Les filles de villages pauvres sont souvent destinées à travailler de longues heures dans les rizières.

La colère de Chu s'estompa à la vue de Lilli.
— En route, Lilli ! On va à l'hôpital.
Elle parut étonnée.
— Et les résultats ?
— On va devoir les trouver nous-mêmes.

Chapitre 13
Life on Line

Lorsqu'on analyse l'actionnariat des cinq cents plus grosses entreprises dans le monde, on remarque que toutes ont un point commun. Chacune voit dans son capital plusieurs fonds d'investissement comme actionnaires. En recoupant ces fonds, on remarque que treize gestionnaires de fonds très célèbres sont récurrents et se retrouvent dans ces cinq cents entreprises. A priori, c'est légal et tout à fait normal, car rien ne les lie, ce sont des entités distinctes. Ils sont d'origines ou d'horizons bien différents. Ce qui interpelle, c'est lorsque l'on cumule leurs parts. Si on additionne le pourcentage des actions détenues par ces treize gestionnaires de fonds dans l'actionnariat des cinq cents plus grandes entreprises, on remarque qu'ils sont majoritaires. Si ces gestionnaires se réunissaient, ils seraient donc décideurs de la politique de ces entreprises.

Ces cinq cents multinationales influencent le monde entier. Elles passent par l'énergie, les médias, l'industrie lourde, mais aussi l'agroalimentaire et donc ce qui finit dans nos assiettes.

Ces entreprises emploient des millions de personnes. Elles nous permettent de nous chauffer, de nous déplacer, mais aussi de nous soigner. La politique de ces entreprises affecte l'économie, l'écologie et impacte le niveau de vie du monde entier.

Ces cinq cents entreprises suivent le marché et d'après les théories des plus grands économistes, la « main invisible », la loi du marché, fait que les prix et les décisions de production doivent rencontrer la demande. Dans un exemple simplifié, si les prix augmentent ou si le produit n'est pas satisfaisant, le consommateur ira chez le voisin concurrent, moins cher ou de meilleure qualité. Il y a donc, en théorie, une «autorégulation» saine de ces entreprises qui garantit à la population un libre choix dans ses achats et finalement dans ses décisions quotidiennes de vie.

Qu'adviendrait-il en situation de monopole? Imaginons que ces treize fonds dictent en secret et d'un commun accord, les politiques à suivre par les entreprises. Si les entreprises ne rencontraient plus de vraie concurrence et pouvaient agir sans se soucier de la population? Que se passerait-il, si les consommateurs en fin de compte n'avaient plus le choix? Ne serait-ce pas une atteinte aux libertés fondamentales?

Le monde entier dans seulement treize mains...

Ces fonds sont très célèbres, mais la structure de leur actionnariat reste mystérieuse. Grâce aux paradis fiscaux et au secret bancaire, on ne sait pas qui détient réellement ces fonds.

Les lois de la concurrence empêchent la création de monopole et d'entente sur les prix. Or, avec l'aide d'un bon fiscaliste et d'une banque exotique, il est possible de «contourner» la loi.

Ces treize fonds représentent un monopole «légal» que les lois de la concurrence protègent. Ce regroupement secret constitue la plus grande collusion jamais créée. L'effet pervers dans tout cela, c'est de voir la loi les aider à maintenir leur mainmise. Ces règles de la concurrence empêchent de nouveaux monopoles, de nouvelles connivences. Vouloir éviter un nouveau regroupement d'entreprises, d'associations, de populations, c'est en réalité une mesure d'élimination de rivaux potentiels. Les lois qui assurent la libre concurrence finissent par contribuer à notre contrôle et à notre privation de liberté, le principe régalien perdure, «diviser pour mieux régner»...

L'évolution du marché est dramatique et nous dirige vers un nouveau mur, celui de la nouvelle lutte des classes dites modernes, mais qui au fond, n'a simplement pas changé.

— Chééééériiiii, à table !

Philippe abandonna l'*update* de son blog dont le compteur affichait déjà plus de deux cents visites et ce, sans la moindre publicité. Le râleur autosatisfait quitta son trône aux reflets haute définition pour rejoindre sa *mamma*.

— *Ciao signora* ! dit-il en descendant les escaliers.

Il avait un accent horrible et ne parlait absolument pas l'italien. Il aimait toutefois se targuer de son origine à moitié transalpine. *Madame Lucia* appliquait son savoir-faire légendaire dans ses concoctions caloriques, ça sentait bon le *minestrone*. Bourreau de travail, elle ne s'arrêtait jamais, et ce, malgré ses longues journées en tant que vendeuse de vêtements. Lorsqu'elle rentrait du magasin, elle s'affairait à nettoyer, faire la lessive et la cuisine. Son éducation très rude l'empêchait de dévoiler ses sentiments qu'elle manifestait en préparant ses plats avec beaucoup d'amour.

Philippe approcha du plan de travail pour « aider » sa maman à mettre la table. Une pile de vaisselle sale l'encombrait.

— Nom de Dieu, quel bordel !

Il saisit la pile de vaisselle qu'il déplaça dans l'évier. L'acte inutile et ô combien horripilant fit mouche.

— T'exagères, le lave-vaisselle est juste à côté… Et arrête de jurer !

Philippe fit ce qu'il maîtrisait le plus ; la sourde oreille. Il ouvrit le tiroir pour prendre les couverts. Malheur, il ne restait plus qu'une cuillère à soupe propre. Il haussa les épaules, il boirait son bouillon au bol.

Il revint vers la table de la salle à manger, chargé de la vaisselle qu'il disposa d'un air las. Un courrier au coin de la table attira son attention, une lettre de l'Office national des pensions.

— Ma ? Tu as eu des nouvelles pour ta pension ?

Sa maman s'immobilisa dans la cuisine. Elle répondit d'une voix mal assurée qui feignait l'indifférence.

— Oui ! Ils m'ont dit qu'avec mes quarante-cinq ans de carrière, j'aurais droit à une bonne pension…

Philippe parcourut le document de ses yeux inquisiteurs.

— 1 032 € par mois ? Mais c'est une vaste blague !

Il ne vit pas les larmes qui perlaient aux yeux de sa mère. Elle se reprit en masquant sa détresse par de la colère.

— Tu te rends compte ? Je vais faire quoi avec si peu ? Je suis bonne pour vivre comme une écluse.

— Une recluse, Maman, une recluse…

Madame Lucia aussi savait jouer de la sourde oreille.

— Le loyer de la maison, les charges, les assurances et les taxes… mon mois sera dépensé dès le premier jour.

Derrière ses casseroles, elle bouillonnait.

— Ne t'en fais pas, Maman, avec mon salaire on va s'en sortir.

Ce fut le coup de grâce, les parents travaillent pour offrir une vie meilleure à leurs enfants et non l'inverse.

On se croirait de retour dans les années cinquante.

— Tout ça à cause des chômeurs et des assistés sociaux qui pompent dans la caisse…

Philippe, journaliste averti, savait que le populisme faisait toujours mouche en temps de crise. Il se rapprocha de sa mère et la prit dans ses bras.

— Non, Maman, ça, c'est ce qu'ils essaient de nous faire croire. L'argent, il y en a, il y en a même beaucoup. Mais il est ailleurs…

Il lui posa sur le front un baiser affectueux qui apaisa le cœur de *Madame Lucia.*

— Ne t'en fais pas, Maman, on va s'en sortir.

Chapitre 14
Un beau bocal

Le gigantesque Centre hospitalier universitaire de Genève (CHUG) s'élevait telle une forteresse de béton et de verre au milieu des spacieuses avenues verdoyantes suisses.

La voiture contourna le bâtiment principal et longea une promenade parsemée d'arbres, de buissons et de bancs qui semblaient plaire aux passants.

Bastien immobilisa le véhicule devant le centre dont l'architecture moderne trahissait sa construction récente. Le côté droit du bâtiment devait bien pointer à trente-cinq mètres de haut. De cette pointe, une carapace ronde de verre plongeait sur la droite. Le bâtiment au *design* époustouflant faisait un peu penser à une demi-lune de verre et d'acier. L'investissement pour une conception de cette envergure devait être colossal.

Il faisait frais, mais sec et, en cette douce matinée estivale, un soleil bienfaisant caressa le visage du jeune docteur en biologie. Ils approchaient de l'entrée quand Nico reconnut une silhouette familière sortant du bâtiment. Éric Langlois avait, comme dans ses souvenirs, ce même visage rondouillard qui arborait un sourire commercial éclatant. Malgré son élégance et sa présentation irréprochable, sa stature ne collait pas avec son costume. Nico l'aurait plutôt imaginé en maçon, cette pensée l'amusa.

— Monsieur Berger, ravi de vous revoir ! Suivez-moi, je vous prie.

À peine furent-ils entrés dans le vaste hall, jonché de grandes dalles claires, qu'Éric l'invitait déjà à le suivre vers un large couloir. Le toit de verre donnait à la pièce une luminosité bienfaisante qui rendait l'atmosphère du lieu calme et sereine. Ils prirent la dernière porte du couloir à gauche, à côté de laquelle un petit écriteau indiquait : recherche – biologie moléculaire et cellulaire. Derrière celle-ci, dans une pièce de cinq mètres sur cinq, se trouvait un véritable sas de contrôle. Un officier de sécurité, la peau mate et mal rasé, les toisait de derrière son bureau. Éric le salua de sa bonhomie habituelle.

— Salut Alexandre, alors, bien dormi ?

Le garde secoua la tête et se replongea dans son encyclopédie d'histoire naturelle. Éric salua l'officier de sécurité et quelques contrôles plus tard, ils avançaient vers la pièce suivante.

— Venez ! L'équipe doit être impatiente de vous rencontrer.

Nico suivit le guide. Ils pénétrèrent dans un ascenseur et pour une fois, personne ne prit la parole. À l'intérieur, Nico repéra un unique bouton au-dessus duquel se trouvait une étrange serrure. Éric appuya sur le bouton et ils se mirent immédiatement à descendre.

— Vous bénéficierez d'installations localisées sur un seul étage. C'était la condition pour financer le bâtiment, dit-il sur le ton de la confidence. Le sous-sol pour l'institut et le reste pour l'université.

En synchronisation parfaite avec l'ouverture de l'ascenseur, il clama d'un air triomphant :

— Voici nos neuf cent cinquante mètres carrés entièrement à votre disposition, monsieur Berger !

Le vaste laboratoire pavé de carrelage blanc immaculé présageait une rigueur sans faille.

Ils se trouvaient dans un vestibule doté d'un large évier en inox, d'une douzaine de casiers. Il connaissait le protocole, il ne pourrait aller plus loin sans se soumettre aux règles de base : lavage minutieux des mains, avant-bras et port de la célèbre blouse blanche en coton. Par-delà les vitres, Nico pouvait observer au moins huit pièces différentes dans lesquelles quelques laborantins étaient déjà à l'œuvre. Il compta quatre personnes, dont une qui se dirigeait vers eux. L'homme devait avoir dans les trente-cinq ans, ses cheveux blonds étaient noués à l'arrière en une petite queue-de-cheval, carrément démodée. Il s'arrêta devant le sas face à eux et sortit son badge.

— Bien, je vous laisse entre les mains de votre nouveau collègue.

Éric acheva sa phrase sur une poignée de main chaleureuse. C'était un peu étrange et solennel à la fois, sa manière à lui de lui souhaiter bonne chance. Dans la seconde qui suivit, il prit congé et disparut dans l'ascenseur.

Le nouvel arrivant se présenta face à Nico. Ses grands yeux verts et sa barbe de trois jours lui donnaient un air d'aventurier solitaire qui bizarrement s'accommodait particulièrement bien à sa blouse blanche.

— Lio, ravi de te rencontrer.

La poignée de main était molle.

— Nicolas Berger, le plaisir est pour moi.

Lio prit un air blasé.

— Bon, je fais partie des « anciens », alors c'est à moi qu'on refile le *coaching* du nouveau, si tu vois ce que je veux dire, donc considère que je suis ton patron. On a déjà mis un casier à ton nom.

Lio pointa l'armoire métallique derrière lui.

— Tu as dedans trois jeux de blouses, des charlottes,

des *overshoes* et ton badge. Pas besoin de te dire qu'à part ta carcasse, rien ne rentre dans le labo.

Il fit un signe de tête en direction de sa mallette.

— Elle contient mes anciennes recherches, ça peut être utile, rétorqua Nico.

Lio ne prit pas la peine de répondre et le fixa, le front plissé. Après quelques secondes, ce dernier se sentit mal à l'aise. Vaincu, Nico se retourna pour déposer sa mallette, ainsi que ses effets personnels, dans son nouveau casier. Une fois prêt et désinfecté, Lio reprit les explications.

— Bon alors, voici le premier sas ; « le visiteur » comme on l'appelle. Il divise le labo en deux. Tout d'abord, il y a la partie gauche.

Nico suivait du regard les explications de Lio.

— Tu vois au bout du couloir, les vitres en verre dépoli ?

— Euh, les vitres opaques du fond ?

— Ouais, il y a deux portes, une pour les chiottes, l'autre pour les douches de décontamination. Avant d'y arriver, plus tôt dans le couloir, il y a une porte en verre sur la droite. Elle donne sur une large pièce, tu vois ? C'est dans ce labo que nous travaillons. Tout y est à disposition et comme tu peux le remarquer, cette pièce couvre pratiquement toute la partie gauche du sous-sol.

— Oui, tout à fait.

— On l'appelle la cuisine. On peut pratiquement tout y faire, de l'extraction à l'hybridation. Il y a deux pièces à l'arrière avec les autoclaves et les réfrigérateurs. Il y a également un plateau technique de radioactivité, c'est d'ailleurs pour ça qu'il y a un autre sas de sécurité avec un second protocole d'hygiène à l'entrée.

— La cuisine, je retiens.

— C'est bien ! Bon, ben, c'est déjà 50 % du labo, mon vieux. À notre droite, pareil ! Tu vois les miroirs au fond avec la porte ?

— Oui.

— Ça, c'est le bureau du chef de projet, Sven Peters, il se pointe une fois par semaine.

Lio se retourna sur Nico et le dévisagea de la tête aux pieds.

— Il est Hollandais et ne parle pas le français. Tu te débrouilles en anglais au moins ?

— Je lui parlerai en néerlandais, répondit Nico, Bruxellois dans l'âme.

Lio haussa les épaules.

— Dans la partie droite, il y a un couloir. Il mène à nos espaces de travail. On possède tous un bureau personnel et il y a une salle de réunion. Au fond, il existe également deux labos beaucoup plus petits et rarement utilisés, acheva Lio évasivement.

Nico répondit avec dynamisme.

— Tout se fait dans la cuisine ?

— T'as pigé ! Bon allez, faut que je te présente.

Le matériel était *high-tech*. Osmoseurs, centrifugeuses, incubateurs, spectromètres de masse, colonnes de chromatographie gazeuse, microscopes électroniques à balayage. Le labo était complet et chaque équipement semblait neuf. Le résultat des analyses s'affichait directement sur de larges écrans plats de quarante pouces. Il en compta huit et vit deux laborantins jongler entre écrans et tablettes. Un étrange système d'exploitation semblait gérer l'interface numérique. Ça allait le changer de son petit ordinateur portable de l'université.

Une fois à l'intérieur, Lio s'approcha des deux chercheurs qui discutaient apparemment d'un résultat d'analyse.

— Voici Dominique et Raphaël.

Les deux jeunes hommes hochèrent à peine la tête avant de reprendre leur discussion. Un autre homme, plus âgé, semblait faire l'entretien des autoclaves.

— Je te présente André, notre doyen. Il maîtrise chacune de nos machines.

L'homme était trapu et chauve. Nico n'en vit pas plus. L'homme ne daigna pas se retourner.

— Suis-moi, je te montre ton bureau, qu'on puisse en finir.

Le *team spirit* n'était vraiment pas à l'ordre du jour.

Le couloir longeait une grande salle de réunion et obliquait sur la gauche. Il se prolongeait ensuite en une simple ligne droite qui débouchait sur deux portes. À droite, sur toute la longueur, une cloison de miroirs délimitait le bureau du chef. Ces miroirs devaient certainement donner au responsable le loisir d'observer l'équipe sans être vu. En face, les bureaux assignés au personnel, cloisonnés par des parois de verre transparentes, offraient au *boss* une vue imprenable. Il se serait cru dans un roman de George Orwell.

Une petite plaque nominative à côté des portes indiquait le propriétaire. Dominique, Raphaël, Clara, Lio. Ils arrivèrent enfin au bureau de Nico. Plus loin, il restait encore trois bureaux inoccupés. Les deux portes du fond donnaient sur les petits labos additionnels.

— Où est le bureau d'André ? demanda Nico, étonné.

— André ne fait plus de recherche, il est là en support technique.

Lio ouvrit la porte avant de poursuivre.

— Voilà ton « antre ».

Nico entra lentement dans sa bulle de verre.

Il avait démarré la journée se sentant comme un poisson dans l'eau. Un rapide tour de la petite pièce et il réalisa qu'il allait vivre ces six prochains mois dans un aquarium.

Chapitre 15
Périr ou dominer

Assis derrière son ordinateur, il entendit s'éloigner le frottement des chaussures sur le carrelage blanc. Il détestait les gens qui marchaient en traînant les pieds. Le bruit familier du sas visiteur qui s'ouvre et se referme le rassura ; il serait bientôt seul dans le labo. Il patienta encore une dizaine de minutes avant de se lever avec sa nonchalance habituelle.

Les mains dans les poches, il visita méthodiquement chaque pièce. Il se savait pertinemment seul, mais le protocole imposait d'attendre trente minutes après le départ du dernier employé. La demi-heure protocolaire écoulée, il s'approcha enfin de la cloison faite de miroirs. Face à la porte réfléchissante, il assouvit son narcissisme égocentré tandis que le scan validait son identité. Le tintement familier du verrou magnétique résonna, la porte s'ouvrit et se referma dès son passage.

Débarrassé de sa blouse, il pénétra dans le long bureau de surveillance. Disposés sur toute la longueur de la pièce, des postes de travail dissimulés par les miroirs invitaient à l'observation. De ce côté de la vitre, le laboratoire ressemblait à un énorme vivarium. Les différents instruments de contrôle fonctionnaient en continu, caméras, senseurs, tout était mesuré, enregistré, analysé et archivé. Il s'approcha d'un écran tactile et replaça sa mèche derrière son oreille avant d'observer attentivement le rapport du jour. Rien de particulier ne sortait de la norme. Il s'arrêta longuement sur le nom de Nicolas Berger. Baladant son doigt sur l'écran, il passa d'abord en revue les différents rapports. Il sélectionna ensuite un moment de la journée bien précis, la conversation entre Nico et Lio.

Il ajusta le volume, zooma un peu comme pour faire partie de la conversation et lança la séquence. Il finit par hocher la tête, satisfait et se détourna du moniteur. Un regard vers sa montre lui indiqua que la réunion ne tarderait pas à commencer. La salle de conférence, à la hauteur des comités de direction les plus influents, suggérait la perfection. Le parquet ciré en chêne massif assorti à la table ovale en merisier transmettait un sentiment de chaleur et d'intimité dont le luxe jurait avec l'atmosphère aseptisée du laboratoire. La pièce comptait treize fauteuils en cuir. L'homme s'assit en bout de table, présidant les douze autres sièges vides. Il fixa un moment son reflet dans le gigantesque écran noir qui lui faisait face. Saisissant la tablette posée face à lui, il alluma en quelques manipulations l'écran géant. Un homme vêtu d'un élégant costume sombre assorti d'une chemise bleu ciel apparut. Ses yeux pâles, ornés de pattes-d'oie, lui conféraient un air bienveillant. Il préservait des cheveux blancs impeccablement coiffés et une dentition trop éclatante. Sous son apparence de bon père de famille, Sven Peters prit la parole avec un léger accent néerlandophone.

— Alors, comment se débrouille-t-il ?

Le laborantin prit la parole posément.

— Nous avons suivi la procédure. Nous analysons son comportement et ses réactions au repos. Nous pourrons donc, à partir de la semaine prochaine, avoir un rapport précis sur sa gestion du stress et de ses émotions.

Sven hocha la tête, affichant une mine concentrée et poursuivit par une succession de questions.

— Qu'en est-il des *trackers* ?

— En place, il a fallu pousser, mais il a finalement laissé son ordinateur et ses effets personnels dans son casier.

— Que révèlent les premiers rapports ?

— Bastien signale une activité tout à fait sage et normale. L'homme ne fait pas de vague, ce qui semble correspondre au profil établi par Langlois. Il est calme, professionnel et il fait ce qu'on lui demande, malgré un quotient intellectuel au-dessus de la norme.

— Vous lui avez assigné une sangsue ?

— C'est en cours.

— Comment se passe son intégration dans l'équipe ?

— Il est trop tôt pour pouvoir le dire.

Le sexagénaire serra les dents.

— Il est dans votre intérêt que l'intégration se passe bien. Nous ne voulons pas d'un second André.

— Bien entendu, monsieur.

— Rien d'autre à signaler ?

— Non, monsieur.

Le vieil homme afficha finalement un léger signe de contentement. Il reprit la parole avec une pointe d'étonnement dans la voix.

— Vous semblez gérer votre projet.

La remarque était provocatrice à dessein. Le laborantin se fendit d'un sourire glacial.

— Mes résultats seraient encore meilleurs si l'on ne me faisait pas jouer les baby-sitters. Je serais très efficace si j'avais plus de moyens. J'ai de la vision, je pourrais avec vous modeler la…

Quelque chose dans le regard du vieil homme changea.

Un rictus haineux se dessina sur son visage. Le vieil homme coupa sèchement la parole au jeune laborantin.

— Donnez-nous des résultats !

L'écran vira au noir dans la pièce qui subitement avait perdu toute chaleur.

Chapitre 16
La pataugeoire suisse

Nico entama sa seconde semaine par d'anciens rapports de recherche, faute de mieux. Rien de concluant, il s'agissait surtout d'essais. Il se sentait fatigué et la monotonie du texte ne l'aidait en rien. Sa femme et son foyer lui manquaient terriblement et il ne les avait quittés qu'hier, la semaine promettait d'être longue…

Il reposa le dossier sur le bureau et ferma les yeux, le dos bien ancré dans le creux du fauteuil.

Un bruit lointain le sortit de sa torpeur. Raphaël frappait à sa porte. Nico ouvrit les yeux et tourna la tête vers la porte. Le voyant réagir, Raphaël entrouvrit.

— Excuse-moi de te déranger, mais Lio aimerait te voir. Il t'attend dans son bureau.

Nico émergeait encore, mais se força à répondre de la manière la plus dynamique possible, espérant que son discret assoupissement soit passé inaperçu.

— Ah OK, merci Raphaël. J'y vais de suite.

Lio le vit arriver et lui fit signe d'entrer.

— Tiens, assieds-toi là. Faut qu'on cause un peu.

Nico s'assit dans le petit fauteuil qui faisait face au bureau, ne sachant trop quel comportement adopter.

— J'ai eu Sven au téléphone ce matin et il ne pourra

malheureusement pas être présent cette semaine. Il est retenu en déplacement.

Nico crut s'effondrer intérieurement. Une boule lui serra la gorge, alors qu'il se voyait déjà repasser la même horrible semaine que la précédente. Il ne laissa pourtant rien paraître.

— Dommage, j'étais impatient de le rencontrer.

— Ne te tracasse pas, ce n'est pas le plus important, mais on a quand même parlé de toi.

Lio prononça ces derniers mots d'un air las. Il fixa son interlocuteur et laissa passer quelques secondes avant d'éclater de rire en voyant la mine déconfite de Nico.

— Je déconne, Nico, t'inquiète pas. Sans rire, on a réellement parlé de toi. Sven m'a chargé de te lancer dans le bain et m'a donné carte blanche à ton sujet.

Nico se sentit respirer à nouveau.

— Bon, tu vas d'abord voler de tes propres ailes, seul. Je pourrai voir ce que tu vaux, ce que t'as dans le froc.

— Pas de problème, je suis prêt.

— Pour l'instant, l'équipe teste, de manière théorique, les transferts génétiques possibles entre le porc et d'autres espèces d'animaux. Ils ont déjà obtenu pas mal de résultats.

Lio poussa face à lui un dossier assez épais devant contenir une bonne centaine de feuilles de résultats et tira de sa poche une clé USB qu'il tendit à Nico.

— Prends ce dossier et cette clé. Tu y trouveras des rapports de recherche et certains résultats déjà obtenus. J'aimerais que, sur la base de ces éléments, tu m'étudies les différentes possibilités en matière d'héritabilité des espèces déjà croisées.

Nico s'empara du dossier et se leva, sans poser plus de questions, ce que Lio apprécia.

— Je m'en charge. J'ai déjà étudié les introgressions possibles entre…

— Je sais ! le coupa assez sèchement Lio. On se revoit vendredi pour un état des lieux.

— OK, ça marche.

La nouvelle recrue sortit du bureau, rassurée d'avoir enfin une mission. Le sujet qui allait l'occuper les quelques semaines à venir ne lui était en effet pas du tout inconnu. Il y avait travaillé lors de son premier stage. Il avait enfin quelque chose, et pas des moindres, à se mettre sous la dent. Le fait de pouvoir travailler seul lui convenait à merveille, vu le désintérêt total des autres membres de l'équipe.

Les jours de la semaine défilèrent plus vite qu'il ne l'aurait voulu. Le jeudi, vers midi, Nico terminait seulement la lecture du dossier. Il avait lu chaque feuille, chaque phrase, chaque mot pour être certain de ne rien rater, et de bien saisir le sens et la valeur de chaque résultat. Malheureusement, cette phase d'étude avait duré plus longtemps qu'il ne l'aurait cru et Nico craignait une réaction négative de Lio.

Il passa tout son après-midi à établir ses conclusions et élaborer un plan d'étude : l'introgression, le transfert de gènes d'une espèce à une autre, fonctionne très bien chez les plantes et elle est relativement maîtrisée chez les animaux. Le nœud du problème réside dans son héritabilité. La nature est programmée pour donner vie selon un code très précis, sans prendre en compte les éventuelles modifications apportées par l'Homme.

L'amélioration génétique doit donc également s'accompagner d'une sélection de population, en tenant compte de la race, des antécédents et sélectionner les reproducteurs les plus performants. En sélectionnant des géniteurs de lignée pure, on accroissait donc les chances de transmission à la progéniture.

Les heures passaient. C'est non sans surprise que Nico constata être le dernier encore présent dans le labo. Sa Breitling annonçait vingt heures. Il frotta ses yeux, rougis par une trop longue concentration. Il était temps de rentrer. Rapidement, il referma le dossier et laissa le tout sur son bureau, se promettant d'appeler Anna sur le chemin du retour. Il achèverait sans doute la soirée devant un bon film.

Chapitre 17
Légèreté et corruption

Ils arrivèrent en début d'après-midi devant une double colonne de béton. Le bâtiment austère, planté en plein milieu d'une avenue parsemée de magasins et d'échoppes, ressemblait plus à un HLM qu'à un centre hospitalier. Qu'importent les apparences, cet hôpital n'était pas trop mauvais et était plutôt bien fourni en équipements. C'en était du moins sa réputation.

— Attends-moi ici, Lilli. Je risque d'en avoir pour un moment.

Furieux à la suite de l'incompétence du docteur Lei, il ruminait. On lui avait promis des nouvelles et des résultats, il y avait plus d'une semaine déjà. Chu s'interrogeait sur les raisons de l'immobilisme du docteur Lei et de ses supérieurs à la Croix-Rouge. Les morts s'accumulaient et seuls Lilli et lui essayaient d'y mettre un terme.

Chu marchait à grands pas sur les trottoirs du chef-lieu. La circulation éclectique « à la chinoise » entremêlait bus, voitures et mobylettes aux pots d'échappement intempestifs.

Mis à part la taille, il avait tout de son père : bien bâti, des yeux noirs assortis à ses cheveux, des pommettes hautes et un air autoritaire, typique des Tiang. Il affichait un visage dur et tendu et son pas déterminé ne laissait aucun doute sur ses intentions, il obtiendrait des réponses.

Il s'arrêta d'abord dans une petite boutique d'électronique. En quelques minutes, il sortit du magasin avec un grand sac contenant un ordinateur portable, deux jeux de batteries, un chargeur sur allume-cigare, un appareil photo numérique, un smartphone, un disque dur externe, un dictaphone, deux cartes SD et deux clés USB. Il revint à la voiture, mit le sac bien rempli dans le coffre et repartit. Il n'adressa à Lilli ni un regard ni une parole. Celle-ci ne s'en formalisa pas, elle commençait à bien le connaître et se contenta de mettre ses pieds nus sur le tableau de bord en continuant de fredonner.

Chu s'arrêta ensuite au distributeur de billets et préleva ce qu'il restait de ses maigres réserves. Vivre en défiance de son père apportait son lot de désagréments. Le distributeur délivra les quatre cents yuans demandés, l'équivalent de quarante-cinq euros. Ils représentaient dans cette région le salaire mensuel d'un ouvrier agricole. Il secoua la tête en pensant aux inégalités de ce pays. Les ouvriers de son père, au littoral, gagnaient en moyenne dix fois plus. Ne parlons même pas des fonctionnaires chinois dont les salaires pouvaient être multipliés par cent. C'était énorme et peu à la fois si on les comparait aux appointements des docteurs européens ou aux rentes des propriétaires fonciers. L'inégalité est universelle, elle est simplement plus flagrante dans les pays pauvres.

L'écran du distributeur affichait un impitoyable « 0 CNY ». Il venait de brûler près d'une année d'économie. Cela n'avait pas d'importance. Si les autres laissaient crever les gens dans l'indifférence la plus complète, lui jouerait son rôle à fond.

Lorsque le premier cas fut identifié, il ne s'était pas trop inquiété. Allez savoir ce qu'un gosse peut avaler, des piles ou d'autres saletés. Il avait tout de même fait les prélèvements comme tout professionnel qui se respecte. Ensuite, il y eut deux cas similaires la même semaine. Les jours suivants, deux cas supplémentaires se déclarèrent. Chu comptabilisa sept cas sur un mois dans la même région ; c'était statistiquement probant.

Quelqu'un ou quelque chose causait la mort de ces gens. Si une nouvelle firme déversait des saloperies dans l'environnement, il le saurait très vite.

Il vérifia l'état des échantillons sanguins dans sa poche et se dirigea vers l'hôpital.

L'intérieur du centre hospitalier s'apparentait à une fourmilière, patients et personnel médical s'entrecroisaient dans un flux d'apparence désordonnée, mais étrangement, tout le monde semblait atteindre sa destination. Au détour d'un couloir, il découvrit une pièce qui ressemblait à un petit réfectoire. Il entra discrètement. Deux docteurs semblaient en pleine discussion au fond de la pièce. Juste à côté de l'entrée, il repéra un portemanteau avec une blouse blanche accrochée. Exactement ce qu'il lui fallait. Ni vu ni connu, il sortit de la cantine la blouse sur le dos.

Chu arbora une mine satisfaite lorsqu'il arriva devant l'hématologie. Calme et sûr de lui, il prit le temps de jauger la situation.

Dans le labo d'analyses, un jeune homme et une jeune femme manipulaient des échantillons. À voir le peu d'assurance dont ils faisaient preuve, et leur jeune âge, ils devaient certainement être stagiaires. À première vue, le responsable n'était pas là. Il entra.

— Bonjour !

Les deux étudiants se mirent au garde-à-vous.

— Je me présente, docteur Lei.

Il s'approcha, un sourire mi-supérieur, mi-affable aux lèvres.

— Je supervise le centre de la Croix-Rouge dans la région de Tongren.

Il déblatéra son *curriculum vitæ* d'un air pompeux, sous le regard impressionné des deux ouailles. Voyant que la magie opérait, il poursuivit :

— Alors comment se passe votre stage ?

La fille, visiblement la plus compétitive des deux, répondit la première.

— Inna Lo, ravie de vous rencontrer, docteur Lei.

Chu sourit à Inna. Le garçon s'avança à son tour.

— Xiao Lam, c'est un honneur.

Chu hocha la tête avant de poursuivre vers Inna, en l'entraînant par le bras.

— Alors, alors, parlez-moi de votre stage.

— Ça se passe très bien, nous avons reçu une bonne formation. À présent, au sein de l'unité, nous faisons des analyses pour tout l'hôpital, mais aussi pour toute la région, car nous sommes un des seuls centres hématologiques de l'arrondissement. Nous avons d'ailleurs beaucoup de travail.

— Oui, je suis au courant, on m'a même parlé de retard et de délais importants dans les analyses, si je ne me trompe pas.

— Nous faisons tout notre possible, docteur, nous avons une demande énorme et ne sommes que deux pour les traiter. Nous serions ravis de recevoir de l'aide.

Elle acheva sa phrase avec un petit sourire mi-professionnel, mi-coquin. Il avait décidément bien choisi sa cible. Il lui rendit son sourire en lui lançant un regard séducteur.

— Je vois…

Il adopta une mine soucieuse avant de poursuivre sur le ton de la confidence.

— Voyez-vous, j'ai justement deux analyses qui doivent passer en priorité. Je ne peux pas me permettre d'attendre les délais habituels.

Il sortit les échantillons de sa blouse. Elle sourit d'un regard entendu.

— Évidemment, docteur, je pourrais faire passer les vôtres en priorité, si le docteur Wang m'y autorise, bien entendu.

Chu lui sourit à nouveau, elle se pinça les lèvres, légèrement nerveuse.

— Il y a tellement de retard que je ne suis pas certain que le docteur Wang m'autorisera à passer avant les autres.

Il mit la main à la poche et en sortit les billets fraîchement retirés du distributeur avant de poursuivre sur le ton de la confidence.

— Comme je sais que les heures supplémentaires ne sont pas payées…

Elle gloussa avant de répondre :

— Mais bien sûr ! Je serais ravie de faire vos analyses.

D'un geste vif, elle prit les billets et les échantillons. Elle le regarda ensuite d'un air langoureux.

— Je serais même très heureuse de vous remettre les résultats en main propre. Pourquoi pas demain après ma journée, vingt heures trente devant l'hôpital ?

— Oui, ce serait parfait.

— C'est d'ailleurs une belle heure pour… aller manger, acheva-t-elle en lui faisant un petit clin d'œil.

Chu se contenta de répondre dans un demi-sourire :

— À demain vingt heures trente.

Chapitre 18
L'horizon s'éclaircit

Il passa les portes du labo à sept heures tapantes. Il devait être le premier. Le temps de peaufiner quelque peu son plan d'étude et l'heure du rendez-vous sonnerait déjà. À peine eut-il franchi le sas d'entrée, après les traditionnelles ablutions, qu'il aperçut Lio, dans son bureau, affairé sur son clavier.

Lio tourna la tête et sourit en voyant Nico approcher.

— Salut, vieux ! cria Lio à travers les parois vitrées. Viens deux minutes, s'il te plaît.

Nico s'exécuta. Il entra dans le bureau du superviseur et le salua.

— Je vois que t'es là tôt, ça ne t'ennuie pas si on se voit maintenant un quart d'heure pour discuter de ton dossier ? J'ai encore plein de trucs à préparer pour la réunion de tout à l'heure et je suis à la bourre grave.

Nico était pris de court. Lui qui pensait peaufiner ses premières hypothèses, et montrer ainsi un projet tenant la route ; il lui faudrait argumenter le tout oralement. L'idée que Lio le testait ne lui effleura même pas l'esprit.

— Non, pas de problème. Je vais chercher mes documents et j'arrive tout de suite.

— OK, je t'attends.

***

Lio l'avait laissé parler librement, débriefant sa première semaine de travail.

— J'en conclus donc qu'avant de développer davantage les techniques d'introgression, il faut avancer sur l'héritabilité afin d'obtenir une amélioration génétique durable.

Lio semblait ravi du plan proposé et encouragea Nico à creuser ses hypothèses.

— Évidemment, sortir du cadre théorique m'aiderait. Des précisions sur l'espèce concernée me permettraient de rentrer dans le vif du sujet.

Étonnamment, Lio ne fit aucune remarque. Il changea de sujet sans transition. Il parla de sa performance lors de cette première semaine. Il semblait satisfait.

Lio raccompagna son collègue à la porte du bureau. Il surprit Nico par une petite tape amicale sur l'épaule.

— Bien joué, mec ! Continue comme ça, c'est tout bon.

La sympathie dont il fit preuve mit Nico beaucoup plus à l'aise. Il se sentait un peu plus chez lui.

Heureux que son travail ait été si bien apprécié par son patron, Nico se sentait pousser des ailes. Il lui restait à peine cinq heures avant le retour, heures qu'il mit à profit pour lister les conditions d'héritabilité.

***

Anna l'attendait sur le parking de l'aéroport, face à l'entrée du Sheraton Hotel. Elle remarqua directement la mine satisfaite de son mari, ce qui la mit de très bonne humeur.

— Bonjour, mon chéri, tu m'as manqué.

Elle l'embrassa tendrement, entrouvrant légèrement les lèvres sur celles de Nico.

Il apprécia ces retrouvailles et lui rendit son baiser, en

plein milieu du parking. Ce fut long et intense. Nico ne s'attendait pas à un tel accueil, mais s'en réjouit.

À peine furent-ils rentrés dans la maison qu'Anna déboutonna son petit gilet de coton, qu'elle laissa tomber sur le carrelage. Elle tira délicatement sur la tirette de sa jupe. Elle portait un ensemble de sous-vêtements rouges, que Nico n'avait encore jamais vu, et une paire de sandales à talons.

Elle se dirigeait vers les escaliers donnant sur l'étage, sans même regarder son époux, qui la dévorait du regard. Elle était ultra sexy. Le string rouge faisait ressortir ses fesses rebondies, qui roulaient au gré des pas.

Nico sentait son cœur battre de plus en plus fort dans sa poitrine et le bas du ventre le titiller. Elle n'était pas encore à la cinquième marche qu'il lui attrapa la main, en caleçon et chaussettes, sans aucune classe, mais qu'importait.

Elle l'avait poussé sur le lit et s'était glissée sur lui. Elle lui avait fait l'amour passionnément et lui s'était laissé vivre, laissé jouir. Merveilleux, il adorait quand elle prenait ce genre d'initiative. Son excitation atteignait des sommets, son corps lui dictait tout, elle prenait un plaisir intense à chaque mouvement. Lui le ressentait, ce qui décuplait ses sensations.

Le dimanche après-midi arriva bien trop vite. Bien qu'impatient de retourner au labo et continuer ses recherches, il ne voulait pas quitter sa femme. Elle avait passé tout le week-end câline et amoureuse, attentive à ses envies et Nico s'en voulait de partir si vite, sans même avoir pu lui rendre la pareille.

***

Le retour en Suisse prenait des allures de routine. Sa chambre d'hôtel avait été nettoyée et rangée, ses chemises étaient propres et repassées dans son armoire. Un panier avec une bouteille de Dom Pérignon millésimé 2004 avait été posé sur son lit. Un petit mot écrit rapidement à la main disait ceci :

Bien travaillé, de bonnes idées, beaucoup de potentiel. Continue comme ça et surtout, bienvenue dans l'équipe !

Lio.

***

Ses documents n'avaient pas bougé. Il s'installa dans son fauteuil de bureau et entreprit la relecture de son dossier. À peine avait-il commencé que quelqu'un frappa discrètement à la porte. Il découvrit le joli sourire un peu gêné d'une jeune recrue, probablement vingt-cinq ans, aux cheveux bruns bouclés. Il lui sourit à son tour en lui faisant signe d'entrer.

— Mademoiselle ?

— Bonjour Nicolas, on ne s'est pas encore rencontrés. Je suis Clara, la laborantine. Enchantée de faire ta connaissance.

— Tout le plaisir est pour moi, Clara.

Elle le regardait de ses yeux noisette, visiblement intimidée.

— J'espère que je ne t'ai pas dérangé. Il paraît que tu es vraiment calé et je suis impatiente de travailler avec toi.

Elle passa la main dans ses cheveux et adressa un sourire éclatant au jeune docteur.

***

Les journées qui suivirent furent des plus productives. Nico analysa les propriétés héréditaires des modifications génétiques apportées aux cochons. Certaines formes de mutations se transmettaient aux progénitures des porcidés modifiés et d'autres pas. La clé résidait dans cette condition d'héritabilité. La maîtriser promettait des applications possibles sur l'être humain, à condition que les gènes modifiés soient compatibles avec l'être humain. Il faut donc choisir un animal dont le *pool*[1] génétique se rapproche du nôtre. De manière toujours très théorique, il est vrai que le porc s'apparente en de nombreux points à l'Homme.

Il réfuta certaines hypothèses assez rapidement, gagnant un temps précieux pour ses analyses. Mais c'était sans compter sur l'intérêt soudain des autres membres de l'équipe. Déjà le lundi, Dominique vint frapper trois fois à sa porte. Il avait en main les résultats d'analyses d'une nouvelle molécule qu'il ne parvenait pas à interpréter pertinemment. Nico entreprit de relire les notes de son collègue et y apporta quelques commentaires personnels.

Nico n'avait jamais rien vu de tel. Les recherches de Dominique étaient extrêmement avancées. Quelques données laissaient même à penser que des tests sur des sujets humains avaient déjà eu lieu. Il était en possession de résultats « théoriques » très précis sur les effets de ses recherches, un peu comme si l'on avait recensé l'impact de sa molécule sur chaque cellule du corps.

C'était tout simplement impossible, même avec des tests cliniques.

Nico relisait une dernière fois ses ajouts lorsqu'on frappa à la porte. Il aperçut immédiatement le sourire de Clara.

— Salut Nico ! Tu es super occupé ou je peux te déranger une minute ? Parce que si tu es pris, je peux revenir plus tard, pas de problème.

Nico sourit face à l'attitude mi-angoissée, mi-excitée de Clara.

— Entre, je t'en prie. J'ai revu le projet de Dominique,

1. Groupe.

c'est épatant ! Les données dont il dispose me sidèrent. Tu sais d'où ça vient ?

— Je pense que c'est un ordinateur à part entière doté d'un modèle algorithmique du corps humain. En modifiant une partie de l'organisme, on peut avoir une idée de l'impact sur le reste du corps. Mais ça reste très théorique.

Nico était ébahi, il s'exclama :

— Mais c'est révolutionnaire ! J'avais bien lu les articles concernant les microprocesseurs qui simulent les réactions de certains organes, tels que le foie, mais je n'aurais jamais cru voir un corps humain modélisé dans son ensemble avant des dizaines d'années !

Clara reprit, blasée :

— C'est le système d'exploitation interne *Fabian*, il sait tout sur tout.

— Pourquoi n'y ai-je pas encore accès ?

— Lio te fait d'abord bosser sur un plan d'action, non ?

— Oui…

— C'est simple ! Quand tu auras fini tes recherches, tu pourras l'utiliser pour tes tests.

***

Au hasard d'un couloir, il rencontra le technicien.

— Salut André, comment allez-vous ?

Son ton jovial surprit Nico, il poursuivit :

— Alors, tu te sens comment parmi nous ? Pas trop observé ?

André afficha un sourire malicieux et lorgna en direction du bureau de Lio. Nico, pantois face à cet élan de sympathie, rétorqua :

— Je dois bien avouer que la configuration des bureaux m'a surpris au début, mais on s'y fait.

— Bah, c'est vrai que tu viens seulement d'arriver, t'as

pas encore de raison de t'inquiéter, comme tout semble rouler pour toi !

La grimace d'André frôla la condescendance.

— Fais quand même attention à ne pas t'accrocher à cet endroit, reprit-il, quelques octaves plus basses. Tu as l'air doué, du moins c'est ce que j'entends, et les gens comme toi ne font jamais long feu ici.

— Que voulez-vous dire ?

— Écoute Nico, déjà, tu peux me tutoyer…

André l'entraîna par le bras vers le sas des visiteurs, avant de lui souffler au creux de l'oreille :

— Je veux juste te dire d'être prudent dans ton jugement et tes décisions.

Nico regarda l'étrange technicien, mal à l'aise.

— Je te dis qu'ils feraient n'importe quoi pour arriver à leurs fins. Ne fais confiance à personne… Je suis certain qu'ils foutent des micros partout et des caméras cachées pour nous observer. Je ne serais pas étonné qu'ils injectent des additifs dans les boissons pour te rendre dépendant d'eux. Moi, je n'en prends plus jamais, tiens !

Le flou s'évapora. Nico comprit enfin. André était gentil, mais complètement parano. Il aurait voulu raisonner le vieux fou, mais n'en eut pas l'occasion. André lui fit une tape sur l'épaule et s'éloigna, pressé, en regardant sa montre.

— Bon, je te laisse le nouveau, il est temps !

Chapitre 19
Une partie interrompue

— Bonjour, Philippe.

Louise portait un joli chandail. Le bleu marine s'accordait très bien avec ses yeux clairs et ses cheveux roux.

— Salut, salut.

Son collègue en forme de poire arrivait comme de coutume à 9 h 35 sur son lieu de travail. À peine une grosse heure de retard. Il s'assit, décontracté et sans complexe.

— Ça va ?

— Roooh, vraiment à la bourre ce matin, alors que je suis super pressé… J'te raconte pas.

Philippe sortit deux Tupperware© de sa mallette et commença à préparer son petit-déjeuner. Elle lui lança avec une voix pleine de malice :

— Je vois que tu es en plein stress…

Philippe se versa des flocons d'avoine dans un bol. Il y ajouta un bâton de cannelle.

— Ne m'en parle pas ! Je dois soumettre l'article sur la dame en manque de minet avant midi.

— Tu ne l'as toujours pas rendu ? s'exclama Louise, surprise. Tu as fait ton interview il y a plus d'un mois…

— C'est d'la faute d'Antoine, il m'a assigné plein de papiers et ne m'a donné aucune priorité…

Grognon, il ajouta dans son récipient quelques morceaux

de kiwi sortis du second Tupperware©. Il arrosa ensuite sa préparation d'eau chaude et mélangea avec ferveur son gruau peu avenant. Louise le regardait, écœurée.

— C'est... spécial.

Philippe répondit sur un ton professoral :

— Les flocons d'avoine ont un indice glycémique très bas, ce qui signifie que la libération de glucides se fait très lentement dans l'organisme, sans déclencher un pic de glycémie. Ça évite la sensation de faim et le coup de barre quand le pic redescend.

— Et tu mets de l'eau dedans ? Pourquoi pas du lait ?

— Le lait est un aliment prévu pour engraisser les veaux... répondit-il vexé, alors que Louise se replongeait dans ses dossiers, un sourire moqueur aux coins des lèvres.

Philippe prit une cuillère et mastiqua, pensif. Un regard vers l'horloge le réveilla.

— Déjà dix heures ! Faut qu'je me grouille, grommela-t-il entre deux enfournées.

Il extirpa de sa mallette une barquette de filet de poulet. Louise eut un haut-le-cœur.

— Oh, Phil, ça pue ton truc, là...

— L'apport en protéines ! C'est indispensable pour ne pas perdre du muscle en même temps que du gras. Il faut en prendre un minimum au déjeuner pour l'apport en vitamines. Certaines sont liposolubles et ne s'assimilent que s'il y a des matières grasses ingérées avant !

Louise leva les yeux au ciel.

— Tu es épatant, Philippe, sur la théorie en tout cas...

Elle sourit et se remit au boulot.

***

Mamma Lucia dormait depuis une paire d'heures déjà. Philippe se défoulait, il en avait bien besoin. Antoine lui avait collé un avertissement aujourd'hui. Son défouloir à lui, c'étaient les jeux vidéo, la bouffe ou le porno. Ce soir-là, il jeta son dévolu sur *Battleshield*, un jeu de guerre intellectuel, selon ses dires, qu'il accompagna d'un plat de bacon passé au micro-ondes. Au diable le régime, Philippe était le roi de la compensation.

En plein milieu de sa partie, une fenêtre intempestive vint polluer son écran de jeu. Un cadre rectangulaire noir et vide de tout caractère.

— Mais nom de Dieu ! beugla-t-il.

Il tenta de fermer la fenêtre, mais elle demeurait persistante au milieu de son écran.

— Qu'est-ce que c'est que cette merde ?

Les fenêtres publicitaires n'interrompent d'habitude jamais les jeux vidéo, c'est bien connu. Les informaticiens n'urinent pas où ils jouent…

[114TOIN5] Bonsoir Philou1987.

— Mais qu'est-ce que…

Les caractères blancs sur fond noir apparurent à l'écran. À la ligne, le curseur clignotait dans l'attente d'une réponse. Derrière la fenêtre noire, le jeu fonctionnait toujours en arrière-plan. Philippe, tétanisé, ne savait pas quoi faire.

[114TOIN5] J'ai dit bonsoir…

Philippe semblait pris dans une discussion aux allures de « chat » imposé.

[114TOIN5] Bon, finies les distractions et un peu de sérieux.

Il vit le curseur de la souris se déplacer sans qu'il ne touche à rien et la fenêtre de jeux se fermer. Une à une, toutes les autres fenêtres actives se clôturèrent.

— Oh putain, je suis en train de me faire pirater !

Vide de toute application, l'écran ne projetait plus que la fenêtre noire de discussion.

[114TOIN5] Ai-je enfin ton attention ?

[Philou1987] Bonsoir 114TOIN5…

[114TOIN5] Ce n'est pas trop tôt…

[Philou1987] Qui êtes-vous?

[114TOIN5] Pour le moment, disons que tu n'as pas de souci à te faire…

[Philou1987] Nice, thks[1]… C'est toujours bien de le savoir… Que me voulez-vous?

[114TOIN5] C'est moi qui pose les questions.

Philippe sentait sa tension artérielle grimper en flèche. Il se sentait comme une jouvencelle dans les griffes d'un psychopathe. N'écoutant que son courage, il signifia sa soumission en pianotant ces quelques points.

[Philou1987]…

[114TOIN5] On va jouer à un petit jeu. Je verrai ensuite si tu en vaux la peine. Je te conseille de donner le meilleur de toi-même. C'est dans ton intérêt…

Philippe, crispé derrière son ordinateur, déglutit difficilement.

[114TOIN5] Mon début comme ma fin est un métal précieux. Mon prénom brille tous les jours. Qui suis-je?

Philippe trouva immédiatement la réponse.

[Philou1987] Qu'attendez-vous de moi? Je ne suis qu'un sous-fifre là-bas.

[114TOIN5] Bien bien, je vois que tu es affûté. C'est parfait, nous allons pouvoir discuter…

---

1. Abréviation de merci pour les joueurs de jeux vidéo.

Chapitre 20
Attachement

Il avait installé son matériel informatique dans le coin de son dispensaire, à l'abri des regards, en veillant à ce que l'endroit soit bien au sec. Lilli s'était montrée très intéressée. Chu lui avait expliqué la démarche ; créer pour chaque patient un dossier médical digne de ce nom. Retranscrire les données contenues dans les dossiers physiques était une lourde tâche administrative ; l'âge, les antécédents, le poids et la taille des patients, les maladies et symptômes rencontrés, ainsi que les prescriptions médicales. Il comptait ajouter à cela des photos, surtout s'il découvrait de nouveaux cas de langues brunes. Enfin, après chaque changement, il était nécessaire de faire une copie de sauvegarde sur le disque dur externe. Ces données lui permettraient de tirer des tendances statistiques et le feraient très certainement avancer dans ses investigations. Sa formation en Europe était un réel atout et Lilli était ravie d'apprendre tant de choses à ses côtés.

Elle avait insisté pour commencer la retranscription des dossiers le soir même. Assise droite comme un roseau sur le tabouret, elle tapotait furieusement sur le clavier. Chu assista Lilli la première heure, mais la fatigue le harponna plus vite qu'il ne l'aurait voulu.

Allongé sur le lit de consultation, le regard embrumé par

la fatigue, il relâcha la tension de la journée. Son regard se posa sur Lilli. Sans s'en rendre compte, il lui sourit. Elle le remarqua directement et le lui rendit avec insistance, tout en poursuivant l'écriture. Chu s'étira sur son lit et ferma les yeux. Les bruits du clavier s'estompèrent, il se sentait partir.

Il ouvrit les yeux et découvrit Lilli face à lui, devant le lit. Elle affichait un regard différent, inconnu. Un regard de femme. Il savait ce qu'il devait lui dire, mais aucun son ne sortait de sa bouche. Elle s'avança vers lui, sûre d'elle. Son visage était à présent tout proche de Chu. Il ne voyait plus sa mignonne petite frimousse et ses magnifiques yeux marron en amande. Dans son regard, il décela un intense désir, mêlé à une pointe de tristesse. Elle avait quelque chose de touchant. Ce portrait qu'ont les personnes ayant trop souffert, trop longtemps. Il n'avait qu'une seule envie, la prendre dans ses bras et lui faire éperdument l'amour.

Il jeta un coup d'œil sur la table, près de l'ordinateur. Avant de partir, Lilli avait traité une caisse entière de dossiers. Il en restait encore une dizaine à encoder, mais c'était déjà un bon début. Ces caisses représentaient neuf mois de travail dans trois villages différents, Shangping étant le troisième.

La méthode de fonctionnement était simple. Dès qu'une catastrophe survenait ou que la Croix-Rouge identifiait une zone critique, il recevait un ordre de mission et devait se rendre dans le nouveau village. Si aucun nouvel événement ne requérait une aide d'urgence, il restait dans le village défavorisé qui lui était attribué afin de soulager autant que possible les maux de la population. Il jouait également un rôle de prévention; rappeler les règles d'hygiène et de contraception.

La Croix-Rouge avait la chance de bénéficier d'aides internationales sponsorisées par de grands groupes pharmaceutiques et ne manquait pas de médicaments. Ils étaient une véritable bénédiction et apportaient un bienfait évident à la population. Chu pouvait se vanter de distribuer non seulement des remèdes curatifs, mais également préventifs. Nombre de vaccins et de compléments alimentaires donnaient un résultat remarquable.

Chu était fier de son investissement. Grâce à son matériel informatique, quantifier et rationaliser les résultats de son travail devenaient presque un jeu d'enfant. Fini d'envoyer ses rapports papier à la Croix-Rouge, il pourrait faire des analyses, recouper les données, montrer l'évolution des différents cas et envoyer ses résultats par e-mail, à condition bien sûr de disposer d'un accès à Internet et surtout d'un responsable à qui les envoyer.

Chu se plaisait dans ce village. La précarité des lieux et la rudesse de la vie sur place n'entachaient en rien sa motivation. Ces étranges cas de langues brunes renforçaient plus encore sa détermination. Il percerait à jour ce mystère médical, pour autant qu'aucun nouvel ordre de mission ne vienne contrecarrer ses plans.

Chapitre 21
Sans limite

Vingt heures tapantes, la voiture stoppa sur un emplacement réservé dans le port de plaisance, à seulement quelques mètres des yachts de luxe tanguant au gré des vaguelettes. Bastien ne sortit pas de la voiture, laissant cette fois Nico dubitatif, déjà habitué à être servi. Un portier s'était discrètement avancé par l'arrière du véhicule et ouvrit la porte au passager. Épaté, Nico sortit de la voiture et fit face à l'escalier de marbre qui menait au restaurant, *Le Farniente*, inscrit en lettres d'or au-dessus du portail.

Pris en charge dès son arrivée, Nico pénétra à la suite du serveur dans une salle comble.

— Votre ami est arrivé, monsieur.

Le *groom* s'immobilisa, presque au garde-à-vous, à côté d'un homme accompagné de deux superbes femmes. Lio se redressa et gratifia Nico d'un grand sourire, dévoilant son impeccable dentition. Après avoir discrètement refilé un billet au serveur, Lio se rassit et invita Nico à prendre place.

Le nouvel arrivé n'en revenait pas. Son patron revêtait un costume couleur crème et une chemise blanche en soie. Sa barbe taillée et ses cheveux longs bien coiffés vers l'arrière le métamorphosaient en véritable star, plus rien à voir avec cet air d'aventurier mal soigné des premiers jours.

— Assieds-toi, mon ami. Permets-moi de faire les

présentations. Voici ma compagne, Isabelle et voici son amie Sandra. Les filles, je vous présente Nico, un nouveau collaborateur.

Les deux jeunes femmes, qui ne l'avaient pas quitté des yeux depuis son arrivée, lui firent un grand sourire.

— Enchantée, Nico.

— Bonsoir, le plaisir est réellement pour moi.

De longs cheveux noirs sublimaient la ravissante compagne de Lio. Ses traits fins invitaient au sourire et son décolleté à la damnation.

Sandra présentait un tout autre style. Un dégradé de cheveux blonds entourait son visage d'ange. Elle avait les yeux bruns et verts à la fois. Un charme dingue et une classe naturelle s'en échappaient, Nico était conquis.

— Nico, je nous ai commandé un « p'tit » caviar pour se mettre en appétit. Il est divin ici et les femmes adorent.

— Du caviar, parfait !

Nico cacha sa surprise, au risque d'être ridicule. Il n'en avait jamais mangé et feignit malgré tout d'en être coutumier.

Après quelques échanges courtois sur le déroulement de la semaine au labo entre Lio et Nico, Sandra prit part à la discussion.

— Alors Nico, quand êtes-vous arrivé à Genève ?

— Je suis arrivé il y a maintenant trois semaines. Mais si nous sommes amenés à passer toute la soirée ensemble, je préférerais qu'on se tutoie. Si toutefois ça ne vous dérange pas, répondit-il tout sourire.

— Ce mec gère, clama Lio. Bien sûr qu'on va se tutoyer. On est là pour se détendre. Ah, voilà le béluga !

Le serveur déposa au centre de la table ronde un pot entier rempli de ces petits œufs noirs si précieux. Il faisait bien dans les deux cents grammes et devait coûter une fortune.

— Claude, apporte-nous deux bouteilles de Bollinger 2002, s'il te plaît.

— Très bien, monsieur. Servi frais, je suppose ?

— Tu supposes bien, mon petit Claude, rétorqua Lio d'un air sympathique, presque narquois.

Les deux bouteilles se vidèrent trop vite. Les deux femmes ne parlaient pas beaucoup, mais Sandra marquait clairement son intérêt pour les récits du jeune chercheur. Il la surprit plusieurs fois à le scruter, et l'alcool aidant, l'interprétation du non-verbal plaidait souvent en sa faveur. Malgré cet intérêt supposé, Nico était marié et portait fièrement son alliance. Il se sentait pourtant dangereusement attiré par cette Sandra aux charmes envoûtants.

Après avoir dégusté, à moitié saoul, un gigantesque plateau de fruits de mer présidé par deux homards, Lio commanda une bouteille de cognac XO « de la maison », comme il l'avait précisé.

Les deux femmes éméchées riaient à chaque blague tordue de Lio. Sandra posa à plusieurs reprises une main délicate sur le bras de Nico, dont le taux d'alcoolémie grimpait dangereusement. Il était saoul et se sentait vraiment bien, enivré par le champagne et ce succulent cognac.

— Allez les gars, maintenant on sort, dit Lio en se levant.

Sa chaise crissa sur les dalles de marbre.

Les filles, enchantées, gloussèrent de plaisir. Sandra fit un grand sourire à Nico avant de lui glisser à l'oreille :

— Tu vas voir, Nico, on va bien s'amuser. Reste près de moi.

***

La boîte de nuit était pleine à craquer, mais Lio n'eut aucun mal à convaincre l'énorme videur de les conduire jusqu'à la table VIP. Un magnum de champagne les y attendait, plongé dans un seau rempli de glace. Après en avoir bu un verre, trop rapidement, Isabelle se leva et tira par le bras son amie vers la piste de danse. Sandra esquissa une moue ennuyée en se laissant mener. La musique allait fort. Lio se rapprocha de Nico.

— Alors, tu profites de ta soirée ?

— À fond ! C'est vraiment super.

— Tant mieux, content que ça te plaise.

— Lio, excuse-moi de te poser la question, mais ça doit te coûter une fortune cette soirée ?

Lio lui lança un regard très amusé, pas choqué pour un sou.

— Ne te tracasse pas avec ça ! Je sais que ça semble beaucoup pour toi, mais ce n'est pas un problème, tu verras. J'ai participé avec la boîte à quelques projets extrêmement lucratifs.

La dernière phrase ne parvint que par bribes aux oreilles de Nico, qui n'en comprit pas le sens. L'alcool lui montait à la tête.

***

Vaseux, son estomac ne semblait pas être au même endroit que d'habitude, beaucoup trop haut dans son œsophage. Nico ouvrit les yeux alors que Lio lui secouait discrètement l'épaule.

Il était étendu dans un fauteuil, la chemise à moitié ouverte et Sandra somnolait, collée contre lui. Il avait encore son pantalon, et elle sa robe. Nico poussa un soupir de soulagement avant de s'extirper délicatement de sa magnifique emprise.

Il sentait l'alcool parcourir ses veines, et ne comprenait que difficilement ce qui se passait. Ses lèvres pâteuses bredouillèrent :

— Lio, on est où ici ?

— Chez moi ! T'es encore plein ou quoi ?

Lio rigola en lui lançant son blazer.

— Allez, va te rafraîchir à la salle de bains et puis on est partis ! Bastien nous attend en bas.

Chapitre 22
À peu près infiltré

Les six lettres lumineuses du journal *L'Aurore* dominaient le *building*, tel un arc-en-ciel dans un paysage sans nuages. Philippe s'arrêta au pied du bâtiment colossal, dont les reflets grisâtres s'accordaient parfaitement avec l'austérité des bâtisses voisines. Face au portique, il vérifia l'heure d'un regard anxieux. Sept heures deux, il n'était jamais arrivé aussi tôt au travail. Le cœur battant la chamade, il saisit son badge et entra. Ses pas résonnèrent sur le carrelage clair. Le bip familier retentit lorsqu'il frôla la pointeuse de son identifiant plastifié. Philippe redoutait la suite des événements. Il se sentait moite, comme si on avait glissé un torchon humide et sale entre ses fesses. Une odeur de transpiration malsaine émanait de lui, il puait la peur.

Lorsque les portes métalliques de l'ascenseur se refermèrent, il vit son reflet déformé, comme emprisonné dans cette cage chromée qui l'emmenait inexorablement vers le haut ; pour mieux tomber sans doute.

Sur le plateau, les bureaux sans cloison étaient tous vides. Parfait ! Il n'en aurait que pour une minute et ensuite, advienne que pourra. Cette histoire aux relents de piège le tourmentait. Il se savait manipulé, mais n'avait pas eu le courage de refuser. Il s'installa devant son poste de travail et alluma hâtivement son ordinateur. Il observait la page de démarrage, la main crispée sur la souris, lorsqu'une voix derrière lui le fit bondir.

— Philippe ! Tu es tombé de ton lit ?

« Oh putain non ! », son *boss*, *« manquait plus que lui ! »* Cet emplumé n'avait-il vraiment rien d'autre à faire dans la vie ?

— Ah ! Antoine, bonjour.

Dans son pantalon jaune, le jeune cadre ressemblait à un caneton endimanché. Il posa son postérieur chaud sur le bureau de Philippe.

— Philippe, si tu savais comme je suis content de te voir réagir de cette manière.

« Mais c'est pas possible, il ne va pas me faire ça aujourd'hui… »

— L'avertissement de la semaine dernière fut un moment pénible pour tous les deux. C'est la première fois que je donnais un blâme à quelqu'un… cette année.

Philippe leva les yeux au ciel.

— Je m'en suis voulu toute la matinée.

« Mais c'est pas vrai, il ne veut pas que je le console non plus ! »

— Et voilà le résultat, tu réagis, tu te reprends en main. Je suis fier de toi !

Philippe fulminait, un juron lui gargouillait la gorge et menaçait de jaillir. Il avait toutes les peines du monde à le ravaler.

— Tu sais, dans la vie, on se prend parfois des claques.

Ce fut la phrase de trop. Philippe aboya :

— Tu t'es d'jà pris une claque, toi ?

Le blanc-bec balbutia :

— Pa… pardon ?

Pour toute réponse, Philippe se contenta de souffler des narines. Si l'espèce eut existé, l'hybride mi-taureau mi-matou n'aurait pas fait mieux. Antoine, dans l'incompréhension la plus totale, décida de battre en retraite, tant qu'il persistait une échappatoire honorable pour les deux parties.

— Eh bien ! Quel que soit ton état d'esprit vis-à-vis de moi, sache que ça n'est pas important. Ce qui compte, c'est que tu réagisses bien et que tu montres plus de motivation au travail, comme ce matin.

Il le regarda d'un air condescendant et le gratifia d'un encouragement aussi déplorable qu'inefficace.

— C'est bien, Philippe.

Sur ces mots, il fit un demi-tour solennel et se dirigea vers son bureau, satisfait de son laïus managérial.

« *Enfin ! J'ai vraiment cru qu'il ne partirait jamais...* » Phil observa sa montre. Sept heures vingt. « *Bon Dieu, Louise va bientôt arriver... Plus de temps à perdre.* »

— Tu veux un café, Phil ?

— *Nan* !

La loi des vexations. Son *boss* l'avait ignoré toute sa courte carrière et le destin voulait qu'il lui montre une once d'intérêt l'unique jour où Philippe ne pouvait en bénéficier.

L'écran d'accueil était enfin opérationnel.

« *Vite une page Web !* »

La fenêtre Internet s'afficha à l'écran. Il saisit son téléphone portable. Il devait retranscrire les informations et serait ensuite libéré de ses secrètes obligations. Dans quel but opérait-il ? Il n'en avait aucune idée. Un bruit familier le déconcentra. *Ding*. Il leva la tête par-dessus le moniteur.

« *Bon sang ! L'ascenseur... c'est Louise.* »

Derrière lui, il entendait la machine à café fonctionner dans le *coffee corner*[1]. Son *boss* serait bien vite de retour. Dans ces espaces ouverts, où l'intimité est inexistante, il ne pourrait accomplir sa mission à moins qu'il ne réussisse à insérer l'adresse maintenant ! Son mystérieux interlocuteur

1. Coin café, ou espace détente.

à la dactylographie assassine avait été limpide, si l'opération échouait ce matin, les représailles seraient destructrices pour Philippe et sa mère.

En deux clics successifs, il accéda à l'info sur son téléphone portable. Déjà, les talons de Louise résonnaient. Il se mit à recopier sur le clavier les informations du téléphone dans le champ destiné aux adresses Web :

Https//access//xw]] %AccessSYSTEM %Write...

Il grommela alors qu'il recopiait scrupuleusement les caractères. *Plus long et compliqué, y avait pas moyen ?*

Les pas se rapprochaient. Les yeux de Philippe jonglaient du clavier à l'écran.

— Philippe ?

Elle n'était plus qu'à quelques mètres.

— Étonnant, n'est-ce pas ?

Déjà, Antoine les rejoignait. Au bord de l'apoplexie, Philippe poussa sur la touche *ENTER*. Une nouvelle fenêtre apparut.

[SYSTEM ALERT]
En cliquant sur OK,
vous donnerez un accès de cet ordinateur vers des sites
non sécurisés, êtes-vous sûr de vouloir continuer ?

Louise se campa à gauche de l'écran, Antoine à droite et, au milieu, la preuve nécessaire et suffisante pour le mettre à la porte comme un malpropre. Philippe resta figé, le regard bloqué vers l'écran, trahi dans son empressement. La jeune reporter aux reflets roux interpella son collègue.

— Eh bien alors, tu es muet ce matin ? Que t'arrive-t-il ?

Louise sentait que quelque chose clochait. Un coup d'œil rapide vers l'écran lui dévoila le nœud du problème.

— Ah ! je vois que tu as le même message d'erreur que moi.

Sans laisser le temps à quiconque de réagir, elle poussa sur la touche *ENTER*. La fenêtre disparut et l'écran redevint normal.

Elle se tourna ensuite directement vers Antoine en papillonnant des paupières.

— Je boirais bien un café…

Antoine se raidit comme si son slip devenait tout à coup plus serrant.

— J'allais justement t'en proposer un, dit-il d'une voix enrouée.

En chemin vers le *coffee corner*, Louise regarda en arrière, dans la direction d'un Phil liquéfié. Elle lui adressa un petit clin d'œil. Certains tournants de la vie ne tiennent parfois qu'à la présence d'esprit de nos proches. Phil avait pris la corde.

Chapitre 23
Les prouesses insolentes

Pensif et encore engourdi, il sortit du dispensaire. Le soleil se levait sur le village vallonné. Des rizières en terrasses descendaient jusqu'au creux de la vallée pour atteindre le fleuve Wujiang, dont les lacets ondulaient tel un serpent doré par un soleil naissant. La rosée fine sur les terrasses verdoyantes reflétait la lumière tels mille miroirs scintillants. Debout, dominant la vallée, sur le promontoire où s'était établi Shangping, il laissa le vent et le soleil caresser son visage.

Il prit une profonde inspiration avant de se diriger vers le puits. Il y puisa un peu d'eau et se rafraîchit. De retour au dispensaire, il alluma un feu pour réchauffer une portion de bouillon dans laquelle il rajouterait des nouilles.

Lilli frappa à la porte. Il l'invita à entrer et la salua d'un sourire, songeant au rêve romantique qui lui avait occupé l'esprit la nuit précédente. Elle lui rendit son sourire et se dirigea vers le poêle. Elle ajusta les assaisonnements du bouillon et dressa la table du petit-déjeuner.

— J'ai vu que tu avais terminé la première caisse de dossiers. C'est bien, tu apprends vite.

Elle sourit à nouveau, sensible au compliment. Elle fut heureuse de voir Chu satisfait de son travail.

— Après le déjeuner, je propose de continuer ensemble l'encodage des dossiers médicaux. Je ferai quelques visites de suivi cet après-midi. Ce soir, je me rendrai à nouveau à Tongren afin de récupérer l'analyse.

— J'ai demandé à Père, il vous autorise à prendre le 4x4 ce soir. Il est vraiment très heureux de vous voir si impliqué pour nous. Il n'est d'ailleurs pas le seul, nous en sommes tous très heureux…

Elle n'avait pas pour habitude de partager ses ressentis et baissa les yeux vers le bouillon, qu'elle servit sans rien ajouter.

Lilli numérisait machinalement, patient après patient, chaque dossier. Chu dictait les informations à transcrire. Ils furent interrompus par un bruit de pas rapides qui se dirigeaient vers le dispensaire. Quelques secondes plus tard, on tambourinait à la porte.

Ils entrèrent en trombe dans la maison. Chu découvrit la vieille Lin Yiang étendue sur le ventre, une flaque de vomi rougeâtre à côté de sa bouche. Son bassin nageait dans une mare foncée, un mélange de sang, d'urine et peut-être d'excréments. Il balaya la pièce, identique à ses souvenirs. Il revit la table où, un mois plus tôt, il partageait leur repas. Derrière deux armoires, les pieds… Il contourna les meubles pour découvrir Cai Yiang, couché, la tête inclinée sur le côté. Les traces de vomissures étaient encore fraîches. Sans l'ausculter, Chu entraperçut une langue gonflée et foncée qui pointait à l'intérieur de sa bouche entrouverte.

***

Il s'était lavé trois fois après l'autopsie, et pourtant, une sensation de souillure semblait lui coller à la peau. Il s'approcha du promontoire d'où il pouvait contempler la vallée. Le soleil pointait au zénith, indiquant l'heure du repas. Chu était incapable d'avaler quoi que ce soit. Il observa le ciel comme s'il cherchait des réponses dans cette impalpable immensité. Comment ces gens pouvaient-ils mourir dans l'indifférence la plus complète ?

Il venait de patauger trois heures dans le sang et les excréments, des conditions d'hygiène plus que douteuses. Chu enrageait encore contre ce système élitiste. Il avait été sur place. Il savait qu'en Europe, au premier cas de langue brune, tous les examens auraient été faits dans l'heure. Au second cas, toutes les mesures anti-pandémiques auraient été prises pour éviter toute contagion. Il fallait se rendre à l'évidence, la vie n'avait pas le même prix partout.

Un bruit répétitif le tira de sa réflexion. Au loin, il entendit ce qui pouvait s'apparenter à un hélicoptère. Il s'essuya les yeux avant de se diriger vers le dispensaire où il avait encore fort à faire.

Il poussa la porte, Lilli était toujours derrière l'ordinateur. Assidue, elle avait consigné une caisse de plus. Il sourit, impressionné par son abnégation. À son entrée, elle lui adressa un regard inquiet et à la fois soulagé de le voir enfin. Elle se leva et s'approcha de lui.

— Alors que s'est-il passé ?

Il prit une inspiration, pour se donner le courage de narrer et de revivre cet horrible moment.

— Encore un cas de langue brune. Les mêmes symptômes que les précédents. Ils sont morts de la même façon, c'était… atroce.

Lilli était très peinée. D'une part, elle connaissait bien le couple Yiang et d'autre part, elle voyait que Chu était très affecté par leur mort. Elle ne savait que faire pour le consoler. Presque sans y réfléchir, elle se blottit contre lui et le serra de ses bras malingres. Chu sentait sa chaleur bienfaisante lui parcourir le corps. Il ferma les yeux et profita de ce moment de tendresse.

Elle baissa la tête pour ne pas montrer qu'elle rougissait. Quelques instants plus tard, elle s'écarta pour rejoindre l'ordinateur. Il sortit le calepin de sa poche et se racla la gorge comme pour en chasser l'émotion.

— J'ai pu collecter des informations intéressantes. Je propose que l'on crée tout de suite le dossier des Yiang pour y inclure ces nouvelles données.

Chu se dirigea vers les boîtes en carton dans lesquelles ses dossiers papier étaient rangés. Lilli intervint d'une voix mal assurée.

— Docteur, quand vous êtes parti chez eux ce matin, j'ai décidé de faire leur dossier en priorité. Je me suis dit que ça vous ferait gagner du temps, si je vous les préparais.

Elle fit une petite pause, intimidée.

— J'espère que c'est bien ce que vous vouliez ?

Chu posa son regard sur Lilli, il était abasourdi et admiratif à la fois.

— Je te félicite, Lilli.

Le ton de Chu était sincère et cela toucha la jeune assistante.

— Je suis prête, répondit-elle enthousiaste.

Chu la toisa tel un professeur jaugeant sa classe avant la dictée.

— Autopsie de monsieur Yiang. L'examen des viscères abdominaux et thoraciques ne montre rien d'anormal. L'inspection de la langue démontre que son gonflement a obstrué les voies respiratoires, provoquant la mort par asphyxie. Comme pour les autres patients, la langue est œdématiée et de couleur foncée. Tout indique que la couleur provient d'un hématome complet de la langue. Des vomissements furent constatés à côté des victimes. Un prélèvement a été effectué pour analyse. Après un examen préliminaire, on peut constater qu'il n'y a pas de présence de sang. Le taux de bile semble normal. Tout indique que l'estomac s'est simplement vidé de son contenu avant la mort.

Il prit une longue inspiration avant de se lancer dans son premier diagnostic.

— Le gonflement de la langue peut être causé par des allergies, par un empoisonnement ou par un dérèglement hormonal.

Lilli commençait à bien manier le clavier et retranscrivait furieusement sur l'ordinateur portable les données dictées par son mentor.

— Vu l'âge avancé des patients, l'allergie peut, pour le moment, être écartée. Elle se serait déclarée bien plus tôt. L'empoisonnement semble la piste la plus pertinente, surtout si l'on considère les sept cas. Tous étaient d'âges et de genres différents, ce qui tend à valider cette hypothèse. Les tests sanguins devraient confirmer le diagnostic. Concernant l'autopsie de Lin Yiang, les constatations sont identiques.

Il pesa ses mots, il semblait assembler les pièces du puzzle au fur et à mesure qu'il énumérait ses constatations.

— À ajouter, le relâchement sphinctérien indique que la mort remonte à plus de six heures. À la vue de l'état de digestion des aliments vomis, l'heure du décès devait être approximativement deux heures après le repas, soit vers vingt-deux heures. L'examen vaginal de Lin Yiang indique un problème hormonal, il semblerait que Lin, malgré son âge ait encore eu des menstruations.

Lilli continuait d'écrire, complètement écœurée. Chu marqua une pause, en pleine réflexion sur ce dernier élément. Il ajouta :

— Un dérèglement hormonal pourrait expliquer un gonflement de la langue, des cycles menstruels postménopause et…

Il marqua un nouveau temps d'arrêt, se remémorant les symptômes décrits par le voisin.

— Et cela expliquerait aussi le témoignage de son voisin. Après l'avoir interrogé, il m'a informé que l'état de forme du vieux Yiang jouait du yoyo la semaine avant sa mort. Mais quelle substance pourrait générer un dérèglement si violent et fulgurant ?

Chu secoua la tête, il ne dictait plus, il pensait désormais à haute voix et Lilli recopiait fidèlement le raisonnement médical de Chu.

— Nous en revenons à la même conclusion, il s'agit certainement d'un empoisonnement externe, car la thyroïde semblait normale.

Il resta quelques instants debout et immobile au milieu de la pièce, le regard perdu dans le vide. Il hocha doucement la tête comme pour approuver sa propre théorie, satisfait de son cheminement. Lilli le regardait, en admiration totale.

***

Plus tard dans la journée, le vieux 4x4 stoppa devant l'hôpital gris de Tongren.

La stagiaire devrait sortir de l'hôpital dans quelques minutes avec les résultats en main. Il prit le sac qui contenait son matériel informatique, le fouilla, écartant les disques durs et les clés USB. Il finit par trouver ce qu'il cherchait et le rangea dans sa veste. Il eut un léger sourire de satisfaction et se tourna vers Lilli, comme pour partager son contentement avec elle. Absorbée par l'écran du *laptop*, elle relisait les dossiers médicaux. Le reflet lumineux du PC portable dans la pénombre du soir la rendait plus jolie. Il la contempla quelques secondes. Lilli sourit, elle venait certainement de lire un terme médical qu'elle trouvait amusant.

Chu sourit à son tour. Elle avait cette capacité à s'émerveiller et à s'amuser de si petites choses. Elle lui apportait une réelle quiétude. Il devait la contempler depuis un moment maintenant, car Lilli s'en rendit compte et se raidit.

Il toussota en faisant mine de regarder en direction de l'hôpital. *Bingo*, la stagiaire était devant l'entrée.

Elle avait une veste longue laissée ouverte, dévoilant un chemisier blanc et une minijupe foncée très avenante. Lilli suivit son regard et fronça les sourcils avant de se replonger dans sa lecture.

— Attends-moi, je ne serai pas long.

***

Inna lui sourit alors qu'il était encore à quelques mètres. Elle portait des chaussures grises, sobres. Ses longues jambes semblaient fermes et effilées. Son chemisier était ouvert jusqu'au troisième bouton, si bien que Chu distingua la couleur noire de son soutien-gorge en dentelle bon marché. Ses cheveux de jais, attachés par un chignon, surplombaient des sourcils très finement dessinés. Ses yeux de félin, noirs, étaient pleins d'ambition et le regardaient arriver à sa hauteur avec un petit air amusé.

— Vous êtes à l'heure, docteur, j'aime ça.

Il afficha un sourire séducteur.

— Je n'aurais pas voulu rater notre rendez-vous.

— Vous voulez plutôt dire que vous n'auriez pas voulu rater vos analyses… dit-elle narquoise.

— J'avoue… Les avez-vous ?

Son ton était légèrement insistant.

— Vos analyses m'ont demandé beaucoup plus de travail que prévu…

— Ah bon ? Pourtant, une vérification sanguine, c'est assez standard, non ?

— Oui, mais utiliser les ressources de l'hôpital sans être vue demande de l'habileté. Il fallait sans cesse faire attention à cet abruti de docteur Wang. Heureusement pour nous, il est aussi vieux que pervers. Un petit coup d'œil sur mon décolleté...

Elle se pencha en avant pour dévoiler la moitié de sa poitrine.

— Et le tour était joué, je faisais ce que je voulais de ce vieux con.

Chu se racla la gorge, troublé par la vision coquine.

— Oui... je comprends...

Il se reprit.

— Oui, je comprends vos contraintes et c'est bien la raison pour laquelle je vous ai payée !

— Vous parlez de l'acompte sans doute ?

— Un acompte ?

— Oui, je ne vais pas pouvoir vous donner vos analyses sans une autre... compensation.

Un éclair fugace, mais vicieux traversa la rétine de la stagiaire.

Il finit par acquiescer.

— D'accord, d'accord, je pense que l'on peut s'entendre. Prouvez-moi juste que ces analyses sont bien en votre possession et nous pourrons nous occuper de votre... compensation.

Il acheva sa phrase en lorgnant sur son décolleté, ce qui l'émoustilla. Contente d'elle, elle entrouvrit son sac pour y dévoiler une enveloppe brune.

Chu acquiesça à nouveau. Il reprit la parole sur un ton légèrement différent.

— En quelle année es-tu ?

— Encore un an et je termine.

— Hummm, ce serait dommage.

Il secoua la tête en se frottant le menton, l'air faussement embêté.

— Quoi ? Qu'est-ce qui serait dommage ? dit-elle intriguée en extirpant l'enveloppe de son sac.

— Ce serait vraiment dommage d'échouer si près du but...

Le ton d'Inna devint légèrement agressif.

— Mais de quoi parlez-vous ? Mon stage se passe à merveille et mes notes sont excellentes.

Chu l'attrapa par le bras.

— Maintenant, tu vas ouvrir tes oreilles et fermer ta grande gueule.

Elle ouvrit la bouche, abasourdie.

— Il serait très dommage que le docteur Wang ainsi que le comité de direction de l'hôpital entendent notre discussion, surtout la partie où tu expliques ta relation de travail avec ton chef, ou peut-être ta description sur l'utilisation des ressources de l'hôpital à des fins privées.

Il sortit de sa poche le dictaphone qui enregistrait toute leur conversation.

— Sale con ! répondit-elle d'un air dégoûté.

Il prit une voix menaçante.

— Tu ne sais pas à qui tu as affaire, alors je t'explique comment ça va se passer. Tu me files les analyses, tu gardes le fric que je t'ai donné et tout le monde est content. Je vais te filer deux nouveaux échantillons. Ce sont des prélèvements gastriques. Je veux ces analyses pour lundi.

— Mais je ne fais que les analyses sanguines... rétorqua-t-elle en larmes.

Il l'interrompit froidement.

— Si tu dois baiser tout l'hôpital pour obtenir ces analyses, ça te regarde, personnellement, je m'en fous. Rendez-vous lundi soir ici, même heure. Si tu es là avec mes analyses, je te les échange contre l'enregistrement. Si tu ne te montres pas, le lendemain, je pense que tu pourras te trouver un nouvel hôpital ou carrément une nouvelle carrière.

Il la toisa à nouveau.

— Est-ce que tu m'as bien compris ?

Elle ne répondit pas et se contenta d'acquiescer en pleurs.

— Bon, maintenant file-moi mes résultats d'analyses.

Elle s'exécuta en tremblant. Il vérifia rapidement leur contenu. Satisfait, il sortit les échantillons gastriques de sa poche et les lui tendit.

— À lundi.

Chapitre 24
Signaux de fumée

La Jeep dodelinait au rythme des nids-de-poule, nids-de-dinde ou d'autruche pour certains. Ils avaient mis à profit le temps passé en voiture pour découvrir les résultats d'analyses de sang. Chu avait vu juste, c'était un problème hormonal lié à la thyroïde. La TSH, dans les deux cas, crevait tant les plafonds que Chu en fut secoué. Comment pouvait-elle être soixante fois plus élevée que la normale ? Même un nouveau-né n'atteignait pas de tels niveaux. Défiant les secousses routières, il entreprit de consigner ces résultats dans l'ordinateur portable, complétant ainsi les dossiers médicaux. À la relecture de ceux-ci, Chu buta, à nouveau, sur la même conclusion. La thyroïde était de taille normale et pourtant le taux d'hormones était beaucoup trop élevé. Un facteur externe déréglait complètement le cycle hormonal de ces gens.

Concentrée sur la faible visibilité, Lilli conduisait, laissant son précepteur à ses cogitations silencieuses. Ils avaient quitté l'hôpital vers vingt et une heures, minuit approchait, ils seraient bientôt rentrés. Lilli posa la main sur la jambe de Chu, le tirant de sa réflexion. Surpris et troublé par ce geste, il la regarda, interrogateur. Elle stoppa le véhicule sur le bas-côté, visiblement apeurée. Il suivit la direction de son regard pour découvrir, grâce au clair de lune, une colonne de fumée noire s'élever du village.

— Bon sang ! Fonce, Lilli !

Il replia l'ordinateur portable d'un coup sec et le colla contre sa poitrine, le protégeant ainsi des chocs imminents. Lilli démarra en trombe. Crispée d'inquiétude, elle tenait le volant telle une kamikaze. Chu, secoué dans tous les sens, serrait son ordinateur comme on s'agrippe à une bouée de sauvetage. Un dernier virage et ils arriveraient à destination.

À l'entrée du village, Chu fronça les sourcils. La fumée venait de plus haut, il pensa tout de suite au dispensaire. Ils remontèrent la rue et les derniers mètres lui donnèrent raison. Son dispensaire était en feu.

Une chaîne humaine improvisée tirait des seaux et des bassines d'eau du puits pour les verser sur la bâtisse en proie aux flammes. La bravoure de l'initiative n'avait d'égale que son inutilité. Le dispensaire serait réduit en cendres quoi qu'ils fassent, Chu le comprit tout de suite. Sans perdre une seconde, il quitta le véhicule et pelotonna sa veste contre son nez pour se protéger des fumées. D'un puissant coup de pied, il fit voler la porte en éclats. Le rayonnement du brasier le gênait déjà alors qu'il n'était même pas encore entré. Il prit une profonde inspiration et se jeta à l'intérieur, malgré les hurlements désespérés de Lilli. Elle tomba à genoux et retint sa respiration. De chaudes larmes roulaient sur ses joues, reflétant sur son visage la danse orangée des flammes virevoltantes. Un fracas retentit et Lilli vit une partie du toit en tôle s'affaisser. Elle serra les mains contre sa poitrine. Son cœur allait exploser, quand soudain, elle le vit ! Il ressortit, fumant et titubant, mais bien vivant. Elle s'élança vers lui, le prit dans ses bras et enfouit la tête dans le creux de son cou. Elle le serra très fort. Ils s'enlacèrent de longues secondes, bercés par le crépitement du brasier qui consumait inexorablement la structure du bâtiment.

***

Assis en tailleur autour de la table, monsieur Tong but une gorgée de thé dans un silence pesant. Lilli finissait de bander la main gauche de Chu, brûlée au second degré. Il avait d'autres traces de brûlures, plus légères, sur le cou et le front qui disparaîtraient en quelques jours. Les parents de Lilli, remis de leurs émotions, saluèrent Chu et leur fille et prirent la direction de leur chambre.

Lilli appliquait à présent sur le visage de Chu du *mei bo*, un onguent efficace contre les brûlures. Encore sous le choc, elle étalait le baume sur chacune des rougeurs avec soin et affection.

Elle s'était attachée à Chu et au-delà de l'admiration pour le personnage, avait développé des sentiments profonds. Caressant le visage meurtri de son mentor, elle réalisa qu'elle ne supporterait pas de le perdre, elle avait besoin de lui, elle voulait le serrer à nouveau dans ses bras. Son cœur se mit à battre plus fort, elle regarda les lèvres entrouvertes de Chu et sentit une chaleur bouillonnante l'envahir.

Elle ne s'autorisa pas à prolonger sa pensée et, rougissante, essaya de se concentrer sur sa pommade et les brûlures.

Les doigts de Lilli apaisaient la douleur et lui apportaient un réel réconfort. Chu ferma les yeux, bercé par ses mouvements bienfaisants. Il se concentra, se remémorant la scène qui avait duré moins d'une minute.

Au milieu de la fournaise, il vit immédiatement ses dossiers médicaux en feu, comme tout le reste de la pièce. La fumée et la chaleur auraient raison de lui dans les trente prochaines secondes, il fallait faire vite. Il contourna la table dont les hautes flammes léchaient le plafond. De l'autre côté de la pièce, il approcha du coin où les caisses de médicaments avaient été entassées.

Les caisses n'étaient pas en feu, elles n'étaient simplement plus là. Il voulut s'avancer, mais un morceau du toit s'écroula et heurta son bras gauche, brûlant sévèrement le revers de sa main. S'il ne sortait pas maintenant, il y resterait pour de bon. Il utilisa ses dernières forces pour faire marche arrière et, dès qu'il vit l'embrasure enflammée de la porte, s'y jeta sans réfléchir, quittant ainsi cet enfer ardent.

***

Chu ouvrit la porte des Yiang, découverts morts quelques jours plus tôt. Il était parti en trombe de chez les Tong, laissant Lilli pantoise avec ses bandages et ses onguents. Il ne pouvait attendre, il devait comprendre, investiguer, et il devait le faire maintenant. Ces morts étranges, son dispensaire en feu, ses médicaments volés. Toute cette histoire n'avait pas de sens, il lui manquait un élément pour tirer cette affaire au clair et il était intimement convaincu d'en être tout proche.

En cette fin de nuit, la pièce des défunts Cai et Lin Yiang était froide et sombre, comme si la mort avait dépeint ces lieux d'un voile glacé. Il alluma une lampe à huile et balaya la pièce. Il ne savait pas ce qu'il cherchait, mais son instinct lui interdisait d'abandonner.

La cuisine était vide de tout aliment. Les étagères ne contenaient rien de suspect. Il s'approcha du lit, secoua les draps souillés : vides.

Il ouvrit le petit tiroir de la table de nuit, un mouchoir en tissu et le *Petit livre rouge* contenant les citations de Mao Tsé-toung. Il referma sèchement le tiroir et balaya à nouveau la pièce, à l'affût du moindre indice. Son regard s'arrêta à nouveau sur le lit.

Il posa sa lampe sur le sol et se coucha à plat ventre. Sous le sommier, il trouva une boîte en plastique de forme évasée, familière. Chu fronça les sourcils et tendit le bras pour saisir les fameux compléments alimentaires, prescrits un mois plus tôt. Il ramassa le tube en plastique et se releva. Il le secoua machinalement : plus que quelques pilules. Le bouchon sauta pour dévoiler trois malheureux comprimés. Circonspect, le docteur s'assit sur le lit. Une boîte contenait cent quatre-vingts cachets. Soit, à raison d'un par jour, suffisamment pour leur assurer six mois de traitement. Admettons qu'ils aient tous deux vidé leur boîte en un mois, ils auraient pris six fois les doses prescrites. Il secoua la tête, l'abus de compléments alimentaires ne causerait pas un dérèglement hormonal si foudroyant. Il lut sur le côté de la boîte la composition, tout lui semblait *a priori* normal.

La clarté de l'aube pénétra les carreaux, projetant çà et là quelques ombres et reflets. La pièce reprenait vie. Machinalement, il éteignit la lampe à huile. Une légère fumée s'éleva de la lanterne, offrant dans la pénombre une atmosphère éphémère quasi mystique. Chu se tenait debout, la boîte de compléments serrée en main. Il se refusait à le croire et pourtant, il leur avait administré la mort par prescription.

***

Lilli rangeait et nettoyait le salon où elle avait pansé ses blessures une heure plus tôt. Quand il apparut, elle sursauta et rougit, visiblement gênée. Il bâilla de fatigue, la nuit avait été longue et sa montre indiquait six heures du matin.

— Je vais travailler encore un peu sur les dossiers médicaux avant de me coucher.

Lilli semblait quant à elle en pleine forme et acquiesça, le balai en main.

— Vous avez besoin d'aide ?

Il sourit devant son indéfectible jovialité. Il fronça ensuite les sourcils avant de lui répondre :

— Il est tard, tu ferais bien de dormir aussi.

— Je n'ai vraiment pas sommeil, autant que je me rende utile !

Il haussa les épaules, elle était visiblement déterminée à terminer son nettoyage. Elle était incroyable. Chu se dirigea vers la chambre que lui avait aimablement aménagée la maîtresse de maison. Il alluma l'ordinateur portable et entreprit de compléter le dossier médical des Yiang.

Il analysa à nouveau les photos des cadavres et de l'autopsie. Il numérisa ensuite l'analyse de sang grâce à son appareil photo. Le dossier était presque complet. Il ne manquait plus que l'analyse des prélèvements gastriques qu'il obtiendrait lundi. La mine soucieuse, il reprit le tube de compléments alimentaires.

Dubitatif, il le secoua machinalement, faisant s'entrechoquer les trois pilules restantes. Il les ferait analyser également. Il prit soin de sauvegarder tous ses dossiers médicaux sur le disque dur externe, ainsi qu'une sauvegarde additionnelle du dossier des Yiang sur une clé USB. Chu soupira et éteignit son ordinateur.

La journée fut longue, éreintante, mais instructive.

Malheureusement, rien de bon ne s'annonçait.

Chapitre 25
Les aisances cupides

Le cigare cubain de Lio se consumait sur le cendrier de marbre. Lio et Nico s'étaient rendus dans un café très sélect où le *single malt* « vingt ans » et les « Cohiba » se dégustaient comme des burgers dans un *fast-food*.

— Tu vois Nico, si je peux me permettre ce genre de largesse, c'est parce que je participe à des projets de grande ampleur. C'est d'ailleurs pourquoi je t'ai fait venir ici, au calme.

Lio, sérieux, pesait ses mots et fixait son invité impatient.

— Nous allons bientôt démarrer des recherches majeures. Cette fois-ci, c'est un projet très sensible, qui nécessite la plus grande discrétion. À ce stade-ci, je ne pourrai malheureusement t'en dire que très peu. Par contre, les conditions d'embauche sont… très avenantes.

Il laissa échapper ce dernier mot avec une légère délectation. Il fit tourbillonner son whisky avant de le porter à ses lèvres.

— C'est pile dans tes cordes, crois-moi. Le problème, si je peux dire, c'est que cela induit un éloignement relativement long.

— C'est-à-dire ?

— Deux périodes de six mois, sans sortir de l'enceinte du site.

— SIX MOIS !

Il ne s'attendait pas du tout à ce genre de proposition et pensa directement à sa femme.

— Je ne peux pas t'en parler en détail, mais participer à ce genre de projet permet de faire une vraie différence.

La phrase fit mouche, Nico mit ses réticences entre parenthèses pour écouter ce que Lio avait à dire.

— Le site est sur une île, en Europe. Tu connaîtras sa localisation en temps voulu. Tout y est prévu, les installations sont modernes et on n'y manque de rien. Le matériel mis à notre disposition est à la pointe, le *must* du *must*.

Lio plissa les yeux, comme pour percer à jour les premières impressions de Nico. Le chercheur belge semblait abasourdi, mais Lio avait clairement piqué sa curiosité.

— Quand tu dis que c'est une opportunité pour apporter du changement, où veux-tu en venir ?

— Je parle de faire avancer la science et la médecine, Nico. Je pense à des progrès qui affecteraient des millions de personnes.

Une telle proposition était unique ; d'autres attendraient toute leur carrière une telle opportunité, et les chances qu'on lui propose si rapidement restaient un miracle en soi. Après ces quelques secondes de réflexion, Nico prit la parole.

— Je t'avoue que ce sera pour moi un gros sacrifice, m'éloigner de ma femme, ne pas être aux côtés de mon enfant les premiers mois et perdre de vue mes amis. Quelles seraient les compensations ?

— Nico, ne le fais pas uniquement pour l'argent, tu risques de craquer. Tu dois le vouloir pour le défi, pour l'opportunité aussi. Je pense que ce genre de boulot est fait pour un scientifique comme toi, pour tes compétences et tes connaissances.

Nico, conscient de ses atouts, était convaincu d'être fait pour ce projet. Depuis le décès brutal de son père, il vivait dans le noir, cherchait constamment ce sens caché, cette explication profonde qui apaiserait son cœur, tourmenté par l'injustice d'une mort prématurée.

— Écoute Lio, ça m'intéresse. C'est une opportunité unique. Mais l'éloignement est un facteur déterminant. Je vais d'abord en discuter avec ma femme.

— Oui, bien sûr, répondit Lio, compréhensif.

Nico gigota sur le fauteuil, quelque peu embarrassé, il demanda discrètement :

— Et au sujet de la rémunération ?

Lio lui sourit.

— À combien chiffrerais-tu le coût de ton éloignement ?

Nico serra les accoudoirs de son fauteuil.

— Pour un éloignement pareil, il me faudrait un salaire annuel à sept chiffres et être présent lors de la naissance de mon enfant.

Ses pulsations s'accélérèrent. Il regarda Lio droit dans les yeux. Ce dernier, un peu surpris, se caressa le menton.

— Bien, c'est un peu agressif comme exigence salariale, mais vu tes compétences et l'importance du projet…

La phrase resta en suspens. Lio jaugeait son interlocuteur, le regard perplexe. Il était dans les cordes. Nico réalisa que Lio avait besoin de lui, et de personne d'autre. Ce dernier reprit avec une hésitation peu habituelle :

— C'est une première estimation, qui ne tient pas compte d'éventuelles primes. Tu aurais, pour cette année complète de recherche, un salaire brut de deux millions de dollars.

Nico resta stoïque. Intérieurement, son cœur explosa en une gerbe de billets verts. Ce n'était pas un salaire qu'il allait recevoir, c'était la promesse d'une nouvelle vie. Tous les projets qu'il partageait avec son épouse défilèrent sous ses yeux. Toutes ces choses dont ils rêvaient à deux étaient là, accessibles, au bout de ce projet. Il hocha doucement la tête.

— Tu parlais de primes éventuelles ?

— Tu peux compter sur deux primes de cinq cent mille dollars versées à la fin de chaque semestre, si tes résultats sont à la hauteur.

Lio poursuivit. L'effet désiré était obtenu.

— C'est astronomique, mais ce n'est qu'une faible compensation pour l'éloignement que tu subiras et feras subir à tes proches.

Nico flottait sur un nuage.

— Pour quand te faut-il une réponse ?

Lio lui lança un regard glacé.

— Au plus vite…

***

Nico ayant pris congé, Lio prit soin de s'écarter de la foule avant de débuter l'appel.

— Monsieur, pardon de vous déranger, mais l'hameçon a pris.

L'homme à l'accent néerlandais répondit d'un ton bref :

— Cher ?

— Il a plongé pour deux millions ; la moitié du budget prévu.

— Parfait ! Maintenant que vous avez ferré le poisson, je le veux sur le projet sept jours sur sept. Faites-en sorte que son cerveau tourne à plein régime.

— C'est en cours, monsieur. Le cancer de son père sera le meilleur des facteurs de motivation.

— Bien, continuez comme ça, Lio, et surtout ne le laissez pas respirer. Je le veux sous notre contrôle absolu.

— Comptez sur moi, monsieur.

Chapitre 26
Manque d'adhérence

Biiiiip Biiiiip !

Chu klaxonnait nerveusement. La moto les talonnait. Lilli se cramponnait à sa ceinture alors qu'ils fonçaient à toute allure, dans les petites rues de Tongren.

Blam Blam.

Le motard tira deux fois dans leur direction. Le pare-brise arrière de la berline vola en éclats sous les cris terrifiés de Lilli. Chu zigzaguait dangereusement, il tentait d'éviter les tirs, un coup de volant à gauche, un écart à droite, il répétait l'opération la peur au ventre pour gagner du temps.

Le motard, tout de noir vêtu, leva son arme. Chu s'écarta de sa ligne de mire par un nouvel évitement sur la droite, moins bien assuré cette fois. La roue avant mordit le trottoir. Il sentit la voiture perdre son adhérence. Pendant une fraction de seconde, le temps n'avait plus cours. Il pouvait entendre son cœur se contracter et en une pulsion, faire circuler son sang dans tout son corps. La partie droite du véhicule ne touchait plus le sol. Sur ses deux roues, il risquait de se retourner s'il ne réagissait pas très vite.

— MERDE !

Un brusque coup de volant vers la droite et la voiture se rétablit. Les deux roues s'écrasèrent sur le trottoir. Il brisa une échoppe itinérante en mille morceaux. Les gens hurlaient, se jetant au milieu de la route pour éviter le conducteur fou. À leur poursuite, le motard slalomait entre les obstacles, pointant son Glock en direction de la voiture.

Blam Blam.

Chu devint pâle. Une balle avait percé la tôle et s'était logée dans son épaule. Il se crispa sous l'impact. Il parvint à maintenir le cap, malgré sa vue trouble. Lilli devint hystérique dans l'habitacle. Il avait du mal à respirer, il se sentait partir. Toujours sur le trottoir, ils perdaient de la vitesse.

La moto serait bientôt à leur hauteur. Le motard tendit le bras et ajusta sa visée. Plus que quelques mètres, il stabilisa sa ligne de mire à hauteur de la vitre arrière. Invisible, dans l'angle mort, il prit le temps de viser la nuque de sa cible.

— CHU !

Lilli le fit sursauter. Un coup de volant instinctif vers la gauche les dégagea du trottoir pour les remettre sur la route. L'écart inattendu menaça la moto qui, dans une tentative d'évitement, se coucha sur le sol, glissant sur le bitume rugueux en une gerbe d'étincelles. Chu se ressaisit et remit les gaz pour mettre un maximum de distance entre eux et leur poursuivant.

Il fallait rejoindre les abords de la route nationale, c'était leur seule chance. Lilli inspecta l'épaule sanguinolente de Chu. Il était salement touché. Pressant sur la plaie autant qu'elle le put, elle regarda en arrière, guettant nerveusement le retour de leur poursuivant. Ses larmes coulaient le long de ses joues si douces, trahissant sa détresse et emportant sur leur passage toute trace d'espoir. Cadavérique, Chu murmura :

— Ça va aller, on y est presque, Lilli.

Elle ne répondit pas, tant elle était secouée par la violence des événements. Ils continuèrent sur quelques kilomètres.

— CHU !

Elle hurla à nouveau. D'un œil à moitié ouvert, il repéra

dans le rétroviseur, au loin, la silhouette implacable du motard. Ce fils de chien n'allait pas les lâcher. Pied au plancher, le moteur de la berline rugissait à l'agonie. Malgré ses efforts, la moto gagnait du terrain. Soudain, au loin, fixée au sommet d'un des hauts poteaux métalliques bordant la route, l'enseigne « PetroChina » lui apparut. Il murmura pour lui-même.

— Encore un virage...

Dans un crissement de pneus, la voiture vira à la limite de ce qu'elle pouvait supporter. Sorti du virage, il contrebraqua, remettant la voiture parallèle à la route. Il aperçut la pompe à essence à quelques centaines de mètres. Son visage s'éclaira et pendant plusieurs secondes, la douleur qui marquait ses traits disparut.

Il resserra ses mains sur le volant et fonça en direction de la pompe à essence. Il s'arrêta aveuglément en plein milieu du parking, à cheval sur deux emplacements. Il rassembla ses dernières forces pour s'extirper du véhicule. Lilli fit rapidement le tour et tenta de l'aider en le tirant par l'épaule. Ils s'assirent sur le tarmac, le dos contre la berline fumante et truffée d'impacts. Lilli se cala à côté de lui, appliquant une pression sur son épaule blessée. Elle ferma les yeux comme pour se mettre à l'abri, quelque part, loin dans son esprit.

Le bruit de la moto se fit de plus en plus proche pour finalement ralentir et s'arrêter. L'assassin stoppa à une dizaine de mètres de sa proie. Il bloqua soigneusement son véhicule à l'aide du cale-pied. Il sortit son arme et avança vers le médecin et sa jeune assistante, perdue et sans espoir.

Blam Blam Blam.

Trois coups meurtriers retentirent.

Chapitre 27
L'appât

— Qu'en penses-tu ?

Anna resta pantoise, abasourdie par la proposition faite à son mari.

— Je sais, c'est énorme, poursuivit Nico face au mutisme de sa femme. Tu te rends compte ? Deux millions de dollars !

— C'est fou, Nico, c'est vraiment dingue comme offre.

Sa voix était mal assurée. Elle avait les larmes aux yeux, les émotions s'entrechoquaient, mélangeant fierté, peur et confusion face à cette incroyable proposition qu'elle n'avait jamais vraiment envisagée.

Elle pesait pleinement la difficulté des longues absences. Son père avait été militaire et enchaînait mission sur mission pendant de longues années, des mois durant. Elle aurait échangé tout le confort du monde pour un père présent.

Nico observa le visage de sa femme, dont le front plissé trahissait son combat intérieur. La solution était claire pour lui. Elle était enceinte, il ne devait pas l'inquiéter et reprit la parole d'un ton assuré et convaincu.

— Je vais refuser.

Le visage d'Anna se crispa. Il s'avança pour la prendre dans ses bras.

— Je t'aime, ma puce.

Sa femme le regardait, les yeux encore rougis par les émotions. Elle essayait d'être plus forte qu'elle ne l'était, elle le devait. Elle se blottit contre lui et l'étreignit fort.

— Une année sans toi sera pénible et douloureuse, mais je pourrais demander à papa et à ma sœur de venir m'aider. Et puis Nathan n'est jamais loin en cas de coup dur. Qu'est-ce qu'un an d'absence, s'il est compensé par une vie de présence ?

Il sentit une boule grossir dans sa gorge, comme si un trop-plein d'émotions forçait le passage dans son œsophage. Elle poursuivit, se projetant un peu plus dans le scénario.

— Je pourrais racheter la pharmacie et passer d'employée à employeur. Ce ne sera pas facile, c'est certain.

Nico étreignit tendrement sa femme, l'émotion le rendait aphone.

— Accepte, Nico, accepte ce poste.

Elle s'écarta de lui pour le fixer d'un regard dorénavant déterminé.

— Grâce à ce projet, tu pourras accomplir de grandes choses. Je le sais. Tu as cette lueur en toi, je l'ai toujours su.

Il secoua la tête.

— Je pense qu'il vaut mieux dormir dessus et prendre une décision à tête reposée.

Elle répondit, déterminée :

— Je serai là pour te conduire à l'aéroport et « nous » serons là pour venir te rechercher.

L'allusion toucha Nico. Il lui caressa le menton et l'embrassa tendrement. Une discrète larme coula le long de sa joue.

Chapitre 28
Un voile se lève

Depuis cette fameuse brèche ouverte dans le système de sécurité du quotidien *L'Aurore,* Philippe ne dormait plus. L'anxiété s'installa en lui et prit une place prépondérante aux dépens de sa bonhomie naturelle. Il avait perdu l'appétit, signe de l'état critique de sa situation, et au grand étonnement de sa mère, venait de perdre son septième kilo.

Son interlocuteur mystérieux, aux abonnés absents, le rendait fou. Il avait suivi scrupuleusement les indications. Il s'attendait à un cataclysme médiatique. Il pensait voir les *hackers* prendre possession du journal ou du moins, de sa section *online*[18]. Le comble pour un anxieux, c'est quand rien ne se passe. Les spéculations se heurtent au vide et s'essoufflent, aussi sûrement que l'homme s'épuise.

Philippe déprimait, ne répondait pas aux messages de soutien de Louise et désertait les sites pornos ce qui, depuis l'arrivée d'Internet dans sa vie, n'était jamais arrivé. Enfin, il abandonna même son projet manichéen de dénonciation du grand complot.

Son blog fonctionnait pourtant très bien, il recevait de plus en plus de visites chaque jour. Le compteur affichait désormais près de quatre mille entrées et les répercussions commençaient à suivre. Beaucoup de forums partageaient son lien, et il recevait tous les jours des messages d'encouragement.

Une fenêtre de discussion interrompit son apathie cérébrale.

[114TOIN5] Bonsoir Philou1987.

Philippe crut halluciner.

[Philou1987] Bonsoir 114TOIN5...

[114TOIN5] Tu es malade?

Philippe sentit son taux d'adrénaline grimper.

[Philou1987] Ça dépend pour qui.

[114TOIN5]:-p

Un smiley, c'est bon signe, se dit Philippe.

[114TOIN5] Tu manques à tes fans...

Philippe s'interrogea, circonspect. Il répondit sans conviction.

[Philou1987] Personne ne m'aime au journal.

[114TOIN5] Tu as fait ce qu'il fallait, je faisais référence à autre chose...

Philippe se gratta la tignasse dont les épis collants trahissaient une hygiène également virtuelle.

[Philou1987]... Je ne comprends pas.

[114TOIN5] AH AH AH AH, tu es un véritable paradoxe Philou1987.

Philippe, crispé, ne savait que répondre.

[114TOIN5] Tu es sur la bonne voie, Philippe, tu as juste besoin d'un petit coup de pouce...

[Philou1987]... OK... Si tu le dis...

[114TOIN5] Tu viens de recevoir un e-mail.

Philippe se rua vers sa messagerie, il ne vit pas de nouveau mail. Il rafraîchit la page, toujours rien...

[114TOIN5] Pas cet e-mail-là...

Le visage de Philippe s'éclaira. Il percutait enfin. Il se connecta sur son blog. Dix-sept nouveaux messages, le dernier en date venait d'arriver, il comportait un fichier joint de taille importante.

[114TOIN5] Nous attendons tes conclusions dans ton prochain *update*. Ta dernière mise à jour date d'un mois, il est temps de nourrir tes fans. Ce petit envoi que tu viens de recevoir devrait t'aider. Nous espérons le même niveau de qualité dans ton travail. Les avis sur la Toile concernant ta première édition furent comment dire… unanimes…

[Philou1987] Comment ça « nous » ? Mais qui êtes-vous ?

[114TOIN5] Nous ne sommes pas ennemis…

Philippe commençait à répondre lorsqu'un nouveau message surgit sur l'écran.

[114TOIN5] Je suis déçu, toi qui es pourtant si fort avec les énigmes…

Cette escarmouche piqua Philippe au vif. Il masquait une personnalité et un esprit remarquables derrière une façade de rustre. Au fond, il savait qu'il n'était pas le nul qu'il prétendait lui-même être. Bizarrement, ce harceleur du net semblait voir en lui le vrai Philippe. À l'heure actuelle,celui qui connaît vos habitudes virtuelles vous connaît mieux que vous-même.

Il se rassit correctement sur sa chaise et relut rapidement le fil de la conversation et là, la réponse évidente s'imposa.

[Philou1987]… Vous êtes les… Unanim…

Philippe tapait le reste des lettres sur son clavier, mais elles refusaient de s'inscrire à l'écran. Il s'interrompit.

[114TOIN5] Règle numéro 1, ne jamais parler de nous.

Philippe, en bon catholique, joignit les mains en signe de soumission, prêt à entendre les commandements.

[114TOIN5] Règle numéro 2, ne jamais écrire le nom de notre communauté. Des algorithmes tournent dans tous les réseaux du monde pour nous débusquer. Chaque conversation qui nous mentionne est interceptée et analysée.

[Philou1987]... Tu veux dire que je fais partie des... de votre communauté ?

[114TOIN5] T'es qu'un *noob*[20]. Tu connais qu'dale en codage... oublie. Disons que tu es plutôt un sympathisant.

[Philou1987] OK, ça me va !

Un groupe. Pour la première fois, le blogueur faisait partie d'un groupe. Mieux encore, on l'y avait intégré grâce à son travail. Philippe recevait enfin de la considération, sous une forme plutôt étrange il est vrai, mais il ne le devait qu'à lui-même. C'était un des plus beaux jours de sa vie.

[114TOIN5] Y a pas vraiment de hiérarchie chez nous, nous sommes simplement un collectif qui défend la liberté d'expression et ton blog cible dans le mille.

Il évita tout commentaire, modeste ou pas, qui aurait pu trahir une excitation juvénile et répondit simplement.

[Philou1987] Je comprends. Quelles sont les autres règles ?

[114TOIN5] Règle numéro 3, et la dernière pour l'instant : tu n'essaies en aucun cas de nous contacter, c'est nous qui viendrons à toi.

[Philou1987] Pigé.

[114TOIN5] À présent, remue-toi. T'as de la lecture et un *update* à faire.

Sans attendre, il ouvrit le mail reçu et téléchargea la volumineuse pièce jointe. Articles de presse, graphiques, projections... Ce qu'il vit le déconcerta. La portée était bien plus grande et profonde que ce qu'il imaginait. Pour Philippe, les nuits à venir promettaient d'être longues.

Chapitre 29
Vaine résistance

Les dernières lueurs du jour, entre argent et or, se reflétaient sur le bras de mer, tel un brasier à bout de souffle. La lune pointait déjà, haute, perçant les quelques nuages noirâtres, témoins de l'obscurité naissante. Les dalles en pierre bleue, comme vernies par la dernière pluie, apportaient au tableau une brillance mystique. Assis sur un pilier d'amarrage, Nico observait l'immensité, pensif, fatigué. Une musique d'ambiance parvenait du *pub* derrière lui, la fête y battait son plein.

Nico n'avait jamais mis les pieds en Écosse. L'endroit n'était pas si loin de chez lui et même s'il allait être coupé du monde, ignorant encore tout de sa mission, cette proximité relative le rassurait.

Son patron, accompagné par Bastien, aurait dû arriver il y avait déjà vingt minutes. Le bateau vers l'île amarrait à six heures le lendemain. Refroidi par la brise, Nico se releva et ajusta sa veste, resserrant son col au plus près.

***

L'île était couverte d'un brouillard tenace. Nico n'aurait pu dire s'il s'agissait là d'un îlot ou d'un gigantesque massif. Ses extrémités, cachées par un voile brumeux, ne laissaient entrevoir que l'ombre de certains gros rochers qui surgissaient çà et là du bord de mer. Au bout de l'embarcadère, une aubette en béton et un portique de sécurité étaient gardés par deux hommes en tenue militaire. Ils portaient à la ceinture, menottes, matraque et arme de poing. Nico les observa alors qu'ils contrôlaient méticuleusement chaque carte d'accès. Le manque d'expression sur leur visage lui fit froid dans le dos. Une fois le contrôle passé, Nico se tourna vers Lio.

— Deux gardes armés pour contrôler une dizaine de scientifiques, ça semble surréaliste…

Lio fronça les sourcils, exaspéré. Depuis leurs retrouvailles, il n'avait pas esquissé le moindre sourire et semblait fermé à tout échange social. Nico mit cela sur le compte de la pression, à la vue du budget et des moyens mis en œuvre, les attentes devaient être énormes. Nico ne décevrait pas son ami, il lui devait bien ça.

Il le laissa passer devant et lui emboîta le pas silencieusement, le bagage à l'épaule.

À gauche, une vieille route délabrée longeait le bord de mer et se perdait au loin dans la brume. L'île était très rocailleuse, avec pour unique verdure une forêt de pins sylvestres qui, téméraires, s'étaient frayés un passage à travers le temps entre les roches entassées.

La hauteur des sapins assombrissait tristement le passage qui devait mener les scientifiques jusqu'au site. Les îles du nord de l'Écosse n'étaient pas réputées pour leur climat équatorial, et celle-ci ne faisait pas exception.

Le sentier pénétrait la forêt, face à l'embarcadère. Nico, peu rassuré par ce qu'il allait découvrir, suivait Lio, accompagné de sept autres scientifiques. Certains de ses nouveaux collègues semblaient dans le même état d'esprit et observaient les environs tout en avançant, la mine quelque peu déconfite.

Après cinq bonnes minutes de marche à l'ombre des grands pins, Nico distingua à une bonne centaine de mètres une gigantesque parabole dominant la cime des arbres. Ayant perçu la surprise des nouveaux arrivés, Lio se retourna et prit la parole, l'air détaché.

— Le site du laboratoire est caché sous une ancienne station de communication du MI6. Elle date encore de la guerre froide. Toute l'île a été abandonnée il y a des dizaines d'années.

Le groupe arriva au pied de la parabole. Posée sur un énorme bloc de béton délavé et abîmé, elle était dans un sale état et les plantes grimpantes en avaient fait un support de choix. On distinguait encore les vestiges d'une clôture barbelée entourant la station, que le temps et les intempéries avaient mise à rude épreuve.

Le sentier menait vers la droite du bloc où deux gardes, copies conformes des deux premiers, sécurisaient ce qui semblait être la seule porte d'accès menant au site enterré. Lio leur fit un discret signe de tête. Le premier garde s'avança vers la porte et composa un code numérique sur la console de sécurité. Un bip retentit, suivi d'un claquement sourd. La porte se déverrouilla. Le garde la tira laborieusement et Nico fut frappé par son demi-mètre d'épaisseur. Le bloc de béton n'était rien d'autre qu'un *bunker* antiatomique.

Lio pénétra dans les lieux, sûr de lui, laissant les autres congénères sensiblement hésitants. Nico fut pris d'un doute affreux, une angoisse qu'il tenta tant bien que mal de dissimuler. Il avait peur. Pourquoi était-il venu se fourrer dans un endroit pareil ? En proie à l'angoisse du prisonnier, il avait l'impression que s'il posait un pied dans l'édifice, il n'en ressortirait probablement jamais.

— Avancez monsieur, ordonna le garde à Nico, la porte se referme automatiquement après six minutes et je n'ai pas envie de ramasser vos morceaux.

La boule au ventre, Nico passa la porte et suivit le groupe. Les uns derrière les autres, ils longeaient un long et étroit couloir, à peine éclairé, qui s'élargissait à son extrémité sur un large ascenseur. Il régnait un silence pesant, ponctué par le rythme des pas sur le béton.

Une fois verrouillé, l'ascenseur s'enclencha dans un grondement sourd, suivi d'un crissement métallique. La descente commença, silencieuse et angoissante.

Nico observa ses collègues. Lio et lui mis à part, le groupe se composait de sept personnes. Trois d'entre elles semblaient à l'aise, les quatre autres affichaient un visage crispé.

Après deux minutes de descente, l'ascenseur s'arrêta et les portes s'ouvrirent sur une grande pièce vide. En face, à gauche et à droite, ils découvrirent trois portes blindées, une sur chaque mur.

Sorti de la cage, Lio fit face au groupe et prit la parole.

— Mes collègues et moi-même devons nous absenter provisoirement. Attendez ici, quelqu'un va venir vous prendre en charge.

Sans laisser le temps à quiconque de poser la moindre question, Lio et ses trois collègues disparurent derrière la lourde porte du mur de droite. À peine quelques secondes plus tard, les cinq scientifiques entendirent la porte en face se débloquer.

Un homme en jean et blazer bleus entra dans la pièce. Ses cheveux roux frisés et ses yeux clairs lui donnaient un air typique d'outre-Manche. Il gratifia l'audience d'un grand sourire, rassurant et jovial.

— Messieurs, bienvenue.

Il parcourut rapidement la petite assemblée de son regard bleu perçant.

— Comme vous l'avez constaté, les anciens sont déjà partis. Ne vous inquiétez pas, ils sont simplement affectés à d'autres tâches sur le site.

L'homme parlait d'une voix forte dont le roulement des « R » trahissait ses origines celtes.

— Je m'appelle Douglas MacLockard, je suis le chef de la sécurité sur le site. Vous pouvez m'appeler Doug.

L'homme, de corpulence athlétique, les toisa du haut de son mètre quatre-vingt-dix. Nico balbutia alors un très timide « bonjour Doug » qui fut imité par les autres.

— Les règles de sécurité sont les suivantes : portez votre badge en permanence, ne rentrez jamais dans le labo en dehors de vos heures de service et bien évidemment, aucun contact vers l'extérieur.

Doug fixait le groupe, les yeux légèrement plissés.

— Pour la p'tite histoire, vous êtes ici dans une ancienne infrastructure des services secrets britanniques. Il y a sur l'île un village abandonné, habité à l'époque par les employés de la station. À présent, il ne reste que le labo sous-terrain ; il n'y a pas de moyens de communication externe, ni Internet ni réseau téléphonique.

Apparemment, Nico n'était pas le seul surpris. Tous ses compagnons d'infortune semblaient aussi perplexes que lui.

— Derrière moi se trouve la porte qui mène au laboratoire. La porte de gauche mène aux logements.

Il désigna enfin la porte de droite par laquelle Lio et ses congénères étaient passés.

— L'accès à cette porte vous est par contre totalement interdit. C'est une autre aile du site et le degré de sécurité y est plus élevé.

Nico écoutait attentivement. Son angoisse s'estompait et laissait place à une certaine excitation. Le fait de travailler sur un projet secret dans cet endroit anachronique était plutôt singulier. Il était même impatient de continuer la visite.

***

La chambre de Nicolas portait le numéro trente-sept. Les murs peints en blanc du large couloir reflétaient légèrement la lumière tamisée des spots. Les nouveaux locataires n'échangèrent pas le moindre mot, tous à la recherche de leur havre de paix. Trente-sept, la dernière porte du couloir, métallique comme toutes les autres. Nico l'ouvrit sans difficulté et pénétra dans son antre. La vision était assez surprenante, au vu du reste. La pièce était bien éclairée. Les spots encastrés au faux plafond diffusaient une ambiance chaude et chaleureuse. Face à la porte, il découvrit un petit salon meublé d'une table basse et de deux fauteuils en cuir. Accrochée au mur, une télévision miroitait devant un lit confortable. Nico observa la pièce et soupira de soulagement. Leurs quartiers étaient en effet très bien aménagés. Il posa son sac et se laissa tomber sur son lit. Bâillant à s'en décrocher la mâchoire, il ferma les yeux et repensa à sa femme, qu'il ne verrait pas avant au moins six mois. Elle était si belle. Elle lui manquait déjà. Malgré tous les enjeux inhérents à ce projet, cette pensée lui foutait le cafard. Un tambourinement discret le sortit de ses pensées.

— Oui, j'arrive, dit Nico en se frottant le visage.

Il ouvrit la porte, un peu déçu qu'on le dérangeât déjà.

— Toi ! dit Nico, complètement décontenancé.

Clara pouffa de rire à la vue déconfite de Nico. Elle lui fit ensuite un beau grand sourire, comme elle en avait le secret et lui tendit la main, en guise de salut.

— Coucou Nico, comment va ?

Surpris, mais finalement heureux de revoir un visage familier, Nico lui serra la main et lui rendit son sourire.

— Ça va bien, mais que fais-tu ici ? Je ne savais pas que tu faisais partie du projet. Je pensais être le seul de Genève.

— Ben non, comme tu vois, tu devras encore me supporter, même ici !

Elle affichait un sourire sincère qui se reflétait dans ses jolis yeux noisette, ce qui ne laissa pas Nico indifférent.

Chapitre 30
Un pli qui gratte

Édouard ajusta les manches de sa chemise bleu ciel, assortie à ses yeux et au cadran de sa montre. Le temps qu'il consacrait à ces conseils de facultés l'horripilait. Débattre d'un sujet durant de longues heures alors qu'il pouvait se clore en dix minutes le rendait fou, mais lorsqu'on est sous-recteur de l'université et de surcroît, vénérable maître en chaire, on se doit de savoir écouter, et surtout, de patienter en silence. Comble de sa frustration, son impatience était exacerbée par un étrange colis, reçu juste avant sa réunion. Il lui tardait d'en découvrir son contenu. Le supplice dura encore près de quarante-cinq minutes quand finalement, le doyen de l'université leva la séance. Délivré, il se redressa et salua poliment ses confrères.

De retour dans son bureau, il prit soin de bien refermer la porte. Tel un berger malinois devant un hérisson, il fixa la grande enveloppe brune, indécis. La lettre venait de Chine, mais l'expéditeur n'était pas référencé. Il l'ouvrit précautionneusement et découvrit un courrier de douze pages, signées par son ancien et talentueux élève, Chu-Jung Tiang. Surpris et content à la fois de recevoir de ses nouvelles, il poursuivit l'inspection et repéra, dans le fond du colis, une clé USB et un sachet en plastique hermétique contenant une petite pilule blanche. Il les examina, intrigué. Désormais soucieux, son regard revint vers la longue missive. D'une mine inquiète, il en entreprit la lecture.

Les mots heurtèrent le professeur avec violence. Paralysé de stupeur, il ne pouvait plus décrocher son regard du texte. La description des symptômes de la langue brune lui donna la nausée. La suite des événements décrits fut pire encore.

J'ai diagnostiqué, sur une période d'un mois, un total de neuf cas sur une population de six cents personnes. J'ai finalement obtenu deux analyses sanguines, au prix d'efforts acharnés. Le représentant de la Croix-Rouge, le docteur Lei s'éloigne étonnamment au maximum de cette affaire. Vous trouverez sur la clé USB les résultats des prises de sang et les dossiers médicaux concernés.

En rentrant de l'hôpital avec mes analyses, je découvre mon dispensaire en proie aux flammes ! Je pénètre dans le bâtiment en feu pour constater que mes caisses de médicaments ont disparu et je vois mes dossiers physiques en cendres. Les faits mènent à penser à un acte délibéré pour effacer toutes preuves de ces fameux cas de « langues brunes ». Les médicaments disparus éveillent mes soupçons et m'incitent à investiguer plus loin dans cette direction.

Après quelques recherches au domicile du dernier patient décédé, je constate une « surconsommation » de compléments alimentaires. Par déduction, je parviens à établir une prise six fois supérieure aux doses prescrites. Persuadé d'être sur la bonne piste, je décide de poursuivre sur cette voie et d'analyser lesdits compléments dont la composition prétendue n'indique pourtant rien d'anormal. Vous trouverez la photo de l'étiquette sur la clé USB.

Je me rends avec Lilli, mon assistante, à l'hôpital de Tongren pour faire analyser le comprimé suspect.

Sur place, j'apprends une nouvelle très troublante. La personne en charge de mes analyses, une jeune stagiaire pleine d'ambition, s'est « suicidée ». Inna Lo était carriériste et croquait la vie à pleines dents. Pourquoi une si jeune et jolie femme, pleine de projets, et ne montrant aucun symptôme de dépression déciderait-elle de se jeter du neuvième étage ?

Édouard retint sa respiration d'effroi.

Je suspecte un complot dont je ne comprends pas encore l'objectif ni l'ampleur. Je réalise également le danger qui me guette, on pourrait tout aussi bien me retrouver suicidé dans les jours qui viennent. Accompagné de mon assistante, je décide de quitter l'hôpital par les urgences et non par l'entrée principale, pour éviter d'être suivi.

Édouard fronça les sourcils, de plus en plus inquiet.

Je décide de ne pas retourner à mon véhicule pour le moment. D'une cabine publique, j'appelle mon père et lui fais part de mon sentiment d'être en danger. Pragmatique, il décide de ne prendre aucun risque. Une voiture m'attendra vers seize heures sur le parking d'une pompe à essence, à la sortie de la ville. Je décide d'employer les quelques heures qu'il me reste pour vous écrire cette lettre. Je suis dans un restaurant et je rédige ce courrier.

Édouard tourna la page, circonspect ; la suivante était chiffonnée, et l'écriture était beaucoup moins soignée, comme rédigée à la hâte.

Ils ont fait brûler ma Jeep avec mon ordinateur et mes dossiers médicaux. Nous avons marché pendant deux heures pour nous éloigner au maximum de l'hôpital et du centre-ville. Je me sens épié. On vient de s'arrêter dans un bar. Je suis désormais certain que l'on veut ma peau. Plus que deux heures à tenir. Cher professeur de Mornet, j'envoie dans ce courrier tous mes espoirs. Heureusement, pour l'analyse, j'avais gardé les comprimés dans ma poche. Il ne m'en reste que trois, je décide de vous en faire parvenir un avec la clé USB qui contient la dernière copie de mes dossiers. Je sais que vous êtes un homme juste et droit. Grâce à ces éléments, vous pourrez certainement m'aider à faire la lumière sur cette affaire.

La page suivante était écrite en chinois. Édouard, perplexe, essaya de la déchiffrer, mais n'y comprit pas un mot.

Sur la page d'après, l'écriture de Chu refit surface. Il avait dû l'écrire dans des circonstances difficiles. Il y avait même des endroits où le stylo avait percé le papier.

Il est quinze heures, ils sont après nous, ils passent dans les rues à moto, tout de noir vêtus et casqués. Ils n'essaient même plus d'être discrets. J'en ai vu parler aux policiers du canton. C'est une question de minutes avant que l'on ne se fasse repérer. Je vais essayer de voler une voiture, sinon je n'arriverai jamais à retrouver les hommes de mon père au point de rendez-vous. Sur la page précédente, Lilli Tong de Shangping dans le Guizhou corrobore mes dires et signe afin d'apporter un poids supplémentaire à ce témoignage. Il ne me reste qu'à vous envoyer mes remerciements les plus sincères et avec eux, tout l'espoir qu'il me reste.
Merci, Professeur,
Chu.

Édouard déglutit avec peine. Secoué, il était incapable de réfléchir tant ces mots l'avaient bouleversé. Il se sentait moite et avait la gorge sèche. Il éprouvait de réelles difficultés à intégrer les informations reçues. Il relut la lettre. Soudainement, à mi-parcours, il s'empressa de connecter la clé USB à son ordinateur. Tremblant, il dut utiliser ses deux mains pour l'insérer. Les images sur l'écran l'achevèrent. Il resta immobile de longues minutes. D'un bond, il jaillit de sa chaise pour verrouiller son bureau. Il s'empressa ensuite de tout imprimer, de photocopier la lettre de Chu et rangea le tout dans sa mallette.

Il ferait une copie numérique dès que possible. Il fixa ensuite la petite pilule qui n'avait pas quitté sa pochette de plastique. Il fallait analyser cette saloperie au plus vite.

Chapitre 31
Qu'importe la distance

— Tu es certaine de pouvoir réunir la somme ?

— Quatre cent quatre-vingt-quinze mille euros, dont 10 % déjà versés sur ton compte.

— Bien.

L'homme caressa les poils drus de sa barbe cendrée, encore un peu incrédule.

— Si tu es sûre de toi, c'est avec plaisir que je signe la promesse de vente !

Ils avaient fermé la pharmacie un peu plus tôt que de coutume. Anna travaillait pour Charles depuis cinq ans déjà. Les clients la connaissaient bien et lui faisaient confiance. Consciencieuse et professionnelle, elle s'était montrée à la hauteur. Elle gérait si bien le commerce que dernièrement, Charles se contentait de venir une fois par semaine visiter son établissement.

Le stylo-bille virevolta à plusieurs reprises, frottant le papier dans un bruissement discret. Elle signa la dernière page sous le regard fier du quinquagénaire. Ce dernier se frotta les mains, heureux du rachat inespéré de son activité par son « ex-employée ».

— Je suis vraiment content que ça se passe comme ça, Anna. C'est vrai, je ne pensais pas pouvoir partir à la retraite si tôt. Je n'aurais pas voulu laisser mon affaire familiale à n'importe qui. J'avais évidemment pensé à toi, mais je pensais qu'avec votre maison, tu ne pourrais pas financer un tel projet avant au moins une dizaine d'années.

Ils scellèrent le compromis de vente chez *Mirko*, un restaurant italien spécialisé dans les grillades de brochettes d'agneau, où ils se remémorèrent ensemble les souvenirs d'une belle collaboration.

De retour chez elle, Anna referma la porte à double tour derrière elle. *Home sweet home* ! Lasse, elle passa une main sur son ventre et sourit. Elle jeta son sac sous le portemanteau tout en se déchaussant maladroitement près de la table basse.

Elle s'allongea sur le divan. Confortablement installée, elle saisit un document posé sur la table basse et examina satisfaite le *curriculum vitæ* avec attention. Elle cherchait déjà un nouvel employé de pharmacie et avait reçu le soir même une candidature ; le hasard faisait bien les choses.

***

Ding Dong.

Anna se réveilla en sursaut. Elle s'était endormie dans le divan. Apathique pendant quelques secondes, elle reprit finalement ses esprits. La sonnerie retentit à nouveau, visiblement, on insistait. Elle se leva et rangea le CV, froissé par une nuit de sommeil. Elle se frotta les yeux, ajusta sa jupe et d'un rapide balayage, fit glisser sa paire de chaussures sous la table basse.

— J'arrive ! chanta-t-elle d'une voix faussement enjouée.

Qui pouvait bien se pointer à l'improviste un dimanche matin, à huit heures trente ! Elle courut vers la porte d'entrée, mais à hauteur du miroir, elle aperçut les épis de sa chevelure s'élever tel un montage floral original. Elle grommela des injures bien senties tout en tirant énergiquement sur sa brosse à cheveux.

Ding Dong.

Elle ouvrit finalement la porte.

— Aaah… Papa…

— Salut, salut!

— Quelle bonne surprise, je ne m'attendais pas à te voir… si tôt.

L'homme à la forte carrure prit sa fille dans ses bras.

— Allons, allons, tu sais bien que ça me fait plaisir de te venir en aide. Ta sœur ne va pas tarder.

— Læti vient aussi?

Elle était contente et inquiète à la fois.

— On n'allait quand même pas te laisser seule gérer tout ça! Bon, je file décharger mes valises. Prépare la table, ta sœur arrive avec les croissants.

Le regard azur d'Anna prit l'eau, elle avait du mal à gérer ses émotions depuis le début de sa grossesse. Elle admirait son père. Pourtant proche des soixante ans, son énergie et sa détermination n'avaient pas pris une ride. Ils avaient tous deux les yeux bleus et Quentin gardait de sa carrière militaire la forme physique et la coupe de cheveux rigoureuse, dont seule la couleur grisâtre aurait pu trahir l'âge.

Une heure plus tard, Anna se replongeait dans ses souvenirs d'enfance. Attablés dans la cuisine, avec son père et sa petite sœur de désormais vingt-sept ans, ils rigolaient de bon cœur. Lætitia, la cadette à la frimousse rousse, ne dérogeait pas à la règle; elle ravissait les cœurs de ses magnifiques yeux bleu cristallin. C'était la marque de fabrique des Piron.

La cadette racontait l'invitation d'un « collègue » au *Sea Grill*, restaurant doublement étoilé. Elle n'avait soi-disant pas compris la nature galante du dîner. Elle attendit donc la fin du repas pour expliquer à son vis-à-vis qu'elle avait passé une excellente soirée et qu'elle était heureuse de pouvoir le compter parmi ses bons camarades. Anna pleurait de rire.

— Sérieux? Tu as utilisé le mot camarade?

— Ben oui, au moins, c'était plus clair pour lui, il a bien compris.

Anna pouffa à nouveau, Quentin souriait aussi, mais loin des frivolités de sa fille, il savourait simplement ces moments si précieux en famille.

Ding Dong.

La sonnette de l'entrée retentit à nouveau. Surpris, les trois Piron se regardèrent, pantois. Anna se leva, perplexe, et se dirigea vers la porte. Lætitia et Quentin restèrent assis, cachant mal leur curiosité.

— Salut Nathan ! Ça fait plaisir de te voir.

Anna invita le meilleur ami de Nico à entrer. Nathan, surpris, resta figé quelques secondes en voyant Lætitia, troublée elle aussi. Leur dernière rencontre datait du mariage de Nico pour lequel Nathan et Læti étaient tous deux témoins. À voir comment ces deux-là se regardaient, tout le monde comprit que le mariage les avait sensiblement rapprochés...

Nathan salua tout le monde avant de soulever un peu gêné un sac de la boulangerie. Anna sourit, Nathan était un ami attentionné. Elle prit la parole, enjouée.

— Merci Nathan !

Anna s'adressa à la tablée et lança un clin d'œil vers sa sœurette.

— Je pense que ça va être croissants et pains au chocolat au menu toute la journée !

Tout le monde se mit à rire. Quentin gratifia l'épaule gauche de Nathan d'une bonne claque bien virile. Une pointe de douleur lui perfora l'épaule, le policier fit la grimace.

— Un souci, fiston?

— La clavicule, je me suis blessé à l'entraînement et je suis en arrêt douze semaines, un bête accident de travail.

L'ancien militaire hocha la tête, lançant un regard entendu vers l'officier des forces spéciales. Il connaissait les « tarifs », douze semaines signifiaient que Nathan s'était pris une balle en service. Anna s'approcha de sa sœur avec la cafetière. Pendant que le café se déversait dans la tasse, elle lui chuchota à l'oreille:

— Arrête de le dévorer comme ça, on te croirait devant un moelleux qui dégouline de chocolat.

Les deux sœurs gloussèrent et la matinée se poursuivit dans la bonne humeur.

***

Les jours passèrent relativement vite et l'enseigne de la pharmacie avait définitivement changé de nom. Anna pénétra dans son établissement et salua Marc, son nouvel employé.

— Bonjour, Marc, tout va bien ce matin ?

— Oui madame, beaucoup de commandes à vrai dire.

— Bien, je vais y regarder.

Marc était l'employé idéal. Calme, expérimenté, il apprenait vite et était serviable. Elle avait vraiment eu beaucoup de chance de recevoir sa candidature spontanée, et surtout, au moment opportun. De plus, Læti le trouvait craquant; argument déterminant pour son embauche.

Depuis son arrivée, Læti venait pratiquement tous les jours « aider » sa sœur, par pur altruisme et de manière tout à fait désintéressée. Finalement, cette histoire faisait rire Anna, qui en avait bien besoin.

Cela faisait bientôt trois semaines que Nico était parti. Hormis les premiers six cent mille euros payés d'avance, elle n'avait même pas eu droit à un coup de téléphone. Chaque jour passé était une victoire qui la rapprochait un peu plus de son mari. Elle venait d'investir dans une affaire qui assurerait leur retraite.

Encore un effort et ils seraient vite au bout du tunnel.

Chapitre 32
Le monde et sa chute

— Le cancer touche donc 36 millions de personnes dans le monde pour un total de 8 millions de décès par an.

Livré à l'incompréhension la plus totale, Philippe ressemblait à un teckel devant un clavier d'ordinateur ; son regard perplexe fixait éperdument l'écran à la recherche d'un sens logique. Dévoué, il persévéra dans l'analyse des informations reçues et poursuivit sa lecture à haute voix.

— Le diabète touche plus de 285 millions de personnes dans le monde et représente un total de 5 millions de décès chaque année.

— Mon chériiiiiii… à taaaaable !

— Mais nom de Dieu, Maman, je TRAVAILLE !

Philippe ne vivait plus que pour ce nouveau projet. Il découvrait en lui quelque chose de nouveau, le Saint-Graal des ados sur le tard, la motivation…

Lorsque 114TOIN5 l'avait contacté, deux semaines auparavant, pour lui donner des informations, Philippe déprimait intensément. Au bout du rouleau, il ne se nourrissait presque plus et avait perdu sept kilos. Aujourd'hui, il en avait éliminé cinq supplémentaires. La poire se muait peu à peu en cerise, les rondeurs persistaient, mais de manière plus minimaliste, plus lisse. Il poursuivit la lecture des données qui n'avaient ni queue ni tête.

— Les maladies non transmissibles cumulées, telles que le cancer, le diabète et autres, représentent 36 millions de décès par an, soit 60 % des décès dans le monde. Les pays pauvres paient le plus lourd tribut, en comptant 80 % des décès, près de trente millions de morts par an.

Philippe frotta ses yeux rougis.

— Mais où veux-tu en venir, 114TOIN5 ?

Les analyses publiées sur le blog de Philippe portaient sur un groupement financier qui contrôlait les plus grosses entreprises du monde, dans un but de profit économique et de concentration des pouvoirs et des richesses. Philippe ne voyait vraiment pas le rapport avec ce que 114TOIN5 lui avait envoyé. Au prix d'une migraine quasi assurée, Philippe poursuivit sa spéléologie intellectuelle.

— Les projections des décennies à venir montrent un accroissement fulgurant de ces maladies, dites non transmissibles, dans les pays pauvres et une stagnation dans les pays riches.

Philippe était dubitatif. On peut comprendre que ces maladies soient plus mortelles dans des pays ayant moins d'accès aux soins de santé, mais comment y expliquer une prolifération grandissante ? Il n'est pas logique que des maladies *a priori* non transmissibles doublent dans les pays pauvres et diminuent dans les pays riches. Pour couronner le tout, la provenance des données le troublait. Les rapports officiels de l'Organisation mondiale de la Santé ne mentaient pas.

— À la rigueur, je pourrais comprendre que ces maladies diminuent dans les pays riches grâce aux avancées médicales et stagnent dans les pays pauvres, à cause du manque d'accessibilité aux soins. Mais il n'est pas logique qu'elles y doublent… à moins que…

Les yeux de Philippe brillèrent d'une lueur folle, à la limite du machiavélisme.

À moins qu'il n'y ait un complot… Mais dans quel but ? se demanda Philippe.

Dans ces cas-là, Philippe se tournait toujours vers son meilleur ami : Google ! Ce mystérieux 114TOIN5 venait de le lancer sur une piste, il fallait maintenant qu'il dégage la voie pour y voir plus clair. Philippe n'avait jamais été aussi déterminé et il comptait bien se frayer son propre chemin pour parvenir à ses fins.

Un bruit de pas dans les escaliers sortit Philippe de ses spéculations conspirationnistes. Telle une oie qui fuit l'entonnoir, il cacarda :

— Maman ! Je n'ai pas faim !

L'absence de réponse l'interpella. Il connaissait le craquement des marches par cœur, d'après ses estimations, sa mère devait se trouver au milieu de l'escalier. Il n'entendait désormais plus rien.

— Man ?

Un bruit sourd provint des marches de bois, quelque chose de lourd venait de dégringoler. Il tressaillit et en une fraction de seconde jaillit de son bureau vers le hall de nuit.

— Maman ?

Son cœur se serra dans sa poitrine et l'environnement devint pâle, immobile et sans nuance, comme si sa rétine ne captait plus les variations de couleurs. Dans le fond de la cage d'escalier, il distingua des jambes… des jambes immobiles.

Comme emprisonné dans l'étau d'un cauchemar, il ne parvenait pas à bouger. En plein blocage cérébral, il restait là, debout, tétanisé devant la cage d'escalier. Un léger gémissement perça la bulle intemporelle dans laquelle Philippe se trouvait. *Mamma* Lucia était vivante.

Chapitre 33
Un survivant

Chu se réveilla dans une pièce familière, sa chambre. À son chevet, Lilli vérifiait ses bandages et épongeait inlassablement son front. Il lui sourit.

— On a réussi ?

Elle le serra tendrement dans ses bras.

— Oh Chu, j'ai eu si peur, si peur pour toi, pour nous, j'ai eu peur de te perdre à jamais.

Elle resserra un peu son étreinte en lui glissant un doux baiser dans le cou. Ce fut pour lui un électrochoc. Enlacé dans ses bras, les mots de Lilli se ferrèrent sur son cœur tel un harpon lancé dans un océan de sentiments.

Il sentit une boule dans son ventre et éprouva une émotion intense qui le déstabilisa. Elle était à ses côtés, depuis tout ce temps et, alors qu'il avait failli la perdre, il réalisa à quel point elle comptait pour lui. Il lui rendit son étreinte. Ils s'écartèrent de quelques centimètres pour mieux se regarder.

Chu resta silencieux et la fixa comme il ne l'avait encore jamais fait. Elle rougit, mais ne le quitta pas des yeux, savourant l'instant. Il s'approchait de ses fines lèvres rosées pour y déposer un baiser, quand soudain, la porte s'ouvrit. Une voix autoritaire retentit.

— Chu-Jung !

Les deux amoureux sursautèrent, Chu baissa ensuite la tête, résigné.

— Père…

Chow Tiang, content de son entrée, toisa Lilli, satisfait et fier, tel un boucher devant un beau veau. Il hocha la tête, approbateur, avant de lui indiquer d'un petit mouvement du menton la direction de la porte. Sans un mot, Lilli se redressa. Elle posa une ultime caresse sur l'épaule de Chu avant de quitter la pièce.

Le vieil homme s'approcha du lit.

— Père… merci ! Je…

Il lui intima le silence d'un doigt tendu. Calmement, il s'assit sur la chaise occupée quelques instants plus tôt par Lilli. Il prit le temps de le regarder, s'attardant sur l'épaule meurtrie. Après une profonde inspiration, il dit :

— Elle t'a veillé pendant trois jours et deux nuits sans prendre de repas ni de repos… Tu l'as bien choisie.

Il fit une pause. Chu aurait voulu répondre, partager ce qu'il éprouvait, lui faire part de ses sentiments pour elle, mais il savait que son père n'avait pas terminé. Il garda donc respectueusement le silence. Son père reprit enfin, le ton avait changé. Il fixa Chu droit dans les yeux.

— Raconte-moi tout, mon fils.

Chapitre 34
Morticia et Gomez

L'œil droit grand ouvert, Nico sentait son globe oculaire se dessécher lentement. Le réflexe physiologique du clignement, qui aurait soulagé son organe d'une douce humidification, était volontairement empêché par les deux doigts du médecin. Il l'auscultait avec une attention obnubilée, presque troublante. Finalement, il hocha la tête, satisfait de ce qu'il put observer dans les yeux foncés et secs de Nico.

L'infirmière, affairée à l'autre bout de la pièce, s'avança avec un plateau stérilisé comportant le nécessaire pour les vaccins. Le médecin saisit la seringue et le petit flacon contenant le cocktail.

Sans dire un mot, l'infirmière désinfecta l'épaule de Nico et le médecin y planta ensuite l'aiguille, précisément, sans bavure. Le pincement provoqué par l'injection s'estompa presque immédiatement, laissant place à une désagréable sensation de chaleur. Nico, toujours assis sur son tabouret, patienta cinq longues minutes, dans l'attente d'une éventuelle réaction non désirée. Une fois le risque écarté, l'infirmière invita le jeune chercheur à se rhabiller et rejoindre les autres nouveaux au laboratoire.

Nico enfila rapidement ses chaussures et se remit dans un état décent avant de pousser finalement la porte métallique qui menait au laboratoire.

Les autres « bleus », accompagnés de quelques scientifiques inconnus, attendaient dans la première pièce et s'échangeaient quelques polies banalités. Semblable en conception à celle de Genève, cette première pièce contenait une série d'armoires individuelles et un énorme évier en acier inoxydable qui trônait en son centre.

Nico aperçut Clara dans un coin, qui lui fit un petit signe de la main.

— Mesdames, messieurs, bonjour.

Doug imposa le silence de sa voix d'Écossais qui vibrait au rythme des « R ».

— Je vois que vous êtes toujours debout. Je suis content que vous ayez survécu à nos chers Morticia et Gomez.

Nico comprit tout de suite l'allusion aux deux pâlots de l'infirmerie ; la référence le fit sourire.

— Bien, je vois qu'il y en a au moins un qui a de l'humour ici, souffla Doug en regardant Nico.

Ne voyant toujours aucune réaction des autres membres de son public, le chef de la sécurité reprit son laïus.

— Vous travaillerez toujours par équipe de deux, c'est la règle. Je vais procéder à la répartition, déterminée en fonction de vos compétences respectives.

Doug commença par donner le numéro du binôme suivi des noms. À l'appel de leurs noms Nico et Clara se rejoignirent. Heureux hasard ou stratégie psychologique, Nico n'en était pas moins ravi.

Le bureau que partageaient Clara et Nico était en tout point similaire aux autres. Un grand plan de travail central, muni d'un matériel *high-tech*. Tout comme à Genève, les binoculaires, microscopes et autres outils d'analyses intégrés au plan de travail, transmettaient les résultats vers un écran plat, suspendu au mur. Comble du luxe, chaque bureau était équipé d'un séquenceur de protéines et séquenceur de gènes. Nico n'en aurait probablement pas besoin dans l'immédiat.

Une pile de dossiers d'analyses était soigneusement posée sur un coin du plan de travail. Clara nomma les sujets à haute voix, à l'attention de son collègue.

— Nico, je pense qu'il y a même un de tes dossiers, « le porc et l'homme, les hybridations possibles », c'est ton écriture dit-elle, amusée par la subtilité abrupte du titre.

Elle lui présenta le dossier. Nico s'en souvenait parfaitement, il était exactement dans le même état que lorsqu'il avait quitté le laboratoire suisse. Les feuilles étaient classées et organisées comme à l'origine. Hormis cet ancien dossier, le premier classeur de la pile était intitulé « conditions d'héritabilités – à développer en priorité ». Nico s'en saisit et parcourut rapidement son contenu.

— Étrange, se dit Nico, étrange et passionnant à la fois.

— Qu'y a-t-il ? demanda Clara, intriguée.

Le docteur approfondit sa lecture, sans même répondre à sa nouvelle collègue. Son dossier contenait un ensemble d'ajouts de données très troublantes. À côté de ses tableaux théoriques sur l'étude d'héritabilité figurait une suite de rapports chiffrés, reprenant les effets de modifications hormonales sur les êtres humains. Ces chiffres provenaient certainement d'un calcul de probabilité. L'application réelle de telles doses sur n'importe quel humain aurait des conséquences morbides.

— Alors Nico, tu m'expliques ou pas ?

— Ah oui, désolé, Clara, j'étais dans mes pensées.

— J'ai vu, lança la jeune laborantine avec une moue d'agacement simulée.

Nico lui sourit et commença ses explications, il se mit à marcher, comme pour aider son cerveau à structurer son exposé.

— L'endocrinologie est l'étude de la sécrétion interne d'hormones. C'est une branche passionnante de la médecine, car elle n'est pas encore maîtrisée. Elle régule tout le corps humain. Les hormones influencent la croissance, le vieillissement, la prise de masse, les performances physiques, l'humeur et en particulier, celle des femmes…

Nico lança un regard oblique en direction de Clara, vérifiant l'effet de sa pique à l'encontre de la gent féminine. Elle lui répondit par un sourire entendu.

— Prenons le vieillissement, par exemple. Pour citer un éminent professeur : *« C'est le problème de la poule et de l'œuf. On ignore si les baisses hormonales induisent le vieillissement ou si c'est l'inverse. »* Mais le lien est indéniable.

— Oui, je comprends, mais quel est le rapport avec tes recherches sur le porc ?

Nico répondit en brandissant son doigt en l'air.

— Qu'importe le porc ! Le vrai objectif, c'est l'héritabilité !

Clara se remémora la lecture de ses conclusions.

— Quand on y réfléchit bien, c'est la clé. Pourquoi soigner les gens de génération en génération, si à l'aide d'un traitement, on assurait l'immunité de la descendance ?

— Jusque-là, je te suis. Quel est le lien avec les hormones ?

— Bonne question ! Je pense que Lio nous invite à suivre une nouvelle piste. Les introgressions entre le porc et l'homme c'était… comment dire ? Les préliminaires.

Clara sourit.

— Si l'on pouvait avancer sur l'endocrinologie et rendre ses effets héréditaires, ce serait une avancée historique pour la médecine.

Nico se racla la gorge à la manière d'un conférencier. Il s'écoutait parler.

— Pourquoi s'évertuer à améliorer l'un ou l'autre organe si l'on peut en une fois améliorer l'organisme dans son ensemble ?

Clara hocha la tête. La mine de Nico s'assombrit et il se pencha à nouveau sur le dossier.

— Ce que je ne comprends pas, ce sont les données ajoutées. Comment peut-on connaître avec tant d'exactitude l'effet de variations hormonales sur le corps humain ?

— J'ai déjà vu ce genre de résultats auparavant, lors de mon précédent projet. C'est grâce au fameux système d'exploitation *Fabian*, il extrapole de manière théorique l'incidence d'un traitement sur le corps humain.

Nico semblait sceptique.

— Selon moi, c'est insuffisant, un modèle théorique donne tout au plus une indication. La médecine n'est pas encore suffisamment avancée pour modéliser un corps humain dans un ordinateur, souffla Nico, replongé dans le dossier.

Une feuille explicative y était adjointe. Les résultats « calculés » devraient permettre aux chercheurs d'estimer une dose hormonale acceptable pour le métabolisme. Il s'agissait principalement de thyroxine et thyrotropine, qui sont toutes deux liées directement à la thyroïde et à son fonctionnement. En résumé, ces hormones peuvent influer sur l'organisme du corps humain comme aucune autre, et accroître de manière importante ses capacités dans un but thérapeutique et médical.

Clara observait Nico avec beaucoup d'intérêt et d'admiration. Il était plongé dans ses pensées et l'excitation se lisait sur son visage. Ne voulant pas le déranger dans ses réflexions, elle s'installa derrière l'ordinateur et parcourut les différents dossiers.

Quelques silencieuses minutes s'écoulèrent avant que Clara ne s'exclame.

— Nico ! Le programme est installé sur l'ordinateur et fonctionne *via* un processeur externe !

— Mais de quoi tu parles, Clara ? Quel processeur externe ? Quel programme ?

— Le programme d'exploitation *Fabian*. Il est installé

sur la machine. Enfin, une « réplique » y est installée. Le programme source fonctionne sur un processeur externe, à Genève sans doute.

— Super, répondit Nico, qui n'avait rien compris.

— Tu te rends compte ? Le programme complet est disponible sur notre ordinateur ! Bon, ce n'est qu'une réplique, c'est un peu comme un miroir de l'ordinateur de Genève. Tu rentres tes données la journée, la nuit le système est indisponible, car il se synchronise avec le processeur source à Genève. Il effectue tous les calculs durant la synchronisation et nous les renvoie. Lorsque le système devient à nouveau disponible, tu disposes des données mises à jour. C'est un peu rébarbatif, mais ça évite de devoir installer ici un ordinateur de la taille d'un supermarché.

— Si je comprends bien, je vais pouvoir intégrer mes données et les simuler sur un corps humain artificiel ?

— Exact, affirma Clara, fière de sa trouvaille. C'est *Fabian* !

Après une petite démonstration, exécutée par les doigts de fée de sa jeune collaboratrice, Nico en comprit toute l'importance. Il pourrait presque directement tester et vérifier toutes ses hypothèses. Cela faciliterait et accélérerait grandement leur travail. Nico saisit les différents tableaux de données et en refila la moitié à Clara.

— Au boulot alors !

Clara, contaminée par l'excitation de Nico, se mit directement à la tâche.

L'analyse de données simulées était une tâche longue et ingrate, mais nécessaire. Clara semblait pourtant y prendre un certain plaisir et ne prenait que de rares pauses. Nico, comme d'habitude, savait se cloisonner dans sa bulle, en abstraction totale du monde extérieur, ce qui le rendait extrêmement productif.

Chapitre 35
Sushi à la chinoise

Plic.

La goutte s'écrasa sur le sol, brisant le silence mortuaire qui planait sur les lieux. Le froid et l'humidité mordante régnaient dans le hangar endormi.

Plic.

À intervalles réguliers, le son à peine perceptible des gouttes qui tombaient sur le béton venait perturber la quiétude apparente du hangar. Dans cette noirceur épaisse, un mince filet de sang s'écoulait du visage tuméfié du prisonnier.

Plic.

Suspendu à un crochet de pêcheur, l'homme chauve au corps malingre cherchait son reflet sur la mare violacée qui se répandait lentement sur la dalle en béton de l'entrepôt. Son torse nu et lacéré était recouvert d'une fine pellicule de sueur. Le docteur Lei avait de la fièvre, il mourrait très bientôt.

Plic.

Au loin, un ronronnement de moteur se rapprochait. Le médecin en chef du centre de la Croix-Rouge n'eut pas la force de relever la tête. Un crissement de porte, coulissant dans les rails rouillés, annonça l'ouverture de l'immense portail de fer. De son œil valide, il lança un regard en direction de l'entrée. Les deux yeux jaunes de la berline éclairèrent la vaste pièce pour révéler une table jonchée d'ustensiles ensanglantés, l'unique meuble de l'entrepôt désaffecté. Dénué de toute cloison, le marché à l'abandon n'était rien d'autre qu'un vaste hall, transformé pour l'occasion en mouroir. La construction, éloignée de la ville et des curieux, donnait à l'investissement une localisation de choix pour toute personne du milieu.

Il faisait froid. Ses épaules lui donnaient l'impression de se détacher petit à petit de son corps. Il entendit des bruits de pas et de discussion. Un homme, dont la voix rauque trahissait un âge avancé et une autorité naturelle, félicitait ses deux hôtes. Ceux-ci avaient pris soin de lui défoncer la gueule, tout en le maintenant en vie. Il y avait tout d'abord le « grand ». Un mètre quatre-vingt-dix pour cent dix kilos, une montagne de muscles, un torrent tranquille à ne pas réveiller. Ensuite venait le « petit », un mètre soixante, mince, sec, nerveux et surtout, méchant.

— Je vous suis vraiment reconnaissant, mes enfants. Sans vous, il serait mort à la pompe à essence.

Il y eut un temps d'arrêt. Le médecin essaya de distinguer dans la pénombre l'homme derrière la voix. Il plissa les yeux, ce qui fit suinter un peu de pus hors de son œil gonflé. Il se raidit sous l'éclair de douleur qui lui parcourut le crâne. Il vit les trois silhouettes se tourner vers lui.

— Je vous remercie d'avoir récupéré ce chien. Il était le seul à connaître les déplacements de mon fils. Il est à présent temps de faire parler ce bâtard.

***

— *YAAAAAAAH !*

L'homme hurla sous l'intensité de la douleur. Le « petit » badigeonnait au pinceau une solution acide sur les plaies de la victime. Il s'appliquait à la tâche et en retirait un plaisir non dissimulé. Le « grand » restait en retrait, au côté du vieil homme.

Le sexagénaire parla posément.

— À qui fournissais-tu tes informations sur Chu-Jung Tiang ?

L'homme ne répondit pas, il se mit juste à geindre. Le « petit » en remit une couche.

— *YAAAAAAAH !*

Le vieil homme laissa quelques secondes passer.

— Ne te fais aucune illusion, la mort est la seule qui viendra te sauver. Tu souhaites résister, aucun problème, j'ai acquis les vertus de la patience. Je vais te garder en vie aussi longtemps qu'il le faudra. Cela ne fait que deux jours, je reviendrai la semaine prochaine. En attendant, je te laisse entre les mains délicates de mes neveux. Il tourna les talons aussi sec, bien décidé à ne pas perdre son temps.

— Les enfants, je reviens dans six jours.

— *HMMMMM !*

Sous la torture, il avait perdu une demi-douzaine de dents, son élocution était incertaine. Le vieil homme fit demi-tour et le toisa, menaçant.

— Ne t'avise pas de me donner de mauvaises informations, ou je te jure…

Il l'agrippa violemment à la gorge, approchant la tête du médecin plus près de son visage pour lui murmurer à l'oreille :

— Je te promets que si tu te joues de nous, ta petite fille de dix ans viendra prendre un bain d'acide avec mon neveu et les organes de ta femme, un par un, iront nourrir les poissons de la baie.

L'homme en pleurs peina à lui répondre.

— La triade… Les « Longs »…

Le vieil homme, qui le tenait toujours à la gorge, resserra

son étreinte. Le médecin se débattit de ses dernières forces, il convulsa, se raidit, pour finalement se relâcher, complètement inanimé. Monsieur Tiang garda son emprise encore de longues secondes avant de lâcher prise.

Le nom tristement célèbre résonna dans sa tête, « Long ». Sans dire un mot, il se dirigea vers son véhicule. Il devait impérativement rencontrer ses « amis ». Peut-être pourraient-ils encore intervenir en sa faveur, dans le cas contraire, il ne se faisait aucune illusion, la situation serait perdue d'avance.

Chapitre 36
Douche froide

Nico relisait ses dernières conclusions, seul dans le labo. Captivé par l'écran de son ordinateur, il sursauta lorsqu'on frappa à la vitre.

— Salut mec !

— Hey, salut Lio !

Les deux hommes se serrèrent la main, sincèrement heureux de se revoir. Lio supervisait tout le projet et ne passait que sporadiquement voir son ami. Il s'assit en face de lui.

— Alors, quoi d'neuf, vieux ?

— Ça va très bien ! Je dois dire qu'avec Clara, on avance vite, c'est vraiment un bon « match » !

Lio lui lança un sourire en coin.

— Un bon « match », dis-tu…

Nico rougit.

— Bon alors, raconte-moi comment ça se passe.

— Très bien. Mais je dois t'avouer que ma femme me manque terriblement.

Lio resta de marbre.

— Je connais les règles et je suis pleinement engagé dans le projet. Je te demande juste un appel téléphonique, ça m'aiderait vraiment.

Nico regarda Lio avec insistance. Il n'était pas du genre à mendier et le superviseur le comprit. L'importance de la requête semblait primordiale et c'est avec un visage plus détendu qu'il répondit :

— Je passerai dans ta chambre ce vendredi à vingt heures avec notre téléphone satellite.

Brusquement, Lio donna un léger coup de poing dans la poitrine de Nico pour attirer son attention. Pris par surprise, ce dernier sursauta. Le poing toujours sur la poitrine du docteur, Lio murmura d'une voix lente :

— Je me mouille pour toi, mon vieux. T'as pas intérêt à me décevoir.

Lio possédait cette étrange faculté de changer d'attitude en une fraction de seconde. Ce symptôme psychotique fit frémir Nico.

— Compte sur moi, j'ai saisi…

Le superviseur redevint tout sourire.

— Autre chose ?

Le jeune Berger secoua la tête. Il avait obtenu ce qu'il voulait. C'était tout ce qui importait pour le moment. Il s'apprêta à remercier Lio lorsqu'une information traversa son esprit.

— Au fait, Lio ?

— Oui ?

— Je m'interroge sur la provenance de certaines données…

Lio l'interrompit du tac au tac, comme s'il s'attendait à la question.

— J'imagine que tu as plein de questions, mais tu dois te concentrer sur la recherche. Je ne peux pas te dévoiler toutes nos sources. Sache juste que l'on a mis des moyens faramineux pour ce projet. Les cerveaux de tous les pays et le matos le plus performant qui soit sont à notre disposition.

Nico hocha la tête, il allait rétorquer lorsque Lio trancha.

— Tu vois trop court, mon vieux.

Interpellé, Nico regarda Lio.

— Ce n'est que le début, on tâtonne, mais si on arrive à trouver quelque chose, alors c'est une véritable armada de scientifiques qu'on pourra engager, tu auras ta propre équipe et tu pourras diriger tes propres projets.

Cette perspective laissa Nico songeur. Lio se leva et ajusta sa blouse blanche.

— Au fait, on a versé ta première avance sur salaire, ça doit tourner autour de six cent mille euros.

Lio fit un clin d'œil à Nico, ponctué d'un claquement de langue typique et insupportable. Il prit congé, laissant son insémination prendre place.

***

Nico se sentait d'humeur légère. Son appel téléphonique l'avait complètement « reboosté ». Sa femme et leur futur petit se portaient à merveille et le rachat de la pharmacie se déroulait sans encombre.

Le dimanche, ils avaient quartier libre, comme Doug l'avait si gentiment signalé lors du repas de midi. Comble de liberté, ils pouvaient même sortir du *blockhaus* et se balader sur l'île, à condition de ne pas dépasser les clôtures.

Nico et Clara, binôme inséparable, marchaient prudemment dans la brume. À la sortie du *bunker*, ils optèrent pour le chemin de droite qui semblait se perdre sur les hauteurs. Ils espéraient s'élever au-dessus de la couche nuageuse et avec un peu de chance, capter quelques rayons de soleil. À moitié chanceux, ils atteignirent un plateau où la visibilité s'améliorait nettement. Entre ces deux couches de brume, ils stoppèrent leur ascension pour visiter la plaine qui s'offrait à eux.

Clara portait des bottines de marche. Ses jambes musclées, dont le short serrant venait mouler son bassin, témoignaient d'une condition physique irréprochable. Son polo orange mettait sa poitrine en valeur et s'accordait avec sa peau mate et son regard noisette. Ils poursuivirent silencieusement sur le plateau rocailleux où la végétation poussait difficilement. Cinquante mètres plus loin, ils aperçurent la clôture. Clara s'arrêta.

— C'est grillagé au fond. On ferait mieux de rebrousser chemin, Nico.

— Je vais juste jeter un œil, on dirait que le plateau donne sur la vallée. La brume a l'air de se dissiper, avec un peu de chance, on pourra voir le paysage.

Curieux, Nico prit les devants, suivi à contrecœur par Clara. Quelques minutes plus tard, ils arrivèrent au bord de l'enceinte. Le plateau se terminait sur un ravin assez abrupt. Le grillage était finalement une bonne chose. Tenter de descendre la pente semblait vraiment périlleux. Le nuage de brume, encore bien présent au-dessus d'eux, avait déserté les couches inférieures. Contre le treillis, Nico contempla en contrebas les abords d'un village côtier. Doug n'avait pas menti, la localité abandonnée donnait au cadre une allure de film catastrophe.

— Il va être temps de rentrer, on y va, Nico ?

Clara semblait mal à l'aise.

— Oui, tu as raison, ça fait un moment qu'on est partis, il est temps.

Soulagée, Clara fit rapidement demi-tour. Avant de s'élancer à sa suite, Nico repéra, sur sa droite, un petit éboulement rocailleux qui avait endommagé la clôture. Un trou dans l'enceinte, il le signalerait aux gardes.

Deux heures plus tard, il était de retour dans sa chambre. Cette marche l'avait finalement bien fatigué ; une douche s'imposait. Nu, il jeta ses vêtements sales dans la corbeille à linge avant de pénétrer dans la salle de bains. Par habitude, il s'observa dans le miroir. Il contracta ses pectoraux et sourit en remarquant qu'il gardait malgré tout une carrure respectable. Ce genre de sortie le maintiendrait en forme et lui ferait le plus grand bien. À refaire sans faute et de plus, il appréciait vraiment la compagnie de Clara et cela semblait réciproque.

Nico mit la douche en marche et pénétra dans la large cabine. L'eau chaude s'écoulait sur son corps tendu, emportant dans un torrent mousseux ses tensions musculaires. Il profita de l'instant, ces longues minutes en suspens, où il se relâchait complètement, autorisant son esprit à s'évader. Rapidement, il pensa à sa femme. Ensuite, il pensa à Genève, il pensa à Sandra ; quelle belle femme ! Toujours les yeux fermés, il laissa son esprit vagabonder, il sourit imperceptiblement alors qu'une chaleur agréable et continue montait en lui. Sandra ; cette robe rouge, son collier gisait sur l'oreiller de sa poitrine telle une invitation à la luxure. La fermeture éclair dans l'échancrure de son cou l'appelait inexorablement. Que portait-elle sous sa robe ? Il sourit de plus belle lorsqu'un bruit étrange vint interrompre son odyssée libertine. Il se retourna et aperçut une ombre dans la salle de bains. Instinctivement, il rechercha une arme du regard. Il saisit le pommeau de douche et ouvrit la bouche pour interpeller l'intrus, quand la porte s'ouvrit.

Elle le regarda, le visage timide et gourmand à la fois. Ses cheveux bouclés s'abandonnaient sur ses épaules nues, lui donnant un petit air sauvage. Sa douce poitrine, saillante et rebondie, se soulevait au rythme de sa respiration, plus rapide que d'habitude. Dans l'incompréhension la plus totale, Nico bredouilla :

— Clara ? Que…

Elle sourit simplement et fit mine d'approcher. Le pommeau de douche contre son épaule giclait en une gerbe chaude et sonore sur la vitre derrière lui. Il ne voyait qu'elle, le galbe ferme de ses hanches se mit en mouvement et elle s'approcha lentement. Parfaitement proportionnés, ses seins ronds et pointus le frôlèrent avant de se heurter au haut de son abdomen. En une douce caresse, elle posa une main sur la nuque soyeuse et humide de Nico. Elle attira son visage contre ses lèvres et lui porta un baiser d'une surprenante douceur. Le contact de la langue lui fit l'effet d'une décharge électrique. Elle s'écarta doucement, ses yeux noisette brillaient comme si mille étoiles cherchaient dans le visage de Nico la voie de leur constellation.

Elle se colla un peu plus contre lui et sourit en sentant sur son bassin la virilité de Nico s'éveiller. Elle s'approcha à nouveau pour l'embrasser. Il se laissa faire. Il ferma les yeux pour profiter pleinement du moment lorsque l'image de sa femme jaillit dans son esprit. Un mouvement de recul, son dos poussa le robinet de douche vers le côté bleu. La température changea brusquement et le jet d'eau froide crispa Nico qui lâcha le pommeau. L'eau glaciale aspergea impitoyablement les deux asticots qui se tortillèrent et sortirent de la cabine à toute vitesse. La tentative s'était finalement soldée par une douche froide.

***

Les deux tasses de thé fumaient sur la table basse du petit salon. Clara n'osait pas lever les yeux vers Nico. Le tintement de la cuillère contre la porcelaine brisa le silence pesant. Il s'assit face à elle, affichant un visage insondable. Clara gémit des excuses maladroites.

— Nico, je suis désolée, je ne sais pas ce qui m'a pris, j'ai cru que…

Nico lui prit les mains.

— Ne dis rien, Clara.

Elle porta vers lui un regard empli d'incompréhension. Il poursuivit d'une voix calme et apaisante.

— Tu es une femme superbe, aussi magnifique à l'intérieur qu'à l'extérieur.

Il émit un léger sourire sur ce dernier mot en repensant aux généreuses courbes de sa collègue. Clara baissa la tête, mais ses yeux noisette se mirent à briller sous le compliment.

— Je suis vraiment heureux de passer du temps avec toi et je voudrais en passer plus encore, je me sens bien avec toi et c'est réciproque, je le sais.

Il fit une pause, cherchant ses mots. Toujours en tenant les mains de Clara, il les serra un peu plus fort comme pour insister sur ce qu'il allait dire.

— Je ne te mentirai pas, je suis très attiré par toi, d'ailleurs je pense que mon corps m'a de toute façon trahi.

Clara se fendit d'un demi-sourire. Elle renifla timidement, écoutant la suite, les yeux embués rivés sur sa tasse. Il prit une longue inspiration.

— J'aime ma femme. En me laissant aller avec toi, je n'arriverai qu'à une chose, vous faire souffrir toutes les deux. Tôt ou tard, ma femme saura que quelque chose a changé et moi, je ne pourrais vivre avec le poids de l'infidélité.

Il se pinça les lèvres comme s'il émettait une hypothèse, sans l'avoir testée.

— Je pense que tu as des sentiments pour moi…

Il fit une pause, imperceptible, guettant la moindre réaction qui validerait ou infirmerait ses dires. La réaction ne vint pas. Il poursuivit, toujours incertain :

— Et je serais un vrai salaud d'en profiter.

Clara redressa le menton et fixa Nico. Ses timides sanglots se muèrent en chaudes larmes. Il resserra un peu plus fort son étreinte, tentant de la réconforter autant que possible. Elle déglutit difficilement et, brisant son mutisme, souffla à Nico, sur le ton d'un murmure :

— Nico, t'es un mec bien. Je suis vraiment désolée.

Ses mains toujours emprisonnées par celles de Nico, elle lui rendit son étreinte avant de détourner le regard, honteuse. Elle se leva, délaissant son thé fumant. Les cheveux encore mouillés et l'amour-propre en berne, elle quitta le logement sans se retourner.

Chapitre 37
Des affaires de famille

Le vent berçait les feuilles des mûriers blancs de la somptueuse cour intérieure. Un joli ruisseau parcourait le jardin pour alimenter l'étang dont les fleurs de lotus tapissaient la surface. Non loin de la pièce d'eau, un harmonieux parterre de pivoines égayait le paysage de notes rose pastel.

Chu se sentait mieux. Reposé, il discutait avec ses deux cousins dans le jardin. Gui et San Tiang étaient frères, mais n'avaient en commun que le nom. Gui, l'aîné, dont le prénom signifiait « honneur », était doté d'une force physique rare. Calme et posé, il portait sur le monde un regard bienveillant. Le cadet, San, par opposition, devait faire trente centimètres de moins. Épais comme un phasme, il était nerveux et impulsif. Son visage balafré témoignait des conséquences de son irascibilité et, s'il était encore en vie, il le devait bien sûr à son frère, mais surtout à son oncle, le père de Chu, dont la notoriété dans le milieu lui fut, à maintes reprises, salvatrice.

San adorait faire tourner son cousin, Chu l'intellectuel, en bourrique.

— Alors mon vieux, tu nous as ramené une bien belle fleur de tes montagnes ! Est-ce qu'elle sent aussi bon qu'elle en a l'air ?

Il accompagna sa dernière phrase d'un petit air pervers.

Chu, très susceptible, connaissait l'indécence sans limite de son cousin. Il serra les dents et s'abstint de répondre.

— Allez, raconte-nous, Chu ! Hier soir, on montait la garde, on a vu la lumière dans sa chambre, allumée pratiquement toute la nuit. Elle n'a pas dû dormir beaucoup...

Son œil brillant devenait carrément salace. Chu feignit l'indifférence. Il massa machinalement le revers de sa main gauche, douloureux souvenir de l'incendie du dispensaire.

— Je n'ai pas passé la nuit avec elle, si tu veux tout savoir, et si elle ne dort pas, c'est certainement par peur de voir ta sale gueule de pervers l'espionner.

Ce n'est pas la première fois qu'on lui rapportait que Lilli ne dormait pas beaucoup. Chu mit l'information de côté, mais se promit de vérifier si son assistante se portait bien. Il reporta son attention sur ses cousins. Sa curiosité piquée, il poursuivit, désireux d'en savoir plus.

— Vous montez la garde pour Père ?

Gui, l'aîné, prit la parole de son ton lent et rassurant.

— Après ton départ en Europe, Oncle Tiang nous a donné du travail.

Chu haussa un sourcil. Il connaissait les deux hommes. Il savait que, malgré une enfance passée ensemble, leurs chemins s'étaient diamétralement écartés, lorsque Chu avait entrepris ses études. Dans la rue, ses cousins étaient des terreurs et fréquentaient le « milieu ». Il était donc très surpris d'apprendre qu'ils travaillaient maintenant pour son père.

Ses cousins n'avaient en commun qu'une seule chose, la maîtrise de la mort. Gui, véritable force de la nature et adepte des arts martiaux, pouvait sans problème maîtriser trois hommes à lui seul. San, plutôt vicieux, raffolait du couteau. Imprévisible, il plantait la mort dans le cœur de ses ennemis et au moindre signe de danger, se fondait dans la foule pour y disparaître.

— Vous travaillez pour Père ?

Le sentiment de surprise laissait désormais place à l'inquiétude. San reprit la parole d'un ton bienveillant qu'il ne maîtrisait pas du tout.

— T'en fais pas, cousin, Oncle Tiang nous a dit que tu t'étais fourré dans un putain de merdier et il voulait des hommes de la famille sur le coup.

Chu regarda le grand frère qui détourna le regard.

— Les gars, qu'est-ce qu'il se passe ? Vraiment ?

Ils se regardèrent, mal à l'aise. Gui prit la parole de sa voix profonde et grave.

— Chu, on s'est renseignés avec ton père sur ceux qui voulaient ta peau. On a pu obtenir un nom. Ton père est allé voir ses… amis.

Il parlait de plus en plus doucement, annonçant malgré lui la mauvaise nouvelle.

— Ton père est apprécié, il a su partager le fruit de son expansion auprès des chefs du milieu. Il a gagné leur respect.

— Je sais qui est mon père, coupa Chu.

Gui hocha tristement la tête avant de conclure.

— Ils ne l'aideront pas…

Chu ne comprenait pas. Il savait son père très influent dans la métropole de Tianjin. Si les clans mafieux ne répondaient pas à l'appel, c'était que la menace était sérieuse. Il se remémora la scène où ses poursuivants sillonnaient la ville à moto, sans être inquiétés par qui que ce soit. Chu baissa la tête, visiblement dépité par l'incompréhension. San s'approcha de son cousin et posa une main osseuse sur son épaule.

Chu releva le visage, son cousin San affichait un sourire dément.

— T'en fais pas, cousin, on a un plan !

Chapitre 38
Sans honte

La cuillère en plastique tourbillonna dans le breuvage fumant. Le courant circulaire souleva le dépôt de sucre accumulé au fond du gobelet. Philippe utilisa sa main gauche pour boire une gorgée de café. Son bras directeur, en bandoulière, le faisait souffrir. Louise, dont les yeux clairs brillaient de sollicitude, posa doucement la main sur son avant-bras.

— Comment va ta maman ?

— Elle est toujours hospitalisée…

— A-t-elle repris connaissance ?

— Oui, heureusement. J'avoue que j'ai un instant cru qu'elle n'ouvrirait plus jamais les yeux.

Louise se pinça les lèvres, sincèrement touchée par ce qui arrivait à son collègue et ami. Elle faisait de son mieux pour lui apporter du soutien.

— Et que disent les médecins ?

Philippe soupira.

— Elle aurait un problème de thyroïde, apparemment les dérèglements endocriniens sont assez courants chez les femmes âgées. Ça explique le petit malaise dans les escaliers qui a entraîné sa chute. Le vrai risque réside dans son hématome sous-dural.

— Les contusions crâniennes, c'est toujours délicat… Quelles sont les alternatives ?

— Si l'hématome se résorbe de lui-même, alors elle devrait être tirée d'affaire. Par contre, s'il s'accroît, cela veut dire qu'une hémorragie persiste dans le cerveau, ce serait le scénario catastrophe.

— Et comment évolue l'hématome jusqu'à présent ?

Philippe adopta une moue renfrognée.

— Il est stable…

— Donc vous ne savez pas dans quel scénario vous êtes…

— Exactement…

Elle fronça les sourcils en direction de l'écharpe qui portait son bras droit.

— Que t'est-il arrivé ?

— J'ai horriblement mal à l'épaule, le médecin m'a diagnostiqué une tendinite aiguë…

Philippe adopta une mine déconfite dont la détresse ne provenait pas de la gravité imaginaire de son mal, mais bien de son besoin d'exister. Louise fronça les sourcils, exaspérée.

— Trop de clics sur la souris, c'est ça ?

La mâchoire de Philippe s'allongea en une moue surprise et triste, comme un chien découvert en train de déposer un excrément. Elle fulmina.

— Tu exagères, Philippe ! J'espère que tu as épargné ta maman au moins ?

Philippe baissa les yeux, honteux.

— C'est son médecin qui m'a ausculté dans sa chambre…

Antoine, le patron, fit irruption dans le *coffee corner*.

— Ça va ? On ne vous dérange pas trop ?

Louise baissa les yeux à la façon d'une élève prise en défaut.

Philippe tenta une approche chevaleresque.

— C'est de ma faute, Antoine, j'ai insisté auprès de

Louise pour qu'elle m'accompagne prendre un café, j'avais besoin de me confier à propos de maman.

Le lémurien carriériste pivota une tête inquisitrice vers Philippe avant de susurrer :

— Évidemment… Je n'avais aucun doute sur la source du problème.

Il soupira en regardant sa montre. Il baissa d'un ton et s'adressa aux deux compères plus discrètement.

— Pendant le lunch, vous pourrez discuter autant que vous le souhaitez et si votre temps de table venait à s'allonger, je serais indulgent pour cette fois.

Il reprit d'une voix plus forte de manière à être entendu sur tout le plateau :

— Et maintenant au boulot !

***

[Philippe ROMA] Quel trou du cul !

[Louise DUCHENE] Ne sois pas si dur ! Il fait simplement son travail, la tâche de supervision n'est pas facile. En plus, il nous autorise un lunch plus long. ;-)

[Philippe ROMA] Oui, t'as sans doute raison… comme d'hab…

[Louise DUCHENE] Et puis grâce au « CHAT » du journal, on peut toujours communiquer.

[Philippe ROMA] Oui d'ailleurs faut que je te raconte !

[Louise DUCHENE] ???

[Philippe ROMA] Il m'arrive un truc surréaliste… mais c'est TOP SECRET.

[Louise DUCHENE] Je n'ai pas le temps pour tes élucubrations, Philippe.

[Philippe ROMA] Non non, je t'assure c'est très sérieux, j'ai même été contacté…

[Louise DUCHENE] Mais de quoi parles-tu ?

[Philippe ROMA] C'est à propos de mon blog secret… Je crois que j'ai mis le doigt sur quelque chose.

[Louise DUCHENE] Un blog secret ?

[Philippe ROMA] Je t'expliquerai tout ce midi…

Chapitre 39
Seul, mais aguerri

— Donc tu es célibataire !

Marc baissa la tête, visiblement mal à l'aise. Les cheveux châtains coupés court, les yeux vert pâle, un « p'tit » cul bien serré dans son jean, c'était le parfait beau gosse ! Læti piqua, tel un oiseau de proie.

— Avoue !

— Écoute, Lætitia, je te trouve super…

— Mais ? lâcha-t-elle à la limite de l'agacement.

Marc parut une nouvelle fois gêné.

— Quoi ? Tu n'as pas envie de discuter avec moi ?

Elle releva légèrement son buste de manière à mettre son généreux décolleté bien en évidence.

— Mais n'importe quoi, ça n'a rien à voir !

Elle lui lança un regard sceptique.

— Je suis vraiment déçue, Marc, je voyais les choses avec toi…

Elle hésita avant de conclure :

— Différemment.

Blasée, elle fit mine de ranger à nouveau les têtes de rayons, vérifiant l'alignement pourtant parfait des crèmes hydratantes.

Consciente d'être la sœur de la patronne, elle constata que cela posait un réel problème à Marc ; quel sens irréprochable du respect et de l'éthique. Ce mec était une perle et elle comptait bien l'enfiler.

***

Nathan sortit de la boulangerie, ébloui par le soleil radieux d'un dimanche après-midi. Loin des opérations infiltrées contre le grand banditisme, il profitait pleinement de sa convalescence. Il hésita sur le trottoir, mais décida finalement de poursuivre à pied. Anna vivait à quelques centaines de mètres plus bas. Fier de lui, il marchait d'un pas assuré, il apportait à son amie une tarte au riz dont les effluves pâtissiers témoignaient d'une fraîcheur irréprochable.

Au coin de la rue, Nathan remarqua une camionnette de la compagnie du téléphone garée dans l'allée des Berger. Étrange pour un dimanche. Connaissant les lieux comme sa poche, il fit discrètement le tour pour entrer dans la propriété par le jardin. À hauteur de la palissade, Nathan remarqua de l'activité à l'extérieur de la maison. Il vit trois hommes rassembler des bobines de fins câbles et des boîtes à outils devant le van ; ils avaient visiblement terminé.

Hormis le physique charpenté et la coupe de cheveux à ras des trois hommes, Nathan n'observa rien de suspect. Rassuré, il quitta sa cachette et pénétra dans le jardin. Soudain, une quatrième silhouette s'approcha des ouvriers. Nathan, surpris, observa la scène. Marc, le nouvel employé d'Anna, avait rejoint le groupe de techniciens. Après quelques brefs échanges, il finit par les saluer et leur serra la main. Nathan fronça les sourcils et d'une voix claire cria :

— Bonjour !

Très alertes, les quatre hommes se retournèrent crispés face à Nathan qui venait vers eux. Marc reconnut l'ami d'Anna, il passait régulièrement à la pharmacie. L'employé afficha aussitôt un sourire affable.

— Bonjour, Nathan ! Ça fait plaisir de te voir. Je venais rendre visite à Anna, mais malheureusement il n'y a personne, à part les ouvriers qui travaillent à l'extérieur.

Nathan s'approcha et serra avec poigne la main de Marc.

— Ils travaillent le dimanche ?

— Oui, je leur ai demandé ce qu'ils faisaient là, apparemment ils augmentent le débit Internet du quartier.

Sceptique, Nathan observa les trois molosses charger le reste du matériel avant de demander :

— Tu venais voir Anna ? Tu veux peut-être que je lui laisse un message ?

Marc parut embarrassé. Sauvé par un départ précipité des ouvriers, il en profita pour reprendre contenance. Alors que le van quittait l'allée, il répondit sur un ton qui frôlait la timidité enfantine :

— À vrai dire, j'ai inventé un prétexte pour venir. La vérité, c'est que j'espérais voir Lætitia…

Les mâchoires de Nathan se crispèrent. Lætitia et lui n'avaient connu qu'une nuit ensemble, après le mariage de Nico, mais Nathan n'avait jamais tourné la page.

— Et qu'est-ce que tu lui veux à Lætitia ?

Marc parut surpris tant la réponse était évidente.

— Ça fait plusieurs jours qu'elle me drague ouvertement. C'est la sœur de ma patronne donc, j'essaie de résister, mais…

— Mais ?

— Elle est quand même vachement b…

Nathan ferma les yeux. En une fraction de seconde, il lâcha la pâtisserie de ses mains. D'un violent coup de poing, il lui éclata le nez avant que la tarte ne touche le sol. Il déglutit et ouvrit les yeux, revenant à la réalité. Marc affichait toujours ce visage souriant et angélique.

— Enfin, vachement jolie quoi ! Bon, visiblement elles ne sont pas là. Je les verrai demain toutes les deux à la pharmacie, je l'espère.

Il agrémenta sa phrase d'un clin d'œil complice. Nathan se contenta de hocher la tête en lançant sur un ton mortel :

— Bon après-midi…

— Salut Nathan, et à bientôt !

Le regard noir, il enregistra dans son smartphone le numéro de plaque du van qu'il avait pris soin de mémoriser. Il se renseignerait lundi et en profiterait pour vérifier les antécédents de Marc. Ce type était apparu de nulle part, avec un excellent CV, presque trop parfait pour être authentique et sa discussion avec ces trois « soi-disant » ouvriers ne lui plaisait pas. Il tirerait ça au clair et il le ferait vite.

***

La semaine fila à toute allure. Nathan avait cette fois prévenu Anna de sa visite. Il arriva vers onze heures trente avec une bouteille de Piper-Heidsieck fraîche pour l'occasion. Il gara sa Porsche Carrera vintage 1983 qu'il verrouilla dans l'allée manuellement, à l'ancienne. Il était passionné de mécanique et entretenait lui-même son petit bolide. Quentin, le papa d'Anna, sortit sur le patio blanc pour accueillir Nathan d'un grand sourire. Toujours bien bâti pour un homme de soixante ans, Quentin Piron respirait la santé. Il portait un pantacourt beige et une chemise en lin blanc qui s'accordait parfaitement à cette belle journée de septembre.

— Salut fiston ! Content de te voir !

Il fit un signe de tête en direction de la voiture noire clinquante.

— Alors, ça roule toujours aussi bien ?

— Impeccable, j'ai changé le « carbu » ce week-end et elle ne tousse plus.

Quentin le regarda, inquiet.

— Comment va ton épaule ? Toujours en arrêt de travail ?

Nathan hocha la tête en signe d'approbation. Le père d'Anna profita de ce moment à deux pour en avoir le cœur net.

— Trois mois d'interruption… Tu t'es pris une balle ?

— Une intervention qui a mal tourné…

Quentin pesa ses mots.

— Tu sais fiston, quand on a un boulot comme le tien, tout comme moi à l'époque, on a la fâcheuse tendance à négliger le lendemain, à croire que les malheurs n'arrivent qu'aux autres. C'est une erreur, alors prends soin de toi, « parrain ».

Nathan ne put réprimer un sourire de fierté à l'évocation de ses futures responsabilités.

— Tu comptes beaucoup pour nous, mon grand, alors fais gaffe et tâche de pas toujours être le gars en première ligne.

— Vous comptez beaucoup pour moi aussi, et d'ailleurs, je ne savais pas comment l'aborder, mais il y a un souci.

— Rentrons à l'intérieur et raconte-moi ce qui te tracasse.

Quentin se dirigeait vers la porte quand Nathan le rattrapa par le bras.

— Non justement, on est très bien dehors.

Sévère, le sexagénaire regarda la main de Nathan qui l'agrippait. Les sourcils froncés, il fixa Nathan, surpris par ce contact plutôt direct.

— Il y a quelque chose qui se trame et ça concerne vos filles.

Le visage de Quentin changea d'expression et devint dur comme de la pierre.

— De quoi parles-tu ?

— Dimanche dernier, j'ai surpris trois hommes dans le jardin. Ils portaient les salopettes de la compagnie du téléphone, mais ils avaient l'air louche. J'ai vérifié la plaque et ce véhicule n'appartient pas à cette compagnie.

Le visage du père se fit plus sombre.

— Encore plus étrange, j'ai surpris Marc, le nouvel employé d'Anna, en pleine discussion avec ces trois inconnus, ça m'a mis la puce à l'oreille. J'ai donc fait une petite recherche sur les antécédents de ce « Marc » et...

L'Audi A3 *sport back* interrompit les deux hommes en se garant juste derrière la Porsche de collection. Marc et Lætitia sortirent de la voiture. À la surprise générale, ils arrivaient ensemble à un repas de famille... Le cœur de Nathan lui pinça la poitrine. Læti les salua, rayonnante comme toujours.

— Salut Papa, salut Nathan ! Vous allez bien ?

Marc, les lunettes de soleil sur le nez, affichait son sourire angélique habituel...

Chapitre 40
Suspicion

— Étrange…

Clara se rapprocha de Nico et ajusta ses lunettes de sécurité.

— Quoi donc ?

Il secoua la tête, sceptique.

— Ce n'est pas normal.

Inquiet, Nico posa ses lunettes sur le plan de travail et regarda Clara.

— Même avec un simulateur, il faut normalement des mois de tests, de révisions et de nouveaux essais pour arriver à un résultat pareil. C'est fou, je suis à deux doigts de stabiliser le processus de gestion hormonale !

— C'est formidable ! s'exclama Clara, sans vraiment réaliser les implications.

Nico plissa les yeux, préparant mentalement un plaidoyer. Il prit la parole d'une voix calme.

— Les hormones sont régulées grâce à l'hypothalamus. Il libère la somatolibérine, appelée GH, pour stimuler la sécrétion d'hormones, on libère de la somatostatine appelée GIH qui, elle, inhibe la sécrétion d'hormones.

Clara fronçait les sourcils, concentrée. Nico poursuivit ses explications.

— Par exemple, pour un enfant, la GH libérée permet

d'augmenter la sécrétion d'hormones de croissance afin qu'il grandisse comme il se doit. La GIH, quant à elle, diminue les sécrétions lorsque la croissance est complète ou si le seuil d'hormones de croissance est trop haut. L'hypothalamus régule donc le niveau d'hormones de croissance dans le corps.

— Oui, c'est un peu comme un mitigeur dans une salle de bains, si l'eau est trop chaude, tu rajoutes de l'eau froide pour maintenir la bonne température.

Nico ouvrit une bouche aphone, choqué par la comparaison inattendue. Il hocha finalement la tête.

— Oui, on peut voir ça comme ça. Le problème, c'est que l'on ne maîtrise pas le fonctionnement de l'hypothalamus. On sait qu'il réagit au stress, à l'hypoglycémie, à l'exercice physique et au sommeil. Il y a notamment beaucoup d'enfants qui souffrent de retards de…

Clara s'impatienta.

— Oui, mais ta découverte dans tout ça ?

Nico approuva l'intervention de Clara, il s'égarait.

— Ce tout nouveau protocole permettrait de régler, au sens propre, le corps humain. Pour reprendre ton exemple, le traitement agirait un peu comme un thermostat. En fonction du dosage, que je connais grâce aux données étrangement ajoutées dans mon dossier, je suis en mesure de modifier l'afflux d'hormones dans le corps sans en perturber son fonctionnement.

— Que veux-tu dire ?

— Le protocole que j'ai développé modifiera les sécrétions de l'hypophyse, de la thyroïde, des glandes surrénales, du thymus, bref de toutes les glandes endocrines du corps humain. Maîtriser les hormones, c'est dégager des possibilités immenses, comme résoudre les problèmes d'obésité, d'anorexie…

Il fit une pause, comme si l'importance de sa découverte percutait enfin dans son esprit, son visage s'éclaira.

— Adieu le diabète ! Tu te rends compte ? 285 millions de personnes en souffrent dans le monde !

Il poursuivit son monologue.

— Sans compter les problèmes de croissance chez les jeunes. Les surcharges pondérales juvéniles, mais aussi les goitres, et même les problèmes liés à la ménopause.

Son débit de parole devenait de plus en plus rapide.

— D'un point de vue plus commercial, on pourrait aussi régler les problèmes de calvitie, et bénéficier d'un sacré financement.

Nico se leva et se mit à tourner autour de la console centrale. Il semblait possédé.

— Cela me permettrait de monter ma propre équipe ! On pourrait rapidement parvenir à réguler la croissance des plus jeunes et ensuite s'attaquer à la lutte contre le vieillissement.

Il s'arrêta et fixa Clara, le regard fou.

— Je vais certainement recevoir le prix Nobel !

Clara ne savait que dire et se contentait de l'écouter avec de grands yeux écarquillés. Le visage de Nico s'assombrit et pivota en direction de son ordinateur.

— Ce qui n'est pas logique, ce sont les données « ajoutées » sur lesquelles je travaille. Ces conclusions sont beaucoup trop fines et précises pour provenir d'un simulateur.

Clara s'approcha de lui et posa une main douce sur son épaule.

— Tu sais, Nico, il y a un labo à Genève, un autre sur cette île. Qui sait, il y en a sans doute une dizaine d'autres avec le même objectif. Je pense qu'on fait partie d'un effort coordonné. On t'a peut-être fourni le résultat d'années de travail de confrères.

Nico hocha la tête. Sa tension artérielle revint à la normale, il reprit plus calmement :

— Tu as sans doute raison.

Avant de reprendre l'analyse, il replaça ses lunettes et d'un air serein, lui lança un regard tendre.

— Merci, Clara.

Pour toute réponse, elle lui rendit un sourire gêné. Soudain, Nico fut pris d'une violente quinte de toux.

— Ah, ce satané rhume qui revient ! Depuis que je suis arrivé dans ce foutu *bunker* humide, j'en attrape un toutes les semaines. Je vais retourner voir Morticia et Gomez. Ils vont me refaire une injection, la dernière fois, ça avait bien fonctionné.

Clara hocha la tête silencieusement.

— Je dois y aller, Nico. On se voit plus tard. Prends soin de toi.

***

L'alarme du téléphone portable se mit en marche à vingt-trois heures. Calmement, elle se leva, enfila un gilet et prit son dossier sous le bras. Elle mit la main dans sa poche et vérifia que l'objet s'y trouvait toujours. Rassurée, elle avança d'un pas rapide et silencieux dans le couloir des appartements.

Elle avait mis ses baskets de manière à être plus discrète. Elle sortit de l'aile logement pour entrer dans le sas principal. Elle visualisa la pièce ; à sa gauche la porte du laboratoire, à sa droite l'ascenseur et en face, la porte interdite. Elle avança droit devant.

Sur le boîtier, elle composa le code à huit chiffres dont la dernière touche déclencha un clignotement vert. La porte se déverrouilla. Elle salua le garde, avança dans l'allée de béton et s'arrêta devant la première porte de droite. Elle frappa trois fois sur la cloison en fer et entra sans attendre de réponse.

Derrière son bureau, Lio pianotait frénétiquement et poursuivit sa rédaction pendant de longues minutes, sans porter la moindre attention à la nouvelle venue. Assise et silencieuse, elle replaça nerveusement sa mèche derrière son oreille. Lio enfonça la touche *Enter*, visiblement satisfait. Il porta ensuite son regard vert émeraude en direction de Clara.

— Alors ?

— Il pose de plus en plus de questions sur la provenance des dosages et sur la conclusion de vos tests en Chine.

Lio frappa du poing sur la table.

— Baratine-le, suce-le, mais fais quelque chose, bon sang ! La seule raison pour laquelle je te paie, c'est pour que tu rendes notre Berger docile comme un mouton.

Clara resta silencieuse. Il la regarda, inquiet.

— Attends, c'est quoi cette mimique ? J'espère qu'il est déjà dans le *love* ?

Elle ne répondit toujours pas.

— Quoi ? Vous couchez déjà ensemble au moins ?

— Tu ne comprends pas, Lio, ce mec est un gars bien. Il lui faut plus qu'un petit cul pour craquer.

Énervé, Lio cracha sa réponse.

— Putain, ne me dis pas que tu as des sentiments pour cet enfoiré ?

Clara se rassit, visiblement mal à l'aise. Lio se mit à ricaner, mais son rire n'avait rien de drôle.

— Nico, un homme bon ? Il s'est jeté dans les bras d'une pute à Genève, il a trompé sa femme à tour de bras. Parle-lui de Sandra et tu verras si un « beau petit cul » ne suffit pas !

Le visage de Clara se décomposa.

— À mon avis, s'il te rejette, c'est plutôt qu'il ne te trouve pas à son goût. Putain, j'aurais dû choisir une blonde, je le savais.

Les yeux de Clara se durcirent.

— On s'est embrassés…

— Avec des sentiments et tout et tout ? Comme c'est mignon…

Les yeux de Lio se firent meurtriers.

— Arrange-toi pour lui faire oublier ses soupçons. Je veux qu'il se concentre sur ce putain de traitement hormonal et je le veux stabilisé avant la fin du mois !

On frappa trois fois à la porte, Doug ouvrit sans attendre de réponse. Le paramilitaire resta dans le couloir. Il adressa un signe de tête à Clara avant d'interpeller Lio.

— Tu peux venir une seconde ?

Sentencieux, Lio se leva en fixant sévèrement Clara. Il sortit de son bureau et suivit Doug qui l'emmenait plus loin dans l'aile.

Seule dans le bureau de Lio, Clara fixait l'ordinateur, mit la main dans sa poche et en tira une clé USB.

***

Assis à son bureau, Nico lança un regard inquiet vers Clara. Elle s'était levée depuis un moment déjà, trop angoissée pour rester en place et arpentait le bureau, fébrile. L'attention de Nico se porta à nouveau sur l'écran. Il attendait avec impatience le chargement du programme.

Clara se rapprocha de lui et se colla contre son épaule. Il frémit sous le contact de sa poitrine. Il tenta d'en faire abstraction et de se concentrer sur le moment qui, en tout état de cause, serait gravé dans les annales de la science. Les données se chargèrent une à une sur l'écran. Anxieux, il parcourut lentement les résultats. Soudain, il leva brusquement les bras dans un cri de victoire.

— OUI ! On l'a !

Il se leva d'un bond et prit Clara dans ses bras. Il la regarda, le regard brillant et posa un baiser sur son front.

Elle, plus petite que lui, le serra dans ses bras et déposa sa tête sur sa poitrine. Heureuse, elle se laissa bercer par les battements de son cœur.

— On a réussi, Clara. On va changer le monde. Tu verras, on ne mesure pas encore la portée de cette découverte, mais c'est une étape dans l'histoire de l'humanité.

Toujours enlacés, Clara se contenta de profiter du moment. Nico, lui, rêvait d'un autre monde. Elle était une vraie professionnelle, elle l'avait toujours été. Aujourd'hui, elle se sentait inexorablement attirée par cet homme, sa cible, sa mission. Elle éprouvait pour lui des sentiments forts et pourtant interdits. Elle était dépassée, complètement perdue.

Nico, plus excité par la découverte que par ce doux moment d'intimité, reprit ses esprits et se libéra de l'étreinte pour replonger dans l'analyse des résultats.

— Bon, je vais rédiger un rapport vite fait, et ensuite, on file montrer tout ça à Lio. Il va être aux anges.

D'un ton goguenard, il ajouta :

— Je pense que nos exigences salariales vont être revues à la hausse.

En quelques minutes, il compila la formule et ses conclusions sur une page récapitulative, qu'il imprima. Clara posa une main sur l'épaule de Nico.

— Si je peux me permettre, tu es un peu à chaud là. On est dimanche aujourd'hui, ça fait des semaines que l'on ne sort plus pour terminer cette phase de la recherche. Que dirais-tu d'aller faire un tour dehors, de laisser tomber la pression et d'aller voir Lio ensuite, plus sereinement ?

Une imperceptible pointe d'angoisse lui assombrit le visage. Nico la regardait, interrogatif, sans trop comprendre sa réticence. Un brin d'air frais ne pouvait que lui rafraîchir les neurones, il en avait bien besoin. Clara, rassurée, lui attrapa le bras et le tirait déjà hors de leur cube de verre.

— Allons faire un tour, ça nous fera le plus grand bien…

Chapitre 41
Le trait d'union

— J'ai déposé du courrier dans votre chambre, monsieur Tiang.

Chu parut surpris.

— Merci, Cheng, je l'ouvrirai tout à l'heure. Pourrais-je compter sur ton aide pour l'envoi de futurs courriers ?

— Bien entendu, monsieur.

Le majordome, un homme doux et affable, sourit à Chu, comme à son habitude. De courte taille et de faible stature, sa chétivité apparente masquait une efficacité redoutable. Sa calvitie et ses traits tirés trahissaient un âge avancé qui n'entravait en rien ses compétences. Au fil des ans, il s'était rendu indispensable auprès des Tiang. Il ouvrit la porte et, d'un signe respectueux de la tête, invita Chu à pénétrer dans l'antre du patriarche.

Son père l'attendait dans un large bureau. Il adorait cette pièce. Fidèle à ses souvenirs, le parquet de bois craqua légèrement sous ses pas. Les larges baies vitrées illuminaient naturellement la pièce, offrant une vue apaisante sur le jardin. L'impressionnante bibliothèque dégageait une atmosphère chaleureuse, agrémentée d'une odeur typique de vieux livres.

Chu s'assit dans le fauteuil en cuir, face à son père. Derrière le bureau en merisier, il affichait une mine inquiète dont le front plissé ne présageait rien de bon.

Chu massa sa main gauche, la cicatrice le démangeait. Son père prit la parole d'un ton dur.

— Tu aurais dû m'écouter, cette histoire d'aide humanitaire ne pouvait rien amener de bon !

Chu leva les yeux au ciel, exaspéré. Son père balaya l'air d'un revers de la main, écartant le débat comme on chasse une mouche.

— Mon fils…

La voix de son vieux père était grave et plus que jamais, fatiguée. Chu perçut pour la première fois une faiblesse, comme un point de rupture chez son père. Derrière son grand bureau de bois, sa chétivité et son âge avaient, d'un coup, pris le dessus sur cette image forte et autoritaire qu'il arborait d'habitude fièrement. Chu, le cœur en balance garda le silence.

— Je t'ai préparé deux billets pour l'Europe. Tu pourras quitter la Chine avec Lilli avant la fin de la semaine.

— Père, il n'est pas question que je quitte la Chine. J'ai très certainement mis le doigt sur un scandale humanitaire ! Je dois trouver…

— Chu-Jung !

Son père, autoritaire, abusait parfois de cette qualité.

— Chu-Jung, je n'approuve pas ton choix de vie. Je considère que tu craches sur ton héritage.

Chu ouvrit la bouche pour rétorquer, mais son père leva la main, signe qu'il n'avait pas terminé.

— Je n'en suis pas moins fier de toi. Je respecte ce que tu fais pour ton prochain. Je respecte ton courage et ta détermination. Partir et te construire par la seule force de ton travail est digne d'un Tiang.

Pendant quelques secondes, Chu perdit toute contenance. Pour la première fois, son père lui ouvrait une partie de son cœur.

— Mais Père, je ne comprends plus, pourquoi l'Europe ? Pourquoi maintenant ?

— Chu, à semer sur des terres rocailleuses, tu ne récolteras que des chardons. Tu tentes de cultiver l'amour dans une terre inhospitalière. Tu parviendras peut-être à faire pousser le bien par endroits, mais sois réaliste, tu ne changeras pas la nature du sol.

Il reprit posément la parole, exposant les faits.

— Ceux contre qui tu te dresses ont visiblement infiltré d'importantes instances telles que la Croix-Rouge, la police et sont peut-être même liés à une multinationale pharmaceutique. Qu'espères-tu changer ?

Chu répondit du tac au tac par une autre question.

— Tes « amis » ne t'aideront pas… c'est bien ça ? C'est pour ça que tu m'envoies en Europe, à l'abri ?

— Mes amis vont m'aider, mais seulement si tu quittes la Chine et que tu stoppes tes investigations. Ils s'assureront que cette histoire reste sans suite pour notre famille. Sans leur aide, cette maison serait déjà en cendres !

Chow se leva et approcha de la fenêtre ; il sourit devant cet écrin verdoyant, apaisé par la douce lumière. Chu se plaça à ses côtés. Ce n'était pas le jardin que son père observait, mais bien Lilli. Elle entretenait le parterre de pivoines, retirant les mauvaises herbes et taillant les feuilles jaunies.

— Elle me fait penser à ta mère.

Chu sourit, mais son cœur saignait. Malgré le peu de souvenirs qu'il en avait, la bonté de son visage restait gravée dans sa mémoire. Sa mère était enceinte pour la seconde fois. En Chine, la politique de l'enfant unique favorisait les naissances « illégales ». Accoucher dans le secret, à la maison, pouvait mener à des conséquences fatales. Ils perdirent la mère et le nouveau-né. Son père dut assumer seul l'éducation de son fils au prix de seize heures de travail journalier, sept jours semaine.

Il construisit, de ses mains, une échoppe artisanale de tissus qui lui permit de subvenir à leurs besoins. Veillant en permanence sur son fils, il fit évoluer l'échoppe en un atelier. Lorsque Chu eut douze ans, l'expansion se poursuivit pour devenir une petite fabrique générant des rentrées respectables. Elles financèrent la scolarisation de Chu dans une bonne école. À ses vingt ans, la fabrique se transforma finalement en une véritable usine de confection comprenant aujourd'hui huit cents salariés.

— Ton patrimoine est fait et t'attend, Chu, tu as la chance de pouvoir en vivre. J'ai gagné plus d'argent que vous ne pourrez en dépenser. Embrasse la vie, rends-nous le sacrifice en vivant heureux, à l'écart des troubles.

Lilli se releva et s'essuya le front du revers de la main. Elle aperçut les deux hommes à la fenêtre et leur lança un sourire rayonnant. Elle respirait la joie de vivre, qualité qui avait tant touché le jeune médecin. Les deux hommes saluèrent Lilli en même temps, en agitant niaisement la main. Ils étaient visiblement tous deux conquis par sa spontanéité et sa simplicité. Ils s'adressèrent un regard entendu, Chu partirait pour l'Europe.

Pour une fois, ils étaient tombés d'accord. Lilli semblait bien être le trait d'union des Tiang.

Chapitre 42
La trahison

La brume, inamovible, semblait figer le sentier rocailleux sur une pellicule en noir et blanc, ponctuée de nuances de gris éparses. Le pull orange de Clara jurait avec le cliché, mais apportait à l'ensemble un peu de chaleur et de gaieté. Nico peinait à suivre, accablé par la fatigue accumulée.

Clara prit les devants et gravissait la pente, plutôt rapidement, en direction de la plaine qu'ils affectionnaient tous deux. Nico, à la traîne, contemplait par la force des choses le dos de sa partenaire, et dans un plaisir à peine dissimulé, lorgnait sur ses fesses drôlement bien rebondies.

Il sourit pour lui-même, cette mission avait tout de même de bons côtés. Il observa ensuite le sac à dos de sa collègue. Balancé par les mouvements réguliers de ses épaules, il semblait cette fois lourd et bien rempli. Arrivée sur la plaine rocailleuse, elle jeta un rapide coup d'œil inquiet autour d'elle.

— Tout va bien, Clara ?

Nico sentait sa collègue angoissée. Elle ne répondit pas et s'approcha d'une large pierre plus ou moins plate et sèche. Elle y déposa précautionneusement son sac à dos et en sortit un *laptop*, un téléphone portable, une clé USB et un boîtier noir que Nico ne reconnut pas.

Elle ouvrit le boîtier et en extirpa une antenne parabolique de plus ou moins quinze centimètres de diamètre. Clara insista sur les extrémités afin de lui donner un maximum d'amplitude. Stupéfait, Nico la regarda bouche bée poursuivre ses manipulations expertes. En quelques instants, l'antenne était reliée au PC. Elle raccorda le téléphone à l'ordinateur avant de se retourner vers Nico. Sans dire un mot, elle lui montra la dernière pièce du puzzle informatique : la clé USB.

***

Nico dévala la colline au pas de course. À bout de souffle, il arriva face au *bunker*, sous le regard suspect du garde qui s'avançait déjà vers l'intrus. Le souffle coupé, Nico n'arriva pas à sortir le moindre son, il se contenta de s'approcher à son tour du garde, qui semblait l'avoir reconnu, et posa la main sur son épaule pour s'y appuyer. Le garde était interloqué.

— Ça va, mon gars ?

— Il… Il faut que je rentre.

Nico attendit quelques secondes pour reprendre son souffle et se remit en route, laissant le vigile dans l'incompréhension la plus totale. Il fonça vers l'intérieur et appuya compulsivement sur le bouton, mais visiblement, l'ascenseur était déjà en mouvement. Nico faisait les cent pas. Finalement, après de longues minutes, il pénétra dans l'ascenseur vide qui se mit trop lentement en marche. Il devait absolument les alerter. Au bout d'une interminable descente, il déboula dans le hall principal et se rua vers la porte interdite. Il tambourina sur la paroi métallique. Un garde vint lui ouvrir.

— Qu'est-ce que vous voulez ? Cette aile est réservée aux…

— Ta gueule !

Le garde recula d'un pas, surpris, il porta instinctivement la main sur sa matraque.

— Je veux parler à Lio et je veux lui parler tout de suite !

Il gueulait comme un forcené. Nico avança, mais avant qu'il ne comprenne la situation, il vit le couloir tourner autour de lui et son poitrail heurta durement le sol. Le garde, content de son balayage, immobilisa Nico avec son genou tout en agrippant ses poignets pour les menotter. Nico hurlait comme un fou à lier. Attiré par le vacarme, Lio sortit de son bureau.

— Mais c'est quoi, ce bordel ?

Il marcha en direction du garde et d'un signe de tête, lui demanda de s'écarter.

— J'peux savoir ce que tu fous, Nico ?

— Lio, faut que je te parle, c'est vraiment sérieux.

Le patron, désormais inquiet, aida le jeune docteur à se relever. Les menottes enlevées, Lio prit Nico par le bras.

— Viens dans mon bureau.

Lio referma sèchement la porte.

— Assieds-toi !

Nico s'exécuta en massant son front, duquel il palpait déjà les prémices d'une belle bosse. Lio prit place dans son fauteuil. Il rangea à contrecœur les documents éparpillés sur la table, avant de reporter son attention sur Nico.

— Bien, je t'écoute.

— C'est Clara, je pense qu'elle n'est pas ce qu'elle prétend être.

Ces mots alarmèrent Lio, qui ne laissa rien paraître.

— Que veux-tu dire ?

— Elle m'a parlé d'histoires à dormir debout, de manipulations, de surveillance constante. Elle m'a aussi dit que ma famille était en danger.

Nico secoua la tête, dépité. Lui et Clara avaient noué des

liens forts et se voir trahi par celle qu'il pensait être son amie l'affectait profondément.

— D'après elle, tout ce qui compte ici, c'est d'établir un protocole clair et stable. Dès que j'aurai stabilisé le traitement, on m'assassinera et on fera passer le tout pour un accident.

Une goutte de sueur froide parcourut l'échine de Lio. Il tenta de masquer sa surprise.

— Quoi ? Mais c'est n'importe quoi !

L'assurance évaporée, ses mots sonnaient étrangement faux. Nico, trop stressé pour s'en rendre compte, poursuivit son histoire.

— Je suis à deux doigts de réussir. Lorsque je lui en ai fait part, elle m'a raconté toutes ces inepties.

La voix de Nico s'enroua.

— Elle m'a dit qu'elle m'aimait.

Nico, vraiment bouleversé, déversait un flot d'informations continu. Lio commençait à avoir du mal à se contenir, mais fit cependant un effort. Il prit son air le plus compatissant.

— Écoute, mon vieux, je pense que cette nana a le béguin pour toi. Tu sais, lorsqu'on n'arrive pas à avoir ce que l'on veut, on fait parfois des choses stupides pour attirer l'attention.

Nico lança à Lio un regard offensé.

— Tu crois que je me mettrais dans des états pareils pour ça ? C'est évidemment un baratin. Ce qui m'inquiète, c'est qu'elle a tout un attirail de communication.

— C'est-à-dire ?

— Un *laptop* et un téléphone avec connexion satellite.

La mine de Lio devint funeste.

— Elle prévoit de quitter l'île demain soir et…

Nico fit une pause avant de reprendre.

— Elle compte m'emmener, moi et mes résultats préliminaires.

Lio bondit, n'y tenant plus.

— Cette petite traînée essaie de voler mon projet !

Debout, les deux poings serrés sur son bureau, il aboya comme un chien enragé.

— Comment compte-t-elle s'enfuir ?

Nico baissa les yeux sous l'autorité de Lio, il balbutia une réponse.

— Une équipe de six personnes devrait nous exfiltrer. Le rendez-vous est à l'embarcadère, demain soir…

Chapitre 43
Un rêve à l'européenne

Chu ouvrit la large porte vitrée donnant sur le jardin. Dans un coin, à l'ombre d'un merisier, il aperçut le plus petit de ses cousins, San, qui surveillait discrètement Lilli, l'air inhabituellement soucieux. Chu s'en approcha, la mine de son cousin l'inquiétait.

— Qu'est-ce qui te fout cet air de chien battu dans le regard ?

San, les yeux toujours fixés sur Lilli, répondit à son cousin d'un ton qui frôlait presque la bienséance.

— Cousin, ta Lilli, c'est vraiment quelqu'un. Je suis en charge de sa sécurité. Elle pourrait profiter du luxe de la villa, mais au contraire, elle se lève à quatre heures du matin pour aider Cheng au ménage et à la préparation des repas. Maintenant, elle jardine. Elle ne s'arrête jamais. J'ai du mal à la suivre ! Tu es tombé sur la bonne, je suis vraiment heureux pour toi.

San était sincère. Chu découvrit une once d'humanité chez son cousin.

— Où est Gui ?

— Ton père l'a envoyé faire quelques « courses » au vieux pays. Il devrait revenir la semaine prochaine.

Le vieux pays, la région d'origine des Tiang. Visiblement, son père ne lui avait pas tout dit. Mais peu importait, il avait pris sa décision. Il salua son cousin et reprit sa route vers sa chère assistante.

Affairée à la délicate taille des sarments, Lilli n'entendit pas Chu arriver.

— Tu travailles trop !

Elle sursauta.

— Chu !

Elle laissa tomber son sécateur et se jeta dans ses bras.

Quand elle était à ses côtés, plus rien ne comptait. Sous le charme depuis leur première rencontre, elle s'était pourtant interdit tout espoir, cloîtrée dans une cage obscure, à l'abri de ses sentiments. Persuadée qu'un médecin n'aimerait jamais une fille comme elle, pauvre et paysanne.

Il lui rendit son étreinte et la dévora de son envoûtant regard noir, elle adorait ça. Ils s'embrassèrent, tendrement puis fougueusement.

Chu lui prit la main, ils firent quelques pas dans le jardin. Par respect, San s'était éclipsé, laissant aux deux tourtereaux un peu d'intimité. Savourant ce moment de paix, ils restèrent silencieux. Arrivés au bord de l'étang, Chu se rapprocha de Lilli, passa la main dans ses cheveux et l'embrassa à nouveau. Elle sourit au milieu du baiser. Elle s'écarta ensuite pour lover sa tête au creux de son épaule.

— Je veux t'emmener avec moi en Europe, Lilli. Je veux te faire voir le monde. Je veux que tu vives avec moi.

Elle se recula, ses yeux s'agrandirent, dévoilant un flot d'émotions, mélange de surprise, d'amour, de bonheur et d'incrédulité. Chu se rendit compte du manque de ménagement dont il avait fait preuve. Il ajouta, quelque peu désemparé :

— Enfin, évidemment, si c'est ce que tu veux…

Elle se mit à rire nerveusement.

— Chu ! Mais Chu, c'est plus que je n'aurais jamais pu espérer ! Bien sûr que c'est ce que je veux !

Elle sautillait de joie. Chu, plus pragmatique, gardait les pieds sur terre.

— Et ta famille ?

D'un geste désinvolte, elle balaya la question.

— Oh, ne t'en fais pas pour eux, Chu, on pourra venir les visiter de temps en temps, voilà tout.

Lilli semblait conter à haute voix son rêve de princesse et de prince charmant.

— Tu t'imagines, toi et moi en Europe ? Oh, mes parents, mes frères, ils seront fiers et heureux ! Oui, surtout mon père, il va le raconter à tout le village… Oh, Chu, c'est formidable.

Ils passèrent l'après-midi à faire des projets, parler de leur futur, comme si plus rien ne pouvait se mettre en travers de leur vie. Sans se l'avouer, tous deux s'imaginèrent secrètement, assis sur un banc, la nouvelle génération des Tiang à leurs côtés.

De retour dans sa chambre, Chu se sentait libre et heureux. Il goûtait enfin au bonheur, après tant de mois de travail acharné, de sacrifices. Il posa sa veste en lin sur un petit portemanteau qui ornait le coin de la pièce. À côté du lit, gisait toujours la chaise où Lilli l'avait veillé deux nuits et trois jours durant.

Chapitre 44
La croisière s'amuse

Lio regarda le cadran de sa Rolex. Vingt heures quarante-cinq, encore un peu de patience et ils passeraient à l'action. À l'affût sous les frondaisons, ils avaient divisé leurs forces en deux équipes. Doug, plus proche de l'embarcadère, mènerait l'attaque frontale. Fort de ses douze hommes, il appréhenderait l'équipe qui viendrait exfiltrer Clara. Lui resterait tapi, en retrait, avec son équipe de six *snipers* qui interviendraient en temps voulu. Il avait mobilisé pratiquement toute la garnison, mais n'avait pas renforcé les hommes en poste à l'embarcadère pour éviter tout soupçon. Lio serra les poings nerveusement ; Clara s'était payé sa tête. Il comptait bien la prendre à son propre piège.

Le bateau fit son apparition sur l'horizon, un semi-rigide blanc fendait les flots en direction de la côte. Il atteindrait le ponton dans une dizaine de minutes.

Lio fixait nerveusement le littoral, impatient d'en découdre. Les secondes et les minutes s'égrenèrent au rythme des vagues, laissant transis les hommes en embuscade. Les deux gardes sur l'embarcadère se tenaient immobiles. Conscients du danger imminent, ils resserrèrent leur poigne sur leurs armes, le pouce sur le cran de sûreté.

La vedette rapide était maintenant toute proche. Clara apparut sur le ponton de béton avec à sa suite, Nico. Les deux complices se mirent à courir en direction de l'embarcadère tandis que le bateau entamait son approche par un virage maîtrisé.

Lio fit un signe à ses *snipers*. Les hommes mirent en joue. Ils chuchotèrent à l'oreillette :

— Toujours rien, patron.

Lio était rageur, sa montre indiquait presque les vingt et une heures, moment présumé du rendez-vous et toujours rien en vue. Quelque chose clochait.

Habilement manœuvré, le bateau entra dans l'ancienne ville portuaire et accosta près du vieux ponton en béton défraîchi. Nico et Clara sautèrent sur l'embarcation, quittant enfin leur prison. Nico approcha du pilote et posa sa main sur son épaule. L'homme aux commandes tourna la tête et lui adressa un sourire chaleureux. Nico se tourna ensuite vers Clara.

— Clara, je te présente mon meilleur ami, Nathan.

Lio fulminait ; il sortit son talkie-walkie.

— Doug ? Tu me reçois ?

— Cinq sur cinq. RAS de mon côté.

Lio serra les dents.

— Le bateau devrait être en vue à l'heure qu'il est et Nico devrait être sur le sentier pour rejoindre Clara à l'embarcadère, comme convenu. Je n'aime vraiment pas ça. Je *check* avec la base et je te reviens.

Il changea de fréquence et appela le garde laissé en poste à l'entrée du *bunker*.

— Tommy, ici Lio, tu me reçois ?

Le talkie resta muet.

— Tommy, ici Lio, est-ce que tu me reçois ?

La voix de Lio résonnait dans la poche du garde inconscient. Il avait pris un bon coup sur la tête et ne reviendrait pas à lui avant une paire d'heures.

***

Le vent du nord cinglait le visage des trois compères, ils voguaient désormais à vive allure dans l'obscurité croissante. Nico regarda sa montre ; vingt et une heures. Lio devait enrager à cette heure. Il sourit, fier de s'être joué de cet enfoiré.

Rejoindre le bateau relevait du défi. Après avoir assommé le garde en poste à la sortie du *bunker*, ils s'étaient faufilés jusqu'au plateau pour tenter leur chance par ce trou dans la clôture. La pente abrupte leur coûta de belles écorchures, mais la chance semblait de leur côté. Quelques minutes plus tard, ils embarquaient à bord de la vedette.

Nico cria pour se faire entendre.

— Ma « poule », je ne saurai jamais te remercier assez pour ce que tu as fait.

Nathan regarda son ami amusé et se contenta d'une brève réponse, comme à son habitude.

— T'inquiète…

Clara se rapprocha de l'officier de police pour écouter la conversation. Nico reprit d'une voix forte, essayant de couvrir le bruit du moteur et des vagues.

— Comment t'as fait pour arriver ici en vingt-quatre heures ?

Nathan arbora son sourire mystérieux.

— Nico, j'suis pas juste flic, j'fais partie des forces spéciales. J'ai mes propres filières.

Il ponctua sa phrase d'un clin d'œil plein d'assurance. Nico, fier de son ami, décocha un regard content vers Clara, qui lui rendit son sourire. La mine plus sérieuse, il reprit :

— Et pour Anna ?

Nathan hocha la tête, comme s'il attendait la question.

— Ton appel d'hier a confirmé mes soupçons sur son nouvel employé. Je suis parti, mais j'ai prévenu Quentin de la situation. Pour le moment, Anna ne sait rien, c'est plus prudent. Ton beau-père veille et tu peux me faire confiance, il a encore de la ressource pour prendre soin de ses filles.

Il marqua une pause avant de reprendre.

— De toute façon, c'était la seule chose à faire, fuir avec Anna dans la précipitation aurait certainement alarmé ces fils de putes.

Nico acquiesça.

— Combien de temps avant d'arriver ?

— Trente-cinq minutes.

***

Lio, fou de rage, découvrit le garde étendu devant l'entrée du site. Sans arrêter sa course effrénée, il pénétra à l'intérieur et fonça vers l'ascenseur. Il s'était fait avoir comme un bleu. Il enrageait. Les *Siégeants* ne lui pardonneraient jamais cette erreur. Arrivé dans son bureau, il sélectionna les caméras de surveillance localisées dans la chambre de Nico. Il fit marche arrière et accéléra le débit d'images. Soudain, il le vit. Son poing se fracassa sur son bureau.

— Petit fumier !

Il fulminait, jonglant d'une caméra à une autre, il suivit son parcours. La chambre, le bureau du labo, l'ascenseur, le garde assommé, le plateau, que diable allaient-ils faire sur le plateau ? Son visage s'éclaira, Lio empoigna son talkie-walkie.

— Doug, tu m'reçois ? Prends les Jeep et les hommes et ratisse-moi le village.

— Quoi ?

Lio hurla dans son talkie-walkie.

— Ce putain de village abandonné, tu me le ratisses et tu me ramènes ces deux enfoirés !

Lio reposa le talkie, tout en reconstituant le cheminement

de leur évasion. Il devint blême et repassa la séquence où Nico faisait étape par son bureau. Il ralentit le débit et zooma pour découvrir Nico insérer une clé USB dans son ordinateur. La gorge de Lio devint sèche et trop étroite. Il pianota furieusement sur son ordinateur et se connecta de son bureau au terminal de Nico. Il cliqua sur le fichier contenant les recherches du docteur lorsque brusquement l'écran se brouilla, comme si le fait de pénétrer le fichier avait lancé une application espionne. Quelques secondes plus tard, il se laissa tomber en arrière sur sa chaise en cuir. Un rire dément envahit les couloirs du *bunker*. Lio ne contrôlait plus ses nerfs et son rire en témoignait de manière inquiétante. Sur l'écran, le moniteur indiquait les mots suivants :

« DELETION COMPLETED »

Tous les dossiers étaient désespérément vides. Cette salope avait tout effacé. Comble de l'ironie, il fallait être vraiment calé en informatique pour placer un virus capable de purger le système, comme celle payée par Lio pour espionner Nico. Comment la situation avait-elle pu s'inverser à ce point ? Le talkie crachota, tirant Lio de son désespoir.

— Lio, tu m'reçois ?

— Je t'écoute, Doug.

— On a repéré des traces de pas près du vieil embarcadère. Il n'y a pas de doute, il y a un passage tout frais, c'est rempli de terre. Ils ont certainement dû se laisser glisser du plateau jusqu'en bas du ravin et ont ensuite couru jusqu'au ponton. Après, plus aucune trace, un bateau devait effectivement les attendre.

— Tout frais, tu dis ?

— Je confirme.

Lio jeta le talkie-walkie sur son bureau et repassa l'enregistrement à l'extérieur du *bunker*. Son regard se fixa sur l'heure en bas à droite de l'écran. Un rictus mauvais fendit son visage. Il prit son téléphone.

***

Les trois embarcadères, seuls accès de la mer vers les terres sur cette partie déserte de la baie, étaient écartés de quelque trois cents mètres les uns des autres. La configuration abrupte du bord de mer ne permettait aucun débarquement sauvage. À certains endroits, la berge avait été renforcée artificiellement par d'énormes pierres entassées, qui semblaient naturellement s'extirper du ressac pour venir protéger la côte.

Une large haie, censée protéger les randonneurs de la brise de mer, courait le long de la côte, à perte de vue.

La voiture descendait la crête en direction du ponton central. Le chemin, humide et rocailleux, à la limite du praticable, obligeait à la prudence. De l'intérieur du véhicule, une vue dégagée s'offrait sur le bras de mer. Les trois avancées en bois se distinguaient de la côte escarpée, au fur et à mesure de la descente. La pleine lune, à peine cachée par quelques rares nuages épars, offrait à la scène une brillance presque envoûtante, reflet des milliers de vaguelettes argentées, inexorablement en mouvement.

Un point brillant pointa à l'horizon, presque immobile au début, mais qui après quelques minutes, semblait filer sur l'eau à vive allure. La lune se reflétait sur la coque du bateau et le marquait telle une cible sur un stand de tir. L'embarcation voguait en direction du ponton de gauche qu'elle devrait atteindre d'ici cinq minutes. La voiture accéléra, malgré les secousses et l'inconfort du chemin emprunté. Tous feux éteints, elle s'arrêta à une vingtaine de mètres d'un baraquement en bois, ancien refuge de pêcheur.

Nathan coupa le moteur quelques mètres avant

d'atteindre le ponton et se laissa glisser sur l'eau. Délicatement, la coque vint presser les pneus qui pendaient le long de la structure en bois. Le bateau stoppa.

— T'es sûr que c'est *safe*[1] ici, Nathan ? Cet endroit me fout les boules.

Nico était blême et avait hâte de quitter cette zone qui lui rappelait trop sa situation précaire.

— Ne t'inquiète pas, j'ai regardé les plans de la côte et c'était le mieux à faire, le plus rapide et le plus isolé. Une Jeep nous attend à trois cents mètres, sur la droite là-bas.

Nathan pointa au loin, légèrement en amont, l'ombre de ce qui devait être une vieille bicoque de marin. Clara, qui était montée en premier sur le ponton, les toisa froidement :

— Écoutez les gars, je vous conseille de vous grouiller de sortir de ce bateau. C'est peut-être un endroit calme, mais ces types ont beaucoup de ressources. On n'est en sécurité nulle part par ici, je sais de quoi je parle.

Nathan sortit à son tour du bateau.

— Tu as raison, Clara. Nico et toi, ne perdez pas de temps, on ne sait jamais ! Rendez-vous directement à la Jeep, elle est garée juste derrière la baraque en bois, on ne peut pas la louper.

Nico le fixa, interloqué.

— Et toi ? Tu ne viens pas avec nous ?

— Si, ne t'inquiète pas. Je vais juste effacer les traces de notre passage ici, on n'est jamais trop prudent.

Nico hocha la tête et attrapa Clara par la main.

— Dépêchons-nous. Si Lio nous a envoyé ses *sbires* aux fesses, il vaut mieux filer.

Le policier attrapa le bras de son ami.

— Si je ne vous ai pas rejoints dans dix minutes, prends la voiture et barre-toi !

1. Sécurisé.

Nico fixa son ami. Nathan cachait au fond de lui une crainte fraternelle. Même si rien n'était dit, tout semblait pourtant clair pour les deux hommes.

Clara et Nico s'éloignèrent de l'embarcation, laissant le policier effacer les traces de leur passage. Les deux acolytes longèrent la haie pour bifurquer enfin en direction de la cabane. Remontant la crête à découvert, ils pressèrent le pas, conscients que leur liberté ne tenait qu'à un fil.

Un silence froid, humide, entrecoupé par quelques cris de goélands téméraires, pétrifiait le lieu d'une aura glaciale. L'ombre des nuages calquait sur les planches vermoulues de la cabane une esquisse mouvante et effrayante. Le capot jaune de la Jeep, enfin visible, dépassait du coin de la baraque. Nico et Clara se précipitèrent pour rejoindre le véhicule, non sans un long soupir de soulagement. Ils s'arrêtèrent net, terrorisés.

— Votre petite excursion se termine ici !

Bastien était planqué derrière la Jeep. Déterminé, il pointait son révolver dans leur direction.

— Mauvais endroit pour débarquer discrètement, monsieur Berger. Outre le port de Seafort, ce sont les seuls embarcadères de ce bout de côte. Vous nous prenez vraiment pour des amateurs, dites-moi ?

Les deux prisonniers n'auraient pu prononcer le moindre mot. Ils étaient figés, glacés par une mort imminente qui les toisait, à seulement quelques pas, le sourire aux lèvres. Bastien réajusta sa visée vers Clara. En visant son sillon nasolabial, il était sûr de toucher le cervelet. Une balle suffirait.

— Monsieur Berger, j'ai malgré tout encore une petite question qui pourrait vous octroyer éventuellement un boni.

Le ton sournois de Bastien donnait la chair de poule.

— Auriez-vous l'amabilité de me dire qui vous a fourni le bateau et où peut-on éventuellement trouver ce fameux complice ?

Le mouvement fut rapide et puissant, l'avant-bras, d'un coup sec, vint écraser la gorge de Bastien.

— Ici, connard !

Nathan avait contourné le cabanon pour prendre son ennemi à revers.

Il le tira violemment au sol. Profitant de l'étourdissement du garde du corps, le policier lâcha sa prise, lui attrapa le coude et, en une clé de bras maîtrisée, lui fit lâcher le pistolet qu'il envoya d'un coup de pied valser au loin. Bastien avait le visage écrasé dans la boue, le bras droit complètement tordu par un homme qu'il n'avait pas vu arriver. À peine eut-il esquissé un effort de débattement que le genou de l'inconnu vint lui bousiller les côtes. Un craquement sourd suivi d'un cri de douleur étouffé confirma à Nathan que l'épaule droite de sa cible était maintenant hors d'usage. Il l'acheva d'un bon coup de pied dans le visage. Tout effort de résistance de la part de Bastien cessa immédiatement.

Confiant, il se retourna vers les deux spectateurs médusés, et leur adressa un sourire qui parut plutôt machiavélique. Le policier lâcha enfin prise et se redressa pour faire face aux deux victimes qui n'en revenaient pas. Nico s'avança vers son ami d'enfance et le serra dans ses bras, plus qu'heureux de l'avoir là, à ses côtés.

Juste quelques secondes suffirent, Clara hurla, mais trop tard.

Bastien s'était redressé, à seulement un mètre de Nathan. Son bras droit pendait, amorphe le long de son corps meurtri. Sa main gauche tenait fermement le manche du poignard qu'il venait d'extirper de derrière sa chemise.

Avant même que les deux amis ne se séparent de leur étreinte, le coup s'abattit. La lame pénétra l'épaule de Nathan. Un élancement aigu lui parcourut tout le corps. D'un mouvement rapide, faisant fi de la douleur, il se retourna vers Bastien et lui assainit un coup de poing, aussi puissant qu'il le put. Le garde du corps esquiva le coup et envoya un crochet du gauche dans les côtes de son adversaire. Nathan tomba à genoux, la main sur le flanc, le poignard encore planté dans l'épaule.

Il était pâle et immobile. Recroquevillé, Nathan apparut presque chétif. Tel un électrochoc, cette image gifla le docteur qui était, jusque-là, resté lâchement en retrait. Dans un sursaut d'orgueil, il se lança sur le garde blessé. Par un coup de pied mal assuré, Nico tenta de déséquilibrer Bastien. Surpris, le garde du corps dut faire quelques pas vers l'arrière pour ne pas chuter. Profitant de l'occasion, Nico se rua à nouveau vers son agresseur en hurlant pour se donner du courage.

Bastien ne put arrêter la pluie de coups de poing qui s'abattit sur lui. Le bras gauche relevé pour se protéger tant bien que mal, il profita d'une accalmie pour écraser son poing dans le menton de Nico qui vacilla sous la puissance du choc. Bastien, affaibli, s'avança pour en finir, mais une force indescriptible l'en empêcha. Il stoppa net, un goût de fer lui remplit la bouche. Il sentit un froid glacial lui parcourir la base du cou, de part en part, lentement. Sa vue se brouilla et s'assombrit de plus en plus pour finir en un voile noir, infini et impalpable. Sans plus aucun bruit, sans aucune douleur ressentie, il se laissa tomber, apaisé, en silence, sur le sol humide et souillé par son propre sang. Sa tête heurta le sol, sans le moindre gémissement, la gorge ouverte et béante.

Nathan laissa tomber le poignard et s'écroula, trop faible pour tenir debout. Il sourit à Nico et perdit connaissance.

Chapitre 45
Tous aveugles

Mon très cher Chu-Jung,

C'est avec une mine fébrile que je couche ces vains mots. Ma quiétude s'en est allée depuis la lecture de ta lettre et si mon sommeil est désormais incertain, sache que mon soutien et ma détermination sont intacts. L'objet de ma tourmente réside dans la bonne réception de cette lettre, je conjure le ciel pour qu'elle te trouve sain et sauf.

Je me suis procuré l'adresse de ton père grâce à ton dossier d'inscription à l'université. La tentative est désespérée, mais je n'ai aucun autre moyen à ma disposition pour te contacter.

Chu sentit une boule dans sa gorge. Il s'en voulait de mêler le professeur à cette histoire malsaine, et craignait même pour sa sécurité. Il espéra de tout cœur que sa fuite en Europe mettrait un terme à ce cauchemar.

Si tu as en ta possession le moyen de te manifester, s'il te plaît, enlève-moi ce doute qui me ronge les sangs et qui agite mes nuits. Si tu le peux, contacte-moi.

Ton dossier médical est accablant. Si la découverte est macabre et m'a laissé un goût de fiel en bouche, sache que la manière dont tu as construit le diagnostic ne laisse aucune place au doute. Les symptômes ayant conduit à la mort des patients référencés sont dus à la même cause. La théorie de la coïncidence ou de l'empoisonnement malheureux est à écarter.

Ton hypothèse, liée aux compléments alimentaires, semble se vérifier. J'ai effectué, non sans mal, une analyse de la pilule blanche fournie. Elle correspond bien à la composition affichée sur le tube, mais elle contient également des molécules complexes inconnues. C'est absolument insensé, c'est comme si l'on testait un nouveau prototype de médicament sur une vraie population !

Chu lisait aussi vite que ses yeux le lui permettaient.

En recoupant tes analyses sanguines, ta description des symptômes et l'analyse du soi-disant complément, je retiens les conclusions suivantes.

L'ingestion du complément influe sur la production hormonale du patient. Les résultats dont je dispose ne me permettent pas encore de comprendre le fonctionnement de la pilule. Néanmoins, nous pouvons en établir les effets. L'afflux d'hormones permet aux patients d'améliorer leur état général, incluant leurs formes physique et musculaire. Le patient a besoin de moins d'heures de sommeil et voit sa capacité de récupération augmentée.

D'après tes constatations, il est raisonnable de formuler l'hypothèse suivante : le complément devient mortel lorsqu'il y a surconsommation. Le couple de personnes âgées qui prit six fois la dose, ou cet enfant de vingt kilos prenant un comprimé complet par jour corroborent ce diagnostic. Je n'ai aucune vue sur les effets d'une consommation normale prolongée. Tout indique que la molécule n'est pas stable dans l'organisme et qu'une consommation prolongée amènerait le patient, à terme, aux mêmes symptômes.

Ton diagnostic était effectivement le bon. L'apport hormonal provenant des compléments entraîne un dérèglement provoquant un gonflement de la langue, causant la mort par asphyxie.

Chu hocha la tête, ses propres conclusions rejoignaient bien celles du professeur de Mornet.

Nous sommes confrontés à plusieurs problèmes. Premièrement, nous n'avons aucune preuve, hormis ton témoignage et celui de ton assistante. Il est donc impératif de consolider ton dossier en y apportant des éléments probants si l'on veut qu'il soit crédible.

Deuxièmement, il s'agit d'identifier le fournisseur, comme mentionné plus tôt, je doute que cela soit l'œuvre de la Croix-Rouge ou de Global Pharmaceutical. Le responsable utilise des filières de renom pour faire ses tests et doit être découvert. Pour le moment, on ne peut accuser personne, faute de preuves et de suspects.

Troisièmement et c'est le plus important, il faut absolument empêcher toute ingestion future de ces pilules. Le taux de décès recensés est alarmant, tu risques de te retrouver dans quelques semaines avec des dizaines de nouveaux cas.

Nerveux, Chu se massa la main gauche qui le démangeait.

Pour l'instant, tu n'as été confronté qu'aux cas de surconsommation. Si ma théorie est exacte, les personnes ayant consommé modérément ces compléments devraient subir les premiers symptômes, à savoir une forme physique anormalement performante et un sommeil réduit.

Chu fut pris de stupeur.

Ces personnes devraient ensuite voir leur dérèglement hormonal s'accélérer pour finalement arriver au stade de…

Chu se leva d'un bond et courut dans le couloir, bousculant Cheng au passage. Comment avait-il pu être aussi stupide ? Il arriva dans le jardin, haletant. Il l'inspecta rapidement, personne. Il fit volte-face et reprit sa course. Les éléments refirent surface un à un dans sa mémoire, formant un puzzle macabre. Le ménage chez ses parents, à six heures du matin.

« *Je ne suis pas fatiguée…* » Son père : « *Elle t'a veillé trois jours et deux nuits.* » Son cousin : « *Je n'arrive pas à la suivre. Elle se lève à quatre heures du matin pour aider Cheng…* » Il monta les escaliers quatre à quatre. Et dire que c'était sous ses yeux depuis le début. Lorsqu'il aperçut San dans le couloir, il cria, à bout de souffle :

— OÙ EST LILLI ?

San indiqua, stupéfait, la porte de la chambre d'un signe de la main. Chu ouvrit violemment la porte.

Un froid immense emplit le corps de Chu, un frisson glacial lui parcourut le dos. Il se sentit vide, comme si un trou noir s'était formé à l'intérieur de lui, aspirant toutes émotions, rendant le monde totalement insipide. D'un regard mort de tout espoir, il vit d'abord ses douces jambes satinées inertes sur le lit.

Sa jupe et son tee-shirt masquaient un bassin immobile. Une main raide dépassait du lit comme en quête d'une aide illusoire. Vint enfin son visage, celui qu'il aimait tant, la spontanéité et la joie de vivre laissaient désormais place à un regard figé dans le néant. Une langue pointait à la commissure de ses lèvres, gonflée et brune. Chu s'approcha lentement. D'une main tremblante, il caressa délicatement le visage de Lilli pour silencieusement lui clore les paupières.

De ce geste apaisant, il fit disparaître les dernières traces de peur et de souffrances encore imprimées dans son regard sans vie. Chu écarta sa main du visage de son amour. Elle avait un air serein, qui lui ressemblait un peu plus ; mais Chu ne voyait plus, Chu ne pensait plus. Des larmes coulaient le long de ses joues. La seule chose qui persistait dans la projection de son subconscient, c'était l'image de sa femme, morte dans la douleur. Seule.

Chapitre 46
Mise au point

Lio suffoquait dans le noir, il portait cette cagoule depuis trop longtemps, sa respiration saccadée témoignait d'une détresse sévère. Noyé dans l'encre de la déception, il allait bientôt en assumer toutes les conséquences.

Il avait patienté comme un lion en cage dans son bureau ; la confirmation de Bastien tardait. Doug ouvrit la porte sans frapper. Il dominait l'embrasure de sa haute stature. Sans dire un mot, il toisa Lio froidement, qui comprit immédiatement.

En quelques mouvements, le chef de projet fut maîtrisé. Il prit la mesure de son échec en plein visage, surtout lorsqu'il s'écrasa sur son bureau en verre. Les gémissements geignards et pathétiques ne lui furent d'aucun secours. Bastien mais surtout lui-même avaient failli à leur mission. Ils lui avaient immédiatement oblitéré la vue, c'était la procédure. Le puissant coup sur la tête le sonna. Ensuite, les souvenirs confus s'entremêlèrent. Le bruit sourd d'un rotor d'hélicoptère, des voix indistinctes, des claquements de portières et d'autres sons lointains s'entrelaçaient pour former une toile incohérente.

Il reprit ses esprits. On le tirait sur un sol lisse et glacé. Après quelques secondes, il fut mis à genoux. Les bruits de pas résonnaient sur le sol autour de lui. Transi de sueur, le froid perçant l'assaillait de ses mille aiguilles. La cagoule, transpercée de larmes, de morve et de sang l'obligeait à respirer bruyamment. Il entendit d'autres pas. La pièce devait être grande et fermée, car chaque bruit résonnait dans un écho effrayant. Encore des bruits de pas, ils devaient venir d'en face. Il se redressa, prêt à affronter sa sentence.

Lio entendit le crissement caractéristique de chaises que l'on tire sur le sol, mais ne perçut pas le moindre mot ; un tribunal muet. Ses genoux, douloureux sous le poids de son corps, se crispèrent. La peur lui dévorait les entrailles, il grelottait comme épris d'une fièvre mortelle. Il n'y tenait plus, ses rotules étaient sur le point d'exploser. Il essaya de se relever, mais, directement, une main puissante le repoussa sur le sol dans un choc douloureux. Il avala sa salive ensanglantée dans un gloussement écœurant.

Soudain, le silence se brisa. Un rythme régulier parvint à ses oreilles. Un morceau de métal heurtait du bois en cadence. D'autres sons identiques se mêlèrent aux premiers. Telle une percussion funeste, les chocs réguliers s'intensifièrent à l'unisson en une abominable symphonie. Il devenait fou, il fallait qu'il sorte, qu'il se lève, qu'il voie. Il tenta de se relever, mais les mains le maintinrent solidement agenouillé sur le sol. Le tambour macabre se poursuivit et devint encore plus sec. Face à lui, la haine frappait le bois, toujours plus fort, implacable et cadencé comme pour marquer les secondes de sa dernière heure. Les larmes coulaient abondamment, il avait envie de vomir sa langue. Il rassembla ce qu'il lui restait de force et hurla :

— STOP !

Sa voix mourut dans un aigu pleurnichard, mais contre toute attente, le silence s'imposa. Les percussions n'étaient plus. Il sentit une paire de mains s'affairer à la base de sa cagoule. D'un coup sec, il fut libéré de son emprise faciale. Ébloui, il prit d'abord une longue gorgée d'air en fermant les yeux. Il se moucha ensuite disgracieusement sur son épaule avant d'essayer d'y voir un peu plus clair. Petit à petit, il parvint à ouvrir les yeux. Braqué sur lui, un spot puissant l'éblouissait de manière à masquer ses vis-à-vis. Il baissa immédiatement les yeux pour s'habituer à l'agression lumineuse. Rivé vers le sol, il contempla un marbre luxueux. Il découvrit face à lui, composé dans la pierre en bas-relief, une effigie interpellante et majestueuse. Digne des plus beaux blasons de chevalerie, orné de couleurs et finement dessiné dans la pierre, un fer à cheval portait en son centre une lance décorée de treize rubans colorés. Le pied de la lance partait de la base du « U » et la pointe sortait de l'arc de fer. Il pouvait lire sur celui-ci les mots gravés en majuscules : MAGISTER DIXIT. La base du fer était à ses genoux et la pique pointait vers la direction opposée de la pièce, tandis que les rubans aux dessins étranges flottaient dans le marbre.

Il leva doucement la tête vers une large table disposée à une dizaine de mètres. Le mobilier d'acajou en arc de cercle accueillait treize sièges. Tous étaient pourvus d'un *Siégeant*. Le jeu de lumière savamment orienté ne dévoilait que de sombres silhouettes. Un homme présidait au centre de l'arc. Ce dernier, le *Tredicim*, frappa la table de sa chevalière. Les autres l'imitèrent et la cadence mortuaire reprit. Lio n'en pouvait plus, impuissant, il tourna la tête en quête de salvation. Il était dans une pièce en forme de demi-cercle, dallée de marbre de Sarrancolin beige veiné de stries couleur sanguine. La salle épurée ne comptait que les armoiries du sol pour seule décoration. Derrière lui, la porte, telle une clé de voûte, faisait la jonction entre les deux pans de murs arrondis. Son accès était barré par deux colosses en costume sombre, dont la poigne marquait encore ses épaules d'une douleur lancinante. Face à lui, ce satané phare qui provenait de derrière la table lui masquait la vue. Le rythme répété se poursuivit à la cadence de l'*Hortator* qui, au treizième coup, s'arrêta. D'un geste de la main, il désigna le *Primus*. Ce dernier prit la parole sans ambages ni fioritures.

— Lionel de Miraveau, vous avez failli, et l'ordre en a souffert.

Il ponctua sa phrase d'un silence pesant, comme pour permettre à ses paroles d'infuser dans le cerveau déboussolé de Lio.

— Vous êtes donc condamné à mort. Le reste de votre lignée, les « de Miraveau » seront quant à eux condamnés à une mort sèche afin de compenser un tant soit peu le préjudice que vous avez occasionné.

— Ma lignée ? Une mort sèche ? Que voulez-vous dire ?

Le *Primus* hésita, il entreprit d'expliquer ses dires.

— À votre mort, il sera prévu de faire apparaître suffisamment de dettes solidaires et indivisibles pour ruiner toute votre famille, pourtant fortunée. La dette sera suffisamment conséquente pour que les quatre générations à venir en souffrent. La lignée des « de Miraveau » s'éteindra donc avec vous. Personne ne vous pleurera. C'est ce que nous appelons une condamnation à une mort sèche.

Un lourd silence s'installa à nouveau. Le *Tredicim* décida d'intervenir et prit la parole d'un ton légèrement ironique.

— C'est affligeant de perdre une lignée du XVIIe siècle. Les vieilles familles s'amenuisent de génération en génération.

Lio eut un sursaut de hargne et tenta l'impossible. Il harangua la foule ombragée.

— Sven ! Vous connaissez mon plan d'action, vous savez que je peux encore corriger le tir !

L'audience se mit à rire en chœur. Le *Tredicim*, au centre, intima le silence en levant la main gauche. Il donna ensuite la parole au *Primus*, qui poursuivit d'une voix glacée :

— Sven ne fait pas partie des nôtres, c'est un subalterne, rien de plus.

Le visage de Lio se figea, tandis que son cerveau répercutait l'information.

— Oui, tu commences à comprendre, nous sommes à la tête des treize familles, celles qui ne se rencontrent que toutes les septaines…

La voix se durcit, crachant le mépris et vociférant la haine à chaque syllabe.

— Et nous devons nous réunir en urgence à cause d'un pauvre incompétent !

L'homme fulminait, sa colère s'accroissait au fur et à mesure qu'il parlait. Ne contrôlant plus sa rage, il abattit ses poings sur la table et se leva en hurlant :

— TON AGONIE SERA LENTE ET ABOMINABLE !

Le spot éclaira les postillons qui jaillissaient du *Primus*, son irascibilité l'avait forcé à se lever. Lio put observer le dessus d'un crâne chauve et cisaillé d'une longue cicatrice qu'il reconnut immédiatement. Des murmures inaudibles parcoururent l'assistance. Le *Primus* revint à la raison et reprit place sur son siège. Le calme refit peu à peu surface. Les murmures se poursuivirent entre l'audience et l'orateur.

Lio glissa silencieusement ses mains sous ses genoux afin d'offrir à ses rotules meurtries un tampon salvateur. Les murmures s'éternisèrent, Lio en déduisit que quelque chose clochait. À présent qu'il savait qui était son interlocuteur, il en saisit les raisons. Peut-être aurait-il encore une chance ? Après de longues secondes, le *Primus* reprit le crachoir d'un ton contrarié.

— Faites entrer Sven.

Quelques bruits de pas plus tard, la porte derrière Lio s'ouvrit. L'homme grisonnant au regard bienveillant et au complet bleu marine impeccable pénétra dans la pièce. De son accent néerlandais, il salua l'assemblée sans porter le moindre regard à Lio.

— Bonjour.

Le *Primus*, à la cicatrice sur le crâne, désormais silencieux, laissa la parole au *Tredicim* qui reprit le contrôle de son ordre.

— Bonjour Sven. Suite aux commentaires de plusieurs *Siégeants*, on me suggère que la situation serait encore rattrapable.

Lio voulut sauter sur l'occasion, c'était le moment de démarrer son plaidoyer. Il ouvrit la bouche pour défendre sa cause, mais à la première syllabe, le *Primus* hurla :

— SILENCE !

Il fit un geste en direction des gardes. Le talon frappa la nuque de Lio. Sa tête fut propulsée en avant. Son nez et son arcade s'éclatèrent sur le sol dans un bruit de cartilage brisé. Inanimé, mais toujours en vie, Lio décora malgré lui le fer à cheval surmonté de la lance d'une gerbe de sang de circonstance. Le *Tredicim* apprécia le geste et poursuivit :

— Bien, Sven, nous vous écoutons.

Le sexagénaire se racla la gorge et pesa une dernière fois ses mots. Un regard en direction de Lio suffit à le persuader de bien choisir son approche. Il supervisait le projet, il était tout aussi responsable.

— Je suggère une approche factuelle et je vous demanderai de me permettre d'aller au bout de mon exposé.

Il s'interrompit, interrogeant l'audience invisible du regard.

Sous le silence approbateur, il poursuivit méthodiquement :

— Premier fait, le protocole recherché est complet et stabilisé. Avec cette découverte, nous pourrons modifier les capacités humaines à votre guise. Second fait, la formule nous a été dérobée. Troisième fait, nous avons un levier. Une équipe est, en ce moment même, à l'affût auprès de la femme enceinte du chercheur.

Il marqua une pause, comme pour laisser à son audience le temps de compter les points.

— Je pense que malgré l'imprévu et le « laisser-aller » du chef de projet en mission sur place, l'objectif reste sous contrôle, ce qui signifie que nous l'avions malgré tout bien préparé.

De nouveaux murmures parcoururent la pièce. Sven patienta respectueusement. L'*Hortator* reprit la parole.

— Que suggérez-vous ?

Sven prit un temps de réflexion avant de répondre.

— Chez nous, il y a une expression qui pourrait convenir.

Le regard posé sur Lio, il se racla la gorge.

— Si à chaque fois que le gamin fait un caca nerveux, il faut lui torcher le cul, tout le monde se retrouve dans la merde.

Un rire parcourut l'assemblée, c'était bien de l'humour de Hollandais.

— Donc vous suggérez qu'on le laisse nettoyer son… « merdier ». C'est bien ça ?

Sven acquiesça. De nouveaux murmures soupesèrent la proposition.

— Qu'en est-il du problème chinois ?

— J'ai commissionné la triade des « Longs », ce docteur ne fera pas le poids.

Les murmures s'intensifièrent à un tel point que certains mots devinrent audibles. Le débat faisait visiblement rage, prouvant à nouveau que le destin d'un homme tenait parfois à une phrase bien dite. Au fil de la conversation, le calme reprit peu à peu ses droits : signe d'une décision imminente.

Lorsque le silence fut complet, l'*Hortator* tourna la tête en alternance vers son condisciple chauve et vers Sven, comme s'il leur adressait la parole à tous les deux. Il leur glaça le sang d'une voix dépourvue d'émotion.

— Faites-lui bien comprendre que dans notre société, on ne gravit pas les échelons pour son compte, mais bien pour constituer l'échelle de notre ordre. Aussi dur qu'il trime, aussi haut qu'il grimpe, il ne restera jamais qu'un « marchepied » dont le bon dos servira à reposer nos riches souliers.

Chapitre 47
L'ordre et l'injustice

La sonnette de la porte d'entrée résonna dans le hall, suivie presque sans attendre de plusieurs coups de heurtoir. Anna, arrachée si brusquement à son sommeil, posa les pieds au sol et se frotta les yeux machinalement.

Les trois coups suivants se voulaient insistants. Elle se leva péniblement, subissant les affres de la grossesse, et se traîna vers l'entrée de la maison. De nouveau, trois coups de heurtoir.

— J'arrive, j'arrive !

Elle réajusta grossièrement ses cheveux devant le miroir du hall d'entrée et entrouvrit la porte. Aveuglée par le lever du soleil, elle dut plisser les yeux pour finalement distinguer deux hommes en uniforme.

— Madame Anna Piron ?

— Oui, c'est bien moi.

— Êtes-vous la femme de Nicolas Berger ?

— Oui, c'est exact. Que se passe-t-il ?

Sans autre formule d'usage, le policier poussa brutalement la porte de sa main droite. Anna, poussée en arrière, perdit l'équilibre. Le bas de son ventre arrondi buta contre la desserte. Une douleur aiguë lui parcourut l'abdomen. Elle se retint au meuble, crispée, une main posée sur son ventre endolori. Elle se plaqua contre le mur du hall. Les deux hommes en uniforme se ruèrent dans le hall d'entrée. Le premier ne prêta pas attention à Anna.

Le deuxième passa devant elle, la dévisagea et tiqua lorsqu'il remarqua son ventre rond. Il lui tendit un papier imprimé sur lequel Anna crut reconnaître le sigle du tribunal de police.

— Nous avons un mandat du juge d'instruction pour fouiller votre maison. Je vous conseille de rester là et de ne pas bouger.

Sans attendre, il rangea le mandat dans sa poche, sans même le laisser lire par la propriétaire des lieux.

Anna était tétanisée, paralysée par cette intrusion musclée. Les deux hommes disparurent dans le salon. À peine deux minutes plus tard, ils réapparurent, une clé USB en main, comme s'ils avaient su où chercher.

— Est-ce qu'elle vous appartient ?

Anna fixa la clé USB, perplexe. Elle ne l'avait jamais vue. Elle balbutia un semblant de réponse.

— Non, jamais… je n'ai jamais…

Sans la laisser finir, l'inspecteur la pointa du doigt, menaçant.

— Si cette clé révèle des documents confidentiels subtilisés à son employeur, votre mari sera accusé d'espionnage industriel et de meurtre ! La présence d'informations dans votre domicile fait de vous une complice.

Il se rapprocha à tel point qu'Anna put sentir son haleine chaude au parfum de café mal digéré.

— Restez dans la région jusqu'à ce qu'on reprenne contact avec vous et qu'on vous place en détention.

Il la fixa, un rictus malsain aux coins des lèvres et pointa un doigt jusqu'à son bas-ventre. Anna le sentait la toucher. Elle était dégoûtée et tétanisée à la fois.

Sans autres explications, il sortit de la maison. Le deuxième, resté en retrait, fixa la pauvre femme enceinte.

— Madame, je vous conseille vivement de rester dans le quartier, à disposition de la justice.

Anna n'eut pas la force de réagir ni de les suivre. Elle se laissa glisser le long du mur du hall d'entrée, terrifiée. Elle éclata en sanglots, dans l'incompréhension la plus totale.

***

— Anna, ma chérie.

— Papa…

Anna s'effondra dans les bras de son père.

— Anna, raconte-moi. Que s'est-il passé ?

Assise dans le canapé, elle lui raconta la scène, le peu qu'elle avait vu et compris. Elle répéta les mots de l'agent. Elle sentit les larmes lui monter à nouveau, mélange d'incompréhension et de colère. Quentin restait silencieux, le visage déformé par la fureur.

— Papa, je n'ai jamais vu cette clé USB auparavant. Je ne comprends rien. Je te promets que Nico n'a rien à voir là-dedans, je t'en prie, tu dois me croire.

Elle se réfugia dans les bras de son père et y déversa son réservoir de larmes. Il la serra comme il l'avait tant fait par le passé. La réalité de l'instant présent, bien plus noire, figea le regard de Quentin.

Il ne voyait plus qu'un seul objectif, sauver sa fille.

— Je vais contacter maître Du Conoït. Un avocat de renom devrait les calmer. Allons faire un tour dehors, cela te fera du bien.

Le regard vide, comme spectatrice impuissante de son propre malheur, elle suivit son père dans le jardin.

Quelques mois plus tôt, la viande grillait sur le barbecue. Son mari était à ses côtés, ils étaient heureux.

— Papa, j'ai peur.

Quentin inspecta le paysage arboré d'un regard

suspicieux, comme si les palissades pouvaient cacher quelque oreille indiscrète.

— Écoute, ma chérie, je n'en sais pas beaucoup plus que toi.

La mine d'Anna changea.

— Que veux-tu dire ?

Quentin, gêné par ce secret gardé, évita les yeux de sa fille.

— Nico est victime d'un complot.

Anna regardait son père, dans l'incompréhension la plus totale.

Chapitre 48
La planque

«L'assassin présumé n'est autre qu'un employé d'une honorable firme de recherche génétique. Selon les dernières informations, ce docteur en biologie résiderait en Belgique. De plus, il serait également impliqué dans une affaire d'espionnage industriel, aidé par plusieurs complices…»

— Les enfoirés, comment peuvent-ils déjà publier une croûte pareille ?

Étendu sur le vieux canapé à moitié déchiré, Nico tenait le *Ayrshire Post* en main et lisait l'article, abasourdi.

— Mais qu'est-ce que c'est que ces conneries ! Où vont-ils chercher leurs infos ?

Nathan, assis sur une des chaises en bois, au centre de la pièce, profitait de son moment de douceur quotidien. Clara désinfectait la plaie avec délicatesse, comme si chacun de ses mouvements était retenu par la main d'un ange.

D'agacement, Nico chiffonna le journal en boule et le jeta vers son ami blessé.

— Tiens, lis cette daube, tu vas bien rire…

La maisonnette n'était pas très grande. Une pièce en bas et une à l'étage, accessible par un vieil escalier métallique en colimaçon piqué par la rouille. Nathan l'avait louée, de la main à la main, sans trace, avant de rejoindre la côte pour son opération de sauvetage. Le bâtiment était accolé à une ancienne distillerie à l'abandon, sur la rive nord d'un *Glen*[1], à quelques kilomètres au nord-est de Maryburgh.

La vieille bâtisse, caressée par un misérable ru, était plantée au milieu d'une propriété de huit hectares, de champs et de tourbières. Le propriétaire des lieux, un vieux fermier à l'accent impossible, n'avait pas rechigné à gagner cinq cents livres pour louer ce trou à rats pendant deux semaines, à un continental en manque de nature.

Nathan fixa son ami.

— Nico, il y a un truc que tu dois savoir.

Les compresses et le désinfectant rangés, Clara prit place à côté de Nathan, intriguée par l'annonce. Nico, allongé dans le canapé, fut pris d'une quinte de toux. Il n'arrivait pas à se débarrasser de ce mauvais rhume qu'il avait contracté depuis leur départ de l'île. Après un effort non dissimulé, il parvint à s'éclaircir les voies respiratoires et interrogea Nathan d'un regard intrigué.

— J'ai téléphoné à Quentin aujourd'hui.

Clara répliqua impulsivement.

— Abruti ! Nos cellulaires sont certainement sur écoute !

Nathan posa sa main gauche sur l'épaule de Clara et la rassura.

— J'ai utilisé un nouveau téléphone avec une carte prépayée. Pas d'abonnement, pas de nom, pas de trace. Quentin a fait la même chose. Ils ne peuvent pas nous repérer, pas dans l'immédiat en tout cas.

Nico se redressa et s'assit dans le fauteuil, face à Nathan.

— Écoute ma poule, Anna est peut-être en danger, tu dois le savoir.

---

1. Vallée glaciaire écossaise en forme de « U ».

D'un bond, Nico se leva et fit face à Nathan.

— QUOI ? Qu'est-ce que ça veut dire ?

Nathan se redressa en tenant son épaule endolorie.

— Calme-toi, Nico ; Quentin est avec elle pour le moment.

Nico serra les dents, attendant la suite, tandis que Clara battait en retraite, à couvert derrière l'écran de son *laptop*.

— Ta maison a probablement été mise sur écoute. La police a débarqué chez toi et y a trouvé une clé USB suspecte que ta femme n'a jamais vue auparavant. Ils l'ont accusée de t'avoir caché et donc, de complicité. Ils lui ont balancé tout ce que tu viens de lire dans la presse.

Nico était sidéré par ce qu'il venait d'entendre.

— Mais c'est totalement faux ! Tout est faux ! Il faut que je lui parle…

Nico fouilla la pièce nerveusement.

— Où est ton portable ? Je veux parler à Anna.

— C'est trop tôt, Nico.

— Laisse-moi lui parler, bordel !

Au mépris de la douleur, Nathan agrippa Nico.

— Je t'ai dit de ne pas t'inquiéter. Quentin lui a déjà expliqué la situation et ils ont contacté un des meilleurs avocats du barreau. Je veux juste que tu sois conscient de la portée de toute cette histoire.

Nico se défit de son étreinte et s'affala sur une des chaises en bois.

— Tu parles, c'est vraiment la merde !

La colère laissa place à l'inquiétude, il ajouta :

— Ma poule, à la première opportunité, je veux que ma femme sorte de l'équation, qu'elle aille dans le sud de la France chez les amis de son père, n'importe où tant qu'elle est à l'abri.

Malgré sa blessure, Nathan restait droit, fier et sûr de lui.

— Compte sur moi…

La voix de Clara vibra, l'étrange tonalité interpella les deux hommes.

— Les garçons, mon programme a subtilisé une partie des données avant la purge.

Les deux hommes lui lancèrent un regard intéressé. Clara n'avait pas encore dévoilé son jeu. Engagée par Lio comme mercenaire, elle semblait avoir une mission tout autre. Ses véritables intentions, encore floues aux yeux des deux amis, butaient contre un obstacle de taille, imprévu et nouveau au cœur de la jeune ingénieure. Elle tourna la tête en direction du dallage usé où gisait le journal chiffonné.

— Dès que nous aurons des informations tangibles, je vous parlerai de certains de mes contacts.

Elle releva ensuite la tête. Son visage n'avait plus rien d'amical.

— Je connais un moyen de riposter…

***

Clara fouillait les dossiers piratés depuis plus d'une heure, sans trop de résultats. Des dossiers de logistique, des commandes de ravitaillement pour le site, des rapports de garde, des plans de patrouille de l'île et les fiches signalétiques du personnel. Elle copia la fiche de Doug, cela pourrait toujours servir.

Hormis cela, rien de très intriguant à se mettre sous la dent, aucune info ne semblait probante. Clara parcourut le dossier qui la concernait. À part son CV et quelques photos d'elle étudiante, le dossier était maigre. Elle changea de fichier et chercha le dossier de Nico.

« N. Berger. » Elle cliqua sur l'icône et le fichier s'ouvrit. Rien, ou plutôt rien de plus que pour Clara.

Elle se coinça sur sa chaise et laissa tomber sa tête en arrière. Les poutrelles du plafond, remplies de vieilles toiles d'araignée, assistaient impuissantes aux recherches infructueuses de l'agent double. Tout ça pour ne rien trouver, se dit-elle. Elle ferma les yeux afin de mieux se concentrer.

Clara se replongea sur l'écran et revint au dossier global du personnel. Elle sélectionna l'ensemble des dossiers et les tria par nom. Elle afficha leurs caractéristiques, dont la taille de chaque dossier.

Clara parcourut la liste des fichiers concernant Nico et isola, un détail l'interpella. Le dossier concernant Nico était six fois plus volumineux que les autres. Pourtant, il ne contenait rien de plus, du moins en apparence. Clara fouilla dans les propriétés du fichier et cocha la case « afficher les fichiers cachés ».

Trop facile, mais pourtant efficace. Elle parcourut à nouveau la liste des fichiers sur Nico et constata l'apparition de trois dossiers : « médical », « essais » et un étrange « MNT ». Tous trois affichaient une icône différente, avec un petit cadenas jaune en bas à droite. Ils étaient cryptés.

— Je te tiens…

Elle « plugga » sa clé USB.

— Rien ne résiste à *Phoenix*.

Elle lança son programme de décryptage. Il consistait à appliquer au programme crypté une table contenant 7 090 possibilités de mots de passe. La force de *Phoenix*, c'est qu'il faisait fonctionner 64 tables à la fois, soit 453 800 essais de mots de passe à la minute. À l'écran, l'application se lança.

```
Phoenix V.5.2 by CLARA
[DATA] 64 tasks, 1 servers, 453 800
Login tries (l: 1/p: 453 800), ~7 090 tries per tasks
[DATA] attacking service ftp on port 21
```

— Voilà, ma moulinette est en route !

[STATUS] 453 800 tries/min, 453 800 tries, 0 h 1

Cinq minutes s'écoulèrent.

[STATUS] 453 800 tries/min, 2 269 000 tries, 0 h 5

— D'habitude, cela ne prend pas autant de temps.

Les données défilaient sur la fenêtre noire de l'ordinateur. Le cryptage était visiblement de haut vol, il fallait être patient. Deux heures plus tard, l'écran reflétait un message d'erreur sur la mine contrariée de Clara.

[STATUS] 453 800 tries/min, 6 035 540 000 tries, 2 h 13
////RUNTIME ERROR////

Clara pivota vers ses amis, « RUNTIME ERROR » clignotait à l'écran, laissant tous ses espoirs vains. Impossible d'aller plus loin.

— T'as trouvé quelque chose ? s'enquit Nathan.

— C'est vraiment du lourd ! Plus de six milliards de tentatives et aucun résultat ! répondit-elle, énervée d'être bloquée si vite dans ses recherches.

Nathan la fixait, attristé par la mine déconfite de Clara. Secrètement, il l'admirait. Ses jolies mèches retombaient sur ses yeux, donnant à son regard noir et assidu l'air d'une enfant en colère. Il la trouvait charmante, même attirante.

— J'ai trouvé trois dossiers plutôt intrigants sur Nico. Mais impossible de les consulter, ils sont cryptés.

— C'était à prévoir, réagit Nathan. Mais c'est une bonne piste.

Il se leva et vint se poster à côté de Clara.

— Tu as une idée, dit le policier sur un ton bienveillant.

— Je connais un « groupe d'experts » qui pourrait peut-être nous aider.

Nathan plissa le front.

— Leur fais-tu confiance ?

Clara rétorqua, un sourire indéfinissable au coin des lèvres.

— Me fais-tu confiance ?

Au pied du mur, Nathan céda.

— OK, on tente le coup.

Clara brancha le câble de l'antenne dans l'ordinateur. Une fenêtre Internet s'ouvrit automatiquement.

Satisfaite, elle pénétra un site sécurisé, dont le signal IP du serveur était modifié toutes les cinq secondes et transitait vers différents serveurs répartis à travers le monde, autrement dit, introuvable. Triomphante, elle *uploada* le fichier sur le serveur *FTP*[1]. Elle pianota ensuite un code incompréhensible et appuya de l'index sur la touche *Enter*.

— À nous d'être patients à présent.

1. File Transfer Protocole permet de transférer d'un ordinateur à un autre des fichiers via Internet ou un réseau local.

Chapitre 49
Chirurgie atypique

La molette roula sur la pierre en un bruissement sec et bref. L'étincelle se mua en une flamme dont les reflets jaunes révélèrent le visage d'un homme fatigué par une trop longue nuit de garde. Il recroquevilla les épaules pour protéger le briquet du vent et l'approcha de sa cigarette. Le tabac rougeoya sous l'inspiration néfaste. Assouvi, il bloqua sa respiration pour prolonger ce sentiment de satisfaction. Il tira sur la fermeture de sa veste noire au maximum pour se protéger de la bise glacée. Le col relevé masquait à présent complètement le dragon qui ornait son cou : signe d'appartenance des « Longs ».

Le bruissement régulier des vagues berçait les quais endormis en cette fin de nuit. Les docks de Tianjin se composaient d'une longue série de pontons en béton faiblement éclairés pas des néons orange, semés sporadiquement.

Le garde tira une seconde bouffée lorsque brusquement, il lâcha sa cigarette.

En un éclair, la lame transperça la veste sombre, la pointe atteignit le cœur. Il s'écroula inerte sur le sol humide et froid. Étendu à l'entrée de l'embarcadère, son regard vide observa aveuglément son mégot de cigarette s'éteindre et mourir.

San tira habilement sur la dague, à présent fichée dans

le creux des épaules de l'homme. Tapi à l'entrée du ponton, derrière un empilement de bacs métalliques, il inspecta les alentours. À sa gauche, un long *tanker*. À sa droite, un défilé d'embarcadères vides.

Le calme plat. Son attaque était visiblement passée inaperçue. Sa fine stature lui donnait un avantage considérable la nuit. Il maîtrisait l'art de la discrétion et répandait la mort silencieusement, tel un mauvais courant d'air dans une maison de retraite. D'un signe discret, il invita son frère à le rejoindre. Gui, caché dans l'ombre de l'entrepôt d'en face, se faufila discrètement jusqu'à lui.

À l'affût dans ces cent vingt kilomètres carrés de containers, de cales et de bateaux, le port de Tianjin représentait un endroit idéal pour leur règlement de comptes.

Le mastodonte arriva aussi silencieusement que possible à l'entrée du ponton et s'accroupit derrière les caisses. D'une voix calme, il chuchota à son frère :

— Bien joué, San.

Son frère ignora le compliment ; toujours concentré, il répondit d'une voix feutrée :

— Tu vois le container à côté du bateau ?

Gui pencha la tête. Il lança un regard discret dans le prolongement du ponton et revint immédiatement à couvert.

— Je le vois, deux gars devant ?

San hocha la tête. Il ôta la veste ensanglantée de sa victime qui gisait encore à leurs pieds et l'enfila silencieusement.

— Je m'occupe de ces fils de pute ; toi, tu me couvres.

Gui voulut manifester son désaccord, mais San avançait déjà sur le ponton. Il balaya la scène d'un regard vif et aguerri. À sa gauche, l'énorme cargo amarré tanguait imperceptiblement. À sa droite, la mer, entrecoupée d'autres pontons d'embarquement et face à lui, son objectif : le container.

Le visage baissé, il poursuivit son chemin. Les gardes en

pleine discussion ne l'avaient pas encore repéré. Gui, tapi dans l'ombre, serra les dents et réprima un juron, impuissant face à l'entêtement de son frère. Il saisit son Glock 17 et vérifia le silencieux. San, toujours en approche, ne semblait pas avoir éveillé de soupçons. Le visage en berne, il le masquait au maximum de ses mains en prétendant allumer une cigarette. Il secoua le briquet à plusieurs reprises, mais se garda bien d'éclairer son visage. Les deux gardes n'étaient plus qu'à une vingtaine de mètres. L'un d'eux cracha vers lui un projectile purulent avant de crier :

— Qu'est-ce que tu fous ? Retourne à ton poste avant que je ne te pende par les couilles !

Un peu trop loin pour les atteindre à coup sûr, il ignora l'injonction et poursuivit sans répondre.

Gui n'était absolument pas dans une bonne position pour intervenir. Son frère était en plein dans son champ de tir. Il resserra sa main autour de la crosse.

Le garde commençait à s'énerver.

— Oh ! Tu te fous de ma gueule ?

L'homme mit la main sur son pistolet-mitrailleur. San hocha la tête et haussa les épaules comme s'il venait de comprendre l'ordre. Il fit demi-tour et s'immobilisa, le temps d'allumer sa clope. Il glissa les mains dans les poches de son jean, sous le regard dubitatif du garde. En une fraction de seconde, il fit volte-face et lança deux dagues en direction de ses adversaires. À peine eurent-ils le temps de comprendre que les lames se fichèrent dans leur gorge. Ils s'effondrèrent sur le béton poisseux de l'embarcadère.

San sourit et tira une longue inspiration sur sa cigarette, satisfait. Un bruit suspect l'alerta, il leva le visage vers un troisième garde qui apparut derrière le container. Bon sang ! Il fit un mouvement en direction du bateau, sa seule chance était de sauter à l'eau. L'homme le mit en joue. Trop tard ! Le silencieux cracha deux fois. Le garde tomba à la renverse, inanimé. San se retourna tout sourire en direction de Gui qui, accroupi, s'était rapproché dans l'ombre du *tanker*. Ses yeux incendiaires reflétaient des envies fratricides.

— Bah, fais pas cette tête-là, frérot, ça s'est bien passé !

Gui fulminait, il ouvrit la bouche lorsque San prit les devants et pointa du doigt le container.

— Je pense que c'est le bon. Va chercher Chu avant que d'autres chiens tatoués ne rappliquent.

Gui secoua la tête, résigné. Il s'exécuta, dépité, mais au fond de lui, soulagé de l'issue de l'opération. San porta son attention sur les cadavres.

Son visage, barré d'une longue cicatrice sur la partie gauche affichait un sourire dément. Son faciès anguleux faisait froid dans le dos et son regard vers les cadavres ne présageait rien de bon.

***

Chu patientait à l'écart, dans la Jeep. De là, il ne voyait, ni n'entendait rien. Seules les ténèbres, denses et inamovibles, semblaient régner sur les docks. Tout reposait sur les informations, littéralement arrachées au docteur Lei. L'attente était atroce. Chu avait un mauvais pressentiment. Il se passait quelque chose.

Il ouvrit la boîte à gants, vérifia le chargeur du Beretta et le rangea dans sa veste. Il allait mettre la main sur la poignée de la portière lorsqu'une silhouette familière déforma l'horizon. Gui lui faisait signe de le rejoindre. Délivré, il pouvait enfin passer à l'action.

Quelques minutes plus tard, ils arrivèrent sur les quais.

— On a choppé le container des « Longs », rapporta Gui. Et voici ce que nous avons trouvé sur les gardes.

Il lui tendit des documents et trois téléphones portables.

Chu les rangea soigneusement dans sa veste, il les analyserait plus tard.

San avait rassemblé les cadavres à l'entrée du dock. Son frère grommela.

— Qu'est-ce que ce sadique a encore inventé ?

Une mare de sang reflétait la lumière faiblarde des lampadaires orangés. Les quatre dragons gisaient là, sur le béton humide, terrassés. San, accroupi devant la dernière victime, semblait lui faire les poches.

— Qu'est-ce que tu fous, cousin ? lança Chu, impatient d'en finir.

San se retourna, le visage éclaboussé de sang. La scène lui retourna l'estomac.

— Mais San… balbutia Gui, effaré.

— Il m'a menacé de me pendre par les burnes, rétorqua l'artiste, comme si sa phrase répondait d'elle-même à la question.

Agacé devant leur incompréhension, San poursuivit, les mains ensanglantées et dégoulinantes de viscères génitaux.

— Alors je lui fais bouffer les siennes…

Gui avait la nausée. Chu était écœuré. San se redressa. Satisfait, il contempla son œuvre.

— Un message clair pour la triade des « Longs »…

La porte du container s'ouvrit dans un grincement métallique. Gui utilisa sa lampe torche et éclaira les caisses empilées sur des palettes. Chu inspecta la première. Il arracha le bordereau de livraison agrafé et le rangea dans sa poche. Il retira ensuite sans ménagement le film plastique qui protégeait la cargaison et ouvrit la première caisse.

Des comprimés, des centaines de tubes de compléments alimentaires. Les images de langues brunes, de Cai et Lin Yiang, de la douce Lilli s'entrechoquèrent dans son esprit. Il saisit deux tubes qu'il serra de rage. Gui posa la main sur son épaule : un geste fraternel, futile et réconfortant à la fois. Le visage du médecin changea, presque brutalement. La colère dans ses yeux laissa place au vide glacé où régnait désormais le souvenir funeste de sa chère Lilli.

Il lança vers San les deux tubes de comprimés. Ce dernier le regarda, circonspect.

— Quitte à faire passer un message, faisons-le bien.

San sourit.

— Fous-leur un max de comprimés dans la gueule.

Gui aspergea le contenu du container et prit soin de laisser couler un filet d'essence jusqu'à une distance acceptable d'où il bouterait le feu.

La traînée enflammée serpenta sur le béton, apportant un peu de clarté dans cette sombre et triste nuit. En un instant, elle rejoignit le container qui s'embrasa en une gerbe orangée. Les yeux toujours fixés droit devant, Chu ne perçut rien d'autre qu'une fournaise vorace. Il sourit amèrement en réalisant que c'est là, tout ce que sa vengeance lui apporterait.

Le médecin quitta l'embarcadère, le cœur un peu plus meurtri qu'à l'arrivée, comme si finalement, il ne pouvait y avoir de paix dans la rancune. Comme si se venger, c'était constater une nouvelle fois, son impuissance face à la mort.

Chapitre 50
Un coup trop loin

— Attention à la marche, *M'man*.

Madame Lucia s'appuya sur l'épaule de son fils pour gravir le seuil de la porte d'entrée. Dès l'embrasure passée, elle soupira de soulagement.

— Heureusement que je t'ai, mon Philippe, je n'aurais jamais pu passer cette marche seule.

— Bah, tu connais le dicton haïtien : ce n'est que lorsqu'une maison brûle que l'on connaît réellement le nombre d'handicapés qu'il y avait à l'intérieur.

Il sourit pour lui-même, fier de son ignoble proverbe.

— Arrête tes sottises et essuie tes pieds ! Je ne vais plus pouvoir nettoyer aussi souvent, tu sais.

Philippe aida sa mère à retirer son manteau, qu'il suspendit dans le hall.

— Ne t'en fais pas, Maman, le désordre ne me dérange pas.

L'hématome sous-dural résorbé, elle était tirée d'affaire. En bonus, elle écopait tout de même de fractures à la hanche, à la mâchoire et à la clavicule. Elle en garderait certainement un souvenir à perpétuité.

Incapable de mastiquer pour une période d'au moins un mois, elle devait éviter les aliments solides. Philippe mixa le souper de sa mère en une panade goûteuse qu'il lui servit affectueusement.

Le cycle de la vie ressemble à un miroir, l'histoire se répète, mais les antagonistes s'inversent.

***

Les caractères blancs sur fond noir apparurent dès que Philippe alluma son ordinateur. Son mystérieux interlocuteur semblait pressé de converser.

[Philou1987] Bonsoir 114TOIN5.

[114TOIN5] Je suis mécontent…

[Philou1987] Je sais, *l'update* du blog, j'ai bien avancé, mais je n'ai pas pu le finaliser. J'ai eu des soucis familiaux.

[114TOIN5] Et une fois de plus, tu te fourvoies…

Philippe fronça les sourcils, cet anonyme du Web avait l'art de toujours prendre Philippe par surprise.

[Philou1987] :-/ ???

[114TOIN5] Je ne parle pas de ta mère, même si je suis content qu'elle soit tirée d'affaire.

Philippe sentit son irascibilité poindre. Ce gars jouait avec lui et savait beaucoup trop de choses sur sa vie privée.

[Philou1987] WTF[1] ? Quel est le problème alors ?

[114TOIN5] Les règles n'ont pas été respectées, Philou 1987. Il va y avoir des répercussions.

[Philou1987] Hein ???

Philippe devint blême. Les règles, il les suivait scrupuleusement. Il avait formellement banni le mot *Unanimous* de son clavier, s'était gardé d'essayer de les contacter et n'en avait parlé à personne… enfin… presque personne. Philippe tiqua.

1. Abréviation de *What the fuck* ? Traduction : c'est quoi ce délire ?

Il comprit où son interlocuteur voulait en venir, ce qui éveilla sa curiosité. Un détail le tarabustait.

[114TOIN5] Réfléchis. Pendant ce temps, je vais parcourir tes données privées afin de sélectionner un châtiment approprié. Voyons un peu la santé financière de la mamma.

Philippe leva un sourcil. *Là... tu vas trop loin, fils de pute.*

Il n'avait pas directement parlé des *Unanimous*, mais avait divulgué quelques infos concernant son blog lors d'un *lunch* avec Louise, il y a quelques semaines de cela. Comment pouvait-il être au courant, ce n'était pas logique. Soudain, il sourit. Pour la première fois, il avait un coup d'avance sur son interlocuteur et savait exactement comment le jouer.

[Philou1987] Je suis déçu.

[114TOIN5] Il fallait y penser avant...

[Philou1987] Je vous pensais meilleur que ça...

[114TOIN5] ?

[Philou1987] Réfléchis...

Philippe sourit et parla pour lui-même :

— Tu veux jouer ? On va jouer.

[114TOIN5] Je te conseille de changer de ton...

[Philou1987] Pourquoi le devrais-je ? Vous êtes censé maîtriser la collecte d'informations. Dans mon cas, non seulement vous vous trompez lamentablement, mais en plus, ma mère devrait faire les frais de votre incompétence. Tu me débectes 114TOIN5. Voilà, j'ai écrit ton nom et j'ai envie de chier.

[114TOIN5] Ça ne sert à rien de nier...

[Philou1987] Nier quoi ? Que j'ai bouffé avec ma collègue et que je n'ai parlé que du blog ? Je ne vous ai pas balancés. Par contre, toi, tu t'es trahi.

Chapitre 51
Une liberté toute relative

— Vous êtes donc assignée à domicile jusqu'à nouvel ordre. Vous pourrez vous rendre sur votre lieu de travail et chez votre gynécologue pour le suivi de votre grossesse.

Anna fixait son bracelet électronique, vide de toute expression.

Le policier poursuivit mécaniquement son monologue :

— Tout déplacement non autorisé sera enregistré et sanctionné. Vous avez des questions ?

Anna se cloîtra dans son mutisme. Sans ajouter d'autres mots à la cérémonie carcérale, l'agent de police prit congé. Anna aurait voulu déverser un seau de larmes, mais n'y parvint pas.

Son avocat, un homme à la tête disproportionnée par rapport à sa frêle stature, intervint d'une voix offusquée :

— C'est tout à fait inacceptable ! Nous sommes pour le moment dans une situation de présomption. La jurisprudence impose de rester sur le sol belge, hormis cela, ma cliente a le droit de se déplacer à sa guise dans le pays.

Il appuya sa dernière phrase d'un regard assertif.

— Quant à l'enregistrement de ses déplacements, c'est une atteinte à la vie privée, c'est absolument illégal.

L'inspecteur pouvait se targuer de définir le mot « empâtement ». Il avait sans doute troqué les baskets contre la levure dix ans plus tôt. De son imposante stature, il rétorqua :

— J'ai un mandat signé par le procureur du roi.

— C'est grotesque !

La réunion s'acheva sur un houleux échange qui rendit Anna plus fataliste encore sur son sort. Qu'elle le veuille ou non, elle était désormais prise au piège.

***

Le soleil donnait dans les grandes baies vitrées de la pharmacie une clarté bienfaisante. La boutique, qui d'habitude, apaisait le cœur d'Anna semblait vide même quand elle était bondée. Les clients ressemblaient à des ombres inutiles et la gestion de l'établissement n'avait plus aucun intérêt. Comme si le bracelet à son pied autorisait son corps à se déplacer, mais retenait son cœur dans les méandres des réminiscences amères.

Elle entendit glousser dans la réserve. Sa sœur semblait à l'aise avec la situation. Lætitia passa la porte en se recoiffant et rejoignit sa sœur au comptoir. Elle affichait un sourire radieux.

— Tu peux aller à l'arrière, sœurette, je gère les clients.

Elle lui fit un clin d'œil qui arracha un sourire à Anna. La joie de vivre est contagieuse et si parfois l'insouciance horripile, elle a le don de toucher par sa simplicité. En pénétrant dans l'arrière-boutique, elle remarqua Marc réajustant sa tenue dans la réserve. Sa sœur n'avait décidément pas froid aux yeux.

Anna s'installa au bureau. Les yeux aveugles devant l'ordinateur, elle ne pensait qu'à Nico. Il lui manquait terriblement et plus son ventre s'arrondissait, plus l'inquiétude tournait en angoisse obsessionnelle.

— Tu tiens le coup ?

La question l'arracha à ses pensées. Marc s'agenouilla près d'elle. Il lui lança un regard brillant empli de compassion.

— Ça n'en a pas l'air, mais ta sœur s'inquiète vraiment pour toi.

Anna feignit un sourire poli en guise de réponse. Il poursuivit :

— On pourrait se commander une pizza chez toi et louer une bonne comédie ? Ça te ferait du bien de te changer les idées et puis il ne faut pas que tu restes seule.

— Elle n'est pas seule.

Le père d'Anna intervint d'une voix forte et claire. Quentin, à l'allure robuste et aux cheveux gris, venait d'entrer dans le bureau. Anna répondit machinalement :

— Papa a emménagé à la maison.

Elle parlait d'une voix feutrée comme si ses cordes vocales la faisaient souffrir. Marc, mielleux, se leva et s'empressa de saluer le nouveau venu.

— Monsieur Piron, quelle joie de vous revoir !

Quentin répondit d'un regard bleu glacé. Lorsqu'il lui serra la main, il prit soin d'insister suffisamment, histoire de lui rappeler qu'il veillait sur ses filles.

Le sourire de Marc disparut et sa mine devint malsaine.

— J'imagine que cela rassure d'être présent et de savoir ses filles en sécurité.

Anna, toujours face au bureau, ne remarqua pas le changement sur le faciès de Marc.

— À ce sujet, vous savez que vous pouvez compter sur moi.

Quentin le toisa tel un chasseur devant une charogne. En une fraction de seconde, Marc reprit son attitude mielleuse.

— OK, on remettra la soirée pizza à plus tard alors.

Sous le regard mauvais du patriarche, le jeune employé quitta le bureau pour rejoindre le magasin et sa chère Lætitia.

Chapitre 52
L'horizon s'assombrit

— Un double cryptage à 256 bits, je comprends mieux mon échec…

— Clara, j'écris des rapports d'intervention avec un clavier muni de lettres et de chiffres.

Clara sortit la tête de son écran.

— Oui pardon, un seul cryptage en 256 bits représente 2256 clés possibles. Ça équivaut presque à un dodécilliard de possibilités. Imagine un nombre long de septante-huit chiffres.

— Si je comprends bien, il y a une infinité de solutions.

Nathan tentait de suivre l'explication et de montrer son intérêt pour le domaine d'expertise de Clara.

— Non justement, pas infini, répondit Clara, souriante. Te rends-tu compte de la capacité de calcul nécessaire pour décrypter une clé si complexe ?

— Et ton groupe d'amis y est parvenu ?

— Ils ont fragmenté l'effort en plusieurs milliers de stations de travail par le biais de certains serveurs publics.

La méthode rappelait étrangement le *modus operandi* des *Unanimous*. Nathan avait saisi l'idée générale et évita de poser les questions sensibles. Il est parfois préférable de maintenir l'illusion surtout lorsqu'elle a un aussi joli visage.

***

« Medical ». Un double-clic sur le dossier et une nouvelle fenêtre s'ouvrit.

À la surprise générale, il ne contenait qu'un seul document intitulé « NB-H1NX-6 ».

— À toi l'honneur, Nico, c'est ton dossier.

Clara lui glissa le *laptop*. Nico prit place sur la table du salon. Entouré de ses deux compagnons, il l'ouvrit par deux clics rapides. Il parcourut le document, effaré. Le vocabulaire médical et les résultats sanguins ne révélaient rien de concret aux non-initiés. Inquiets, ils étaient pendus aux lèvres scellées de leur ami.

— Que se passe-t-il ? s'enquit Nathan, en voyant le teint soudainement blafard de son ami.

Nico, la main encore sur l'ordinateur, s'affaissa sur la vieille chaise en bois, les yeux dans le vide.

Ce qu'il venait de lire le bouleversait. Même pire que cela, ce document l'anéantissait, au sens propre comme au figuré.

Chapitre 53
La fiscalité chinoise

La porte d'entrée vola en éclats. Le canon scié cracha une gerbe de plombs et le flanc du garde décora le hall d'entrée d'un coulis sanguinolent. Gui entra et lança un premier regard vers l'escalier : vide. Au fond, la porte s'ouvrit. Sans attendre, il tira sur l'ombre mouvante. Le corps sans vie d'un autre sbire s'effondra dans l'embrasement. Gui rechargea. Il guettait toujours en direction de cette porte l'arrivée d'un nouvel assaillant.

L'odeur de poudre exacerbait ses sens et son état d'alerte. Les battements de son cœur résonnaient dans sa tête quand un léger bruit de pas le fit réagir. Il lâcha son arme et sortit son magnum 44. Il troua la cloison d'en face en quatre endroits. Le bruit sourd d'un homme qui s'effondre le rassura. Il s'accroupit et patienta quelques secondes en position de tir.

— La voie est libre !

San pénétra à son tour dans le hall criblé d'impacts. Il prit la direction de l'étage, suivi de Gui.

Le bordereau de livraison les avait menés tout droit vers le comptable dont le nom figurait sur les récépissés. L'homme célibataire et sans enfant vivait dans une villa reculée dans la banlieue de Tianjin.

Le hall de nuit donnait sur quatre portes. Sans un mot,

les deux frères appliquèrent le même mode opératoire, Gui défonçait les portes et son frère couvrait ses arrières.

La salle de bains était vide et sèche. Personne n'y était entré dernièrement. La deuxième porte s'ouvrit violemment dans un craquement de bois sourd. Un bureau aussi vide que la première pièce. Sur le mobilier, des piles de dossiers empilés encadraient un *laptop* qui ronronnait au rythme du ventilateur. Les deux frères, aux aguets, pénétrèrent dans la première chambre : déserte. Une odeur de transpiration piquante assaillit les narines de Gui. Il fronça les sourcils et inspecta la pièce avec plus d'attention. Le lit avait été refait à la hâte. Sans hésiter, le colosse avança et retourna le sommier sans difficulté. La literie s'écrasa contre la garde-robe, dévoilant un homme chétif en position fœtale sur le sol qui les regardait, terrifié. Gui l'assomma d'un solide coup de crosse sur la tempe.

La maison sécurisée, il fallait faire vite. En quelques manipulations, le téléphone prépayé démarra l'appel.

— Allô !

Chu était anxieux. Il n'avait pas pu participer à cette opération et se faisait un sang d'encre.

— On a le comptable, son *laptop* et une pile de dossiers. Tu le veux vivant ?

— Oui, pour le moment.

Chapitre 54
Hygiène de vie

Nico griffonnait furieusement sur son bloc-notes. Absorbé par sa découverte, une étrange énergie l'animait. La pièce centrale de leur gîte comportait, dans un trente mètres carrés rustique : cuisine, salon et salle à manger. Installés sur une longue table, Nico et Clara travaillaient assidûment.

Nathan sortit de la douche, il achevait de se sécher les cheveux. Clara releva le nez de l'écran. Le policier se campa près d'un Nico imperturbable. Ses notes éparpillées autour de lui, il jonglait frénétiquement d'une feuille à l'autre. Penché sur ses formules depuis deux nuits blanches, il semblait obsédé par son travail.

— Sur quoi bosses-tu ?

— Nathan, je ne voudrais pas être désobligeant, mais… tu ne comprendrais pas.

Le policier essuya la pique sans broncher.

— Ce que je comprends, c'est qu'tu pues, mon vieux.

Il lui prit une de ses précieuses feuilles de papier, ce qui fit pratiquement défaillir Nico et lui plaqua sur le front.

— Tu colles ! Vu l'odeur, tu portes le même slip depuis au moins trois jours, tes cheveux sont tellement propres que j'vois mon reflet…

Les narines de Clara se retroussèrent en signe de dégoût.

— Tu sens l'calamar, va t'laver, bordel !

Nico, secoué, rangea précautionneusement la feuille froissée dans le désordre de son plan de travail. Il se retourna vers son ami, ouvrit une bouche tartreuse pour rétorquer, lorsqu'il renifla sa puanteur. Les mots de Nathan venaient de réactiver ses fonctions olfactives.

***

La douche avait eu raison de Nico, détendu par l'eau chaude, il s'était ensuite réfugié dans son lit. Il dormirait sans doute jusqu'au lendemain. Clara profita de ce moment pour interpeller Nathan.

— J'ai quelque chose à te montrer.

Il s'assit à côté d'elle. Le curseur sélectionna les fichiers piratés, elle cliqua ensuite sur « N. Berger » ; deux sous-dossiers apparurent. Nathan tiqua.

— N'y avait-il pas trois sous-dossiers ?

— Exactement, un dossier manque depuis quelques jours, c'est le dossier médical de Nico. Je pense qu'il l'a effacé.

Elle se tourna vers Nathan pour lui adresser un regard inquiet. Nathan fronça les sourcils. Clara posa la main sur son bras. Nathan frémit sous le geste délicat.

— J'ai découvert des données troublantes, je voudrais ton avis.

Déçu, Nathan balbutia un « oui bien sûr » mal assuré et reporta son attention vers l'ordinateur portable. Elle commença ses explications de manière très factuelle.

— Je voudrais parcourir avec toi les autres fichiers piratés.

— Avec plaisir ! dit Nathan, faussement enjoué, l'informatique et la médecine n'étaient pas vraiment son domaine.

— Bien, commençons par le dossier « Essais ». Ces

données ne me sont pas inconnues. Sur l'île, Nico et moi travaillions ensemble vingt-quatre heures sur vingt-quatre.

— Je sais !

Clara perçut une pointe de jalousie.

— Nico n'avait de cesse de se questionner sur la provenance des données « sources ». Le système d'exploitation *Fabian* les a fournies, ça, nous le savons, mais comment a-t-il bien pu faire ses calculs ?

— Si je te comprends bien, tu te demandes comment le système d'exploitation *Fabian* fonctionne ?

— Non, impossible de comprendre son fonctionnement. Je pars du principe qu'il peut calculer n'importe quoi. Mais pour faire un calcul, il faut rentrer des chiffres et c'est précisément ce qui m'intéresse.

Elle pointa l'écran de l'index.

— Regarde dans le dossier « Essais ». Le système *Fabian* a analysé une table de quatre-vingt-six mille lignes avant de pouvoir établir sa formule et nous fournir nos données.

Nathan ne voyait pas où elle voulait en venir.

— Qu'en déduis-tu ?

— Cette table de données à analyser doit venir de quelque part…

— Clara, essaie de faire abstraction de cette recherche. Imagine-toi dans un labo tout à fait classique, d'où proviendraient les données de base ?

Elle s'autorisa un temps de réflexion.

— Elles proviennent de tests ou de cas recensés. Mais il n'y a eu aucun test de grande envergure sur les hormones…

Nathan tenta de l'aiguiller.

— Sur des animaux peut-être ? Ont-ils réalisé des tests en secret ?

— Ces données proviennent d'êtres humains, mais c'est impossible de réaliser quatre-vingt-six mille tests dans le secret… surtout quand on connaît les effets, ce serait un massacre.

Elle secoua la tête.

— Bon, laissons cette histoire de côté pour le moment. L'autre dossier « MNT », contient des chiffres étranges distribués par pays.

Nathan découvrait les chiffres, les graphiques et les cartes démographiques. Il avait du mal à suivre Clara qui jonglait avec ces fichiers depuis plusieurs jours.

— Ces données concernent des dizaines de millions de personnes. De ce que je comprends, elles seraient gravement atteintes et la prolifération serait gigantesque, surtout dans les pays pauvres.

— Un virus ?

— Je n'en sais foutrement rien… Mais des graphiques démographiques et des projections, ça ressemble à de la gestion de population…

Les mots de Clara pesèrent une tonne aux oreilles de Nathan tant ils étaient lourds de sens. Un long silence s'installa. La voix un peu plus grave, mais le visage stoïque, il lui demanda :

— Tu as recherché MNT sur le Net ?

— Oui, je l'ai « googlé », je n'ai rien trouvé de concluant.

Nathan se pinça les lèvres.

— Il nous faut plus d'infos. J'ai récupéré des bribes du programme que nous utilisions sur l'île. Celui qui se synchronisait avec le système de Genève. Je vais essayer de le reproduire. Si j'y arrive, je pourrai peut-être m'introduire à mon tour dans leur système et obtenir des réponses.

Nathan hocha la tête, impressionné, son esprit revint vers cette étrange histoire de fichiers effacés ; Nico le préoccupait.

Fier de sa contribution, Clara sourit et ne vit pas l'ombre voiler le visage de Nathan. Le policier se leva.

— Je vais aller en ville, Clara. À mon retour, j'aurai une bonne conversation avec Nico…

— Bonne idée, répondit-elle, inquiète.

Ces deux mots sonnèrent le glas d'une ardeur naissante chez le policier. La tourmente de l'informaticienne n'avait rien d'anodin et Nathan comprit amèrement que la préoccupation frôlait parfois la dévotion.

Chapitre 55
Le *dracosire*

Le téléphone portable vibra sur le plan de travail en granit.

— *Ni hao*[1] ?

— Je voudrais parler à *Maître* Piu.

— *Maître* Piu n'est pas disponible, répondit-elle dans un français impeccable.

— Dites au dragon que c'est de la part de l'Européen.

— Ne quittez pas.

La jeune femme, vêtue d'un tailleur blanc sophistiqué, sortit de la cuisine. Sans oser la regarder, un homme d'une fois et demie sa taille lui ouvrit la porte. Elle pénétra dans le vaste hall sans un regard pour les deux hommes en faction près de la porte d'entrée. Le *Bâton Rouge* se situe au deuxième échelon de l'organigramme des triades chinoises. En charge de faire respecter la loi du *Maître* aux membres de l'organisation, il est choisi pour ses compétences dans les arts martiaux, sa cruauté et son habileté à donner la mort.

Le visage sévère, elle resserra son élégant chignon et se dirigea vers le monumental escalier en marbre blanc. Telle la mesure macabre de Chopin, le bruit régulier de ses talons résonnait sur les marches : implacable et inévitable. À l'étage,

1. Bonjour en chinois.

elle avança vers une double porte en acajou ornée en son centre d'un splendide dragon de jade. D'un bref mouvement de tête, elle ordonna au garde de lui ouvrir la porte.

Les plafonds de quatre mètres de hauteur et le parquet mosaïque ciré donnaient à la pièce une esthétique raffinée. La jeune femme semblait minuscule, entourée de ces gigantesques bibliothèques. Derrière le bureau, face à elle, un homme ridé en costume sombre caressait le cou d'un pigeon voyageur; la colombophilie était la nouvelle lubie des riches Chinois.

Elle s'avança, la tête légèrement inclinée en signe de respect. Arrivée à sa hauteur, elle lui tendit le téléphone, toujours sans un regard.

— L'Européen insiste pour vous parler, *Maître*.

Il lui tendit le pigeon et prit le téléphone. Il la congédia d'un bref sourire jaunâtre qui respirait l'ail et l'œuf de cent ans. La jeune assassine saisit l'oiseau qu'elle manipula avec précaution. Ce champion belge valait plus de deux cent mille euros.

Le *Maître* aux cheveux gris porta le combiné à sa joue, frôlant son immonde grain de beauté velu. Il se racla la gorge pour signaler sa présence. Une voix mal assurée résonna dans le combiné.

— Allô ? *Maître* Piu ?

— Je peine à comprendre l'utilité du téléphone…

Il sourit pour lui-même, dévoilant des gencives violacées.

— Je serai bref, rétorqua l'homme avec un léger accent. Le problème n'est toujours pas réglé et je dois faire un rapport très bientôt.

Le *Maître* Dragon répondit d'une voix lente :

— Si une pomme tombe de l'arbre, c'est qu'elle est trop mûre. Ces morts inattendus ont l'avantage de nous soulager d'incompétents.

L'Européen s'emporta.

— Ils se fichent de vos morts ! Vous êtes payé pour superviser la logistique de nos tests et en assurer le contrôle ! Ils ne toléreront pas la moindre fuite !

Maître Piu dut se contenir pour articuler calmement.

— Votre message est clair et le problème sera résolu.

— Nous avons déjà reçu cette réponse, il y a deux semaines…

D'un geste anormalement vif, le vieil homme coupa la communication. Il leva son index. Son ongle, aussi long qu'une phalange, inspirait le dégoût. Il fit signe à son *Bâton Rouge* d'approcher. Elle avança lentement et lui rendit le pigeon.

Le regard noir, il le reprit dans ses mains osseuses en la fixant. Il étira son vieux cou de shar-peï vers le visage de la jeune femme. Le geste était sans équivoque. Elle se pencha et engouffra délicatement sa langue dans la bouche nauséabonde du dragon. Quand le jeu de salive intergénérationnel se clôtura, il lui dit sur un ton satisfait :

— Règle le problème Tiang.

Les mains du *Maître* se resserrèrent sur le cou du pigeon. Après quelques vains battements d'ailes, la pauvre bête expira sous l'étreinte implacable. Le *Bâton Rouge* quitta la pièce sous un regard crématoire.

***

Sven raccrocha le téléphone sèchement, ce vieux porc de Kobe l'insupportait, mais sa mainmise sur l'Asie était indispensable. Il fit ensuite signe à Lio d'entrer. Ce dernier, sur le pas de la porte, n'avait pas perdu une miette de la conversation…

Chapitre 56
Une tache d'encre

Chu plia soigneusement la lettre et incorpora dans l'enveloppe une clé USB. Le dossier était complet : photos du container, pilules, bordereaux, nom des fournisseurs, implication des autorités locales, versements financiers importants aux triades et surtout une étrange connexion internationale. Anxieux, Chu frotta la cicatrice sur sa main gauche. On frappa à la porte de sa chambre.

— Entrez, dit-il calmement.

Le vieux majordome passa sa tête dégarnie par l'embrasure de la porte. Il arborait comme à son habitude un sourire bienveillant.

— Tu voulais me voir, Chu ?

— Cheng, il est impératif que ce paquet parte pour la Belgique aujourd'hui.

Le vieil homme prit précautionneusement l'enveloppe.

— Bien sûr, Chu.

Il sourit au majordome. Cheng était un des premiers employés de son père. Il avait toujours été présent et avait endossé beaucoup de rôles vis-à-vis de Chu. Tantôt le confident ou bien le précepteur qui l'aidait dans ses devoirs, Chu avait une profonde affection pour son *Maître* à penser. Son seul regret était de voir dans le visage de cet homme les traits d'une autre famille.

— Merci Cheng, je compte sur toi pour le colis.

Édouard recevrait le paquet dans quarante-huit heures. Il aurait assez d'informations pour rendre le génocide public. La nouvelle devrait faire l'effet d'une bombe avant la fin de la semaine.

Chapitre 57
La confidence

Le visage posé entre ses mains, Anna fixait son clavier, le regard vide, l'air absent. Au pied de sa chaise, une boîte en carton dans laquelle s'accumulaient les lots de médicaments périmés qu'il fallait absolument lister et renvoyer pour destruction. Ça n'avançait pas, elle n'y arrivait pas. Les derniers événements lui martelaient l'esprit. Au loin, elle entendait sa petite sœur Lætitia réassortir les rayons en sifflotant, ignorante de tout ce qui aurait pu ressembler à une inquiétude. Anna sourit, un de ces sourires qui vous rappelle juste votre propre tristesse.

— Ça n'a pas l'air d'aller, Anna ?

Marc s'était approché discrètement et avait posé sa main sur son épaule. Surprise, elle redressa la tête et feignit de ranger quelques documents éparpillés sur le bureau sans dire un mot.

— Anna, ça fait des semaines qu'on n'a plus vu un vrai sourire sur ton visage. Tu ne viens même plus au comptoir saluer les clients. Que se passe-t-il ?

Elle se frotta le visage et passa ses deux mains dans ses longs cheveux bruns, puis tourna la tête vers Marc, l'air le plus affable possible.

— Ce n'est rien, Marc. Ne t'inquiète pas, dit-elle dans un soupir de désespoir mal dissimulé.

Marc s'accroupit devant elle et posa une main sur son genou. Même si elle ne le connaissait que depuis peu, sa présence la rassurait. Il avait ce petit quelque chose qui rend les gens confiants.

— Écoute Anna, je sais qu'on ne se connaît pas très bien, mais je t'apprécie beaucoup et franchement, je vois que ça ne va pas. Tu peux me parler si tu veux, ça soulage parfois.

La douceur de ses mots la toucha. Une fois de plus, un trop-plein d'émotions lui noua la gorge. Des larmes coulèrent le long de ses joues. Avant même qu'elle ne s'en rende compte, Marc l'avait prise dans ses bras et la serrait, tendrement.

— Ça va aller, Anna.

— C'est mon mari, dit-elle tout bas. Je suis très inquiète pour lui, voilà tout.

Marc se redressa et délicatement, la prit par les épaules, l'air rassurant.

— Anna, la vie à son lot de tourments. Être capable d'en parler c'est regarder ses problèmes en face.

Il lui sourit.

— Tu es une femme forte, ça, je le sais et tu n'es pas seule.

Anna se détendit quelque peu et redressa les épaules.

— Si ton mari aussi a quelqu'un avec qui il peut parler et affronter les problèmes, alors sois rassurée. Il a, tout comme toi, tout ce qu'il faut pour s'en sortir.

— C'est vrai que de savoir Nathan à ses côtés est un vrai réconfort.

Le regard de Marc changea imperceptiblement pendant une fraction de seconde. Il venait d'obtenir ce qu'il voulait.

— Tu as raison, je dois garder la tête froide. Merci de m'avoir écoutée, c'est vraiment une chance de t'avoir à mes côtés.

Le tintement typique retentit, un client passait la porte

d'entrée de la pharmacie. Lætitia sursauta, tirée brusquement de ses divagations.

— Marc ! cria-t-elle à tue-tête dans la boutique. Un client pour toi !

Déjà en route vers le comptoir, Marc jeta un coup d'œil méprisant vers Anna, replongée tant bien que mal dans ses inventaires. Encore un peu de patience et il en aurait fini avec cette mission et cette connasse pleurnicharde.

Chapitre 58
Le *yin* et le *yang*

Chu serra Lilli dans ses bras. Elle se cala dans le creux de son épaule et avec douceur, caressa délicatement la nuque de son bien-aimé. Chu n'avait jamais été aussi heureux de toute sa vie. Face à eux, les feux d'artifice du Nouvel An chinois illuminaient de ses mille étoiles incandescentes le voile de la nuit. Le reflet des étincelles éphémères donnait aux yeux de Lilli une note subtile et la rendait plus jolie que jamais. Les feux explosaient dans le ciel. La pyrotechnie résonnait à un rythme soutenu telle une mitrailleuse tirant en cadence.

Les détonations se rapprochaient à tel point qu'elles vinrent troubler le répit des deux amants. Chu fronça les sourcils, il se retourna vers Lilli, mais elle avait disparu. De nouveau des détonations fortes, sourdes. Soudain, une explosion. Chu se redressa en sueur sur son lit. La porte de sa chambre s'ouvrit violemment. Les événements devinrent trop rapides pour laisser place à la moindre réflexion ; l'instinct prit le dessus.

Sous la montée d'adrénaline, ses muscles se contractèrent ; il bondit hors du lit. La large stature de Gui obstruait l'embrasure de la porte. Son cousin hurla sous les salves de coups de feu qui se rapprochaient dangereusement.

— SORS DE LÀ ! VITE !

La peur se lisait dans les yeux du colosse. Sans réfléchir, il se rua sur son bureau et prit à bras-le-corps le PC et ses dossiers éparpillés sur le meuble.

— MAGNE-TOI, CHU !

Gui serrait son canon scié et regardait nerveusement en direction du couloir.

Les dossiers réunis, Chu courut en direction de son cousin. Gui l'agrippa d'une main et le dirigea sans ménagement vers le garage, tout en couvrant leurs arrières de son bras armé. Chu, poussé fermement dans le dos, n'arrivait plus à penser et se contentait d'avancer aveuglément.

BLAM !

Le fusil de son cousin fit feu, les assaillants avaient atteint le corridor. Il n'osa pas regarder en arrière, il laissa Gui le diriger et le protéger de son corps.

BLAM !

Un deuxième coup partit. Chu transpirait, il sentit une boule dans son ventre, il avait envie de vomir, c'était la fin.

Ils s'approchaient enfin de la porte, plus que quelques mètres. Soudain, leur course effrénée fut accompagnée d'une rafale de balles. Chu observa les impacts de balles dessiner un nouvel ébrasement autour de la porte. Gui riposta en vidant son chargeur. Chu serra son dossier contre sa poitrine et s'engouffra dans le garage sans se retourner. Il ferma les yeux en remerciant le destin d'être toujours en vie, la main de son cousin toujours sur son dos le rassura, Gui allait bien lui aussi. Ils avaient réussi. Trois de leurs hommes coururent dans leur direction et tirèrent pour couvrir leur retraite.

Au pas de course, il arriva à hauteur des SUV sécurisés. Son père accompagné de San et de Cheng montèrent dans la première Jeep, les moteurs tournaient déjà. Sans se poser de question, Chu ouvrit la portière du second « 4x4 ». À peine eut-il grimpé à l'intérieur qu'il perdit le contact avec la main de son cousin. Pour la première fois, il tourna la tête et fit face au massacre. Gui, blême, s'effondra sur le sol à quelques centimètres de la portière ouverte, le dos criblé d'impacts. Derrière lui, les trois hommes qui couvraient leur fuite explosèrent sous la déflagration d'une grenade. Le chauffeur hurla :

— FERME LA PORTE, ON S'CASSE !

Il passa la première.

— NON !

Chu lâcha ses dossiers qui s'éparpillèrent dans la Jeep et plongea vers son cousin. Poussé par l'énergie de l'insoumis, il se déchira les trapèzes au prix d'un effort surhumain et tira le blessé à l'intérieur du véhicule.

La voiture démarra en un crissement de pneus. Les salves imprécises des assaillants firent briller d'étincelles les carrosseries blindées des fuyards. Chu risqua un dernier regard en direction de la villa. Entourée d'une demi-douzaine d'hommes lourdement armés, Chu remarqua une stature plus légère.

Sous sa morphologie féminine, il vit fulminer la faucheuse des « Longs ». À ce moment précis, Chu comprit qu'ils avaient atteint le point de non-retour…

Chapitre 59
Les loups ne se mangent pas entre eux…

Lio tendit le rapport à Sven qui le parcourut en diagonale. Après quelques minutes, il le jeta sur son bureau et lança un regard pâle vers son poulain.

— Lio… ils vont nous couler les pieds dans le béton et nous jeter dans la Meuse…

Le jeune chef de projet resta silencieux, visiblement dépité.

Sven poursuivit :

— On n'a rien, aucun élément à leur soumettre…

Pour la première fois dans sa carrière, Lio remarqua de la crainte dans l'attitude du directeur. Responsable en chef des opérations du groupe, Sven coordonnait d'une main de maître les différentes initiatives de l'organisation. En comparaison à une entreprise, Sven endossait le rôle de *CEO* et rendait des comptes aux administrateurs dont le *Primus* semblait être le porte-parole.

— Tu as fait paraître leurs photos dans les journaux ?

Lio acquiesça.

— Aucun retour ?

Le beau gosse au regard émeraude et à l'allure virile avait perdu de sa superbe. Il se contenta de secouer la tête.

Ils furent interrompus par une sonnerie de téléphone.

La *conference call* débutait. Sans ambages, le *spider*[1] transmit les syllabes acérées du *Primus*.

— Pourquoi la situation n'est-elle pas encore réglée ?

Stoïque, Lionel écoutait son patron se faire malmener. Sven, visiblement en mauvaise posture, transpirait. Chaque glissement de son postérieur sur l'épais coussin de cuir provoquait un bruissement désagréable et gênant qui résonnait dans la pièce. Lio n'en menait pas large non plus.

— La presse, plusieurs unités de mercenaires, l'appui des forces de police, des fonds illimités. MAIS QUE VOUS FAUT-IL DE PLUS ?

Les mots résonnèrent dans leurs oreilles, tels des coups de masse sur un piquet récalcitrant.

Sven lui-même, débordant de confiance un mois plus tôt, avait perdu toute contenance. Il se confondit en excuses lamentables.

— Ils sont prudents, répondit-il sans y mettre trop d'entrain. Pas de carte de crédit ni de téléphone, ils évitent les transports publics, c'est vraiment compliqué, *Magister*.

Le *spider* resta muet, comme si la connexion était rompue.

« C'est le moment ! » se dit Lio.

— *Magister*, j'ai pour ma part collecté des éléments plus encourageants.

Sven fronça les sourcils, surpris. Après un long silence, le *Primus* répondit :

— Je vous écoute, Lionel.

— La pression accrue sur l'épouse est payante. Notre homme a identifié un troisième complice et nous l'avons localisé en Écosse. Grâce au bracelet électronique, sa femme

1. Dispositif de communication utilisé pour les réunions téléphoniques. Sa forme évoque une araignée, d'où son nom.

est cloisonnée dans un périmètre surveillé. S'ils tentent de la contacter, nous interviendrons.

Il marqua une pause, structurant ses idées avant de poursuivre, sous le regard abasourdi de son patron.

— Pour les Tiang, leur villa a brûlé et ils sont en fuite. Ils ne pourront plus nous nuire dans l'immédiat et nous sommes sur leurs traces.

Sven se leva, les deux poings serrés sur la table, il perfora Lio de son regard bleu azur. Son petit protégé était en train de le doubler. Il aurait dû balayer le problème quand il en avait l'occasion.

Il y eut de nouveau une interruption de communication, comme si un débat inaudible prenait place de l'autre côté du combiné. L'attente était insoutenable. Le *Primus* brisa le silence d'une voix sèche.

— Sven ! Comment se fait-il que ces éléments ne soient pas dans votre rapport ?

— *Magister*, je n'ai tout simplement pas…

— Un homme de terrain est plus efficace qu'un bureaucrate, coupa Lio.

Sven fulminait, comment cette petite frappe osait-elle ? La voix se fit tranchante.

— Lionel de Miraveau, vous prenez le *lead*. Je veux un statut toutes les douze heures. Sven, vous pouvez lâcher l'affaire. Nous discuterons plus longuement en privé… il va de soi que votre destin est lié à celui de Lio, il serait déplorable qu'un malheureux accident lui arrive…

La communication coupa.

Chapitre 60
Une porte s'ouvre

Et si la réponse se trouvait ailleurs? Et si dans cet amas financier, on confondait la fin par le moyen? Quel est le but de posséder cent milliards de plus lorsque l'on possède déjà la moitié de la planète? Pourquoi poursuivre avec acharnement cette prise de pouvoir? Pourquoi vouloir influencer avec tant de hargne les stratégies politiques et économiques mondiales?

À l'heure où l'argent ouvre tous les accès, une seule porte reste résolument close. Les privilèges s'effacent lorsque le chrysanthème fleurit. Si les biens nantis vivent dans le marbre toute leur vie, l'intérieur du caveau est le même pour tous et goûte le moisi. La promesse d'une vie meilleure vient des prophètes qui tentent d'y échapper à tout prix.

À quel prix? De récentes informations fiables, provenant d'une célèbre entreprise de recherches en génétique, dévoilent des avancées considérables sur la gestion des hormones et sur les maladies dites non transmissibles: le cancer, le diabète, les maladies cardiovasculaires, etc.

Mon analyse de ces rapports met en évidence deux faits:

1 - La gestion hormonale.

Des fonds considérables sont investis dans le plus grand secret afin de prolonger la durée de vie de l'Homme. La formule aurait été stabilisée et fonctionnerait.

2 - Les maladies non transmissibles.

Des remèdes existent contre le cancer, le diabète et ces autres maladies dont le taux de mortalité représente 60 % des décès dans le monde chaque année.

Ces avancées révolutionnaires restent étrangement sous clé. La question réside dans le secret qui entoure ces découvertes. Chers internautes, votre dévoué Philou poursuit l'enquête.

***

Neuf heures cinquante-trois, les portes de l'ascenseur s'étirèrent devant sa mine constipée. Les réunions d'équipe du lundi matin ne lui réussissaient décidément pas, il avança vers son bureau en transpirant le complexe de supériorité. Il déposa sa veste sur le dossier de sa chaise. Du coin de l'œil, il apercevait l'équipe de la rédaction, à travers la cloison transparente en pleine réunion ; son retard ne passa pas inaperçu. Antoine terminait le *meeting* hebdomadaire avec l'assignement des sujets et des papiers. À quoi bon les rejoindre ? Il serait une nouvelle fois relégué aux accidents de la route.

Dix heures trente, la porte vitrée coulissa et un léger brouhaha inonda le plateau. Chaque employé allait de son petit commentaire à propos de la réunion. Louise approcha, mal à l'aise par l'attitude provocatrice de son ami, elle ne savait trop que dire. Elle se contenta de s'asseoir. Philippe l'ignora complètement, il avait l'art de rendre les bougons sympathiques tant il pouvait toujours aller plus loin dans son attitude ignominieuse.

La voix de son *boss* cingla ses oreilles, telle une gifle sur une joue bien grasse un matin d'hiver.

— Philippe, *one to one*[1] ! Maintenant !

1. Le « one to one » est un terme à la mode utilisé pour désigner une réunion en tête-à-tête, souvent avec son chef direct.

Heureux tel un buffle devant une charrue trop lourde, il se déplaça lentement vers sa laborieuse pénitence. Il entra dans la salle de réunion, d'un style aquarium très tendance dans les entreprises dites « modernes ».

— J'ai parcouru ton dernier « sujet ».

Philippe répondit, geignard :

— Mon papier n'était pas bon, que veux-tu que je fasse d'une histoire de chats crevés…

Antoine secoua la tête.

— Pas ce sujet-là… tu persistes dans ton paradoxe, dis-moi…

Antoine lança un sourire en coin à Philippe, il lui tendait son « ouverture » sur un plateau. Philippe, surpris, ne pensait pas qu'Antoine, son interlocuteur mystérieux, aborderait le sujet si ouvertement.

— Tu l'as déjà lu ? Je l'ai pourtant *uploadé* tard…

Philippe remarqua les profonds sillons sous les yeux fatigués de son *boss*. Antoine ne se répandit pas.

— Voilà ce qu'on va faire. J'ai une réunion la semaine prochaine avec le grand manitou, monsieur Sébastien Trémy.

— Le responsable de l'édition ?

— Oui. Ton blog reprend des éléments tangibles. Bien diffusé, il pourrait devenir un véritable scoop, mais surtout, il susciterait le débat et la réflexion sur la direction que prend le monde. Je vais proposer la création d'une *task force*[1] pour couvrir le sujet. Nous citerons ton blog, mais il ne sera pas utilisé comme source référente.

Philippe s'insurgea.

— Mais c'est mon histoire !

Antoine acquiesça.

1. Groupe de travail.

— Pour être prise au sérieux, une histoire pareille doit venir d'une source crédible.

Antoine adopta une mine suspicieuse et changea de ton.

— J'ai une question pour toi.

Philippe avait le pressentiment que la suite ne lui plairait pas.

— Quel est ton véritable objectif ? Dévoiler un complot ou te mettre en avant ? Si tu agis vraiment pour la vérité, alors tu sais ce qu'il te reste à faire…

Chapitre 61
Un bilan gâché

Un soleil orange perça la ligne d'horizon gelée du village de Dazhuang. Au nord du Gansu, les trois cents habitants recevaient les premières caresses d'une aurore aux teintes corail. Cette région rocailleuse au sol craquelé reliait le nord de la Chine aux plateaux mongols et tibétains. Célèbre jadis, la route de la soie était désormais un désert aride, venteux et inhospitalier. Ses bourrasques vous piquaient le visage, aussi drues et âpres que les joues mal rasées de ses hommes, usés par une vie de labeur paupérisant ; lieux de choix pour la famille Tiang en exil.

Ils délaissèrent les 4x4 de luxe au profit de deux petites Jeep Kia grises achetées d'occasion. Ils entamèrent leur exode, au travers des régions les plus recluses de Chine, comme on entame un deuil, en silence devant le fait accompli et sans savoir s'ils en reviendraient un jour.

Arrivés sur place, ils prirent possession d'un lotissement laissé à l'abandon, au bout du village de Dazhuang. Cette ancienne ferme n'était accessible que par un long chemin sinueux et rocailleux.

Le lotissement de fortune se démarquait par un réservoir d'eau surélevé qui, tel un mirador dans une prison, dominait le site. Le corps principal se constituait d'une large ferme, entourée d'un entrepôt délabré et d'une étable imposante.

Une clôture incertaine et vermoulue permettait à l'époque de contenir les bêtes à l'intérieur du site. De larges bassins asséchés, jadis exploités pour la culture du riz, tapissaient en masse le pourtour du lotissement et offraient une vue dégagée sur la région.

***

La Kia traçait sur la route une ligne de poussière en suspension. Filant dans les prémices matinales, monsieur Cheng revenait du village.

Chu patientait sur les marches du patio. Il venait de changer les pansements de son cousin. Chu lui avait extrait trois balles du corps, dans des conditions déplorables, mais il se remettait, une vraie force de la nature.

À quelques pas à peine, les pneus de la Jeep freinèrent dans un bruissement de gravier. Chu observa la nouvelle recrue, l'immense Hou-Chi, s'extirper de la voiture et ouvrir la porte de monsieur Cheng.

Le sexagénaire gravit les marches et tendit les journaux fraîchement achetés en ville. Dans un bruit de papier froissé, Chu tourna sèchement les pages. La presse internationale et locale restait muette. Chu tournait les feuilles encore et encore. Les documents envoyés auraient dû générer un tsunami médiatique. Au lieu de cela, on se répandait, en première page, sur la vie sexuelle dépravée du président du FMI. À bien y regarder, la presse dite sérieuse jouait plus souvent les paparazzis que les informateurs impartiaux.

— As-tu bien envoyé le paquet ?

— Oui Chu, je l'ai envoyé la semaine dernière, comme tu me l'as demandé.

Le jeune médecin serra les dents et frotta sa main marquée. Ses pensées allèrent vers Édouard, il devait y avoir une explication…

***

Chu frappa trois coups brefs sur la porte de bois et entra. Chow Tiang, absorbé par la lecture de journaux froissés, sirotait un thé au jasmin.

— Père, cela n'a pas de sens !

Monsieur Tiang poursuivait sa lecture, dur et impassible.

— Comment se fait-il qu'Édouard ne réagisse pas ? J'ai fait envoyer par Cheng tous les éléments suffisants.

Son père rétorqua d'une voix lente, sans même regarder son fils :

— Les vols dans les postes sont fréquents, pour leurs contenus, ou tout simplement pour les timbres, surtout internationaux.

Il soupira, agacé par l'évidence de ses propos.

— Père, c'est le troisième envoi. Un paquet depuis la villa, un paquet à notre arrivée ici et un troisième envoi la semaine dernière.

Chow leva un sourcil gris, fin comme un sabre. Il fixa son fils et resta silencieux. Il replia soigneusement le journal comme pour atténuer les plis du papier froissé. Sans un mot, il se leva. Fidèle à son calme perpétuel, il passa devant son fils, perplexe et quitta la pièce.

***

Les heures filèrent à toute allure sous les ordres secs de Chow. Cette conversation avec son fils, d'allure si anodine, semblait avoir réveillé le guerrier qui sommeillait en lui. Sous la lune éclatante, les bourrasques glacées des hauts plateaux chinois malmenaient les hommes rassemblés dans la cour de la ferme. Étrangement, Chu, Gui, San et Cheng manquaient à l'appel. *Maître* Tiang indiqua à deux hommes le réservoir qui dominait le lotissement.

Obéissants, ils s'y rendirent au pas de course.

À coups de mouvements secs du doigt, il s'adressa ensuite au géant de la bande.

— Hou-Chi, je veux les voitures en barrage sur la route. Arrange-toi pour que l'on ne les remarque pas d'ici. Qu'elles soient dissimulées par l'entrepôt.

Il porta un regard aux quatre derniers hommes.

— Vous ! Vous tiendrez le barrage.

Les désignés obtempérèrent sans broncher et s'éloignèrent, en repérage de leur tâche.

Chow Tiang revint vers Hou-Chi et lui souffla discrètement à l'oreille :

— Tu préserves une Jeep, la plus fiable. Dans la plus grande discrétion, tu remplis le coffre au maximum. Je veux au moins six bidons de diesel, des rations et cette mallette.

Il souleva un attaché-case en cuir fermé par deux verrous à code dorés.

— Tu déplaceras la voiture à l'arrière.

Monsieur Tiang marqua un temps d'arrêt avant d'achever :

— Tu sais ce que tu dois faire du reste de l'essence…

Le colosse hocha la tête, intimidé par l'aura d'un homme qui ne faisait qu'un tiers de son poids. Il murmura :

— *Maître* Tiang, pour les rations, puis-je demander de l'aide à monsieur Cheng ?

Le vieil homme lui saisit le bras, enfonçant ses doigts d'acier dans sa chair gélatineuse. Il gifla d'un murmure sévère les oreilles du géant.

— J'ai dit discrètement !

***

Chow entra bruyamment dans la ferme. Alerté par le bruit, Cheng, en excellent majordome, jaillit de sa chambre à la rencontre de son employeur.

— Tout va bien, monsieur ?

La réponse emplie d'autorité et de colère surprit Cheng.

— Nous partons ! Les hommes ont déjà leurs ordres. Occupe-toi de rassembler l'intendance. Je m'occupe de Chu et de ses cousins.

Cheng semblait perturbé.

— Mais… Je ne comprends pas, monsieur.

Le vieux Tiang lui adressa un regard furieux.

— Contente-toi de faire ce que je dis. Nous partons !

S'exécutant, le vieil homme prit la direction des chambres.

***

La porte de l'entrepôt s'ouvrit, laissant entrer un reflet de lune dans la bâtisse délabrée. La faible clarté éclairait des caisses, des outils rouillés empilés, et au fond, les réserves de nourriture. Au-dehors, on entendait déjà les vrombissements des véhicules qui devaient former le barrage. *Maître* Tiang n'avait pas perdu de temps.

D'un visage crispé, Cheng fit le tour de la pièce. L'inspection finie, il sortit un téléphone portable de sa poche. Son pouls s'accéléra et chaque sonnerie accroissait sa tension. Une femme au ton acéré décrocha.

— J'espère que c'est important !

— Madame, ils lèvent le camp.

Un silence s'installa, les mains de Cheng devinrent moites.

— Retiens-les le plus longtemps possible…

— Mais, je ne pense pas que…

Le *Bâton Rouge* raccrocha. Cheng déglutit avec peine. Il fallait qu'il se calme, qu'il réfléchisse, il s'en était bien sorti jusqu'à présent. Le dénouement était proche, il allait forcément trouver une solution. Un bruit le fit sursauter. Il lança un regard apeuré vers l'entrée de l'entrepôt. Dans l'embrasure, le vieux Chow le fixait d'un regard malsain. Cheng brisa le silence en une lamentable justification.

— Je me charge des provisions, *Maître*.

Sa voix était mal assurée. Depuis combien de temps monsieur Tiang était-il là ? Se pouvait-il qu'il ait entendu la conversation ? Et puis, que faisait-il là après tout, n'était-il pas censé s'occuper de son fils ? Pour toute réponse, Chow avança lentement. Cheng transpirait.

— Tout va bien, monsieur ?

Maître Tiang se rapprochait, il n'était plus qu'à quelques mètres. Cheng, tétanisé, ne savait pas quoi faire, son *Maître* reprit :

— As-tu bien envoyé les paquets en Europe comme Chu te l'a demandé ?

Pourquoi cette question ? Cheng avait été extrêmement prudent. Il s'était rendu à la poste, avait demandé un reçu pour les timbres. Personne n'aurait pu le soupçonner d'avoir détruit les preuves.

— Bien sûr, *Maître*. J'obéis aussi strictement à Chu qu'à vous.

— À qui téléphonais-tu ?

Le vieux majordome blêmit. La fatalité semblait finalement l'avoir rattrapé. Chow se tenait devant lui, là où personne n'était supposé venir le chercher. *Maître* Tiang avança à nouveau, le regard menaçant. Cheng ouvrit la bouche, mais aucun son n'en sortit. La main osseuse du vieux Tiang agrippa sa gorge en une prise mortelle.

— La seule beauté qui existe dans le mensonge, mon ami, c'est sa mort.

Cheng lutta de ses deux mains pour se dégager. Épris de douleur sous l'étreinte de cette main de fer, il tentait en pleine panique de désolidariser l'emprise ridée qui écrasait de plus en plus sa trachée.

Chow serra un peu plus fort, exutoire de toute la déception et la colère qui l'envahissaient. La force et la hargne acquises par cinquante ans de labeur ressurgirent en une poigne mortelle. À mesure que l'asphyxie prenait le dessus, Cheng mesura toute la signification de sa trahison.

Maître Tiang avait raison, une vie se résume parfois à un mensonge dont le prix n'est pas la mort, mais l'amertume d'un bilan gâché.

Chapitre 62
La belle prise

Un épais crachin couvrait toute la vallée jusqu'au village de Strathpeffer. Le paysage était délavé, comme peint en gris sur une vieille toile humide. Les clôtures de fils barbelés, lignes d'arrêt pour les troupeaux en pâture, semblaient fusionner avec les murets en pierre qui longeaient la route étroite, reliant la planque au village. La Jeep jaune fonçait à toute allure.

Crispé sur le volant, Nathan distinguait à peine la voie. Il fit une embardée pour éviter un muret effondré sur le bas-côté. La bouteille de whisky vola sur le plancher du passager, accompagnée du *Ayrshire Post.* Il aperçut enfin le début du chemin de terre rectiligne qui menait à l'ancienne distillerie et poussa sur le champignon.

La couverture du journal montrait trois portraits, deux hommes et une femme. Trois photos d'identité agrandies, Clara, Nico et Nathan lui-même, collées sous le titre accrocheur :

« Suspects armés et dangereux, peuvent être à vos portes… »

Comment était-ce possible ? Il avait pris toutes les dispositions nécessaires. Il n'avait pas une seule fois utilisé sa propre identité, ni sa carte de banque, ni sa voiture.

Il fallait déguerpir au plus vite. Si la presse locale les avait ciblés, il fallait s'attendre à une imminente chasse à l'homme. Nathan repensa à ce vieux fermier à qui il avait loué la bicoque. Il l'avait clairement vu et ne manquerait certainement pas l'occasion de faire parler de lui.

Des traces de pneus suspectes dans la boue l'incitèrent à ralentir. Ses sens aux aguets, il gara la Jeep à l'abri d'un vieux pommier. Il tira sur la fermeture éclair de sa veste et sortit braver les ondées écossaises. La ferme serait en vue six cents mètres plus loin, en contrebas de la tourbière.

Ses bottes devaient bien peser une livre de plus chacune, tant la boue collait aux semelles. Nathan traversa le petit pont de pierre au pas de course ; il atteindrait bientôt le point d'observation. Il parcourut les derniers mètres, recroquevillé, afin de camoufler son approche. Arrivé au sommet de la côte, il regarda discrètement en direction de la ferme.

— Bon sang !

Trois camionnettes de police encerclaient leur gîte. Déjà, ses deux compagnons d'infortune étaient poussés, menottés, vers le premier combi de police.

Nathan serra les dents. D'un revers de manche, il essuya son front et lança un regard en arrière, vers son véhicule garé sous le pommier. Il le fixa de longues secondes avant de prendre sa décision.

***

Les menottes cisaillaient les poignets du docteur. L'officier supérieur, un homme moustachu et poupon, s'approcha d'un agent.

— Nous allons nous mettre en embuscade et nous interpellerons le dernier complice à son retour. Ne perdez pas de temps et envoyez-moi ces deux-là au trou.

Il se frottait les mains, satisfait, il recevrait très certainement une promotion pour cette belle prise. Poussés sans ménagement, Clara et Nico échouèrent dans la camionnette, telles des truites dans une épuisette. Les portes se fermèrent dans un claquement sentencieux et sans appel. Sous le regard jubilatoire du chef de brigade, le fourgon se mit en route sur le chemin détrempé. Il tira sur son képi et beugla des ordres à ses hommes. Il fallait cacher les deux véhicules de police restants derrière la ferme.

Le troisième compère ne tarderait pas à pointer le bout de son nez.

***

Les accords souples de la guitare de Tracy Chapman berçaient l'habitacle de mélancolie. Abattus, mais bien vivants, Nico et Clara auraient échangé tout l'or du monde pour une place dans cette *Fast Car*[1].

Accusés de meurtre et d'espionnage industriel, poursuivis par une puissante organisation dont les méandres n'avaient de limite que l'imagination des médias, la situation sentait le cadavre dont la silhouette ressemblait beaucoup trop à la carcasse de Nico.

Les essuie-glaces raclaient l'eau du pare-brise à pleine vitesse. La visibilité n'en restait pas moins mauvaise. L'averse intense rendait le chemin de terre difficilement praticable. Dans quelques minutes, ils rejoindraient la route, purgatoire bitumé, qui les mènerait à leur sentence.

Les deux policiers ne virent la Jeep que trop tard. Un choc extrêmement puissant, dur et immédiat, la sensation d'être projeté dans un bruit assourdissant de tôle broyée et de bris de verre. Ensuite, tout évolua au ralenti, un peu comme si les sons s'éloignaient et que la pesanteur n'avait plus prise. Le ciel et la terre échangèrent leur place plusieurs

1. *Fast Car* (voiture rapide) interprété par Tracy Chapman dans l'album du même nom paru en 1988.

fois, tantôt en haut, tantôt en bas. Les spectateurs impuissants observaient en apnée et en lévitation la camionnette faire des tonneaux sur le bas-côté. Les passagers subirent un dernier choc lorsque le véhicule s'immobilisa. Le calme revint, laissant la pluie battre la tôle en un ronron continu. Une fumée blanchâtre s'élevait de l'avant du véhicule renversé.

La tête en bas, soutenu par sa ceinture de sécurité, Nico reprit peu à peu ses esprits. Clara pendait inconsciente à ses côtés. Face à lui, le conducteur semblait également évanoui, à ses côtés son collègue gémissait, un filet de sang s'écoulait de son visage. Nico s'analysa rapidement. Il n'avait pas perdu conscience et pouvait bouger tous les membres. C'était déjà une bonne chose. Un bruit extérieur le sortit de son diagnostic.

Par la fenêtre du conducteur, Nico vit Nathan passer la moitié de son corps à l'intérieur de l'habitacle. Toujours en état de choc, le docteur resta muet. Il observa son ami prendre les armes, clés et radios des policiers. Nathan disparut ensuite de son champ de vision. Quelques secondes plus tard, il réapparut à l'arrière, à ses côtés. Il le délivra d'abord et coupa ensuite la ceinture qui maintenait leur complice dans une position inconfortable.

Ils se traînèrent cahin-caha jusqu'à la Jeep amochée. Le radiateur du moteur avait pris un sérieux coup, mais heureusement, il tournait encore. Nathan prit soin de déposer précautionneusement Clara à l'arrière. Nico vint s'asseoir à côté d'elle et maintint sa nuque. Elle ne semblait pas avoir de fracture, mais il valait mieux être prudent. Le ciel pluvieux semblait encore plus triste qu'auparavant. La Jeep démarra dans une succession d'explosions maussades et c'est dans la pénombre orageuse qu'ils quittèrent les landes ternes.

Chapitre 63
Retour aux sources

Nathan dut brûler ses dernières cartouches pour obtenir de fausses identités. Depuis que sa tête figurait sur les avis de recherche d'Interpol, il ne disposait plus d'aucune ressource officielle. Soumis à l'exil, ils avaient d'abord opté pour l'Irlande du Nord. Il connaissait un « contact » à Belfast ; une crapule notoire qui avait la réputation de pouvoir vous dégoter n'importe quoi. Il vendait tout, excepté ses clients. Leurs identités troquées, ils passèrent trois semaines dans un trois-pièces miteux, espérant que la presse et la police les lâchent un peu.

Clara se remettait lentement de ses nombreuses contusions. Nathan, dont l'affection unilatérale grandissait chaque jour, s'en occupait du mieux qu'il pouvait.

Nico, plus égocentré, faisait les cent pas dans l'appartement mansardé. Il semblait différent, presque absent, comme si l'accident de voiture avait transformé son altruisme naturel en instinct de préservation. Il ne faisait plus partie de ce monde. Il s'en était créé un, à lui seul, et rien ni personne ne semblait pouvoir y pénétrer.

Il ne parvenait plus à s'exprimer. En réalité, il ne savait plus quoi dire. Comme si chaque parole, futile, devait traverser une épaisse couche d'amertume et de regret, une âme en peine dans un monde bien vivant.

Sa femme, Anna, pourrait-il seulement la revoir ? La vie a cette cruelle façon de vous ouvrir toutes les possibilités du monde, mais de ne vous laisser qu'un seul chemin à emprunter.

***

Après un interminable jeu de cache-cache, de passe-passe, de faux papiers, de billets glissés dans des mains corrompues, respirer à nouveau l'air belge était inespéré.

Le taxi les déposa dans un parking souterrain bruxellois. Nathan paya le chauffeur et dirigea ses compagnons vers un van blanc esseulé au milieu de plusieurs emplacements libres. Il s'approcha de l'avant du véhicule et passa la main entre la carrosserie et la roue avant droite.

Les clés étaient solidement ancrées dans le garde-boue. Il fit jouer le mousqueton, libéra le trousseau et l'exhiba ensuite fièrement à Nico et Clara, ébahis. Nathan adressa un petit clin d'œil à son ami et grimpa dans le véhicule.

— Ton beau-père a encore de la ressource !

Les amis sourirent devant l'ironie de la situation.

Chapitre 64
Leçon amère

Limogé de son rôle d'administrateur au sein de *Thirteen stars*[1], Sven mettait un point d'honneur à coacher son remplaçant afin de respecter les directives du concile, le *Magister Dixit*.

— Il existe principalement deux méthodes de financement pour les entreprises.

Lio prenait des notes sur sa tablette, assidu.

— Le marché obligataire, les fameux « bonds ». États et entreprises peuvent se financer en émettant des obligations. Ceux qui souscrivent aux obligations, les prêteurs, fournissent des fonds à ceux qui émettent des obligations, les emprunteurs.

Lio était spécialisé en physique, chimie et biologie. Il ne connaissait rien aux lois du marché. Comme souvent, cela n'était pas un frein à la promotion.

— Le *Magister* influe sur les émissions d'obligations grâce à ses connexions dans les instances en charge. La franc-maçonnerie notamment ouvre les portes des administrations et des gouvernements. Quant aux patrons des banques et du FMI, ils nous sont redevables à plus d'un titre. La plupart ont été placés *via* notre réseau.

1. Treize étoiles.

— Donc on les contrôle, je note.

Le visage de Sven se crispa.

— Si j'avais voulu dire contrôle, j'aurais dit contrôle !

Lio resta de marbre face à l'assertivité de son mentor.

— C'est impossible de tout contrôler ! Surtout avec une organisation si petite, treize familles pour contrôler des centaines de gouvernements, des dizaines de milliers de compagnies, ça n'a pas de sens !

Lio n'en voyait pas la subtilité. Sven reprit plus calmement, en insistant sur les mots :

— Ils les influencent…

Il laissa cette réflexion en suspens, comme pour la laisser s'imprégner dans l'esprit de Lio.

— Chaque instance, gouvernement, entreprise, reste autonome. Le *Magister* s'assure juste de la direction, chacune d'elles doit impérativement suivre leur vision du monde. Si quelqu'un leur fait de l'ombre, à ce moment, ils agissent *via* les réseaux en place pour rectifier le tir.

Lio hocha la tête.

— Comme l'Allemagne peut influencer l'Europe, ou les États-Unis qui aiguillent l'OTAN ? Ils ne contrôlent pas les autres pays, mais influencent la géopolitique pour servir leurs desseins.

— Exactement, sauf que le *Magister* a un champ d'action plus large. Ils peuvent influencer les chefs d'État, mais aussi les religieux, les grands financiers ou les personnalités publiques, tous ceux qui peuvent servir de près ou de loin leurs objectifs.

Lio acquiesça. Sven reprit son ton professoral :

— Comme je te l'expliquais auparavant, il y a deux méthodes de financement. La première concerne le marché obligataire, la deuxième méthode et celle qui nous intéresse : l'introduction boursière ou l'augmentation de capital.

Lio reprit ses notes.

— Pour se financer, une entreprise peut décider d'ouvrir son capital en bourse et donc laisser des investisseurs acheter ses actions. Chaque action représente un faible pourcentage de l'entreprise. En clair, à chaque fois qu'une action est vendue, c'est une petite partie de l'entreprise qui est vendue aux actionnaires. L'achat sur les marchés est ouvert au monde entier. Monsieur ou madame Tout-le-monde peut acheter des actions et donc devenir partiellement propriétaire de grandes entreprises.

Lio, visiblement plus à l'aise avec l'achat d'actions, attendait la suite.

— C'est dans cette branche que nous exerçons. À l'aide du fonds d'investissement *Thirteen stars*, le *Magister* est capable d'acheter des actions et de devenir majoritaire dans les entreprises qui l'intéressent. Par exemple, *Global Pharmaceutical*.

Lio commençait à comprendre où Sven voulait en venir.

— Prenons notre projet par exemple, grâce au fonds *Thirteen stars*, ils achètent des actions et deviennent majoritaires dans la société pharmaceutique. Ils peuvent ensuite orienter la société vers leurs propres recherches ; ce sont les nouveaux patrons. Une fois l'objectif atteint, ils revendent leurs parts, ni vu ni connu, et le tour est joué.

Lio, qui prenait des notes, s'arrêtait régulièrement pour assimiler les explications.

— Si un jour quelqu'un veut fouiner dans les recherches du *Magister*, grâce au principe d'influence que je t'ai expliqué tout à l'heure, ils utilisent des moyens de pression pour se protéger.

Lio n'avait jamais réalisé à quel point la mainmise du *Magister* sur le monde était intelligente et totale. Il murmura, songeur :

— Je comprends… Mais comment font-ils pour passer

inaperçus ? Quand on devient majoritaire dans une compagnie, ça se voit.

Le ton était redevenu cordial, Lio suivait et Sven appréciait.

— Le *Magister* possède *Thirteen stars*. C'est un fonds de fonds.

— C'est-à-dire ?

— Un fonds qui possède des parts dans d'autres fonds. Il en regroupe de cette manière treize. Les treize fonds sont tout à fait respectables. Des fonds d'investissement très connus et même des fonds de pension, *a priori* tous indépendants les uns des autres.

Le visage de Lio s'éclaira.

— Si je comprends bien, notre fonds secret possède treize fonds soi-disant indépendants. Si chacun des treize fonds achète, disons 4 % d'actions d'une même entreprise, ça passe inaperçu, mais au final on en possède 52 %. C'est malin. N'existe-t-il aucun moyen pour les autorités de dépister notre fonds de fonds, le *Thirteen stars* ?

Malgré le coup dans le dos porté par Lio, Sven éprouvait une pointe de fierté pour son ancien poulain. Il posait de bonnes questions.

— Comme les fonds sont établis dans des paradis fiscaux, on ne connaît pas l'identité de tous les actionnaires. Donc, personne ne connaît le fonds *Thirteen stars*.

— Et même si on le connaissait, j'imagine qu'il n'y a pas de lien direct avec le *Magister*.

Sven acquiesça.

— Le lien direct entre le fonds et le *Magister*, c'est toi désormais. Ils sont très prudents et gardent toujours un intermédiaire… comment dire… remplaçable…

Lio, mal à l'aise, réorienta la conversation.

— Un fonds pareil, j'imagine que ça doit chiffrer lourd.

— 5 700 milliards de dollars américains.

Lio ouvrit des yeux ébahis. Presque le double du produit intérieur brut de l'Allemagne, soit la richesse produite par plus de cent millions de personnes d'un pays riche et industrialisé, sur une année, le tout réuni dans les mains d'un seul fonds !

Lio poussa la réflexion. Par extension, en matière d'exécution et de fonctionnement, il pouvait considérer cette somme entre ses mains. Sven interpréta correctement les dollars qui miroitaient devant les pupilles de Lio.

— Ton job n'est pas de gérer le fonds, et sois rassuré, tu n'en possèdes pas un dollar. Ton job est d'être l'intermédiaire entre le *Magister* et *Thirteen stars*. Tu participes au comité de direction. Tu restes un invité silencieux sauf si tu reçois des directives du *Magister*.

— Par exemple ?

— Eh bien… par exemple, la construction d'un centre de recherche à Genève avec deux étages confidentiels au sous-sol réservés à de la recherche privée.

Thirteen stars avait financé, *via Global Pharmaceutical*, un superbe building universitaire à Genève, en échange d'un emplacement au sous-sol réservé pour leurs projets. Personne ne posait de questions.

La devanture était une firme respectable, le *Magister* contribuait à l'avancée de la science et pouvait faire ses recherches privées à l'abri des regards et hors de tout contrôle. Le stratagème semblait parfait.

— Ce sera toi qui soumettras ce genre de projet à l'avenir ; tu relayeras les décisions du *Magister* et devras t'assurer de leur bonne exécution. C'est en ce point que réside la tâche la plus importante pour toi.

— C'est très clair, dit Lio. Y a-t-il un sujet à aborder pour le prochain conseil d'administration du fonds ?

— Une broutille, le *Magister* veut rendre service aux dirigeants européens pour les remercier de leur coopération.

— Quelle coopération ?

— Ils ont démarré un processus de réglementation du Net, *via* la création du nouveau Web-G8, un coup dur pour les « Robin des bois » du Net. En échange, *Thirteen stars* va acheter un peu de la dette grecque pour soulager l'Europe : cent milliards d'euros.

Lio rétorqua d'une voix mitigée :

— C'est un fameux cadeau ! Pour la Grèce en plus... C'est tout de même 2 % du portefeuille.

Le regard bleu de Sven devint un peu plus pâle, comme si d'un seul coup, il avait pris dix ans.

— Tu l'apprendras à tes dépens, le *Magister* ne fait jamais de cadeau.

Chapitre 65
Le coup de bâton

Originaire du petit village d'Uxhian, Hou-Chi connaissait le légendaire Chow Tiang. L'homme qui avait commencé par vendre des étoffes avant d'atteindre les sommets capitalistes. Lorsque Gui, quelques semaines plus tôt, l'avait recruté dans le village natal, l'énorme Hou-Chi avait franchi la ligne. Il voulait faire partie de l'aventure, troquer sa vie de bétail contre la promesse d'une véritable destinée et la liberté de pouvoir faire ses propres choix.

***

Un ronronnement lointain vint perturber les oreilles du géant Hou-Chi. Le colosse aux cheveux en bataille porta un regard inquiet vers la route obscure.

Il avait disposé les voitures en travers de la route, comme convenu. Les quatre hommes, en alerte, pointaient sur les capots leurs fusils-mitrailleurs en direction du chemin esseulé sur la plaine.

Ils seraient là dans moins d'une minute. Au pas de course, le bibendum chinois disposa, à la hâte, les derniers bidons d'essence non loin des réservoirs de propane, conformément aux ordres de monsieur Tiang.

Au loin, il aperçut Chu sortir de la ferme. Une pile de

dossiers sous le bras, il courait en direction du 4x4 chargé et prêt à partir.

Gui, au volant, écoutait les instructions de Chow Tiang par la vitre entrouverte, tandis que Chu montait à ses côtés, ses précieux dossiers en main.

— ILS ARRIVENT !

Le cri venait du château d'eau, en face de la ferme. De leur mirador, les deux *snipers* contemplaient en avant-première, l'arrivée funeste d'une demi-douzaine de véhicules au travers de leurs réticules.

Chow serra la mâchoire. Le regard du fils dans l'habitacle rencontra celui du père. Si la croisée des chemins arrivait toujours à l'improviste, elle avait le mérite de se manifester clairement. Le temps se figea pour les deux hommes. En un regard, ils comprirent que c'était la dernière fois. Leur ultime salut leur ressemblait tant : de la fierté, des remords, un peu de colère, mais surtout, une force et un lien inconditionnels.

Les premières rafales de balles déchirèrent le calme plat de cette nuit froide. Les tirs provenaient du barrage. Les armes illuminaient la barricade de gerbes flamboyantes. Une explosion à quelques centaines de mètres galvanisa les défenseurs. Ils faisaient mouche ! Les tirs reprirent de plus belle, ils vendraient leur peau chèrement.

Le vieux Tiang hurla :

— DÉMARRE !

Gui passa la première. Sous le regard impuissant de Chu, la Jeep quitta la route et prit la direction des hautes steppes chinoises sans autre cérémonie d'adieu.

Les bruits d'impacts sur la tôle dominèrent peu à peu le champ de bataille. La riposte ennemie se faisait rude et les hommes à la barricade, submergés par la mitraille, ne parvenaient pratiquement plus à tirer. Ils ne tiendraient pas longtemps. Deux véhicules adverses se séparèrent du peloton et le rugissement de leur moteur se rapprochait dangereusement.

Le bruit de tôle broyée fut assourdissant. Les assaillants sacrifièrent deux *pick-up* qui vinrent s'écraser en un fracas mortel sur le barrage. La barricade explosa en une gerbe orangée.

Un silence malsain gagna le complexe bercé par le ronronnement des voitures en approche. Les trois véhicules restants pénétrèrent dans l'enceinte. L'entrepôt passé, ils stoppèrent à hauteur du bâtiment principal. Les hommes sortirent à grand fracas de portières. Crispée, la troupe mettait en joue chaque recoin du décor à la recherche d'un ennemi invisible. Un acouphène continu assaillait leurs oreilles, séquelles désagréables des détonations passées.

Un sifflement brisa l'apathie générale, un homme s'écroula sur le sol, le front garni d'un trou sanglant.

— À couvert !

Un deuxième homme tomba.

— Le réservoir d'eau ! Ça vient de…

Le gueulard s'interrompit sous une rafale. Les fenêtres de la ferme volèrent en éclats. De l'intérieur, un fusil automatique crachait des salves meurtrières en direction des assaillants. Deux autres ennemis tombèrent. La réponse fut immédiate. Lourdement armés, les « Longs » assaisonnèrent la ferme et le mirador au gros calibre. Tirant presque à l'aveugle, la crosse au creux de l'épaule, ils extériorisèrent leur rage en vidant leur chargeur.

Ils cessèrent le feu, laissant les canons rougis par l'intensité des tirs refroidir. Aucun signe des Tiang. Inquiets, ils rechargèrent fébrilement leurs armes, dans un bruit de cliquetis métalliques. Deux balles sifflèrent une nouvelle fois, deux victimes s'écroulèrent sur la route. La poussière s'agglutinait en d'étranges billes pourpres. Les cinq survivants, en tenaille entre la ferme et le réservoir, se tapirent à l'abri des jantes de leurs voitures. Un des hommes saisit son téléphone portable et demanda du renfort. À ce moment précis, une nouvelle vague meurtrière les frappa, un des leurs fut littéralement haché sous la mitraille. Un des « Longs » osa un coup d'œil au-dessus du capot. Il n'en croyait pas ses yeux. Un géant, armé de deux mitraillettes, sortait de l'entrepôt. Le colosse avançait vers eux sans interrompre son tir, le regard flamboyant. Les doigts sur les détentes, l'ambidextre de deux mètres massacra un nouvel ennemi qui riposta instinctivement.

L'échange de balles fut meurtrier. Des lambeaux de chair quittèrent le corps d'Hou-Chi qui poursuivait son avancée kamikaze. Les derniers assaillants se levèrent à leur tour pour fumer ce fou furieux. Les *snipers* sifflèrent. Hou-Chi sourit. Sourd à tout ce qui l'entourait, il contempla les ennemis se désarticuler à chaque impact de balle, telles des ombres chinoises qui se tortillent sous la clarté de la lune. Il ne sentait plus son corps, il se contentait de maintenir les doigts serrés sur les deux fusils d'assaut qu'il tenait fermement. Il sentait à l'intérieur de lui des chocs répétés, mais il n'avait plus mal, il était trop tard pour cela.

Lorsque le dernier ennemi tomba, son champ de vision bascula. Il ne voyait plus la route, ses yeux roulèrent vers les étoiles. Comme ses ancêtres, sa vie se déversait sur la route de la soie, mais lui, partait le sourire aux lèvres.

Un point, obscur et bourdonnant, bougeait imperceptiblement dans le flou de sa déperdition. Un hélicoptère zébra le ciel de ses missiles air-sol. Le mirador explosa en milliers d'étincelles brûlantes.

Le rotor de queue opéra un arc de cercle. La mire du vautour d'acier fit face à l'objectif final. Un cliquetis métallique déclencha un grondement sourd et destructeur. Plus aucun autre bruit ne perçait cet enfer déchaîné. Les balles déchiquetèrent les cloisons en bois, envoyant valser des milliers de débris. Les quelques vitres encore présentes explosèrent sous la pression.

Lorsque chaque pièce fut criblée de métal hurlant, l'appareil cessa son chant funeste. L'hélicoptère maintint sa position un long moment, à la recherche du moindre mouvement.

Dans un grand remous de poussière qui vint recouvrir les cadavres, l'engin se posa finalement dans la cour.

Le pilote maintint les pales en rotation. Ils comptaient certainement poursuivre les fuyards, mais avant, le *Bâton Rouge* voulait achever le travail.

Elle sauta de l'hélico dans sa tenue moulante noire et fut rejointe par deux hommes en tenue bariolée. La tueuse des « Longs » ordonna aux gardes d'entrer dans la ferme chancelante, à la limite de l'effondrement.

Prudemment, ils gravirent les marches du patio et approchèrent de l'embrasure de la porte perforée. Le fusil de chasse cracha une double gerbe de plombs. Le premier sbire fut littéralement coupé en deux. Propulsé par l'impact, le torse déchiqueté s'écrasa quelques mètres plus bas dans un bruit de chair moite.

Le hall était perforé de milliers de trous par lesquels on distinguait les autres pièces. Le vieux Chow, blessé par la mitraille de l'hélicoptère, s'était réfugié derrière une table métallique renversée dans le hall d'entrée : barricade de fortune. Il tentait, de ses mains tremblantes, d'insérer deux nouvelles cartouches dans les chambres juxtaposées. Après un coup d'œil rapide, l'homme de main pénétra dans le hall, l'œilleton en direction du dernier rempart des Tiang.

L'ancêtre, le corps complètement ensanglanté, n'en avait plus pour très longtemps. Le *Bâton Rouge* les rejoignit et approcha lentement. Tel un boa, elle savourait autant la capture que la morsure. Elle contourna la table, affamée de mort, à la recherche de sa proie agonisante. Incapable de recharger son arme, la main fébrile de Chow retomba sur le sol.

Les deux dernières cartouches roulèrent jusqu'aux bottes de la tueuse. Malgré son inéluctable trépas, il la toisa d'un regard empli de dignité. Elle sourit.

— Tue-le.

L'homme de main, resté en retrait, leva son arme. Aucune détonation. Son bras retomba le long de son corps.

— Je t'ai dit de le tuer, maintenant !

L'homme s'écroula.

Le *Maître* assassin eut à peine le temps de comprendre. Elle fit volte-face et évita de justesse la dague qui frôla sa gorge. Elle pivota en position défensive, sans avoir identifié d'où venait le danger. Trop tard, pour éviter le coup de pied. En position, elle opposa son avant-bras pour dévier l'assaut, mais San avait sauté de tout son poids. Elle sentit la semelle lui racler la moitié du visage.

Elle vacilla sous les milliers d'étoiles qui lui brouillèrent la vue et s'écrasa sur le sol. Le cousin de Chu en profita pour se rétablir et lui assener un violent coup de pied dans les côtes. La jeune femme, au visage déformé par la douleur, se plia en deux. Malgré sa réussite, San restait crispé.

Il maintenait sa main gauche sur son flanc. Gravement blessé par l'hélicoptère, il avait dépensé ce qu'il lui restait de force dans cette dernière attaque. Il lui restait encore une chose à faire, empêcher l'hélico de poursuivre sa route. Il devait gagner du temps pour son frère et son cousin.

San souleva son pied pour achever son adversaire quand elle fit balancier avec son corps. Ses fines jambes balayèrent les points d'appui de San qui heurta lourdement le sol. D'un mouvement souple du bassin, elle se remit debout et assena une vingtaine de coups de talon dans le flanc blessé de son dernier adversaire, ne lui laissant pas la moindre chance. Les premiers coups lui arrachèrent des cris atroces.

Ensuite, San n'émettait plus que de faibles lamentations. Lors des derniers impacts, le pied frappait un corps amorphe dans un bruit sourd. Le visage rougi par la haine et le sang qui s'écoulait de son arcade, le *Bâton Rouge* regarda le vieux Chow, témoin impuissant d'un spectacle inhumain. Face à lui, le démon, un démon prêt à le dévorer lui susurra d'une voix caverneuse :

— Ouvre grand tes oreilles, vieil homme. Si tu écoutes bien, tu pourras bientôt entendre un murmure qui vient de la plaine. Comme cadeau d'adieu, je t'offre l'écho des hurlements de ton fils que j'écorcherai vif sur la route, comme un chien.

Elle abandonna le père de Chu à son impuissance. En quelques pas, elle rejoignit la cour et avança vers l'hélico. Elle ralentit le pas, un détail attira son attention. Un élément manquait, le décor avait changé. Elle analysa la scène. Soudain, tout fut clair. L'énorme masse étendue à une vingtaine de mètres n'était plus là. Elle suivit du regard l'épaisse trace sanguinolente laissée par le mourant. Au bout du calvaire, adossé au réservoir de propane, elle le vit. Hou-Chi saisit le bidon d'essence. Il n'entendit pas le *Bâton Rouge* hurler à la mort dans sa direction. Il se contenta d'allumer son briquet.

Sans avoir de prise sur le bon vouloir du destin, il comprit que faire des choix, c'était marquer sa propre différence. La déflagration carbonisa la zone en un instant, offrant à *Maître* Tiang une ultime satisfaction.

Chapitre 66
Une tenue différente

Les néons illuminèrent la pièce dans un ronronnement caractéristique. Édouard souleva du revers du bras les larges bandes de plastique transparent qui séparaient la partie en rénovation du reste de l'université. Silencieusement, il traversa l'aile en travaux et dirigea la troupe vers un petit escalier qui donnait sur une porte en contrebas. Les yeux gonflés par le manque de sommeil, il s'arrêta afin de fouiller ses poches à la recherche de la clé.

Toujours sous le choc de ce réveil impromptu, il avait agi par instinct. Chaussé de ses pantoufles, il avait écouté, médusé, dans son hall d'entrée, le récit des trois fugitifs. Il troqua son pyjama contre un *blue-jean* et un pull à col roulé. Il prit un court instant pour évaluer le problème. Il fallait leur trouver un refuge qui ne l'incriminerait pas. Le quinquagénaire pensa immédiatement à l'université. Nico y avait travaillé comme chercheur, il connaissait l'endroit.

***

Édouard descendit, la clé en main, les quelques marches du fond qui menaient à la vieille porte en chêne.

— Cette porte est un vestige des anciennes fondations. Il mène au sous-sol qui a été préservé.

Il déverrouilla la porte.

— Nous entreposons dans ces soubassements tout le matériel didactique non utilisé pendant la période des travaux.

La porte s'ouvrit dans un craquement de bois sourd.

— Vous y serez à l'abri des regards indiscrets. Il existe un local plus loin muni d'un réseau d'égouttage, d'alimentations électriques et de sanitaires.

Édouard éclaira la pièce voûtée. De part et d'autre, des caisses et du mobilier emballé dans de la cellophane et du « papier bulle ». L'amas de matériel entreposé de chaque côté donnait à la cave une allure de bibliothèque abandonnée, avec son allée centrale.

Ils quittèrent la large pièce et poursuivirent leur avancée. Édouard, tel un *Maître des clés*, jouait du trousseau pour leur ouvrir le chemin. À mi-parcours, ils firent face à un second escalier. Le guide sortit sa lampe de poche. Le deuxième sous-sol était une succession de caves inoccupées et beaucoup d'ampoules ne fonctionnaient plus. Au fond, une porte à droite menait vers un couloir obscur. Au fur et à mesure qu'ils s'enfonçaient dans les tréfonds de l'université, l'environnement devenait de plus en plus vétuste. Assaillis par les toiles d'araignées et l'odeur d'humidité, ils débouchèrent finalement dans un cul-de-sac.

Face à eux, un mur en brique, humide et noirci par le temps.

Édouard murmura sur un ton mystérieux :

— C'est ici…

Clara, Nathan et Nico se regardèrent, circonspects.

— Mais où allons-nous, Édouard ? demanda Nico entre deux quintes de toux.

Pour toute réponse, le quinquagénaire s'accroupit et posa son doigt dans le coin inférieur gauche du mur. Il compta trois briques vers la droite et remonta ensuite de sept briques. Il murmura à nouveau :

— Un carré long…

Édouard tendit par-dessus son épaule la lampe torche à Nico. Concentré, il frotta les joints de manière à avoir une bonne prise. Il utilisa ensuite ses deux mains pour extirper la septième brique du mur. Rapidement, elle se mit à bouger. Dans un bruit de pierre qui crisse, il l'ôta du mur, créant une brèche rectangulaire. Nico, intrigué, tentait tant bien que mal d'éclairer son mentor. Édouard engouffra lentement son bras dans le sombre trou. Tous retinrent leur souffle.

Sous le regard captivé de ses suivants, Édouard actionna à l'aveugle un mécanisme dans un bruit de ferraille. Le cliquetis fit penser à un loquet ou une poignée qui peinait à se libérer de son emprise rouillée. Dans le couloir humide, les trois compères étaient hypnotisés par la découverte de ce passage mystérieux.

Clic.

— Nous y voilà ! exulta Édouard.

Il poussa sur le mur en brique qui semblait pourtant toujours inamovible. Il geignit sous l'effort.

— Un peu d'aide, les enfants…

Sortis de leur torpeur par l'appel, tous se précipitèrent pour aider Édouard. Ils poussèrent de toutes leurs forces et la pression combinée des quatre explorateurs fit pivoter la porte. C'était un lourd panneau de chêne sur lequel on avait maçonné un mur en brique pour lui donner l'illusion d'un cul-de-sac. Un vent frais et humide les assaillit.

— Il devrait y avoir un ancien boîtier à fusibles. Attendez-moi ici.

Il reprit la lampe torche des mains de Nico et s'avança dans le noir. Les trois amis, campés devant l'entrée de cette étrange salle, virent Édouard disparaître peu à peu dans l'obscurité. Après quelques pas, ils ne distinguaient plus que le zigzag saccadé du faisceau qui balayait la pièce au rythme de ses pas.

Des dalles en damier blanc et noir, des chandeliers, des bancs… Le lieu aurait fait penser à une chapelle ou une petite église, mais la pénombre était trop forte et laissait planer un mystère complet sur l'origine des lieux. Au loin, Édouard arrivait au fond de la pièce. Soudain, le faisceau de la lampe de poche disparut et le noir le plus complet les entoura.

Quelle que fût la destination du professeur, il n'était plus dans la même salle. Clara se serra près de Nathan. À son contact, un frisson le parcourut. Ils tentèrent de percer l'obscurité, mais plus aucune source de lumière ne leur parvenait. Il leur était impossible de distinguer quoi que ce soit. Nico lança d'une voix mal assurée :

— Édouard ?

Le nom résonna dans un écho sinistre et laissa à nouveau sa place au silence pesant qui les entourait. Il reprit, plus fort cette fois :

— ÉDOUARD !

La réponse fut quasiment immédiate et douloureuse. Une lumière vive les agressa, forçant les profanes à plisser les yeux.

— J'ai trouvé !

À l'entrée, deux colonnes massives hautes et larges les encadraient. À leur sommet, deux imposants chapiteaux décorés de fruits exotiques, plus précisément des grenades. Au sol, un immense dallage en damier blanc et noir. À gauche et à droite de la large pièce rectangulaire, deux rangées de bancs en vis-à-vis encadraient une allée centrale vide, ce qui faisait un peu penser à la disposition du Parlement britannique.

Au fond, trois marches menaient à une estrade où se trouvait un large bureau qui présidait les lieux. Au-dessus, une fresque, représentant une voûte étoilée, dominait l'endroit de ses regards scintillants avec de part et d'autre de l'allée une lune et un soleil. Disséminés dans la pièce, quelques chandeliers décrépits témoignaient de la vétusté des lieux. Édouard apparut de derrière une étrange tapisserie qui représentait une pyramide avec un œil en son sommet. Visiblement, ce tapis dissimulait une porte au fond de la pièce, derrière l'estrade.

— Nous y voilà !

Il rejoignit les trois amis, décontenancés et circonspects.

— Vous êtes dans un ancien temple maçonnique. L'université a été construite sur les fondations d'une ancienne villa. Nous sommes dans ses caves. Elles datent du XVIIIe.

Il observa son audience qui ne semblait pas comprendre. Il décida d'éclairer une nouvelle fois leur lanterne.

— Au début du XXe siècle, le droit à l'enseignement libre n'existait pas, c'était un enjeu majeur. À l'époque, l'Église avait la mainmise sur l'éducation. Les maçons se sont réunis en secret dans ce temple, à Bruxelles, mais aussi dans le reste de la Belgique et en France pour mobiliser des fonds et créer des universités « libres d'examen ».

Édouard avança vers les bancs en chêne. Il poursuivit avec un brin de nostalgie :

— La franc-maçonnerie a joué, à l'époque et dans le plus grand secret, un rôle majeur dans l'évolution sociétale.

Il se retourna vers les compères. Il parla avec fierté et charisme, ce n'était plus le professeur, mais bien le vénérable *Maître* qui s'adressait à sa loge.

— Face à la mainmise d'une Église omnipotente, les notables, enseignants, médecins, avocats, banquiers, mais aussi industriels se sont unis dans le plus grand secret.

Il arbora quelques secondes une mine désabusée, comme s'il regrettait une époque révolue. Il reprit ensuite, plus enjoué :

— Je suis heureux de donner à ce temple une seconde vie et une nouvelle raison d'être…

Clara prit la parole.

— Euh, vous avez le wifi ici ?

Décontenancé, Édouard resta muet quelques secondes. Le silence fut ensuite brisé par un rire général qui ôta toute la tension ambiante. Tous remercièrent Édouard d'une accolade sincère. Nico s'attarda un peu plus sous l'étreinte de son mentor. Il apprécia la détermination dans le regard d'Édouard. Ce qui inquiéta Édouard, c'était cette étrange tristesse dans celui de Nico.

Chapitre 67
Task force

[114TOIN5] J'ai parlé au directeur en chef…

Philippe fronça les sourcils, les nouvelles s'annonçaient mauvaises.

[Philou1987] Et?

[114TOIN5] Il n'est pas du tout, mais alors là, pas du tout emballé par notre projet de documentaire…

Philippe se gratta l'entrejambe, l'information visiblement le dérangeait.

[Philou1987] WTF? Il lui faut quoi pour lancer un docu?

[114TOIN5] À ce sujet, nous avons du nouveau.

[Philou1987] Nous…? Tu veux dire les «Nul Na Ni Mousses»?

[114TOIN5]… Évite ce genre de blague… Oui, c'était bien ma référence. Ils m'ont «forwardé» plusieurs études sur les écarts d'espérances de vie en fonction du milieu social. Plusieurs études menées aux universités de Gand et de Liège démontrent un écart important. L'espérance de vie en extrême précarité ne dépasse pas les quarante-huit ans. Soit vingt-huit ans de moins que la moyenne!

[Philou1987] Les pauvres meurent en moyenne à quarante-huit ans!

Philippe piocha dans son paquet de chips et mâcha bruyamment en attendant la suite.

[114TOIN5] Oui… Mais bon, tu sais, le capitalisme donne sa chance à tout le monde. Si tu n'es pas riche, c'est probablement de ta faute, parce que tu es un fainéant ou un con, donc tu peux mourir trente ans avant moi, tu ne peux t'en prendre qu'à toi-même…

Antoine laissa passer quelques secondes. Le sujet générait chez lui une émotion vive, et ce malgré le fait qu'il soit du « bon » côté de la barrière… ou de la fosse, selon le point de vue.

[Philou1987] Mais ce n'est pas possible ! Comment le monde peut-il fermer les yeux sur un fossé aussi énorme :-/… ? En tout cas, vous êtes fortiches, il m'a fallu une « demi-vie » pour compiler mes données sur les richesses concentrées. En l'espace de quelques semaines, tu me balances d'abord un fichier piraté sur des recherches hormonales, ensuite un rapport démographique sur des maladies non transmissibles et maintenant, l'espérance de vie protocolaire ou le trépas échelonné… Comment parvenez-vous à déceler tout ça ?

[114TOIN5] Oui, notre organisation déniche pas mal d'infos. C'est le principe du collectif, si chacun fait sa petite recherche et apporte un élément, même infime, au bout du compte, ça représente une somme de travail considérable…

Philippe, sous le choc, n'en revenait toujours pas.

[Philou1987] Putain, on laisse les gens crever dans l'indifférence générale pour permettre à certains de vivre plus longtemps ! C'est INCROYABLE ! La gestion des maladies, la mort des pauvres, les recherches pour vivre plus longtemps… Tout est lié ! Il faut que tes potes, ceux « de la mousse », balancent la purée sur le Net. On ne peut plus attendre, faut inonder la Toile, ça va créer une révolution.

[114TOIN5] Ça devient compliqué, Philou…

Philippe s'attendait à plus d'enthousiasme de la part d'Antoine.

[Philou1987] Pourquoi ?

[114TOIN5] La liberté d'expression recule sur le Net. Les États membres du G8 ont récemment lancé une vaste mesure de contrôle. Sous prétexte de surveillance contre de potentielles attaques terroristes, ils se sont massivement attaqués à nos serveurs et plateformes, avec des algorithmes de censure automatique. C'est une véritable guerre invisible contre la liberté d'expression.

Consterné, Philippe ne savait que répondre. Il pianota avec hésitation.

[Philou1987] Euh... On fait quoi alors ?

[114TOIN5] Des études comme celles sur l'écart d'espérance de vie sont légion. À nous de les compiler pour rendre le constat le plus complet possible. Pour employer la voie légale de la presse et susciter l'intérêt de M. Sébastien Trémy, notre dossier doit être accablant et irréfutable. La tâche est immense, mais nous devons utiliser leur système si nous voulons les mettre à terre...

Philippe cligna des yeux comme un bovin face à une équation. Dans un grand effort littéraire, il copia et colla sa phrase précédente.

[Philou1987] Euh... On fait quoi alors ?

[114TOIN5] Je ne vois qu'une seule solution. Il faudrait se réunir. Si le journal refuse de nous fournir l'infrastructure, on fera sans lui.

L'encéphalogramme de Philippe fit un soubresaut.

[Philou1987] J'ai un bureau de disponible...

[114TOIN5] Travailler en réseau fermé à l'ancienne ?

Antoine s'accorda un temps de réflexion, Philippe patienta.

[114TOIN5] C'est une bonne idée, c'est ce qu'il y a de plus sûr. Je pourrais venir ce week-end déjà.

Philippe hésita avant d'envoyer son prochain message. Il avait envie d'impliquer un troisième investigateur, mais n'était pas sûr de vouloir le faire pour les bonnes raisons. Il se jeta à l'eau.

[Philou1987] Tu ne penses pas qu'il nous faudrait du renfort ?

[114TOIN5] Louise ?

[Philou1987] Par exemple…

[114TOIN5] Bonne idée. Je propose de l'inviter pour ce week-end. On lui expliquera la situation de manière transparente et on lui laissera le libre choix de se joindre à nous ou pas.

Philippe gérait ses émotions difficilement, Louise chez lui ! Ses rêves les plus humides devenaient réalité.

[Philou1987]… L'approche me convient.

[114TOIN5] Parfait. À samedi.

***

La cuisine de *mamma* Lucia enveloppa ses convives de ses parfums de vanille et de pâtisseries.

— Asseyez-vous, les enfants. J'ai fait du gâteau.

Louise et Antoine s'assirent poliment.

— Maman, ils sont venus pour travailler…

Mamma Lucia l'interrompit.

— On travaille mieux le ventre plein ! Allez, active-toi ! Sers le café, je m'occupe du *brownie* aux noix de pélican.

— Aux noix de pécan, Maman.

Exaspérée, *mamma* Lucia se tourna vers les invités.

— Il est aussi comme ça au travail ?

Un timide sourire aux lèvres, Antoine et Louise hochèrent la tête en signe d'approbation. Madame Lucia reprenait du poil de la bête. À travers ces petites attentions du quotidien, elle offrait cet amour infini qu'ont les gens simples. Elle leur servit de trop généreuses parts, contente et fière que son fils reçoive enfin de la visite.

— Vous devriez passer plus souvent. Il a rangé et nettoyé l'étage pendant deux jours.

Philippe, très silencieux depuis l'arrivée de Louise, leva des yeux exaspérés au ciel.

— Maman, s'il te plaît. Ce ne serait pas Stéphane Bern à la télé ?

Madame Lucia l'ignora complètement, elle n'avait d'yeux que pour Louise.

— Vous reprendrez bien un morceau ?

La jeune reporter à la frimousse rousse et aux yeux clairs s'essuya la bouche poliment avant de répondre :

— Non merci, madame, c'était vraiment très bon, mais je n'en peux plus.

— Moi, j'en veux bien encore, Maman.

— Toi, tu en as eu assez. Laisses-en aux autres !

— Il est tombé dedans quand il était petit ? intervint Antoine, lorgnant sur le gras bedon de son collègue.

— Exactement ! répondit *mamma* Lucia, un sourire entendu aux lèvres.

Elle se tourna ensuite vers son fils.

— Il me semble très bien cet Antoine, pas du tout le portrait que tu m'as décrit.

Philippe décida de stopper les frais.

— Bon, ce n'est pas tout ça, mais on a du pain sur la planche.

Louise se leva pour débarrasser la table. Madame Lucia ne put retenir son commentaire.

— Et bien élevée avec ça.

Elle lança un clin d'œil approbateur vers son fils. Antoine pouffa tandis que Louise virait au rouge. Sans plus attendre, Philippe se dirigea vers l'escalier, invitant ses collègues à le suivre. Une à une, ils montèrent les marches, sans être vraiment certains de savoir où ils mettaient les pieds.

Chapitre 68
Le lien

— Encore un peu à droite…

Nathan, stoïque, suivait les directives de Nico. Ils déposèrent la table en inox sous l'ampoule.

Clara balaya la pièce du regard. La physionomie de l'endroit avait complètement changé. Le centre de la pièce qui, jadis, accueillait les bancs en vis-à-vis était complètement vide. Les décorations maçonniques désormais entassées près de l'entrée laissaient au centre un bel espace à aménager. Le promontoire au fond de la pièce, délimité par trois marches, s'était véritablement transformé en labo.

À la tombée du jour, lorsque cette partie du bâtiment était abandonnée par les universitaires, ils se hasardaient dans les caves supérieures à la recherche d'objets intéressants : binoculaires, éprouvettes, centrifugeuses, bref, tout ce qu'il fallait.

Le matériel entreposé attendait de vivre une seconde jeunesse dans des locaux bientôt rénovés ; les secondes chances avaient parfois un goût de moisi.

La tâche accomplie, Nico expectora bruyamment. Il jeta son mouchoir souillé dans la poubelle en inox au pied du plan de travail.

— Ma poule, je n'en peux plus. Je dois vraiment revoir ma femme. Elle est à trente-deux semaines maintenant.

Le regard du policier s'attrista.

— Si tu fais ça, toi et ta femme vous retrouverez en prison. Tu condamnerais ton enfant aux services sociaux.

— Tu ne comprends pas… j'dois la revoir au moins une fois.

— C'est trop tôt, Nico.

Le docteur secoua la tête, les larmes aux yeux. Il ouvrit la bouche, mais aucun son n'en sortit. Il toussa à nouveau et murmura :

— Après, il sera trop tard.

Clara rejoignit les deux amis. Le ton de Nico détonnait, quelque chose clochait.

— Mais de quoi parles-tu ?

Nico baissa les yeux, Clara toucha délicatement l'épaule désormais glacée du docteur.

— Nico, qu'est-ce qui ne va pas ?

Le visage humide de désespoir, il répondit :

— Il me reste un mois… Si je m'auto-médicamente, peut-être un peu plus. Il y a de grandes chances que je ne voie jamais mon enfant venir au monde.

Sa voix était brisée par l'émotion.

Nico serra les dents un long moment, le regard en berne.

— Ils m'ont inoculé un carcinome pulmonaire…

Ses amis répondirent compulsivement :

— Un quoi ?

— Ils m'ont inoculé UN PUTAIN DE CANCER !

Un silence de mort envahit les lieux. Le regard de ses deux amis devint vitreux. Toute promesse d'un avenir meilleur venait d'être ôtée, jetée aux rats et recouverte d'un mouchoir taché de sang. Une larme perla au coin des yeux de Nathan.

— Tu te rappelles de l'injection de vaccin à notre arrivée sur l'île ?

Clara baissa les yeux. Employée par Lio comme agent double, elle n'avait pas été soumise aux mêmes protocoles.

— J'ai refait tout le film dans ma tête. Peu après le vaccin, j'ai développé cette toux constante. À chacune de mes visites, ils me diagnostiquaient un rhume et me faisaient une injection « antivirale ».

Il déglutit, la voix emplie d'émotions.

— Chaque injection ne faisait que stabiliser la saloperie inoculée à mon arrivée. Ils devaient simplement la contenir le temps que je leur délivre le protocole. De retour à la maison, je serais décédé de mort naturelle, une victime de plus des MNT[1], emportant ainsi le témoin gênant.

Nathan et Clara avaient du mal à suivre. Nico s'adressa de nouveau à Clara, d'une voix plus calme, mais le regard empli d'une indéfectible colère.

— Dans le fichier que tu as piraté, il y avait un dossier nommé « médical » à mon nom. En cherchant, j'ai trouvé la référence d'un protocole de transfert inconnu. En poursuivant mes recherches, j'ai trouvé les résultats de chacune de mes prises de sang. Les marqueurs sont clairs et le diagnostic est sans équivoque.

Nathan se retourna et s'appuya à la lourde table en inox. Son reflet déformé par le métal ne renvoyait que la triste réalité des choses, laide et trouble. Une vie normale qui ne l'était plus, un ami hors pair qui s'essoufflait à chaque seconde et comble du malheur, l'enfant à naître qui ne connaîtrait jamais cet homme exceptionnel.

Les phalanges saillaient sous la tension de son poing. Fou de rage, il frappa du pied la poubelle métallique. Elle plia sous l'impact du coup et vola en direction de l'entrée. Nathan suivit du regard le vol plané de la poubelle, il se figea. En alerte, il fléchit un peu les jambes, prêt à bondir.

1. Maladies non transmissibles.

D'instinct, il écarta d'un bras protecteur ses amis pour se glisser entre eux et l'entrée d'où il voyait deux hommes, probablement des tueurs, avancer d'un pas décidé.

Chapitre 69
L’arrivée

« Bienvenue en Belgique. »

L’écriture jaune sur fond bleu du panneau routier embauma la tension des deux Chinois. Ils avaient parcouru plus de huit mille kilomètres en cent vingt heures. Malgré le trafic intense, piètre conséquence de l’état des autoroutes wallonnes en constante rénovation, ils avalèrent les derniers kilomètres, sereins.

Enfin ! L’avenue Franklin-Roosevelt, encombrée à cette heure pourtant tardive, n’avait pas changé. Les arbres qui la bordaient étaient verts et majestueux. Plantés à intervalles réguliers au sein de parterres d’herbe bien entretenus, ils dissimulaient avec peine l’entrée en arc de cercle du bâtiment. Gui se parqua sur un emplacement libre de l’avenue et coupa le moteur brûlant. Les grosses lettres blanches sur fond bleu de l’entrée confirmèrent à Chu la fin de son voyage : *ULB*[1].

***

La poubelle rebondit non loin du colosse chinois. Gui lança à l’agresseur un regard meurtrier. Nathan, toujours en position défensive, couvrait ses amis en faisant écran de

1. Université libre de Bruxelles.

son corps. Comme si une énergie intangible s'opposait, les deux hommes se fixèrent, immobiles. La voix d'Édouard brisa l'intensité du moment.

— Du calme, les amis, du calme.

Peu à peu, la tension se dissipa. Édouard entama les présentations…

Chapitre 70
L'intérim

La camionnette *Pharma Swift* se gara devant l'entrée pour effectuer la livraison. Le livreur, un Asiatique d'une trentaine d'années, sortit du véhicule. Il repositionna sa casquette et poussa la porte vitrée. Accueilli par le carillon, il avança vers le comptoir. Anna sourit.

— Bonjour monsieur.

— Madame Piron, je suis le livreur intérim de cette semaine.

Il n'avait pas l'air à l'aise.

— Vous avez des péremptions à rendre, si j'ai bien compris.

Anna pouffa.

— Euh oui, cependant, d'habitude on livre et on valide d'abord la commande du client et *ensuite*, elle insista sur le mot, on reprend les invendus.

Le jeune homme sourit, visiblement tendu.

— J'ai plusieurs commandes dans la camionnette, mais je ne suis pas certain de celles qui vous sont destinées…

Anna, dynamique malgré ses déboires et ses sept mois de grossesse, mena le Chinois à la baguette.

— Bon ! On ne va pas y passer la journée. Je vais venir avec vous et nous ferons le tri ensemble.

Quentin surgit de la réserve, une caisse en main.

— Je me charge des invendus, plus question de porter quoi que ce soit. Tu dois te ménager !

Elle lui lança un sourire complice. Ils accompagnèrent tous deux le livreur. Marc, interpellé par le léger remue-ménage, sortit à son tour de la réserve, accompagné de Lætitia.

— Vous avez besoin d'aide ?

— Ça va aller, Marc, répondit Anna sans se retourner.

L'employé modèle les observa se diriger vers la camionnette tandis que Læti se pendait à son cou. À l'extérieur, Anna lança un regard dubitatif en direction de la caisse.

— Es-tu certain d'avoir pris les périmés ? Je pensais les avoir vus dans une autre caisse…

— Oui ! Marc a utilisé cette boîte pour les revérifier…

Rassurée, Anna fit le tour du van, accompagnée du livreur.

D'un mouvement sec de la poignée, il déverrouilla la portière qui s'ouvrit dans un grincement typique et l'invita à grimper.

À l'intérieur, Anna sentit ses genoux fléchir. Elle avait chaud, sa vision se troubla comme si son cerveau ne pouvait pas intégrer ni comprendre ce qu'elle voyait. Un geyser d'émotions jaillit de sa gorge. Elle ne parvenait qu'à sangloter, les lèvres tremblantes, tandis que de chaudes larmes ruisselaient sur son visage. Nico, les yeux brouillés lui aussi, la prit dans ses bras.

— Mon amour, comme tu m'as manqué.

Toujours incapable de parler, elle se laissa aller tout contre lui, le serrant de toutes ses forces. Ils s'embrassèrent de longues secondes qui furent les plus douces de ces dernières semaines.

Chu vérifia d'un coup d'œil l'intérieur de la pharmacie. Pour le moment, tout semblait calme. Il prit ensuite la caisse des mains de Quentin qu'il remercia d'un hochement de tête.

— Oh, mon amour, murmura Anna.

Elle serra les manches de son mari de toutes ses forces, comme si l'agripper le maintiendrait près d'elle à jamais.

Elle éprouvait un bonheur immense auquel s'entremêlaient peur, tristesse et un brin de colère. Il caressa ses cheveux. Nico avait préparé leur rencontre, mais tous les mots ressassés s'évanouirent, tant le bonheur de la revoir surpassait tout danger.

Il se recula pour la regarder. Ses yeux brillaient d'un mélange d'amour fébrile, comme s'il redécouvrait la beauté de sa femme. Son regard s'attarda sur l'arrondi de sa blouse. Le changement le percuta, il dut faire un effort pour ne pas pleurer à nouveau. Anna perçut immédiatement la souffrance et le désarroi dans le regard de son homme. La main contre sa joue mal rasée, elle posa sur lui un regard tendre.

— Comment va-t-on l'appeler, mon amour ?

Nico était pétrifié. Cachant une imperceptible tristesse, il ne put répondre que par un sourire. Anna l'embrassa.

— Nous allons lui trouver un prénom. Je pensais à Lisa.

— LISA.

Il prononça doucement le prénom. Les lettres s'imprimaient dans son esprit. Il recommença :

— LISA.

Les deux syllabes jouaient sur ses cordes vocales avec l'harmonie d'un père qui joue avec sa fille. Il la chérissait déjà.

— C'est magnifique… Lisa sera parfait.

L'espace d'un instant, l'histoire sordide s'effaça. Dans ce moment intime, les deux amoureux se retrouvèrent comme s'ils ne s'étaient jamais quittés, comme si leur lien primait sur le reste. La réalité revint à Anna à la façon d'un coup de fouet. Elle le saisit par les épaules comme pour le réveiller et planta son regard alarmiste dans le sien.

— Quand vas-tu revenir ? Ils t'accusent de mille forfaits ! As-tu une solution ? Que s'est-il passé ?

Nico secoua la tête.

— Mon amour, nous n'avons que trop peu de temps. Tu dois écouter attentivement ce que je vais te dire.

Dans la pharmacie, le visage de Marc se durcit. Ce n'était pas le livreur habituel et le camion était bien trop en avance. Quelque chose ne tournait pas rond. De derrière le comptoir, il fixait la fenêtre d'où il voyait la porte close du van. Cela prenait trop de temps. Lætitia le tira de sa réflexion.

— Dis, tu as déjà visité les Maldives ?

Cette petite écervelée commençait sérieusement à l'énerver.

Sa patience avait atteint sa limite ultime.

— Gère le comptoir, je dois passer un coup de fil, répondit-il sèchement.

Læti se raidit. Lui se dirigea vers l'arrière-boutique et claqua la porte derrière lui.

Chu termina d'inspecter la caisse. Il y avait tout ce dont il avait besoin, il pourrait apporter les soins nécessaires à Nico et qui sait, prolonger la courte échéance. Il inclina la tête pour observer la pharmacie à travers la vitre du van. Marc n'était plus au comptoir.

Il se tourna d'un mouvement vif.

— Il faut y aller ! Quentin, vous êtes prêt à entrer en scène ?

Le patriarche opina.

Dans l'arrière-boutique, Marc saisit son second portable ; le prépayé. Son équipe se tenait prête à intervenir à quelques rues de là. Quentin était louche depuis quelque temps et on avait perdu la trace de Nico en Écosse, il y avait de cela des semaines. Tout coïncidait, ou plutôt plus rien ne coïncidait, et l'instinct de Marc le trompait rarement.

Il appuya sur la touche d'appel rapide. Ils cueilleraient le van sans problème et si c'étaient vraiment des livreurs réguliers, ils maquilleraient leur disparition en un malheureux accident de la route.

***

À la quatrième sonnerie, une voix rauque résonna dans le combiné.

— Allô ?

Marc allait donner l'ordre quand un bruit de vitres brisées et un cri dans le magasin l'interrompirent. En quelques secondes, Marc réapparut dans la pharmacie. Toujours le téléphone en main, il observait Quentin étendu sur un tapis de verre brisé. Autour de lui s'étendaient des boîtes de médicaments éparpillées. Il s'était écroulé sur une étagère et Lætitia, à genoux, tentait compulsivement de le réanimer. En pleurs, elle hurlait :

— PAPA, RÉVEILLE-TOI !

Elle se tourna vers Marc, le visage déformé par la panique et l'impuissance.

— Appelle une ambulance !

De l'autre côté du portable, l'interlocuteur s'impatientait.

— Allô ? Marc, c'est toi ?

Marc hésita. Lætitia hurla dans sa direction.

— QU'EST-CE QUE TU FOUS ? Appelle une ambulance !

Il vit Anna sortir du véhicule et se précipiter vers son père. Le moteur du van démarra et le véhicule prit la route sous le regard impuissant de Marc, dépassé par les événements.

Il raccrocha et composa ensuite le « 112 ». Il fixait toujours la camionnette qui s'éloignait peu à peu.

— Allô, vous avez besoin d'assistance ?

Chapitre 71
Un coup d'équerre

Le couteau sépara délicatement le suprême de perdreau en deux. La peau croustillante craqua sous la pression des quatre points de la fourchette. Le morceau tendre et juteux effleura le jus réduit avant de venir émerveiller les papilles d'Édouard. Son vis-à-vis, un homme bedonnant à l'allure joviale, coiffé d'un brushing gris, semblait satisfait.

— Ce côte-rôtie est excellent, Édouard.

Il lorgna en direction de la bouteille.

— Millésime 2005, un choix judicieux.

— Sébastien, mon frère, je dois te parler d'une affaire qui me préoccupe au plus haut point.

Le convive fut étonné d'entendre Édouard l'appeler ici en ces termes. Il comprit enfin la nature de ce rendez-vous inhabituel.

Il connaissait Édouard par la loge et avait donc accepté la surprenante invitation. Ils ne se côtoyaient pas en dehors des tenues. Leurs amis étaient de différents horizons. Édouard faisait une carrière académique tandis que Sébastien Trémy évoluait dans les hautes strates des médias belges. Il dirigeait d'ailleurs un des plus grands groupes de presse wallons.

Il balaya instinctivement la salle du regard, guettant la moindre oreille indiscrète. Le restaurant était pratiquement vide et les serveurs s'affairaient en cuisine.

— La forêt de Soignes n'est pas très loin. Je te propose d'aller y faire une balade digestive.

***

Surveillés par des chênes centenaires, les deux hommes marchaient d'un pas lent. Tous deux vêtus d'imperméables, ils suivaient la promenade dont les variations de couleurs automnales donnaient à chaque arbre un aspect unique. Un peu comme si le fait d'approcher de la saison morte apportait à chaque instant une importance un peu plus grande.

— Je suis désolé de sortir du cadre, mon frère, mais je fais face à un problème gigantesque. Un problème…

Édouard pesa ses mots.

— Un problème humanitaire. Et c'est bien là notre mission. Nous élever vers la connaissance pour l'épanouissement personnel et communautaire.

— Je connais le code du maçon. Par contre, je ne comprends pas pourquoi tu viens me voir en personne. Chaque nouveau sujet doit être soumis au principe de la trinité et doit être discuté au moins entre trois parties.

— Ce point le sera. Il influencera d'ailleurs de nombreux travaux, notamment nos débats philosophiques sur le développement de la science, la refonte du système et sur l'évolution de l'espérance de vie.

Sébastien s'impatientait, mais la curiosité le piquait.

— Viens-en au fait.

— Une organisation « court-circuite » le cours des choses.

Le journaliste en chef fronça les sourcils.

— J'ai en ma possession la preuve que des recherches scientifiques et médicales ont été effectuées sauvagement sur des êtres humains, dans le but d'accroître leurs performances physiques et de réguler leur croissance. Des tests ont été effectués en Chine sur des populations très pauvres où l'espérance de vie est faible, afin de ne pas attirer les soupçons de la communauté internationale.

La mine de Sébastien changea. Ces paroles ressemblaient étrangement à une discussion qu'il avait abrégée à peine quelques jours plus tôt, avec un jeune cadre de son quotidien *L'Aurore*.

— Mais de quoi parles-tu ?

Édouard s'emporta. Il pivota sur lui-même. D'une main, il saisit Sébastien par l'épaule, de l'autre, il tira de sa poche intérieure une enveloppe, celle que Chu lui avait remise en main propre quelques jours plus tôt, à peine débarqué de son épuisant périple.

Édouard l'avait complétée des témoignages de Nico, Clara et Nathan.

— Je te parle d'une entreprise qui fait fi de toutes règles, qu'elles soient déontologiques, légales ou civiques. Je te parle de jeunes chercheurs dans un labo en Suisse qui gagnent des millions en travaillant sur les résultats d'un charnier chinois. Je te parle de triades impliquées pour sécuriser les tests, de canaux de distribution européens tels que la Croix-Rouge qui n'ont aucune idée de ce qu'ils administrent. Le tout, financé par nos fonds de pension si propres et convenables !

Sébastien pâlissait. Il tenta une approche raisonnable.

— Nous en parlerons dès demain soir lors de notre prochaine tenue.

— Non !

Le ton sec surprit le chef d'entreprise, Édouard s'emportait.

— La dernière fois que je me suis référé à la loge à propos de cette affaire, c'est en divulguant le nom de mon meilleur élève !

Les yeux du professeur brillèrent sous l'émotion.

— Nico vit en ce moment ses dernières heures… par ma faute !

Il se reprit.

— Nous nous adresserons à la loge quand le complot sera dévoilé et que plus aucune marche arrière ne sera possible.

Le vénérable *Maître* en chaire évitait la voie de la loge, sous les yeux incrédules de Sébastien. Édouard édicta ses directives et fourra sans ménagement l'enveloppe dans la veste de son frère maçon.

— Tu viens de recevoir un pli anonyme, avec des photos, des descriptions, des témoignages, des chiffres et des preuves accablantes. À toi de faire les liens, mais je suis certain que tu trouveras l'attitude de certaines autorités telles que les forces de police ou même de la presse, troublante. Voilà pourquoi je ne peux en parler qu'à toi. Je te connais peu, mais je reconnais l'intégrité et l'incorruptibilité chez un frère tant elle est rare.

Le rédacteur en chef prit un long moment de réflexion, le vent humide de saison ne semblait plus le perturber ; il était concentré.

Il repensa à la requête d'Antoine, balayée quelques jours auparavant. Il ne l'avait pas prise au sérieux et aujourd'hui, le dossier lui revenait en pleine figure. Il « factualisa » la situation. Édouard lui fournissait des preuves apparemment intangibles. Un jeune poulain talentueux de son journal semblait être, lui aussi, en possession d'éléments probants et était prêt à prendre le dossier en main. Il releva enfin ses yeux noisette vers Édouard.

— Tu peux compter sur moi, mon frère.

Ils se firent l'accolade des maçons ; le pied, le genou, le cœur, la joue et la main.

— Laisse-moi une semaine pour transformer tes preuves en reportage.

Chapitre 72
Un bilan bien noir

Chu exerça une légère pression, l'aiguille pénétra dans l'avant-bras de Nico. D'un mouvement habile, il emprisonna le cathéter sous un sparadrap transparent.

— Voilà qui devrait te faire gagner un peu de temps.

Les deux docteurs s'échangèrent un regard fataliste.

— La chimio va t'affaiblir. Tu risques d'être pris de nausées, de bouffées de chaleur, de tremblements.

Nico grommela et changea de sujet.

— Parlons de la suite des événements.

Il porta un rapide coup d'œil sur la pièce qui avait bien changé. Ils avaient aménagé l'estrade, où Nico se trouvait, en zone médicale. Le matériel emprunté à l'université avait été soigneusement rangé le long des murs pour former un plan de travail tout à fait acceptable. Ils avaient installé un lit et une chaise, dans laquelle il se trouvait actuellement, afin de recevoir ses soins. La caisse de soi-disant invendus de la pharmacie d'Anna était déballée et chaque boîte était soigneusement rangée.

Grâce à la complicité de Quentin, ils avaient obtenu tous les médicaments et éléments chimiques nécessaires au traitement de Nico. Prise un peu plus tôt, Nico aurait pu la stabiliser, voire envisager une rémission complète grâce à sa formule et au fruit de ses recherches. La réalité était bien plus brutale.

Clara arriva par la porte, jadis cachée par une tapisserie, située à côté de leur labo de fortune. Derrière elle, les petites salles aménagées en pièces de repos étaient suffisamment isolées pour leur permettre de trouver le sommeil avec un minimum d'intimité. Elle adressa un sourire tendre à Nico qui lui déchira les entrailles. Le drame quand on est diminué, c'est de confondre affection et pitié.

Aménagé en véritable repaire, le reste de la pièce faisait penser à une planque de professionnels. Le long des murs, des tables et des étagères remplies d'armes et d'explosifs. Gui avait « vidé sa voiture ». Au milieu, une longue table accueillait un imposant ordinateur neuf. L'attirail informatique était complété de deux portables, quelques disques durs externes et plusieurs routeurs.

Enfin, sur le côté, une mallette posée sur un meuble. Chow, le père de Chu, avait rassemblé tout ce qu'il avait pu avant de quitter la villa et avait chargé feu le géant Hou-Chi, de mettre sa précieuse mallette dans le véhicule des fuyards.

La traversée de Gui et Chu à travers la Russie et l'Europe de l'Est, la transformation d'une banale camionnette en van de pharmacie, les armes et le matériel informatique avaient eu raison du premier million d'euros. Dans la mallette, il restait encore largement de quoi couvrir les frais.

Clara s'assit face à l'ordinateur, elle inséra sa clé d'identification et l'écran s'alluma. De son siège, elle lança un regard discret en direction de Nico. Malgré son double jeu de l'époque, elle se remémora les bons moments au labo, les balades vers cette plaine vierge. Elle sourit, mélancolique, des larmes vinrent lui piquer les yeux. Elle détourna le regard pour revenir à l'écran.

***

— Tu as réussi à la stabiliser ?

Chu, impressionné par la nouvelle, semblait excité comme un adolescent.

— Disons que j'ai établi une formule que j'ai soumise à une multitude de tests et, en théorie, ça fonctionne. L'avantage d'un corps humain dans un ordinateur, c'est d'avoir les résultats de milliers d'essais en vingt-quatre heures. J'avoue que Clara et moi y avons passé quelques nuits blanches.

Il lança un regard nostalgique vers la séduisante ingénieure. Une ombre passa sur le visage de Chu.

— Mais pourquoi avoir fait des tests en Chine alors ?

Nico baissa la tête, visiblement honteux d'avoir été cette marionnette coupable et trop ambitieuse que pour voir clair dès le début.

— Je n'aurais jamais pu établir cette formule sans ces tests. Ils ont épargné des dizaines d'années de recherche en ciblant grossièrement le champ d'action et les dosages. Sans remords par rapport aux conséquences…

Nico fit une pause. Il serra les dents avant de reprendre.

— Je savais qu'il y avait quelque chose de louche à propos de ces données. C'était trop fin, comment ai-je pu…

Chu posa une main sur son épaule.

— Ne confonds pas l'ennemi avec la victime, mon ami.

Il perça Nico de son regard noir. L'heure n'était plus aux remords, mais à l'action.

— À présent que nous avons tous les éléments, il est temps de faire le bilan…

Nico hocha la tête. Tout d'un coup, Clara cria :

— NICO !

Tous les regards convergèrent vers elle. Alarmée derrière son écran, elle semblait avoir fait une découverte inquiétante.

Chapitre 73
Un chemin tout tracé

L'Aston Martin DBS freina sur le dallage en pierre bleue. Dans un claquement de portière amorti, Lio sortit de son carrosse des temps modernes. Il avait roulé plusieurs heures à grande vitesse pour rejoindre le bastion des « de Miraveau ».

Il ajusta son costume blanc immaculé et lança son regard émeraude en direction du manoir. La bâtisse, vestige familial, fut construite au XVIIIe siècle par son ancêtre le comte Léonard de Miraveau.

Il aimait venir dans cette région de la France. La Loire produisait d'excellents vins, les filles y semblaient plus jolies et surtout, il se sentait chez lui. Le manoir en forme de « U » brillait de ces myriades de fenêtres. Les tours en pointe donnaient de la hauteur et rendaient l'ensemble impressionnant. Les murs blancs venaient buter contre une immense devanture en pierre bleue qui épousait une pelouse parfaitement entretenue. Il approcha de la double porte de chêne de trois mètres cinquante.

Une dame lui ouvrit la porte. Lio n'aurait su dire ce qui le dérangea le plus, les bijoux extravagants posés sur les immondes rides de son cou ou une bouche garnie de dents trop blanchies, comme pour camoufler la noirceur qui pouvait en sortir.

— Bonjour, ma tante.

Elle l'invita à entrer. Dans le salon Louis XIV, il regarda son oncle verser lentement le cognac XO réserve exceptionnelle Bonaparte. Chaque verre contenait l'équivalent d'une année de salaire d'un Malgache. L'homme d'environ soixante ans lui tendit le spiritueux d'exception. Bien conservé pour son âge, il respirait l'argent ; un teint trop hâlé pour la saison et des vêtements décontractés à la griffe sélective.

Lio patienta silencieusement. Son oncle huma les arômes subtils avant d'en prendre une bonne rasade. De grande taille, il imposait le respect. Son crâne dégarni dévoilait une longue cicatrice, celle que Lio avait reconnue dans la salle de marbre.

— Tu es dans la cour des grands désormais, fiston.

Son oncle n'avait pas d'enfant et voyait en son neveu la relève des « de Miraveau ». Ils avaient établi, il y avait de cela trois siècles, leur fortune en créant leur propre comptoir commercial sur les côtes angolaises, malgré la domination anglaise et portugaise.

— Nous avons toujours su faire notre place même lorsque nous n'étions pas les bienvenus. Aujourd'hui encore nous sommes les derniers arrivés, les autres familles ne nous donnent que trop peu de crédit.

Il lança un regard brillant vers son neveu, ils avaient tous deux les mêmes yeux émeraude.

— À présent, il nous faut des résultats. Qu'est-ce qui t'amène ?

— J'ai la formule, le protocole est stable…

Les pupilles du *Primus* se figèrent, comme si le temps venait de sauter plusieurs secondes. L'homme au regard carnassier sourit. Il s'assit plus confortablement dans son fauteuil et s'adressa à son neveu.

— Si j'ai bien compris ton jeu, tu serais intéressé par un siège…

Chapitre 74
Le triple jeu

Clara parlait lentement, consciente que son audience n'était pas familière aux langages informatiques d'usage.

— Je fais partie d'un collectif assez célèbre… les *Unanimous*.

Elle laissa une courte pause avant de poursuivre.

— Ma contribution au sein du groupe est limitée et ponctuelle. Le reste du temps, je travaille comme *free-lance*. En acceptant l'offre de Lio, j'ai demandé à mes partenaires de vérifier où je mettais les pieds. Chose étrange, ils n'ont rien trouvé. Pourtant, rien ne leur échappe. Les *Unanimous* m'ont donc demandé d'accepter le job en tant qu'infiltrée et de créer une brèche de l'intérieur.

Son audience suivait, assidue.

— Un soir où je faisais mon rapport à Lio…

Elle lança un regard furtif en direction de Nico.

— J'ai eu l'occasion d'accéder à son système, ce qui m'a permis d'ouvrir la brèche. Lors de la purge du système, je suis parvenue à récupérer un reliquat du programme qu'on utilisait sur l'île pour synchroniser les données avec Genève. J'ai remodelé les fragments copiés pour créer un logiciel espion.

Les hommes échangèrent un regard entendu, ils n'avaient

absolument rien compris, mais acquiescèrent comme s'ils maîtrisaient parfaitement ce langage venu d'un autre monde.

— Cette astuce ne permet aucune utilisation des données, mais donne un accès visuel et consultatif, un peu comme un miroir de ce que consulte l'utilisateur.

Nico prit la parole.

— Qu'as-tu découvert ?

— Il n'y a apparemment qu'un seul utilisateur qui accède au serveur, et il ne le fait pas tous les jours. Les informations sont donc arrivées au compte-gouttes.

Elle se tourna vers ses amis.

— Je pense que j'ai découvert le but véritable de cette organisation et du programme d'exploitation *Fabian*.

Les traits de Clara se raidirent.

— Nico, ils ont un *back-up* de tes recherches. D'après ce que j'ai pu voir, ils n'ont pas obtenu tes dernières conclusions, le protocole n'est pas encore stabilisé, mais ça ne saurait tarder.

***

Clara passa le reste de la journée à faire défiler les diagrammes et les informations collectées. Les spectateurs, et plus particulièrement les deux médecins furent pris d'un étrange malaise. Plus d'une fois, ils éprouvèrent l'envie de couper l'ordinateur, révulsés par ce qu'ils voyaient.

Peu à peu, ils intégrèrent ces nouvelles informations et l'ennemi véritable prit forme devant leurs yeux incrédules. Les connaissances du *Magister*, les avancées faites et leurs aboutissements semblaient surréalistes, voire futuristes tant ils dépassaient de loin les recherches actuelles.

Selon les données renvoyées par l'écran, ils maîtrisaient la multiplication des cellules cancéreuses et étaient en mesure d'en inverser le processus ou de le mettre en marche. La contamination de Nico prenait tout son sens.

Quel est l'intérêt de cacher ces connaissances et de maintenir un fléau qui touche trente-six millions de personnes, dont huit millions de décès par *an*[1] ?

Le groupe laissa ces questions en suspens et poursuivit le parcours funeste.

Un autre projet se concentrait sur le diabète, qui touche plus de 285 millions de personnes dans le monde, dont cinq millions de décès par an. Grâce au protocole de Nico, le diabète était parfaitement curable. Si la purge avait retardé le *Magister*, l'aboutissement était inéluctable, ils parviendraient à recréer tôt ou tard sa formule.

Impuissants devant cette fatalité démographique, ils mesurèrent médusés l'impact des MNT.

Ces chiffres étranges découverts en Irlande quelques semaines plus tôt correspondaient au nombre de victimes de ces maladies par continent. Les maladies non transmissibles cumulées, telles que le cancer, le diabète et autres représentaient trente-six millions de décès par an, soit 60 % des décès dans le monde. « *Les pays pauvres paient le plus lourd tribut en comptant 80 % des décès, soit près de trente millions de décès par an.* » Les projections dans les décennies à venir montraient un accroissement fulgurant de ces maladies dans les pays pauvres et une stagnation dans les pays riches. C'est comme si l'on accroissait la mortalité dans les pays pauvres pour permettre aux riches de vivre mieux et plus longtemps.

Le dernier projet en cours centralisé dans le laboratoire suisse corroborait leurs soupçons. Ils utilisaient les indices laissés par Nico pour recréer sa formule. Ils semblaient vouloir coupler les recherches sur les hormones et la longévité avec l'étude sur l'héritabilité. Découvertes sans doute

1. Nombres tirés d'un rapport officiel de l'OCDE.

destinées à quelques privilégiés qui verraient leur espérance de vie décuplée et qui n'en feraient bénéficier que leurs proches et leur descendance.

Lorsque l'écran vira au noir, la marche à suivre devint claire, elle passerait par Genève.

Chapitre 75
En travers de la gorge

Debout devant l'îlot central de la lumineuse cuisine, Quentin tranchait à l'aide d'un grand couteau de cuisine une tomate bien juteuse : tomate mozzarella, simple, efficace, un plat à son image.

L'avocat avait obtenu gain de cause et c'est à contrecœur que la police dut ôter le bracelet électronique du pied d'Anna. Le plan se déroulait comme prévu. Ce soir, ils prendraient la route vers le sud de l'Espagne. Nico et Nathan frapperaient l'organisation avant leur fuite, de manière à leur offrir une diversion.

Le cœur plus léger, Quentin sentait la délivrance proche. Il adorait faire à manger pour ses filles. Dans le salon, Lætitia regardait la télévision, une énième publicité vantait les mérites d'une assurance obsèques. Au nombre de réclames, on pouvait en conclure que la mort se vendait mieux que la poudre à lessiver. Anna, dans sa chambre, terminait les derniers préparatifs et bouclait ses valises.

Depuis le malaise simulé de Quentin à la pharmacie, Anna avait insisté pour que son père loge en permanence à la maison. Au courant du complot, Anna prétexta une fin de grossesse difficile pour rester chez elle et éviter de croiser Marc autant que possible. Lætitia, naïve et trop émotive, avait été épargnée et vivait encore dans l'ignorance du danger. Le père surveillait et protégeait en permanence ses filles et le futur bébé qui naîtrait bientôt.

Un bruit à la porte du jardin l'interpella. L'instinct de l'ancien militaire ne le trompa pas. Tout bascula pour lui.

Marc vissa le silencieux sur son fusil d'assaut. Deux de ses hommes prendraient la porte d'entrée. Son équipier et lui passeraient par la porte de derrière qui donnait directement sur la cuisine. Il regarda sa montre, treize secondes avant l'intervention. L'ordre reçu était limpide, les politesses avaient assez duré. Il murmura dans son oreillette :

— *Go* !

Il défonça la porte d'un violent coup de pied et laissa son partenaire entrer. La lame lancée à toute vitesse tourna sur elle-même et transperça la gorge du premier assaillant. Il tomba raide sur le carrelage froid de la cuisine. Quentin avait réagi par instinct et son lancer lui avait donné l'avantage. Prudent, Marc resta à couvert. Il tira une salve à l'aveugle dans la pièce. Les casseroles résonnèrent sous les impacts. Il patienta quelques secondes et ne perçut plus aucun bruit. Il jeta un rapide coup d'œil vers l'intérieur : vide.

La porte d'entrée vola en éclats. Les deux hommes en armes entrèrent dans un salon dépeuplé, seule la télévision brisait le silence malsain qui y régnait. Les canons en joue, ils avancèrent en direction de la salle à manger : vide, elle aussi. La pièce se terminait sur une porte qui menait à l'étage. Les deux hommes se regardèrent pour désigner celui qui l'ouvrirait. Quentin décida pour eux. La balle toucha l'assaillant le plus avancé et lui arracha un amas cérébral visqueux qui éclaboussa son collègue. La seconde balle, moins précise, se ficha dans l'épaule du deuxième assaillant. Les hommes avaient négligé la cuisine qu'ils pensaient sécurisée.

Cette erreur leur fut fatale. À l'abri d'un meuble en chêne, Quentin ajusta sa mire et tira à nouveau. Le deuxième corps s'effondra sur le sol dans un bruit sourd de viande morte.

Quentin se faufila vers les deux cadavres pour leur dérober un fusil d'assaut. Une rafale surprit l'ex-militaire. Une brûlure lui enflamma les poumons. Il sentit quelque chose de chaud et humide se répandre sur son torse. Il baissa les yeux pour voir, mais vit le sol se rapprocher de son visage. Il ne sentit même pas le choc de son corps heurter le parquet. La brûlure l'abandonnait pour laisser place à une étrange quiétude. Marc l'avait abattu d'une rafale dans le dos. L'employé modèle avança vers lui. Quentin n'entendait plus, chaque pas était inaudible. Sa vision se brouillait comme son cœur s'épuisait. Il vit les bottines de mercenaire l'enjamber et avancer vers l'escalier, vers ses filles retranchées à l'étage.

Marc monta les marches prudemment, il colla un peu plus fort la crosse de son fusil d'assaut contre sa joue. Il était désormais seul et n'avait plus le droit à l'erreur. Sur le palier, il découvrit Lætitia, tétanisée, se vidant de toutes ses larmes, recroquevillée dans un coin.

— Marc, je t'en prie…

Il la fit taire définitivement d'une balle dans la gorge et l'observa quelques secondes s'étouffer dans son sang, puis avança, imperturbable.

Un bruit dans une des chambres attira son attention. Il ouvrit violemment la porte et jura :

— PUTAIN !

La fenêtre était grande ouverte. Marc courut jusqu'à son embrasure. Il la vit en contrebas, dans l'allée latérale, Anna boitait jusqu'au garage. Cette salope avait sauté. Il la mit en joue, mais déjà, elle disparaissait derrière le mur de béton. Il ne la rattraperait pas. Il prit son téléphone portable.

Anna claqua la portière et tourna les clés dans le contact. Elle mit la première et enfonça la pédale des gaz. Sa jambe droite lui faisait horriblement mal. Une chute de trois mètres avec son poids l'avait amochée.

L'adrénaline donnait parfois au corps des capacités étonnantes.

Elle brûla le feu rouge au bout de sa rue, elle ne laisserait pas ce salopard la rattraper. Anna posa une main sur son ventre et se mit à pleurer de manière incontrôlée. Elle ne savait absolument pas où elle allait ni où elle devait aller. En pleine crise de nerfs, elle avait du mal à respirer. Son père et sa sœur assassinés sous son toit ; il fallait qu'elle mette un maximum de distance. Elle accéléra. Compulsive, elle ne pouvait détacher son regard du rétroviseur, guettant un nouveau tueur à sa poursuite. Elle brûla un second feu rouge. Les minutes passèrent et le poursuivant ne vint pas. Elle tenta de rassembler ses esprits.

Bon nombre de bagages étaient déjà chargés dans le coffre. Elle suivrait le plan. D'abord se rendre au parking souterrain du centre commercial. Changer de véhicule, JRH 810, les clés sont fixées au garde-boue.

— Ressaisis-toi, Anna.

Ensuite, elle descendrait vers l'Espagne pour joindre le point de rendez-vous. Ne s'arrêter que pour mettre de l'essence et payer en liquide. Elle posa une main sur sa jambe. Elle souffrait, mais tiendrait le coup, elle posa ensuite la main sur son ventre. Elle n'avait pas le droit d'abandonner.

Face à elle, un nouveau feu, vert cette fois. Elle s'engagea dans le carrefour à toute vitesse. Une lumière aveuglante l'éblouit. Le van la percuta de plein fouet. Le pare-chocs s'enfonça violemment dans la portière, soulevant l'habitacle et sa conductrice. Anna sentit une puissante secousse. En une fraction de seconde, tout son environnement fut figé, en suspension, comme si les lois de la gravité s'étaient modifiées.

Elle entendit un bruit sourd alors qu'elle décollait lentement de son siège. Sa tête heurta un morceau de tôle, une douleur aiguë l'assaillit. En une fraction de seconde, tout s'éloigna d'elle. Le bruit de métal broyé et de verre brisé devint très lointain, pour disparaître complètement. La lumière du jour se concentra en un point qui s'éloigna de plus en plus. Tout le reste autour s'assombrit. Tout ce qu'elle pouvait voir était ce point lumineux entouré par les ténèbres. Elle sentait son bébé dans son ventre, il bougeait, il allait bien, elle le savait. Elle le sentit s'éloigner, non, NON ! Elle ne pouvait pas l'abandonner. Son bébé, son enfant, son tout-petit, sa fille, Lisa, non, elle ne voulait pas mourir, mais surtout, elle voulait que son enfant vive. Devant elle, le point blanc rapetissait. Elle s'y accrocha, s'y cramponna, NON ! Elle l'implora, le supplia, ce point blanc était tout ce qui lui restait. Était-ce Dieu ? Était-ce la réponse ? Cette fameuse vie après la mort se résumait-elle en un point blanc dans une immensité noire ? Peu importait, une seule chose comptait, son bébé. Elle força, poussa, cria, hurla, arracha l'intérieur de son âme. Soudain, elle fut prise d'une secousse.

Le point blanc s'éclaircit en un spot de salle d'opération. Autour d'elle, du sang sur les tenues vertes des médecins. L'agitation était complète. Les infirmières tendaient des ustensiles aux médecins, on retirait des lambeaux de gaze ensanglantés de son corps trop froid. Elle lutta une dernière seconde, fournit un ultime effort, donnant tout ce qui lui restait. Soudain, elle entendit le cri cristallin qui libéra son âme.

Chapitre 76
La fin justifie-t-elle les moyens ?

Le grand gaillard ventripotent sortit de la tour de verre en ce début de soirée maussade. Une nouvelle journée passée à jouer les petites mains, pour ces « m'as-tu-vu » qui sortent à peine de l'école.

Il soupira en prenant la route du retour. C'était le prix à payer. Il savait que la firme ne le laisserait jamais quitter son travail, il avait vu trop de gens défiler.

Il sortit une petite bouteille d'eau de sa sacoche et prit une longue gorgée. Il ne buvait jamais au labo, les boissons étaient certainement truffées d'additifs. Pensif, il longea la promenade arborée du parc qui entourait le centre universitaire helvétique. Ce soir, il regarderait certainement le concert live d'Éric Clapton *Unplugged* de 1992, c'était un classique que tout fan de guitare appréciait.

Il passa les barrières automatiques et jeta comme chaque soir un regard soupçonneux aux alentours. Le centre hospitalier semblait trop serein pour être *clean* ; la barrière automatique par exemple, n'était surveillée en apparence que d'une caméra. Même pas de vigie, c'était louche, impossible même, il devait y avoir des caméras dissimulées partout, peut-être même des *snipers* ou des drones. André scruta les environs d'un œil fou et comme chaque soir, il ne décela rien, ce qui accrut encore son sentiment d'insécurité.

Arrivé à l'arrêt du bus, il vit un « jeune » qui portait un large pull à capuche ; certainement un drogué qui écoute de l'électro.

Il l'ignora et se tint à l'écart ; le bus ne tarderait pas. Le « jeune » se rapprocha. André se raidit et fixa son regard droit devant lui.

« Bon sang, il vient vers moi ! » se dit le technicien. L'inconnu devint dangereusement proche. C'est alors qu'il lui murmura :

— André ?

« Ça y est, c'est mon heure, ils vont me faire disparaître pour de bon… »

— André ?

Tremblant de peur, il se retourna vers son mystérieux interlocuteur, certainement un tueur à gages déguisé. Sa surprise fut totale.

— Ni… Nico ?

Le docteur fit un sourire à son ancien collègue. André avait une mine déconfite, il était mort de trouille. Nico se détourna et fit mine de refaire ses lacets.

— André, fais semblant de regarder devant toi et masque ta bouche pour me répondre.

L'employé se raidit et fixa immobile le lampadaire en face de la rue.

— T'avais raison, cette boîte nous espionne, elle nous aura tous. Ils m'ont mis un complot sur le dos et inoculé un cancer… T'avais raison depuis le début…

André fit mine de tousser.

— Bon sang, j'le savais !

— Ils développent un additif pour la grande distribution, ils vont contaminer le monde entier.

Ce n'était pas tout à fait exact, mais il n'avait pas de temps à perdre. Il savait qu'André mordrait à l'hameçon.

— Bon sang ! Mais personne n'écoute jamais ce vieux

con d'André, pourtant j'le répète chaque année à tout l'monde et d'ailleurs…

Nico l'interrompit :

— André ! Tu parles trop ! Ils pourraient te capter.

Le technicien se ressaisit. Il fit un effort de discrétion. Il se mit à chuchoter :

— T'as raison. Qu'est-ce que tu comptes faire ?

— Je vais nous libérer et sauver le monde, André.

Le technicien resta silencieux.

— Il n'y a qu'une façon d'y arriver et j'ai besoin de ton aide pour entrer dans le *building*.

André mit la main dans sa poche et laissa tomber discrètement son badge sur le sol. Nico, toujours à genoux, tendit le bras et le ramassa.

— Mon code #1998. Ça fonctionne aussi pour la barrière automatique, même si j'ai pas d'bagnole.

Il fit un mouvement de tête en direction des barrières.

— Tu pourras les passer sans problème. À l'intérieur, tu connais le chemin.

Nico insista avec une dernière question :

— Peux-tu me dire où se trouvent les serveurs de l'ordinateur *Fabian* ?

— Au second sous-sol. Dans l'ascenseur, insère la grande clé et elle te fera descendre un étage plus bas.

André laissa tomber un trousseau de clés sur le sol que Nico ramassa rapidement.

— Par contre, je n'ai pas les codes pour passer le sas, j'ai juste un double de la clé de l'ascenseur pour les urgences.

— C'est parfait, André. Merci, merci beaucoup.

Au bout de la rue, le bus pointa le bout de son pare-chocs.

— J'ai une dernière question, restait-il du monde au labo ?

— Non, j'étais le dernier, un entretien complexe qui

m'a demandé des heures sup. Alexandre est toujours là, au contrôle, comme d'hab.

Nico se releva et se frotta les mains, il avait les infos nécessaires.

— André, t'es un chic type, tu es le seul qui m'ait montré un peu de sympathie pendant mon stage.

L'employé répondit du tac au tac :

— Nico, t'es le seul qui m'ait montré un peu de sympathie pendant ma carrière. Comme j'te l'ai déjà dit, fais gaffe à toi.

Sans se retourner, il monta dans le bus. De sa place assise, il adressa à son ami éphémère un ultime adieu du regard.

***

La voiture passa la barrière sans encombre, Nathan roulait prudemment. Ils arrivèrent devant le dôme en verre.

— C'est là.

Nico se retourna vers la banquette arrière et s'adressa aux passagers.

— Chu, tu as le matos de Clara ?

Le docteur hocha la tête. Il avait sur ses jambes un ordinateur portable. Conformément aux instructions de leur ingénieure informatique, il y brancha une mini-antenne, similaire à celle employée sur l'île écossaise. Il sortit ensuite de sa poche deux clés USB et les inspecta rigoureusement. Il inséra le récepteur dans le *laptop*. Il tendit ensuite la clé émettrice à Nico.

Le plan avait été mis sur pied assez facilement. Ils travailleraient en binôme. Nathan accompagnerait Nico à l'intérieur du labo tandis que Chu et Gui sécuriseraient le téléchargement et surveilleraient la route du retour.

Les quatre hommes se regardèrent silencieusement, les

chances de réussite étaient minces, ils ne se reverraient sans doute pas tous.

Nathan vérifia le contenu de son sac en toile noire.

— Nico, il faudra le faire en moins de sept minutes si on veut avoir une chance.

— Nathan, j'préfère y aller seul. Je suis quand même condamné. Reste ici.

Nathan secoua une tête désabusée.

— Ma poule, n'oublie pas, t'es une quiche. S'il faut en venir aux mains, t'auras besoin d'moi.

Nico acquiesça, contraint de reconnaître que son ami avait une fois de plus raison. Sans autre cérémonie, Nathan sortit de la voiture, le sac en bandoulière et le pistolet au poing.

Nico lui ouvrit la voie et s'approcha de l'entrée, fermée à cette heure. Il sortit le badge d'André et le passa devant un scanner. Un bip sonore faiblard retentit et la porte se déverrouilla.

***

Le moniteur diffusait un débat animé entre un jeune entrepreneur et un homme politique d'âge mûr.

La porte du sas de contrôle s'ouvrit.

— Alors André, on a oublié son…

Le fusil à pompe cracha une balle en caoutchouc. Le garde s'écroula sur le sol en se serrant la poitrine. Nico et Nathan s'approchèrent, faisant sonner au passage le détecteur de métaux. Quelques secondes plus tard, Alexandre était menotté et bâillonné.

— Ma poule, leur système de surveillance est de haute volée. Une fois dans le labo, on sera repérés directement. Je pense qu'on ne pourra pas remonter. Sors Alexandre de l'immeuble et laisse-moi en finir.

Nathan ne regarda même pas Nico. Il appuya sur le bouton de l'ascenseur.

Nico observa l'ascenseur s'ouvrir comme il l'avait tant fait quelques mois plus tôt. À l'intérieur, il reconnut le bouton chromé rond surmonté d'une étrange serrure. Il inséra la clé fournie par André. Il retint sa respiration et la tourna dans l'orifice. Il attendit quelques secondes.

Rien ne se passa. Nathan et lui se regardèrent, perplexes.

— Tu as tourné à fond ?

Nico patienta encore un peu, toujours rien. Par dépit ou par instinct, il poussa la touche ronde en dessous de la clé et l'ascenseur se mit en marche. Nico, oppressé, pria pour que l'ascenseur les mène au bon étage. Il compta les secondes mentalement. Une… deux… trois… quatre… Il se mit à hocher la tête, soulagé.

— La descente est plus longue que d'habitude. C'est bon signe…

Ni l'un ni l'autre ne savaient ce qu'ils allaient découvrir.

***

Les portes s'ouvrirent sur un sas de sécurité. La petite pièce faisait penser à une chambre forte. Un néon éclairait l'endroit d'une lumière blanche et froide, reflétée par des carrelages d'un blanc immaculé, semblable au laboratoire de l'étage supérieur.

— À moi d'jouer, dit Nathan.

Il déposa soigneusement son sac sur le sol et en sortit son matériel.

— Quand j'pense que ce matos vient des fumiers que j'arrêtais. Aux yeux de mes collègues, nous sommes les fumiers maintenant…

Nico regardait Nathan placer les dispositifs rectangulaires sur les trois énormes charnières.

— Ces petites merveilles font l'effet d'un chalumeau et peuvent découper n'importe quoi.

Nico, pensif, mesura la portée de ses actes. Cette organisation surpuissante devait être en place depuis des siècles, leurs ramifications longues et profondes en étaient une preuve suffisante. Investir en recherche sur la longévité trahissait leur volonté de rester au pouvoir indéfiniment. Face au coffre-fort de cette organisation secrète, il avait sans doute l'unique opportunité de les affaiblir, et si les connexions d'Édouard suffisaient, de les démasquer. Il comprit qu'il n'y aurait pas de retour en arrière. S'il voulait leur peau, il devrait y laisser la sienne.

— Voilà Bedot, c'est la dernière.

Ils se reculèrent au maximum. Ils étaient au bord de l'ascenseur.

— Vaut mieux rester à l'extérieur de l'ascenseur, quand ça va péter, les portes risquent de se refermer pour de bon.

Nathan prit le détonateur et se tourna vers Nico.

— Les alarmes vont se déclencher. Dans sept minutes, le centre sera entièrement bouclé par les flics. Combien de temps tu penses qu'il faudra pour *uploader* les données ?

— Clara m'a dit entre trois et cinq minutes.

Son ami sourit.

— Si c'était facile, on n'en serait pas là.

Il levait l'avant-bras pour déclencher le dispositif quand Nico l'interrompit.

— Ma poule, tu permets ?

Nathan se ravisa et lui tendit le détonateur.

— Bien sûr, Bedot ! À toi l'honneur.

— Prends bien soin de ma femme et de ma fille.

Nathan ne comprit pas la portée de ces dernières paroles. Soudain, Nico le poussa violemment dans l'ascenseur. L'ex-policier tomba à la renverse. Il vit son ami lui sourire. Le visage de l'enfant espiègle qu'il avait côtoyé affichait un regard empli d'une complète sérénité. Sur son visage rayonnait un sourire accompli, plein d'affection et de bienveillance.

Derrière son ami, des étincelles jaillirent dans un vacarme aigu. Entouré de ce feu d'artifice, Nico gratifia son meilleur ami d'un ultime salut. Nathan heurta durement le sol. D'un bond, il tenta de se rétablir, mais déjà les portes se refermaient.

— Prends bien soin d'elles.

00:07:00

L'énorme porte blindée bascula vers l'intérieur dans un vacarme tonitruant. L'impact fit trembler le sol et vaciller l'intensité de la lumière. Nico s'aida de ses mains pour grimper sur l'épaisse porte. Il avança, passa l'embrasure crépitante et fumante pour pénétrer dans un endroit fascinant. À l'intérieur de l'immense pièce, il se heurta à une technologie nouvelle. Ce laboratoire n'avait aucun équivalent. Une immense salle blanche. Sur chaque mur, d'interminables armoires noires comportaient des serveurs, des processeurs et les indispensables systèmes de refroidissement. De chaque armoire, des câbles rejoignaient le centre et formaient sur le dallage immaculé une étrange toile. Au milieu, un bureau épuré, un écran et un clavier. En face du bureau, là où les câbles convergeaient, un énorme cube transparent. Nico n'aurait pas su dire ce qu'il contenait. Il avança lentement et à mesure qu'il se rapprochait, la vision fut un peu plus précise, il pouvait décoder l'information renvoyée par ses yeux.

À l'intérieur, c'était comme une toile d'art abstrait. Sur une structure en plexiglas, une multitude impressionnante d'échantillons biologiques semblaient être reliés les uns aux autres.

— Fascinant, murmura Nico.

00:05:53

Installé au bureau, il avait allumé le moniteur. Il s'attarderait sur son étrange découverte plus tard. Sur le fond d'écran, une étrange effigie, Nico n'avait jamais vu le symbole du fer à cheval et de la lance auparavant. Une fenêtre rectangulaire apparut au centre de l'écran. L'interface réclamait un nom d'utilisateur et un mot de passe.

Le *password* changeait tous les jours. Heureusement, Clara l'avait intercepté ce matin. Cette dernière information leur donna le feu vert. Nico sortit son téléphone portable et sélectionna le dernier SMS reçu de Clara, il recopia le code d'accès et entra dans le système.

— À toi d'jouer, Clara.

Il inséra une clé particulière, à deux entrées, dans le port USB sur le côté du moniteur. Une nouvelle fenêtre s'ouvrit en exécution automatique, une série de lettres et de chiffres blancs sur fond noir se mirent à défiler.

Clara avait concocté un petit programme qui fonctionnait un peu comme un système *back-up*. En quelques secondes, l'installation du programme fut complète. Nico installa un boîtier qu'il connecta sur la seconde entrée de la clé. L'émetteur amplifié, désormais à portée du récepteur de Chu, permit le démarrage de l'*upload*. Les données transitaient par l'ordinateur de Chu. Elles étaient ensuite renvoyées par réseau sécurisé à Clara. Il fixa encore l'écran quelques secondes pour s'assurer que le transfert fonctionnait.

[DATA] UPLOAD 2%

Rassuré, il se leva et se dirigea vers l'étrange cube transparent.

00:04:45

Nico se sentait comme les premiers archéologues face aux pyramides et à leurs hiéroglyphes inconnus. La structure, composée de petits compartiments, faisait penser à un jeu *Tetris* transparent mis en pause. Des centaines de cubes et de rectangles hermétiques, suspendus par des pieds en plexi, formaient un étrange damier translucide. À l'intérieur de chacun d'eux, Nico identifia des échantillons biologiques. On développait des cellules vivantes, vraisemblablement humaines dans lesquelles Nico distingua un processeur électronique connecté. Il était fasciné par une telle prouesse technologique et biologique.

— Bon sang, est-ce vraiment possible ?

Certaines cellules du corps humain pouvaient, en contact avec des microprocesseurs extrêmement petits, s'adapter à son environnement et coexister avec la puce électronique. Il avait notamment suivi une conférence sur le *LiverChips®*. Ce processeur directement en contact avec des cellules du foie permettait d'analyser les réactions de cellules vivantes en dehors du corps humain.

Chacun des compartiments était relié les uns aux autres par une série de tuyaux et de conduits mixant câbles et cellules biologiques. Dans cet enchevêtrement veineux, Nico décela des groupements de cubes. Il y avait une étrange harmonie dans la disposition des blocs. Pour un observateur non initié, la trouvaille était impossible, mais pour Nico, il semblait en mesure de lire ce qu'il voyait tel un mathématicien devant une démonstration complexe.

Cette verticalité, c'est sans aucun doute l'appareil digestif.

Il poussa son analyse et finit par confirmer ses déductions. Il poursuivit son cheminement et identifia tour à tour le système respiratoire, le système cardiovasculaire et les fonctions rénales.

Au fur et à mesure, un corps humain se dessinait dans cet amas mi-synthétique, mi-biologique.

Il chercha compulsivement la partie la plus importante

de toutes, celle qui apporterait tant de réponses. Frénétique, il parlait pour lui-même.

— Est-ce possible, seraient-ils parvenus à…

Soudain, son regard se figea, il plissa les yeux, il n'était pas sûr…

BIP.

Le signal sonore du téléchargement le tira de ses réflexions.

00:01:57

UPLOAD COMPLETED.

Nico retira la clé qu'il rangea dans sa poche. Il hésita, le regard fixé vers le sac rempli d'explosifs. Ce processeur humain promettait tant d'avancées qu'il n'était pas certain de la nécessité de sa destruction. Il pensa à Anna, il pensa ensuite à son père, Jean Berger. Son avis lui manquait cruellement. Il regarda sa montre. Moins de deux minutes. Suffisant pour la fuite de Chu, Gui et Nathan. Il était de toute façon condamné, pris au piège. Dans quelques instants, la police débarquerait. Les lieux seraient scellés, l'affaire étouffée et rien ne changerait.

Il devait finir le travail, il n'avait pas le choix. Ce qu'il s'apprêtait à faire le révulsait, comme si à partir d'un certain niveau, le bien et le mal n'existaient plus, seul comptait le résultat.

Le paradoxe était de voir un docteur limiter la science pour le bien-fondé de l'Humanité.

Décidé, il prit les charges explosives. Au pas de course, il en disposa aux quatre coins cardinaux de la pièce, au pied des serveurs. Il devait maximiser les dégâts. Satisfait, il s'approcha du cube central. Face à l'avenir de l'Homme, il disposa une cinquième charge sur la surface en polymère thermoplastique. Il observa une dernière fois ce corps humain reconstitué. Parviendraient-ils à le recréer un jour ?

Les données dérobées seraient-elles suffisantes ? Rien n'était moins sûr.

À cet instant précis, il se demanda quelles étaient les véritables limites de l'Homme. Un pas après l'autre, il allait toujours plus loin, chaque avancée le rapprochait de la connaissance absolue. Existait-il vraiment des secrets qu'il valait mieux ne pas percer ? Il observa sa charge explosive. Quelle était la vraie folie ? Était-ce de brûler les étapes sans compter les victimes ou bien de brûler une découverte sans penser aux malades que l'on pourrait sauver ? Il détruisait cette découverte dans l'espoir qu'elle soit reconstruite par les bonnes mains et les bons cerveaux, car en l'état, elle ne serait jamais utilisée pour sauver des vies, mais bien pour n'en préserver que quelques-unes.

00:00:58

Nico tirait le lourd bureau d'acier dans un crissement insupportable de ferraille qui griffe la céramique. Il s'était promis de ne pas abandonner, de se battre jusqu'au bout. Il donnerait tout ce qu'il avait, tout ce qui lui restait. Il lui fallait un abri, sans quoi la pression de l'explosion liquéfierait ses entrailles.

Il bascula la table de manière à ce que les pieds soient contre la cloison du mur. Il s'y accroupit et se blottit dans le coin, derrière son abri de fortune, insuffisant, mais il se devait d'essayer. Il prit une ultime respiration. Il enfouit la tête dans ses genoux, serra les dents et tout son être. Le moment était enfin arrivé.

— J'arrive Papa…

Son pouce se referma sur le détonateur.

Chapitre 77
Une épine dans le pied

Nous interrompons notre programme pour un flash spécial. Il y a moins d'une heure, des milliers de sites Internet à travers le monde ont relayé un documentaire réalisé par le journal « L'Aurore », signé Philippe Roma et son équipe. Reportage au contenu bouleversant, ses révélations lèvent le voile sur une affaire aux allures de complot planétaire. Les réseaux sociaux explosent, les compteurs n'ont jamais enregistré autant de commentaires et de partages.

La commentatrice au regard professionnel et au charisme sophistiqué mit la main à l'oreille.

On m'annonce que les informations se vérifient à l'heure où je vous parle et que, selon toute vraisemblance, les dénonciations seraient fondées. Cette affirmation reste au conditionnel, notre envoyé spécial en Suisse tente d'obtenir une communication officielle du gouvernement, nous serons en direct de Genève dans quelques minutes. En attendant, je vous propose de récapituler les informations reçues et confirmées.

Nous venons d'apprendre une nouvelle capitale, certainement la plus grande découverte médicale du siècle, mais aussi son plus grand scandale. Un groupe financier restreint, aux ramifications sans limite, détient les clés de la lutte contre le cancer et de la gestion hormonale. Les informations divulguées sur le Net permettront aux médecins de soigner les tumeurs cancéreuses et le diabète dans un futur très proche. À travers le monde, ce sont des millions de familles qui célèbrent ce véritable miracle inespéré. De Rio à Pékin, des images de joie se reflètent sur les écrans. Ce jour est marqué de constats macabres, mais également d'une étape pour l'Homme. Le futur jusqu'alors souvent dépeint de manière très sombre est définitivement marqué d'une accalmie, d'une chance, d'un espoir !

La jeune journaliste accompagna sa phrase d'un sourire éclatant. Elle posa à nouveau, d'un geste vif, la main sur son oreillette. L'image afficha les visages de Nico, Nathan et Clara.

On nous annonce également que les fugitifs dépeints comme des criminels extrêmement dangereux par Interpol n'étaient en fait que les victimes du complot. Le jeune chercheur Nicolas Berger, décédé dans l'explosion du centre hospitalier universitaire de Genève, aurait sacrifié sa vie pour permettre la révélation de ce scandale humanitaire.

Sur les téléviseurs, les photos de Quentin et Lætitia Piron prenaient le relais sur l'écran.

En Belgique, c'est un jour marqué par le deuil. On nous annonce le décès du beau-père et de la belle-sœur du docteur. Quentin et Lætitia Piron seraient décédés des suites d'une exécution organisée. À ce jour, nous ne connaissons pas encore le lien exact entre ces morts. Le Premier ministre a déclaré qu'une commission serait mise en place pour faire toute la lumière sur ces assassinats.

La nuit se promettait d'être longue sur la première chaîne nationale. La présentatrice n'avait jamais eu de direct si long. Les informations affluaient et la production éprouvait des difficultés à sélectionner et à ordonner les scoops qui se bousculaient.

***

— Un, deux, trois… CHAMPAGNE !

Le gaz naturel, fruit de la fermentation, expulsa le bouchon en un bruit sonore caractéristique. Dans la petite maison de rangée chaleureuse, Antoine, Louise, Philippe et *mamma* Lucia célébraient le succès de leur documentaire. Le blog de Philippe affichait déjà plus de deux millions d'entrées et les maisons d'édition se bousculaient pour signer avec les reporters.

Antoine avait, de manière très avisée, tu son appartenance aux *Unanimous*, qui, une fois de plus, contribuaient à la victoire de la vérité, et ce, dans le plus grand secret.

Louise, quant à elle, venait à vingt-cinq ans de participer à un projet de taille, son CV se voyait complété d'une superbe ligne. Une belle carrière s'offrait à elle. De plus, quelque chose de fort s'était créé entre eux. Quoi qu'il advienne, les trois compères venaient de marquer le point de départ d'une belle et longue amitié.

Un verre de bulles à la main, *mamma* Lucia n'avait d'yeux que pour son fils. Il lui avait fallu du temps, mais il avait enfin grandi. Quel était le vrai but dans la vie, si ce n'était de s'accomplir. À seulement vingt-huit ans, il perçait dans les médias par un magnifique coup d'éclat. Mais sa victoire ne résidait pas là. Philippe avait gagné en maturité et en confiance en lui.

***

Nathan, en vrai gentleman, se recula pour laisser sortir Clara du Parlement bruxellois. Auditionnés par la commission d'enquête, ils collaboraient pleinement à la constitution du dossier d'investigation. Le vent soufflait sur le parvis épuré, les drapeaux européens claquaient sous les bourrasques. Ils sonnaient aux oreilles des deux compères tel un applaudissement improvisé, mais bien mérité. Ils décidèrent d'aller prendre un verre avant de se séparer. Il suivit Clara à l'intérieur du premier café venu. Dans son tailleur bleu marine, il la trouvait incroyablement belle.

Ils prirent place dans le bistrot dont les effluves typiques leur rappelèrent le goût des plaisirs simples.

— Ça va Nathan ?

— Oui, c'est juste que tu es ravissante.

Elle l'ignora.

— Au fait, ils ont fini par coincer notre ancien *boss*.

La nouvelle bouleversa Nathan. Le Mal responsable de leur drame était, à ses yeux, incarné par Lio. Il aurait donné tous ses avoirs pour se retrouver seul avec lui dans une pièce. Elle poursuivit sur un ton plus discret :

— Sven Peters codirigeait depuis plus de dix ans les treize fonds à l'origine du complot.

Nathan parut surpris.

— Je pensais que votre *boss* s'appelait Lio.

Clara trempa ses lèvres dans la Maredsous blonde et répondit par la négative, avec une pointe de hargne dans la voix.

— Lio n'était qu'un sous-fifre, un véritable salopard, mais rien de plus qu'un subalterne dans cette histoire.

La mine indifférente, elle poursuivit d'un ton faussement désinvolte :

— Il aurait été blanchi, à ce que j'ai entendu.

Son monologue sur Lio décrépissait la mine de Nathan tandis qu'elle accompagnait ses commentaires d'un essorage de serviette compulsif.

— Il aurait passé un accord avec les autorités pour leur donner des informations. Je pense que c'est grâce à lui que Sven s'est fait coincer, mais aussi Doug et son équipe.

— Et Marc ?

— Je ne sais pas.

Nathan approuva, à moitié satisfait.

— C'est déjà ça.

— Oui, à part que ce fumier trouve encore le moyen de s'en sortir.

Elle changea de sujet.

— Des nouvelles de Chu ?

— Il est sélectionné comme nouvel administrateur à la Croix-Rouge. Il supervisera leur nouveau projet depuis le siège de Genève. Ils ambitionnent d'investir une partie importante des fonds saisis pour fournir des infrastructures durables et performantes. L'objectif est de prodiguer des soins de santé convenables dans le monde entier. Des soins pour tous, l'égalité devant la santé, le pays, la région ou les moyens. L'objectif serait atteignable dans vingt ans.

Nathan sourit.

— Finalement, le monde devrait s'en sortir grandi.

Une aiguille lui transperça le cœur, elle portait le nom de Nico.

Chapitre 78
Quand le loup a faim

Lio avait comme une impression de déjà-vu, à la différence que cette fois, il se sentait moins seul. À genoux, sur le marbre beige poli, il subissait pour la seconde fois la loi du *Magister*. Seuls douze *Siégeants* lui faisaient face. Le treizième, le *Primus,* son oncle, était agenouillé à ses côtés.

Le conclave se passa de cérémonie, finies les chevalières qui claquent. Seul résonnait l'écho de leur haine dans le silence macabre et froid de la défaite. Le *Magister* était sérieusement mis à mal, il n'y aurait pas de pitié. Le *Tredicim*, le plus ancien de la confrérie, surnommé aussi *Hortator*, prit la parole :

— Étienne de Miraveau, tu as failli à plusieurs reprises. Tu as recommandé ton neveu comme chef de projet. L'échec fut cuisant. Tu as insisté pour qu'il reçoive le bénéfice du doute. Sa seconde chance se solde par un fiasco complet. La situation incontrôlable génère une perte de pouvoir considérable, un écroulement de nos projets et un solide recul de notre influence. Nous n'avions plus connu de tels revers depuis la prise de la Bastille. Le *Magister* vous condamne à une mort sèche et immédiate.

Le *Primus* se racla la gorge.

— *Magister*, nous venons d'essuyer un lourd revers certes, mais nous pourrions…

L'*Hortator* fit un signe de tête. Le garde approcha son neuf millimètres de la nuque du *Primus* et pressa la détente. La détonation résonna. Des éclaboussures arrosèrent le dallage beige. Le corps inanimé bascula en avant. La tête explosée heurta le sol dans un bruit d'os brisé : répugnant.

L'*Hortator*, satisfait, posa son regard sur un Lio en panique.

Il reprit la parole.

— Lionel de Miraveau, vous êtes la disgrâce de votre lignée. Vous êtes la preuve qu'un raté s'élimine, car la pitié coûte. Sans aucun autre sursis, nous vous condamnons à la même sentence. La saisie de tous vos biens, y compris ceux de vos familles éloignées, sera loin de couvrir la perte que vous avez engendrée. Votre naufrage coulera tous vos proches.

D'un air mauvais, il fit signe au garde. Le canon encore tiède effleura la nuque de Lio. Désespéré, il joua son ultime carte.

— J'ai la formule.

L'*Hortator* hésita, puis leva la main à contrecœur. Le garde s'immobilisa. Lio sentait le canon posé sur son crâne. Un imperceptible crissement lui indiqua que le doigt était encore sur la détente et qu'une pression constante y était appliquée. Un clignement d'œil du *Magister* suffirait à l'abattre. Les secondes s'égrenèrent. Le *Tredicim*, stoïque, semblait pris dans un conflit intérieur important. Il avait visiblement très envie d'anéantir le dernier reliquat de cette famille de ratés. Ce dernier, au bord de l'apoplexie, retenait son souffle.

L'*Hortator* capitula.

— Expliquez-vous.

Lio expira, il venait d'infliger à son cœur des dommages sans doute irréversibles tant sa tension et son rythme crevèrent le plafond. Tant bien que mal, il rassembla ses esprits pour étayer ses dires, faisant fi du cadavre encore chaud de son oncle.

— J'ai travaillé avec le docteur Berger sur l'établissement de la formule. Je suis en mesure d'augmenter les capacités humaines.

— N'est-ce pas dorénavant de notoriété publique ?

Lio secoua la tête.

— Non, les données volées à Genève portaient essentiellement sur le traitement du cancer et du diabète.

Il s'accorda une très courte pause pour ordonner ses idées. Il remarqua que tous l'écoutaient attentivement.

— Le protocole développé par le docteur Berger est incompréhensible ; inutilisable aux yeux de la communauté scientifique internationale. Une douzaine de scientifiques se sont penchés dessus. Ils manquent d'éléments pour en sortir une molécule stable et surtout, ils n'osent pas la tester. Ils craignent, à raison, de créer de nouveaux cas « à la chinoise ». Il leur faudrait le système d'exploitation *Fabian* pour la finaliser. Ils ne seront pas en mesure de recréer notre humain synthétique avant au moins une vingtaine d'années. On peut estimer qu'il leur faudra trente ans pour stabiliser une molécule qui intègre le protocole génétique du docteur Berger. L'utiliseront-ils ?

Il laissa sa question rhétorique planer quelques secondes avant d'y répondre.

— Je travaille sur l'héritabilité des modifications grâce aux premières recherches de Nicolas Berger. Nico est mort et je suis le seul à avoir une trace de son travail. Tout est ici.

Il pointa son crâne de son index en référence à sa mémoire.

Un long silence domina la pièce. L'*Hortator* fit les cent pas. Il passait derrière chaque *Siégeant*, tous frémirent sur son passage. Les loups ne se dévorent pas entre eux, mais se délectent des charognes. Lors de son deuxième passage, il s'arrêta à hauteur de chaque *Magister* pour échanger quelques mots. Les discussions durèrent un long moment ; d'après l'expérience de Lio, c'était bon signe. Lorsque le tour fut terminé, l'*Hortator* se cambra au bout du fer à cheval.

— Lionel de Miraveau, lève-toi et approche.

Lio s'exécuta. Le *Tredicim* tira sur la chaise inoccupée, celle qui appartenait à son oncle.

— Rejoins-nous, *Primus*. À l'unanimité, tu es accueilli dans nos rangs. La condamnation qui planait sur ta famille est levée.

Le revirement de situation fut brutal. Lio avança prudemment en jetant un regard vers ses nouveaux collègues. Dans le regard de certains, il pouvait entrevoir l'image de son cadavre. L'*Hortator* poursuivit :

— Tu devras par contre changer de nom et vivre dans l'anonymat le plus complet, car tu es compromis depuis ton arrestation et ton arrangement avec les autorités.

À hauteur de l'*Hortator*, il se plaça devant la chaise. Suivant l'invitation de la main du *Trédicim*, Lio s'assit solennellement à la table du *Magister*. Un garde livra un petit objet à l'*Hortator*.

Ce dernier lui tendit la chevalière ensanglantée de son oncle. Il reçut quelques félicitations. Les visages devinrent plus cordiaux et parfois souriants. Lio prit le masque du gendre idéal qui ne gardait pas rancune. Dans sa tête, seuls quelques mots dominaient ses esprits.

Vous êtes la disgrâce de votre famille ; un raté s'élimine, car la pitié coûte ; votre naufrage coulera tous vos proches.

Telle une comptine traumatisante, ces mots revenaient sans cesse en lui. Assis au milieu du *Magister* qui le congratulait, ses yeux se muèrent en vitre teintée. Ils renvoyaient une image, mais en cachaient une autre…

Deuxième partie

L'épilogue interdit

Prologue
L'Enragé

Nantes XVIe siècle.

D'un pincement expert, l'armateur lissa sa moustache incurvée. L'odeur de catin au bout de ses doigts troubla sa mine concentrée. Debout face à la table de bois, il inspecta une fois de plus le parchemin au cachet si particulier. Un sceau incrusté dans la cire. Ce sceau dont les initiales faisaient loi sur le temps, ce sceau au pouvoir privilégié, ces lettres capables d'effacer le passé pour le transformer en promesse. Un nouvel avenir pour lui, pour les siens, ces lettres le laissaient rêveur.

La porte s'ouvrit dans un craquement caractéristique. Henry releva ses yeux émeraude. Ses larges épaules couvertes par son long manteau de velours bleu marine rehaussaient son imposante stature. Juan, son fidèle second, marqua un temps d'arrêt avant d'entrer.

— Henry, je te dérange ?

Il parlait d'une voix fluette assortie à son corps svelte. L'élégance de ses traits, accentuée par l'accord sombre entre ses yeux et sa longue chevelure noire, trahissait ses origines ibériques. La réponse du commandant de bord cingla comme un vent sec sur une voile distendue.

— Vas-y !

Les poings serrés, Juan se lança.

— Les navires sont prêts.

L'armateur leva vers lui un avant-bras large comme un mât.

— Juan, nous partirons dès que les vents seront favorables.

Un silence.

— Moi-même, je ne sais quand nous reviendrons.

Comme si la pensée suivante calmait les flots tumultueux qui se mouvaient en lui, le ton se radoucit.

— Ma fille sera probablement prête à marier lorsque je la reverrai. Sa dot sera colossale. Elle trouvera un mari digne de mon nom.

Le visage de Juan oscilla de manière imperceptible. Henry n'évoquait jamais sa femme, ni sa fille Amélia. Le regard charbon de Juan glissa sur la table. Les lumières vacillantes des chandeliers éclairaient le *pli*.

Ses mots dansèrent dans les airs.

— Tu ferais mieux de ranger ça avant que je ne le fasse entrer.

Henry tangua l'espace d'une seconde. Ses yeux tombèrent sur la lettre au cachet de cire. D'un regard mauvais, il la fourra dans son épaisse tunique bleu marine.

— Tu as trouvé l'*Enragé* ?

Juan acquiesça.

— Je vais te le chercher. Il attend dehors.

Quelques minutes plus tard pénétrait dans le sombre bureau de l'armateur un homme aussi défiguré que sa réputation.

Chapitre 1
La roue s'est arrêtée

Belgique, seize ans après les évènements.

Les sculptures s'élèvent et s'inclinent en une ronde harmonieuse. Au loin, la mer du Nord s'aplatit. Invisible, silencieuse, elle se retire toujours plus loin vers la ligne d'horizon. Sur la berge, les chevaux poursuivent leur course interminable dans ce manège illuminé. La digue resplendit de bulbes luminescents tandis qu'en contrebas, les vaguelettes ondulent en secret. Au loin, les dunes sinuent en courbes rassurantes. Le temps d'un soir, le vent s'absente et offre aux promeneurs un moment d'accalmie. Une nuit de lumière, de sucreries, de rires, d'éclats de joie, les barbes à papa colorent les visages d'enfants et les souvenirs des parents. Au bord de la jetée, une grande roue, blanche comme une étoile, attire les foules. Dans ces allées et venues joyeuses, un être diffère. Unique, sa chevelure foncée lui donne l'éclat d'une perle noire dans un écrin de nacre. Lisa de Mornet brille comme une larme mise en lumière. Mais ce soir l'océan s'est retiré, ce soir les yeux sourient. Si l'absence s'apparente parfois aux marées, celle-ci est basse, aspirée, lointaine, indétectable et pourtant…

Un peu de sucre glace recouvre le nez de l'adolescente. Nathan, son parrain, l'homme d'acier, l'indéfectible, lui rajoute une balafre sucrée sur la joue. Un trait blanc, un sourire, ensuite une fausse moue.

— Hé !

Nathan se fait pardonner en un regard, pour recommencer la seconde suivante. Le geste, rapide malgré ses cheveux blancs, zèbre à nouveau le visage de sa filleule.

— Mais ! Parrain !

Satisfait, le policier à la retraite pioche un beignet de son sachet qu'il enfourne avec gourmandise. Lisa profite de la seconde d'inattention pour se retourner et glisser ses doigts sur son *livephone*. En un éclair, le message s'envole sur le réseau à destination de son correspondant secret. Nathan, détendu par ses mille pitreries, n'a rien remarqué. En revanche, Anna, sa maman restée jusque-là en retrait, s'avance. Son regard sévère signale qu'elle a tout vu de la manœuvre. La douce ambiance s'acidule et Lisa se crispe. La jeune fille enfonce le menton dans son veston. Ses yeux s'égarent vers le lointain.

— Parrain, tu m'emmènes faire un tour ?

Nathan perçoit le malaise créé par l'arrivée de sa maman. Interrogateur, le policier observe un silence qu'Anna comble d'une voix faussement autoritaire.

— Nous en avons suffisamment profité, ma chérie, il se fait tard, nous allons rentrer à l'appartement.

Anna achève sa phrase alors que son regard se perd entre réalité et souvenirs. Ses traits se superposent à chaque fois sur ceux de sa fille. Son visage, sa barbe de trois jours, sa fossette, son sourire, sa bienveillance. Entre les guirlandes des attractions foraines, son mari Nicolas Berger brille à travers Lisa. Elle lui ressemble tant, surtout lorsque la colère l'envahit. D'un bond, l'adolescente fait volte-face et se met en marche vers la grande roue.

— Juste un tour… J'ai besoin d'air…

Édouard rejoint la troupe. Les années le rapprochent de

plus en plus d'une sagesse qu'il s'évertue à combattre. Un éternel *blue-jean*, une paire de Converse d'un autre temps, un *brushing* blanc impeccable, le septuagénaire respire la santé. Anna ne le voit pas, fixée sur la silhouette qui s'éloigne, la pharmacienne tremble de rage. S'élancer à sa poursuite ? Elle hésite, Lisa défie à nouveau son autorité, ce conflit permanent devient ingérable. Son enfant ne l'écoute pas, jamais, si seulement, si seulement Nico... Édouard intervient avec ce grain de voix qui rend les discours limpides.

— Allons, laisse-lui un peu d'air. Nous sommes venus ici justement pour nous recentrer sur ce qui compte. Il est difficile d'attirer quelqu'un vers soi, si tu transformes ses décisions en obligations.

— *Ch'uis* bien d'accord, répond Nathan la bouche pleine. Édouard et moi, nous connaissons tes intentions, tu veux bien faire, mais de cette manière, tu ne réussis qu'à la repousser.

Une boule envahit la gorge d'Anna.

— Vous ne comprenez pas, le mal est déjà fait. Seize ans, seize ans d'absence, son père lui manque, c'est évident, le trou, le vide est là, depuis toujours. Ma fille ne va pas bien et ce week-end n'y changera rien. Elle est en souffrance. Ce qu'il lui faut, c'est Nico. Ces vacances improvisées sont vaines.

Le désespoir s'empare de ses derniers mots.

— Il est juste trop tard... J'ai l'impression que je l'ai perdue, perdue il y a longtemps déjà...

Les larmes s'immiscent au coin des yeux d'Anna. Édouard s'approche.

— Anna, Lisa a reçu tout l'amour dont elle avait besoin. Lui a-t-il manqué un père ? Certes, mais ne confonds pas son âge rebelle avec tes propres démons. Ce que j'entends, à travers tes mots, c'est ta douleur. Nico te manque, à elle aussi c'est indéniable, mais ne projette pas ta détresse sur ta fille. Elle est forte, crois-moi…

À cet instant, le regard d'Édouard devient bien étrange et s'égare vers l'horizon.

— Elle possède une force incroyable, unique…

Le professeur de Mornet repose ses yeux sereins sur Anna.

— C'est votre fille, ne l'oublie pas. Vous lui avez donné le plus beau des cadeaux.

Nathan approche de son amie de toujours.

— Anna, nous sommes là, nous avons toujours été là et le serons encore. Ce n'est qu'un passage à vide, l'adolescence, les hormones, les garçons, tout ça…

Les joues de la pharmacienne rosissent. Confuse, elle s'essuie les yeux d'un revers de main.

— Oh, Nathan, Édouard, vous avez raison. Et moi qui me répands avec mes inquiétudes. C'est une ado pleine de vie et moi… moi, je ne suis qu'une idiote. Je l'ai vue utiliser son *livephone* dans ton dos, Nathan et ça m'a fait paniquer, voilà tout. Je crois que je perds les pédales pour un rien ces derniers temps.

Une ombre passe sur le visage du policier. Ce détail lui avait échappé.

— Je vous fais perdre votre temps… Vous avez mille choses à faire…

Un mouchoir vient couvrir ses yeux pour en essuyer l'humidité. Elle lance un doigt en direction d'Édouard.

— Tu as une montagne de dossiers médicaux qui attendent tes avis… Et toi…

Sa main s'écarte pour désigner Nathan.

— Toi, tu devrais être en train de profiter avec Clara, prendre du bon temps.

Anna secoue la tête.

— Nous passerons la nuit sur la côte et dès demain

matin, nous rentrerons à la maison. Je vous ai fait perdre suffisamment de temps. Et puis si Lisa veut rentrer à la maison, pourquoi la forcerais-je à passer du temps ici ? C'est à moi que j'essaie de faire plaisir et non à elle…

À l'évocation du nom de sa fille, les regards obliquent en direction de la grande roue. La révolution se termine et les touristes quittent la structure immaculée. Un mauvais pressentiment assaille Anna, sa mine se fige, sa respiration se bloque. Édouard et Nathan perçoivent l'inquiétude.

— Que se passe-t-il, Anna ?

— La grande roue s'est arrêtée.

L'ex-policier a déjà compris. Sans attendre, il se met à courir en direction de l'attraction. Blême, Anna lâche en un souffle.

— Je ne la vois pas descendre…

— Allons, Anna, tu t'alarmes pour rien…

Nathan rejoint le pied de la superstructure. Il sonde, scrute et recherche à travers la cohue qui peu à peu se disperse. Lorsque son regard revient vers Anna et Édouard, ce n'est plus de la crainte que l'on peut y lire mais de la panique.

Chapitre 2
Les risques de la malbouffe

Les quatre roues motrices s'enroulent sur le bitume. Les kilomètres s'engloutissent mais à l'intérieur de l'habitacle, les mains s'affairent à d'autres préoccupations. L'avantage de la conduite automatique est de libérer aux chauffeurs du temps et de transformer l'inutilité des trajets en mise à profit. Clara, cette jolie informaticienne d'âge mûr, peut s'affairer à une tâche à haute valeur ajoutée ; fignoler ses dernières retouches de maquillage. Les véhicules équipés du réseau 5G se connectent à un système de navigation ultra-performant. Les voitures ainsi que les autres moyens de transport se synchronisent entre eux. La conduite optimisée ; vitesse adéquate, déviations intelligentes, et sécurité absolue. Finie l'intervention humaine. Les accidents disparaissent, les problèmes de circulation se fluidifient et la tension sur les routes s'évapore. Mais aujourd'hui, un autre stress habite Clara, celui d'une rencontre inhabituelle, capitale.

La raison d'être des *Unanimous*, ces Robins des bois du Net, s'est éteinte il y a seize ans de cela, lors de l'affaire Nicolas Berger. Le démantèlement financier du *Magister* a sonné la victoire du réseau d'informaticiens. Au fil des ans, les effectifs se sont peu à peu dissous même si, malgré tout, un noyau dur persiste. Ce dernier cordon de sécurité agit comme un garde-fou attentif aux nouvelles dérives ; des justiciers armés de claviers.

Depuis le scandale de Genève rebaptisé *Genprimes*, leurs cellules sont devenues dormantes... jusqu'il y a peu. Une découverte, un vol d'informations a révélé une nouvelle menace. Clara n'en sait pas plus. L'affaire est sensible. Les *Unanimous* n'ont plus la mainmise d'antan, les connexions sont devenues incertaines depuis toutes ces années... Qui sait qui se cache réellement derrière les nouveaux pseudonymes ? La meilleure manière de ne pas laisser de trace et d'assurer une discrétion totale est la passation de l'information de la main à la main. Une rencontre s'organise. Un événement singulier, à la hauteur de la découverte...

Les yeux noisette encadrés par quelques boucles foncées rencontrent le rétroviseur. Le fond de teint recouvre l'inquiétude. Les mauvais présages s'entremêlent pour former un nœud dans son estomac. Une info mystérieuse, un rendez-vous inhabituel et pour couronner le tout, Nathan, son Nathan si loin d'elle, en week-end à la mer du Nord.

Le véhicule autonome pénètre dans le parking souterrain de l'immense centre commercial. Samedi matin, l'entame du week-end est synonyme de cohue, parfait pour passer inaperçue. Elle ajuste les lunettes de soleil et resserre un joli foulard autour de ses cheveux. Ces simples gestes rendent toute analyse biométrique compliquée. Avant de sortir du véhicule, Clara met sous tension sa *smart-tab*. Quelques manipulations et le réseau informatique du centre change de main, le système de sécurité lui appartient désormais. Les caméras de surveillance s'affolent en quelques clics, de quoi brouiller les dernières pistes.

La porte claque et libère cette cliente déguisée. L'ingénieure du numérique s'infiltre entre les badauds chargés de sacs en papier. Un regard distrait vers les boutiques lui dévoile ces nouveaux centres déshumanisés. Un ingénieux système de scan détecte les achats en temps réel. Plus de caisses, ni de vendeurs, dès la sortie la liste complète de votre panier est directement débitée de votre compte bancaire. De quoi faciliter les achats impulsifs et inconsidérés.

L'escalator lui donne de la hauteur pour atteindre le dernier étage, celui des restaurants. Une heure précoce pour les *fast-foods* pratiquement déserts. Clara serpente entre les tables vides. Au fond, l'accès recherché. Discrète comme un courant d'air, elle compose le code à six chiffres et se glisse dans l'espace réservé. Le couloir du personnel, gris, à l'éclairage incertain irradie d'une tension palpable. Lorsque la porte se referme derrière elle, la serrure automatique libère un cliquetis sinistre. L'informaticienne inspire avec peine. Cette rencontre lui rappelle les missions de son jeune temps. L'agent double, ses jeux de séduction pour piéger Nicolas Berger, leur fuite dans les sombres couloirs de l'ULB, le temple maçonnique pour mettre en lumière le plus grand scandale médical et financier jamais dévoilé. *Courage ma belle, courage.* Clara inspire profondément. Au fond, la porte du bureau l'attend. Ses talons résonnent sur le dallage. Devant l'entrée, elle frappe trois fois. L'impulsion de son poignet sur le panneau de bois suffit à ouvrir la porte non verrouillée. Les charnières grincent et la lumière du couloir envahit la sombre pièce. Une nausée s'empare de la nouvelle venue. Clara perd pied, se plie en deux et porte une main en direction de sa bouche pour retenir un cri. Au milieu du fatras gît un cadavre ensanglanté. Le manager, refroidi depuis un moment déjà sur sa chaise. Derrière ses lunettes, les yeux du gérant dévoilent les marques d'une mort violente. Un sentiment d'insécurité, froid comme une lame sur une gorge, s'empare d'elle. Un frisson l'électrise. Vite ! Elle doit déguerpir d'ici ! Ses neurones reprennent le dessus. Le désordre dans la pièce interpelle. Le gérant lui-même a les poches retroussées, la veste gît un peu plus loin, délestée de son contenu. Pas besoin d'être un enquêteur aguerri pour comprendre la raison du meurtre. La fouille grossière, la disparition des dispositifs informatiques, *livephone*, *smart-tab* et ordinateurs suffisent. Tout a disparu sauf… Le temps d'un battement de cils, Clara s'approche du cadavre. Du bout des doigts, elle vient soustraire les lunettes de sa dépouille. Le précieux sésame en main, l'espionne quitte les lieux comme si elle n'y était jamais venue.

Le retour vers le parking est un supplice. Le visage rivé vers le sol, seuls quelques regards par-dessus l'épaule viennent remplir son champ visuel. Les secondes deviennent interminables, chaque nouveau pas est un sursis qu'une ombre grandissante menace. Un regard plane sur elle, elle le sait, elle le sent. Vite, elle doit atteindre sa voiture et si possible, en vie.

Les doubles portes s'ouvrent vers un sous-sol lugubre. Ses pas rebondissent sur le béton lissé. À mesure que sa berline se rapproche, son allure s'accélère autant que les battements de son cœur. Enfin, la poignée, la portière, la carrosserie claque et les larmes coulent. Un geste empressé vient verrouiller le véhicule. Un regard paniqué balaie les environs. Le parking sombre, empli de carcasses stationnées, offre mille coins d'ombre et autant de caches potentielles. Impossible de savoir si l'assassin l'a suivie.

Sa respiration saccadée l'empêche de recouvrer son calme. Ils ont mis le doigt sur quelque chose, quelque chose de suffisamment sérieux pour les faire sortir de leur trou et assassiner un homme en plein jour. Acculée, le choix n'en est pas un, elle doit savoir de quoi il en retourne pour aviser au mieux ses prochaines actions.

Les lunettes glissent sur son nez. D'un simple clic sur les branches, la fonction sans fil s'active. Les *smart-glass* sont encore à l'état de prototype, anodin pour les profanes, seuls les férus d'informatique ou les espions de haut vol en connaissent l'existence. Clara utilise son propre *livephone* pour se connecter au dispositif et le déverrouiller.

En parallèle, elle ordonne à sa voiture de quitter cet endroit maudit. Le moteur vrombit, les roues se mettent en marche et les décors se meuvent. Devant les yeux de l'informaticienne, un autre film se déroule. Les informations volées s'affichent sur les lunettes. Des données, des tests médicaux, de nouveaux tests ? Une fille, une jeune fille. Le cœur de Clara manque un battement dans sa poitrine…

Chapitre 3
Un œil invisible

Sur la plage, les sons se distordent et les décors s'affadissent. Tout s'éloigne autour de lui. La foule se désagrège, les attractions s'évaporent, le sable et la mer s'évanouissent pour se transformer en immensité noire. Seul un spot illumine le policier esseulé au pied de cette grande roue blanche.

Lisa, sa filleule, s'est évaporée juste sous ses yeux. Il a fouillé la foule dans un sens, puis dans l'autre. Introuvable, envolée, disparue. Comment a-t-elle pu disparaître sous ses yeux ? *Bon sang Nathan, tu n'es qu'un idiot !* À côté, des rires. Un groupe de Japonais s'extasie devant la fête foraine belge. Le monde continue de tourner tandis que celui de Nathan s'écroule. *Reconnecter, réagir, vite !*

Le policier ressasse son interrogatoire avec le forain en charge de la grande roue, un homme rougeaud et tendu comme une toile de parachute. Le gaillard a répondu aux questions de manière formelle. La photographie de Lisa ne lui disait absolument rien, elle ne s'est pas présentée à sa caisse, n'a pas acheté de billet et n'est pas montée dans son attraction. En revanche, il ne saurait dire si elle s'est promenée dans les environs, avec le monde, impossible d'en avoir la certitude. L'homme n'a rien aperçu de suspect. Les mâchoires de Nathan se crispent. *Réagis, réagis Nathan, réagis bon sang !* De nouveau les rires des Japonais. Leur bonne humeur vient piquer sa patience, il ne peut retenir un regard mauvais dans leur direction. Sa vision s'accroche sur un stick télescopique. Au bout du manche, une caméra enregistre leur *city trip*. C'est un « recordeur 360 » très à la mode, ces vues sont connectées aux casques de réalité virtuelle qui permettent de revivre des moments de vacances comme si on y était. D'un mouvement d'épaule, le policier s'intercale dans le groupe. Sa main vole en direction du stick et en décroche l'enregistreur.

— Hey ! s'exclame un jeune Japonais.

L'adolescent approche du policier pour récupérer sa caméra 360 degrés. Nathan irradie de fureur, un regard suffit à calmer la troupe.

— Juste un moment.

Les doigts glissent sur l'écran tactile, revenir en arrière, faire circuler l'angle de vue. Pourvu qu'elle soit dessus. La vidéo affiche en contre-plongée une silhouette, sa silhouette, *bingo* ! Nathan oriente l'angle de vue afin de la suivre, elle s'enfonce derrière la grande roue et s'arrête au bord du trottoir. D'un geste du doigt, Nathan zoome, les milliards de pixels lui apportent l'explication. Une voiture approche, ralentit et… *merde !* Lisa se décale, la voilà masquée par un pied de la grande roue. Nathan ne la voit presque plus. La scène partiellement visible se poursuit. Le véhicule s'arrête, Nathan n'en distingue qu'un bout. Une porte s'ouvre ? Il n'en est pas sûr… une ombre, et en un courant d'air, la voiture repart. La vidéo s'écoule, derrière le pied de la grande roue, Lisa n'est plus.

Le corps de Nathan se tend comme le chien d'une arme à feu. Sur la vidéo, un léger retour en arrière et un nouveau zoom lui délivrent l'information. Une plaque d'immatriculation ! Nathan réquisitionne une partie de l'enregistrement avant de rendre l'appareil aux touristes.

Dans l'esprit de Nathan, les vieux mécanismes s'enclenchent. Comme s'il n'avait jamais quitté les forces de police, les connexions se font. Ce soir, il reprend du service.

Chapitre 4
La traque

Les souvenirs sordides du centre commercial emplissent l'esprit de Clara. Sa première réaction est d'appeler Nathan, mais elle se ravise. Son *livephone* n'offre aucune confidentialité. La vie privée n'existe pas dans le partage numérique. Seule, probablement traquée, l'indécision devient aussi dangereuse qu'un piège à loup. S'en extirper s'avère vital. Les mâchoires mortelles se rapprochent, elle pouvait presque sentir le métal froid frôler son corps. D'une voix tremblante, elle demande au véhicule de se diriger vers son domicile.

Les kilomètres défilent. La route se transforme en labyrinthe dont chaque destination serait barrée d'une *dead end*. Chaque carrefour l'entraîne vers une nouvelle impasse. Son quartier apparaît dans le ballet flamboyant de l'automne. Les feuilles mortes forment un tapis, une allée déjà tracée. L'immeuble à appartements enfoncé comme un clou dans une rangée de *buildings* bien serrés renvoie un gris lugubre. Son appartement… Avec la taille de son compte en banque, Clara aurait pu choisir un château, mais il arrive qu'un peu trop d'attention suffise pour que les problèmes apparaissent. Après tout, cet endroit lui convenait très bien. Son bien-être, c'est à coups d'éclats de joie, de rires et de pleurs qu'elle l'a construit. Avec Nathan, ils se sont trouvés, apprivoisés. Ils dévorent la vie comme on croque un fruit mûr. Ils vivent parfois chez l'un, souvent chez l'autre. Nathan possède une jolie villa dotée d'un agréable jardin dont les plantes aromatiques embaument et certains soirs, le barbecue rougeoie de plaisir. Malgré la facilité apparente d'un emménagement définitif, Clara a toujours voulu garder son pied-à-terre.

Le véhicule ralentit dans l'avenue. Son emplacement privatif est disponible juste en face de chez elle. L'ingénieure aux aguets vérifie d'abord les environs. La conduite automatique lui laisse tout le loisir d'utiliser sa *smart-tab*. Clara se connecte aux caméras du lotissement. Du bout du doigt, son petit programme de reconnaissance numérologique se met en marche. La magie de l'enregistrement quotidien est d'anticiper le changement. Les véhicules en stationnement sont identifiés l'un après l'autre. La liste des propriétaires s'affiche ; des voisins, une voiture en panne depuis des lustres, madame Gilda qui vient visiter ses petits-enfants, le concierge, l'employé municipal, l'infirmière médicale qui vient piquer madame Jeanne, Jess, cette jolie étudiante qui rend visite un peu trop souvent à monsieur Lejeune… Les véhicules sont tous reconnaissables, à l'exception de deux *numéros de plaque inconnus*. Valides mais inconnus. En d'autres mots, ils ne se sont jamais garés ici.

Sa tension grimpe en flèche. Clara modifie son trajet pour passer non loin des berlines suspectes. Son sang se glace. Les voitures sont occupées. Un conducteur patiente dans chaque véhicule. Ils sont là pour elle, il n'y a pas l'ombre d'un doute. Préserver les apparences. Clara reprend les commandes et ralentit à l'approche de son emplacement, elle perçoit une silhouette paresser aux abords de son immeuble. Le piège n'attend plus qu'elle. Ils vont la cueillir. L'informaticienne fait mine de se garer. Déjà les portières des voitures suspectes s'ouvrent. Les hommes, en habits décontractés, approchent d'un air nonchalant, mais le regard est braqué sur elle. D'une marche arrière, la voilà parfaitement dans l'axe de sa place de parking. Clara bloque sa respiration, son sang ne fait qu'un tour. D'un geste fort, elle pousse la première, braque en direction de la sortie et fait crisser les pneus. Ce brusque changement les surprend. Quelques secondes à peine suffisent pour parcourir une vingtaine de mètres. Clara s'engage sur le carrefour alors qu'en arrière, ses poursuivants remontent à peine dans leurs véhicules. Les phalanges crispées sur le volant, l'informaticienne enfonce la pédale de l'accélérateur. Tel un bolide, elle s'élance sur le boulevard, ne laissant derrière elle que l'ombre d'un mirage.

Chapitre 5
Une terre noire

L'Angola, une terre vierge où l'Homme s'adaptait ou mourait. Henry et sa troupe découvrirent une terre différente, une terre nouvelle. Loin de la civilisation urbaine de Nantes et de son port, ils foulèrent un lieu ancestral, le berceau du monde. L'armateur, malgré son imposante stature, se sentait ridiculement petit. Tout semblait gigantesque dans cette immensité indomptée.

Une heure à peine après avoir quitté la crique, l'*Enragé* et sa troupe ouvraient la voie. Les machettes volaient comme des sagaies. Le guide au visage défiguré menait Henry et son armée à destination. La savane, cette plaine aux ondulations douces, parsemée de bosquets épineux les envoûtait. Derrière chaque taillis, de nouveaux secrets se révélaient aux explorateurs. Les énormes fourmis avaient la taille d'un pouce. Tous se gardèrent bien de déranger leur étrange ouvrage. Au loin, une couverture boisée entourait la plaine et recelait des fruits immenses et colorés. Les arbres gigantesques enveloppaient la brousse de leurs bras protecteurs. Des confins sauvages s'élevaient des bruits inconnus pour former une étrange symphonie aussi envoûtante que mortelle. Les coassements se mêlaient aux chants d'oiseaux exotiques.

Le commandant jeta un regard mauvais en direction de

l'*Enragé*. Son *Maître* assassin ressemblait à un chien déshydraté. La vilenie de ses traits, mêlée aux cicatrices multiples, ne faisait qu'accentuer sa profonde noirceur. Il devait sans doute provenir de l'enfantement du diable et d'une chienne bouffée par la rage. Qu'importe sa laideur, sans lui, la rencontre à venir n'aurait jamais lieu.

***

La case moite et chaude refoulait des effluves âcres. Henry faisait de gros efforts pour ignorer la puanteur. Il se focalisait sur cette réunion cruciale. Face à lui, le chef de tribu, l'*Ayilol*, celui qui avait la mainmise sur cette région, désigné par l'empereur du royaume Duanda lui-même. Ses cheveux crépus décorés de symboles inconnus donnaient à son visage un air mystique. Seul un disque d'argent en pendentif ornait son torse nu et musculeux.

Une tunique en peau de zèbre habillait le bassin du chef. À première vue, il ressemblait en tout point aux gravures des recueils d'explorateurs. Henry savait néanmoins que les chefs désignés n'étaient pas de simples gueux qu'on balaie d'un revers de main. Les prunelles noires de l'Africain brillaient d'intelligence et de cruauté. Jacques l'*Enragé* fit les présentations. Il se tint ensuite en retrait et laissa Henry mener les débats.

L'armateur demanda à Donga, son interprète, de traduire les ordres… Les ordres… ces ordres n'étaient pas les siens, mais ceux destinés à lui faire gravir les échelons. Mot à mot, le capitaine récita les instructions fournies dans l'étrange lettre au cachet de cire.

— Ils seront âgés d'au moins quinze ans et ne dépasseront pas les quarante.

Donga parlait d'une voix saccadée, les directives étaient fidèlement traduites en un dialecte inconnu.

— Deux tiers seront des hommes.

Henry énumérait ses conditions de manière calme, posée, mécanique, comme il le faisait avec chaque fournisseur. Aujourd'hui, la marchandise était bien différente.

L'*Ayilol* hocha doucement la tête, comme si la requête semblait tout à fait « routinière ». Il se redressa et éructa un mot incompréhensible.

— Combien ? traduisit l'interprète.

— Deux mille têtes toutes les lunes.

L'échange verbal qui suivit fut rapide. Henry crut déceler la même expression sortir de la bouche du chef.

— Combien ? répéta l'interprète.

La malice présente sur le visage de l'*Ayilol* ne laissait aucun doute. Henry rétorqua :

— Une livre pour les hommes, une demi-livre pour les femmes.

Le chef éclaira la case d'un sourire radieux. Henry venait d'échanger la vie d'un homme contre le prix de dix kilos de blé. Sur le nouveau continent, il les revendrait douze fois cette somme. Il venait de signer à l'encre pourpre, le pacte d'une fortune gigantesque.

Chapitre 6
Le *geek*

Certains événements de la vie ont le don de réveiller les sentiments enfouis. Ce soir, la rage bout dans ses entrailles à lui en décoller la pulpe. Il s'est contenté d'adresser à Édouard et Anna un bref : « *Je vais la retrouver…* » avant de disparaître dans la foule. Les décors se sont fondus dans un rouge sombre que la flamme de souvenirs toujours vifs éclaire. Cette lueur s'appelle Nicolas Berger, son ami, son frère, son autre lui à qui il aurait tout donné et qui pourtant, a choisi d'affronter seul son ultime combat…

Ce soir, le froid le quitte ; ce soir, le brasier s'anime, une fureur sans limite s'empare de lui. La portière de sa voiture claque et sans réfléchir, il ordonne au véhicule de rejoindre l'autoroute qui lie la côte à Bruxelles. L'espace d'un instant, il pense rejoindre sa planque pour « s'équiper » mais c'est trop tôt, il doit d'abord identifier l'ennemi. Après tout, il ne sait pas encore à qui il a affaire. Le seul élément qu'il possède, c'est la photo de l'arrière d'un véhicule et la plaque numérologique correspondante. Nathan enclenche l'appel. Clara ne répond pas… étrange. Sa réflexion revient vers Lisa. Il doit la localiser et vite ! Un nom brille immédiatement dans son esprit. Il compose le numéro sur l'interface du véhicule. L'image d'un garçon typé méditerranéen, au visage bien nourri et au menton barré d'une fossette lui sourit.

— Allô, David ?

— Ouaip !

— C'est Nathan.

— Ouaip, je vois !

À vingt ans, David s'était fait coffrer pour avoir piraté le serveur ultra-sécurisé de l'université où étaient stockés tous les examens de fin d'année. Bien sûr, il avait tenté de les vendre aux plus offrants mais s'était fait balancer. Au lieu de payer une amende astronomique, le juge lui avait proposé de travailler pour la police. Nathan avait fait sa connaissance lors d'une formation sur la cybercriminalité dont l'omniprésence devenait de plus en plus difficile à gérer. David lui avait confié « rêver » de récupérer tout son matos confisqué à l'époque de sa condamnation. Ses clés USB possédaient quelques petites merveilles, des algorithmes qu'il avait passé une vie à créer. Un mois plus tard, une énorme caisse, placardée en lettres majuscules rouges « À DÉTRUIRE », avait été livrée chez David. Le petit génie eut un pincement au cœur lorsqu'il découvrit ses anciens serveurs et disques durs, emballés dans du papier bulle.

— Qu'est-ce que tu veux, mec ?

— Écoute, je suis sur une enquête sensible et j'ai…

— Attends, attends, t'es pas censé être à la retraite ?

— Si mais j'ai…

Un bip et l'image disparaît.

— Allô ? Allô ?

David a raccroché ! Ce *geek*, ce petit merdeux a raccroché ! Dans la seconde qui suit, une nouvelle conversation s'affiche à l'écran mais l'image est grisée.

— Vous êtes vraiment limités, vous, les policiers de terrain ! Pourquoi ne pas m'envoyer la police judiciaire, la Sûreté et la presse directement chez moi ?

Un silence s'empare de la conversation. Nathan admire

les compétences de ce gars mais ne supporte ni sa façon de parler, ni son humour décalé. David soupire dans le micro.

— Bon, tu te magnes ? J'ai une instance sur *World of War Zone*. Dans quelques minutes, on part en raid et j'ai pas toute la journée. C'est du sérieux, on devrait monter en première ligue, c'est le jeu de l'année dans le classement Nerdzone et si on parvient à dégotter la première…

— David !

— Quoi ?

— J'ai un numéro de plaque à te…

— Oui, voilà !

— Voilà quoi ?

David soupire à nouveau.

— Voilà, j'ai l'info !

— Je ne te comprends pas, David…

La voix de l'informaticien se teinte d'un agacement marqué.

— Nathan, s'il te plaît, fais un effort. Voilà, j'ai l'info quoi ! Pendant qu'on causait, j'ai trouvé la photo du véhicule dans tes documents récents, j'ai fait la recherche et t'ai envoyé l'adresse du proprio. Le véhicule appartient à un certain Ryan Demarche, un gamin du lycée Saint-Berthuin, il est connu pour narcotrafic. Entendons-nous bien, soupçonné, jamais arrêté.

— Quoi ? T'as accès à mes documents perso ?

Le *hacker* soupire, s'ensuit un bip et l'image disparaît.

— Allô ? Allô ?

La conversation s'est clôturée comme si elle n'avait jamais eu lieu. Dans l'habitacle, Nathan se retrouve à nouveau seul, mais cette fois, il sait exactement où se rendre.

Chapitre 7
Sur les rails

Les arbres rougeoyants de l'automne défilent comme des sentinelles aux abords de la route. Les feuillages fatigués se répandent au gré des bourrasques mais certaines branches résistent plus que d'autres. Son regard brouillé observe le bitume noir qu'une ligne blanche vient trancher. Clara roule depuis des heures. L'après-midi avance et les solutions disparaissent. Que faire ? Si elle se rend chez les flics, elle sera probablement suspectée de meurtre. L'image du gérant égorgé monopolise son esprit. Peut-on faire confiance au système ? Elle connaît leurs méthodes. L'affaire Nicolas Berger ne lui revient que trop douloureusement en mémoire. Non ! Elle doit déjouer le sort. Comme lorsqu'elle s'introduit dans un réseau ; comprendre le fonctionnement pour se rendre indétectable.

Les méninges de l'ingénieure reprennent le dessus. Sa voiture est facilement traçable. Connectée sur le réseau routier, elle n'offre aucune discrétion. Le visage de Clara se ferme lorsqu'elle prend sa décision. Sa voix enrouée active le GPS.

— Guide-moi vers la gare la plus proche.

La station ferroviaire est localisée rapidement. Le hasard des kilomètres aveugles l'a menée à proximité de Charleroi, une des plus importantes villes du sud de la Belgique. Clara se connecte à l'application des trajets *rail-on-time.be*. Le train désiré démarre dans... dans quelques minutes ! C'est parfait ! Clara s'enfonce dans les routes étroites qui bordent l'accès sud de la gare. Le véhicule s'arrête, la porte s'ouvre et la silhouette fine de Clara disparaît dans le tunnel.

***

Quelques minutes plus tard, trois sbires déambulent entre les quais. Sonder les navetteurs prend du temps. L'enchevêtrement des départs et des arrivées rend la localisation de Clara difficile... impossible. Un jeune homme au visage de doberman commence la communication.

— Marc, j'écoute.

— Monsieur. Elle nous a échappé. Les guichets, le parking, les voies, nous avons tout passé au peigne fin. Elle a dû prendre un train mais impossible de savoir lequel.

Dans le bureau aseptisé, le cadre âgé d'une quarantaine d'années retient son souffle.

— Monsieur, si nous pouvions utiliser toutes les ressources de l'organisation, ce serait un jeu d'enfant.

— Je vous ai dit de travailler EN TOUTE DISCRÉTION !

À l'autre bout du combiné, les mâchoires se crispent avant de poursuivre sur un ton résigné.

— Incapables ! Donnez-moi l'heure approximative du départ...

Marc penche son visage étroit en direction de sa *smarttab*. Les reflets bleutés de la tablette déshumanisent son regard. En quelques touchers, les informations révèlent la liste des trains que Clara aurait pu emprunter. Il connaît son dossier par cœur. Un rictus malsain le défigure, le directeur de la sécurité sourit comme si la mort imminente d'une femme pouvait lui procurer plaisir et satisfaction. La réponse luit, évidente, juste devant ses yeux. Sans autres formalités, il ferme la session, empoigne sa veste et quitte son bureau. La destination imprimée dans son esprit, une lueur malsaine danse dans son regard, un éclat brillant, une étincelle allumée il y a seize ans qui aujourd'hui promet de s'embraser.

Chapitre 8
Mauvaise fréquentation

La nuit efface les contours, ternit les nuances et couvre de son manteau noir les bâtiments endormis. Minuit approche lorsque Nathan range sa berline sur l'accotement. Non loin, la voiture couleur bleu iceberg patiente paisiblement. L'ancien flic a choisi un emplacement discret duquel il observe une enseigne lumineuse. *Au Piano Pierre.*

Les lettres en LED brillent dans la nuit tel un attrape-moustiques géant. Le regard de l'ancien policier escalade la façade du bâtiment. L'appartement se trouve au-dessus du piano-bar. Un logement bruyant, difficile à louer. Qui voudrait vivre au milieu d'une musique constante rythmée par le tempo des claquements de portières, des disputes de fin de soirée et agrémentée d'une odeur d'urine rémanente ? Qui voudrait vivre là ? Un *dealer* dont la clientèle afflue chaque soir juste devant sa porte : Ryan.

Nathan se connecte sur sa *smart-tab* et ouvre le fichier *anonyme* envoyé par David. Merci David ! Ce mec est un surdoué, une chance d'avoir pareil élément du bon côté de la justice… à ses heures.

Les rétines inquisitrices parcourent le fichier. Le dossier reprend la vie complète du *dealer* :

- Études : *bingo*, il fréquente la même école que Lisa. Bon sang, ce mec accumule les retards. À vingt ans, il côtoie dans sa classe des élèves quatre ans plus jeunes.

• Favoris Internet… Nathan se sent défaillir. Recherches pornographiques : *teenager*… Ce mec s'intéresse aux filles plus jeunes…

La mâchoire de l'ex-flic se transforme en étau.

• Profil psychologique établi sur base des réseaux sociaux… Narcissique égocentré à caractère violent… Septante pour cent de ses contacts sont des filles de moins de dix-huit ans.

Des pulsions de meurtre s'immiscent dans l'habitacle.

• Casier judiciaire : auditionné pour des cas de violences sur mineurs, trafic en tous genres (herbe, *crack*, *ecstasy*, *amphètes*, *champis*…), proxénétisme, recel… classés sans suite faute d'éléments…

• État de santé… Tiens… il est malade. Ce Ryan serait atteint d'une maladie sexuellement transmissible… Étonnant…

Ce type est un prédateur, une véritable merde ! Bon Dieu, qu'est-ce que Lisa peut foutre avec une saloperie pareille ? Du mouvement sort Nathan de son analyse. Trois types s'approchent du véhicule suspect. Dans la nuit, les traits sont méconnaissables, mais l'un des individus correspond au signalement. Sans hésiter, Nathan sort pour s'offrir à la nuit.

***

Le piano-bar est en réalité une discothèque déguisée. Après quelques minutes d'observation, Nathan se décide à entrer. Une incroyable cohue fluctue dans un décor bleu électrique. Une vague humaine ondule dans un ballet de décolletés, de jeans moulants et de sourires ravageurs. Elle est là… Lisa. Ses jolis cheveux noirs empilés et repliés de façon géométrique… très « à la mode ». Le contour de ses yeux, noircis de maquillage, alourdit ses traits dans un style *heavy metal* bien trempé. Et cette tenue… mais d'où sort cette tenue ? Autour d'elle, un troupeau, un troupeau en rut danse. Des regards gourmands, malsains, écœurants, s'insèrent dans son décolleté, dévorent ses lèvres et s'attardent sur la dentelle de sa minijupe…

Une fugue, elle a fugué… Lisa s'immobilise. Son regard noir, héritage des Berger, se plante sur son parrain. Le visage de l'adolescente se barre de colère. Défigurée par la hargne, la jeune fille se transforme en furie.

— Qu'est-ce que tu fous là ? Lâche-moi ! T'as rien à foutre ici !

Le ton employé par Lisa transperce la carapace de l'ancien flic pour venir le toucher en plein cœur.

— Tu n'as rien à faire ici…

L'adolescente devient hystérique. Elle se lance vers Nathan pour le repousser… comme si une fourmi pouvait plier un arbre… Déjà un attroupement encercle la scène. Deux malabars s'approchent.

— Lisa, tu es mineure dans un débit de boissons. Ta mère te cherche…

— Eh bien, qu'elle continue. Tout ce qu'elle voit, c'est sa petite personne. Je suis certaine qu'elle doit être très inquiète…

— Oui…

— La pauvre ! Oh, mon Dieu, ma pauvre petite maman. Inquiète ? Et moi ? Et moi, dans tout ça ? Ce que je ressens, moi ? On s'en fout ! On veut juste que je sois la gentille petite orpheline qui se comporte comme il faut… Comme vous le voulez. Mais ce que moi, je veux, tout le monde s'en tape !

Abasourdi, Nathan ne sait que répondre. La foule se serre de plus en plus pour observer le spectacle désolant. Les larmes inondent le regard de Lisa.

— Même ici, dans ma bulle, vous parvenez à me gâcher l'existence…

Un garçon à l'allure de crapule surgit d'entre les spectateurs. Ryan. Comme un mauvais courant d'air, il enveloppe Lisa. La jeune fille s'offre à lui. Leurs lèvres se rencontrent dans un échange écœurant. Lisa, les yeux fermés, ne voit pas le regard provocateur lancé à l'encontre de son parrain. Rivé vers Nathan, il sourit en glissant une main vers les fesses de la jeune fille qu'il empoigne, satisfait de sa viande du soir.

Le sang de l'ancien flic ne fait qu'un tour. Deux molosses encadrent le *dealer*. Nathan s'apprête à bondir lorsque Lisa se détache de Ryan. Son murmure tombe d'abord comme un poignard.

— Va-t'en…

Ensuite, comme une massue, le dernier cri de rage tombe.

— VA-T'EN !

Chapitre 9
Six cylindres et une tache d'huile

Ses pas résonnent sur le chemin du Ravel. Ces anciennes voies ferrées belges, réhabilitées en promenades, traversent le pays en proposant de jolis paysages à ceux qui les empruntent. La ligne 141, boisée la plupart du temps, n'offre que quelques ouvertures sur la civilisation. Parfait pour notre fuyarde en recherche d'abri « anti-numérique » ! Dans un élan de lucidité, Clara a préféré descendre avant sa destination pour se dissimuler dans ce chemin de traverse.

Nathan habite dans les environs de Nivelles, une ville importante à mi-chemin entre Bruxelles et Charleroi. Pour brouiller les pistes, Clara a choisi un arrêt improbable sur le parcours et a abandonné sa *smart-tab* dans le train. Forcée de terminer le trajet à pied, elle avale les kilomètres au rythme d'énergiques enjambées. Un souvenir heureux et douloureux à la fois traverse ses pensées. Cette marche forcée lui rappelle ces promenades partagées sur l'île avec Nico. Tout ce gâchis pour l'argent et le pouvoir.

Le soir tombant apporte ses couches humides que les sous-bois recouvrent. La luminosité décroît mais sa destination se rapproche. Dans quelques centaines de mètres, elle rejoindra le sentier, celui que Nathan lui a fait découvrir, il y a des années de cela. Peu à peu, la maison se dessine et extirpe Clara de ses souvenirs. Une villa sans voisin, un jardin entretenu et une drève en gravier. Aux aguets, l'informaticienne observe, écoute, respire l'air ambiant pour en déceler le moindre indice suspect.

L'obscurité s'épaissit autour d'un silence que rien ne vient troubler. Elle attend, des minutes, ou peut-être des heures. Progressivement, la pénombre s'installe comme une nappe d'huile grandissante. Entre les contours indistincts, l'ombre de Clara se déplace comme une feuille portée par le vent. La clé s'insère dans la serrure. Sans allumer, l'informaticienne s'introduit dans la bâtisse à la manière d'un spectre, d'un fantôme… d'une âme en peine. La porte se referme et les secondes s'égarent dans cet espace où le temps n'a plus cours. Dans ces moments, la respiration se bloque et le cœur palpite. Dans le noir des pièces vides, une ombre guette. En dépit des précautions, le mal rôde. Pourtant, ses pas de loup ne laissent aucune trace. On l'entend à peine pénétrer dans le bureau. Sans se douter de la menace qui plane, l'informaticienne s'avance vers le meuble central. Le double est là, à sa place habituelle, dans le second tiroir. Clara soulève les clés comme s'il s'agissait d'un trésor. Elle décide de laisser à Nathan une note écrite, c'est sans doute ce qu'il y a de plus sûr… Un mot, un mot que lui seul comprendra.

Je dois prendre la voiture…

Elle esquisse un sourire discret. Sa voiture que lui seul peut conduire.

… pour la montrer aux cousins.

Elle opine, satisfaite. Il comprendra. Un léger bruit. Elle tressaille. Son corps se crispe. L'oreille tendue, elle guette dans l'obscurité le moindre signe de danger. Son esprit s'active comme si la mort était à ses trousses. Les genoux pliés, elle se glisse sous le bureau pour atteindre le compartiment secret. Ses doigts rencontrent une arme et un téléphone d'ancienne génération. Pourvu que la bande passante soit toujours active… Plus le temps de traîner ! Revenue dans le hall d'entrée, elle ne se doute pas à quel point le danger est proche. Adossée à la porte, Clara approche le vieux téléphone portable de son visage. Dans ses contacts, seul un numéro est enregistré… un numéro vieux de seize ans. Les doigts manipulent le clavier tactile pour composer un message à l'accent asiatique. Aujourd'hui, Chu est le seul à pouvoir la protéger, elle, mais surtout, sa découverte…

Un nouveau bruit. En panique, Clara pointe son arme dans le noir. L'escalier ? Le couloir ? La porte du salon ? Elle doit déguerpir. Sans prendre la peine de refermer derrière elle, sa silhouette s'élance dans la nuit en direction du garage.

Chassées par la peur, la discrétion et les précautions s'envolent. Le volet électrique se lève, la lumière automatique l'accueille et lui dévoile la superbe Porsche Carrera de 1983.

Sans perdre la moindre seconde, l'informaticienne plonge dans le véhicule, enfonce la clé et démarre dans un bruit de cylindres tonitruant. Dans l'allée, les graviers sont projetés alors que Clara écrase l'accélérateur. Dans son rétroviseur, la maison s'éloigne et peu à peu, un sentiment de victoire la gagne. À bord de ce véhicule dépourvu d'électronique, ils auront du mal à la repérer. En route pour Genève, elle compte bien mettre un maximum de distance entre elle et ses ennemis. Ils ne penseront pas à la chercher aussi loin. Dans huit heures, elle sera sur place. Quand ils comprendront, elle sera en sécurité, en sécurité auprès de Chu.

Dans la nuit, deux phares s'éloignent. Satisfait, Marc s'avance dans le jardin, comme s'il prenait plaisir à contempler la tâche accomplie. Un chiffon entre les mains, il frotte encore et encore cette saleté de graisse de moteur qui lui colle à la peau. Le directeur de la sécurité se tourne enfin vers la maison. Un dernier travail l'attend. Il doit refermer la porte et faire disparaître toute trace de précipitation, sans quoi, la supercherie ne fonctionnera pas, ils ne croiront jamais au malheureux accident…

Chapitre 10
Retour aux sources

Le jardin s'emmitoufle d'un drap nuancé de blanc et de rose. Les cerisiers abandonnent leurs fleurs au gré de la brise. L'une d'entre elles virevolte pour venir caresser la pierre blanche gorgée de soleil. La tombe est là, depuis seize ans, apprivoisée par la végétation qui la surveille en respect. Chu se frotte la main. La fraîcheur et l'émotion ravivent de douloureuses réminiscences. Il ferme les yeux et la prend dans ses bras. La joue posée sur son épaule, il caresse ses cheveux noirs une dernière fois. Un baiser éphémère marque la fin du rêve. Le médecin dépose le bouquet de lys et referme pour une année de plus ce souvenir doux et cruel à la fois.

À quelques pas, sa femme et son fils l'attendent. Son fils Ushi a sept ans. Sa femme, Lian, l'observe et pousse l'enfant dans le dos pour qu'il rejoigne son père. Elle l'aime profondément et pose sur son mari un regard tendre et bienveillant. Son drame à lui, elle le connaît par cœur. Jamais elle ne s'est opposée à ses visites, jamais elle ne lui a reproché d'en parler ou ne l'a forcé à le faire. Lilli fait partie de son histoire, de son esprit, elle le définit. En lui donnant son amour, Lian porte une partie de son fardeau et l'aide à gravir les marches, une à une, vers un bonheur plus beau et plus grand. L'ascension est longue et parfois douloureuse mais la peine finit par s'éloigner, rapetisser, épicentre d'une aurore douce-amère. Les coups de couteau sur la toile s'effacent pour ne laisser que les estompes d'une joie perdue mais vécue. De délicats mouvements se créent tout autour, nouveaux et parfois inattendus, heureux ; et son fils, son petit bonhomme, lui, y apporte de vives couleurs qui gorgent le cœur d'un bonheur écrasant.

Le petit garçon attrape la main de son papa et le tire vers la villa. Entièrement rénovée, les écorchures de balles et les vitres brisées ont été effacées dès son retour d'Europe. Seule la bibliothèque de son père avait été épargnée par la fusillade. Le bois craque encore et l'odeur de son histoire est restée prisonnière des livres et du merisier. La maison, la villa des Tiang, seul véritable havre de paix pour Chu, est érigée à l'abri d'un mur d'enceinte serti d'un système de surveillance à la pointe. Derrière les consoles de contrôle veille le seul homme en qui le médecin voue une confiance aveugle, son cousin Gui. Cela fait maintenant plus de quinze années qu'ils ont osé les défier, se lever contre les sombres pouvoirs en place. En tant que décisionnaire principal à la Croix-Rouge et administrateur des plantureux fonds saisis lors du scandale de Genève, Chu mène un combat acharné. Chaque dollar est investi pour réparer les torts passés. Décidé à souffler la poussière de honte qui recouvre les cadavres anonymes, l'homme de sciences se dresse face aux seigneurs de l'ombre.

Le médecin abandonne un regard furtif en direction de son enceinte. À l'extérieur des hauts murs, ils l'attendent comme une ombre s'agrippe aux pieds lorsque le soleil se couche. Ushi perçoit un changement dans ce visage qu'il admire tant.

— Ça va, Papa ?

Chu balaye son inquiétude d'un mouvement de tête.

— Oui, mon grand. Viens, rentrons.

Le père et le fils tournent le dos au mausolée. Mais

derrière la pierre se cache cette présence sournoise, ce non-dit obstinant, ce regard pointé sur leur nuque. Tôt ou tard, le médecin devra les abattre pour de bon. S'il souhaite vivre pleinement et libérer sa famille de ce fardeau, ils devront s'en occuper « à la chinoise » et alors, enfin, Chu pourra atteindre le paradis, ce rêve, ce lieu serein où les autres n'existent pas. Sa maison. Son monde. Une voix s'immisce dans ses pensées.

— Cousin, tu dois venir voir ça…

Le regard de Chu rencontre celui du géant. En charge de sa sécurité depuis les premières heures, Gui est aussi efficace que silencieux. À quarante ans, ce pilier rend la famille Tiang solide. Discret, le colosse évite de rappeler pourquoi sa présence est nécessaire, il assiste la famille en silence et rassure d'un simple mouvement de tête. Aujourd'hui, la mine est grave. Chu fronce ses fins sourcils, et de légers sillons viennent creuser son visage lisse.

— Que se passe-t-il, Gui ?

L'aura bienveillante du géant s'est évaporée. Chu baisse la tête vers son fils.

— Va jouer, mon grand, je vais discuter avec ton oncle, je te rejoindrai ensuite.

Les deux hommes s'écartent. Leurs pas les conduisent inévitablement vers la bibliothèque. Chu interroge son cousin du regard. Pour toute réponse, son gardien lui tend un vieux téléphone, démodé, désuet et pourtant fiable. L'administrateur en chef de la Croix-Rouge reconnaît l'appareil. Des visages agressent ses souvenirs. Son père, Lilli, Cheng, San, Nico… Le médecin déglutit un roc, il n'aurait jamais cru devoir s'en servir. La respiration incertaine, le cœur battant, Chu approche sa main gauche couverte de cicatrices pour s'emparer du téléphone. Le message interdit s'imprime sur sa rétine. Lorsqu'il relève les yeux, son teint a viré au gris.

Chapitre 11
Fuis…

Les cafés bruxellois vivent dans un brouhaha constant. Les plateaux remplis de chopes en terre cuite, de fromages au sel de céleri et d'échanges bilingues circulent dans un va-et-vient convivial. Les pompes à bière chargées en savoir-faire trappiste dégoulinent de condensation telle la sueur d'un labeur acharné.

Aux petits papiers, repère notoire de journalistes, l'ambiance ne trahit pas la tradition.

Philippe patiente, attablé près d'une fenêtre. Seize ans se sont écoulés depuis le succès sensationnel de son reportage devenu *best-seller*. Il caresse sa longue barbe en collier qui suggère l'érudition mais masque en réalité une obésité faciale marquée. Auteur à sensations, d'abord réputé et ensuite déchu du milieu lettré belge, il attend son ancien patron devenu éditeur.

Antoine arrive tout en contraste. Son style aérien au goût chic n'a pas pris une ride. Aujourd'hui, il porte un foulard de soie bordeaux et un blazer bleu marine. Philippe lui remarque une allure un peu plus tendue que d'habitude. Les pieds de la chaise en fer forgé crissent sur le carrelage en terre cuite. Il s'installe.

— Ah, Philippe, bonjour ! Alors, comment va ta maman ?

Philippe répond d'un air distrait et fixe sa concentration sur un bol de cacahuètes.

— Oh, ça va... Des problèmes de son âge, sa hanche l'embête surtout quand elle se penche pour ramasser le linge.

L'image de *mamma* Lucia en train de lessiver les dessous de son fils horrifie Antoine.

— Mais quel âge a-t-elle ?

— Quatre-vingt-six ans.

Son ancien patron le fusille du regard mais Philippe ne s'en rend pas compte. Il lutte contre l'appel des arachides. Antoine penche légèrement la tête, ce qui fait flotter son *brushing*.

— Tu n'aurais pas pris un peu de poids ?

La remarque pique le journaliste au vif et le sang afflue dans ses joues rondelettes.

— J'ai justement perdu douze cents grammes récemment.

— Aux toilettes ?

Philippe souffle bruyamment des narines. Quelque chose dans le regard de son ami l'inquiète. Sous ses paroles piquantes et son allure désinvolte, il ressent des signaux contradictoires qu'il ne comprend pas encore.

— J'arrête le pain et les pommes de terre. J'en viens à me demander si la patate n'aurait pas été créée pour nous engraisser.

Antoine répond du tac au tac sur un ton exaspéré :

— Elle fut importée en Europe pour répondre aux famines.

— À ce sujet...

Son ami lève les yeux au ciel. Philippe surenchérit :

— Non, non, je suis sérieux, jette un coup d'œil à ça !

L'éditeur fronce les sourcils et observe d'un regard circulaire les alentours. Le journaliste, quant à lui, extrait d'un air conspirateur une série de documents écrits à la main. Photos, illustrations et autres diagrammes collés à l'ancienne s'imbriquent entre les encarts de textes.

— C'est un vieux bricolage scolaire ?

Philippe ignore la remarque.

— Depuis la publication de mon blog en un *best-seller*, j'ai décidé d'aller plus loin, je me suis penché sur les origines du…

— Non, je t'en prie Philippe, arrête avec ces sornettes !

La mâchoire du blogueur se décroche, ce qui rajoute un pli à son double menton.

— Mais prends le temps au moins d'y regarder. La peste espagnole, l'extermination des Amérindiens, la traite des Noirs et leur émasculation. Je trouve des liens qui remontent jusqu'à l'Égypte anti…

Les yeux d'Antoine noircissent sous la colère.

— Ça suffit !

La mine de Philippe s'allonge pour lui donner un air à mi-chemin entre la mangouste et l'éléphanteau.

— Mais enfin, je ne comprends pas ton attitude !

— Arrête tes fumisteries. S'il te plaît, j'essaie de t'aider. Ne comprends-tu pas ? Tu n'as de cesse de tout ficher par terre. Tu as dilapidé ton succès en voyages coûteux et insensés.

Il hausse les épaules.

— J'étais certain qu'il y avait une base secrète au Groenland.

— Tu avais une perle à tes côtés et tu l'as fait fuir.

Une brèche s'ouvre dans la carapace du journaliste. Derrière le trésor d'un regard mûr brillent les reflets d'un joyau perdu. Il murmure à son ancien patron :

— As-tu des nouvelles de Louise ?

Antoine secoue la tête.

— Oublie-la, mon vieux…

— Mais comment veux-tu que je l'oublie ? Je l'aime, je l'aime à en crever !

L'éditeur répond d'un air dédaigneux :

— Pas au point d'abandonner tes idées stupides en tout cas.

— Elle est partie du jour au lendemain, Antoine...

L'expiration bruyante de son ancien patron témoigne d'une exaspération profonde.

— Elle t'a demandé si tu voulais des enfants et toi, espèce d'abruti, tu lui as dit non !

— Mais, j'étais incapable de m'occuper de moi-même, comment aurais-je pu...

Excédé, Antoine l'interrompt.

— Bon, il est temps pour moi d'y aller. Tu as eu ta chance, point à la ligne. Et s'il te plaît, arrête avec tes fantasmes et tes histoires de complots !

— Mais c'est pourtant accablant. Regarde !

Il lui tend à nouveau ses documents.

— Mais qu'est-ce que c'est ? On ne travaille plus avec du papier depuis des années, tu ne pouvais pas m'envoyer un mail ?

Philippe secoue la tête, désespéré.

— Les algorithmes contrôlent tout...

Antoine approche sa tête et lui murmure à l'oreille :

— Tu l'as dit, mon vieux. Tu as fait ton job, il y a quinze ans d'ici alors laisse tomber. Personne ne publiera ça, tu m'entends ? Personne ! Arrête d'exhiber tes recherches en public, tu vas t'attirer des ennuis.

Ses yeux brillent d'émotion, Philippe ne lui connaît pas cette ferveur spontanée. Soudain, quelque chose au fond du café attire le regard d'Antoine. Sans cérémonie, l'éditeur se lève, lance une main furieuse vers l'intérieur de son veston et jette un billet sur la table pour régler l'addition. Ce geste sec et vif clôt la conversation. Sans rien ajouter, l'éditeur quitte le café d'un pas pressé. Les yeux de Philippe brûlent. Son dernier ami lui tourne le dos. Il retient ses larmes tandis qu'Antoine s'éloigne. Le regard baissé vers le billet, un détail attire son attention. En toutes lettres au travers du billet, il peut lire : « *Fuis.* »

Il relève la tête en direction de son ami. À ce moment, des cris d'horreur s'élèvent de la terrasse. Le camion le percute. Le chaos s'organise en un amalgame strident, un crissement de pneus, des cris d'horreur et un klaxon qui expire autour d'un piéton désarticulé. Philippe a tout vu, le camion a freiné après l'impact. Antoine est mort. Ses yeux meurtris sont témoins d'un nouveau fait divers mais derrière le piéton écrasé, c'est la liberté fondamentale que l'on renverse.

Chapitre 12
L'attente

Au loin, le lac Léman étincelle comme un diamant dans un écrin de coton. La neige recouvre la nature avoisinante de son épais manteau. Le regard de Chu se perd dans l'immensité blanche.

De sa terrasse, le médecin observe son nouveau centre, « Un soin pour tous ». Les fonds saisis lors du scandale de Genève seize ans plus tôt ont attiré des mécènes du monde entier. Une multitude d'investisseurs désireux de participer au renouveau, un peu comme si cette deuxième chance était la dernière.

« Un soin pour tous. » Penseur, Chu observe la route bitumée serpenter entre les bâtiments *high-tech* destinés à la recherche pour tous. Les avancées sont réelles, aussi réelles que la menace. Son rendez-vous aurait dû arriver… Il y a longtemps déjà… vingt-quatre heures…

Le médecin ressent une présence dans son dos. L'ombre d'un géant. Gui s'avance, sa voix emplie de réalisme résonne dans un écho de lucidité.

— Vingt-quatre heures… Clara ne viendra plus… Ni elle, ni personne. Cousin, j'ai un mauvais pressentiment. Ce téléphone ne devait être utilisé qu'en cas d'extrême urgence. Ils sont de retour… La menace plane à nouveau…

Le regard perdu vers l'horizon, Chu murmure :

— Nous devrions avertir Édouard et Nathan…

Gui s'installe aux côtés de son cousin et désapprouve.

— Chu, c'est trop risqué… Cette fois, nous n'avons plus l'avantage de la surprise, nous sommes connus et exposés. S'il y a un nouveau combat à mener, nous ne le gagnerons pas…

Le médecin hoche la tête et prend la parole.

— Nous avons déjà fait plus que n'importe qui en sacrifiant tout ce que nous avions… Un sacrifice que je ne suis plus prêt à réitérer.

Un silence s'installe. Sur le toit du monde, les nuages semblent tour à tour leur rappeler San, *Maître* Chow, Lilli… et tous les autres.

— Gui, fais-en sorte que tout soit prêt. Lorsque nous retournerons à la villa, ce sera pour tirer notre révérence. Nous partirons ensemble avec Ushi et Lian.

Il sourit.

— Et un peu d'argent dans une mallette…

Les deux hommes revivent l'instant. Cette mallette jetée dans la Jeep et son dernier regard… *Papa.*

— Nous partirons, Gui… Nous partirons, nous rentrerons au pays. Choisis un petit village dans notre Chine profonde, une maison modeste, reculée, banale, de quoi vivre heureux loin des hommes et de leur folie.

Gui opine du chef avant de répondre :

— Ce sera fait, cousin. Je m'organise pour partir dès ce soir…

— Non, ce soir, c'est trop tôt. Je veux d'abord me rendre au Luxembourg. Je dois participer au congrès, m'adresser une dernière fois aux membres de l'ONU pour leur remettre leur sort dans leurs propres mains.

Gui secoue la tête.

— Si nous partons maintenant, personne ne nous

trouvera jamais, crois-moi, je te le garantis. Partons maintenant, Chu, tu t'es déjà assez exposé…

— Mon absence au congrès éveillera les soupçons…

Chu marque une pause comme pour appuyer sa décision.

— Oui, Gui… nous partirons… Nous partirons, mais après…

Chapitre 13
Une deuxième étoile

Le ciel bleu, trop beau pour un jour si triste, agite de ses timides bourrasques le feuillage des charmes qui bordent le chemin d'accès au caveau. Quelques oisillons sifflotent en coulisse, au loin, à l'abri des regards, inconscients du drame et de son silence de plomb. Les rares proches encerclent le cercueil. Le regard flou, Nathan fixe la boîte en bois d'acajou, paralysé par un incommensurable sentiment d'injustice. Il a vécu ces derniers jours avec cette main invisible sur la gorge. Elle ne l'abandonnait que tard la nuit et l'agrippait à chaque réveil, tenace et épuisante. Cette douleur enferme son cœur dans un écrin bien trop petit. Elle l'anéantit, elle le vide de toute substance.

***

Son téléphone portable avait vibré sur la table du salon, tard, alors qu'il ressassait dans son lit la scène du *Piano Pierre*. Un numéro inconnu.

— Nathan, à qui ai-je l'honneur ?

— Monsieur Draconi, je suis l'inspecteur de police Étienne Fransisco, vous êtes bien le compagnon de Clara Martines ?

L'agent expérimenté ne connaissait que trop bien la chanson.

— Que… que se passe-t-il ? Où est Clara ?

— Votre compagne, Clara, est à l'hôpital. Ses jours sont en danger.

— Quel…

— Hôpital universitaire Saint-Luc. Venez aux urgences, je vous y attends.

Toute chaleur avait quitté le visage de Nathan. Les veines purgées par un fluide glacial, il raccrocha sans autre formule d'usage.

Arrivé à l'hôpital, le policier l'accueillit comme d'aucuns l'auraient fait, l'air grave, accablé et compréhensif.

L'accident s'était produit à seulement quelques kilomètres du domicile de Nathan, sur une route déserte à une heure tardive. Sortie de la route à vive allure dans un tournant serré, la voiture avait percuté un énorme chêne de plein fouet. Les premières constatations avaient conclu à un défaut des freins, privant la conductrice de toute réaction de la pédale au moment fatidique. La Porsche était pourtant dans un état impeccable.

***

Anna tient Édouard par le bras, plus en soutien qu'en réconfort. Lisa, à ses côtés, caresse la main de sa maman, la tête posée contre son épaule. Au milieu des costumes noirs de circonstance, l'adolescente rebelle détonne par son style vestimentaire. L'imperméable en cuir masque mal une jupe bien trop courte. L'excès de noir autour des yeux laisse de longues traînées humides sur ses joues rosies par le froid. Autour, les *piercings* flirtent avec d'invasifs tatouages dans un amalgame intraduisible.

En apparence, un gouffre la sépare de sa mère. En réalité,

elles ont besoin l'une de l'autre, liées par un lien irrépressible.

La veuve observe Nathan, l'ami, le parrain, l'âme sœur de feu son mari. Depuis la disparition de Nico, la vie leur avait accordé un peu de paix mais la mort les rappelait une fois de plus à l'ordre. Le combat se répète, seize ans d'écart, et Nathan toujours en première ligne pour prendre les coups. Hier, son meilleur ami, aujourd'hui, son amour.

Nathan détourne les yeux. Un rapide coup d'œil vers sa filleule lui dévoile une adolescente en pleurs, perdue dans cette injustice qui côtoie les mauvais comme les justes. L'épisode malheureux dans le bar a brisé leur relation. Nathan ne réussira pas à la récupérer, mais qu'importe ses propres sentiments, il doit la protéger. Il le lui doit à elle, il le doit à son ami, son frère, Nico, par tous les moyens.

Il esquisse vers Lisa un malheureux sourire qui accentue ses rides et gonfle plus encore ses cernes. Elle se détourne sans ménagement et lui lance un regard noir, méprisant. L'homme des débuts, l'intrépide, l'invincible rattrapé à chaque pas par son ombre s'efface peu à peu au rythme des coups du sort. À cinquante ans, son corps encore capable de prouesses accuse l'obsolescence programmée qui nous guette tous.

En contrebas, garé au bord de l'allée, Ryan Demarche attend Lisa. Tapi dans son siège, le pare-soleil baissé, il roule un joint en fixant la cérémonie de loin.

Anna, au bras d'Édouard, pose sa main sur l'épaule de Lisa.

— Viens, ma chérie, on rentre.

— Non… j'crois pas. J'ai besoin de changer d'air. J'vais chez Ryan, je t'appelle plus tard.

Lisa pivote d'un quart de tour vers la voiture qui l'attend. Médusée, Anna encaisse, comme toujours. Intérieurement, son cœur se brise comme un verre trop poli. Pourtant, aujourd'hui, elle réagit avec fermeté.

— Lisa, je t'interdis de monter dans cette voiture.

L'adolescente rebelle se retourne et lance un sourire narquois en direction de sa mère. Sans un mot, elle s'enfuit.

— Lisa, je t'interdis…

Sa fille dévale la pente à grandes enjambées. Elle, perdue entre son indéfectible amour et son absence d'autorité, regarde sa fille courir vers un destin qui ne lui correspond pas. Que pouvait-elle faire ?

Cette ultime pensée foudroie Anna. Les larmes jaillissent. Son cœur hurle de douleur dans ce monde cruel ou plus rien ne semble possible. Édouard la prend par l'épaule et l'entraîne à l'écart. Sans un mot, Anna et Lisa s'éloignent un peu plus l'une de l'autre.

Chapitre 14
La rencontre

Le majestueux drapeau britannique dominait la plage de Port Royal. La bannière anglaise présidait le comptoir commercial comme un monarque au-dessus de sa cour, un maître devant ses esclaves.

Lorsque Henry posa le pied sur le sable jamaïcain, une angoisse irrépressible l'assaillit. Juan, l'*Enragé*, ses quartiers maîtres et le gros de ses forces trimaient sur les côtes angolaises à des milliers de kilomètres. Accompagné d'une poignée d'hommes seulement, l'armateur français avança, épris de doutes, tandis que le fortin anglais le dévisageait d'un air malsain.

Le chemin sinueux serpentait au travers d'un village côtier. Perdu au milieu des cahutes de paille, le sentier grimpait vers les portes du fort. Le soleil sous les tropiques cuisait le velours de son manteau. Ça sentait les épices et la sueur. Noircis de mouches, les poulets pendus aux échoppes puaient à tel point qu'un simple regard vous mettait l'estomac au bord des lèvres. Juste à côté, quelques filles de joie attendaient dans leur jus de nouveaux clients. À l'ombre des tentes aux relents fauves, elles inspiraient aux yeux d'Henry le même respect que les poulets pendus.

Dans ses voyages, l'armateur avait visité beaucoup de comptoirs. Celui de Port Royal n'était pas le plus beau mais possédait un avantage compétitif, le sucre de canne et son rhum.

Ça pullulait autour des échoppes et cette promiscuité malsaine étouffait le vent du littoral à en vicier l'atmosphère du marché. Des traîne-savates, des baroudeurs, des pirates, des putains. Tous s'agglutinaient pour parasiter les étals. Henry bomba le torse et garda le cap. Sa forte stature épaissie par son manteau doublé calmait les nerveux. Les plus téméraires se ravisaient à la vue de l'escorte, six matelots aux bras comme des cuisses de lutteurs.

La double porte de bois encadrée par l'empierrement du fort accentua son malaise. Lui, le Français de Nantes, venait se livrer aux Britanniques. À l'entrée, deux tuniques rouges braquèrent leur mousquet en direction de la troupe. Henry leur tendit la lettre reçue avant son départ. Le sceau sur le cachet de cire sembla suffire.

***

La cave humide offrait une fraîcheur inattendue, précieuse sous cette côte exotique. La pièce ronde construite sous d'imposantes voûtes ressemblait aux immenses caveaux d'abbayes. Les chandelles avides de cire ne parvenaient pas à réchauffer les pierres de taille. Cette atmosphère froide transperçait le lourd manteau de l'armateur. Il se racla la gorge. Un écho sinistre résonna. Seul Henry eut la permission de pénétrer dans l'arche qui menait au sous-sol. Son escorte patientait au rez-de-chaussée. L'antichambre glacée lui donnait des frissons. Cette réunion secrète dans les catacombes du fort l'inquiétait. L'attente devenait insoutenable, même pour lui, force de la nature aux nerfs trempés.

Enfin, le cliquetis de la porte arrondie libéra le commandant de son angoisse. On venait de la déverrouiller. Personne ne vint à sa rencontre. Il parcourut les quelques mètres et poussa la lourde porte de ses deux mains. Les gongs pivotèrent dans un grincement métallique et lugubre. Dans l'embrasure, il entraperçut une pièce plus sombre, le faible éclairage dansait au rythme des torches qui léchaient les murs de pierre. Personne ; seule l'obscurité noyait cette mystérieuse pièce. Une voix caverneuse retentit au loin et lui glaça les sangs.

— Entre Henry, entre donc.

Chapitre 15
Le trou noir

Le studio, crasseux et à peine éclairé par quelques malheureuses ampoules, se situe au-dessus d'un bar. L'endroit est bruyant, inconfortable, mais ils y sont en paix, à l'abri des regards inopportuns. Ils s'évadent, seuls, vers les coins immaculés de leur âme.

Lisa lui avait demandé un petit remontant après l'enterrement. Affalés dans le sofa miteux, le garçon, la pilule en bouche, effrite l'herbe sur le long papier blanc. L'adolescente, d'une gorgée de vodka, avale le champi. Les papillons décollent, volent et tournoient. Les couleurs dansent, le taudis s'illumine. D'un mouvement expert, Ryan enroule le joint de ses doigts maigres. Il le porte à sa bouche. Une grande bouffée lui brûle la gorge. Habituelle, la sensation se dissipe pour laisser place au moment attendu. Les paupières closes, il se cale dans le coussin moelleux et se laisse bercer par ses interminables vagues de plénitude. Lisa saisit le joint et en prend une profonde inspiration. Un picotement lui étreint le cœur. Elle respire enfin. La drogue, l'alcool et l'herbe officient à merveille dans ce train vers le paradis. À son tour, la fille d'Anna ferme les yeux et plane entre douleur et plaisir. Comme sur la photo, son père lui sourit, encore, toujours. Comme à chaque fois, sa mère pleure. Une larme coule. Son papa la prend dans ses bras. Elle se sent tellement bien. Encore une gorgée de vodka. Elle tire sur le joint et crache un nuage dense. Une gorgée. Elle a chaud. Elle s'envole. La jeune fille s'étend sur le sofa et pose sa tête sur les jambes de Ryan. Elle lui caresse la joue. Il est là, son père. Elle ferme les yeux.

***

Son index caresse son nombril. Les yeux encore fermés, elle remonte et touche ses seins nus. Sa main gauche s'aventure plus bas jusqu'à sentir les poils drus de son pubis. Elle est nue. Elle ne doit pas être nue. Elle doit être étendue dans le sofa en train de planer, comme ils le font toujours. L'adolescente lutte pour soulever ses paupières et voit Ryan étendu dans le sofa, avec pour seul vêtement un vieux plaid tiré sur ses parties intimes. Non, non, non, pas ça ! Lisa se redresse. Une douleur aiguë lui parcourt le bas du ventre et l'intérieur du vagin. Elle se plie et se crispe. Une main sur son pubis dévoile une trace de sang. La douleur la cisaille tandis que la peur grimpe en flèche. Que s'est-il passé ? Elle se redresse et cherche désespérément du regard ses sous-vêtements. Son string et son soutien-gorge sont sur le parquet, visiblement jetés là au hasard. Apeurée, Lisa se lève et aussi discrètement que possible enfile ses vêtements chiffonnés. Une pointe lui transperce le bassin. Chancelante, les larmes se fraient un chemin sur ses joues pâles. Non, pas maintenant, et surtout pas avec lui. Sans réveiller Ryan, elle sort du studio et s'enfuit à toutes jambes dans la rue déserte. Il n'est que trois heures de l'après-midi. Le centre est ouvert jusque cinq heures.

Chapitre 16
Comptes rendus

Une année s'est écoulée depuis le dernier conclave. Ce matin, Lio foule les dalles de marbre d'un pas morne. La froideur de la salle et l'odeur l'écœurent. Les portes en chêne ouvragées et cette ambiance macabre lui rappellent l'image de son oncle abattu sur le sol seize ans plus tôt. Le regard froid des commanditaires de l'époque lui brouille la vue et lui glace le cœur. Ce lieu le renvoie invariablement seize ans en arrière. L'époque de son adoubement, l'accomplissement de sa destinée, le moment précis où il est repassé à l'état d'esclave, sous les congratulations de ses douze supérieurs.

Ils sont tous là, attablés. Aucun ne parle. Lio entre et, comme de coutume, se penche légèrement vers l'avant en inclinant la tête, en signe de respect pour le *Tredicim*. Il rejoint sa place, les chevalières claquent et l'*Hortator* se lève.

— À ton initiative, nous voici rassemblés, Lionel de Miraveau. Nous t'écoutons, *Primus*.

Lio se redresse. Les yeux plissés, il perce la pénombre pour distinguer les douze autres silhouettes.

— Notre laboratoire a été victime d'une cyberattaque.

Un murmure parcourt l'assemblée. Seul l'*Hortator* reste immobile.

— C'est impossible. Tous nos ensembles travaillent en réseaux fermés.

Le jeune *Primus* balaie la remarque d'une négation du visage.

— Bien sûr. Mais ce qui fonctionnait il y a un an est maintenant désuet. Nos ennemis sont passés par le réseau électrique pour atteindre notre serveur interne.

Les mines interloquées invitent Lio à expliquer ses dires.

— Ils ont percé nos défenses en utilisant un pont entre le monde extérieur et notre réseau fermé.

— Comment ? retentit une voix féminine à l'accent espagnol.

— En passant par nos bonnes vieilles prises de courant.

Un murmure d'effroi parcourt l'assistance.

— Impossible ! reprit-elle.

— Et pourtant, ils ont véhiculé le transfert de données par le réseau électrique. Tous nos appareils y sont connectés, de nos machines à café jusqu'à nos technologies les plus sensibles. Les *Unanimous* ont énormément de ressources et se développent sans cesse… mais rassurez-vous, tout cela reste sous contrôle.

L'*Hortator* le dévisage.

— Que proposes-tu pour remédier à ce… contretemps ? Certains de ces cybercriminels sont les mêmes qui nous ont causé du tort il y a seize ans.

Un regard empli de malice enlaidit le visage du *Primus*.

— Nous traquons leurs *leaders*. Et vous savez comme moi que personne n'est à l'abri d'un malheureux accident de la route.

Certaines têtes opinent, heureuses de classer le dossier.

— Nous devons cette efficacité à l'homme en charge de gérer mes… projets. Fidèle depuis les événements de Genève, il a mené à bien sa mission. Mon bras droit a toute ma confiance, je souhaite l'introduire.

— Comme tu as toi-même été introduit par Sven ?

La question gifle son amour-propre. Lio ne s'en souvenait que trop bien, et le *Tredicim* le savait. Sven l'avait rapproché du cœur et lui avait donné sa chance. Lui l'avait trahi et abattu, tout comme son oncle dont la mort lui servit de marchepied pour gravir fielleusement les échelons.

— Marc m'est resté fidèle depuis ces longues années où nous avons été contraints de rester en retrait. J'ai confiance en lui.

— Les loups ne se mangent pas entre eux. Que les présentations se fassent lors du prochain *AMICO FOEDERE IUNGAT*[1]. Que les règles et les codes soient respectés.

Le vieil homme s'assied et achève la séance par un claquement de chevalière. Les membres l'imitent, tel un métronome, les coups de platine contre le chêne rebondissent sur les murs en un écho macabre. Lio frappe à son tour plus que de raison, un imperceptible rictus au coin des lèvres.

1. Le traité de rassemblement des amis.

Chapitre 17
Chambre froide

La pièce affiche un état lamentable. Les armoires ploient sous une kyrielle de bouquins et de classeurs. Nathan s'avance. Il les regarde de loin, comme un spectateur dans un musée. Sans la moindre idée de ce qu'elles peuvent contenir, il poursuit son tour, son inspection, son autopsie. Deux ordinateurs hors d'usage entassés dans le coin de la pièce sont recouverts d'une épaisse couche de poussière. Seul, adossé au mur, le point convergent, son bureau, dont l'ordre relatif fournit assez d'espace pour le clavier et la souris. Malgré le capharnaüm et la poussière, le parfum de Clara, doux et sucré, plane encore sur les lieux. Délicate attention du sort, bonnes ou mauvaises, les odeurs sont tenaces et s'accrochent aux souvenirs. Elles appartiennent à chaque chose, chaque personne. La douce odeur qui pénètre les narines de Nathan n'appartient plus à personne, juste à un souvenir brûlant et douloureux. Son intensité s'atténuera au fil des jours, pour ne laisser qu'un pâle sentiment de vide. Cette pensée traverse son cœur comme une balle de neuf millimètres. Elle pénètre et ressort très vite, un minuscule orifice à peine visible, mais en réalité, un vide morbide et une cicatrice qui jamais ne guérira. Une larme perle, roule et s'enchevêtre dans sa barbe naissante.

***

Il clique sur l'icône de la boîte mail de Clara. Des pubs, des courriels liés à son travail ; rien de particulier. Le dossier « courriers indésirables » affiche une série de messages non lus. Il charge la page. Une suite d'e-mails saugrenus l'assaille : Viagra bon marché, loterie gratuite et bien d'autres fausses publicités. Perdu dans cet amas de spams, un message attire son attention. Il vérifie la date : le jour de l'accident. Nathan soupire, le message est codé. À tout hasard, il double-clique. Un programme de déchiffrement se lance automatiquement. Il hoche la tête, rassuré. Après cinq secondes, une fenêtre apparaît avec le message traduit.

« Le treize juin, AXeL02X est mort d'une crise cardiaque à trente-cinq ans. Le dix-sept juin, DeadBodyXXX est mort dans un accident de voiture. Le vingt juin, X1984Orwel est mort dans l'incendie de sa maison. Tous sont de nos rangs. Une élimination a lieu. Pas d'accident. Nous sommes en danger. Sois prudente. »

Le mail n'est pas signé mais il reconnaît le style, *Unanimous*. Clara ne l'avait pas lu. Nathan tremble. La main resserre une fois de plus son étreinte en lui. Cet étrange avertissement arrive le jour même de l'accident mortel de Clara.

L'ancien policier plonge sa tête entre ses mains et agrippe ses cheveux de rage. La fatalité morbide qui lui colle à la peau depuis plus de seize ans se révèle plus sordide encore. Le doute s'immisce et plonge son deuil dans un bain d'huile bouillante.

La déformation professionnelle prend le dessus. Reprendre le dossier pièce par pièce et vérifier chaque élément. L'explication officielle établit un problème technique sur sa vieille Porsche. Le dossier de police n'ira pas plus loin. Sur le papier, la procédure est respectée. L'expert a fait son travail et a rendu un rapport formel. Le système de freinage était défectueux. Nathan connaissait sa voiture par cœur. La mécanique était irréprochable. Cela ne colle pas.

Une vibration interrompt le cours de ses pensées. Il consulte son *livephone*.

Un courant électrisant lui parcourt l'échine.

«Le capteur de pression hydraulique était débranché. L'expert a menti. Un ami.»

Nathan se relève, le regard différent, incendiaire. Il dévisage le monde de sa défunte, noir, morne, sans vie. Il regarde le monde une dernière fois, avant de le mettre à feu et à sang.

Chapitre 18
Une mécanique capricieuse

Enterré sous une pile d'ouvrages, Philippe poursuit sa quête, sa mission, sa promesse. Chaque page tournée, chaque article sélectionné représente un peu de sa jeunesse passée, un peu de sa Louise, un peu d'Antoine. Sans le réaliser, il endosse le sacerdoce sacré du véritable journaliste, celui qui a pour vocation d'écarter les fils blancs, les mots prémâchés et la surinformation.

Enfoncé dans un ouvrage, une voix féminine l'en sort à la manière d'un grappin.

— La bibliothèque va fermer.

Morgane, la dragonne bruxelloise comme la surnomme Philippe, toise de son mètre soixante le journaliste. Ses yeux bleus encadrés par de jolies ondulations blondes n'ont rien de pacifiques. Ce petit format en a sous la semelle et sait se faire respecter. Le célibataire revêche jappe comme un blaireau.

— J'ai presque fini…

Sans bouger, la bibliothécaire le fixe d'un regard d'acier. Philippe redoute la salve à venir. La capitulation imminente se traduit par des gestes empressés. Les documents fourrés sous le bras, il quitte les lieux en balbutiant un timide au revoir. Pour toute réponse, la bibliothécaire éteint les lumières de l'édifice.

***

La mine aussi grise que ce nuageux début de soirée, Philippe avance sur le trottoir sale de la banlieue bruxelloise. Le vent maussade l'oblige à piquer du nez. Bruxelles, capitale européenne où les *buildings* devisent avec les maisons de maîtres, les pavés flirtent avec le bitume et dans sa circulation dense, les cyclistes ondulent entre les maigres espaces.

Sur le trottoir de l'avenue, les voitures garées défilent devant son regard absent. Arrivé à destination, son véhicule vient réveiller sa somnolence pédestre. La portière s'ouvre, il jette l'épais dossier à l'arrière tandis que son séant vient écraser le cuir usé du siège conducteur.

Un tour de clé et le moteur tousse.

— Non, non, non, s'il te plaît, non…

Il recommence, la mécanique crache de plus belle.

— MAIS PUTAIN !

Les vociférations dans l'habitacle ne l'aident en aucune manière. La voiture secouée par les vaines tentatives de démarrage expire dans un grincement d'agonie.

Une main jaillit, on frappe au carreau. Philippe sursaute de stupeur. Par réflexe, il actionne la vitre électrique. Le verre laminé s'infiltre dans l'interstice dans un couinement sinistre.

Un jeunot, d'à peine la trentaine, l'accoste. Ses cheveux blonds noués en une queue-de-cheval tombent sur une chemise à carreaux délavée. Ses yeux verts encadrés de fins sourcils brillent comme deux lagunes. La barbe de trois jours complète son style carrément démodé.

— Elle fait un sale bruit votre cage, voulez qu'j'y jette un œil ?

Le billet d'Antoine se défroisse dans son esprit. Les quatre lettres lui obscurcissent la vue : *fuis*.

Congestionné par la peur, il remonte le carreau et baragouine une réponse confuse.

— Euh… non, non… non, ça va aller, merci bien.

La vitre remonte sans autre explication.

***

La lune blanchit un disque de ciel tandis que la dépanneuse dépose le journaliste devant sa chaumière endormie. Un coup d'œil vers sa montre lui indique vingt-deux heures. Sa maman doit dormir depuis un bon moment déjà. Son précieux dossier serré contre la poitrine, il ondule jusqu'à la porte d'entrée.

La noirceur silencieuse devient quasi totale lorsqu'il referme la porte en douceur. Éclairés par le point luminescent du système d'alarme, ses gestes aussi instinctifs que discrets prennent les commandes. Ses chaussures délaissées sur le paillasson libèrent l'odeur moite et piquante de cette longue journée de stress. Les portes s'ouvrent et se referment sans qu'un lustre ne soit allumé. Il traverse le salon pour atteindre la cuisine. Son estomac le torture et l'idée d'un plat froid laissé par la *mamma* le rend compulsif. Dans la salle à manger, son instinct s'alarme. Il tourne légèrement la tête. Une ombre, assise dans le fauteuil, dessine dans le décor une forme sinistre.

Chapitre 19
Promesse pourpre

Henry, l'armateur le plus redouté des docks de Nantes, pénétra dans la pièce. Si le torse bombé lui donnait quelque contenance, son assurance habituelle avait jeté l'ancre quelques mètres derrière. Ses pas minuscules lui dévoilèrent le décor au compte-gouttes.

Le dallage beige en marbre de Sarrancolin renvoyait un écho macabre. Du rythme de ses pas sonnait une marche funeste, celle qui résonne dans les tombeaux. Les murs sombres, éclairés par de rares torches, étaient vierges de toute décoration.

Après plusieurs pas, il distingua devant lui quelques marches qui couraient sur toute la largeur du sous-sol. La cave s'enfonçait encore plus profondément dans les entrailles de la terre. À mesure qu'il descendait, la profonde salle meublée d'une unique et étrange table en forme de « U » renversé se dessina dans le noir. Sur le sol, une gravure. Elle gisait à l'intérieur du demi-cercle formé par le mobilier. Telle une réponse évidente au mystère ambiant, il reconnut le sceau rouge du cachet de cire. D'une étrange beauté, la précision du travail détonnait avec la rudesse de la pierre. Il s'approcha du bas-relief. Un fer à cheval traversé d'une lance, entourée de banderoles, semblait pointer vers lui pour lui transpercer le cœur.

Une silhouette se tenait derrière la chaise centrale, un peu en retrait, si bien que la faible clarté des torches dansantes ne dévoilait pas son visage. Henry fit mine de s'approcher mais son interlocuteur leva une main malingre, osseuse et parsemée de veines protubérantes. Il lui sembla distinguer une chevalière massive à l'un de ses doigts. Ce simple geste suffit. L'armateur stoppa net. Une légère déformation dans le sillage de cet étrange vieillard attira son attention, il plissa les yeux et distingua l'esquisse de deux ombres qui le tenaient en joue.

— On dit de vous que vos engagements sont aussi solides que vos navires.

L'étrange hôte parlait lentement, comme s'il décortiquait chaque syllabe de sa voix railleuse qui tirait sur les aigus. Henry contrastait par des notes fortes et limpides.

— Vous aurez mille six cents esclaves dans trois mois.

L'homme de l'ombre balaya la réponse comme s'il chassait une odeur nauséabonde.

— Et les mois suivants ?

Le marin saisit la lettre de l'intérieur de son manteau. Deux clics successifs indiquèrent que les sbires invisibles armaient leurs mousquets. Il tira avec une lenteur exagérée le pli pour éviter tout malentendu.

— Vous mentionniez que vous pourriez contribuer à l'effort une fois mes preuves faites…

Le vieillard soupira, ses lèvres flasques et distendues tremblotèrent sous l'expulsion exaspérée.

— Vous êtes armateur, construisez quelques galions supplémentaires.

— Un galion demande la coupe de huit mille chênes et coûte soixante mille livres.

Un lourd silence s'installa. La tension devint aussi palpable que les doigts pressés contre les détentes. Un murmure parcourut la pièce. Quelqu'un s'adressait au vieillard.

Une autre personne surveillait la scène. La langue de son interlocuteur claqua contre le palais comme pour signifier une résignation mécontente. Il se saisit d'un document et le jeta d'un geste de mépris. L'enveloppe jaunie glissa sur le marbre pour venir buter contre les souliers de l'armateur. Le sceau rouge sang. Il l'ouvrit dans un silence religieux dont les seules perturbations venaient du bruissement de l'épais papier.

À l'intérieur, une lettre rédigée avec soin. L'en-tête royal interpella l'armateur. Son regard glissa vers la signature, elle venait de la main du roi Charles II lui-même.

La voix aigrelette sortit Henry de sa stupéfaction.

— Vous remettrez cela à qui de droit… Vous obtiendrez la flotte nécessaire.

Henry, déstabilisé, parcourait la missive mais les mots ne s'imprimaient pas dans son esprit. L'enveloppe ouverte contenait un second pli, plus petit, plus discret. Il plongeait la main pour s'en saisir lorsque son interlocuteur coupa son élan.

— Cette lettre vous est destinée. Vous aurez l'occasion de la lire après notre entrevue.

L'armateur obtempéra et rangea le tout soigneusement à l'intérieur de son manteau. Un nouveau murmure à peine audible parvint à ses oreilles. Le mystérieux observateur, personnage invisible aux yeux d'Henry, s'adressait à nouveau au vieillard. La fin du murmure fut ponctuée d'un nouveau soupir.

— On me signale que vos résultats sont prometteurs et que nous pourrions envisager une collaboration plus étroite, plus… fraternelle.

Le dernier mot fut prononcé avec une pointe narquoise dans la voix. Henry devina un sourire malsain sur les lèvres de son interlocuteur.

— Pour cela, nous souhaiterions un investissement plus poussé, plus dévoué de votre part.

Interloqué, l'armateur resta silencieux.

— Nous vous laissons six mois pour tripler la production.

Un roc se figea dans la gorge d'Henry. Il venait demander de l'aide car sa flotte n'était pas assez grande et ces mystérieux commanditaires en réclamaient à présent le triple.

Les profits supplémentaires seraient complètement absorbés par les intermédiaires aux dents longues. La location de navires et d'équipages n'était pas rentable, la flotte devait lui appartenir. Comme si le vieillard lisait en lui, il interrompit ses réflexions silencieuses de sa voix criarde.

— En notre compagnie, cher Henry, vous apprendrez que l'argent n'est pas la finalité. Vous nous aviez approchés pour un objectif tout autre… Obtenir un accès… C'est bien ce que vous vouliez, n'est-ce pas ?

Henry se contenta de hocher la tête.

— Obéissez, revenez victorieux et nous discuterons de l'avenir de votre lignée.

Le vieillard recula dans l'ombre. Seuls persistaient les contours des deux canons pointés vers lui. Il les observa un long moment et réalisa que l'ombre de ces fusils ne disparaîtrait pas et qu'ils resteraient pointés dans son sillage, à jamais.

Chapitre 20
La dinde et le loup

Les secondes s'écoulent à grosses gouttes sur le front de Philippe. L'immobilisme le plus complet le frappe. Presque incapable de respirer, son regard ne peut se décrocher de cette sombre forme.

— Vas-tu te décider à allumer ou faut-il que je me lève ?

Les paroles de l'inconnu bousculent l'apathie du journaliste. D'un mouvement vif, l'interrupteur est atteint mais le regard ne dévie pas.

Le lustre démodé tamise la pièce de sa lumière chaude. La clarté chatoyante caresse le mobilier en chêne du siècle passé. Dans ce décor figé dans le temps, un visage se découvre… Les cheveux blonds, les yeux verts, la barbe surplombent la même chemise que tout à l'heure. L'effronterie aux lèvres, l'importun lance de manière nonchalante :

— Re-bonjour !

La colère imprègne chaque fibre du corps de Philippe. Son instinct avait vu juste. Le coup de la panne et de l'aide providentielle n'avait rien de fortuit. À la grande stupéfaction de l'inconnu, l'écrivain déplace son quintal jusque dans la cuisine. Un bruit de vaisselle remuée fracasse le silence jusque-là pesant. Sans un mot, il revient armé d'un hachoir et d'un couteau long comme l'avant-bras. Philippe n'a plus rien de commode. Il transperce l'étranger du regard.

— T'aurais pas dû venir chez moi… Je vais t'ouvrir comme une volaille.

Un éclair amusé traverse le jeune homme.

— Pose ça… Tu vas te faire mal…

— J'pense pas, non.

Le journaliste avance décidé.

— Au fait, as-tu vérifié l'état de ta maman ?

Philippe, pétrifié, se crispe sur ses armes. La table du salon les sépare d'un bain de sang.

— Que lui as-tu fait, enflure ?

— Rien, rien du tout. Je me demande en revanche ce que tes actions auront comme conséquences, pour elle…

Philippe n'ose plus bouger.

— Pose tes cure-dents, assieds-toi et écoute ce que j'ai à te dire.

Le mystérieux jeune homme quitte le fauteuil et s'attable dans un geste d'ouverture. Après de longues secondes indécises, Philippe le rejoint.

— On traque les *Unanimous* un à un. On en a eu une bonne vingtaine dont ton Antoine qui faisait partie des membres actifs.

Impulsive, la main de Philippe empoigne le hachoir. L'évocation de la mort de son ami est le mot de trop. D'un geste incontrôlable, le bras se lève. L'homme poursuit comme si de rien n'était.

— Je me suis arrangé pour qu'ils ne te considèrent pas comme un membre dangereux. Toi et ta mère ne craignez rien…

Il glisse un regard en direction de l'arme en suspension.

— Pour l'instant…

Philippe aurait gardé son bras menaçant si ses muscles ne lui avaient pas supplié de le baisser.

— Tu t'es décrédibilisé tout seul et ça t'a sauvé la vie…

Sa voix devient un murmure.

— Le *Magister* a beaucoup souffert de ton *best-seller*. Si on y ajoute l'affaire Nicolas Berger, ce fiasco nous a coûté des siècles d'anonymat.

Philippe, affûté, répond de manière incisive.

— Nous ?

Son interlocuteur lui lance un sourire angélique. Les pupilles du journaliste se fixent sur ce visage parfait. Comme sculpté dans la stéatite, les traits fins de l'homme sont l'harmonie parfaite de la beauté froide du nord dont les aspérités auraient été polies par une aristocratie flagrante.

— Je peux te donner ce que tu cherches. J'ai une histoire… Une longue histoire à raconter… Elle t'apportera toutes les réponses. Mais pour assurer la sécurité de cette entreprise, il te faudra vivre dans une discrétion totale.

Ses sourcils deviennent bien minces comparés aux sillons qui se forment sur le front du blogueur.

— Ni toi, ni ta maman ne devrez quitter la maison. Vous vous ferez livrer vivres et produits d'entretien. Je passerai de nuit, quand ta mère sera au lit et nous bavarderons.

La bouche de Philippe s'ouvre mais aucun son ne s'en échappe.

— Je n'attends pas de réponse immédiate. Si tu es d'accord, demain soir, laisse le volet de la cuisine ouvert et allumes-y une lampe. Si la porte d'entrée est déverrouillée, alors je te rejoindrai et nous pourrons discuter de mon travail que tu effleures depuis des années…

— Ton travail ?

Le jeune homme sourit, comme s'il portait sur ses traits toute l'innocence du monde.

— Je me présente, Lionel de Miraveau, mais tu peux m'appeler Lio… Tout le monde m'a toujours appelé Lio.

Chapitre 21
Le problème hormonal

Les yeux gonflés, elle fixe ses doigts. Les ongles révèlent quelques traces d'un vernis noir bon marché. Elle a honte et ne supporte pas le regard du médecin. Que faisait-elle ici ? Qu'allait dire sa mère ?

— Lisa, les premiers résultats sont négatifs.

La jeune fille relève la tête pour dévoiler un visage fermé, fatigué et apeuré. Elle fait dix ans de plus. L'information est bonne, mais elle ne s'en réjouit pas. La pauvre fille ne se souvient pas du moment. Elle était encore vierge. Vierge. Elle éclate en sanglots.

Le docteur Georges Mendes se lève et la rejoint. Une main tendre dans le dos, il la regarde compatissant, comme il en a regardé des centaines avant elle. À part qu'elle, Lisa, n'est absolument pas comme les autres. Si son test VIH est négatif, ses autres résultats sont surprenants. Plus encore, ses taux sont hors-norme.

— Écoute-moi, *a priori*, tu n'as pas contracté le VIH, c'est une bonne nouvelle ça, non ?

L'adolescente hoche imperceptiblement la tête et renifle sans finesse.

— Mais il y a autre chose. Rien de grave, mais cela nécessiterait un entretien avec tes parents.

— Il n'y a que ma mère.

Georges rejoint son fauteuil, s'y installe et, tic typique aux professions libérales, joint ses doigts l'un à l'autre avant de prendre la parole.

— Lisa, tu es mineure et en principe, je devrais attendre que ta maman soit là. Mais vu ta situation – Mendes fronce les sourcils – il semble que la vie t'ait rattrapée avant l'âge. Je vais donc t'en parler.

Une sensation indescriptible lui saisit le bas-ventre et s'estompe immédiatement. La honte lui cingle le cœur plus que les mots du médecin. Que va dire sa maman ?

— En consultant ton dossier médical, plusieurs choses inhabituelles me sont apparues. La première, la moins étrange, est que tu n'as jamais été malade.

Le médecin laisse passer quelques secondes, espérant un commentaire de Lisa mais rien n'en sort. Il poursuit :

— La seconde concerne tes vaccins, d'après ton dossier, tu n'aurais jamais reçu le moindre vaccin.

Mendes penche la tête dans sa direction pour sonder ses réactions.

— Et enfin la troisième, pour le moins surprenante, sont les résultats de ta prise de sang. Je te fais grâce des détails et termes médicaux mais, pour te résumer, tes taux hormonaux sont bien supérieurs à ce que le corps peut normalement produire.

Il avait piqué sa curiosité. Lisa laisse échapper un soupir las et rétorque :

— Je comprends rien. Mes hormones ? Je prends la pilule et j'ai des gros seins ! Mes hormones vont très bien.

— Il n'y a pas que les hormones liées à la sexualité. La régulation de ton organisme est assurée par toutes sortes d'hormones. Dans ton cas, je n'ai jamais vu de telles proportions…

Le médecin, soudain soucieux se penche plus en avant.

— Mais dis-moi, pourrais-tu me dire comment s'appelle le garçon avec qui tu as eu un rapport ?

Sans vraiment réfléchir au bien-fondé de la question, Lisa répond sans hésiter, comme pour exorciser un remords qui la ronge.

— Ryan Demarche…

La réponse masque le regard du docteur Mendes d'un voile étrange, comme giflé par un gant de velours. Il se lève de son fauteuil de cuir et referme le dossier de Lisa. Elle perçoit le malaise et se renfrogne.

— Il n'est pas malade, vous savez.

Sans prêter attention à la remarque, Georges, debout face à elle, tend la paume vers la porte. L'entretien est terminé. D'un ton obséquieux, et détonnant avec ce qui venait juste d'arriver, il lui répond :

— Non, bien sûr, Lisa. C'est juste une question d'usage, au cas où son nom apparaîtrait dans un autre dossier.

Sans autre éclaircissement sur la suite à donner à ses tests, il lui glisse une carte de visite et la raccompagne jusqu'à la sortie.

— J'attends que tu reviennes avec ta maman. Nous avons des choses à nous dire.

Mendes la regarde s'éloigner. La brise fraîche balaye les longs cheveux noirs de Lisa. Une belle jeune fille en perdition. Mais un mystère à élucider. À peine a-t-elle disparu au coin du bâtiment que Georges ferme la porte principale à clé.

Chapitre 22
Une plume bien épaisse

Dans ce décor figé cinquante ans en arrière, Philippe attaque sa troisième assiette de *pasta e fagioli*[1]. L'écran plat crache des informations nauséabondes alors que Philippe repousse sa platée d'un geste satisfait. Après le repas, il a toujours l'impression d'être plus bombé, comme si la nourriture lui gonflait tous les pores. Même parler lui coûte.

— Tu devrais aller au lit, Ma, tu as l'air fatiguée.

Ses cheveux blancs plissés par un foulard trahissent un âge avancé. Ses yeux couleur olive, en revanche, n'ont rien perdu de leur vivacité.

— Et toi, tu devrais faire du sport ! Prends le vélo et va faire un tour sur les pistes *Cyclades*…

— Les pistes Cyclades, mais bien sûr. Tu voudrais ensuite que je coure le Parthénon tant que tu y es…

Philippe dodeline, content de lui.

— Tu vas encore utiliser le casque vie réelle pour espionner les *putana*[2]…

— Maman ! Arrête de jurer ! Et on dit réalité virtuelle… ou augmentée…

Sa maman se lève dans un craquement d'articulations. À

1. Pâtes aux flageolets.
2. Prostituées.

petits pas, elle se dirige vers sa chambre. Soulagé, le vieux blogueur ajoute :

— Prends un somnifère.

Elle lui lance le regard du chat qui choisirait d'épargner une limace un peu trop gluante et disparaît enfin en claquant la porte.

***

Dans la noirceur profonde d'une nuit avancée, un cœur de pierre surgit à la surface de l'eau. À la façon d'un morceau de roche volcanique, sa densité différente, poreuse, lui permet de flotter, il apparaît à la surface alors que les galets se cachent dans le fond. Depuis l'origine du monde, ce magma vitrifié par le temps s'est forgé dans des coulées de flammes, de larmes et de sang. Aujourd'hui, il brise la ligne de flottaison dans un silence de mort. La porte du hall d'entrée s'ouvre et se referme. Philippe sursaute d'effroi. En face de lui, une vision d'horreur, la faucheuse dans son salon. Lio est méconnaissable. Le jeune homme d'hier n'a plus rien de vigoureux. Ses cheveux raides, secs et cassants briseraient un peigne. Sa peau, hier encore lisse comme un galet, est usée comme un cuir sec et brûlé. Ses traits repliés flottent entre les angles incertains d'un visage teinté de gris. Les yeux vitreux ne reflètent plus la fougue de la jeunesse mais une fatigue poussée à l'extrême. Les épaules voûtées, il avance comme si une vie harassée d'épreuves pesait sur sa carcasse épuisée. Il s'assied sur la première chaise et exhale un soupir aux relents putrides.

— Vous… vous n'avez pas l'air bien.

Un rictus enlaidit le visage rongé de Lio.

— Quel sens de l'observation… Hier, j'avais pris un petit remontant…

Philippe fronce les sourcils, il avait déjà lu des articles sur des états de forme variables d'un jour à l'autre.

— Vous devriez faire attention aux substances que vous ingurgitez…

Le regard en coin de Lio vers les bourrelets du journaliste suffit à clore le débat. Il relève ensuite ses yeux délavés, vides de toute substance, en direction de l'écrivain.

— Je vais crever, Philippe. Je vais crever, mais avant, je veux raconter mon histoire et pour cela, j'ai besoin de toi…

Chapitre 23
La fugue

Le cadre en bois trône sur la commode. Un vieux souvenir, enfermé à l'écart du temps, sommeille sur la photographie ; Quentin enlace ses deux filles chéries dans le parc de la Woluwe. Elles avaient à peine dix ans sur cette image et goûtaient aux rares plaisirs de la présence de leur père. Malgré ses absences répétées, il avait toujours été présent pour elles, toujours, jusqu'à cette triste fin, seize ans plus tôt.

Anna fixe le cadre, les bras serrés contre la poitrine. Si la photo reflète les moments heureux de sa vie, elle lui rappelle sournoisement l'absence de l'être aimé. Son père, sa sœur mais surtout lui, Nico… Il lui manque tellement. Aujourd'hui plus encore, elle a besoin de lui.

Édouard, à ses côtés, pose une main sur son bras. Le contact la sort de sa torpeur. Elle se frotte le visage, et cherche en vain à effacer cette couche invisible de tristesse qui la rattrape un peu plus chaque jour qui passe.

— Dis-moi ce qui se passe, Anna ? Je peux peut-être t'aider.

Une larme se forme au coin de l'œil et perle sur sa joue. Son front se plisse comme pour concentrer sa force et ne pas craquer.

— Lisa a encore disparu. Elle n'est plus revenue à la maison depuis trois jours.

Le professeur cache habilement son inquiétude derrière un voile de désinvolture.

— Mais Anna, tu la connais. Elle fait ses expériences. Elle va revenir. Ne t'inquiète pas.

Elle lui attrape le bras et le serre. Elle lui fait mal. Il la fixe.

— Non, cette fois, il est arrivé quelque chose. Je le sens.

De sa paume, elle essuie la larme qui lui chatouille la joue et reprend, la tête basse :

— L'école m'a téléphoné ce matin. Elle ne s'y est pas présentée depuis trois jours. Pareil pour son copain Ryan.

— Tu as prévenu la police ?

— Oui, évidemment. Ils m'ont dit que c'était trop tôt. Quatre-vingt-cinq pour cent des ados qui « disparaissent » reviennent dans la semaine, ils ne feront rien avant la fin de la semaine. C'est n'importe quoi !

— Es-tu certaine qu'elle n'est pas rentrée en coup de vent. Ne serait-ce que prendre quelques affaires ? Tu n'as rien vu ?

— Non, bien sûr que non. J'ai plusieurs fois vérifié sa chambre. Je m'attendais à voir…

Anna colle brusquement sa joue sur l'épaule de son plus vieil ami et sanglote, la peine est trop grande pour être maîtrisée. Édouard l'entoure de ses bras et l'étreint d'affection. Sans changer de position, elle profite de ce moment de sécurité et respire un grand coup avant de poursuivre.

— Je m'attendais à voir une lettre, qu'elle partait, ou pire, qu'elle…

— Arrête, Anna. Ne pense pas à ça. Lisa est peut-être difficile mais elle est loin d'être bête. Elle teste ses limites mais je la crois assez mature pour s'arrêter à temps.

Elle se détend un peu. À son tour, il fixe Quentin et ses deux petites filles en sécurité sous ses bras. Le temps altère les couleurs, atténue les contours, mais l'intensité du moment transcende tout. Le bonheur qui émane du temps passé est presque artificiel tant la situation actuelle est sombre. Son cœur s'emballe. La menace les a finalement rattrapés. Le professeur, le franc-maçon, l'ami, est resté à leur chevet pendant ces longues années de deuil et de survie. Mais au fond de son âme, il savait que ce n'était pas la fin. Lisa n'aurait jamais une vie normale, et si le monde ne la rattrapait pas, ce seraient ses doutes qui l'engloutiraient. Mais au diable ces ridicules prédictions, c'était à lui de tout faire pour lui offrir une vie ordinaire. Il le lui devait, il leur devait, il le devait à Nicolas Berger.

Chapitre 24
Un entretien qui grince

Autant de carcasses que de familles endeuillées, un amas de voitures à moitié désossées jonche toute la surface du terrain. Seul un espace carrossable, parsemé de débris, mène à l'unique hangar qui ne semble pas en meilleur état. La pancarte d'accueil « Bienvenue – expertise automobile Michel Brunelle » rendue illisible par les intempéries et le manque d'entretien témoigne d'une nonchalance assumée.

L'énorme porte sectionnelle relevée invite l'ancien policier à avancer. Dans l'embrasure, un homme d'un âge indéfinissable se tient droit et scrute le véhicule en approche, les yeux plissés. Chaque centimètre carré de son bleu de travail recèle quelques traces d'huile, de carburant ou de graisse. Fidèle à l'ensemble, son visage se cache sous une couche crasseuse. Il se frotte les mains avec un chiffon plus sale encore.

Nathan coupe le moteur. L'homme le toise, l'air hautain.

— Je vous l'ai déjà dit au téléphone, je n'ai rien de plus à vous dire que ce qui est dans mon rapport.

Nathan s'avance vers lui, inexpressif. Il tend la main vers le technicien et s'efforce d'employer un ton cordial.

— Je sais !

L'homme, perplexe, lui serre la main.

D'un mouvement rapide et maîtrisé, Nathan saisit le

poignet et le tord de son pouce. Ce geste précis entraîne un mouvement complet du corps du technicien. Une douleur aiguë lui fait pousser un cri rauque. Il ploie le genou. L'ancien flic le plaque ensuite au sol sans ménagement et lui écrase la joue sur la dalle de béton, aussi crasseuse que le reste.

— Mais bon sang, qu'est-ce que tu m'veux, enfoiré ? Lâche-moi, putain !

Nathan pince le poignet plus que de raison. Le garagiste hurle. Il se penche à son oreille.

— Écoute-moi, raclure, ton rapport technique sur l'accident de Clara Martines est bidon. T'as raconté des conneries pour étouffer la vérité. Je le sais et tu vas tout me dire.

— Mais putain, qu'est-ce que tu racontes ? C'est quoi, ces conneries ?

Le flic exerce une pression sur le bas de la colonne vertébrale.

Michel étouffe un juron.

— Arrête, tu vas me briser le dos.

— Raconte-moi la bonne version de l'histoire.

Le calme de Nathan lui donne froid dans le dos.

— Mais putain, c'est la bonne version. J'n'ai rien caché. T'as qu'à le lire, bon sang.

— Je l'ai lu, et ce n'est pas crédible.

— Comment ça, pas crédible ?

L'homme paraît réellement surpris. Nathan tique et desserre imperceptiblement la prise.

— Je ne crois pas à une simple fuite hydraulique. C'était une vieille voiture, peut-être, mais équipée de capteurs de sécurité de rigueur. Je le sais, je l'entretenais moi-même. Clara n'aurait jamais continué à rouler si le voyant des freins clignotait. Jamais.

Le technicien oblique la tête, tant qu'il le peut.

— Mais qu'est-ce que tu racontes comme conneries ?

Jamais elle n'aurait pu voir le voyant ! T'as lu ce putain de rapport ou pas ? Le capteur était neutralisé. Je l'ai écrit en gras dans mes conclusions.

Nathan pâlit et relâche sa prise.

Ce n'était pas le destin qui a arraché Clara à la vie, mais bien un meurtre prémédité.

Chapitre 25
Prologue inattendu

L'abat-jour filtre la lumière et assombrit les lieux. Un silence vieux d'un millénaire s'empare du salon de *mamma* Lucia. Le mécanisme de l'horloge égrène les secondes une à une, tel le rebours de cette vie improbable, cet homme défraîchi, ce *Primus* à l'agonie.

— De quelle maladie souffrez-vous ?

Le visage valétudinaire de Lio oscille, comme s'il cherchait la force de répondre.

— Tutoie-moi, veux-tu ?

— OK, de quelle maladie souffres-tu ?

La *smart-tab* braquée sur le mourant enregistre tout de l'entretien. Ce salon au papier peint démodé et aux relents de sauce tomate donne à la scène une allure surréaliste.

— Pour pouvoir te raconter ma maladie, je dois t'expliquer l'histoire « Nicolas Berger », la *vraie* histoire.

Philippe tique. Sa mémoire de journaliste lui remémore l'actualité sanglante parue seize ans plus tôt.

— Nicolas Berger… le docteur qui est passé d'ennemi public numéro un à sauveur de l'humanité au prix de sa vie ?

Lio acquiesce dans un silence mortuaire. Pour toute réponse, l'écrivain se saisit d'une page blanche et inscrit pour seul titre : « Nicolas Berger ». Son porte-mine virevolte entre ses doigts.

— Je t'écoute…

— À l'époque, je n'étais pas encore membre du *Magister*. Ma mission pour l'intégrer était simple.

L'attention de l'auteur se tend vers son interlocuteur.

— Je devais leur fournir le secret de la vie. Celui que nulle richesse ne peut acheter ni préserver indéfiniment. Le secret que déjà les Égyptiens recherchaient quatre mille ans plus tôt…

— La vie éternelle ?

Lio acquiesce d'un mouvement grave de la tête.

— Toutes nos recherches nous indiquaient que le processus hormonal en était la clé. C'est lui qui permet la transformation du nourrisson en adulte. C'est aussi lui qui déclenche les déclins, le vieillissement, la ménopause, l'alopécie et toute une série d'autres désagréments…

Silencieux, Philippe prend note sans en perdre une miette. Lio poursuit :

— Nous avons donc identifié Nicolas Berger pour…

— Attends, attends. Tu as dans ton *payroll* une armée de scientifiques, pourquoi aller chercher ailleurs ? Pourquoi ce gars-là ?

Un sourire funeste enlaidit son visage.

— Nos équipes avaient trouvé une molécule qui « boostait » les capacités de récupération. Avec elle, le corps humain fonctionnait à son optimum, l'horloge hormonale bloquée sur midi. Si le processus avait été stable et durable, c'eût été parfait. Mais on a récolté des dizaines de milliers de morts…

— Les cas de langue brune en Chine ?

Lio acquiesce.

— Mais pas qu'en Chine, en Afrique, en Amérique du Sud, au Moyen-Orient aussi. On a voulu vérifier si une race résistait mieux qu'une autre…

Un hoquet d'horreur secoue Philippe. Lio poursuit d'un air blasé :

— Échec lamentable, nous n'avons récolté que des charniers dont la plupart ont été camouflés.

Écœuré, Philippe recopie le mot sur son calepin : *charnier.*

Lio reprend le cours de son histoire.

— Quand Nico est arrivé pour la première fois au labo…

— Comment l'avez-vous déniché ? Pourquoi lui ?

Le *Primus* souffle par les narines, incommodé par tant de questions.

— Le *Magister* influence les plus hauts pouvoirs en place pour servir ses desseins. Nous avons un pied dans tous les réseaux élitistes. Les groupes gouvernementaux, les groupes industriels, les médias, les ordres de médecine, la franc-maçonnerie et dans le cas qui nous occupe, les confréries académiques. Quand l'illustre Édouard de Mornet vanta les mérites d'un surdoué fraîchement diplômé, j'ai plongé dessus.

— Pourquoi ?

Lio lève son index crochu.

— Premièrement, c'était un génie.

Ses phalanges osseuses poursuivent l'énumération.

— Deuxièmement, comme tout jeune homme en couple, son emprunt hypothécaire faisait de lui une proie facile devant nos juteux contrats…

Une langue emplie de crevasses vernit les lèvres du *Primus.*

— Et enfin, cerise sur le gâteau…

La mine de Lio dégouline de répugnance.

— Il venait de perdre son papa. Sa détresse était une source de motivation inespérée.

Le machiavélisme transpire des méninges de l'invité à

un point tel que Philippe ne parvient plus à le regarder. Il plonge dans ses notes avant de poser sa question suivante.

— Un choix payant ?

Lio pouffe d'un rire amer.

— Tu parles… J'ai payé l'addition *cash*…

Son regard se balade dans le vide comme si l'espace d'un instant, son esprit était revenu seize ans en arrière. Il finit par hocher la tête.

— Ce mec était vraiment bon. Non seulement il a stabilisé notre formule mais en parallèle, il a agrandi l'envergure de nos recherches. Selon lui, il ne servait à rien de développer de telles capacités si on ne les rendait pas héréditaires.

Stupéfait, Philippe glisse dans le fond de son siège pour mieux écouter la suite.

— Nicolas était incroyable ; il nous offrait le Saint-Graal et tout ce qu'il avait comme ambition, c'était de rentrer voir sa petite femme. La drogue, le luxe, les putes et le pouvoir ne l'intéressaient pas. C'est d'ailleurs sur ce point que j'ai péché. Je pensais pouvoir le manipuler par le vice…

L'écrivain penche un peu la tête avant de poursuivre, interloqué.

— Tu parles de lui avec beaucoup de respect…

La réponse immédiate vibre de colère.

— Je l'ai détesté ! Je l'ai haï d'avoir autant d'éthique. Il était impossible, lui et sa petite gueule sortie du bénitier…

— Il était athée, je crois ?

— On s'en fout, il jouait les enfants de chœur. Son éthique incorruptible m'emmerdait au plus haut point ! Je… aujourd'hui encore, je me demande comment il a fait… J'avais corrompu la terre entière. Ce jeune gars endetté à peine sorti de l'école aurait dû me manger dans la main. Je n'avais encore jamais rencontré d'homme qui plaçait le bien commun avant lui-même. Et… malgré ma haine… ou plutôt derrière elle… se cachait tout ce que j'enviais… tout ce que je n'étais pas…

— Jusqu'à aujourd'hui…

Le regard des deux hommes se croise. Dans ce non-dit, un échange s'opère. Pour la première fois depuis leur rencontre, ils se comprennent.

Chapitre 26
Du plomb dans les ailes

Le bras noirci de crasse du vieux garagiste pointe vers le fond du hangar. L'écriteau « bureau » à moitié effacé surplombe une porte entrouverte sur un bordel sans nom. Nathan s'y dirige et prend place face à l'écran de l'ordinateur. Derrière, l'hôte décontenancé le suit comme si les événements se déroulaient à trop vive allure.

— Vous l'avez utilisé depuis l'envoi de l'expertise ?

— Juste pour mes relevés comptables. Pour le reste, j'y ai plus touché.

Le policier entame son inspection quand un ronronnement typique s'élève au loin. Nathan exécute un quart de tour vers Brunelle qui devient pâle, le regard contrit. Nathan bondit de la chaise et saisit l'homme au cou.

— Vous avez prévenu quelqu'un de mon arrivée ?

— Juste… votre collègue…

— Quel collègue ? Je n'ai pas de collègue !

Michel respire avec de plus en plus de difficultés.

— L'autre flic, il… il m'a dit que si vous veniez, je devais le prévenir… tout de suite… arrêtez, j'étouffe.

Nathan appuya de plus belle sur la pomme d'Adam.

— SON NOM ?

Paralysé par la douleur et l'asphyxie, Michel éructe un son à peine audible.

— Marc… juste Marc.

Nathan frémit. Ce ne peut être le même, impossible. Il jette un coup d'œil rapide par l'interstice. Une grosse cylindrée noire s'arrête brusquement dans l'encadrement et deux hommes en sortent, armés de fusils-mitrailleurs.

— Putain !

Nathan relâche l'homme qui reprend bruyamment son souffle, la main sur la gorge.

— Planque-toi sous le bureau et ne bouge plus.

Les yeux presque hors des orbites, l'homme s'exécute sans broncher. Le pic d'adrénaline réchauffe Nathan. Le dos courbé, son ombre se faufile pour atteindre la fenêtre du bureau.

Un bond suivi d'un appui tendu le propulse sur le châssis ouvert. Sans hésiter, il saute et atterrit dans les arbustes mal entretenus. Un regard circulaire balaie un parking empli de carcasses immobiles pour s'arrêter sur sa berline à une trentaine de mètres. Son oreille tendue, à l'affût du danger, guette. Un sang glacé lui parcourt tout le corps. Un léger murmure annonce l'imminence de la menace. Il fonce à toutes jambes vers sa voiture, derrière lui, les supplices de l'expert expirent.

— Ne me tuez pas. Ce n'est pas moi. Il s'est enfui par la fenêtre, y a à peine…

BLAM BLAM.

Deux balles claquent. Nathan arrive au coin du hangar, le capot de sa voiture se rapproche.

BLAM.

Un des tueurs, penché par la fenêtre, tire dans sa direction. Nathan se rue vers son véhicule et s'y engouffre sans refermer complètement la portière.

Une rafale de cinq coups perfore le pare-brise. Les deux hommes se rapprochent à pas rapides, l'un par l'intérieur du hangar, l'autre par l'extérieur. Les armes pointées attendent le moindre mouvement. Nathan, tendu, invisible, éprouve son expérience une fois de plus. Le Glock tiré de la boîte à gants, il se glisse sur la banquette arrière. Les assassins approchent. L'assaut est imminent, Nathan le sait. Un mouvement du bassin le décale pour épouser le coin arrière du véhicule. De son angle, il verra les deux assaillants. Une ombre en mouvement. Nathan tire à travers la carrosserie ; un corps s'écroule. Avant même que la douille ne retombe sur le sol, l'ancien policier lance son pied contre la portière. Elle s'ouvre sur l'autre acolyte en position de tir. De part et d'autre, les armes crachent la mort de leurs claquements sinistres.

***

Sa guerre a commencé. Les rues défilent et une conscience obscure gangrène son esprit. Le feu consume déjà son cœur, petit à petit. La voiture électrique continue sa route, autonome. La douleur lui tiraille l'épaule. La balle a pénétré le muscle et arraché un bout de peau, rien de grave. Il comprime la plaie avec un mouchoir. Le saignement s'est calmé. L'instinct prend le dessus tandis que sa tête divague. La voiture freine à l'approche du rond-point de Tervuren, une file de voitures attend impatiemment de s'y engouffrer. Les corps des hommes de main gisent encore sur le parking crasseux de l'expertise automobile et les rafales ont très certainement alerté les voisins. La police est peut-être déjà sur les lieux. Nathan est coincé. Il ne peut pas compter sur ses anciens collègues, ni rentrer chez lui, ni se réfugier chez Anna. Toutes ses options sont inéluctablement liées à une fin tragique, pour lui comme pour les autres. Seul contre un fantôme, blessé, il ne voit qu'une personne ayant les ressources pour lui porter secours, un seul homme, un Ami.

Le rond-point s'éloigne dans le rétroviseur et l'avenue

de Tervuren l'engloutit. Une pellicule de sueur perle sur son front. Plus que quelques centaines de mètres. Enfin, le quartier boisé s'annonce. La sérénité qui s'en dégage n'a d'égal que la valeur de l'impôt foncier des propriétés. La voiture s'engage sur un chemin privatif bordé de charmes. Une centaine de mètres plus loin, un immense « carport » l'accueille. Un rapide coup d'œil en arrière le rassure. Personne… ce n'est qu'une question de temps. De sa main gauche, Nathan déverrouille le boîtier à fusibles à droite du volant et déconnecte le système du GPS.

Vêtu d'un jean délavé, d'une chemise et d'un long peignoir de soie, le propriétaire lui ouvre la porte du manoir. L'accueil est teinté d'inquiétude, une marque de sang couvre l'épaule de Nathan. L'ancien policier blessé tend une main tremblante.

— Je suis désolé, mais vous êtes le seul qui peut m'aider.

Le vieil homme lui sourit. D'un geste tendre, il lui saisit le bras et l'emmène dans son refuge.

— Ne restons pas dehors. Que se passe-t-il, Nathan ? Que t'est-il arrivé depuis l'enterrement ?

Nathan ne répond pas. Il se laisse guider vers le salon. L'hôte respecte le silence et l'installe dans le large fauteuil de cuir.

— Ne bouge pas, je vais chercher de quoi soigner cette vilaine plaie.

Nathan le retient par la longue manche de son peignoir.

— Édouard… ça recommence.

Chapitre 27
Jeunesse saumâtre

Les souvenirs de l'armateur s'assombrissaient autant que les catacombes qu'il venait de visiter. Cette rencontre éphémère avec les *Maîtres* lui démontra que la sécurité était faite de persuasion mais n'était en aucune manière réelle… Image rassurante projetée, la sécurité n'existait pas. Même lui, le caïd de Nantes, ressentait le froid du couperet planer sur les siens. Le danger les guettait et cette lettre en était la preuve. Ce second pli, ces mots qu'il ne fallait pas lire tout de suite… L'enveloppe, si minuscule dans sa large paume, ressemblait à un vulgaire mouchoir. Sa main l'empoigna, la serra comme pour saisir le collet de son porteur. Avec toute sa hargne dans le poing, ce n'était plus le papier qu'il écrasait mais le crâne frêle de ce mystérieux vieillard. La colère se muait en incrédulité. Ses yeux replongeaient une nouvelle fois dans la lettre.

Mon très cher Henry,

C'est avec une plume tremblante de bonheur que j'étale ces mots. T'écrire transfuge le temps et l'espace. Pendant ces minutes fugaces où chacune de mes lettres t'étreint en secret, j'éprouve une chaleur intense, un soleil brûlant au creux de mon être qui consume la distance et les obstacles pour me rapprocher de toi. Si ta présence me manque, sache que mon seul souhait est de te voir conquérir l'inaccessible. Je guette cette victoire où nous sortirons de la nuit. Nos doigts se toucheront au vu et au su de tous et je nourris l'espoir d'y voir un jour s'entrechoquer l'or de notre union.

Notre Amélia brille de bonheur telle une pièce de joaillerie qui gagne en beauté sous les feux d'un soleil grandissant. Elle croît si vite que je crains ne pouvoir retenir ces souvenirs éphémères pour te les conter. Sa présence console mon âme et apaise mes souffrances car lorsque je me plonge dans ses yeux pâles, c'est ton regard que je reconnais.

Je termine cette lettre sur une commémoration sucrée. Celle de tes lèvres sur ma bouche et de ton corps sur le mien. Je frissonne à la rédaction de ces mots tant le souvenir de notre ultime étreinte ravive cette passion que j'éprouve sous ta caresse. Sache que depuis cette dernière nuit, une nouvelle chaleur est née en moi, celle qui fraie son chemin pour donner la vie. Si le pressentiment est juste, ce sera un fils.

Ton aimée, Élisabeth.

Ses yeux brouillés fixaient le vide. Au milieu de la maison close, une bulle imperméable entourait l'armateur. Assis sur une table reculée, sa contemplation voguait vers les dangers qu'annonçait cette missive. Ses commanditaires avaient retrouvé la trace de sa famille. S'ils pouvaient intercepter cette lettre, alors la menace planait sur les siens comme le tranchant d'une guillotine.

Attablé au salon, Henry ne voyait plus ces vulgaires filles de joie déambuler la croupe à l'air. Deux de ses hommes encadraient la table pour en interdire l'accès. Les grandes tapisseries couvraient les murs et les fenêtres, plongeant l'endroit dans une pénombre chaude. Des effluves musqués masquaient de manière assez inefficace les odeurs de sécrétions féminines.

Dans ce bar à putains jamaïcain, l'armateur laissait libre cours à ce chagrin contenu depuis si longtemps, accumulé pendant tant d'années de labeur et de solitude. Aujourd'hui, tout implosait en lui, comme si la lecture de cette lettre rendait bouillant un sang qui ne demandait qu'à s'échauffer.

Il releva la tête et, dans le reflet d'un miroir, rencontra son propre regard. Si ses yeux demeuraient secs, le reste de son faciès se décomposait. Cette rencontre hypnotique le plongea dans une réminiscence saumâtre, la harengerie de son enfance.

***

À deux pas des quais, cette odeur de saumure vous pénétrait les habits pour vous coller à la peau. Son pauvre père, Jean le Saur comme on le raillait, se crevait en mer à pêcher le poisson et le vendre en boutique pour quelques livres à peine. Ses dix-sept heures de labeur quotidien lui permettaient à peine de nourrir sa famille. Le loyer prohibitif imposé comme un racket par le caïd du port, l'Olonnais, venait à bout des malheureux poissons vendus. Leur maigre revenu subvenait parfois aux besoins.

Treize ans construits dans la misère et dans les relents saumâtres d'une vie condamnée, Henry se fit la promesse de plier le destin et d'en changer le tracé. Jeune, inexpérimenté mais plein de fougue, il profita des quelques heures de sommeil de son père pour descendre la Loire, narguer Saint-Nazaire et prendre le large en pleine nuit. La jeunesse le rendait invincible et seul sur cette mer d'huile, avec la lune comme projecteur, il dominait le monde. Le filet jeté à la mer ramena une douzaine de poissons.

De retour sur le port, une ombre sournoise attira son attention. À cette heure, personne ne levait l'ancre pour la pêche. Il surprit un jeune garçon en train de se faufiler dans les barques accostées. Une stature frêle à la chevelure aussi noire que ses guenilles. Le jeune Juan vivait quelques maisons plus loin. D'un geste, Henry lui fit signe d'approcher. Dans la noirceur humide, une amitié débuta. En échange de deux harengs par nuit, le jeune garçon troqua sa vie de mendicité et de rapine pour la pêche et l'aventure en pleine mer.

Flanqué de son acolyte de misère, Henry prenait chaque nuit le large. Il quittait le port lorsque son père s'assoupissait et revenait avant son lever. Les fruits de leurs pêches étaient soigneusement cachés dans la harengerie.

Quand son père partait pêcher le matin, Henry s'évertuait à les saler afin d'accroître leur conservation et de les rendre vendables. Il détournait chaque jour des ventes le nombre exact de poissons ramenés la nuit. De cette manière, les stocks restaient en apparence inchangés et personne ne découvrit le pot aux saurs, ni son père, ni l'Olonnais.

En une année, les abîmes marins lui livrèrent de quoi construire un rêve. La somme de trois cents livres fut économisée, plus que ce que son père n'avait jamais épargné. Il n'en fallut pas plus pour louer un bateau plus gros et officialiser sa furtive initiative. Son père garda la boutique tandis que sa mère aidait au salage. Juan et Henry pouvaient dorénavant rester en mer plus longtemps. Parfois, ils ne revenaient que pour décharger et repartaient aussitôt, enchaînant d'interminables journées de travail.

À la veille de son dix-huitième anniversaire, Henry avait multiplié son volume de vente par quinze. On appelait toujours son père Jean le Saur, mais ce nom était désormais synonyme de succès et inspirait le respect.

L'essentiel de leur production n'était plus destiné aux particuliers. Ils approvisionnaient à coups de tonneaux les frégates qu'Henry convoitait en secret. Un jour, il aurait la sienne, il le savait…

***

La cage thoracique de l'armateur le cisaillait à chaque respiration ; sans doute une paire de côtes cassées. Ses mains frottèrent son visage, le mouvement provoqua une douleur fulgurante. Les coups imprimés sur son visage témoignaient d'un combat rude et perdu d'avance. Au fond des cellules du fort, sa carcasse rompue ressemblait à celle d'un vulgaire ivrogne. Il serra les dents de rage face à sa stupidité. L'importance de sa mission, les enjeux, les sacrifices, tout reposait sur sa discrétion et lui avait stupidement enfoncé son poing dans la gueule du tavernier. Les mots de son épouse, volés par le *Magister*, l'avaient rendu fou. Il avait passé la moitié de sa vie à la cacher, à protéger l'amour de sa vie. Comment ces gens avaient-ils pu retrouver sa trace et s'approprier sa missive secrète ? Et quelle maladresse que de se faire arrêter pour pugilisme dans un comptoir anglais alors que sa mission comptait plus que tout !

Ses fulminations intérieures prirent fin lorsque la porte du couloir s'ouvrit. De riches souliers vinrent fouler le dallage humide noirci de crasse. Deux gardes s'écartèrent pour laisser passer le visiteur. Un homme à la perruque blanche et ondulée toisait les hématomes d'Henry. Le reflet étrange de ses yeux noirs ne renvoyait aucun dégoût mais plutôt un air amusé, comme si cette rencontre fortuite présageait de bons augures.

***

Les portes vitrées de la maison bourgeoise donnaient sur les hectares de plantations en contrebas. La canne à sucre y poussait comme de la mauvaise herbe. Henry rassemblait le peu de dignité qui lui restait. Malgré sa souffrance, il se tenait droit. Sir Moford souleva une carafe ciselée et versa le rhum dans les verres en cristal. Les reflets ambrés témoignaient d'un long passage en barrique.

La pièce riche en mobiliers et en objets importés reflétait l'élitisme social. Son hôte, aussi grand que lui mais d'un gabarit plus frêle, lui tendit le verre et s'assit en face dans un confortable fauteuil, un demi-sourire accroché au visage. En un geste convivial, il souleva le verre dans sa direction avant d'y tremper des lèvres aphones depuis leur rencontre dans la cellule. L'hôte portait une perruque lourde et imposante qui lui tombait sur le dos. Elle lui collait à la peau à la manière du manteau en velours bleu de l'armateur. À cette idée, un éclair d'effroi traversa le cœur d'Henry. Son manteau ! Il ne le portait plus. Son vis-à-vis accentua son sourire. Son bras se leva dans les airs comme la baguette d'un chef d'orchestre. Les doigts claquèrent un ordre sec. Un majordome noir à la carrure de lutteur, lui aussi coiffé de cette ridicule perruque blanche, apparut au fond de la pièce. D'un geste dédaigneux, le *Maître* indiqua une armoire dorée finement ouvragée.

Avec une agilité surprenante, l'esclave se déplaça comme un félin. Il ouvrit le meuble, débarrassa le vestiaire du manteau de velours et le présenta à son *Maître*. Le visage d'Henry se durcit, mais il ne bougea pas. Son hôte tenait la veste de ses doigts crochus. Sir Moford patienta une dizaine d'interminables secondes avant de le lui lancer. D'un geste vif, Henry attrapa la lourde étoffe. Le mouvement lui arracha un cri étouffé. Son hôte en éprouva du plaisir. Le regard mauvais, le commandant au corps encore meurtri plongea une main dans la poche intérieure. Ses doigts rencontrèrent le courrier de sa bien-aimée et celui du roi Charles II. Soulagé, il replia son manteau sur ses genoux et releva un visage serein vers son hôte dont le faciès avait quelque peu changé. Henry comprit, il avait lu, il savait. La discussion qui s'ensuivrait serait inégale. Si l'armateur avait ses cartes sur la table, son vis-à-vis n'avait encore rien dévoilé.

***

Les hématomes et la souffrance perpétuelle le rendaient plus acerbe que d'habitude. Henry déambulait sur le port, le visage tiré et le pas marqué par une légère boitille. La conversation fut brève mais il quitta la demeure du gouverneur avec l'assurance qu'une flotte serait mise à sa disposition. Ses commanditaires bénéficiaient d'appuis sans limite.

« *Revenge.* » Ses trois mâts majestueux pointaient vers les cieux, comme pour indiquer une direction… la promesse de meilleurs lendemains.

De profil, la ligne du navire resplendissait. Le soleil brillait sur les vingt-six canons de la frégate ; une défense modeste offrant au bâtiment une légèreté décisive en haute mer. À première vue, il pouvait contenir trois cents tonneaux. Un négrier parfait.

Sur sa chaloupe, le commandant se rapprochait par à-coups rythmés. Entourée de quatre navires plus lourds, l'élégante frégate contrastait par son pont serré et sa menuiserie allongée.

Lorsqu'il rejoignit son bord, la boiserie épurée fit pâlir Henry. L'orgueil de l'armateur venait de prendre une gifle, les Anglais savaient eux aussi bâtir de magnifiques vaisseaux.

Tommy s'approcha. La graisse de son ventre tendait un pourpoint aussi sale que son cuir chevelu goudronneux. Son gros nez rougeaud surplombait une large mâchoire en mastication alternée par de sombres crachats. Il observait Henry, la tête légèrement penchée. Son œil droit mi-clos semblait fuir un soleil inexistant en cette matinée nuageuse.

Les présentations se firent sans ambages. Tommy lui fit bonne impression, il semblait connaître son affaire. Quartier-maître depuis six ans sur le *Revenge*, c’était un enfant de putain qui se respecte, du genre à connaître la mer et les hommes qui la pratiquent.

Chapitre 28
Prosciutto crudo

Philippe revient de la cuisine les bras chargés de victuailles. En un tour de main, quelques olives, un peu de *grana padano*[1] et un épi de *grisini*[2] lardés de *prosciuto crudo*[3] viennent parsemer la table de la salle à manger. Deux verres se remplissent d'un rouge capiteux. Nourri de soleil, le vin opacifie le verre de ses teintes myrtille. Au contact du palais, le riche terroir d'Italie se déverse et gorge les papilles de ses notes rondes et travaillées.

Ils hochent tous deux la tête, ce *Marina* les enchante, un délicieux cru des Marches où les origines de Philippe sont restées enracinées.

— Donc Nicolas Berger t'a fourni la formule parfaite sur un plateau d'argent ?

— Pas tout à fait. Le dernier jour…

La rage crispe le visage du *Primus*.

— Ce fameux jour… Ce jour où il a stabilisé la formule, la consultante payée pour l'espionner et le contrôler s'est retournée contre nous…

— Comment s'appelait-elle ?

---

1. Fromage italien à pâte dure.
2. Bâtonnet apéritif italien.
3. Jambon cru italien.

— Clara… Clara Martines…

À l'évocation de son nom, les mâchoires du *Primus* s'écrasent l'une contre l'autre. Philippe poursuit :

— Qu'est-elle devenue ?

Lio se détend.

— Elle est décédée récemment… Un peu comme Antoine.

Un éclat s'illumine dans le regard du journaliste. Un duel silencieux s'installe entre les deux parties. Le *Primus* rompt le combat.

— Nico m'a laissé avec un travail remarquable mais inachevé, il me manquait ses conclusions du dernier jour, sa pierre angulaire…

— Tu as donc fini le travail tout seul ?

L'homme au visage grignoté par la maladie acquiesce.

— Pas le choix ! Sans la formule et la promesse d'une vie éternelle, mes partenaires m'auraient très vite remplacé !

— Et le résultat ?

Un sourire jaune défigure le visage malade du *Primus* décrépit.

— J'ai cru obtenir un résultat stable… J'ai péché par orgueil.

— Encore ?

Lio ignore la pique.

— Je pensais avoir été aussi bon que Nico. Persuadé d'avoir la clé de ma survie entre les mains, j'ai pris la décision de me rendre indispensable…

— Pour éviter que tes collègues ne se débarrassent de toi ?

Le *Primus* approuve.

— Je l'ai testé sur ma propre personne…

— Et ça t'a transformé en vieux lépreux croulant, laid et déliquescent ?

Si Lio avait pu l'assassiner de ses mains, il l'aurait fait.

— Et toi, qu'as-tu ingéré pour devenir fade et engoncé de suffisance ?

— Insulte-moi si ça te fait du bien, tu n'as aucune emprise sur moi…

Un éclair passe sur le visage du *Primus*, comme si un souvenir venait de brutaliser l'ordre de ses idées.

— Philippe, à la sortie de la bibliothèque, pourquoi as-tu rejeté mon aide quand ta voiture refusait de démarrer ?

Le journaliste sourit d'un rictus amer.

— Tu l'as dit toi-même en parlant de Nicolas Berger ; les samaritains n'existent pas… à part dans la Bible peut-être.

Lio secoue la tête en signe de désapprobation.

— Et pourtant, Nico m'a prouvé le contraire.

Le journaliste intangible répond de manière ferme :

— D'une façon ou d'une autre, Nicolas Berger agissait pour lui-même. Je ne crois pas en l'altruisme pur et désintéressé. Tu devrais lire la *Métaphysique des mœurs*[1].

Le *Primus* balaye les arguments d'un revers de la main.

— Assez parlé de Nico ! Ma molécule a fonctionné à merveille… Mes facultés physiques étaient dignes d'un athlète ! L'expérience a même rajeuni mes traits, je ressemblais à nouveau à un jeune homme de vingt-cinq ans ! Cette réussite a transcendé le *Magister*, et crois-moi, nous sommes pourtant impossibles à satisfaire !

Un sourire provocateur aux lèvres, le journaliste ponctue :

— Mais ?

— Mais lorsque j'ai transmis le protocole à notre équipe médicale, l'endocrinologue en charge a émis une réserve sur la durabilité des effets. Ce simple doute a suffi à empêcher mes confrères d'utiliser le fruit de mon travail…

— Le fruit du travail de Nicolas Berger !

1. Emmanuel Kant, paru en 1795.

— Oui… si tu veux…

Comme une vipère, la main de Philippe mord le plateau apéritif et revient chargée d'olives et de fromage. La bouche pleine, il articule :

— Visiblement, ils ont bien fait de ne pas y toucher…

— Les premiers problèmes sont apparus après une dizaine d'années seulement. J'avais alors quarante-cinq ans mais en paraissais toujours vingt-cinq. Plus l'âge avance et plus les habitudes changent. L'homme n'est plus censé vivre de la même manière à l'approche de la cinquantaine…

Son regard vidé d'élan vital se perd dans de vagues souvenirs lointains.

— Je m'adonnais à une vie de prince. Je pratiquais plusieurs filles par nuit, mais aussi des sports extrêmes, sans compter l'abus de drogues, d'alcools, de boissons énergisantes et autres substituts. Je me sentais invulnérable et écourtais mon sommeil au maximum.

Philippe répond par le silence car il sait que poser la question, c'est y répondre. Lio conclut :

— D'une manière ou d'une autre, l'usure est là… Je suis donc las et usé dans une morphologie de jeune premier… enfin, plus vraiment.

Un bruit dans la chambre de *mamma* Lucia alarme tous les sens de Philippe.

— Merde ! Ma mère.

Lio, déjà debout, lance un regard satisfait en direction de Philippe.

— C'était une bonne première séance. Je reviendrai dès que possible… Nous avons encore beaucoup de choses à nous dire.

Chapitre 29
L'introduction

L'alcôve capitonnée d'un velours lie de vin invite à la délectation. Un lourd lustre démodé mais hors de prix effleure la table en acajou poli. Celle-ci, parfaitement centrée, marque une fracture avec les autres emplacements. Au cœur du bois, des initiales finement incrustées impriment l'espace réduit d'une seule appartenance. Ces quelques mètres carrés n'appartiennent qu'à un client. L. d. M. Sans ambiguïté, l'espace est réservé à vie. Une bouteille de Bollinger recouverte de condensation patiente dans un seau à glace. Les coupes encore vides brillent d'un éclat avide. Les autres tablées s'évanouissent, camouflées par de hautes plantes d'intérieur et de larges colonnes de pierre brute. Tout est étudié pour assurer la discrétion des hôtes. Le bar *lounge* n'est pas accessible à qui le veut. Seule la carte de visite de Lio a permis à Marc de passer la porte et surtout, de poser ses fesses à cette table. Jamais il n'y avait mis les pieds. Jamais il ne l'avait espéré. Select n'est pas le terme, tout ici pue le complot et le fric.

Le bras droit sourit pour lui-même. La patience paie et sa position s'améliore. L'échelon suivant est proche, enfin. Sa présence en ce lieu en est l'ultime bénédiction. Les lourdes portes du sas d'entrée s'ouvrent sur un sifflement d'air nauséabond. Lio, décrépissant, pénètre le *lounge* et longe le bar.

Un simple signe de tête vers la *barmaid* suffit. Un plateau de béluga lui fait suite.

— Alors Marc, tu es prêt à passer le cap ?

Marc reste de marbre mais sent l'excitation lui monter au cerveau. Il profite de la présence de la serveuse pour se redonner un peu de contenance. Les coupes sont pleines. La jeune femme s'éclipse sans mot dire.

— Je suis prêt, Lio. Je serai à la hauteur.

Son employeur affiche un visage rongé par la mort. Bientôt son *Primus* pourrira dans un caveau et son siège ne demandera qu'un remplaçant. Marc sourit, tout semble aller pour le mieux. Il saisit une brioche grillée et y étale une honteuse portion de caviar, dont la moitié finit écrasée sur la table.

— Je sais que tu seras à la hauteur. C'est bien pour ça que tu es assis à cette place et non en train de pourrir en prison.

Lio déglutit son caviar avec peine. Sa gorge marquée par d'immondes ridules ondule au rythme de son ingestion. Sa pomme d'Adam se bloque mais une gorgée de champagne vient à la rescousse. Le *Primus* toussote avant de poursuivre.

— Tu as assuré. Tu as décapité les *Unanimous* et balancé leurs têtes aux ordures. Ton intervention est grandement appréciée.

Un sourire malsain barre le visage du *Primus*.

— Cette petite garce est morte et sa mort nous servira encore, crois-moi.

Marc répond tout en prudence :

— Je me doute que le *Magister* a bien d'autres plans...

— Rien n'est jamais laissé au hasard...

Quelques secondes de silence sont suffisantes. L'homme de main a compris le message. Lio enchaîne sans attendre :

— Le *Magister* a justement une proposition pour toi.

Sans s'en rendre compte, le sourire de son interlocuteur met le nouveau chef de projet mal à l'aise. Comme l'effet d'une lame sur sa gorge, une indescriptible sensation de froid l'assaille.

— Que dois-je faire ?

— Tu vas être introduit. C'est capital pour la suite.

Marc acquiesce. Le *Primus* retire de la poche intérieure de son veston une carte magnétique et la lui tend.

— Cette carte est le premier élément qui te permettra d'entrer, ne la perds surtout pas.

Chapitre 30
Medileaks

Pièce après pièce, le puzzle se profile. Ce journaliste, aussi gras que dangereusement perspicace, accordera toute cette mélodie et lui apportera une résonance vengeresse délicatement macabre. Le temps lui est compté mais tous ses pions sont en place. La partie commence, mais cette fois, Lio joue les blancs.

Son *livephone* vibre dans sa poche, accompagné d'un tintement qu'il ne pensait plus jamais entendre. Un message d'alerte automatisé. Le dossier médical de Lisa de Mornet a été mis à jour sur *Medishare*, la plateforme sur laquelle Lio a placé un mouchard à la naissance de la fille de Nicolas Berger. Comment est-ce possible ? Après plus de quinze ans de silence, le secret serait-il rompu ?

Lio se connecte *via* le lien. Le téléchargement du fichier commence. La page de résultat s'affiche. Lio enlève ses lunettes de soleil.

Le fichier a été mis en ligne par un certain Mendes G. Il faut agir au plus vite et éviter que ce cas ne devienne public. D'un mouvement expert du doigt, Lio ferme les applications de son *livephone* et lance un appel vers Marc. L'ultime mission de son bras droit. La résurrection pour lui.

***

Malgré la climatisation, Georges Mendes transpire. Les données ont été retranscrites dans *Medishare*. Surprenantes, extravagantes, elles s'affrontent derrière son front perlé de sueur. D'une main légèrement tremblante, il appuie sur la touche du téléphone qui déclenche la reconnaissance vocale. D'une voix mal assurée, le médecin prononce le nom de celui qui orientera ce dossier dans la bonne direction, et il espère, sa carrière :

— Édouard de Mornet.

Une voix automatique suave répète machinalement :

— Voulez-vous appeler Édouard de Mornet ?

Le médecin confirme, la tonalité résonne dans le cabinet.

— Édouard, à qui ai-je l'honneur ?

Georges déglutit et se redresse.

— Professeur de Mornet, je suis le docteur Georges Mendes, du planning familial de Woluwe. Je suis désolé de vous déranger mais je dois vous parler de votre fille adoptive...

— Ma fille tout court, le coupe sèchement Édouard.

Mendes est tendu comme un jeune étudiant. Sans se laisser démonter, il poursuit :

— Professeur, votre fille est venue en consultation. Je lui ai prélevé du sang pour analyse.

Dans l'esprit d'Édouard, les inquiétudes d'Anna sur la fugue de sa fille résonnent encore.

— Pour quelle raison vous a-t-elle consulté ?

— Professeur... Les résultats sont insensés.

Édouard, assis dans son canapé, prend conscience que la tranquillité a un prix, mais surtout une fin.

— Que voulez-vous dire par là, cher confrère ?

— Je veux dire que le dossier médical, analysé de pair avec ses analyses de sang, est d'une singularité surprenante.

Avec votre accord, je souhaiterais lui faire passer d'autres examens à l'hôpital.

Le professeur se racle la gorge et poursuit sur un ton serein :

— Georges, ma fille n'est pas un cobaye. De plus, je suis personnellement la santé de ma fille et jamais rien de « singulier », comme vous dites, ne m'a sauté aux yeux.

— Professeur, je comprends, mais j'ai les preuves de ce que j'avance…

— Si vous avez les preuves, je souhaiterais les consulter et discuter de tout cela avec vous de vive voix.

Le docteur Mendes se détend, repose sa nuque sur le dessus de son vieux fauteuil en cuir et soupire de soulagement.

— Professeur, je serais ravi de partager cela avec vous, et comme il s'agit de votre fille, j'y apporterai une attention toute particulière.

— Docteur Mendes, je vous remercie de m'avoir consulté à ce sujet. Auriez-vous un moment cet après-midi pour en discuter ?

— Absolument, je termine mes consultations aujourd'hui à dix-sept heures. Vous pouvez me rejoindre au centre à ce moment-là, si cela vous convient.

— C'est parfait pour moi. À tout à l'heure, Georges.

Chapitre 31
Le poids et la mesure

Louise... Louise... les caractères de ton nom résonnent mais restent lettres mortes dans cette caverne vide qui bat dans ma poitrine.

Le goût de la vie n'est que cendre dans l'âtre de ton absence. Je mesure le coût de mes choix. Aujourd'hui encore je m'interroge, je pondère, je valorise les « pour » et déprécie les « contre » mais au final ne persiste qu'une seule certitude : le vrai bonheur n'existe que dans la vérité.

Je me dois d'être honnête envers toi mais surtout avec moi-même. Je ne trouverai jamais la quiétude dans le mensonge. Tu es ce qui m'est arrivé de plus beau, une brise fraîche dans un désert, une eau sucrée dans la sécheresse d'une vie aride. Pourtant, je ne puis goûter au miel, il se cristallise devant le devoir inaccompli. Je ne peux choisir la paix avant d'avoir achevé mon combat, avant d'accomplir le plus rude des trajets, celui de mon accomplissement personnel.

Louise, je t'aime et je te reviendrai si la vie m'y autorise...

— Mais... qu'est-ce que tu furètes encore ?

Philippe lève des sourcils exaspérés.

— On dit fleurette *mamma*... conter fleurette...

Le visage droit aux cheveux gris pivote vers son fils.

— Non, je voulais dire furètes, comme quand tu fais tes recherches.

Elle plisse la peau ridée autour de ses yeux en direction de la lettre. D'un geste étonnamment vif, elle se saisit du document.

— *Dio Boia*[1] ! Tu as passé l'âge des mots doux ! Prends ton téléphone et agis comme un homme !

Elle enfouit la lettre dans sa poche avant de se diriger vers le hall d'entrée.

— Ma ! Par pitié !

Déjà l'octogénaire disparaît derrière la porte. Un bruit de vêtement froissé alarme Philippe. Sa maman est en train de mettre son imper. En trombe, il se déplace pour l'intercepter.

— *Mamma* ! Que fais-tu ?

— Quelle question, c'est le marché aujourd'hui. Je vais acheter du jambon, de la *mozzarella*, quelques *cucuzze*[2] et aussi des *melanzane*[3] pour faire un millefeuille *alla parmigiana.*

Philippe ouvre la bouche pour rétorquer lorsqu'un regard noir lui cloue la langue dans la bouche.

— Tu ne vas quand même pas laisser ton ami avoir faim ce soir…

Sans autre explication, sa maman remonte la fer-meture Éclair de sa veste avant de s'aventurer vers l'extérieur.

***

La lumière de la cuisine éclaire depuis plusieurs heures la rue endormie. Dans le salon flotte une odeur subtile

1. Juron italien. Dieu Bourreau.
2. Cucuzze est le mot en dialecte qui correspond à zucchini : courgettes.
3. Aubergines.

de sauce tomate et de légumes gratinés. L'écrivain tourne en rond comme un satellite en orbite autour du plat de lasagnes.

Philippe n'y a pas touché. La promesse d'une nouvelle vie le ramène à la rationalisation complète de son mode de fonctionnement. L'excès de nourriture, le dégoût de soi, le manque total de respect pour son corps, tout n'est que pulsion, pulsion mortelle, désir inavoué de mort, d'abandon. Mais aujourd'hui, il s'accroche, il grappille les restes de vie qui l'entourent pour sortir du gouffre et se hisser à nouveau vers la lumière, celle qui, à elle seule, suffit à vous nourrir par ce bonheur absolu qu'une tâche accomplie vous procure.

— Arrête de te faire du mal… Mange !

Lio, voûté et sec comme une racine de lierre mort, s'invite dans le hall d'entrée.

— J'ai faim mais… d'autre chose… Je t'attendais, Lionel.

— Appelle-moi Lio, veux-tu ?

Cette pointe d'agacement dans la voix le rend un peu plus humain, un peu plus accessible. Philippe sourit. Sans un mot, il se saisit d'une spatule pour préparer une portion de millefeuille. Lio lève la main en signe de refus. Philippe répond sur le ton de la plaisanterie :

— Un mourant n'a-t-il pas droit à un dernier repas ?

Les regards se croisent dans un mélange de défi et d'amusement. Lio se saisit de l'assiette tendue. Il picore quelques bouchées dans un effort non dissimulé. Philippe le dévisage. Sa physionomie macabre attise de manière très malsaine sa curiosité. Sur cet être contre-nature, la jeunesse et la vieillesse fusionnent dans un mélange impur et immoral. Les joues aussi creusées que les orbites témoignent d'une mort imminente. Les sillons près des yeux ainsi que les rides qui entourent sa bouche donnent à son faciès des allures de vieillard et pourtant, son front et sa mâchoire renvoient, selon la posture, la force d'un gaillard capable de croquer la vie.

Malgré cet étrange reliquat de jeunesse, la vérité d'un regard ne peut être trompée. À travers les yeux vitreux de Lionel, l'émeraude voilée par une ambition dévorante est aujourd'hui blafarde, blême, à peine vivante.

— Ça va ? Tu t'es suffisamment rincé l'œil ?

Confus, Philippe détourne les yeux. Sans un mot, il s'assied à son poste d'écriture et se racle la gorge pour changer de sujet.

— Je suis désolé pour maman. Elle était de sortie aujourd'hui, j'ai bien essayé de…

Lio l'interrompt d'un coup de fourchette pointé dans sa direction.

— Ses lasagnes sont délicieuses ! Tu la complimenteras !

— Euh… Ne suis-je pas censé garder ta venue secrète ? Et puis, tu nous avais interdit de sortir…

Le *Primus* lève un sourcil défraîchi en direction de l'écrivain.

— Je pense que même moi, je ne parviendrais pas à retenir *mamma* Lucia dans ses murs.

Un sourire s'échange. Lio repousse son assiette.

— Bon, où en étions-nous ?

— Nous n'avions pas encore commencé…

Lio laisse le peu de souffle qui lui reste s'écouler au travers de ses cordes vocales.

— Le point de départ remonte à l'Égypte antique. Je ne suis pas historien et n'ai pas le temps de te faire un exposé chronologique des faits, tu feras toi-même tes recherches.

Attablé dans ce salon du siècle passé, les révélations font rage. La mine furieuse de Philippe recopie les éléments clés tandis que la *smart-tab* enregistre.

— L'Égypte possédait à son apogée tout ce dont une civilisation pouvait rêver. Elle avait asservi ses voisins et exploitait la richesse des sols africains qu'une bonne partie du peuple noir servait, déjà à l'époque, comme esclaves.

Lio rince son gosier desséché d'une longue gorgée de vin.

— Dans leur grandeur, ils se sont intéressés les premiers aux mathématiques, aux sciences mais aussi à la philosophie. Un de leurs plus beaux héritages réside d'ailleurs dans la richesse de leur écriture hiéroglyphique… Un véritable trésor d'Histoire.

L'écrivain approuve du chef en signe de compréhension. D'un regard concentré, il relève la tête et demande :

— Les pyramides n'étaient-elles pas des temples dédiés à préserver les pharaons en quête de vie éternelle ?

Lio acquiesce.

— Les pharaons, dieux vivants, surpassaient le commun des mortels dans la vie… La mort cependant les replaçait froidement sur le même pied.

Philippe reste silencieux, curieux d'en apprendre davantage.

— Ils se sont d'abord penchés sur des techniques d'embaumement très poussées afin de préserver au mieux les enveloppes charnelles. Ensuite, de longues incantations interdites furent psalmodiées dans les chambres secrètes des tombeaux souverains.

Le visage de l'écrivain oscille comme un pendule dont les ondulations rythmeraient la mystérieuse prose de son invité.

— Impuissante face à la mort, l'Égypte se tourna vers le reste du monde pour obtenir de l'aide dans sa quête vers la vie éternelle.

— Qui en Égypte ?

— Je ne sais qui était le vrai premier *Magister*. Était-ce un pharaon, sa femme, un grand vizir ? Je ne peux qu'attester son influence car il a incité l'Égypte à s'ouvrir, d'abord à la Grèce et ensuite à Rome.

Une nouvelle gorgée de vin interrompt le discours l'espace d'une déglutition clapotante.

— Lors de leur accord avec les Grecs, la première alliance se forma. En échange d'une instruction et d'un partage sans limite, la Grèce s'engagea à employer ses plus grands cerveaux pour résoudre l'énigme ultime.

Le journaliste s'émulsionne sur sa chaise. L'espace d'un instant, Lio savoure l'état de dépendance de l'écrivain. Pendu à ses lèvres, l'auteur boit le récit et n'en perd pas une goutte. La malice emplit le visage d'un *Primus* machiavélique.

— Philippe, à présent que je t'ai planté le décor, à toi de me raconter l'histoire. On va voir si tu es aussi bon que tu ne le fais paraître.

Dans la pénombre assoupie d'un salon usé, l'auteur décale ses fesses sur son siège. Sa soif d'apprendre est sans doute aussi grande que son besoin de reconnaissance. Dans ce partage inespéré, Philippe grandit de ces conversations secrètes. Pour la seconde fois de son existence, il ressent la vie s'écouler en lui et éprouve un étrange sentiment de reconnaissance envers ce geôlier de l'esprit qu'est Lio.

Philippe prend soin de sélectionner la bonne approche ; la méthode factuelle.

— Si je me fie à tes dires…

Une ridule amusée se soulève sur le visage du *Primus*.

— L'Égypte, la Grèce et Rome se seraient alliées. Rome…

Il laisse planer ce nom en suspens comme pour imprimer ces lettres dans la toile de son esprit. Il hoche ensuite la tête.

— Quand on y regarde bien, malgré quelques creux, l'évolution a quasi été constante pendant ces trois dominations. La preuve, nous nous inspirons toujours des philosophes de l'époque et de leurs découvertes…

Philippe, à présent convaincu, alimente la théorie par un monologue engagé.

— On reprend des concepts vieux de deux millénaires, si on pense notamment à Platon, Socrate, Hérodote…

Son interlocuteur complète avec une pointe d'emphase dans la voix.

— N'oublie pas Ératosthène, l'illustre Aristote et surtout Pythagore…

La mine grabataire du *Primus* devient malicieuse.

— Sais-tu ce que le *Maître* répondait à ses disciples pythagoriciens lorsqu'une question inconvenante venait troubler ses travaux ?

— Va te faire voir chez les Grecs ?

Les yeux lagune délavés par la maladie lancent des éclairs.

— *MAGISTER DIXIT !*

— Quoi ?

— *Magister Dixit* signifie le *Maître* l'a dit ! Cette expression suffisait de réponse quand on s'interrogeait sur l'objet de certaines recherches. Elle a d'ailleurs inspiré notre conclave.

Sans autre réponse, la mine du crayon trace de ses traits noirs les treize lettres du concile maudit.

Chapitre 32
Le marché noir

La lanterne vacillait au rythme des vagues acharnées. Dans la cabine du capitaine, une atmosphère chaude emplie d'un air fauve viciait l'air ambiant. Les hommes ronflaient dans les cales, mais dans cet écrin lugubre, le capitaine et ses lieutenants gardaient leurs yeux bien ouverts.

Autour de la table de chêne, Henry, Juan, Jacques l'*Enragé*, le gros Tommy et Donga rassemblaient les informations des deux derniers mois.

— Juan, l'état des lieux du comptoir ?

— Les prisons construites sur le contrefort naturel longent la côte sur deux cents mètres. On peut y tasser un peu plus de mille cinq cents prisonniers.

Ses yeux couleur poudre à canon brillèrent de fierté.

— Pour accroître la capacité du camp, nous avons établi un roulement. Nous maintenons une force de travail de mille têtes actives en permanence, ce qui amène un total de deux mille cinq cents esclaves : mille cinq cents captifs et mille travailleurs.

Henry frappa la table du point.

— C'est insuffisant.

Juan resta bouche bée. L'*Enragé* prit la parole, presque amusé.

— S'il y en a trop, je peux m'en occuper…

Il parlait de sa voix rauque, encombrée de goudron et de nicotine comme si le démon qui l'habitait voilait ses paroles de noirceur. Henry fronça les sourcils ; il lui en fallait plus, ses commanditaires voulaient tripler les livraisons.

— Si vous manquez de place, on peut utiliser les cales des deux nouveaux navires, ils feront de bonnes prisons flottantes…

Le gros Tommy cracha un liquide brunâtre dans le pot de chambre avant d'achever sa phrase.

— Difficile de s'en échapper…

Le capitaine lui lança un regard satisfait, sa crasse et sa couenne n'enrobaient visiblement pas son intellect.

— Bonne idée…

Henry déambula autour de la table. Chaque pas suivait le mouvement des vagues. Marcher l'aidait à réfléchir, il pensa à haute voix.

— Je suis revenu de Jamaïque avec huit navires ; si j'y ajoute les trois restés ici, sur la côte angolaise, cela porte notre flotte à onze.

Il marqua un temps d'arrêt, son entreprise ressemblait de plus en plus à une véritable armada. Il se tourna vers son audience.

— Quels sont les effectifs ?

— Quatre cent quatre-vingt-dix hommes sur la côte, répondit Juan.

— Soixante-huit avec moi… murmura l'*Enragé.*

— Cinq cent cinquante, acheva Tommy.

L'armateur rajouta son propre équipage pour porter son armée à mille deux cents hommes. Il se tourna ensuite vers Donga.

— Comment se passe la récolte d'esclaves ?

— L'*Ayilol* rafle tout ce qu'il peut.

— Que veux-tu dire ?

— Il est tenu de respecter son propre clan ; les Duanda.

Devant les mines sombres, Donga apporta un brin de lumière.

— Le plus grand peuple d'Afrique centrale fait partie d'une seule et même tribu, les Duanda. Leur territoire est si grand qu'il est divisé en régions. L'*Ayilol* gère une zone qui englobe le sud-est de l'Angola, au nom de l'empereur. Ses rafles ciblent toutes les tribus qui portent un autre nom et il massacre ceux qui résistent.

Henry hocha la tête, en pleine réflexion. Après une longue pause, il reprit :

— Je veux que tu m'organises une rencontre avec cet empereur.

Donga blêmit. L'armateur sourit et se tourna vers Juan.

— Envoie un bateau au pays, je veux qu'il revienne avec autant d'armes et de munitions que possible. Profites-en pour lancer la construction de deux galions, je te fournirai les détails.

— Et pour le financement ?

Un rictus étira une bouche mangée par le sel et le soleil.

— Nos clients paient d'avance…

Chapitre 33
Casus belli

Les gouttes de sang s'écrasent dans le lavabo humide et finissent invariablement en coulées vermeilles dans le trou béant des canalisations. Les tampons gorgés d'un écœurant mélange d'alcool et de sang jonchent le sol carrelé de la salle de bains. Édouard l'a recousue avec finesse, mais la plaie suinte encore. La mallette de premiers secours, planquée sous l'évier, déborde de compresses, bandages, désinfectants. Un défibrillateur portatif est fixé dans la poche avant. La balle est ressortie sans faire de trop gros dégâts, un muscle de l'épaule abîmé par le passage du projectile et un bout de chair arraché. La brûlure de la plaie va s'amenuiser. Le sang va coaguler assez rapidement et Nathan sera opérationnel dans une petite semaine.

La planque n'avait pas changé. Toujours aussi crasseuse, elle n'a presque rien à envier à une cellule de dégrisement. Une épaisse couche de poussière recouvre les rares meubles et bibelots qui font de ce taudis un semblant d'endroit à vivre. Un appartement de trente-deux mètres carrés acheté pour une bouchée de pain par une caisse noire de la section d'intervention, vingt-cinq ans auparavant, à peine salubre. À l'origine, il était prévu d'y cacher momentanément les témoins clés, quelques heures, en attendant leur extraction en sécurité. La procédure a changé et cette zone sécurisée n'a plus jamais été utilisée. Une dizaine d'années plus tard, seul Nathan en connaît encore l'existence.

La vieille radio crachote. Nathan tente d'obtenir un signal plus limpide. Un fil de métal torsadé est raccordé au vieux poste, jouant péniblement le rôle d'antenne réceptrice. La fréquence est la bonne, l'information afflue. Déjà, l'attaque du garage fait la une. Une fusillade dans une banlieue huppée de Bruxelles ne passe pas inaperçue. Les journalistes s'en donnent à cœur joie pour élaborer toutes sortes de complots et de règlements de compte irréels. En fin de compte, ils n'étaient pas si loin de la réalité. Le vieil expert s'était fait dézinguer avant un procès où son témoignage aurait fait des dégâts. C'est digne d'un film, mais pourtant vrai.

« Le procureur du roi ne donne aucune information, l'enquête est en cours… »

Nathan baisse le son. Il passe un dernier tampon sur la plaie et pose une compresse imbibée de Bétadine.

« Il semble toutefois qu'un suspect soit identifié, un homme d'une cinquantaine d'années… »

Son estomac se serre. Un tison chauffé à blanc vient lui titiller les glandes surrénales. Il augmente le volume du transistor.

« Un ancien membre des forces de l'ordre, activement recherché… »

La radio crachote à nouveau. D'un coup sec, Nathan tape sur le dessus. La voix du journaliste s'éclaircit.

« Coni, Nathan. Un homme aux multiples ressources, armé, entraîné… très dangereux… »

Il s'en doutait, ça ne pouvait finir autrement. Il doit agir au plus vite. Pas de temps à perdre. Il bourre les cotons et compresses souillés dans la poubelle métallique et enfile son tee-shirt. Sur la table, son téléphone portable vibre. Un message.

Fatigué, la douleur irradie le creux de son épaule, malgré

les deux antidouleur. Il saisit son *livephone* et s'avachit dans l'unique fauteuil. Un numéro inconnu.

[Ils savent ce que tu cherches.
Tu dois fuir. Va à cette adresse,
tu y trouveras le moyen de
te venger – sois prudent.]

Le message se termine par une adresse au sud de la ville. Un quartier bien calme pour une situation aussi misérable.

Chapitre 34
L'envol

Lisa tremblote. Le manque de substance mêlé au stress de sa conversation passée avec le docteur accentue son mal-être. Même si sa conscience lui dicte de quitter cet endroit, elle pousse de son index frêle le bouton de la sonnette. Le parlophone usé grésille et crachote pour libérer un son juste audible.

— Ouais ?

— Ouvre-moi Ryan, on doit parler.

***

Affalé dans le sofa, il l'observe, le joint au coin des lèvres.

— Allez, ma belle, viens t'installer près de moi. J'ai un bon joint bien tassé. De la toute fraîche…

Le torse nu et le jean à moitié boutonné, Ryan l'invite à le rejoindre.

— Non, Ryan, réplique Lisa.

Il la toise sans broncher, il la connaît. Son tremblement s'amplifie. Elle sent ses jambes se dérober et son estomac se nouer. Elle ne tiendra pas. Elle n'en a pas la force. Le manque qui la tenaille annihile ses résolutions.

La vodka coule déjà dans sa gorge. Trop tard. La carte du planning familial, jusque-là serrée dans sa main, s'évade, glisse et tombe sur la carpette aussi solidement que ses bonnes résolutions. Ryan prend deux pilules et les ingère directement. Avant de fermer les yeux, il lui tend le joint. Une autre gorgée et une profonde inspiration.

Sa main remonte le long de sa cuisse et passe sous sa robe. Elle boit une gorgée de plus, les paupières closes, à la recherche d'un moment perdu. Son père. Elle s'évade. Une dernière fois. Les doigts frôlent son pubis et tentent un passage vers son intimité. Elle ne réagit pas. Les doigts s'éloignent, brusquement. Un bruit, un fracas, soudain, lointain. Les couleurs s'illuminent. Une caresse d'une douceur absolue lui frôle la joue.

Elle est muette, la gorge nouée, coincée entre ici et là-bas. Le rêve et la réalité, entre la ouate et le feu, elle se laisse aller. Une odeur puissante, différente, inconnue, pénètre ses narines. Elle inspire. La brûlure envahit son cerveau. Lisa respire. La lumière s'évanouit enfin avec elle.

Chapitre 35
L'empereur

Quatre mois s'écoulèrent en un claquement de fouet. L'*Ayilol* accrut ses rafles à en faire saigner la terre. La fureur déchaînée dans la savane africaine décimait son peuple à coups de sagaie et de fendoir. Le génocide organisé dépeuplait tant les tribus voisines que les livraisons peinaient à remplir les attentes.

Henry avait déporté treize mille hommes et balancé à l'océan cinq mille cadavres.

Après déduction des généreuses paies octroyées et des investissements nécessaires, il accumulait la fortune colossale de soixante mille livres.

Le comptoir se muait en véritable bastion de la mort. La garde changeait chaque jour pour éviter de ternir le moral des troupes. Il régnait autour des palissades une chaleur malsaine qui vous retournait l'estomac. Des lamentations déchirées s'élevaient des cellules, telle une meute de chiens à l'agonie. Les êtres humains piétinés mouraient sur le sable brûlant. La terre ancestrale, le berceau du monde ne donnaient plus la vie mais s'abreuvaient des morts.

D'annexe en annexe, le fort prenait des allures monstrueuses. Il courait à présent sur près de huit cents mètres de long. À flanc de colline, cette excroissance macabre sortait tout droit de la roche comme si la pierre expulsait l'horreur qui la salissait. Ses larges palissades doublées de quarante tours de surveillance offraient une solide défense. L'emplacement reculé dans une goulette naturelle le protégeait d'éventuels tirs de barrage. D'énormes madriers solidifiaient la structure pour permettre la construction d'étages sur les cellules existantes. Pas moins de six blocs de trois mètres de hauteur s'entassaient les uns sur les autres et s'ancraient contre la falaise. Henry avait ordonné de creuser dans le contrefort, pour accroître la profondeur des cellules.

La capacité du comptoir s'élevait à huit mille esclaves. Le commandant en voulait toujours plus. La masse ouvrière s'évertuait à construire de nouvelles fosses, des cellules plus larges, des rampes d'accès et des remparts pour préparer la mise en place de défenses.

L'armateur profitait des navettes vers le continent pour correspondre avec sa compagne. Sa grossesse allait bon train et si la lune se montrait clémente, elle accoucherait dans douze semaines. Sans conviction, il avait ordonné son changement de domicile, même s'il savait la démarche vaine.

Ses commanditaires l'avaient localisée car elle représentait un levier important et ils ne la perdraient pas de vue.

***

Sous les étoiles, la plaine rendait sa chaleur et libérait les senteurs sauvages d'une terre brûlée. Des milliers d'étincelles incandescentes rejoignaient le firmament au-dessus du feu de camp. En cercle devant les flammes, les gardes blancs et noirs s'associaient dans un mélange mystique aux reflets dorés. Les jeunes au visage trempé de sueur luisaient de fougue. Les plus âgés, fripés, édentés, pétris par l'expérience et par cette vie sauvage, psalmodiaient avec parcimonie des récits avisés. Dans la pénombre, la couleur n'existait plus. Une antilope rôtissait dans un grésillement alléchant. Autour du camp, des feux similaires furent allumés afin d'écarter les prédateurs que les senteurs grillées attiraient en masse.

À l'écart du village, loin des oreilles indiscrètes, Henry rencontrait l'empereur Duanda. Obèse, ce roi ventripotent avait fait ériger une énorme tente drapée de peaux cousues. À l'intérieur, un *brasero* cassait l'humidité de la nuit et illuminait les visages tendus par l'importance de la rencontre. Au fond, un trône en bois rudimentaire mais solide soutenait les deux cents kilos qui s'y répandaient. Autour du souverain, une quantité inutile de femmes nues se prélassait sur des peaux de bêtes en attendant de servir leur *Maître*.

Henry s'approcha et s'agenouilla. L'odeur piquante des corps en sueur l'incommoda. À sa surprise, l'empereur souhaitait s'entretenir avec lui « seul à seul ».

— Vous vouliez me rencontrer…

L'empereur s'exprimait dans un français parfait. Henry redoubla de prudence.

— C'est exact, Votre Majesté.

— N'avez-vous pas reçu suffisamment de marchandises ?

Henry jouait les équilibristes. L'armateur s'apprêtait à demander au roi de razzier son propre peuple, justifier son exode, de contribuer à son esclavage et de prendre part au génocide qui en découlerait.

— Nous souhaiterions augmenter les livraisons, Votre Grâce.

— Mon peuple, voyez-vous, est fertile, nous prenons plusieurs femmes…

Il gifla une croupe rebondie qui passa à portée et éclata d'un rire gras.

— Nous les prenons à notre guise et leur faisons un enfant après l'autre…

Son regard fixé sur la plus jeune de son harem souleva le cœur d'Henry. Il poursuivit d'un air las :

— Survivent celles qui peuvent.

Henry cracha en direction de son hôte :

— L'*Ayilol* de la côte s'est montré utile, mais il arrive au maximum de ce qu'il peut livrer.

Le visage bombé s'amusa de l'entrée en matière.

— Vous êtes un homme franc.

L'empereur hocha gravement la tête avant de poursuivre :

— Et moi, je suis pragmatique. J'ai la solution…

La négociation commençait. Henry enchaîna :

— Je peux vous ramener du café et du sucre de canne des Amériques.

Les amygdales de l'empereur tremblèrent sous son rire tonitruant. Son regard devint ardent.

— Il n'existe qu'une seule monnaie qui m'intéresse…

— Vous voulez de l'or ?

— L'or gît dans notre sol. Les Égyptiens l'extrayaient déjà il y a deux mille ans de cela. C'est d'hommes capables dont j'ai besoin, pour organiser son extraction.

Le niveau d'instruction et de culture de l'empereur frappa Henry. Il ne s'adressait pas à un sauvage, mais à un homme d'affaires.

— Je vous fournirai des bâtisseurs et des ingénieurs.

L'empereur hocha la tête.

— La seule loi en vigueur dans cette terre d'Afrique, c'est la mienne.

Son visage se zébra d'un sourire immaculé.

— Le laxisme dont nous faisons preuve amène son lot de délictueux.

Le vocabulaire de haute voltige perturba l'armateur et flatta l'orgueil du tout-puissant.

— Je vais ordonner à chaque gouverneur d'acheminer leurs « prisonniers » vers votre camp.

Le commandant de bord s'alarma.

— Votre Majesté, cela ne risque pas de prendre du temps ?

Le dirigeant à la peau d'ébène toisa Henry un long moment.

— L'*Ayilol* est à la tête du plus grand village de la côte, si l'on compte ses voisins directs, sa population s'élève à seize mille habitants.

L'empereur posa ses mains sur les larges accoudoirs. Son regard sombre le transperça.

— Est-ce suffisant pour patienter ?

Chapitre 36
Les origines

L'auteur couche sur le papier une histoire dont la tournure le dirige vers une fin aussi sombre qu'inéluctable, un épilogue interdit.

Son locuteur décomposé lève une phalange osseuse dans sa direction.

— La nature humaine et sa décadence ont poussé le *Magister* à changer les règles.

L'écrivain ressemble à un bourrin dont les yeux globuleux oscilleraient à la recherche d'une direction tandis que les vociférations reprennent de plus belle.

— L'Homme était incontrôlable ! La chute des empires et les invasions barbares ont eu des conséquences irrémédiables à cette époque. Le *Magister* a été forcé de réagir.

Philippe se renfrogne et annonce d'un ton prétentieux :

— Je ne vois pas le rapport…

Le visage de Lio reprend sa couleur de cendre.

— Philippe… Tu me donnes des envies de meurtre…

Le journaliste se redresse tandis que le *Primus* continue.

— Des villes ont été rasées, des bâtiments incendiés, des peuples décimés, les pertes furent énormes. Mais dans ce chaos décadent, un élément blessa le *Magister* profondément. Une perte bien plus considérable que de simples vies humaines…

Philippe déglutit. Dans la matière grise de l'écrivain, les fils historiques se connectent à nouveau. Lio décide de lui tendre un arceau.

— Les livres…

Philippe répète ces paroles comme pour l'aider à percer l'énigme.

— Des livres ?

— Connais-tu les plus grands incendies de l'Antiquité ?

Les prunelles du journaliste se rétractent.

— L'incendie du temple d'Apollon à Delphes, le grand incendie de Rome… La bibliothèque d'Alexandrie !

Derrière les rides et la maladie, les traits se détendent. À haute voix, le journaliste compile ses connaissances.

— On raconte que du temps de César, la bibliothèque d'Alexandrie aurait recensé des centaines de milliers d'ouvrages. Les savants égyptiens, grecs et romains partageaient un savoir considérable. La bibliothèque aurait même été le premier vrai centre de recherches internationales au monde.

Lio, en guide accompli, approuve en silence et laisse le disciple trouver sa voie.

— Tout aurait ensuite été brûlé…

Le *Primus* conclut d'une voix sentencieuse.

— Donne au monde les clés de son destin et il s'enfermera à double tour. L'Homme est responsable de sa propre destruction.

— Sait-on pourquoi on aurait incendié les mémoires du monde ?

— Aujourd'hui encore, la cause de sa destruction reste inconnue, à tel point que souvent l'existence de ladite bibliothèque est même remise en doute.

— Mais qui aurait voulu brûler des connaissances partagées par tous ?

Lio hausse les épaules.

— Une organisation rebelle ? Un empire qui s'est senti

menacé par tant de savoir accumulé ? C'est peut-être même un de nos propres savants qui se serait retourné contre le *Magister*…

Il marque une pause et affiche un sourire amer. Comme si Philippe pouvait lire dans ses pensées, il ajoute :

— Un peu comme Nicolas Berger a détruit votre puits de sciences à Genève.

Lio plisse des yeux fripés.

— Le programme *Fabian*… tout à fait…

Le visage de Philippe s'illumine comme frappé d'un souvenir luminescent.

— Le temple d'Artémis à Éphèse, considéré comme une des sept merveilles du monde, a lui aussi été incendié. Si mes souvenirs sont exacts, ce serait par Érostrate dans le but de se rendre immortel…

Le journaliste plonge un regard interrogatif vers le *Primus*.

— Voilà ce qui arrive lorsque des yeux profanes s'approprient une connaissance interdite…

Philippe, en journaliste accompli, rétorque d'un ton tranchant :

— Il n'y a pas de connaissance interdite ! Tant que le *Magister* agira dans l'ombre, des Hommes s'élèveront contre eux.

La main du *Primus* s'abat sur la table.

— Et c'est bien cela le problème ! L'Homme a peur de ce qu'il ne comprend pas. Il s'oppose au secret en place, car il pense que si on lui dissimule un savoir, c'est forcément à mauvais dessein. Est-ce que l'immobilisme est mieux ? Est-ce mieux de ne rien avoir du tout ?

La réponse de Philippe claque en l'air comme une gifle.

— Bien sûr ! Il vaut mieux parfois ne pas atteindre une connaissance si son prix est trop élevé ! Aucune recherche ne justifiera jamais un charnier !

— Ah bon ? Alors on laisse faire ? Regarde notre Terre ! Qu'est-ce donc si ce n'est un charnier à ciel ouvert ! Les Hommes s'entretuent depuis toujours, ils ont des pulsions de mort avec ou sans l'influence du *Magister* ! Ils détruisent la planète, les animaux, les plantes, l'écologie sous toutes ses formes.

Il porte un regard torve sur l'obésité du journaliste avant de poursuivre.

— On ne pousse pas l'Homme à violer, à tuer, à abuser d'enfants, à laisser son voisin s'empoisonner pour de l'argent, ou pire, à le laisser crever pour ne pas gêner son propre confort. Le monde est complice et il se rassure en se disant qu'il ne peut rien changer à lui tout seul. C'est juste hypocrite.

Lio déglutit avec peine mais n'en a pas fini. Il se redresse, pose ses avant-bras sur la table et avance son visage blafard sous le lustre du salon. La lumière tamisée sur son teint cadavérique lui donne des allures de mort-vivant. Sa voix n'est plus qu'un murmure d'outre-tombe qui jette un froid dans la pièce.

— Bien souvent, il suffit d'un peu d'argent ou d'une promesse de pouvoir pour que l'Homme décime ses voisins par milliers. Le *Magister* n'a pas souvent dû insister beaucoup pour qu'une guerre ait lieu. La plupart du temps, il suffit de laisser faire. Sans nous, il y aurait eu autant de morts, mais moins d'avancées.

La conversation s'achève par un silence malsain. Un mur intangible s'érige à mesure que leurs idéologies s'éloignent. À bien y regarder, ce n'est pas une barrière qui se construit, mais un fossé qui se creuse, une faille, un gouffre aussi vide et profond que la mort d'un homme… que rien ne justifiera jamais.

Chapitre 37
Le Petit Poucet

Plusieurs jours sans nouvelles, Anna est à bout de force, à bout de patience. Dans l'attente, la raison s'éloigne pour tirer derrière elle un chariot grinçant de pensées morbides. L'énergie qui fait briller le soleil dans son cœur s'essouffle en une bise glacée. Attendre… et quelle attente ? Une lettre livrée par le facteur dans laquelle sa fille lui annonce son départ vers un pays improbable ? La visite d'un policier l'invitant à identifier le cadavre d'une jeune fille correspondant au signalement ? Emprisonnée chez elle, une autre idée macabre lui lacère les entrailles ; découvrir un mot de désespoir jeté sur le lit à la hâte. Elle n'en peut plus et doit rompre la promesse qu'elle avait pourtant faite à sa fille. Anna pousse la porte de sa chambre, la première fois depuis des mois, voire des années. Une zone interdite, une prison à sentiments, un bulle opaque, un sanctuaire dans lequel ne subsiste plus qu'un triste silence. Anna s'approche, les mains moites, pour découvrir un lit défait, sans lettre, sans mot, sans rien à quoi se raccrocher. La lampe de chevet restée allumée éclaire le vide. Depuis quand ? Son regard parcourt la pièce et s'arrête sur un bureau en désordre. Ses pas la rapprochent d'un livre ouvert. L'écriture de sa fille n'a pas changé, cursive, certaine et appliquée. Son journal. Le désespoir maternel fait fi de la morale. Déjà, les dernières pages sont consultées. Les mots glissent comme le couperet le long des montants.

« Mon parrain me manque. Celui d'avant. Je ne comprends pas pourquoi il a débarqué comme ça au Piano Pierre. Je l'ai remballé mais je m'en veux. Je m'en veux encore plus maintenant que tante Clara est morte. J'ai pas envie d'aller à l'enterrement. J'ai pas envie de les voir… toute cette tristesse. J'ai pas envie de devoir encore forcer, faire la forte pour les autres. Moi aussi, je veux pouvoir m'effondrer, être moi, juste moi, sans passer pour l'ado dépressive. J'veux juste être moi. Moi ! Moi aussi, j'y ai droit. Demain l'enterrement, je ne tiendrai jamais… J'ai pas envie, putain j'ai pas envie… »

Le cœur coincé dans l'étau, Anna lit la dernière page.

« J'en ai marre, j'en ai marre de toute cette misère qui m'entoure. Marre de toute cette hypocrisie de merde. Et ma mère avec son week-end à la mer, comme si faire semblant pouvait tout effacer en deux heures ! »

Anna déglutit et ne parvient à lire la suite qu'au prix d'efforts surhumains.

« J'vais aller vivre chez Ryan, j'vais aller là où je me sens bien. Je veux oublier… »

Une larme pointe au coin de ses yeux. Les mains tournent les pages restées invariablement blanches qui lui interdisent tout espoir ; elle est partie chez Ryan… sans remords face à l'intimité d'un journal, Anna revient en arrière pour s'arrêter quelques mois avant sa fugue. Le papier se froisse et libère ses secrets.

« Je ne sais pas si je dois accepter, j'ai un peu peur mais c'est excitant. Il est tellement beau, anticonformiste, il se soulève contre le monde. Il me fout des picotis dans le ventre. Je crois que oui, oui, je vais accepter. Je vais passer la nuit avec lui… »

Le souffle d'Anna se coupe, mais les yeux poursuivent.

« En plus, on m'a dit que le Piano Pierre était le bar le plus cool du coin. Il laisse entrer sans contrôler l'âge, j'ai pas envie d'avoir la honte et être bloquée comme une gamine à l'entrée… »

Voilà peut-être la seule piste qui reste, le *Piano Pierre*. Un bar… un repère pour les *dealers* et les soûlards. Elle sort son *livephone* et commande l'appel vers Nathan. Quelques longues secondes s'égrènent au rythme d'une tonalité sans réponse. Nathan injoignable, elle agira donc seule. Elle fera tout pour retrouver sa fille, quitte à ravaler ses propres peurs et les démons qui les accompagnent.

***

Le nom collé sur le parlophone ne laisse aucun doute : « Ryan Demarche ». Quelques mètres plus loin, les basses résonnent dans le vitrage opaque du bar. Malgré la clarté d'une journée sans nuage, l'endroit est sombre et glauque. Deux jeunes, la cigarette au coin des lèvres, l'observent depuis l'entrée. Anna presse une nouvelle fois le bouton dans un grésillement inutile. Malgré l'absence de réponse, la vieille porte de bois est entrouverte. Étrange. Elle dévie légèrement son regard pour voir les deux jeunes, s'assurer qu'ils ne la voient pas passer la porte. Ils se sont éloignés et ne lui prêtent plus aucune attention. Elle rentre dans le bâtiment et se retrouve face à l'escalier qui la mènera au-dessus du bar et elle l'espère, y retrouver sa fille en sécurité.

***

La lumière peine à se frayer un passage à travers les épais rideaux. Seuls quelques rayons redorent les lambeaux de poussière figés, en suspension dans l'espace lugubre du studio. Une odeur de renfermé se mêle à une pointe d'autre chose, piquante, comme du chlore. Malgré son expérience de pharmacienne, elle n'arrive pas à identifier cet étrange parfum. Le parquet sale et jonché de vêtements défraîchis annonce un triste tableau. Anna ose un pas à l'intérieur du terrier. Personne. Aucun mouvement, aucun bruit à part sa propre respiration secouée par un rythme cardiaque trop élevé. Au bout de la pièce, un coin sombre cache le lit. Le centre lui arrache un hoquet d'horreur. La table basse est retournée comme si l'appartement avait été témoin d'une lutte. Anne approche. Un canapé recouvert d'une couverture lui tourne le dos. Une tache d'un rouge noirâtre semble avoir coulé le long du cuir pour terminer sur les morceaux d'un verre brisé. Du sang ? Sur l'accoudoir, un string noir. Les larmes jaillissent. Son être implose, aspiré dans le gouffre d'une vie résolument gâchée. Jamais Anna n'aurait imaginé sa fille dans pareil endroit. Comment avait-elle pu se laisser entraîner vers ce monde obscur ? Serait-ce elle, sa propre mère, qui l'y aurait poussée ? Comment Lisa n'avait-elle pas eu suffisamment de recul par rapport à la vie ! Elle en était honteuse. Honteuse d'elle-même, honteuse de sa négligence, de sa faiblesse. C'est elle, depuis ces années de malheur, qui erre paresseusement dans les nimbes du désespoir. Elle n'a eu de cesse de chercher tous les prétextes pour s'y cacher,

cacher ses peurs et ses pleurs. Tout cela au lieu d'agir et de se conduire en mère, en maman.

D'un quart de tour, elle refait face à la sortie. Prête à fuir ce clapier, une petite carte en papier abandonnée sur le sol de bois freine son élan. Anna la saisit : « Docteur Mendes G. – Planning familial – Woluwe Saint-Lambert. » À nouveau, un haut-le-cœur lui soulève l'estomac. Un planning familial. Le regard d'Anna abandonne le désespoir pour un nouvel éclat, celui de la détermination.

Chapitre 38
Un pli qui gratte… encore

— Je suis fier d'annoncer une stabilisation du taux de mortalité dans les pays en voie de développement.

Le président du conseil d'administration de la Croix-Rouge parle d'une voix claire, limpide. Il évoque ses idées de manière simple, comme s'il expliquait à des stagiaires son travail quotidien. Les représentants de l'ONU agglutinés autour des tables rondes immaculées évoquent des points de moisissure sur des gouttes de crème fraîche.

— Il y a seize ans, les autorités nous ont octroyé cent milliards d'euros. Ces fonds furent saisis lors du scandale de Genève baptisé « Genprimes ».

Dans le palace luxembourgeois, les puissants hochent une tête satisfaite et approbatrice, fiers de ce « partage ».

— Aujourd'hui, nous en récoltons les bénéfices. L'agriculture locale fournit aux populations démunies des solutions alimentaires décentes.

Il galvanise l'audience de sa voix forte.

— L'investissement en infrastructures médicales dignes permet une prévention efficace, des dépistages salvateurs et des soins nécessaires. Grâce à nos efforts conjoints, l'espérance de vie augmente dans les pays pauvres. Ces cent milliards d'euros sauvent, d'après nos estimations, un million de vies par an.

Un tonnerre d'applaudissements ponctue cette victoire. Ils fouettent les oreilles de l'orateur et attisent sa colère. Ses yeux deviennent charbon. D'instinct, il se masse la main gauche, signe que ses émotions prennent le dessus. Il fulmine. Les applaudissements s'estompent, son ton s'emplit de ferveur.

— Le scandale de Genève a généré une crise financière sans précédent. Les « Genprimes » ont menacé la pérennité de notre structure financière.

Il crache son engagement sur une assemblée muette.

— Les mêmes banques qui ont profité du système pendant des années ont dû être refinancées dans de honteuses proportions. Près de mille milliards d'euros ont été nécessaires pour les sauver.

Un silence de plomb domine des visages aussi sombres que les *smokings* sur-mesure.

— Je vous le demande, combien d'hommes, de femmes et d'enfants aurions-nous pu choisir de sauver à la place des banques ?

Il porte sur la foule un regard sentencieux. Il termine sur un murmure.

— Nous aurions pu en sauver dix millions de plus par an.

Le président de la Croix-Rouge poursuit. Il ne parle plus mais ordonne.

— Vous recevrez tous sur votre bureau demain matin un dossier explicatif de notre nouveau projet. Nous avançons sur la maladie, certes, mais ce que nous gagnons d'un côté, nous le perdons de l'autre.

Il accompagne ses paroles de gestes dont le mouvement compensatoire imite la balance.

— Les guerres anonymes ravagent les contrées pauvres de ce monde. Je fais appel à l'ONU car vous seuls pouvez influencer les conflits armés de manière légitime.

Un murmure parcourt la salle, visiblement l'audience ne s'attendait pas à être sollicitée.

— Le peu qu'il reste des fonds saisis doit servir à pacifier ces zones. Il est encore temps de faire le bon choix et aujourd'hui, ce choix est entre vos mains.

Les mots ricochent sur des statues. L'orateur s'en moque, son plan est en marche, il a une longueur d'avance. Pourvu que le fait accompli génère des résultats. Avec une élégance rare et digne, il salue la foule et quitte la salle pour laisser les invités digérer ses paroles.

***

Accompagné de son inséparable « chauffeur » et garde du corps, il s'éclipse pour rejoindre sa suite située au sommet de l'hôtel. L'ascenseur s'ouvre sur leur passage. L'imposante carrure de son garde du corps lui bloque le champ de vision, si bien qu'il devine les portes mais ne les voit pas se refermer.

— Beau discours, cousin… Tu…

Une main surgit dans la cage occupée. Le faisceau de l'ascendeur coupé, le mécanisme s'inverse, les portes s'ouvrent. Le chauffeur se met en état d'alerte. Les panneaux automatiques dévoilent le visage d'un jeune homme.

— Monsieur Tiang ? Monsieur Chu-Jung Tiang ?

Le colosse agrippe la main de l'intrus et le tire vers lui. D'un geste, il le plaque à l'intérieur. Un rapide coup sur le bouton de l'ascenseur referme les portes.

Le garde relâche la prise. Le jeune homme, un gringalet aux cheveux bruns frisés, s'écroule dans un gémissement sur le sol.

L'arme de son cousin pointée sur le front de l'individu ne tremble pas. Le président de la Croix-Rouge l'analyse du regard. La perplexité les gagne, cette demi-portion n'a pas l'air menaçante. Entre deux quintes de toux étouffées, le freluquet parvient à sortir quelques mots.

— Monsieur Chu-Jung Tiang… j'… j'ai une lettre pour vous.

Sa main s'enfonce dans son veston. Gui se crispe et parle d'un rude accent chinois.

— Tout doux, mon gars.

Le jeune homme obéit et extrait la lettre de sa poche tout en prudence.

— Je… je travaille à l'hôtel, on m'a remis ce pli urgent à vous remettre en main propre, je comptais vous le donner après votre discours mais vous n'êtes pas revenu à votre place, vous avez filé en direction des ascenseurs.

Chu et Gui échangent un regard interrogateur. Ils observent ensuite le garçon agenouillé dont le bras tendu maintient une étrange lettre. Dans les yeux du messager se lisent la sincérité, la peur et le reflet du canon neuf millimètres.

***

La porte de la suite se referme. Gui se courbe pour se mettre à hauteur du judas. L'arme toujours au poing, il observe le couloir de longues minutes, comme s'il anticipait d'autres importuns.

Chu se dirige vers le bureau et dépose la lettre sur la table de verre. Son reflet dans le miroir surprend le médecin. Encadré par ses cheveux de jais, ses traits fins restent lisses malgré les ans. Son apparence bien conservée masque une marque d'usure, l'empreinte de la désillusion et du dégoût des hommes.

Sa main gauche grêlée par la cicatrice de l'incendie de son dispensaire le démange. Elle semble plus sensible ces temps-ci, comme si un brasier ancien se ravivait en lui.

Il s'assied. Le papier se déchire et dévoile une dactylographie troublante.

***

Cher Oncle Chu,

Je tremble comme une feuille morte mais je me force à écrire.

Un médecin m'a raconté une histoire incompréhensible, j'ai l'impression que tout le monde me ment. Maman, Édouard… même les docteurs…

Tous ces secrets me pourrissent les neurones. Je ne sais plus vers qui me tourner. Tu trouveras un échantillon de mon sang dans cette lettre. S'il te plaît, Oncle Chu, dis-moi ce que j'ai, trouve ce qui ne va pas, ce qui fait que je suis différente.

Je n'en peux plus, j'ai besoin de savoir. Mais… s'il te plaît, n'en parle ni à maman, ni à Édouard. Tu es le seul à qui je fais encore confiance. J'espère que je ne me suis pas trompée.

Merci Oncle Chu…

Lisa Berger.

***

La lettre le percute et le désarçonne. Un million de questions se bousculent dans son esprit. Il secoue la tête comme pour les balayer. Ces doigts saisissent l'échantillon sanguin. Le liquide pourpre emprisonné entre ses mains attire son regard. À cet instant, un phénomène nouveau se produit. Un prodige disparu depuis des années. Un sourire, un véritable sourire illumine son visage. Lorsqu'il relève la tête vers le miroir, il salue un reflet différent. En lui brille à nouveau cette faible lueur, ce brin de Lilli. Derrière ce vrai sourire, il la voit. Elle est toujours en lui et ravive ses forces. Une nouvelle flamme s'embrase et illumine avec elle l'espoir du monde.

Chapitre 39
La contre-mesure

Souvenirs d'Henry

À dix-huit ans, les monts éloignés n'étaient que des dunes de sable. Confondre en pleine mer surface et profondeur, c'est croire encore au renouveau de l'horizon alors qu'au mieux ne s'y cache qu'un éternel recommencement.

La nature rendit grâce à la force et à la prestance en faisant d'Henry un jeune adulte charpenté comme un galion. Cousu d'argent et le gosier sec, le jeune pêcheur bouscula la porte d'entrée suivi de son fidèle compagnon.

« Le filet garni », repère des marins de Nantes, accomplissait ses devoirs en remplissant les panses et en vidant les bourses remplies, sans doute d'avoir voyagé trop longtemps en mer.

La salle comble vivait au rythme d'un luthier dont les notes populaires égayaient l'atmosphère chaude des docks. Entre les tables et le bar, une frimousse nouvelle vint perturber le regard habitué d'Henry. Une peau de soie, de longues tresses brunes mais surtout un regard différent, une lueur animée d'une étincelle que le jeune capitaine ne connaissait que trop bien.

L'enfant devait avoir treize ans, tout comme lui lorsqu'il brava le destin. Elle leva ses yeux vers ce jeune homme charismatique. Le contact percuta le capitaine pour créer un remous qui ne finirait jamais de vibrer.

Juan le tira de sa rêverie.

— Ven Amigo !

Son geste vif écarta les chaises, Henry s'attabla non sans s'interroger sur ce trouble nouveau.

***

Les tonneaux de bière, percés à coups de maillets, engourdissaient les esprits et réduisaient les conversations en d'incompréhensibles borborygmes.

Dans la taverne, le regard d'Henry ne décollait pas de cet écrin de fraîcheur enfermé dans cette prison juvénile. La jeune serveuse manœuvrait pour frôler le jeune capitaine à chaque fois qu'une table devait être débarrassée ou qu'un repas était servi. Une tension, mélange d'attirance et de jeu subtil, s'installa entre les deux êtres. Entourée par une foule crasseuse, la pureté de leur rencontre couvrait la laideur ambiante de son voile immaculé.

Juan n'avait jamais vu son ami dans cet état.

— Est-ce la bière qui te fait tourner la tête, mon ami, où est-ce plutôt la fleur qui te l'apporte ?

Pour toute réponse, le pêcheur de harengs vida sa chope et s'empressa, au grand plaisir de la jeune serveuse, d'en commander une nouvelle. L'attirance se muait en désir et malgré l'âge printanier de sa conquête, Henry devait réprimer de sauvages pulsions.

Un cri perturba ses pensées. Il venait de l'étage supérieur. Les chambres de passe renvoyaient l'écho d'une terreur féminine. Plusieurs bruits sourds contre le plancher rythmèrent la musique ambiante d'une cadence malsaine. Du fond de la pièce s'élevait un escalier dont les marches menaient au niveau supérieur. La porte s'ouvrit d'un mouvement brusque et les cris devinrent plus nets ; la douleur vibrait.

Une silhouette en robe de chambre déchirée pointa par l'embrasure. Une dame, sans doute une putain, titubait vers les premières marches. Son visage tuméfié oblitérait sa vue, elle tâtonnait vers une issue incertaine. Le tissu dépenaillé de ses sous-vêtements dévoilait une traînée de sang sur ses deux seins lourds. D'un coup sec, une botte puissante vint buter dans le dos de la courtisane. Tel un ange sur une toile florentine, elle s'envola dans un ultime adieu. Ses cris moururent dans un craquement d'os. La jeune femme venait de se rompre le cou un étage plus bas.

Un silence envahit la taverne. Les yeux rivés vers le responsable, Henry découvrit un homme bien bâti et défiguré par la laideur. Tout en contraste, son superbe manteau de velours bleu marine lui donnait des airs d'amiral. Seul le visage jurait. Il descendit les marches avec grâce, comme si déambuler dans le sang pouvait anoblir le sien.

Un léger déséquilibre trahissait une ivresse avancée. La chemise à moitié sortie du pantalon, il titubait. À mi-parcours, l'homme pivota vers la salle afin de la surplomber. Son regard embrumé de vapeurs alcooliques flotta quelques instants avant de se fixer sur la jeune serveuse.

Le « souilleur de prostituées » se lécha les lèvres comme s'il pouvait y goûter une saveur infantile.

Un volcan incontrôlable bouillonna à l'intérieur d'Henry. L'homme descendit les marches les yeux rivés vers l'adolescente. Ses intentions ne laissaient aucun doute. Le capitaine se leva. Juan lui saisit la main et murmura :

— Il travaille pour l'Olonnais…

Henry hésita, personne ne s'opposait au caïd des Sables-d'Olonne.

Le boucher en manteau bleu marine s'installa à une table disponible. Son premier geste fut de héler la jeune serveuse.

Son attitude emplie de lubricité vint à bout d'Henry. Juan s'interposa.

— Pas comme ça, mon ami, attends mon signal.

Le jeune capitaine se raidit et déjà le freluquet ibérique disparaissait entre les clients. Quelques secondes plus tard, il l'entendit crier :

— Hijo de la gran puta ! Tu as craché dans mon verre !

Une chope vola à travers l'établissement alors que le début d'une échauffourée générale menaçait. Un sourire mauvais sur le visage, le jeune capitaine parvint à la table du boucher, dont la main se forçait déjà un passage vers l'intimité de la pucelle.

Autour d'eux, des cris de rage et des bruits de vaisselle brisée couvraient la musique. La diversion de Juan était parfaite. Des chaises détruites à grands fracas sur des ivrognes hagards envoyaient des débris dans les airs. De plus en plus de projectiles fusaient tandis que les pugilistes s'envoyaient sur la gueule de solides coups de butoir. La confusion devenait totale. Tout se passa ensuite très vite. Arrivé à portée, Henry saisit une assiette en céramique qu'il brisa d'un coup sec. Le boucher eut juste le temps d'apercevoir le mouvement. La pointe déchira la chair et perfora le gosier. Il s'écroula sur la table. Sans attendre, Henry délesta sa victime de ses plus beaux atours : son manteau et la fille.

Il les balança sur son épaule comme s'il portait un vulgaire sac de grains. À grands coups de bottes, il s'enfonça dans la cohue pour gagner la sortie.

***

L'air frais s'annonça comme une libération. À mesure qu'ils s'écartaient de l'auberge, les bruits sauvages de bagarre s'estompaient. Juan gagna lui aussi la sortie mais se garda bien de déranger son ami.

Au loin, le remous des vagues berçait la nuit de ses clapotis apaisants. Sous une lune bien ronde, Henry déposa la jeune serveuse sur les quais. D'un geste élégant, ses mains couvrirent les épaules frêles du manteau bleu marine. Sur la pointe des pieds, elle fixait Henry de ses sombres prunelles. Son regard scintillait de furtifs reflets d'admiration mais aussi de force et de défi. Une flamme luisait en elle. Dans la nuit, elle brillait.

Le cœur battant, le jeune capitaine glissa ses doigts entre les boucles de ses cheveux châtains. Elle répondit par un frémissement et dans un sourire qui scellerait leur cœur dans le marbre, Élisabeth l'embrassa.

Chapitre 40
Le siège à bascule

À l'agonie, le réveil a rendu sa dernière sonnerie depuis des lustres. Le quadragénaire émerge. Un goût de sel et une puanteur tenace lui collent à la bouche. Dans son antre aux relents fauves, pour ne pas dire rances, les lois de la révolution solaire n'opèrent plus. Philippe rythme ses journées et ses nuits en fonction de sa mystérieuse interview.

Le lever du lit lui coûte une protestation non feinte. Son dos, labouré de courbatures, se rebiffe. Il solliciterait bien les compétences d'un physiothérapeute mais ceux consultés refusent de s'investir dans cette tâche gargantuesque…

Sa masse approche de la fenêtre qu'il décide d'ouvrir afin de transmettre au monde ses effluves personnels. L'air frais lui donne un regain d'énergie. Un demi-tour enjoué lui dévoile une chambre sens dessus dessous, c'est le fourbi, le bordel intégral ! Les vêtements se bataillent chaque parcelle de mobilier tandis que de hasardeuses constructions de livres empilés s'entrecroisent. Sur le côté, plusieurs chaussettes durcissent, tels des cadavres révélateurs autour de son lit.

Un détail attire son regard. Le seul endroit rangé de son bureau ne l'est plus. Son tiroir de gauche entrouvert témoigne d'une visite récente et Philippe n'en a aucun souvenir. Dans ce compartiment de bois étaient préservées toutes ses précieuses missives rédigées à l'attention de

Louise. Ces lettres ne sont pas mortes, elles sont avortées. Il n'a jamais eu le courage d'en envoyer une seule.

La découverte du contenu de son tiroir lui arrache toute son intimité.

***

Philippe se vide l'esprit, ou plutôt, se le remplit pour ne plus penser à elle. Ses notes rassemblées ont besoin d'une compilation plus rédactionnelle. Sa touche littéraire rendra cette histoire hors du commun, accessible et l'espère-t-il, attrayante.

Ne dit-on pas que le savoir est souverain ? Qu'il est une arme et que celui qui la détient possède le pouvoir du monde ? La véritable question surgit des mains de celui qui le détient. La bascule entre le partage et la préservation personnelle oscille, elle s'équilibre dans une hésitation permanente, elle balance sans jamais se fixer…

Le tableau commence à prendre forme. L'origine du *Magister* est claire. L'Égypte, la Grèce et Rome. Vient ensuite la perte d'un trésor immense ; leur savoir…

L'incendie de la bibliothèque d'Alexandrie, la perte de deux mille ans d'ouvrages. La portée de cet événement est une énigme dont le seul indice réside dans un mot laissé par Lio avant son départ. Une simple feuille de papier griffonnée d'un air conspirationniste. À l'intérieur, la clé d'un mystère que trois termes déverrouillent : *christianisme – sixième siècle – douze sièges.*

L'auteur les murmure encore et encore. Ses réflexions personnelles se mélangent dans un cerveau beaucoup trop rempli.

— Christianisme, douze sièges… douze apôtres ? Non… c'est trop gros.

Il oblique vers le papier et relit les annotations.

Christianisme – sixième siècle – douze sièges.

Philippe marmonne pour lui-même :

— Nombre d'études s'évertuent à prouver que le nombre d'apôtres aurait été choisi… que certains textes auraient été écartés à dessein… Que la Bible aurait été construite et ficelée de toutes pièces… Le *Magister* en serait l'instigateur ? Pourquoi ?

Philippe nage dans l'incompréhension.

— Allez, mon *Philou*, rassemble ce que tu sais… Reprends les faits ! La version que nous connaissons de la Bible aurait été compilée au IVe siècle, avant l'expansion du christianisme.

Il acquiesce, la mine soupçonneuse.

— Pourquoi pas ?

Le blogueur poursuit sa validation intérieure qu'il ponctue d'une série de grognements approbateurs.

— Il est vrai que la promesse ultime du christianisme est la résurrection pour le paradis… La vie éternelle…

Le journaliste secoue la tête.

— Vérifions…

Dans le capharnaüm de sa chambre, sa main plonge vers une pile d'ouvrages. Le premier livre s'intitule *Vengeances et Mat*, une enquête sanglante écrite par Ben Choquet et Thomas Dansor. Ce thriller palpitant se déroule à Charleroi, la critique est excellente. Il dépose le manuscrit sur la table de nuit en prévision d'une prochaine lecture. Son inspection se poursuit et s'arrête sur une encyclopédie d'histoire. Philippe préfère travailler à l'ancienne. La force des livres en papier naît dans leur forme physique, rien ne peut altérer les écrits qu'ils recueillent. En ce qui concerne l'information partagée sur le Web, c'est tout le contraire.

— Le VIe siècle…

Il secoue les pages avec autant d'indélicatesse que possible.

— Nous y voilà… L'expansion du christianisme… Alors, alors… De plus en plus de chrétiens à Jérusalem, en Mésopotamie… Humm… La conversion de la Perse, de l'Asie centrale, de l'Inde, de la Chine mais aussi de l'Irlande, la Bretagne, l'Afrique du Nord… Le VIe siècle est un véritable point d'inflexion !

L'esprit critique le dirige vers la carte du monde et les zones géographiques concernées.

— Cela ressemble à des foyers qui se propagent. Ce n'est pas une contagion qui vient de l'Europe, mais plutôt des nids disséminés dans le monde qui s'étendent comme des taches d'huile…

Un silence plane quand un détail le percute…

— L'Histoire fait référence à des prêcheurs partis pour convertir le monde… Mais ce changement radical simultané est improbable ! Une conversion aussi large en même temps aux quatre coins du monde est impensable !

Ses lèvres se pincent à la manière d'un poisson dépressurisé.

— À moins d'une impulsion coordonnée des pouvoirs en place… Une véritable volonté d'imposer le dogme par les puissants de l'époque…

Philippe compte les contrées converties sur ses doigts et parvient à neuf.

— Neuf contrées éloignées et culturellement différentes… C'est dément… Si je rajoute Rome, la Grèce et l'Égypte, cela fait douze… Oui, mais pourquoi ? Quel est le rapport entre le *Magister* et le christianisme ?

Il referme l'encyclopédie d'un coup sec. La réponse ne lui appartient pas encore, mais ce soir, il saura poser les bonnes questions.

Chapitre 41
Un brasier dans la savane

Le bataillon composé d'une centaine d'hommes foulait la piste craquelée. Le vent chaud fouettait les visages moites de sueur. Quelques chevaux tiraient les carrioles d'armes et de munitions. Jacques menait la troupe aux côtés d'Henry. Déjà, au loin, se dessinaient les deux énormes acacias. Ils traçaient la ligne d'arrivée, l'entrée du village le plus important de la région, celui de l'*Ayilol*.

— Cent hommes, c'est peu, tu aimes prendre des risques…

L'armateur fronça les sourcils.

— Ils sont quinze mille… Plus d'hommes ne nous protégeraient pas.

L'*Enragé* afficha un sourire sanguinaire. Chaque nouveau pas les rapprochait des cases du village dont les contours déteignaient sur l'horizon, troublés par un soleil brûlant.

À l'approche de l'entrée, une tension palpable contrastait du calme flegmatique habituel. Les villageois couraient dans tous les sens comme si un nid de frelons s'était écrasé en son cœur.

L'arrivée d'Henry fut immédiatement repérée. L'*Ayilol* lui-même vint les accueillir, encadré de sa garde rapprochée.

À peine fut-il arrivé que le chef du village enchaîna

les expressions incompréhensibles et endiablées. Donga s'avança et leva une main en signe de paix.

— Laisse-moi le temps de traduire ! lui répondit-il.

Le chef du village s'arrêta, la mine crispée, les narines soufflantes et le cou gonflé.

— Il dit que c'est la guerre, la guerre dans toute la savane, les tribus voisines se révoltent.

L'*Ayilol* hocha une tête défigurée par la haine et la peur. Il reprit avec un accent très prononcé.

— La guerre.

Il déversa ensuite un nouveau flot de paroles empressées. Donga traduisit :

— Les chefs rebelles, d'habitude solitaires, forment une coalition. Ils marchent en direction du village. C'est incompréhensible.

L'effroi se lisait sur les traits de l'interprète.

— Dis-lui que je lui amène trois carrioles d'armes et de munitions. Ça devrait l'aider à mater cette révolte.

Le chef de tribu souffla tel un zébu incommodé. Sa réponse accompagnée d'un poing rageur cingla vers le ciel. Son doigt, telle une mise en garde, glissa ensuite sous sa gorge. Ses grands yeux s'écartèrent pour en dévoiler le blanc. Son accent marqué vibra aux oreilles dans un écho sinistre.

— La mort.

Donga compléta l'information.

— C'est une véritable armée qui est en marche, ils seront là avant la nuit.

Henry n'appréciait pas la tournure des événements.

— Et mes livraisons ?

L'*Ayilol* secoua la tête. Henry fulmina. Le silence prit place autour des deux colosses. Le temps se figea comme si la faune respectait ce moment rare où les grands prédateurs se mesurent. Henry reprit aussi calmement qu'il le put :

— Si je t'aide à mater la révolte, tu penses pouvoir reprendre le contrôle et poursuivre les livraisons ?

À ces mots, l'*Ayilol* se frappa la poitrine. Donga traduisit :

— Je demanderai de l'aide à l'empereur et reprendrai nos terres. Notre roi ne laissera pas la révolte impunie, il m'enverra ses guerriers. Les hyènes se croient lions, nous les écraserons !

L'armateur laissa quelques secondes s'écouler. Le vent dans les branches d'acacia murmurait d'intraduisibles secrets. Les yeux fermés à l'écoute de ses sensations, il demeura un instant silencieux.

Lorsqu'il porta un regard nouveau vers son vis-à-vis, le calme possédait son esprit. Serein, Henry lui dit :

— Laisse-moi tes meilleurs guerriers, j'ai une centaine d'hommes avec moi, nous allons organiser les défenses du village afin de te laisser évacuer ton peuple.

L'*Ayilol* secoua la tête, catégorique.

— Tu ne les vaincras pas et mon peuple mourra.

— Ton peuple vivra. J'ai construit sur la plage un fort qui peut tenir tête à n'importe quelle armée. Emmène ton village s'y réfugier.

Il pointa du doigt les carrioles lourdement chargées. L'une d'elles comportait un canon.

— Avec ces armes et tes guerriers, nous les retarderons. Lorsqu'ils pénétreront l'enceinte, nous bouterons le feu aux cases pour couvrir notre retraite. La prise de ce village leur coûtera cher et ils ne récolteront que des cendres.

À la fin de la traduction, le chef africain prit à son tour un temps de réflexion. D'un geste lourd de signification, sa main se tendit à la mode européenne. La poigne était franche et leur entente scellée, l'*Ayilol* gagnerait le fort.

***

Les hommes d'élite de l'*Ayilol* levaient leurs sagaies. Alignés, ils écoutaient les ordres d'Henry traduits par Donga. Derrière, les hommes de l'armateur chargeaient les mousquets. Les heures à venir s'annonçaient sanglantes.

En face, telle une tempête de sable en plein désert, un vent meurtrier courait en direction du village. Les guerriers en furie hurlaient sous l'excitation du massacre à venir, ils seraient sur eux à la tombée de la nuit.

***

L'*Ayilol* suivait Jacques sur la piste du comptoir. Ils avançaient en marche forcée comme si la faucheuse elle-même était à leurs trousses. Les villageois en fuite peinaient à croire en l'exil. Affolés, ils scrutaient le vert touffu de la forêt, en quête de l'embuscade mortelle qu'ils redoutaient tant.

L'abandon de la terre de leurs ancêtres annonçait des présages de sang. La haine envers leurs frères angolais transpirait de tous leurs pores. L'orage passé, ils les massacreraient jusqu'au dernier.

L'*Enragé,* en tête de convoi, connaissait la route utilisée pour les livraisons. Courte, accessible aux cohortes volumineuses, c'était le choix évident.

Enfin, la libération miroita au loin. La mer secouait l'horizon de ses remous blanchâtres, le camp n'était plus très loin.

Ils montèrent sur le promontoire contre lequel Henry avait adossé son bastion. Dans une centaine de mètres, ils s'engageraient vers la rampe qui mène à la plage, leur salut.

***

Les guerriers d'élite de l'*Ayilol* aux aguets luisaient sous un soleil brûlant. Alignés sur trois rangs, leur discipline surprit l'armateur. Ces fiers guerriers tout en muscles formaient une ligne imprenable au corps-à-corps. Jeunes et vigoureux, leurs yeux abritaient une rage de vivre et une fureur déterminée.

En face, ses propres hommes, droits comme des piquets, observaient les troupes d'élite armées de lances tribales. Henry marchait dans le couloir qui séparait les deux groupes et beuglait ses instructions. La clé résidait en la coordination des défenses entre les deux factions, sans quoi le chaos les vaincrait plus vite que l'ennemi. Arrivé au bout du couloir humain, l'armateur observa ses troupes. Ses hommes, ses boucaniers, sales et dépenaillés, rotant mille relents alcooliques semblaient encore plus misérables face à la ligne sculptée dans l'ébène. L'espace d'un instant, Henry hésita tant l'élite de l'*Ayilol* imposait le respect. Ensuite, il donna le signal convenu.

Les hommes d'Henry suivirent les directives et braquèrent leurs armes vers la troupe angolaise. Les guerriers regardèrent leurs alliés blancs dans l'incompréhension la plus totale. Les tirs furent meurtriers. Les balles traversèrent chairs et muscles, arrachèrent la vie. Les hurlements de douleur, de rage et d'injustice pétrifièrent ce lieu ancestral pour le salir de trahison et le maudire à jamais. La jeunesse africaine dans toute sa beauté, sa vigueur et sa force fut hachée, démembrée, transpercée par la mitraille en quelques secondes à peine. Qu'importe la forme physique, l'adresse et le courage, contre la poudre, ces valeurs se gaspillent aussi bien que le sang sur une terre aride, sèche et assoiffée… Une terre insatiable.

***

Une marée humaine pénétra dans l'enceinte. Les doubles portes abritaient leur terre promise, leur délivrance. Sur les solides remparts, mille fusils chargés surplombaient une plage noire de fuyards. Quinze mille, une armée dont les mains tendues s'agitaient sous les miradors en signe de salut. La terre elle-même frémissait sous leurs pas. Ce léger tremblement secouait la plage comme le roulement de tambour, caractéristique des mises à mort.

L'*Ayilol* resta en retrait, il ne pénétrerait dans l'enceinte que lorsque tout son peuple serait à l'abri. Jacques et Juan à ses côtés coordonnaient l'afflux par de grands gestes et des ordres courts à destination des gardes.

À l'intérieur, les premiers arrivants observèrent avec effroi les prisons lugubres qui s'enfonçaient dans la roche du contrefort. Vides, elles formaient un damier traversé de barreaux et piqueté par les mouches. Un dixième du peuple à peine avait intégré la place forte et déjà l'espace manquait. Juan beugla en direction du garde :

— *Anda a la puta que te pario* ! Fais-les rentrer dans les cellules s'il le faut ! On doit en protéger un maximum.

Les gardes obéirent. Ils conduisirent les rescapés peu rassurés dans les cellules. Sur le bord de la plage, des chaloupes faisaient l'aller-retour pour embarquer un maximum de monde sur les navires. À l'entrée du fort, la double porte représentait le goulot d'un entonnoir géant dont chaque mouvement vomissait son flot de villageois déracinés.

***

Lorsque les pointillés naquirent à l'horizon, le peuple en exode patientait à l'abri des cellules et des cales. Les corsaires allongeaient leurs armes le long des remparts, les centaines de fusils alignés faisaient de la plage un véritable peloton d'exécution. Sur la côte, les navires pivotèrent pour pilonner les troupes en vue. Tout était prêt, seul manquait l'ordre. Sur la plus haute des tours, Juan, Jacques et l'*Ayilol* observaient la scène. La tension montait dans les rangs. Compulsif, Juan levait sa longue-vue pour scruter la plage. Il répétait sans cesse l'opération et propageait son anxiété. Selon les dires de l'*Ayilol*, une terrible armée serait bientôt sur eux.

Soudain, Juan sourit. Le regard de l'Espagnol projetait une aura sombre, comme un mauvais présage. L'*Ayilol* le perçut mais bien trop tard. Juan baissa la main et hurla :

— MAINTENANT !

La dague de l'*Enragé* traversa la nuque du chef pour emplir sa bouche de sang. Les corsaires qui gardaient les cellules en verrouillèrent les portes. Les hommes sur les remparts firent volte-face et pointèrent leurs armes sur les villageois encore libres. Sur les navires, la tâche fut encore plus simple. Les rescapés avaient été directement conduits dans les cales prévues au transport d'esclaves.

Henry arriva aux portes, encadré par une centaine d'hommes.

L'armateur venait d'amasser quinze mille esclaves en un seul coup. Les commanditaires avaient ordonné de tripler les volumes pour obtenir cinq mille têtes par mois. Henry venait d'établir un fonds de roulement de trois livraisons. C'était plus qu'il n'en fallait.

D'un pincement expert, l'armateur lissa sa moustache incurvée. L'odeur au bout de ses doigts troubla sa mine concentrée. Il sentait une odeur nouvelle, l'odeur du *Maître*.

Chapitre 42
Vous êtes bizarre

Le cabriolet d'Édouard s'arrête face à l'entrée, juste à l'heure. Le professeur passe la double porte vitrée du centre médical. La secrétaire plantée derrière un comptoir trop haut pour sa petite stature le dévisage. Stéphanie, comme l'indique la nominette épinglée sur son bustier envahi de petits siamois.

— Bonjour madame, j'ai rendez-vous avec le docteur Mendes.

La secrétaire soupire autant que sa chaise de bureau. Ses petites lunettes rondes attachées à une chaînette pendouillent sur une opulente poitrine.

— Mon bon monsieur, je suis désolée de vous l'apprendre mais le docteur Mendes est parti il y a une heure à peine et il m'a clairement signifié qu'il ne reviendrait plus.

— Comment ça, il ne reviendra plus ? Nous avons un rendez-vous extrêmement important qu'il ne peut manquer.

Un nouveau soupir dégage toute sa frustration et son haleine de verveine.

— Vous vous êtes donné le mot ma parole ?

Édouard n'aime pas la tournure de la conversation.

— Que voulez-vous dire ?

— L'autre monsieur a tenu le même discours que vous tout à l'heure.

— Un autre homme ?

— Oh oui, très charmant, un regard profond…

Édouard lève les yeux au ciel.

— Excusez-moi d'insister mais le docteur Mendes avait des documents très importants à me remettre aujourd'hui. Je ne peux pas me permettre de les attendre. Pourriez-vous m'ouvrir son bureau ?

Une moue d'indécision aux lèvres, la secrétaire rondelette rehausse ses lunettes et se penche vers le docteur. Édouard rétorque sans attendre :

— Je suis moi-même docteur en médecine, si ça peut vous rassurer ! Il s'agit du dossier médical de ma fille.

— Mmmh… votre nom ?

Stéphanie, le regard sceptique, pianote sur le réseau *Medishare*. À l'insertion du nom « de Mornet », un profil de praticien s'affiche à l'écran. Le visage correspond. Mue par un élan soudain de lassitude, elle se glisse sur le sol comme un flan que l'on démoule. D'un signe, son menton lui indique de la suivre. Dans une démarche plutôt mollassonne, elle contourne le comptoir et arpente le couloir qui mène aux consultations.

Le pouce plaqué sur le *digipass*, la porte se débloque. Sans autre protocole, elle recule, laissant Édouard seul dans le bureau de Mendes.

Tout y est soigneusement aligné. Aucun document papier. À côté de la table d'examen siège une étagère sur laquelle quelques bibelots se partagent l'espace avec des dictionnaires médicaux. Édouard prend place dans le fauteuil, face à l'écran de l'ordinateur. Mauvais signe, la session n'est pas verrouillée. Étrange ! Georges est sans doute parti à la hâte. La connexion à *Medishare* s'effectue au rythme des mouvements sur l'écran tactile. D'une volée rapide sur le clavier, le nom de sa fille est inséré dans la base de données. Le sablier apparaît et bascule de gauche à droite.

Le programme cherche les informations. Après quelques secondes, une fenêtre caractéristique apparaît.

Le dossier est pratiquement vide. Les examens récents de Lisa n'apparaissent plus. La conclusion saute aux yeux, les données ont été purgées.

La gorge du docteur se serre. Édouard vérifie l'orthographe et lance à nouveau la recherche. Le sablier ne dévoile rien d'autre que la promesse d'un danger imminent. Son intervention des jours passés prend toute son importance, ses actions sont pour l'instant insoupçonnées. À présent, il est temps de disparaître pour de bon.

Chapitre 43
La croix et le fer

Un fumet de saumon flotte dans la pièce à la manière d'un mirage gastronomique. Un ravioli en main, il scrute la cuisine. Lorsque ses mâchoires déchirent la *pasta fresca*, il découvre émerveillé la délicieuse farce saumonée. Une étincelle traverse son regard. Une fois de plus, la finesse du plat ravive ses souvenirs d'enfance. La recette fétiche de sa maman ravissait les repas du dimanche, les plats en famille, lorsque son papa était encore des leurs. Un grognement de satisfaction témoigne d'un plaisir libérateur, son appétit s'ouvre.

Un léger changement dans l'air s'opère. Philippe perçoit l'arrivée de son invité. Son flair, de plus en plus aiguisé, lui dévoile la mort dont l'aura malsaine altère les sens pour qui sait la reconnaître.

Sa main plonge dans l'armoire de la cuisine et en extirpe deux assiettes. Sans un mot, la louche remplit les plats. Un sentiment étrange assaille l'auteur. L'instant lui paraît presque biblique. À mesure qu'il partage les pâtes, ses gestes prennent une allure de cérémonie dont les codes lui rappellent étrangement ceux de la dernière Cène.

***

Lio parle avec la ferveur d'un homme qui porte sa croix.

— L'expansion des civilisations devenait ingérable. Imagine-toi, les outils de communication étaient quasi inexistants. Les moyens de locomotion se limitaient aux chevaux et aux navires incertains. Il fallait près d'un an pour effectuer un aller-retour en Asie profonde, si l'on en revenait jamais ! Le *Magister* dut trouver une méthode pour que le monde évolue dans une même direction malgré toutes ces contraintes !

Philippe tique. Ces difficultés de communication et de locomotion rendent peu probable une si vaste expansion du christianisme fortuite. Il y a bien eu une véritable volonté de conversion coordonnée. Il maugrée comme un phacochère hérissé.

— Z'êtes quand même bizarre… Avec votre puissance incalculable, ne pouviez-vous pas juste créer un empire unique ?

Lio rétorque sur le même ton :

— Ne peux-tu pas juste perdre cent kilos ? Impensable, la tâche est trop grande ! Alexandre le Grand a tenté l'aventure. Les Romains ont également essayé de fonder un empire unique et s'y sont cassé les dents. C'est impossible, c'est trop vaste et les disparités culturelles sont trop marquées.

Philippe grommelle tandis que Lio reprend son souffle.

— Je n'ai pas cent kilos à perdre…

Le *Primus* l'ignore et poursuit :

— Il a donc fallu trouver une mainmise capable de traverser les frontières malgré des empires différents.

— Le christianisme ?

— Oui !

L'auteur, un peu perdu, balbutie :

— Euh… Peux-tu me rappeler pourquoi ?

Exaspéré, son invité décrépit répond :

— Dans le but de travailler dans un effort conjoint d'un

point de vue scientifique ! Capitaliser sur le travail déjà réalisé et ne plus étudier seul, dans son coin. Mais surtout…

Les yeux du *Primus* s'agrandissent et renvoient des reflets terrifiants.

— S'approprier la moindre découverte qui nous aurait rapprochés du mystère de la vie éternelle. Car nous ne sommes pas dupes, si quelqu'un d'autre en avait percé le secret, la découverte n'aurait jamais été partagée, il fallait donc un effort coordonné.

Le journaliste hoche la tête et gribouille une multitude de notes qu'il commente à haute voix :

— C'est donc grâce au christianisme que vous avez pu contrôler le monde au début du Moyen Âge.

Le *Primus* secoue la tête.

— Disons que le christianisme était l'interface de notre domination. Son expansion fut le reflet d'un pouvoir grandissant. Notre groupe est passé de trois à douze sièges. Chaque nouveau venu nous assurait un relais et un contrôle dans les contrées stratégiques du monde.

Philippe fronce les sourcils.

— Mais les influences changent. Des puissances émergent, les Incas, la Russie, l'Espagne, les Pays-Bas, le Portugal… Vous devez avoir un nombre important de sièges aujourd'hui ?

Lio émet un rire sardonique dont l'écho tinte l'atmosphère de notes macabres.

— Chaque nouvelle admission entraînait une absorption, ou plutôt… une élimination.

Sa peau se décolore pour ne laisser qu'un pâle reflet de cendre alors qu'une goutte de sueur glacée dégringole sur le dos bosselé du journaliste.

— Notre organisation a gardé douze sièges, jusqu'au XVIIe siècle…

***

Les minutes suivantes s'écroulent sous les révélations, à croire que les mensonges assassinent le temps. Dans un élan mi-satisfait mi-craintif, l'écrivain tend la compilation de ses premières notes remises en forme. Le récit se construit à mesure que le *Primus* dépérit. Bientôt, il ne sera plus.

Les doigts crochus maintiennent le manuscrit bien ouvert. Lio parcourt dans un silence de mort ses propres révélations remises en forme par le journaliste.

Philippe, silencieux, observe avec horreur un Lionel de Miraveau en pleine décomposition. Ses longs cheveux ont laissé place à une armée de mélanomes violacés. Ils lui mangent la peau du crâne, un crâne beaucoup trop jeune pour entamer sa putréfaction. Ses yeux jadis émeraude ressemblent à des billes claires injectées de sang. Ses pupilles ne sont plus qu'un vitrail brisé dont la substance s'évapore au rythme de la vie qui expire. Un dentier blanchi à outrance et mal ajusté témoigne d'une hécatombe dentaire. Il pue, il pue déjà la mort et son sourire redresse les poils du journaliste.

Les mains osseuses referment le récit compilé.

— C'est pas mal, Philippe, c'est pas mal mais un peu réducteur !

— Ah bon ?

Un nouveau sourire dévoile des gencives qui oscillent entre le pourpre et le mauve.

— La mainmise du *Magister* à cette époque allait plus loin que la religion et ne se limitait pas à la simple propagation du christianisme.

Dans sa bouche, la foi ressemble à une épidémie. Philippe se lance dans une explication.

— Oui, j'imagine bien, ils influençaient les rois, les bourgeois, les sénats, les gouvernements, les empereurs, les marchands, les bâtisseurs, les artisans, les nobles...

— Évidemment ! Mais vois plus loin.

Le journaliste ressemble à un poulpe avachi.

— L'éducation, Philippe ! L'éducation ! Qui détenait le savoir, et qui instruisait les riches ?

L'auteur répond d'une voix morne :

— L'Église…

Devant l'incompréhension flagrante, le *Primus* décide de reprendre depuis le début.

— Reviens à l'Égypte.

L'encéphalogramme de Philippe est aussi plat qu'une sole léthargique. Lio, toujours aussi fourbe dans sa manière de distiller l'information, s'amuse sans complexe.

— Les Égyptiens n'ont pas percé à jour le mystère de la vie éternelle, ça, je te l'ai dit… Mais ! Penses-tu que deux mille ans d'études n'auraient rien amené ?

Devant une telle question rhétorique, mieux vaut garder le silence.

— Combien de lettres contient notre alphabet ?

Philippe répond, exaspéré.

— Vingt-six lettres.

— Et à l'époque de son invention ?

À force d'être tordue pour en extraire le jus, la mémoire de Philippe s'use comme une serpillière et ne préserve dans ses tissus que d'immondes parasites. Lio remarque la fatigue mentale de son scribe.

— Tu veux peut-être faire une pause ? Que je revienne dans un mois ou deux ?

Philippe secoue la tête en imaginant l'état de momification du *Primus* dans deux mois.

— Non, non… Le plus tôt nous en aurons fini le mieux… Les voisins commencent à se plaindre de l'odeur.

Lio sourit. Comme si la légèreté de l'instant avait revigoré les synapses du lettré obèse, la réponse fuse au grand étonnement du *Primus*.

— L'alphabet latin comportait vingt lettres.

— Combien de signes hiéroglyphiques existent-ils ?

— Sept cents ?

— En réalité des milliers, tous n'ont pas été découverts, nous les avons dissimulés.

— Et ?

Lio s'insurge :

— Comment ça… « et » ? Réfléchis, bon sang ! Lorsque l'alphabet a été conçu, il fut censuré à tel point qu'il est passé de milliers de signes aux vingt lettres latines. Pareil pour les mathématiques ! Notre langage est le premier contrôle établi par le *Magister* !

Le journaliste frôle l'apathie.

— En le privant d'outils fondamentaux, on empêche l'Homme de pouvoir comprendre certains concepts. Des modes d'apprentissage, de pensée et de verbalisation réduits sont de solides freins.

Philippe fronce les sourcils. Lio s'explique :

— Je vais te donner un exemple.

Satisfait, le journaliste redresse un visage concentré.

— Lorsque tu allais en Italie plus jeune, t'est-il arrivé de parler italien ?

— Oui.

— Y es-tu resté en vacances longtemps ?

— Lio, tu le sais, tu as étudié ma vie… J'y suis resté plusieurs mois lorsque mon père…

Le *Primus* l'empêche d'aborder son douloureux passé.

— Très bien, lorsque tu étais sur place et que tu parlais en italien, t'est-il arrivé dans ton sommeil de rêver dans cette langue ?

— Sans doute.

Lio sourit, satisfait.

— Eh bien voilà.

— Quoi, voilà ?

— On te baigne dans l'italien et tu penses en italien.

Le cerveau du journaliste se met à fonctionner à toute allure.

— Donc, si on me baigne dans un vocabulaire réduit par un alphabet censuré, je me mets à penser de manière simpliste, je m'y enferme, je passe au travers de concepts clés qui se situent au-delà de mes outils de compréhension.

Lio approuve.

— Le *Magister* utilise donc un autre langage ?

— Par le passé, nos chercheurs en utilisaient un autre oui, mais depuis, des ordinateurs ont pris le relais. C'est de cette manière que nous avions créé un système informatique remarquable ! Le programme d'exploitation *Fabian* ! Un algorithme qui dépassait l'intelligence artificielle, c'était un programme vivant !

Philippe plisse le regard, signe indiscutable d'une concentration maximale.

— *Fabian* défiait toutes les frontières. Il était lui-même relié à des cellules vivantes. La seule contrainte est qu'il fonctionnait en milieu clos.

— Genève ?

— Oui, car comme il utilisait un autre langage, aucune compatibilité n'opérait avec les systèmes d'exploitation classiques.

— Comment faisiez-vous pour l'utiliser, dans ce cas ?

— Un seul utilisateur à Genève et des répliques de programmes de « traduction » se synchronisaient avec le monde extérieur toutes les vingt-quatre heures.

Alors qu'une armée de questions se disputent les cordes vocales de Philippe, Lio l'interrompt.

— Mais ne nous égarons pas du véritable but. Le *Magister* est parvenu à ses fins et ce, de la plus vicieuse des manières.

Chapitre 44
Un foyer brûlant

Souvenirs d'Henry

Vingt ans à peine, un manteau de capitaine sur le dos, la minable harengerie[1] familiale jadis tenue par son père Jean le Saur, se muait en un commerce prospère et florissant. Henry renfermait une âme d'entrepreneur. Chaque livre gagnée se transformait en tonneau, en sel, en planches de futurs navires. Bientôt, il posséderait son propre matériel, son propre bateau, il travaillerait enfin pour lui.

Son nouvel harenguier, plus gros et mieux équipé doublerait sa production. L'absence de location de navire multiplierait ses bénéfices par quatre. Son expansion demandait une adaptation. La conduite de la pêche revenait désormais à Juan, pour lui permettre de démarcher de nouveaux clients.

Un beau jour, il signa un contrat en or, le plus gros jamais négocié.

Henry sortait de chez maître de Hautval, un noble qui finançait d'importantes liaisons commerciales et maritimes. Ses besoins se chiffraient en centaines de tonneaux et son fournisseur lui imposait un prix prohibitif.

Le jeune marin venait de signer l'exclusivité. Sa

1. Marché aux harengs.

négociation habile et ses prix corrects eurent raison des usuriers notoires. Il arracha la signature du notable et avec elle la promesse d'un avenir étincelant.

L'acompte de cinq cents livres en poche, Henry descendait les rues de Nantes le cœur léger et la bourse bien remplie. Le soleil à bout de course offrait à son regard un paysage aussi doré que les pièces qu'il effleurait.

Dans le contrebas du port, son vieil ami Juan clôturait une longue journée de pêche. Comme s'il sentait le regard de son alter ego, le jeune pêcheur ibérique releva ses prunelles noires en direction de la rue principale.

Le panorama d'Henry s'assombrit. Trois brutes l'interpellèrent.

— Henry le Saur ?

Le surnom lui hérissa les poils. C'est ainsi que l'on moquait son père. Le jeune homme redressa.

— Je m'appelle Henry Basse, fils de Jean Basse.

Une main lui agrippa l'épaule.

— Ferme ta grande gueule, il y a quelqu'un qui…

Le poing d'Henry interrompit la désagréable allocution. Le chalutier aux allures de brigand recula de trois bons mètres, sonné par le coup de boutoir. Les deux autres se ruèrent sur lui. Le jeune pêcheur esquiva le premier coup et riposta d'une mandale en pleine gorge. Privé d'air, le coupe-jarret tomba à genoux. Henry pivota pour faire face au troisième assaillant. Il reçut son attaque de plein fouet et vit le paysage se brouiller. Son nez craqua, le sang gicla. Ses avant-bras jaillirent pour se protéger la tête. Un second coup lui déchira les reins. Le souffle coupé, Henry se plia en deux. Un dernier choc sur la nuque l'acheva. En un éclair, tout devint sombre, muet et anormalement calme.

***

L'eau glacée l'extirpa de son inconscience. Il voulut se redresser mais une main ferme le maintint sur sa chaise.

— Du calme, le Saur.

Un filet rosé, mélange d'eau, de sang et de morve dégoulinait de son visage. Trois brutes veillaient à ce que leur prisonnier restât bien tranquille. L'endroit ressemblait à un entrepôt. Face à lui, un bureau. Derrière, deux yeux noirs le dévisageaient. Pour la première fois de sa vie, Henry avait peur. Avant que le premier mot ne soit échangé, il sut qu'il n'en sortirait pas vivant. Son regard tomba sur la bourse, sa bourse qui pendait quelques heures plus tôt à son ceinturon. Ouverte, elle se répandait sur le bureau à côté d'un pistolet.

— Tu sais qui j'suis, p'tit ?

Henry secoua la tête.

— C'est bien ça, le problème. Vous les jeunots, vous vous lancez dans les affaires sans rien connaître.

L'hôte des lieux, un homme ridé, respirait la mort. Ses longs cheveux gris et crasseux lui tombaient sur les épaules pour former une étole raide et sale. Avec lenteur, son tortionnaire saisit une pièce de la bourse d'Henry qu'il cala entre ses dents jaunies pour en tester la qualité.

— L'or des « de Hautval » m'appartient, comme celui des « Dubuis » ainsi que celui des frères de l'Orme et avec eux, tout l'or du port. Ce bassin est à moi ! Tout ce qui transite par Nantes passe dans mes mains.

Henry murmura :

— L'Olonnais…

Le maître des bas quartiers sourit dans toute sa laideur.

— Eh bien, tu vois quand tu veux. C'est dommage, un rude gaillard comme toi aurait pu servir.

Henry cracha en direction de son geôlier. Pour toute réponse, l'Olonnais leva un doigt autoritaire. Une main calleuse s'abattit sur la tempe d'Henry. La rage jaillit en lui aussi sûrement que sa joue rosit.

— Bon, liquidez-moi ce ma…

Un bruit de verre brisé interrompit la conversation. L'Olonnais se leva.

— Qu'est-ce que…

Un objet rond, sombre et fumant roula au milieu de la pièce ; un boulet. Le chef hurla dans un cri d'effroi :

— POUDRE !

Henry profita du moment de panique. Il bondit de sa chaise, laissant ses gardes sur place. Ses jambes le propulsèrent sur l'Olonnais et ils s'effondrèrent sur le sol dans un fracas de chaises brisées. Les gardes se ruèrent sur lui. Trop tard.

La déflagration fit trembler les murs de cet espace fermé. Une épaisse fumée noire emplit l'air et les poumons. Au milieu des cris de douleur, Henry se releva. Une douleur intense lacérait sa jambe droite. Il ne disposait que de quelques secondes pour agir. Il fouilla le sol, vit le pistolet de l'Olonnais et le saisit sans attendre.

La porte d'entrée vola en éclats, les gardes à l'extérieur, alertés par l'explosion, entrèrent en trombe.

Lorsque la fumée se dissipa, ils découvrirent trois hommes à l'agonie sur le sol. Leur patron, bien vivant, se tenait debout un canon pointé sur la tempe. Le bras d'Henry formait une emprise d'acier sur sa gorge frêle.

— Baissez vos armes ou je lui explose la cervelle !

Son otage voulut donner un ordre mais Henry l'en empêcha. Il resserra sa prise sur la pomme d'Adam.

Seule une vieille langue et des mots étouffés de salive moussante sortirent de sa bouche. Cette écœurante image suffit aux gardes. Ils obtempérèrent et lâchèrent leurs armes. Par la fenêtre, Juan s'infiltra avec deux matelots. Ils se ruèrent sur les mousquets et mirent les gardes en joue.

Dans ses bras, son prisonnier convulsait. L'armateur

desserra sa prise et tourna sa proie face à lui. Son rire lui glaça le sang.

— Ma mort ne changera rien, il est trop tard pour les tiens…

L'Olonnais n'eut guère le temps d'en dire plus. Une balle en pleine tête clôtura la discussion.

Le nouveau maître des docks leva ensuite son regard sur Juan. D'un imperceptible mouvement de la tête, l'ordre fut donné. Ses quelques fidèles matelots fusillèrent les gardes. Les corps s'écroulèrent dans un bruit sourd de chair morte. Les yeux d'Henry tombèrent sur les brutes, soufflées par l'explosion. Ils respiraient encore.

Le maître des lieux empoigna celui qui semblait le moins abîmé.

— Faites passer le mot. C'est désormais Henry Basse qui règne à Nantes, Henry Basse et personne d'autre.

La troupe victorieuse délesta l'entrepôt de son contenu. Un garrot au mollet, le retour au bercail s'annonçait pénible mais fructueux. Ses hommes tiraient une chariotte emplie d'un beau butin, l'équivalent de cinq cents livres supplémentaires.

Soutenu par l'épaule de son meilleur ami, son esprit réalisa que la nuit laisserait des séquelles indélébiles. Il venait de se débarrasser du plus grand contrebandier de la région. À vingt ans, ses affaires ne souffriraient plus d'aucune concurrence. Malgré cette victoire incontestable, une ombre, une mauvaise impression, planait dans son sillage. L'assertion de l'Olonnais résonnait en lui comme un tocsin.

« Ma mort ne changera rien, il est trop tard pour les tiens… »

Quelques centaines de mètres plus en amont, une volute noirâtre dans le ciel attira son regard ; une colonne de fumée.

— Vite, Juan.

Ils hâtèrent le pas. Chaque mètre lui déchirait un peu plus la jambe et arrachait au colosse un cri étouffé. Malgré la douleur, la peur le poussait à avancer plus vite encore. Leurs longues foulées les rapprochaient d'une lueur dansante. Les maisons défilaient. Henry souffrait le martyre. Le rythme insoutenable les rapprochait pas à pas de chez lui. Enfin, l'angle de la rue, ils bifurquèrent…

— Non… NON… NON !

Dans le contrebas, les flammes voraces et insensibles déchirèrent son horizon. La douleur s'effaça, il courut aussi vite qu'il le put. Sa mère, son père, sa sœur, les larmes roulaient sur ses joues rougies par la peur.

Ils stoppèrent net face à une foule de badauds qui s'évertuaient à lancer quelques seaux d'eau sur la fournaise. L'issue était pourtant sans appel. Henry se fraya un passage. Il scruta le foyer à la recherche du moindre signe de vie. Au milieu des flammes et de la fumée, une image le heurta. Si seulement c'eût été une main tendue, ou encore une ombre appelant à l'aide. Dans un nuage de braises virevoltantes, une planche épaisse, clouée de l'extérieur barrait la porte d'entrée, scellée, tout comme l'était le destin de ses occupants. Parmi la foule, Henry ne vit pas le sourire malsain fleurir sur le visage de l'Enragé.

Chapitre 45
Un planning douteux

Au volant de son véhicule, Anna roule depuis une éternité. La danse de l'automne amène son ballet de feuilles mortes. Entre les ramures desséchées, les rayons du soleil palissent autant que les espoirs. La sonnerie résonne mais les appels restent sans réponse. Édouard, Nathan, Édouard, Nathan, Édouard… Nathan… Édouard… Leurs numéros composés de manière acharnée l'enfoncent dans une profonde névrose. Elle glisse la main vers son *livephone* pour recommencer… encore. Une voix féminine, le système de navigation, l'interrompt. La destination se rapproche.

Le centre est au bout de la rue. À mesure que la route défile, les certitudes s'effritent et l'angoisse grandit. Le *livephone* tente une dernière fois de les joindre… Sans succès. Dans son habitacle, Anna ressent une solitude glacée, comme une étreinte qui aspirerait le peu de vie qui l'anime. S'envient une rage incontrôlée. À chaque battement, des images s'immiscent dans le voile de son esprit : l'appartement de Ryan, les traces de sang, les traces de lutte. Une culpabilité la ronge depuis seize ans. En elle, un mot, un nom, un cri martèle à la porte de son cœur : Lisa.

Les contours du bâtiment vitré du planning familial se dessinent derrière une haute haie de peupliers. Elle reprend les commandes du véhicule et s'avance sur le macadam, jusque devant l'entrée principale. Les immenses baies obturées par un volet clos l'inquiètent. Anna interroge la *smart-tab* de son véhicule. Les horaires du centre s'affichent à l'écran. Le planning familial devrait pourtant être ouvert cet après-midi. Un bloc d'inquiétude se fige dans sa poitrine. Une profonde inspiration, un mouvement de doigt sous les paupières afin de les assécher et la voilà qui s'élance vers l'extérieur.

Anna plisse les yeux et oblique en direction du passage latéral. Ses pas raclent les graviers dont les crissements anéantissent tout espoir de discrétion. Un nœud se resserre dans son ventre à mesure qu'elle avance dans le passage qu'une haie de charmes surveille. Un courant d'air lui électrise l'échine. À pas prudents, elle poursuit. Plusieurs fenêtres se dessinent sur le côté du bâtiment. « Étrange », ces volets n'ont pas été fermés, contrairement à celui de l'entrée principale. Un mauvais pressentiment l'assaille. Un regard vers la première fenêtre lui dévoile un bureau vide. Anna poursuit en direction d'un second point d'observation. Une cafétéria. La lumière est allumée. La cafetière est pleine. Hormis ces détails, tout semble normal. L'exploration se poursuit en direction de la troisième baie. Une large tache en recouvre le centre. Anna lance une main pour se couvrir la bouche. Une immense gerbe de sang éclabousse la fenêtre. Des morceaux coagulés semblent collés au carreau. Des cheveux… Elle se plie en deux pour retenir un cri. Avant que ses idées ne puissent s'ordonner, un bruit sourd à l'intérieur du bâtiment la fait sursauter. Terrifiée, elle fait volte-face. Anna ne réfléchit plus, elle court pour s'arracher au piège mortel. Les larmes ruissellent alors que la peur lui tenaille le corps. Son cœur martèle sa poitrine. De retour dans l'allée, elle pousse sur ses jambes pour atteindre son véhicule.

En panique totale, Anna lance une main en direction de la portière. Dans le centre, un bruit, un claquement de porte.

La terreur est trop forte, il lui est impossible de se retourner. D'un bond, elle plonge dans l'habitacle. La main enclenche la direction manuelle et la voiture se dégage de l'entrée à grands fracas de graviers projetés. Le véhicule disparaît dans la rue mais dans l'allée, une ombre apparaît.

Chapitre 46
Sur les rotules

À peine trois jours se sont écoulés depuis la fusillade au garage. La plaie ne saigne plus et Nathan a retrouvé presque toute la mobilité de son bras. Le message lui indique une adresse dans le sud de la ville. L'expéditeur, ce même « ami » l'avait déjà mis sur la piste de l'expert automobile. Il se sait manipulé, et se dirige peut-être vers un piège. Seul et recherché, les choix sont restreints. Son smartphone laissé en évidence en banlieue fera sans doute l'affaire de la racaille locale. De quoi diriger les autorités dans la mauvaise direction si l'on tente de le localiser.

Il doit agir seul et mettre enfin un terme à ce merdier. La pression rassurante de son holster lui rappelle qu'il n'est pas encore mort, son poignard lui titille la main et son cœur brûle son âme d'une hargne incommensurable.

Le moteur ronronne tel un métronome. La vieille Fiat Abarth à injection directe parcourt l'avenue à vitesse réduite. Presque aucune électronique à bord, mais le plus important, aucune connectivité avec le monde extérieur. Nathan est virtuellement invisible. Le quartier est calme et nanti. Les voitures garées sont luxueuses et les maisons d'un blanc immaculé. Le monde semble figé dans l'attente d'un tremblement libérateur. Les phares projettent d'énormes formes abstraites sur les façades blanches, seules vies de lumière face à l'ombre mortelle qui avance en douceur. Nathan observe le numéro des parcelles. Encore quelques mètres et, sur la droite, la maison est là, au numéro treize.

Nathan se gare quelques mètres plus loin et observe les alentours. Tout est las de mouvement. Une fenêtre à croisillons laisse passer un rayon de lumière au pignon. La maison est occupée. Le policier, en alerte, sort du véhicule et se dirige vers la porte d'entrée, la démarche affirmée. Rien ne sert d'alerter d'hypothétiques voisins à l'affût derrière leurs rideaux. Pas d'œil-de-bœuf, pas de caméra. L'ancien flic se méfie de la banalité comme d'un champignon trop coloré. Il passe la main devant le capteur, la mélodie retentit dans le hall d'entrée. Des bruits de pas.

Un pas en arrière, son pistolet muni d'un silencieux pend le long de sa cuisse, prêt à réagir.

La porte s'ouvre. La lumière tamisée du hall d'entrée lui permet de reconnaître l'identité du propriétaire. Une dose d'épinéphrine lui broie le cœur et dilate ses pupilles. D'un mouvement vif et maîtrisé, Nathan lève son pistolet et le pointe droit vers le menton de son agresseur, certain d'exploser son cervelet.

Clara, ses adorables boucles tombantes sur ses gracieuses épaules. Sa tête posée sur le volant, le sang coagulé. Les cheveux agglomérés, foncés et craqués par le sang séché. Les yeux figés, le regard perdu à jamais dans un couloir infini, sans retour possible, sans amour, sans bonheur, sans rire. Juste la mort pour l'accueillir d'une complainte prématurée, injuste. Et face à lui, l'homme qui a détenu sa vie, leur vie à tous une fraction de seconde entre ses mains.

Les mains se lèvent dans un réflexe de protection face à l'arme pointée. Si le faciès de l'homme exprime une peur sans nom, Nathan, pris dans un tourbillon de haine, croit déceler un sourire sardonique au coin de ses lèvres. Le même qu'il avait détesté seize ans auparavant, le même qui avait effleuré les lèvres de Lætitia avant de lui transpercer la carotide à coups de chevrotine. Marc. Celui qui a tué ses amours, celui qui a ruiné sa vie. Celui qui a donné son âme en pâture au néant, qui l'a vidé de tout espoir, qui l'a assassiné.

La mire toujours à l'endroit parfait, le policier avance. Sa proie recule. D'un mouvement inopiné, il tente d'attraper un objet dans sa poche revolver. *BLAM*. La rotule éclate. Le genou se désarticule et Marc s'effondre à terre. Le pistolet miniature sorti inutilement de sa poche glisse sur le sol, assez loin. Nathan referme la porte d'entrée et s'avance vers son bourreau. Son talon se pose sur le genou blessé et y applique une pression jusqu'à arracher un cri de douleur au supplicié. Marc, à grandes inspirations, balbutie quelques mots.

— Je sais qui tu es. Je te reconnais… je sais que tu peux m'en vouloir mais je…

Une nouvelle pression clôt la lamentation d'un déchirement sonore.

— Il y a des caves ici ?

Le front pâli de Marc se couvre d'une couche moite. Nathan le fixe, le regard profond, noir.

— Des caves ? Pourquoi veux-tu des putains de…

L'ancien policier s'agenouille et pointe le canon de son arme sur le genou encore valide.

— Non, non… attends… juste là, au fond du couloir à droite… je t'en prie…

Un violent coup de crosse sous la tempe désarçonne son hôte. Le corps se ramollit et retombe sur le sol, inconscient. Par le col, Nathan le tire sans ménagement, ouvre la porte et jette sa victime dans l'escalier. La chute se termine par un craquement sourd, un des bras s'est brisé sous le poids du corps inerte.

Chapitre 47
Le mauvais cap

Le port de Nantes, ses embruns familiers, ses effluves saumâtres, ses harengs fumés et cet environnement particulier activèrent les automatismes d'autrefois. Il revenait des côtes angolaises comme s'il rentrait d'une nuit de pêche, le temps s'était écoulé imperceptiblement au travers de ses filets.

Comme protégé par une aura invisible, tous se tenaient à l'écart d'Henry. Son pas solide engloutissait le chemin alors que le visage de l'armateur arborait fierté et puissance. Cette ville, ce monde, lui appartenaient. Au loin, la vue de ses entrepôts lui arracha un rictus de satisfaction.

À sa suite, deux matelots tiraient une lourde charrette, son assurance-vie, sa sortie de secours, son trésor.

Guidé par la volonté de son subconscient, ses pas le menèrent à la harengerie d'autrefois. Si ses fondations de pierres survécurent à l'incendie, la bâtisse fut entièrement reconstruite. Il observa son reflet dans le vitrail. Les ravages du temps et de l'ambition vorace avaient creusé de profonds cernes et de noires rides. Il n'aurait su dire qui des années ou de ses basses actions avaient marqué le plus ce visage autrefois beau et lisse.

***

La calèche avançait au rythme cadencé des sabots. Henry plissa les yeux en direction de ses deux précieuses malles. Il n'en avait jamais réuni autant. Ses paupières s'ouvrirent ensuite sur un paysage doré. Les champs de blé bercés par le vent ondulaient dans une harmonie vallonnée dont les senteurs s'entremêlaient à l'odeur rance des chevaux fatigués. Seul son ami Juan connaissait la nouvelle localisation d'Élisabeth, d'Amélia et de son fils d'à peine trois mois. Ses mystérieux commanditaires les débusqueraient-ils à nouveau ? Cette inquiétude harassait tant l'armateur que son cœur semblait propulser dans ses veines un sang mauvais. Cette noirceur circulait en lui tel un poison que seule la vue de sa famille pourrait assainir.

Le fin visage ibérique de Juan se fit radieux.

— Nous y sommes, lui chanta-t-il de son accent du sud.

Au milieu des paysages bucoliques, le soleil réchauffait une modeste maison en pierre, dissimulée derrière une longue pinède. La lavande en fleurs enluminait la région de couleurs pastel, une aquarelle de maître. La voiture s'arrêta dans un hennissement approbateur. Henry s'appuya sur sa bonne jambe et jaillit de la calèche. La porte d'entrée s'ouvrit sur sa fille de douze ans. Amélia, des cheveux d'or, un regard marron empli de force, celle qu'Henry reconnaissait dans son propre miroir. Elle courut à bride abattue se jeter dans les bras de son père. Derrière, sa femme pleurait de joie. Elle bordait le petit Léonard. Son fils, son unique fils, qu'il rencontrait pour la première fois.

***

Dans la masure endormie, les fenêtres reflétaient les lueurs orangées du feu ouvert. L'âtre rougeoyant cassait l'humidité de la nuit. Les enfants dormaient depuis de longues heures. Dans le lit conjugal, une autre chaleur vint à bout d'Élisabeth.

À moitié nu, Henry sortit du lit et s'enveloppa de son indissociable manteau bleu. Il poussa la porte d'entrée et rejoignit Juan sur le large perron. Un éclat lunaire perçait la brume. Juan fumait avec élégance. L'armateur fixa le firmament. Silencieux, il savourait l'instant.

Son serviteur et ami murmura des paroles enfumées.

— Tout pourrait s'arrêter maintenant, si tu le désirais.

Juan passa ses doigts frêles dans sa chevelure de jais.

— Tu as ramené cent mille livres en or frappé. Un trésor de roi…

Il parlait comme un oiseau roucoule. Les mots flottaient, flagrants d'évidence. Ses yeux sombres se fixèrent sur l'armateur.

— Tout est en place. Passe les rênes au gros Tommy et partons. Il te suffit d'un courrier. Le temps qu'il leur parvienne, nous serons loin, avec les tiens, avec ton trésor, avec tes trésors.

Un instant, le clair de lune gomma la souffrance et la hargne. Juan revit le visage charismatique du pêcheur d'autrefois. L'éclaircie lunaire disparut derrière un nuage et toute la noirceur née dans le charbon d'une harengerie incendiée refit surface.

— Nous serions fugitifs à jamais. Ce qu'offrent mes commanditaires, ce n'est pas l'or et le luxe. C'est un accès. Ils m'offrent une place à leurs côtés, pour moi et ma descendance.

Juan baissa la tête, Henry poursuivit comme pour tenter de le convaincre.

— Tu ne comprends pas. Ces gens-là forgent le monde de demain. Ils commandent aux rois, aux papes, à Dieu lui-même. Une place à leurs côtés mettra ma famille à l'abri pour toujours… Pour toujours !

— Mais pourquoi ?

Henry haussa le ton.

— Qu'adviendra-t-il lorsqu'un jeune de dix-huit ans plus farouche, plus hargneux, me sortira du tableau comme j'ai sorti l'*Olonnais* ?

Son ami s'emporta, en proie à ses propres émotions.

— Mais fuyons ! Fuyons maintenant ! Là, de suite, on change de nom, ils ne nous…

— Ça suffit ! C'est trop tard. Ils ont trouvé Élisabeth une fois, ils la retrouveront encore. Je dois les protéger et surtout je dois protéger mon fils ! Après moi, c'est le dernier Basse à respirer. Je veux lui créer un avenir, un vrai. Je veux décoller de notre nom ce goût saumâtre et je veux le faire pour tous les miens. Je veux que Léonard soit le premier d'une longue lignée, ma lignée. Je vais lui offrir le monde.

Chapitre 48
Inatteignable

Le visage de Philippe rougit tant ses turbines cérébrales s'activent. Il reprend les dernières paroles de son maître à penser cadavérique.

— Donc, le *Magister* s'assure que les nouveaux penseurs et savants en devenir ne puissent pas percer votre secret. Ils empêchent la découverte de la clé de la vie par le biais d'un alphabet censuré.

Le journaliste rit aux éclats.

— Ça n'a aucun sens ce que tu racontes, Lio. L'Homme a inventé mille choses depuis l'Antiquité ; la conquête de l'espace, la fission nucléaire…

La peau du *Primus* semble aussi sèche que celle d'un pharaon momifié. Sa mâchoire s'ouvre au risque de craqueler un visage décharné.

— L'Homme n'a rien inventé…

La réponse tombe comme un couperet sur la respiration du journaliste en pleine asphyxie.

— Quoi ?

— L'Homme n'a rien inventé, il découvre l'existant en essayant de comprendre ce que la nature offre.

— Ridicule.

La mine pincée de l'auteur lui donne des airs de

poisson-globe congestionné. Lio reprend, à bout de force.

— Ah oui ? La conquête de l'espace, comme tu la mentionnes si bien, se limite à une capsule pressurisée dans le ciel et à des télescopes rivés sur l'infiniment grand. La fission de l'atome est un autre bel exemple. Cette fois, on observe à l'aide d'un microscope l'infiniment petit. Grande nouvelle, d'un côté comme de l'autre, on n'en décèle pas la limite. L'Homme n'a rien compris, Philippe, rien du tout, il reproduit des phénomènes existants.

Le cou de l'auteur se renfrogne pour former une bouée de mécontentement.

— Mais…

— Mais quoi ? D'où vient cette suffisance qu'a l'Homme de prétendre tout savoir ?

Penaud, Philippe ne sait que répondre.

— Explique-moi ce qu'est un simple rayon de lumière ? Explique-moi la vie ? Les plus grands savants ne parviennent pas à concevoir mathématiquement notre univers. Pourquoi, à ton avis ? Parce que notre modèle mathématique de base est limité !

Lio lance une nouvelle énigme.

— Qui a dit : « L'imagination est plus importante que le savoir… »

Philippe répond du tac au tac.

— Albert Einstein. Et il avait raison, avec notre savoir actuel, il est impossible de comprendre le fonctionnement de l'Univers.

Le journaliste se résigne, de nouvelles annotations remplissent le bloc-notes de l'auteur. Lio parle d'une voix cassée, comme si ses cordes vocales entraient en désagrégation.

— Rajoute à cela une couche de contrôle supplémentaire.

Le blogueur fronce les sourcils tandis que son vis-à-vis s'embrase.

— La foi, Philippe ! La religion, cette histoire si bien construite !

Le journaliste secoue la tête en signe d'incompréhension.

— Vois ça comme une seconde bride… Un peu comme une pâte feuilletée, tu pétris avec une censure de l'alphabet et des mathématiques et ensuite, tu replies la censure sur elle-même et tu repétris avec la religion.

Philippe louche.

— Merci pour la référence alimentaire, mais ça n'aide pas du tout…

Lio rétorque :

— Qu'est-ce que la religion ?

— Une croyance ?

— Un mode de pensée ! Une façon d'aborder toute chose dans ce monde. Tu ne réfléchis plus à l'origine des choses car c'est la création de Dieu. Si Dieu a créé la Terre, les animaux et les Hommes, pourquoi diable aller se poser des questions sur l'origine de la vie ?

L'auteur grommelle comme un porc.

— Mouais… Pas faux.

— Et qui s'interrogerait sur le fonctionnement des choses si tout arrive par la volonté du Seigneur ? Ses voies ne sont-elles pas impénétrables ?

Philippe acquiesce, Lio termine.

— Ils ont remplacé la réflexion par la croyance.

Les regards des deux hommes se croisent. Si le moment n'était pas aussi intense, on pourrait presque distinguer une complicité échangée. Philippe revient vers son bloc-notes. À grands coups de flèches, de ratures et de mots recopiés, il retrace la trame du complot. Ses traits s'assombrissent.

— J'ai l'impression qu'il me manque un élément.

Un éclair de fierté traverse le regard du *Primus*, signe

qu'une force fugace sommeille encore sous ses traits de mort.

— Tout juste, Émile !

Philippe toise son vis-à-vis en silence…

— Allez, je te donne un indice : « La théorie de l'apprentissage de Jean-Jacques Rousseau. »

— L'Émile ?

Lio hoche la tête tandis que Philippe se racle la sienne.

— Hummm, je ne me souviens plus très bien, mais il devait dire un truc du genre que nous avons tous le savoir du langage. Ce langage unique que nous connaissons même avant d'apprendre à parler est celui qui permet aux nourrissons de se comprendre sans même qu'un mot ne soit échangé… Un truc comme ça…

Lio hoche la tête.

— Si tu prends ton enfant dans tes bras aux premiers instants…

Il laisse sa phrase en suspens et observe Philippe d'une manière bien étrange.

— Philippe, as-tu déjà pris un enfant dans tes bras ?

— Non, pourquoi ?

Un éclair fugace transforme le visage de Lio, dont la bouche reste résolument close. Avec pour seule réponse un nouveau silence, Philippe s'interroge sur ce changement de comportement. À mesure que les secondes s'égrènent, le journaliste ressent un malaise de plus en plus important dont l'origine absconse lui est encore interdite. Le *Primus* affiche un visage énigmatique. Une attente interminable. Lio le scrute comme s'il était l'objet d'un important débat intérieur. Le *Primus* reprend enfin, comme si cette mystérieuse pause n'avait jamais eu lieu.

— Pour la majorité de l'humanité, à peine quelques minutes après la naissance, par le biais d'un regard, une mère et son enfant s'aiment et se comprennent, ils communiquent.

C'est une des pistes les plus sérieuses à étudier si on veut comprendre la vie et l'énergie qui coulent en nous.

— Et c'est ce secret que les Égyptiens auraient découvert ?

— Évidemment !

— Mais c'est un secret que vous souhaitiez préserver…

Lio approuve.

— Mais si vous avez percé ce secret, alors vous comprenez le cycle de la vie ! Vous pourriez être en mesure de comprendre…

— La mort… achève Lio d'un signe de tête affirmatif.

Philippe écarquille les yeux dans l'incompréhension la plus totale.

— Et donc pourquoi ne pas l'utiliser ? Pourquoi ne pas vous rendre immortel ?

— Parce que l'on ne peut pas… Ce que nos ancêtres ont fini par percer à jour, c'est que la mort est un fait immuable.

Lio porte un doigt crochu en direction de son visage.

— J'en suis la preuve. Mes avancées médicales avant-gardistes parviennent à stopper le vieillissement par un savant dosage hormonal. Je pensais que la médecine actuelle pourrait réussir là où les moyens limités de nos ancêtres les maintenaient dans l'échec.

Le *Primus* secoue un visage rongé par la mort.

— Cuisante erreur qu'était la mienne… La vie qui s'écoule en moi n'est pas illimitée… L'échéance me rattrape.

Un silence funéraire envahit à nouveau le salon. Le *Primus* secoue un visage creusé par une érosion vorace.

— C'est lorsque cet état de fait a été découvert que tout a basculé. Quand le *Magister* a compris qu'il n'obtiendrait jamais la vie éternelle, il est devenu fou…

Un point d'interrogation dans les sourcils, Philippe saisit une nouvelle feuille et indique un nouveau titre : *Basculement.*

Chapitre 49
Les intérêts de retard

Le sang coagulé sur le carrelage clair contraste avec la propreté du sous-sol. Assis sur une chaise, pieds et mains liés, Marc attend la fin. Derrière sa paupière tuméfiée, son œil peine à distinguer l'ombre de son tortionnaire. Le néon propage une lumière éblouissante. Chaque décharge est un supplice innommable. Le chiffon, imbibé de salive et de sang, est enfoncé dans sa bouche, à la limite de la nausée. Le dernier coup l'a fait vomir. Il a failli s'étouffer et l'espérait sincèrement. Son genou gauche n'est plus qu'une bouillie d'os sanguinolente. Deux tire-fonds sont plantés dans sa cuisse droite, jusqu'au fémur. Sa chute au bas des escaliers lui a démis l'épaule et cassé l'avant-bras. Son cœur bat à tout rompre dans la moindre parcelle encore consciente de son organisme. Il va bientôt lâcher prise.

Nathan a pris le temps de déconnecter les câbles électriques du disjoncteur. L'alimentation est directement liée au réseau de distribution de 220 volts. Il pose les pinces sur les tire-fonds. Le courant parcourt la cuisse sans atteindre le cœur, mais brûle lentement la chair et les muscles, et avec lui, l'espoir d'en finir rapidement. La victime sent son cœur faiblir. Il doit réagir, relever la tête et crier, dire quelque chose, une simple supplique libératrice.

L'ancien policier l'observe. Il est conscient de son état

fébrile mais n'abandonnera pas. Marc représente le seul accès possible à ceux qui ont tout fait basculer, qui ont ruiné sa vie, son monde. Il ne s'arrêtera qu'après les avoir vus brûler, tous. Que leurs corps calcinés viennent apaiser son repos éternel. Face à de telles ignominies, le bien et le mal n'ont plus lieu d'être, seul le résultat importe, le point final qu'il effleure déjà du bout des doigts. La fin est toute proche, et Marc est la clé.

Nathan approche ses lèvres de l'oreille du supplicié et ôte son bâillon. Dans un murmure, la même question revient, encore et encore.

— Marc, comment puis-je rencontrer tes patrons ?

Les muscles du cou, encore tendus par le choc électrique, lui arrachent un grognement sourd. Les yeux clos, il balbutie une réponse aussi plaintive qu'inefficace.

— Je… je ne peux pas… je ne peux rien dire… ils vont…

Le flic saisit le pinceau du pot en métal rouillé et badigeonne le genou explosé de Marc d'une solution acide. La bouche du tueur s'ouvre dans une crispation de douleur fulgurante. Son œsophage libère un son rauque. Son pouls décélère. La flamme s'éteint. Nathan lui frotte le front avec un chiffon humide.

— Je t'écoute.

La nausée le reprend. Marc vomit la bile et le sang ravalé et tousse. Son système nerveux quasi déconnecté le prive de sensation au niveau de la jambe.

— Je sais où… je sais où les trouver… arrête, je n'en peux plus…

Nathan lui caresse avec une certaine douceur ses cheveux gras et humides, comme un maître à son chien.

— Si tu me dis ce que j'ai besoin d'entendre, j'arrêterai, je te le promets.

Dans un effort contraint, le tueur à la solde de Lio lève une paupière meurtrie. La lèvre inférieure tremblote.

— L'*AMICO FOEDERE IUNGAT*… les treize familles… ils seront tous là…

— Le *Magister* ?

Marc ravale un trop-plein de bile et renifle.

— Oui, le *Magister*, ils seront tous rassemblés. Je devais en faire partie… je devais…

Sa respiration s'accélère, il serre les dents pour se calmer.

— En Italie… les vieux seigneurs… Au bout de l'allée…

Un courant frais parcourt l'échine du torturé, sa vue s'obscurcit. Sans attendre, Nathan accroche les pinces aux tire-fonds et l'électrocution produit son effet. Le dos de Marc se cambre et un cri étouffé le sort de sa torpeur. Le policier patiente, attentif. Il tamponne à nouveau le front en sueur de son captif.

— Continue…

— La carte d'accès est dans le tiroir de la desserte…

Épuisé, il veut que ça finisse.

— Dans le couloir. Le code…

Ça tournoie, il doit résister.

— Le code pour le garde est…

Il hésite, ses lèvres tremblent de plus belle.

— *Berger*…

Nathan se redresse et fixe les restes de l'individu assis face à lui.

Nathan enlève le couteau de son étui de ceinture. Il saisit les poignets liés de Marc et plonge son regard dans le sien.

Le mouvement est sec, déterminé et précis.

Chapitre 50
Le siège musical

Les caresses du soleil prodiguaient aux plants de canne à sucre l'énergie nécessaire à leur croissance et leur expansion. Henry observait les hectares verdoyants parsemés d'ouvriers noirs suant de labeur. Le nouveau monde offrait d'immenses espaces insoupçonnés aux yeux du vieux continent. La liberté totale qui y régnait séduisait l'armateur, pouvoir imposer sa volonté en ne suivant qu'une seule règle, celle du plus fort.

— Ah, Henry ! Je suis content de vous voir !

Le gouverneur entra dans le luxueux salon. Sa lourde perruque couvrait ses épaules anoblies pour marquer son appartenance à l'élite et masquer leur commune banalité. À sa suite, son garde du corps coiffé de manière tout aussi ridicule se campa devant la porte d'entrée. L'hôte des lieux zigzagua au milieu du mobilier doré pour rejoindre son invité. Arrivé devant la baie vitrée, le gouverneur imita la posture contemplative d'Henry. Sir Moford prit la parole d'un ton lointain, comme s'il retraçait un ancien périple.

— Vous avez accompli l'impossible. Grâce à vos remarquables efforts, une impulsion nouvelle souffle sur notre entreprise florissante.

Henry se contenta d'écouter.

— Ces cinq mille têtes par lune contribueront à

construire le monde de demain. Beaucoup croyaient en votre échec. Vous êtes un homme de parole, un homme capable.

Le silence de l'armateur força le gouverneur à combler le vide.

— Il va de soi que vous serez récompensé en conséquence. Outre l'or que vous avez amassé, j'ai prévu de vous octroyer des terres et une plantation sur l'île. Le loyer sera bien entendu ridicule par rapport aux revenus générés. De quoi assurer vos vieux jours d'une retraite paisible.

Le gouverneur conclut d'un petit rire forcé. Henry tourna avec lenteur sa large carrure. Sir Moford ressentit une oppression immédiate. Le souffle court, le poignard le frappa en pleine gorge. La lame perça la langue. À travers sa bouche ouverte, Henry distingua la pointe pénétrer profondément le palais. Le gouverneur s'écroula. Du fond de la pièce, le majordome bondit tel un guépard. Le pistolet jaillit de l'imperméable bleu marine. Le canon pointé en direction du garde le stoppa dans sa course. Henry parla d'une voix grave qui ne laissa aucune place à l'objection.

— Signale aux *Maîtres* qu'il y a un nouveau gouverneur sur l'île. Organise une rencontre.

***

La crypte sous le fort jamaïcain renvoyait les mêmes signaux lugubres : des flammes dansantes dans la pénombre, une humidité mordante et un sentiment d'insécurité perpétuel. Dans l'antre du diable, Henry affrontait ses commanditaires. Ceux-ci n'appréciaient guère ces bousculades impudentes.

— Sir Moford était utile à la cause, il ne vous appartenait pas de décider de son sort !

Les remontrances se heurtaient à l'armateur comme de désagréables embruns.

— Il était notre relais à la cour de Charles II. Les consignes royales doivent être appliquées à la lettre.

Le commandant Basse balaya l'argument.

— Vous contrôlez la couronne d'Angleterre, je ne vois pas où est le problème.

Son interlocuteur de l'ombre soupira, exaspéré, une fois encore.

— Évidemment, un boucanier ne comprend rien à la politique. Il ne sert à rien de contrôler la monarchie sans la certitude d'une mise en œuvre précise et exacte sur le terrain. L'être humain est conçu pour n'en faire qu'à sa tête. Vous en êtes la preuve incarnée.

— J'appliquerai les ordres comme le faisait Sir Moford.

— IDIOT ! Vous n'êtes même pas Anglais, vous ne serez jamais anobli, encore moins gouverneur !

Henry siffla entre ses dents.

— Tsssss, mais vous vous trompez, je suis Anglais.

La remarque surprit. Le *Maître* ne sut que répondre. L'armateur avança. Les mousquets autour du *Magister* se soulevèrent légèrement.

— Je suis Anglais, Français, Jamaïcain, Américain…

À mesure qu'il avançait, son ton montait. Le visage de son interlocuteur se précisait, on aurait juré y déceler une pointe d'angoisse. Les gardes hésitaient, l'ordre ne venait pas.

— Je fais votre fortune, j'ai sous ma coupe la Jamaïque, votre comptoir le plus important. Mes hommes contrôlent les mers et les approvisionnements. Voilà qui je suis.

Le visage du vieillard devint plus net. Sa tête de rongeur couverte de ridules contrastait avec un regard noir empli de haine et dénué de moralité.

— Vous ferez de moi un Anglais s'il le faut, vous m'anoblirez si c'est nécessaire et je serai le nouveau gouverneur…

Il frôlait presque l'intérieur du demi-cercle formé par les tables de marbre. Un feu ardent animait Henry. Il se sentait invulnérable. Capables de tous les exploits, ses mains auraient pu désarmer les deux gardes et tuer l'assemblée s'il l'avait fallu. Il brûlerait la terre entière pour obtenir satisfaction. Son interlocuteur le sentait.

Comme lors de leur première réunion, Henry découvrit derrière le vieillard une autre silhouette. Des traits lisses, presque féminins, un teint légèrement hâlé et la finesse de son visage révélaient une noblesse, non pas dans le titre, mais bien dans un sang bleu pur, une prestance de pharaon. Le vieillard se tourna vers lui en quête de réponse. Le visage doré de soleil se contenta d'acquiescer. À nouveau, un soupir de défaite pollua la diction de son interlocuteur.

— Bien… il semblerait qu'il en soit ainsi. Nous modifierons les registres. Vous prendrez la nationalité anglaise et deviendrez gouverneur. Une préférence pour votre nouveau nom ?

La réponse coula de sa bouche comme une évidence.

— Morgan, Henry Morgan.

Le vieillard leva les yeux au ciel en signe de dédain. Une ombre barra son visage.

— Il vous faudra plus qu'un nom pour remplir les fonctions de gouverneur. Sir Moford avait ses propres objectifs, dont une tâche tout à fait particulière effectuée dans le plus grand secret.

Henry changea de posture, intrigué par cette nouvelle carte.

— Qu'attendez-vous de moi ?

— Avant d'être revendus et distribués en Amérique, les Noirs mâles livrés doivent être émasculés.

Henry buta sur l'ordre, il n'en comprenait pas le sens, ni la cruauté.

— Dans quel but ?

Le vieillard se tourna vers son mystérieux compagnon. Il écarta les mains en signe de désarroi. Le jeune homme l'autorisa à poursuivre d'un geste vif.

— Comme déjà mentionné, l'or n'est que secondaire dans notre…

Il prit le temps de sélectionner son mot.

— Entreprise. Pour assurer un contrôle mondial, il faut posséder les terres, les richesses mais surtout les hommes. Ce sont eux qui composent les armées, bâtissent les monuments, creusent les routes et les fosses.

Henry écoutait avec la plus grande attention.

— L'Afrique… L'Afrique n'appartient à personne. Son peuple divisé la rend inoffensive et pourtant, à l'image de sa faune, elle sommeille tel un véritable prédateur endormi. Ce continent possède dans son sol toute la richesse du monde. Une unification représenterait une concurrence dangereuse, voire imbattable. La construction d'un nouveau monde en Afrique serait une catastrophe.

Le vieillard adopta une mine de dégoût.

— Nous serions obligés de les rendre puissants pour importer leurs richesses qui pullulent à fleur de sol. La malachite, le cuivre ou l'or. Imaginez-vous seulement cette aberration ?

Il secoua vivement la tête pour écarter cette vision d'horreur.

— Nous ne pouvons le permettre.

Henry répondit avec pragmatisme.

— Je n'en vois toujours pas le but. Pourquoi vouloir leur couper les couilles ?

— Évidemment, vous ne comprenez rien à ces affaires-là ! Nous les décimons ! L'esclavagisme est un exode organisé, un tri pour l'avenir ! En éliminant leur capacité à enfanter, nous réduisons leur population et la future menace. De surcroît, cela fournit une main-d'œuvre pour construire le nouveau monde… le nôtre.

Il ponctua sa phrase d'un sourire malveillant. Henry acheva :

— Et c'est très lucratif.

Le vieillard acquiesça. L'armateur sauta sur l'occasion.

— Je veux faire partie des vôtres. Je veux ma part de ce nouveau monde. Offrez-moi une province à gouverner aux Amériques. Je servirai la cause, je travaillerai plus encore. Je ferai ce qu'il faut pour mettre en œuvre votre vision.

Son interlocuteur se retourna.

— Qu'en dites-vous, *Hortator* ?

La réponse fut limpide et claire. La voix semblait couler au milieu d'une multitude de langages maîtrisés pour former l'accent unique qu'ont les polyglottes.

— Le vote a déjà eu lieu et vous le savez, il est temps d'inclure un nouveau *Primus*.

L'interlocuteur d'Henry lui fit à nouveau face. Un sourire malsain et un regard inquiétant insinuèrent le doute au plus profond de son être.

— Bien… Nous allons donc commencer l'initiation. Mais soyez conscient d'une chose, il faudra accepter d'en payer le prix.

Chapitre 51
Un brin de folie

Le murmure à peine audible de Chu-Jung Tiang résonne dans le bureau vide comme habité par un spectre.

— Fascinant…

La pièce plongée dans le noir absorbe le travail sans relâche du docteur. L'étude de l'étrange échantillon sanguin dévore son temps.

Son ordinateur projette au milieu de la pièce l'hologramme d'un brin d'ADN. Les lumières multicolores éclairent le visage du docteur de ses halos fluorescents. D'un geste, il saisit la double hélice. Il zoome en écartant les doigts. D'un léger mouvement circulaire, la représentation pivote sur elle-même. Chu visualise en gros plan la structure atypique, l'élément même qui différencie Lisa du commun des mortels.

Le médecin mémorise la séquence autant qu'il le peut et se rue ensuite vers une seconde interface. De ses mouvements rapides, la connexion avec *Medishare* s'établit. Ce réseau médical représente un autre succès de l'administrateur de la Croix-Rouge qu'il a lui-même promu et mis en place.

Cette plateforme de la santé permet à chaque médecin de partager les dossiers de ses patients. Cette mise en commun permet des consultations instantanées. En cas de maladies rares, tous les cas recensés, les symptômes, les traitements et leurs résultats apparaissent en un clic.

Chu aurait gagné des semaines de travail s'il avait disposé de ce réseau lors de l'apparition des cas de langue brune. Aujourd'hui devenu aussi évident qu'un stéthoscope, *Medishare* s'impose comme incontournable.

Lisa de Mornet s'inscrit sur l'écran. L'application dérive ensuite toutes ses données médicales. À haute voix, il épelle le nom de famille, comme s'il s'agissait d'une formule magique.

— De Mornet…

Afin de la protéger, Anna décida à la naissance de sa fille de lui donner le nom d'Édouard. Couper le lien familial avec Nico était impératif pour d'évidentes raisons de sécurité.

À l'évocation de ce nom, l'administrateur de la Croix-Rouge se perd dans ses souvenirs. Anna, Édouard, Nathan, il ne les a plus revus depuis une dizaine d'années, comme si les côtoyer ravivait en lui de douloureuses cicatrices. Il se masse la main marquée à jamais. Les images maudites reviennent comme un coup de poing. Nico et sa rage de vaincre. Genève, le temple mystérieux, la visite clandestine à la pharmacie… Nico avait pris un risque insensé ce jour-là. Pourquoi ? Pourquoi était-ce si important pour lui de revoir sa femme au risque de se faire démasquer ?

Dans le bureau, la tête du médecin pivote. Son regard vers le brin d'ADN lui révèle la solution.

— Et si…

Les yeux du docteur suivent les courbes enroulées. Il hoche doucement la tête. Son attention revient vers *Medishare.* L'inspection de Lisa de Mornet ne donne à nouveau rien, pas de maladie, aucun vaccin, pas même une carie ! Chu fronce les sourcils, les injections et les prélèvements à la maternité sont imposés par la loi. Un tel déni génère des alertes dans le milieu médical et induit des contrôles. Seule une main invisible dotée d'une sacrée poigne pourrait ignorer ce genre d'impératif. Chu reconnaît la méthode Édouard et son influence redoutable.

Gui passe la porte. L'odeur de jasmin emplit la pièce de ses arômes floraux.

— Je t'ai préparé un thé.

— Merci, Gui.

Il saisit la tasse que lui tend le colosse, ferme les yeux et y trempe les lèvres comme on s'enfonce dans un bain de souvenirs.

La bibliothèque en merisier de son père lui revient en flash, aussi clair que les fleurs de mûriers blancs qui garnissaient son jardin. Lilli, son père Chow, San, et même le vieux Cheng, celui d'avant la trahison, lui manque.

L'absence cisaille sa poitrine, comme une morsure. À l'intérieur, une partie de lui s'arrache à chaque réminiscence.

Son regard se pose alternativement sur l'hologramme et sur le dossier médical.

Dans le noir de son bureau, une lumière scintille au creux de son esprit. Le docteur saisit son téléphone portable et compose un numéro. La sonnerie semble retentir au ralenti tant le suspense qui entoure cet appel est intense.

À l'autre bout du combiné, une voix enrouée et hésitante répond.

— Allô ?

— Anna, c'est Chu-Jung Tiang.

— Chu ?

Un silence.

— Chu ? Oh, Chu… Chu… Comme je suis heureuse que tu m'appelles. C'est inespéré, si tu savais ! Je n'arrive plus à joindre personne. Chu, ça recommence, tout recommence…

— Anna, calme-toi. Je t'appelle concernant Lisa.

— Oui, justement ! Lisa ! Lisa ! Lisa est en danger, en grand danger. Tu m'entends !

— Oui, je t'entends.

— Mais c'est trop tard, ils l'ont déjà trouvée, ils l'ont trouvée et ils l'ont enlevée…

Un sanglot.

— Que dis-tu ?

— Et moi… moi… ils en ont après moi ! Ce n'est qu'une question de temps Chu… C'est fini… FINI !

— Anna, calme-toi veux-tu, je t'appelle concernant sa santé. J'ai découvert quelque chose d'extra…

— Oui sa santé, c'est exactement ça ! Tu es perspicace mais avec seize ans de retard… Nous l'avons mise en danger, Chu. C'est notre faute, notre faute à tous, tu comprends ? NOTRE FAUTE !

Au bord de l'hystérie, Anna hurle dans son véhicule.

— Anna, ralentis, j'ai du mal à te suivre.

— Tu ne comprends pas ? C'est pourtant toi qui me l'as amené, ce jour-là, dans la pharmacie. C'est ce jour-là que tout a basculé !

— Comment ?

— Tout a basculé ce jour où Nico et toi êtes venus me voir alors que la terre entière était à sa recherche. Ce jour où vous aviez intercepté la camionnette du livreur.

— Anna, Anna calme-toi, calme-toi et raconte-moi. Que s'est-il réellement passé dans cette camionnette ?

***

Les mots d'Anna tombent comme des larmes d'encre dont les gouttes nourrissent les phrases de sombres souvenirs. En quelques mots, elle ramène le médecin seize ans plus tôt, en plein cœur de ce drame à venir. Chu ferme les yeux comme pour revivre les événements.

À l'abri d'une camionnette, devant la pharmacie d'Anna, Nico fixait son épouse comme si c'était la dernière fois.

— Anna, mon amour, je n'ai pas le temps de t'expliquer. Sache juste que je n'ai qu'une chose à l'esprit ; ton bonheur, ton bien-être, votre bien-être.

Il posa sa main sur le ventre arrondi.

— Tu n'as pas besoin de me le dire, je le sais…

D'un geste lent, Nico extirpa de son veston une petite boîte métallique plate.

— La seule chose qui compte dans les minutes à venir, c'est notre amour. Tu dois me faire confiance.

Il l'ouvrit délicatement et saisit deux flacons qui s'y trouvaient logés, sécurisés par un moule de polystyrène. Vierges de la moindre indication, les fioles contenaient, l'une, un liquide rougeâtre et l'autre, un produit transparent. Nico sortit le dernier élément de la boîte métallique, un sachet hermétique qu'il déchira avec prudence. Il en retira une seringue graduée.

— Tu m'inquiètes, qu'est-ce… qu'est-ce qu'il se passe ? Ne m'écarte pas, je suis ta femme, je veux aller où tu vas, même si pour cela, il faut tout abandonner. Emmène-moi Nico, emmène-nous, je t'en prie.

Dans la pharmacie, le visage de Marc se durcit. Ce n'était pas le livreur habituel et la camionnette était bien trop en avance. Chu se revit seize ans plus jeune… Il inclina la tête pour observer l'intérieur de l'établissement. Marc n'était plus au comptoir. Il frappa deux coups dans la portière du van pour indiquer aux occupants qu'il faudrait bientôt déguerpir.

L'un après l'autre, Nico perça le capuchon caoutchouté des flacons pour en extraire les précieux produits et les mélanger dans la seringue. Le mélange devint un liquide homogène à la teinte orangée ; sa création, sa formule, unique.

— Mais Nico, veux-tu bien m'expliquer ce que tout cela signifie ?

Il répondit, comme sourd à ses supplications.

— Grâce à ceci, elle sera saine et sauve. Jamais ils ne pourront lui faire la même chose…

Résolu, Nico agita la seringue une nouvelle fois. Le mystérieux liquide vira au violet, l'effet escompté. Ses yeux quittèrent le produit pour se plonger dans ceux de sa femme.

— Tu veux que je t'emmène avec moi ?

Anna balbutia, elle connaissait son mari par cœur, quelque chose sonnait faux.

— O… oui.

— Tu me suivrais au bout du monde ? Tu me fais confiance ?

— Mais… oui… oui, mon amour… mais tu me fais peur.

— Tout est arrangé. Quand tu rentreras dans la pharmacie, il y aura une diversion. Ensuite, prépare tes affaires ; de quoi voyager léger…

— Et on se retrouvera ?

Nico sourit et tendit à nouveau le bras vers sa femme. La main gauche du docteur caressa le ventre arrondi. D'un léger mouvement de paume, il poussa la peau tendue. La réponse fut immédiate. Sa fille Lisa vint se coller dans le creux de la main pour créer un échange, un lien, un contact unique, éternel mais pourtant éphémère. D'un geste vif, froid, chirurgical, Nico brisa le lien. D'un coup sec, il planta l'aiguille dans le ventre de sa femme. Il avait visé le côté opposé de manière à piquer le placenta et non son bébé. Anna ouvrit la bouche mais aucun son ne sortit. À ses yeux, Nico commettait l'impardonnable. Des larmes silencieuses perlèrent tandis que Nico ôtait déjà la seringue d'un geste maîtrisé. À cet instant, les portes du van s'ouvrirent. Chu et Quentin apparurent, le visage tendu. Le médecin chinois lança d'un ton autoritaire.

— Il faut y aller ! Quentin, vous êtes prêt à entrer en scène ?

Chapitre 52
Basculement

La voix rauque du *Primus* s'éteint comme un brasier à bout de souffle. Ces mots flottent dans l'air à la manière de discrètes volutes. Elles disparaîtraient au vent si Philippe n'était pas là pour les intercepter.

Le salon démodé ressemble au confessionnal d'antan. Les premiers mots peinent à sortir mais dès l'histoire commencée, le pécheur se transforme en bavard compulsif. Il libère le torrent de culpabilité et expulse les démons tapis au fond de sa conscience. Bien souvent, le péché le plus lourd n'est dévoilé qu'en dernier.

— L'impossibilité de vaincre la mort sonna comme un déclic pour mes prédécesseurs. Tant d'efforts consentis, tant de luttes acharnées et d'investissements perdus pour obtenir la certitude que la mort ne pouvait être défaite.

La tête du portemine frotte le papier avec ferveur.

— Le *Magister* s'est senti trompé, violé dans sa mission. À partir du second millénaire, la recherche fut mise au second plan. Plus qu'un seul objectif importait.

— Lequel ?

— Façonner un monde pour eux et le diviser en treize.

Le gratte-papier vultueux relève des yeux fatigués en direction de Lio pour mieux capter la suite.

— Mille ans d'ingéniosité pour façonner un seul maître mot : inégalité.

Lio lance une œillade en direction de son nouvel acolyte dont le regard hagard ressemble à de la gelée de marrons.

— Philippe ?

— Oui ?

— Si tes moyens étaient illimités, comment vivrais-tu ?

Le journaliste hausse les épaules.

— Tu sais, Lio, la vie m'a appris que le bonheur ne se trouvait pas dans les choses, mais dans leur partage. Un repas solitaire goûte la terre et la cendre. Une maison trop grande est comme un lit froid si on est seul à s'y abriter. Vivre avec ma maman est hors-norme, mais au moins, nous partageons le temps imparti.

Le *Primus* sourit. Philippe achève d'un ton résigné.

— Mes ambitions sont simples mais révolues, inatteignables, impossibles…

Il secoue la tête pour en finir, bien qu'une multitude de mots lui brûlent les lèvres. Lio perçoit l'indécision de son écrivain.

— Voyons Philippe, je pense m'être suffisamment livré pour que tu t'ouvres à moi.

Le journaliste hésite. Lio insiste.

— Ne viens-tu pas de dire que la seule richesse du monde n'existe que dans le partage ? Pourquoi en serait-il différent avec tes sentiments, tes peines et tes désirs ?

Vaincu, il répond :

— Je rêve d'une maison modeste où je pourrais élever une famille. Autour, j'y verrais bien un morceau de terre… J'y cultiverais de quoi nous nourrir…

Surpris, le *Primus* écarquille les yeux.

— Toi, cultivateur ?

— Je sais, ça paraît bête à l'heure du digital… revenir aux choses simples… J'en ressens le besoin… Ce monde me révulse, il court de plus en plus vite vers sa perte, je veux fuir la folie et cultiver un peu de bonheur tant qu'il me reste du temps…

Il secoue un visage désemparé.

— Mais je rêve à voix haute. Il est bien trop tard pour tout cela.

Un silence s'appesantit autour des deux hommes. Le visage de Lio en proie à la desquamation pullule d'épluchures malsaines. Le mort-vivant laisse son regard jaune planer sur son vis-à-vis. Il semble absent, comme si son esprit tortueux fomentait un nouveau complot. De longues secondes s'égrènent avant que Philippe ne décide de changer de sujet.

— Tu parlais d'inégalité ?

Lio approuve d'un hochement de tête.

— Si le partage des richesses était équitable, alors les milliards de pauvres auraient plus, mais les treize plus riches auraient moins…

— T'as rien de moins sensationnel à m'apprendre ?

Le non verbal de Philippe crie au scandale.

— Non, je t'assure, le principe est là. Après, les dérives sont nombreuses et elles complexifient le schéma. Mais l'idée générale est aussi simpliste que son énoncé.

Sceptique, Philippe toise son interlocuteur en attente d'explications. Lio se gratte la gorge.

— Est-ce que je peux te demander un verre d'eau, je suis desséché.

— Oui… ça se voit de l'extérieur aussi.

Les deux hommes se tancent gentiment comme si c'en devenait un jeu apprécié. Quelques gorgées clapotantes plus tard, Lio reprend avec un peu plus de vigueur.

— Quand il y a trop de monde pour se partager un gâteau, il faut le diviser. À la plus grosse partie du monde, tu ne donnes rien…

Il balaie l'air d'un geste, comme pour se débarrasser de son odeur fétide avant de poursuivre.

— Qu'ils meurent de faim, ça fera moins de gueules à nourrir.

— *Le tiers-monde* ?

Le *Primus* acquiesce.

— Soit 30 % de la population.

Philippe ajoute :

— Tu ne leur donnes rien, mais tu les fais produire une bonne part du gâteau, c'est encore plus crapuleux.

— Cela va de soi…

Il inspire avec difficulté une longue goulée d'air avant de poursuivre.

— À la seconde partie, tu donnes des miettes.

— Hummm, je situerais cette couche juste au seuil de pauvreté ?

Lio approuve.

— Oui, *les appauvris*, soit 50 % de la population. Celle qui ne deviendra jamais propriétaire, ou qui croit l'être mais qui en réalité, possède plus de dettes que de biens.

Le *Primus* sourit et lance à Philippe :

— La suite, tu la connais, tu as écrit un blog à ce sujet, il y a seize ans de cela…

— Les 15 % restants sont *la classe moyenne* des pays riches. Eux grignotent des petits bouts du gâteau. Pour maintenir l'ordre des choses, on leur fait croire que leur perte de pouvoir d'achat vient des immigrés et des chômeurs, bref, ceux qui n'ont que les miettes.

La tête du *Primus* ondule de satisfaction, le journaliste termine sa narration.

— Les 5 % restants sont *les riches*, les dirigeants. Une infime partie de ce pourcentage sont *les très riches*, ceux qui dirigent le monde.

Lio lève son doigt crochu.

— Ceux qui croient diriger le monde !

Philippe renifle sans retenue.

— Comme tu l'as dit, tout ça m'était déjà connu.

— Donc va plus loin… Fais les liens…

Son étrange ami a cette façon de le pousser à se surpasser, à utiliser ses capacités, à mettre en lumière ses qualités enfouies et bien souvent insoupçonnées. La mine repliée sur son for intérieur, Philippe recherche les connexions improbables. Lio l'éclaire d'un nouvel indice.

— Les milliards de miettes forment un gâteau…

— Hummm, je ne suis pas certain de te suivre…

— Mais si… Allez, réfléchis.

Philippe marmonne pour lui-même comme un rongeur trop plein de graines.

— Hummm… Des milliards de miettes forment un gâteau… Mais le gâteau revient au *Magister*. Donc, des milliards d'êtres humains supplémentaires poseraient un problème…

Lio approuve.

— Les richesses, la nourriture, l'eau, les matières premières, toutes les ressources du monde sont limitées… Donc…

Philippe secoue le menton comme s'il formulait sa réponse intérieurement.

— Donc pour maintenir leur niveau de pouvoir et de confort, ils doivent…

Philippe hésite.

— Limiter la population.

Lio affiche un sourire qui n'en est pas un.

— J'ai toutes les preuves… Tu recevras les informations en temps voulu…

— Mais toi, dans tout cela ?

— Moi ? Moi, je vais crever…

— Oui, ça je sais, mais qu'est-ce que tu fous dans une structure pareille ?

— Je n'ai pas choisi... Je n'ai jamais choisi... Les premiers nés mâles des *de Miraveau* sont arrachés à leur famille depuis des siècles. Je suspecte mon oncle, mon mentor, l'homme qui m'a fait entrer dans le *Magister* d'être en réalité mon père biologique. J'ai vu dans cette organisation toute la laideur du monde concentrée dans une seule pièce.

À mesure qu'il parle, l'aversion et la répugnance déforment ses traits.

— Je te ferai parvenir une lettre avec les événements clés et les éléments probants qui appuieront ton récit. Les massacres, les génocides, les éradications, les guerres, les maladies... Tu verras à quel point cette organisation doit cesser d'exister.

Le brasier de son regard meurt dans ses dernières paroles.

— Je leur ai tout donné, Philippe, tout... J'ai trahi la Terre entière pour eux, je croyais pouvoir mériter ma place... cette place pour l'éternité.

Pour la première fois, le *Primus* dévoile une véritable faiblesse.

— Je... je croyais...

Philippe pouffe d'un air ironique.

— Tu croyais...

Il insiste sur le mot avant de reprendre.

— Tu croyais... Tu croyais et c'est bien là l'erreur !

Lio repense aux méthodes employées depuis des millénaires...

— C'est toi-même qui me l'as appris. Tu me l'as dit de ton propre aveu...

Les deux hommes se toisent et créent dans le salon une fracture temporelle. Le *Primus* conclut d'une voix morne :

— Le *Magister* a remporté la partie lorsqu'il a modifié

les modes de pensée… Lorsqu'il a remplacé la réflexion par la croyance.

Un silence s'installe. Quelque chose fulmine à l'intérieur du journaliste. Sa conscience est un volcan en éruption. D'un ton intempestif, il s'enflamme, jette son portemine et frappe du poing sur la table.

— Putain NON ! Trop, c'est trop. Tu abuses ! Tu crois que tu peux libérer ta conscience comme si tu tirais la chasse d'une chiotte ? Tu y as participé ! Tu es des leurs…

Lio secoue une tête blessée.

— Je les trahis, il faut mettre un terme à leurs agissements.

Philippe secoue la tête.

— T'es qu'une grosse merde ! Un lâche ! Un assassin ! Ta bonne foi prétendue n'est qu'un prétexte. Si tu n'étais pas sur le point de crever, tu poursuivrais le massacre comme si de rien n'était. N'essaie pas de te foutre de ma gueule, tu m'dégoûtes !

Lio lui lance un regard empli de douleur.

— Tu te trompes lourdement, mon ami… La mise à mort du *Magister* couve depuis longtemps. J'ai commencé le travail préparatoire il y a quinze ans…

— À la mort de Nico ?

— Non… Lorsque j'ai tu la naissance de sa fille et préservé ses secrets.

Chapitre 53
Les basses œuvres

Tommy avançait péniblement sa bedaine pleine de rhum. Sa panse ressemblait à une barrique et son haleine trahissait son contenu. N'en déplaise à la bienséance, ce pirate connaissait les secrets des routes maritimes et Henry savait s'entourer des meilleurs. Les marches de bois craquèrent sous son poids. Il pénétra dans la cabine de l'armateur en gémissant, l'effort pour descendre l'escalier mobilisait toute son énergie. Il arriva le dernier. Henry, Juan et l'*Enragé* conversaient déjà autour du bureau central. Le commandant de bord fit glisser son doigt sur la carte déroulée. Il venait de dévoiler son plan, séduire les pirates indépendants pour former une flotte, une armada et sécuriser ses précieux transports.

Henry clôtura la réunion d'un aboiement bref.

— Vous savez ce qu'il vous reste à faire !

Alors que ses hommes quittaient la pièce, il ordonna d'un ton sec.

— Jacques ! Reste… Je dois encore te donner les détails d'une tâche particulière.

Juan dévisagea son ami, qui détourna les yeux. Alors qu'il prenait le chemin du pont supérieur, l'instinct de Juan se mit en état d'alerte, c'était la première fois qu'il ne partageait pas les secrets de son ami de toujours. Ses suspicions dans l'âme, sa frêle stature s'évapora dans la cage d'escalier. Sur le pont, le regard vide d'expression, il lança à Tommy.

— Prends de l'avance, je te rejoins…

***

Le commandant servit deux rasades de rhum, tendit la chope en étain à son homme de main et garda le silence. L'*Enragé*, placide, dégusta le rhum comme s'il s'agissait d'un agréable préliminaire. Henry brisa enfin le silence.

— Je veux que tu diriges une opération délicate et inhabituelle.

Jacques but une seconde gorgée.

— Dès leur arrivée au nouveau monde, tu feras émasculer chaque esclave mâle avant de les conduire vers les marchés.

L'armateur observa la réaction de son assassin. Ce dernier, imperturbable, sirotait son verre comme s'il prenait le thé en bonne compagnie. Henry poursuivit :

— Choisis bien tes hommes, ce sera pour eux un véritable calvaire. Essaie aussi d'éviter les bouchers, qu'ils sachent cautériser une plaie. Je veux un travail propre et professionnel. Je ne tiens pas à avoir des centaines de nouveaux morts sur les bras.

Le *Maître* assassin ferma les yeux quelques secondes comme s'il constituait son équipe à l'ombre de son esprit. Sa voix lente, quasi atone, répondit :

— Je serai obligé de déforcer la garde du comptoir.

Henry répondit d'un ton las :

— Fais ce qu'il faut…

Jacques plissa les yeux en direction de son patron.

— Ce n'est pas juste pour cela que tu m'as demandé de rester, je me trompe ?

L'assassin se passa la langue sur les lèvres. Il reconnaissait l'odeur de la mort même lorsqu'elle se dissimulait sous de feintes palabres. Les mots, secs et tranchants comme une lame sur un cœur, sortirent avec difficulté.

— J'ai… j'ai une autre mission pour toi.

La voix d'Henry s'enroua et l'excitation pointa sur le visage de son homme de main. Dans l'ambiance chaude et malsaine, l'ambitieux commandant commit l'irréparable en donnant l'ordre au plus implacable des assassins. Jacques posa les quelques questions pratiques nécessaires à l'accomplissement de cette nouvelle mission.

Juan décolla son oreille de la porte de la cabine du capitaine. Avec l'agilité d'un chat, il revint sur le pont dans la plus parfaite discrétion. Son teint d'habitude si hâlé virait au gris. Des mots interdits furent prononcés dans la cale et il n'en avait pas perdu une miette.

Chapitre 54
La fin du voyage

Des paupières lourdes comme les portes d'une prison s'ouvrent sur une lumière absente. Rattrapée par les déchirures du passé, Anna avance dans un brouillard épais. La voiture s'enfonce vers la dernière destination logique, évidente… Une destination connue par cœur par le *Magister*. S'ils veulent la faucher, ils n'auront même pas à se baisser. Elle s'engouffre dans une gueule qui n'attend plus qu'elle… Qu'importe ! Lisa, Nathan, Édouard, Chu… même Nicolas… *son* Nico. Tous sont partis, ils se sont tous éloignés d'elle pour la laisser seule, abandonnée à un sort qui ne réside plus dans ses mains. La prudence n'est plus de mise, sa taille ne lui permet pas de rivaliser, elle le sait. Alors ne lui reste que le courage du désespoir, celui d'une mère qui avancera tant que le cœur pompera le sang et les poumons l'air. La berline pénètre dans la somptueuse propriété d'Édouard. Les phares éclairent un manteau blafard, une brume d'automne, dense, humide, omniprésente. Au bout de l'allée, le manoir émerge.

La porte claque et le silence répond. Une mauvaise tension raidit sa nuque. Ses pas l'entraînent vers le porche. L'alcôve en pierre bleue abrite un couple de corneilles qui saluent son approche par un battement d'ailes inhospitalier. Elle se recule. L'entrée. Sans bruit, Anna insère la clé dans la serrure. Une résistance ? La porte n'est pas verrouillée. Le battant s'ouvre, les charnières grincent et la noirceur du hall l'englobe.

Son rythme cardiaque s'accélère. Anna n'allume pas, elle connaît l'emplacement des pièces et du mobilier par cœur. Son souffle et les battements de son cœur sont les seules perturbations dans cette bulle qui l'entoure. Tel un courant d'air, elle se faufile dans un salon aussi désert que la salle à manger. Le contour des divans offre autant de recoins sombres qui la laissent démunie et sans défense. Les idées ont beau se bousculer dans un sens et puis dans l'autre, la conclusion revient à l'identique. Édouard était le dernier refuge de Lisa, le seul à préserver le privilège de la confiance. Si sa fille recherchait un abri, c'est ici qu'elle l'aurait trouvé, chez lui, et peut-être, qui sait, peut-être y aurait-t-elle laissé une indication, une note, un message. Un léger bruit vient perturber les pensées d'Anna. Un craquement. Quelqu'un ? À l'étage ? L'immense bâtisse recèle mille possibilités de fouille.

La cuisine aseptisée ne montre aucun signe de passage. Un nouveau craquement. En un instant, Anna dégaine un couteau jusqu'alors endormi dans son réceptacle en bois. Sur le plat de la lame se reflète un regard apeuré. La prise incertaine sur son arme blanche sonne comme un compte à rebours. Elle tremble et vibre comme si sa main égrenait les secondes d'un dernier sablier. Un regard vers le côté opposé lui offre le chemin vers la sortie, mais son instinct de mère la pousse à poursuivre vers la salle de bains. Dans la pièce, un détail lui saute immédiatement aux yeux. Une serviette jetée en boule sur le carrelage contraste avec la rigueur martiale de l'habitation. Sans bruit, la porte se referme pour la plonger dans le noir le plus complet. La sensation est si forte, comme si elle pouvait sentir des yeux se poser sur elle. Un courant d'air agit sur son cou comme le souffle chaud d'un intrus. Ses doigts se précipitent vers l'interrupteur. La lumière éclaire un miroir dont le reflet renvoie un visage défiguré par la peur. Rien d'autre ne vient agresser son champ de vision. Ses yeux retombent en direction du linge de bain. La gorge d'Anna s'assèche, elle voudrait crier mais elle ne le peut. Le tissu blanc est maculé de sang. À reculons, elle fuit. La porte se referme en toute hâte, si vite qu'Anna quitte les lieux en omettant d'éteindre la lumière. Elle revient vers l'entrée par un autre chemin, utiliser le couloir pour faire une boucle et éviter d'emprunter deux fois le même tracé. Quitter les lieux au plus vite est tout ce qui importe. L'image du sang lui évoque mille scénarios aussi morbides qu'inquiétants. Sa lutte intérieure pour retenir ses larmes la maintient, pour un temps seulement, à l'abri de l'hystérie. Sur son chemin, une porte ouverte. La chambre d'Édouard. Il ne suffit que d'une fraction de seconde pour comprendre que la pièce n'est pas dans son état habituel. Elle hésite, le besoin de savoir vainc toutes les terreurs. Vivre dans l'ignorance ne lui est plus possible. Avancer, refermer, allumer. La vision est un coup de poing dans l'estomac. Les armoires grandes ouvertes et les tiroirs dévalisés témoignent d'une fouille hâtive. Un nouveau craquement de boiserie, plus fort. Son cœur manque un bond dans sa poitrine. C'en est trop, elle doit quitter cet endroit ! Au moment de faire volte-face, un ultime lien, un cadre photo déposé sur l'oreiller retient son regard. Une photo, cette photo, une image qu'elle reconnaît immédiatement, celle d'un bonheur passé à trois le temps d'un séjour dans les Ardennes belges. Un moment de paradis qu'une menace immédiate efface.

Sans attendre une seconde de plus, elle abandonne les lieux pour se ruer vers l'extérieur. Elle court à s'en faire sortir le cœur de la poitrine. La porte d'entrée n'est plus qu'à quelques mètres. Une présence, elle ressent une présence. L'extérieur la plonge dans une atmosphère humide et brumeuse. À tâtons, elle claudique aussi vite que possible dans l'espoir d'atteindre son véhicule à temps. Les doigts atteignent la poignée. Soulagée, victorieuse, l'autre main relâche le couteau alors que la portière s'ouvre. La lame s'écrase sur les pavés dans un écho métallique. Anna s'engouffre dans son véhicule, la porte claque. Le moteur vrombit et les roues l'éloignent de ce lieu devenu malsain. Les phares disparaissent pour l'emmener vers une nouvelle destination… sa dernière destination.

Chapitre 55
La fin de l'artifice

Les heures défilent comme un calvaire infini mais aboutissent à la juste destination. Le sommet de la montagne approche, les croix percent l'horizon, le moteur tourne. La fin du combat s'annonce. La rage brûle son âme. La voiture chargée, tout comme sa veste, est prête. Même si tout cela n'est qu'un piège, qu'un leurre pour le duper et tromper le monde, le coup sera porté et la bataille menée jusqu'au bout. S'il est condamné au sacrifice, l'image de ses bourreaux agonisants sera la dernière projection qu'il s'offrira. Le voile se lèvera enfin sur cette sombre époque et dévoilera à nouveau les traits magnifiques de Clara dans un monde fait d'éternité.

Le bruit saccadé des pneus sur les pavés de l'allée *« dei vecchi signori »*, l'allée *des vieux seigneurs*, résonne dans l'habitacle. Une forêt dense de sapins borde la route. Aucun numéro de maison, aucune trace de bâtiment, aucune indication, l'endroit, à peine à cinq kilomètres de la place Saint-Pierre, est brouillé sur les cartes du Net. Nathan sait que le chemin est le bon, que la fin du voyage se trouve au bout des pavés. La marche macabre prendra bientôt fin. Le soleil de cette fin d'après-midi frôle la cime et trace aux interstices d'éblouissants coups de pinceaux aux couleurs chaudes. Au travers des reflets sur le pare-brise, Nathan distingue les prémices d'un portail monumental. La voiture avance. Une Audi A6 aux vitres teintées, empruntée à Marc pour l'occasion. Le bon modèle et la bonne plaque numérologique facilitent l'accès… Jusqu'à quand ? Soutenues par deux épais piliers en pierre, les grilles du portail se dessinent clairement sur un fond mêlé de bleu et d'or. Aucune casemate, aucun garde. Juste une caméra de part et d'autre de l'entrée et un parlophone à hauteur du conducteur. Nathan est au point charnière. Si le mot de passe est le bon, s'il passe les barrières et pénètre la drève, ce sera le point de non-retour.

La vitre baissée, l'ex-policier presse le bouton du parlophone. Quelques secondes s'égrènent sans résultat. Ne pas faire d'erreur, ne pas suggérer aux hôtes qu'on n'est pas à sa place. Réfléchir, son observation ne lui dévoile rien de plus que les deux caméras, le parlophone et son bouton. Sur la gauche du boîtier se trouve une fente très étroite, mais assez large pour y passer une carte de banque. Sa dernière chance. Il exhibe le badge de Marc et le glisse dans la fente. Un bip sonore retentit, suivi d'un grésillement. Nathan relève la tête vers la caméra. Elle a légèrement pivoté dans sa direction.

***

Le garde observe attentivement la vidéo. Du grand monde est présent ce soir et la vigilance est au maximum. Il sait que n'importe quelle erreur peut lui coûter cher, surtout lors de leurs prestigieuses réunions de famille où l'imprévu n'est pas une option. L'homme qu'il voit à travers l'écran ne lui inspire rien qui vaille. Depuis son arrivée au portail, il l'observe, le voit hésitant. Son visage lui est inconnu mais il possède la carte. Aucune erreur n'est permise. Il faut valider son entrée. Qui de mieux placé que *Maître* de Miraveau pour identifier son invité ?

Le coup de téléphone passé, Lio se colle au garde à peine une minute plus tard, appuyé sur sa canne.

— *Maître*, votre invité est au portail. Avant de le laisser pénétrer dans l'enceinte, je voulais vérifier avec vous son identité.

— Montrez-moi ça…

Lio se penche vers l'écran et fixe le visage du conducteur. Le garde glisse sur sa chaise et refoule un haut-le-cœur après avoir respiré l'haleine fétide du *Primus*. Ce dernier se recule, un rictus non dissimulé au coin des lèvres.

— C'est bien lui. Demande-lui le code et laisse-le entrer. Nous n'attendions plus que lui.

***

Les pierres blanches du manoir absorbent les rayons du soleil comme pour emprisonner égoïstement cette douce chaleur d'Italie. La drève s'élargit sur une grande cour dallée, face au perron de marbre beige. Les jardins qui magnifient la demeure semblent nés d'un autre temps, le temps des seigneurs. Le taillage de la végétation s'arrondit autour de fleurs splendides et d'arbres majestueux. Nathan coupe le contact, la voiture s'arrête, stratégiquement positionnée sous les deux immenses fenêtres du salon où déjà quelques convives échangent de menues courtoisies. Un majordome aux allures de guerrier angolais s'avance. L'invité sort de la voiture. Sa veste gêne ses mouvements. Éviter de regarder le coffre, éviter d'ajuster son veston. Dans sa poche, une main tremblante. Au loin, à l'arrière du bâtiment, des enfants d'une dizaine d'années jouent et courent. Nathan ferme les yeux. Ils ne sont que le triste et sombre héritage d'une pérennité à abolir, l'euthanasie d'un chiot né pour tuer. Le bien et le mal n'ont plus lieu d'être, seul le résultat importe. Ces mêmes mots tourmentent inlassablement son âme et lacèrent son cœur, tout comme le souvenir de son sourire, de sa Clara, de son ami.

Le majordome le guide vers l'antichambre et frappe deux coups de heurtoir à l'immense double porte du salon. Les murmures cessent. Le temps se fige l'espace d'une réponse.

— Qu'il entre !

Une voix d'outre-tombe. Les battants s'ouvrent sur une salle de réception fastueuse. Treize personnages se tiennent debout, en un demi-cercle énigmatique. L'accueil est à frémir. Le rythme cardiaque de leur invité s'accélère. L'homme du centre, un vieux au crâne dégarni, s'avance.

— Marc, ta dévotion pour notre cause a traversé les États. Nous sommes ravis de te rencontrer.

L'*Hortator* s'approche de Nathan, imité par ses pairs, telle une parade protocolaire. L'invité fixe chaque membre qui s'avance vers lui, un par un. Légèrement en retrait, il distingue un être sorti du temps. Le crâne taché de plaques noirâtres, des cernes mauves et une canne, il est immonde. Celui-là tient à peine debout, à l'écart. L'attention revient sur le vieil homme qui vient à sa rencontre. Son esprit s'échauffe, l'abandonne. Inconsciemment, il cherche la sortie, la fin du calvaire. Encore quelques secondes et il les retrouvera.

— Connaissez-vous Clara ?

Le *Tredicim*, indigné, rétorque :

— Vous n'avez pas encore voix au chapitre, Marc. Vous n'êtes pas autorisé à me poser la moindre question. Vous commencez mal votre initiation.

La main en poche, Nathan sent l'écœurement lui remonter l'œsophage et lui serrer le cœur. Il tremble, se sent faible mais lutte intérieurement. La haine le fait tenir, l'amour le tuera.

— Connaissez-vous Quentin et Lætitia Piron ?

L'*Hortator* lève un doigt sentencieux.

— Connaissez-vous Nicolas Berger ?

Les yeux du vieil homme ne sont plus que cendres. Ceux de Nathan sont vides. Tous ces visages aimés défilent devant lui, une bande douce et chaleureuse qui le rappelle pour en finir, pour la vie d'après. Dans un sourire amer, comme son ami d'enfance, il presse le détonateur.

Chapitre 56
L'épilogue interdit

Dans ce salon démodé, Philippe se sent figé dans une époque révolue, un monde désuet, obsolète, un temps passé dont le rythme ne s'accorderait plus à l'indicatif du jour.

Seul, il ressent chaque seconde s'égrener autour de lui. Les particules du vide roulent sur sa peau à la manière d'une coulée de sable. Enseveli de doutes, d'interrogations et d'appréhensions, la lettre magnétise toute son attention. Sa mère, *mamma* Lucia, partie à nouveau faire le marché, a déserté la maison, à croire qu'elle achète plus qu'ils ne mangent… Si ce pli ne monopolisait pas toute son énergie, Philippe s'inquiéterait de ses absences inhabituelles.

La main tendue vibre jusqu'au centre de la table. La lettre épaisse bruisse au contact de la paume. Le papier et l'écriture à l'ancienne témoignent d'une maîtrise des traditions. Elle provient de sa main, il le sait. Aux antipodes l'un de l'autre, leur rencontre a écartelé leurs valeurs opposées jusqu'à la déchirure.

Philippe manipule un objet unique, une relique, un artefact. Ce pli fermé recèle sans doute les derniers mots de l'homme le plus puissant de la Terre. À cet instant, Philippe détient un pouvoir inégalé. Avec lui incombe un choix, celui de ne pas ouvrir, de ne pas lire, de ne pas suivre. De ses actes dépend l'évolution du monde. Cette lettre est une clé qui déverrouille deux réalités, doit-il permettre au complot d'exister ? L'ignorance n'est-elle pas plus rassurante ? Ne nous remplit-elle pas de certitudes et de vérités ? S'il décidait de taire les témoignages et de brûler ce dernier document, toute cette histoire ne serait qu'un mauvais rêve, un songe qui mourrait avec son auteur... Mais la soif de savoir est un brasier dont la voracité n'a d'égal que son danger, elle éclaire pour mieux se nourrir des curieux. Philippe fait partie des gourmands et Lio le savait depuis le premier jour.

Le coupe-papier perce l'enveloppe et relie l'espace d'un instant deux univers parallèles. Dans un bruissement de papier, le récit se révèle à l'auteur et l'Histoire se modifie.

Très cher Philippe.

Quand mes mots t'atteindront, mon corps croupira sous les gravats d'un empire effondré. J'exulte de joie à l'idée de pouvoir t'écrire ces adieux bien dérisoires tant le mensonge est grand. Te rends-tu compte ? Même l'alphabet qui compose ces mots ment...

Les mains du journaliste tremblent.

J'en ris, Philippe, j'en ris et je suis certain que si j'étais dans ton salon tu partagerais l'ironie avec autant de dérision que moi. Mais nous n'en sommes plus aux paroles. Place aux écrits, le temps de porter la vérité au regard de l'humanité est venu. Voici la vérité, voici toute l'Histoire.

La population des Amérindiens se chiffrait à 19 millions en 1492, elle représentait à l'époque 5 % de la population mondiale. Aujourd'hui, ils ne sont plus que 400 000[1]*. Nous les avons exterminés et nous nous sommes partagé les Amériques en treize parts.*

---

1. David Stannard, American Holocaust, 1992.

Entre 1500 et 1900, la population africaine est passée de 17 % à 7 % du total de la population mondiale. 25 millions d'entre eux furent émasculés et réduits en esclavage afin de bâtir ce nouveau monde qui jusqu'alors n'était que friche inexploitée. Les Amériques se sont construites dans le sang et la mort. Sache que pour un esclave arrivé aux États-Unis, quatre mouraient des rafles, de la maladie, des voyages ou des mauvais traitements[1]*. Nous en avons décimé près de 100 millions.*

Pendant ce temps, le peuple européen et asiatique s'est vu multiplié par cinq. De quoi préparer la plus grande migration jamais organisée.

Nous avons éliminé une bonne partie de la population pour nous construire une arme, une nation surpuissante. Mais l'essor d'un millénaire ne s'est pas fait sans mal. Nous avons dû redoubler d'ingéniosité pour préserver l'inégalité. Aujourd'hui, nous nous sommes modernisés et vivons avec notre temps. Les guerres engendrent trop de turbulences et malheureusement, l'esclavage et l'émasculation ne sont plus à la mode… Du moins si l'on garde ces pratiques publiques. Le contrôle de la science et des médias nous offre le plus beau des cadeaux, ce qui est inaperçu n'existe pas. La stérilisation chimique, le VIH, les maladies dites non transmissibles sont aussi discrètes que fonctionnelles. Cerise sur le gâteau, nous pouvons cibler leur impact géographiquement, 80 % des victimes se situent sur les couches de population les plus précarisées[2]*.*

Leur mort nous colle à la peau mais nous n'en avons pas conscience. Faute de mettre un terme aux massacres,

1. http://terangaweb.com/quel-est-le-bilan-humain-de-la-traite-negriere/.

2. *Magister Dixit – La thèse d'une vie.*

j'assassine le mensonge et ouvre les paupières du monde sur les cadavres dont il se repaît. Tu trouveras dans la bibliothèque de la villa « dei Vecchi signori » les manifestes d'Henry Basse, instigateur de la traite négrière à grande échelle. Aiguille les autorités, les enquêteurs et leurs équipes de recherche. Réclame les ouvrages intitulés Noire peste et dérivés et Essais sur la variole. Le dossier Genève est repris sous le nom : « Le projet Lamarck ». Tout est là, tout est écrit, cherche et tu trouveras les réponses aux questions interdites.

Philippe, si tu lis ces mots, c'est que je ne suis plus… Mon état lors de notre dernière rencontre ne laissait aucune place au doute quant à mon sort, mais je voulais partir de la plus belle des manières, dans un ultime feu d'artifice. J'ai dirigé Nathan Draconni vers notre perte. Ce candidat idéal aura sans doute soigné la manière, une explosion, j'imagine, à moins qu'il ait décidé de nous tuer tous à mains nues, ce ne serait que plus juste.

Les têtes pensantes du Magister sont, quoi qu'il en soit, toutes tombées. À coups de messages anonymes, j'ai sauvé la vie du seul homme capable de mettre un terme à nos méfaits, celui qui déjà seize ans auparavant avait accompagné Nicolas Berger dans sa mission suicide. Il a accompli son rôle, sa mission est remplie. J'espère que tu feras de même. L'émoi de la presse à la suite de cette explosion sera une autoroute pour le convoi d'informations dont tu disposes. Inonde le monde de ton savoir. Qu'ils sachent…

Avant de lâcher la plume pour me rendre vers la villa, je tiens à t'adresser un message personnel. Notre rencontre fut pour moi un véritable trésor, Philippe, à mon tour de t'en partager un…

Retiens bien ces mots : les scintillements dans le puits de notre passé demandent de belles âmes pour enfin nous éclairer.

Ton étrange rendez-vous du soir.

Lionel de Miraveau

PS: voici ta prochaine investigation, de quoi enfin assouvir tes recherches les plus secrètes:

44°13'19.0"N 5°25'02.1"E

Dans le fond du pli, Philippe décèle une vieille clé forgée à l'ancienne. La rouille salit ses doigts fébriles. Chaque découverte semble receler de nouvelles énigmes. Il dépose l'objet métallique et relit la lettre encore et encore. Dans son esprit, une phrase revient comme un rébus incompréhensible.

Les scintillements dans le puits de notre passé demandent de belles âmes pour enfin nous éclairer.

Chapitre 57
Peine perdue

Les naseaux expulsaient des nuages anxieux dans la faible clarté d'une aube froide. Les sabots piétinaient le sentier de pierre et chaque coup claquait dans l'air comme le tic-tac sinistre d'un compte à rebours mortel.

L'estafette l'avait déposé sur les quais au milieu de la nuit. Le diable aux trousses, il avait débarqué sa jument, tourné le dos aux embarcadères et galopait vers les landes endormies. Sa monture poussée au galop réduisait les risques d'une intervention manquée. Il laissa le port à ses trémolos nocturnes et survola la plaine à dos de destrier. Leurs sueurs se mélangeaient, la jument sous l'effort et lui épris d'une anxiété bileuse.

Au loin, les contours de la chaumière modifiaient les courbes d'un paysage vallonné. Esquisse discrète au milieu des champs, elle se fondait dans un manteau de grisaille.

Juan lança ses talons dans les flancs de son cheval. Dans un dernier effort, sa monture couvrit les derniers mètres qui les séparaient de la maison de pierre. Il serra les dents et souffla dans un murmure angoissé.

— Pourvu qu'il ne soit pas trop tard.

D'un saut, il démonta. La bête apprécia la perte de lest et reprit son souffle dans un hennissement bruyant. Ses jambes serpentaient sur le chemin de pierre encadré de broussailles sèches. Il poussait à chaque enjambée pour couvrir la plus longue distance possible. Son corps heurta la porte d'entrée de plein fouet. Ses poings martelèrent le panneau de chêne comme si sa propre vie en dépendait.

— ÉLI, ÉLI, OUVREZ ! ÉLISABETH, OUVREZ-MOI, C'EST JUAN !

Son cœur se serra et chaque battement devint un supplice. Ses poings tambourinèrent, cognèrent et s'acharnèrent sur la porte jusqu'à ce qu'une faible lueur filtre par la vitre. Le cri d'un nourrisson apaisa son cœur. Juan avait devancé l'exécuteur. Il stoppa ses coups et dévia un regard inquiet vers le paysage. Le sillage vallonné de ce matin hésitant l'inquiétait, chaque fourré constituait une cache propice à l'embuscade. Un bruit métallique lui signala une ouverture imminente. Lorsque la porte pivota, les cris du nourrisson s'intensifièrent. Élisabeth, entourée d'une épaisse couverture, hurla de fureur.

— Juan, par les enfers, pourquoi diable venez-vous tambouriner à ma porte ?

Sa colère s'adoucit. Elle ne lui connaissait pas cet air alarmé. En l'espace d'un instant, son instinct de mère comprit la gravité de la situation. Elle retint son souffle. La mine transie, Juan avança vers Élisabeth.

— Je vous en prie, ne me posez pas de question. Prenez vos enfants et le strict nécessaire, je vais atteler la charrette, nous devons quitter cet endroit sur-le-champ !

Sans attendre et sans comprendre, Éli laissa sa confiance guider ses choix. Dans le gris d'une matinée humide, ils s'échappèrent en silence vers une destination que seul Juan connaissait.

***

La route rocailleuse à l'intérieur des terres amenait son lot de secousses. La carriole dodelinait dans un silence pesant que ne parvenaient pas à briser les sabots et le craquement régulier de la charrette.

Les prunelles noires d'Élisabeth traversaient la poussière et fixaient l'horizon. La dignité rigidifiait son dos et asséchait ses yeux. Le nouveau-né dans ses bras dormait, bercé par le rythme régulier du trajet. À l'arrière, Amélia, emmitouflée dans un duvet, serrait une poupée de chiffon dont les extrémités humides trahissaient de silencieux sanglots.

Juan empruntait le maquis à la manière d'un braconnier, préférant les chemins discrets aux grands axes. La traversée se poursuivit dans cette ambiance lourde et inconfortable pendant toute la matinée.

***

Les rayons du soleil perpendiculaires indiquèrent midi lorsque la masure en ruine mira au loin.

— Nous y sommes.

Élisabeth l'assassina du regard. Si son évidente insécurité la forçait à obtempérer, elle n'en attendait pas moins d'explications. Juan comprit que ses compétences de charmeur ne lui seraient d'aucune utilité, elle ne se contenterait pas d'un simple baratin.

Éli lui laissa le sursis des derniers mètres. Accueillis par la rouille, la poussière et les toiles d'araignée, ils pénétrèrent dans la maison délabrée.

— Plus personne ne vit ici.

— Ça se comprend ! répondit sèchement Élisabeth.

Le soleil perçait la toiture de la chaumière pour venir illuminer la poussière en suspension. L'intérieur, composé du strict minimum, comprenait une table, quelques chaises, une desserte et un fauteuil dépourvu de coussin. Juan posa une étoffe sur la table et déballa quelques victuailles.

— Mangez, je vais dissimuler la charrette dans la grange.

La femme de l'armateur le retint par le bras et plongea ses yeux noirs dans les siens.

— Juan ! J'exige une explication.

Juan se libéra délicatement de son emprise.

— Je préparerai des paillasses. Nous dormirons quelques heures pour repartir à la tombée de la nuit. Notre itinéraire nous emmène par des voies peuplées que nous ne pouvons emprunter en plein jour.

Il se dirigea vers l'extérieur. D'un geste vif, elle le retint par l'épaule. Sa tête pivota vers elle et ses yeux témoignèrent de toute la tristesse qui l'habitait. Quelque chose d'étrange flottait dans le regard de l'Ibérique. Les pensées de Juan s'écartelaient entre le besoin de lui dire la vérité et la certitude qu'elle ne l'accepterait jamais. Il afficha un sourire amer et quitta les lieux. Elle le suivit.

***

Dans la grange à moitié écroulée, Juan brossait la jument d'un geste mécanique, comme si frotter le crin du cheval l'aidait à s'extirper du gouffre dans lequel il pataugeait. Il cherchait sans cesse un semblant de clarté, une réponse mais ne récoltait en retour qu'une boue crasseuse.

Élisabeth, enrobée de dentelles dans sa robe bleu pâle, l'observait. Des traits tirés marbraient son visage. Son angoisse la dévorait de l'intérieur pour en marquer jusqu'à sa peau.

Le flanc du cheval devint peu à peu lisse, soulagé de ses agglomérats de terre et de nœuds. Il parla d'une voix douce, à peine plus audible qu'un murmure.

— Élisabeth… Henry traite avec les hommes de la pire espèce…

Elle le coupa.

— Je sais ! Il me l'a conté dans ses lettres. Ces années d'investissements permettront un avenir nouveau, non seulement pour nous mais aussi pour nos enfants, et chaque descendant qui les suivra.

Juan pivota pour lui faire face. Ses mains tremblaient, les mots qu'il s'apprêtait à formuler le faisaient vaciller.

— Élisabeth… entendez-moi, il y a un prix, il y a toujours un prix.

Elle se contenta de le dévisager d'un regard interdit.

— Ce marché, cet avenir, cette promesse d'une nouvelle lignée ne vaut que pour le garçon premier né de la famille.

Elle ne comprenait pas où Juan voulait en venir.

— Il n'y a qu'un siège, un seul siège dans le cercle très fermé qu'Henry convoite et il ne peut être transmis qu'à un unique descendant ; un mâle, son fils, Léonard.

Élisabeth fixait le vide. Elle n'en mesurait pas encore toute la portée. Il perçut une brèche dans ses certitudes et poursuivit :

— Ils vont venir, ils vont venir vous le prendre. Votre Léonard, votre fils, ils vont vous l'enlever.

Elle secoua la tête et se recula.

— Quoi ? Que dites-vous ?

— Ils vont vous tuer, vous et Amélia.

Son teint devint plus pâle que la dentelle de sa robe, Juan poursuivit sur sa lancée.

— Ils ne peuvent garder de témoins. Vous pourriez répandre des rumeurs ou convaincre d'entamer des enquêtes. Ils vont vous faire disparaître. C'est le prix pour devenir l'un des leurs.

Son esprit transforma ces mots en un inextricable cauchemar.

— Ils veulent… ils veulent prendre mon petit ?

Juan acquiesça.

— Il sera plongé dans les rangs des *Maîtres* dès son plus jeune âge. Il suivra une instruction *adaptée*… Je n'en sais pas plus. J'ai surpris par hasard une conversation tenue secrète.

Le visage défiguré d'Élisabeth cracha des mots acides.

— Vous mentez…

Toute la haine et le dégoût que lui inspirait l'humanité déformait ses traits. Elle hurla :

— VOUS MENTEZ !

Un hoquet nerveux l'assaillit. Au précipice de la crise de nerfs, des soubresauts incontrôlés s'entremêlaient à ses cris et sanglots. Juan s'avança pour la calmer mais elle le repoussa violemment puis se figea, le regard dans le vide.

— Henry ne le permettrait pas.

Il cilla, l'espace d'un instant. Elle avait raison, le Henry qu'elle connaissait, le Géant de Nantes, impitoyable mais juste, n'aurait jamais consenti à un tel sacrifice. Aujourd'hui, tout était différent. Il était différent. Peu à peu entraîné dans la pire des escalades, une montagne d'horreur le séparait de l'homme qu'il avait été. Vendre, massacrer et mutiler un peuple entier l'avaient rendu prisonnier d'un choix impossible. Devenir *Magister* ou accepter que lui et les siens soient *remplacés*…

Elle avança et frappa la poitrine de Juan de ses deux poings.

— Mon Henry ne le permettra pas, vous m'entendez !

Pour la première fois depuis leur première rencontre, Juan lui mentit.

— Vous avez raison…

Il lui saisit d'une prise ferme les avant-bras et planta son regard dans le sien.

— Vous avez raison, il ne le permettrait pas, c'est pourquoi je suis là. Il m'a ordonné de vous emmener dans le plus grand secret, il ne pouvait le faire lui-même sans éveiller de soupçons.

Élisabeth fondit en larmes et s'abandonna dans ses bras. Les pleurs roulaient sur ses joues, il poursuivit d'un ton qu'il voulait empli d'espoir.

— Lors de notre dernière visite, Henry a acheté cette terre. Le domaine possède en son contrebas un puits tari. Plus personne ne voulait de cette terre sèche, raison pour laquelle personne ne s'aventure dans ce lieu abandonné.

Elle posa son visage dans le creux de l'épaule de Juan.

Vaincue, elle écoutait.

— À sa demande, j'ai caché au fond du puits un trésor incroyable, tout ce qu'il a épargné depuis le début de ses activités… Plus de cent mille livres frappées. À la nuit tombée, nous remonterons ce qu'il nous sera possible de transporter et nous partirons.

Elle s'écarta et leva vers lui ses yeux détrempés.

— Et Henry ?

Il mima un sourire sincère et rassurant.

— Nous avons un point de rendez-vous, il nous rejoindra.

Chapitre 58
Une chaumière dans la lavande

Le SUV allemand traverse la frontière française comme en quarante. À son bord, Philippe, dont le tour de taille s'est quelque peu aminci, fonce à vive allure. Qu'importe les contraventions, depuis son retour sur le devant de la scène, son compte en banque bénéficie de gracieuses avances.

La radio beugle de nouveaux cas de révolte. Les révélations de l'auteur ont ravagé le monde. Les démunis, soit 80 % de la population, rugissent. Pour la première fois depuis l'Histoire du monde, une oreille sincère écoute.

Les gouvernements tremblent. Beaucoup d'activistes se tenaient prêts, des savants, des penseurs, des professeurs libres de croyances et d'appartenances philosophiques se sont levés. En quelques semaines, une nouvelle table ronde s'est formée. Elle prône un mot nouveau : transparence. Finies les réunions obscures à Davos. Un agenda construit devant les caméras offre l'avantage d'une interactivité totale. Les nouveaux membres du gouvernement répondent aux questions en *live*. Refondre le système, changer les mécanismes monétaires et toutes leurs dérives qui asservissent la grande majorité des êtres humains. Le paradoxe, c'est d'agir *global* par une multitude de changements à un niveau *local*. Baisser un peu le confort des mieux nantis pour améliorer les conditions mondiales. Vivre d'un jardin et non du gaspillage… La pensée unique ne fonctionne pas. Vivre de son environnement impose par défaut des règles adaptées en fonction de l'endroit où l'on se trouve. Nous ne sommes pas tous égaux car nous avons la chance d'être différents. L'accepter, c'est reconnaître la richesse du libre arbitre. Une seule et même règle pour une multitude de différences est donc par définition vouée à l'échec. Les infos basculent ensuite sur la rubrique sportive, *la Coupe du monde démarre sur des chapeaux de roues et les Diables rouges entrent en finale de la comp…*

D'un geste rageur, le journaliste coupe la radio. Les choses vont-elles vraiment changer ? Certes, les réseaux sociaux s'enflamment. La facilité avec laquelle tout un chacun critique, se scandalise par les mots, transforme les nouveaux médias en exutoires, en neutralisateurs de révolte. La colère passée, les façades changeront mais les mécanismes persisteront… La question le martèle, l'Homme souhaite-t-il vraiment le changement ?

Un tiraillement assaille la nuque de l'écrivain. Ces dernières semaines défilèrent beaucoup trop vite pour lui. La sérénité est une fortune absolue quand on ne vit que par la montre. Aujourd'hui, il décide de ne pas la remonter. Ses actes sont exemplaires, son travail accompli et c'est la conscience en paix qu'il décide de s'octroyer un temps mort, faute de quoi, il risque de se retrouver comme Lio, décrépit avant l'heure.

Ses pensées vagabondent vers l'Homme, la nature humaine et son peuple déchiré. Que le monde serait laid s'il n'y avait de *Magister* à blâmer. L'avantage du coupable est qu'il nous décharge de notre responsabilité. Les crimes commis par l'Homme remplissent une ardoise ineffaçable. Philippe s'interroge quant à la couleur du nouveau tableau, sera-t-il aussi noir que le précédent ? *Que le monde serait laid sans le Magister… Aujourd'hui nous savons… agirons-nous ?*

Son esprit revient à cette étrange lettre et ces coordonnées énigmatiques. Il se remémore son départ. À son grand regret, sa maman a refusé de l'accompagner.

— Va prendre l'air ! lui avait-elle lancé, le regard empli de malice.

Mamma Lucia préserve cette vivacité qu'ont les gens fiers.

Même démunie, elle garde cette force, cette capacité de dire non, qu'importe le prix. Une leçon de plus pour Philippe, une leçon encore à éprouver…

Il appuie un peu plus sur les gaz de son 4x4 de luxe. Le GPS le guide à travers la Provence. Les données *44°13'19.0"N 5°25'02.1"E* l'entraînent dans des sentiers de campagne oubliés de tous, où le tarmac a déserté ces chemins. Les graviers projetés par les énormes pneus *vingt et un pouces* ricochent bruyamment sur le bas de caisse. Malgré la climatisation fraîche, Philippe transpire d'inquiétude.

— Mais putain, Lio, où m'emmènes-tu ?

***

Les champs de lavande bercés par le vent ondulent dans une harmonie vallonnée dont les fleurs promettent des bourrasques aux parfums enivrants. Philippe ralentit et décide d'ouvrir la vitre de son véhicule. Une bouffée d'air chaud chargé de cette odeur typique de terre vient lui raviver ses souvenirs d'enfant. La campagne italienne diffère des terres provençales et pourtant, le soleil sur la pierre le ramène vers ses images d'antan. Qu'importe les frontières, la terre a ce langage unique qui touche celui qui s'y attarde.

D'un geste absent, son doigt éteint le GPS. L'arrivée imminente ne laisse aucun doute sur le chemin à emprunter, il n'y a qu'un seul sentier qui arpente ces landes vallonnées. La tension monte chez le journaliste, la découverte toute proche réveille en lui une curiosité et une excitation oubliées.

— Nous y sommes, se dit-il.

Au milieu des paysages bucoliques, le soleil réchauffe une modeste maison en pierre. La végétation en fleurs donne au tableau une couleur pastel. Il s'arrête comme pour prendre le temps d'observer une aquarelle de maître. La nature a ce coup de pinceau qui rend la beauté à son plus simple état.

La chaumière rénovée avec goût épouse les paysages arrondis. De la terre fraîchement retournée entoure la villa de vacances. Une invitation au jardinage, se dit Philippe. Son regard se balade le long d'un sentier qui descend vers un vieux puits. Derrière la bâtisse, une voiture garée devant l'entrée indique la présence d'un individu. Sur ses gardes, le journaliste ouvre la portière…

Chapitre 59
La déchirure

La maison abandonnée agonisait sous les derniers rayons du soleil couchant. Il leur fallut quelques heures pour retrouver un semblant de paix. Il bourra de paille le fond de la pièce qu'il couvrit d'une épaisse couverture. La paillasse sommaire ferait son office le temps d'une sieste. Il rembourra ensuite de vieux linges qu'il disposa sur le fauteuil en bois pour le garnir d'un confort rudimentaire. Il tira le siège face à la porte d'entrée afin d'en assurer la surveillance. À côté, il retourna un seau de bois sur lequel il posa son pistolet chargé et à portée de main.

***

Éli et les enfants dormaient à poings fermés. Leur dernière nuit amputée, suivie par un rude voyage, avait laissé des séquelles. Juan s'assit face à la porte. La fatigue le rattrapa rapidement et il sombra dans un sommeil agité, peu réparateur mais nécessaire.

Un craquement le tira de sa somnolence. Son esprit s'alarma. *Quelqu'un… quelqu'un dans la pièce !* Assis sur le fauteuil de bois, il lança la main vers son arme mais saisit le vide. Avant qu'il ne puisse émettre la moindre alerte, un violent coup le priva de conscience. Il retomba lourdement dans son fauteuil.

Les cicatrices de l'*Enragé* lacéraient un visage diabolique. Il approcha des paillasses avec dans une main le pistolet de Juan et dans l'autre une machette.

Adossée au mur, Élisabeth couvait Léonard de ses bras endormis. Amélia vibrait sur le côté au rythme de ses doux ronflements. L'assassin étudia ses proies. Il rangea son pistolet dans sa ceinture avant d'approcher du précieux nouveau-né. Il tendit la main dans sa direction. Élisabeth ouvrit les yeux et découvrit avec effroi l'immonde visage. Elle cria avec toute sa rage de mère protectrice et griffa la main tendue. Jacques eut un geste de recul. Amélia, réveillée par les cris, se leva d'un bond. La machette vola en direction de la jeune fille. Un filet de sang scinda la pièce en deux. Le corps inerte de la petite fille s'écroula sur le sol.

Élisabeth hurla et se jeta sur l'*Enragé* qui tomba à la renverse. Elle l'enjamba et fonça vers la sortie en serrant Léonard contre sa poitrine haletante. Le bras de l'assassin dessina un arc de cercle dans l'air. Du sol, sa machette la cueillit à la cuisse. Elle s'écroula en pleine course et ne put qu'amortir la chute de son fils. Le bébé roula vers la porte d'entrée, emmailloté dans une épaisse couverture. Un hurlement de détresse déchira le voile d'inconscience dont Juan était prisonnier. Il ouvrit les yeux mais une douleur fulgurante lui parcourut le crâne. Jacques se relevait, la machette au clair. L'Espagnol mobilisa toutes ses forces pour se jeter sur l'immonde assassin et lui planta son surin à de multiples reprises dans le corps. Chaque coup enfonçait un peu plus le regard hideux de l'*Enragé* dans les méandres de la mort. Juan sentit une pression contre son ventre. Une déflagration claqua dans l'air. Une odeur de poudre noire emplit ses narines. Du sang s'écoula de sa bouche. Ils s'observèrent, avant que la mort ne les emporte tous deux.

Le sang inondait le sol de terre battue qui se mélangeait en une boue pourpre et chaude. L'entaille dans la cuisse d'Élisabeth courait jusqu'à l'os. L'artère sectionnée la vidait de son fluide vital. Elle rampa pour atteindre Léonard. Les petits bras s'agitaient dans le vide à la recherche désespérée du sein maternel et de sa chaleur rassurante. À bout de force, Élisabeth se rapprochait. Elle ne voyait que son petit, son tout-petit. Soudain, des bottes apparurent sur le pas de la porte. Elles encadrèrent Léonard. Des mains puissantes le saisirent et le détachèrent du sol. Elle n'avait plus la force de protester. Elle leva son regard et la vision l'acheva. Henry soulevait son fils et observait sa femme à l'agonie. Il détourna le regard. D'une main, il portait l'enfant, de l'autre, une lanterne. Pour ultime geste d'adieu, il la jeta contre le mur de la masure. La lampe se brisa et son huile incandescente se répandit sur les paillasses. Illuminé par les flammes qui dévoraient déjà le plancher, Henry sortit de la maison tel un démon aux portes des enfers. Derrière lui, la malédiction de la harengerie se répétait dans un hurlement déchiré.

D'un pas résolu, il s'approcha du vieil homme en noir. Le vieux *Magister* au visage allongé tendit ses mains osseuses. Henry lui confia son fils.

— Henry, vous venez d'accomplir le rite initiatique. J'en suis le témoin et le garant.

Un regard sans âme se posa sur le nourrisson.

— Votre fils et tous les descendants mâles qui le suivront accéderont au titre de *Primus* du *Magister*. En ce jour, nous lui accordons un rang nouveau.

Il souleva l'enfant comme pour mieux le voir sous les reflets de la lune.

— Léonard, en ce jour, te voici anobli. Tu rentres dans nos rangs avec un nom nouveau. Longue vie à toi, *Léonard de Miraveau.*

Épilogue

Philippe

La portière du SUV allemand s'ouvre pour libérer le journaliste de sa cage d'acier. Le GPS satellite désignait quelques dizaines de mètres en contrebas une petite construction en pierre : un puits.

Philippe vérifie plusieurs fois les données, il n'y a pas de doute. L'emplacement indiqué par Lio désigne ce vieux puits.

Le soleil l'aveugle mais il délaisse les lunettes, il veut voir, découvrir de ses propres yeux. La clé de l'énigme sommeille devant lui et n'attend que son courage pour s'éveiller.

Philippe presse le pas. Arrivé devant la réserve d'eau, le journaliste l'inspecte. L'incertitude l'assaille, ses connaissances en archéologie frôlent le zéro absolu.

Un premier examen lui révèle une rénovation récente. La corde semble anormalement épaisse, elle serait capable de tenir une voile par vents forts. La poulie rutilante, tout aussi disproportionnée, semble quant à elle capable de soulever une montagne. Philippe ne résiste pas à la tentation et tire sur le cordage. Tout semble être orchestré dans ce but. Tirer pour puiser les derniers secrets du *Magister*. Malgré la démultiplication des forces, il hisse avec peine le mystère enfoui. L'opération semble interminable. Ses muscles inexistants protestent et pourtant, il poursuit, la réponse est là, tout près. Enfin, un objet inattendu se dessine à l'entrée du gouffre. Le cœur du journaliste bat à tout rompre. Suspendu dans le vide, un énorme coffre ancien se balance à portée de main.

Il attire la pièce antique vers lui. Ce vestige du passé exciterait les antiquaires les plus sceptiques. L'énorme pièce en fer forgé respire l'authenticité. Sa main hésitante attire le coffre. La pierre crisse de protestation lorsqu'il le dépose sur le rebord du puits.

Intimidé par sa découverte, le journaliste détaille l'imposant objet. Une serrure interdit la profanation du contenu. Sans réfléchir, sa main extirpe de sa poche la clé reçue dans la dernière lettre de Lio.

L'objet semble tout aussi ancien que le coffre. Le geste mal assuré, Philippe l'insère. Juste au-dessus de la serrure, une gravure attire son attention. Telle une mise en garde, Philippe retient son geste pour déchiffrer les mots emprisonnés par la rouille. Il frotte, gratte et déchiffre pour enfin lire:

Henry Basse.

Dans la toile de son esprit miroite la multitude de pièces dorées. Un trésor insensé, comme ceux relatés dans les contes de cape et d'épée s'offre à lui. Des milliers de livres en or massif frappées à l'effigie d'un roi qu'il ne connaît pas alourdissent déjà ses projections bancaires.

Le sourire niais disparaît de son visage pour laisser place à une mine suspicieuse. Lio n'a pas tout manigancé pour un simple trésor. S'il avait juste voulu rendre Philippe riche, il s'y serait pris autrement.

Sûr de lui, il referme le coffre et décide d'aller au bout des choses afin de mettre un point final à toute cette histoire. Le journaliste traverse un sentier emprisonné par des buissons de lavande. La bâtisse se dessine, de vieilles pierres de taille rayonnent sous les bienfaits d'un sablage récent. Les châssis vernis enserrent un double vitrage de qualité. Le moderne et l'ancien s'épousent dans un accord subtil et harmonieux.

Philippe ralentit le rythme, la porte se rapproche. Il prend le temps d'admirer un rosier qui encadre l'entrée principale lorsque celle-ci s'ouvre sur un jeune garçon. Les cheveux bruns ondulent sur un visage poupon. Mignon à croquer, l'enfant dévisage le nouveau venu.

— Maman… Maman, il est arrivé, c'est bien lui ?

Derrière l'enfant, une robe printanière flotte avec autant de légèreté que la chevelure rousse. Philippe reconnaîtrait ces yeux bleu cristallin entre mille. Ce regard possède le pouvoir d'accéder aux interdits de son cœur et ce privilège n'appartient qu'à elle, Louise.

D'une voix calme, elle répond au jeune garçon :

— Oui Thibaut, c'est lui, c'est ton papa.

***

Édouard

À l'extérieur du chalet, la pluie fouette le bardage comme si se déversait la colère du monde. À l'intérieur, l'âtre crépite et enrobe les habitants d'une chaleur rassurante. La voix de Lisa souffle d'un air las.

— Papa ? Papa… peux-tu me raconter pour une fois mon histoire, la vraie ? Je… je n'en peux plus de vivre comme cela.

La main fatiguée traverse la grisaille d'une chevelure effilée. Certaines usures consument de l'intérieur pour ne laisser qu'une coquille vide. Le regard d'Édouard se pose sur les seize ans de Lisa.

— J'ai tout fait pour te donner ta chance.

L'adolescente recroquevillée dans le fauteuil rapproche ses genoux sous son menton. Emmitouflée dans un vieux pull de l'université, elle n'a jamais autant ressemblé à ses vrais parents. La fossette caractéristique, la noirceur des cheveux et l'étincelle d'intelligence trahissent la marque des Berger. Chaque regard coûte à Édouard une pensée vers Nico, et à chacune d'elles, un pincement de douleur.

— Quelle chance ?

— Celle de pouvoir vivre la vie d'une jeune fille… une fille normale.

Elle penche la tête. Démaquillée, le style gothique s'évapore sous le soleil de ses seize ans. Revenue aux sources, ses *piercings* reposent sur la table de nuit du chalet ardennais, la seconde résidence d'Édouard.

— Pourquoi ? Je ne suis pas normale ? C'est ça ?

Son père adoptif sourit pour lui-même. Les enfants, à l'inverse des adultes, ne mentent pas et traduisent à leur manière les non-dits dévastateurs. Le caractère rebelle, les scarifications, la drogue, la défiance de l'autorité s'abreuvent souvent d'un même manque : la vérité.

— Lisa, tu es unique. Ton papa, ton vrai père, Nicolas

Berger a fait de toi l'avenir de l'humanité. Il t'a fait le plus beau des cadeaux.

Les larmes pointent aux yeux de la jeune fille.

— Il m'a maudite, tu veux dire ? La preuve ! On se retrouve dans ce trou perdu. Pourquoi m'as-tu enlevée dans le secret ? Pourquoi suis-je forcée de tout quitter ? Pourquoi maman n'est-elle pas avec nous ? Est-ce cela, son si beau cadeau ? Vivre cachée du monde, réduite à l'exil, comme un… un monstre ?

Un torrent d'émotions s'empare d'Édouard. Dans un effort surhumain, il remplace les larmes par un sourire amer.

— Une énigme… une énigme, Lisa.

La jeune fille penche la tête en signe d'incompréhension.

— Nous arrivons sur Terre avec une tâche à accomplir et nous passons notre vie à tenter de l'identifier. Le seul but de la vie est d'y trouver son propre sens et si possible, de transmettre son savoir.

La douleur dans les yeux, ses mots sont des rocs dans sa gorge.

— Tes gènes, la transmission y est inscrite. Ton cadeau, ta chance, c'est de le savoir à l'aube de ta vie. Ton père t'a fait le plus beau des présents, jamais tu ne seras malade, la vie t'épargnera ses hivers. Ton père t'offre le don inestimable de pouvoir t'accomplir sans que la maladie ne vienne interrompre ta course et ta chance sourira à toute ta descendance.

Il planta ses yeux délavés sur l'adolescente.

— Ton père t'a accordé la plus belle des faveurs, la vie.

Un bruit les interrompt. Une clé dans la serrure. Lisa enserre ses genoux un peu plus tandis que le maître de maison sourit ; elle seule possède le double. La porte d'entrée s'écarte, la lumière chaude du chalet éclaire le visage trempé d'Anna. Les gouttes dégoulinent sur son visage mais derrière la pluie, Anna sourit. Sans un mot, Lisa rayonne, elle bondit et court retrouver sa mère. Dans un amour fusionnel que rien ne pourra jamais briser, elles se rencontrent, se retrouvent, se serrent et profitent ensemble de la chaleur d'un âtre nouveau.

***

Philippe

Sur la table en chêne, la fumée s'élève de la tasse brûlante. Perdu dans les volutes éphémères, Philippe recherche du sens dans toutes ses incompréhensions.

Louise, assise en face de lui, joint les mains sur la table. Elle possède toujours l'étincelle de la jeune reporter d'antan, à la différence près qu'aujourd'hui, la maturité anoblit ses traits ; c'est une Maman, une vraie et cela se voit.

— Je suis tombée enceinte juste avant ton départ au Groenland. J'ai attendu six mois…

Elle marque un temps d'arrêt comme pour contrôler un souvenir douloureux.

— Six mois… Philippe. Six mois d'hésitation, de souffrance et d'interrogation.

La gorge nouée libère les reproches emprisonnés depuis trop longtemps.

— Tu m'as… abandonnée, Philippe.

La culpabilité inonde le journaliste toujours silencieux.

— Alors j'ai décidé, j'ai choisi, j'ai pris mes affaires et je suis partie. Je l'ai fait pour moi, mais surtout pour lui, pour Thibaut, il y a six ans de cela.

Le jeune garçon se colle contre sa maman dans une accolade chaleureuse pour obtenir un câlin dont elle seule a le secret. Le regard humide du jeune papa se pose sur la frimousse brune.

— Tu es magnifique, mon garçon.

Louise sourit.

— Il te ressemble…

Ces mots transpercent la bulle d'émoi qui déborde du journaliste. Il craque et déverse ses torrents sur ses joues. Au travers de larmes arc-en-ciel, un sourire véritable irradie en direction de son fils. Louise, touchée par ce témoignage de sensibilité, ajoute dans un murmure.

— Et pas que physiquement…

Un rire bref ponctue sa phrase alors qu'elle secoue une tête désespérée.

— C'est ton portrait craché. Il adore les histoires fantastiques, je dois lui en raconter tous les jours. Il me faut en inventer de plus en plus longues pour satisfaire sa soif d'imaginaire.

Le jeune Thibaut lance un sourire timide en direction de son papa. Le langage universel fonctionne et Philippe fond. Submergé, il ne sait que dire et n'ose y croire. C'est alors qu'un voile assombrit son visage. Lorsque le bonheur est parfait, l'Homme a souvent tendance à chercher l'erreur… ou à la créer.

— Mais… quelque chose cloche dans cette histoire. Tout cela est impossible. Louise…

Ses yeux pâles se posent sur lui.

— Toi et moi réunis dans une maison de campagne en France alors que nous ne nous sommes plus vus depuis six ans. C'est du surréalisme, cela n'a aucun sens. Ce trésor dans ce puits qui n'attendait que moi…

Le teint de Louise s'assombrit, comme si un voile venait noircir sa spontanéité.

— Lionel de Miraveau…

La gorge de Philippe s'assèche alors qu'il tend l'oreille pour entendre la suite.

— Il m'a tout raconté… Tout… Philippe, je suis désolée. Tu…

Les mots peinent à sortir.

— Tu… avais raison depuis le début. Ce ne sont pas des fables qui t'ont éloigné, c'est ton devoir, ton destin.

Louise marque un temps pour ordonner ses pensées.

— Lionel m'a raconté son histoire et l'actualité l'a confirmée.

Sa respiration devient un peu plus saccadée.

— Il… Il m'a remis toutes tes lettres. Tes mots ont ravivé ce qui était éteint. Alors j'ai décidé de te donner une seconde chance. Les directives étaient simples, t'attendre ici dans cette maison. Tout ce confort… comme s'il n'attendait que nous. Il m'a simplement demandé de ne pas m'approcher du puits, et nous nous en sommes bien gardés. Nous avons emménagé dans ce domaine paradisiaque et nous t'avons attendu. Tes lettres, Philippe, je les ai lues et relues des centaines de fois.

Des larmes brillent désormais au coin de ses paupières.

— Philippe… pourquoi ne les as-tu jamais envoyées ?

Les yeux du journaliste dégringolent en direction de sa tasse. S'il avait pu se cacher sous terre, il aurait gratté le sol avec ses ongles.

— Sans doute parce qu'au fond de moi, j'étais persuadé que je ne te méritais pas.

Louise réprime un sanglot tandis que Philippe relève un visage interrogateur.

— Comment te sont-elles parvenues ?

— Grâce à Lionel, ta maman les lui aurait fournies et il me les a ensuite transmises.

Le vieux blogueur, incrédule, revoit dans sa mémoire le tiroir de sa chambre dévalisé de son contenu. Les absences répétées de sa maman s'inscrivaient en réalité dans une machination sentimentale sans faille.

Les informations s'entrechoquent dans son esprit. Les éléments tourbillonnent avant de finalement disparaître. Tout devient noir, Philippe ne commande plus, son instinct et son cœur prennent les devants. Déjà debout, il avance vers sa femme et son fils. Ses bras se tendent. Par ce geste, c'est tout l'espoir d'un homme qui s'ouvre à la merci d'un choix. Le garçon hésite avant de rejoindre son père. Pour la première fois de sa vie, son papa l'étreint. La chaleur du lien qui se crée les relie désormais. Louise se lève, indécise elle aussi, à la merci d'une décision. Philippe cale son fils dans ses bras, avance et dans un souffle échangé ravive la flamme qui jadis réchauffait leur cœur et qui aujourd'hui, les embrase de nouvelles promesses.

***

Chu

Les rayons d'un soleil de fin de journée meurent sur la vitre. Observer seul le monde à travers une fenêtre, c'est voir sans ressentir. Pour lui, les sentiments se sont éteints, il y a longtemps de cela… trop longtemps.

Ses pensées vagabondent et remontent la route de la soie. Il revoit son père Chow Tiang, il ressent à nouveau les remous de la trahison de Cheng… Un sourire amer éclaire les rides de son visage, son cousin San et sa lubricité lui manquent.

Le visage du médecin se ferme. La douleur ne s'éteint pas, elle couve. Le véritable vide ne cessera jamais d'aspirer son être. Il murmure un imperceptible « *Lilli* » mais il sait depuis longtemps que les prières ne ramènent pas à la vie. La médecine en revanche emplit son cœur de promesses nouvelles. Si seulement il l'avait eue plus tôt.

Le docteur pivote en direction de la table du laboratoire. Une éprouvette au liquide bleuté patiente, emprisonnée dans une valise capitonnée de mousse.

La mâchoire de Chu se serre, il ressemble comme deux perles de pluie à son père, *Maître* Chow. Taillé dans l'acier, le médecin se tient un peu courbé, ses épaules alourdies par le poids des peines. Pourtant, une aura de force se dégage de lui. Il rayonne de fureur. Son courroux se concentre en direction de cette substance. Il a réussi, *mais à quel prix* ? Parviendra-t-il seulement à rejoindre Lian et Ushi ? Dans la toile de son esprit, une succession d'images s'entrechoquent : les langues brunes, les meurtres en Chine, les incendies, Lilli, Nico, mais aussi tous ces morts anonymes qu'on a laissé crever dans l'indifférence.

Lorsque le succès se réalise à un tarif trop élevé, la joie cède sa place à l'amertume. Pour Chu, c'est un véritable océan de fiel qui s'empare de lui.

Il détient, grâce au sang de Lisa et à sa lettre, la clé

de Nicolas Berger, celle qui vainc la maladie, toutes les maladies. Cette nouvelle molécule permet aux cellules de lutter contre la dégénérescence. Si elle n'éradique pas encore la mort, elle autorise en tout cas une vie pleine et bien remplie.

L'esprit du médecin s'égare. Qu'adviendra-t-il si la Terre entière devient centenaire ? Le logement, la nourriture, les... Le sas du laboratoire s'active et interrompt les pensées du médecin. Chu fronce les sourcils. Il a réquisitionné une aile d'un centre à la pointe afin de développer ses recherches dans la discrétion la plus complète. Personne n'est censé le déranger.

— Gui ?

Un bruit régulier, des chaussures lasses frottent le carrelage.

Un claquement cadencé ponctue le bruissement.

— Gui, c'est toi ?

Le médecin se redresse lorsqu'une silhouette recroquevillée sur elle-même glisse comme une limace dans sa direction. La canne soutient le vieillard et frappe le sol au rythme de son avancée ondulatoire. La laideur des traits pétrifie le médecin. Les cheveux ont laissé place à de larges mélanomes violacés. La peau meurt sur les os, une odeur pestilentielle parvient aux narines du médecin. Il n'avait encore jamais vu un état de décrépitude si avancé chez un être vivant. L'homme à moitié décomposé donne l'impression que la force de sa simple respiration suffirait à arracher sa cage thoracique de ses chairs putréfiées.

Non sans mal, le fossile en décomposition s'installe sur une chaise, juste devant le plan de travail du laboratoire. Chu lance un regard alarmé en direction de sa précieuse fiole. La raison le rattrape, ce vieillard ne représente aucune menace. L'ancêtre enfin assis libère un soupir infect dans un souffle nauséabond.

— Puis-je savoir ce que vous faites ici, monsieur ? Vous vous êtes sans doute perdu, car nous nous trouvons dans un espace réservé.

Le nonagénaire relève un regard pâle, vitreux et injecté de sang. Son sourire édenté dévoile le violet de gencives rongées par un excès de reflux.

— Je suis le créateur d'« *Un soin pour tous* ».

Les traits du médecin se détendent. Ce fonds solidaire commun a été créé à la suite du scandale des Genprimes. Il draine les donations du monde entier pour obtenir l'égalité des soins de santé dans le monde, ce fonds est devenu le plus gros donateur de la Croix-Rouge. Le vieillard en ruine ajoute non sans une pointe de prétention :

— Nous avons financé ce laboratoire, je pense.

Chu approuve, c'est sans doute la raison pour laquelle Gui l'a laissé passer.

— Voyez-vous, cher docteur Chu-Jung Tiang, je me suis heurté à l'immuabilité des choses. Mes cellules meurent et pourtant, je suis encore en vie.

Le docteur acquiesce avant de répondre.

— Nous pouvons soigner beaucoup de choses, mais il est des maux contre lesquels nous ne pouvons lutter, la mort en fait partie.

Un léger rire macabre tranche l'atmosphère malsaine du labo silencieux.

— Pour moi, c'est juste l'inverse…

La mine interrogative, Chu répond :

— Que voulez-vous dire ?

— Je l'ai vaincue, moi… Je les ai tous vaincus, même la mort. Mes cellules pourrissent, mais le souffle de vie ne me quitte pas, il ne me quittera jamais. Si seulement je pouvais vaincre la dégénérescence…

Le regard de Chu accompagne celui de l'homme en direction de la mallette.

— Comment ?

Le vieillard interrompt le médecin d'un ton étonnamment sec.

— J'ai protégé Nathan et je l'ai conduit vers le *Magister*. J'ai protégé Lisa et vous ai fourni de quoi achever le travail…

Il sourit pour lui-même, empli d'un excès de fierté.

— Et ce, par le biais d'une simple lettre…

Soucieux, les yeux du médecin oscillent entre la mallette et l'entrée du laboratoire. Il n'apprécie pas du tout la tournure de leur conversation. La crainte devient insupportable.

— Le *Magister*, les seuls, les derniers à pouvoir me nuire sont tous morts.

Le regard épouvanté de Chu se pose sur le vieillard.

— Mais qui êtes-vous ?

L'ancêtre tire une arme de poing de l'intérieur de sa veste. Un petit calibre très discret, qu'il pose sur la table. Il plante ses yeux malades dans ceux du médecin et murmure dans un souffle de mort.

— Je m'appelle Lionel de Miraveau, mais vous pouvez m'appeler Lio, on m'a toujours appelé Lio.

Les rayons d'un soleil de fin de journée meurent sur la vitre. Observer seul le monde à travers une fenêtre, c'est voir sans ressentir. Pour lui, les sentiments se sont éteints, il y a longtemps de cela… trop longtemps.

À portée de doigt gît la réponse, le futur de l'Humanité, la fin de la maladie, l'avenir de l'Homme ou l'avenir… d'un seul d'entre eux.

Mise au point

La répartition des richesses dans le monde

D'après Oxfam, en 2017, les 8 personnes les plus riches possédaient autant que 3,6 milliards de personnes.

Les fonds d'investissement

En 2011, la plus grosse firme d'actifs du monde était un fonds d'investissement appelé *Blackrock* dont le portefeuille sous-jacent était évalué à 3 600 milliards de dollars.

Via dei Vecchi Signori

Cette route perdue à cinq kilomètres de la place Saint-Pierre et effacée des cartes n'existe pas… Enfin, pas à notre connaissance.

Conquête des Amériques

Lors de la colonisation par les Anglais au XVIIe siècle, le territoire des Amériques du nord fut divisé en treize colonies. De l'immigration, les marchands, armateurs et financiers se virent attribuer une charte par le souverain de l'époque. L'émigration n'était pas encouragée par le gouvernement mais par des groupements privés qui engendraient des concessions de titres moyennant finances. Ces concessions étaient accordées par le propriétaire privé de la colonie, souvent un seigneur.

Capitaine Henry Morgan

En 1668, Morgan est envoyé à Cuba par Sir Thomas Moford, gouverneur de la Jamaïque, afin d'y faire prisonniers quelques Espagnols et en tirer des informations au sujet d'une attaque éventuelle de la Jamaïque. Morgan rassemble alors 10 navires et 500 hommes.

Plus tard, fort de 1 400 hommes, Henry Morgan gagne la bataille de Panama et aurait réuni le plus grand butin de toute la piraterie, plus de 100 000 livres sterling. La renommée de ce brillant exploit sera ternie par la cruauté habituelle de Morgan et ses hommes.

Bien qu'il ait agi avec l'autorisation et le soutien du gouvernement, Henry sera emprisonné et emmené en Angleterre en 1672. Fait étrange, il sera libéré et fait chevalier par Charles II lui-même. L'année suivante, il revient en Jamaïque pour prendre le poste de lieutenant-gouverneur.

Son retour correspond aux premières arrivées en masse des esclaves d'Afrique, le roi d'Angleterre Charles II ayant permis à son frère Jacques II de créer en 1672 la Royal African Company, qui reçoit le monopole de tout commerce en Afrique et désarme les autres commerçants.

La traite négrière

Le douloureux chapitre de la déportation des Africains est comparable à un génocide. Pas uniquement encouragé par les riches Européens, l'esclavagisme des Noirs était monnaie courante dans le monde arabe. Cette déportation ne s'est pas seulement limitée à la privation de liberté et au travail forcé mais fut aussi – et dans une large mesure – une véritable entreprise programmée de ce que l'on pourrait qualifier « d'extinction ethnique par castration ».

Bibliographie

Pr. Pralong François, *Les hormones : armes fatales de la médecine anti-âge ?* Planète Santé, [en ligne], 15 juillet 2014, http://www.planetesante.ch/Mag-sante/Ma-sante- auquotidien/Les-hormones-armes-fatales-de-la-medecine-antiage

Centre international de recherche sur le cancer, Organisation mondiale de la santé, Communiqué de presse 223 – Décembre 2013

OMS : WHO Global NCD Action Plan, 2013-2020

Charles Georges, *Découvrir les anciennes armes de la Chine*, S.D, Édition Budo scope, p. 47

Enfance, Adolescence et Diabète, [en ligne] http://www.enfance- adolescence-diabete.org

IDF Diabètes Atlas sixième édition, Diabètes Atlas, [en ligne], http:// www.diabetesatlas.org

Les Décodeurs, « La concentration des richesses dans le monde en graphiques », dans *Le Monde*, 21 janvier 2015, [en ligne], http://www. lemonde.fr/les-decodeur/article/

2015/01/19/la-concentration-des-richesses-dans-le-monde-en-graphiques.html

Santé Diabète, « Le Diabète en chiffres », [en ligne], https://santediabete. org/fr/le-diabete-en-chiffres

Agence France Presse, « Fin de vie et précarité, des situations indignes ». Dans *Libération*, 7 janvier 2015, [en ligne], http://www. liberation.fr/planete/2015/01/07/finde-vie-et-precarite-des-situations- indignes_1175689

Challenges, « Ces milliardaires sont plus riches que la moitié la plus pauvre du monde », 16 janvier 2017, [en ligne], https://www.challenges. fr/monde/8-multi-milliardaires-detiennent-autant-de-richesse-que-la- moitie-de-la-population-mondiale-selon-oxfam_448242

Le point économie, « Le fonds d'investissement qui a la puissance d'un État », le 9 juin 2011, [en ligne], http://www. lepoint.fr/ economie/le-fonds-d-investissement-qui-a-la-puissance-d-un-etat-09-06-2011-1342433_28.php

David Stannard, *American Holocaust*, 1992

Naissance de la nation américaine : blog reprenant les informations de : Esquisse de L'histoire des États-Unis par United States Information Agency, Éléments d'histoire moderne, Infoplease, Déclaration du Mayflower, [en ligne], http://medarus.org/NM/ NMTextes/nm_01_02_13col.htm

Terangaweb, « Le bilan humain de la traite négrière », ce site est devenu indisponible. [en ligne], http://terangaweb. com/quel-est-le-bilan- humain-de-la-traite-negriere

Crimes africains, « Révolution Afrique.com », ce site est devenu indisponible. [en ligne], http://www.revolution afrique.com/crime- africains/

Nous remercions Wikipedia pour ses nombreuses aides, notamment sur le tracé de vie très complet d'un célèbre pirate. [en ligne], https:// fr.wikipedia.org/wiki/Henry_Morgan.

Remerciements

Merci à Stéphanie et Morgane pour leur soutien et leur sincérité.

Merci à Marc pour son sens de la relecture venu d'ailleurs.

Merci à Gilda pour son sens de l'orthographe défiant la taille des caractères.

Merci à Aline pour sa rigueur née sous le signe du Lion.

Merci à la vraie *mamma* Lucia et au vrai Philippe pour ce mélange d'inspiration de souvenirs et de plaisir.

Merci à Orlo Jey et au Secrétariat Sur-Mesure pour leur revue complète de 2018.

Merci à Ben Bopp pour son coup d'œil biologique.

Merci à Fidéline et Claude pour la revue des premières versions.

Merci à Michaël et Gregor pour leur sérieux, leur rapidité et leur professionnalisme.

Merci à Estelle pour sa relecture et son sourire.

Merci à tous ceux qui nous ont accompagnés lors de nos premiers pas.

Merci à tous ceux qui ont cru en nous un 16 septembre 2017.

Merci à Valerio, Olivier et Eddy pour leur soutien à la culture.

Merci à l'équipe éditoriale des Nouveaux Auteurs pour cette chance incroyable.

Merci au comité de lecture des Nouveaux Auteurs sans qui rien n'aurait été possible.

Merci à tous ceux qui ouvriront ce livre.

Sandro Galeazzi
& Guillaume Grâces

Sandro Galeazzi & Guillaume Grâces habitent en Belgique. L'un travaille dans la finance, l'autre pour la défense. Aussi différents que complémentaires, leur amitié indéfectible leur a permis d'écrire ce roman à quatre mains.

Couverture :

© Ramona Kaulitzki / Shutterstock

Ligne graphique : Séverine Morizet

Studio Fabrication : Flora Bellanger

Composition : IGS-CP à L'Isle-d'Espagnac (16)

Impression :

CPI
BRODARD & TAUPIN

pour le compte des Éditions

NOUVEAUX AUTEURS

Dépôt légal : août 2020 – N° d'impression : 3039765

Cet ouvrage a été imprimé en France sur un papier composé de fibres naturelles, recyclables, et fabriqué à partir de bois provenant de forêts plantées et cultivées pour la fabrication de pâte à papier.